Dunkles Feuer der Leidenschaft

Jo Beverley

Dunkles Feuer der Leidenschaft

Deutsch von Angela Schumitz
und Heinz Tophinke

Weltbild

Originaltitel: *Lord of My Heart*
Originalverlag: Signet/Penguin Group, New York

Die Autorin

Jo Beverley ist in England aufgewachsen und hat dort englische Geschichte studiert. Mittlerweile lebt sie mit ihrer Familie in Kanada. 1988 wurde ihr erster Roman publiziert, die Zahl ihrer bis heute erschienenen Titel beläuft sich auf weit über zwanzig. Sie gehört zu den wichtigsten amerikanischen Autorinnen historischer Liebesromane und hat sämtliche Preise des Genres gewonnen. Einige ihrer Werke standen auf der Bestsellerliste der *New York Times*.

Weltbild Taschenbuch

Dieses Buch ist dem Andenken meiner Eltern John und Mildred Dunn gewidmet. Meine Mutter ließ sich nie von sexistischen Beschränkungen einzwängen und ermutigte ihre Töchter, ihre Ziele so hoch zu stecken, wie sie wollten. Mein Vater, ein großer Bewunderer von Hereward the Wake, brachte mir die Romantik englischer Geschichte näher. So haben die beiden maßgeblich zu diesem Buch beigetragen.

So spricht der Heimatlose,
bedrängt von der Erinnerung an schreckliche Schlachten
und den Tod seiner Freunde:
»Oft findet mich die Morgenstunde
in Einsamkeit und Kummer,
denn niemand lebt mehr,
dem ich die Wahrheit meines Herzens anvertrauen könnte.«

Aus *The Wanderer,* einem altenglischen Gedicht
aus dem 10. Jahrhundert

Prolog

Burg Gaillard, Normandie, August 1064

Lady Lucia blickte auf, als ihr Gemahl mit düsterer Miene den Saal betrat. Graf Guy de Gaillard hielt eine Schriftrolle in der Hand.

»Was ist los? Ist die Pest oder sonst eine Seuche ausgebrochen?« Lucia stand auf und bot ihm ihre Wange zum Kuss. »Hat einer der Jungen etwas ausgefressen?«

Seine Miene hellte sich auf, als er sie umarmte. Lucia hätte gerne alle seine Sorgen so rasch vertrieben. Doch dafür standen die Chancen schlecht in der Normandie, und außerdem wäre ihm das wohl nicht recht gewesen. Normannischen Männern schienen Widrigkeiten Spaß zu machen. Lucia hingegen, die in England geboren und aufgewachsen war, wäre völlig zufrieden gewesen, ihre Tage in Ruhe und Beschaulichkeit zu verbringen.

Sie musste allerdings zugeben, dass fünfzig unruhige Jahre Guy kaum etwas hatten anhaben können: Sein Rücken war gerade, sein Haar dicht und seine grünen Augen scharf und klug. Die einzigen Veränderungen, die sie nach zwanzig Jahren Ehe an ihm feststellen konnte, waren ein paar graue Strähnen in seinem krausen Haar und eine leichte Verdunkelung seiner Augen, deren Farbe sich intensiviert hatte wie Frühlingslaub, das am Ende des Sommers zu sattem Dunkelgrün wird.

»Weder die Pest noch sonst eine Seuche«, erwiderte er und ließ sich auf seinen schweren Eichenstuhl am Feuer sinken. »Und auch die Jungen haben nichts angestellt, so unwahrscheinlich das sein mag. Nein, das hier!« Er reichte ihr das zusammengerollte Schriftstück und holte sich Wein, der am Feuer warmgehalten wurde. Sein Lieblingshund Roland kam und legte die Schnauze auf das Knie seines Herrn. Graf Guy entspannte sich und zog sacht an den langen, seidigen Ohren des Tiers.

Er beobachtete seine Frau, die sich wieder auf dem Stuhl gegenüber niedergelassen hatte, nachdem sie ihre kunstvolle Stickerei behutsam zur Seite geschoben und unbewusst ihre wollenen Röcke in elegante Falten drapiert hatte. Noch heute bewunderte Guy die Anmut und Schönheit, die seine englische Braut in sein hartes normannisches Heim gebracht hatte, auch wenn es längst eine liebgewonnene Gewohnheit geworden war.

Ihrer geschickten Haushaltsführung war es zu danken, dass selbst am Ende des Winters wohlschmeckendes, gesundes Essen auf den Tisch kam, die steinernen Wände mit Gobelins geschmückt waren und er und seine Söhne weich gewebte Gewänder mit bestickten Säumen trugen, die eines Königs würdig gewesen wären.

Das Leben war gut auf der Burg Gaillard, und er wünschte sich, dass es für immer so bliebe.

Lucia entrollte das Schriftstück und machte sich mit einem leichten Stirnrunzeln daran, die lateinischen Worte zu entziffern. Das waren die einzigen Falten, die ihr anmutiges Gesicht zeigte, und das Haar, das unter ihrer weißen Haube hervorlugte, war noch immer goldblond. Guy fragte sich immer wieder voller Bewunderung, ob sie wohl das Geheimnis ewiger Jugend kannte, denn immerhin ging sie inzwischen schon auf die vierzig zu. Vielleicht war es ihr ruhiges Wesen. Lucia war mit hübschen Rundungen ausgestattet, und es bedurfte in der Tat eines ruhigen Charakters, um sich auf Burg Gaillard eine gewisse Körperfülle bewahren zu können.

Als gebürtige Engländerin hatte sie eine bessere Bildung genossen als er – auch wenn er für einen Normannen durchaus als belesen bezeichnet werden konnte –, deshalb stellte das

Schriftstück kein Problem für sie dar. »Armer Graf Harald«, bemerkte sie trocken. »Zuerst hat ihn ein Sturm Richtung Normandie verschlagen, dann fällt er Guy de Ponthieu in die Hände, und schließlich muss er sich von Herzog Wilhelm ›retten‹ lassen und diesem schwören, ihm auf den englischen Thron zu helfen. Der Graf glaubt inzwischen sicher, dass sich alle Himmelsmächte gegen ihn verschworen haben.«

»Wie man aus dem Schreiben ersieht, würden ihm viele beipflichten«, meinte Graf Guy.

Lucia nahm ihre Stickerei zur Hand. »Ich kann mir nicht vorstellen, warum sich die himmlischen Mächte gegen den Grafen wenden sollten, schließlich erfüllt er seine Pflichten unserem Herrgott und dem König gegenüber so gut wie jeder andere.« Sie seufzte. »Freilich kann aus diesem Eid aller möglicher Ärger erwachsen. Die Frage ist nur: Was wird Harald tun, wenn er wieder zu Hause ist? Es heißt, dass es mit der Gesundheit von König Eduard nicht zum Besten steht.«

»Was kann er schon tun?«, fragte Guy. »Ein Eid ist ein Eid, egal, wie es dazu gekommen ist. Ein Mann, der sein Wort bricht, kann nicht gedeihen. Wilhelm behauptet bereits seit geraumer Zeit, dass ihm Eduard als Nachfolger auf den englischen Thron gewogen ist, und jetzt hat er auch noch einen der wichtigsten Grafen mit einem Eid an sich gebunden.«

»Aber Graf Harald hat bei dieser Sache nichts zu sagen, Guy. Das Recht liegt bei den großen Herren, die im Witan versammelt sind.«

»Werden sie sich denn für Wilhelm entscheiden?«

Sie schüttelte den Kopf. »Nicht einmal mit Graf Haralds Unterstützung. Sie werden einen Engländer haben wollen, einen Älteren, der seine Fähigkeiten bereits unter Beweis gestellt hat.«

»Einen wie Graf Harald von Wessex«, meinte Guy. »Das wird Wilhelm nie hinnehmen, jetzt, wo ihm der Mann geschworen hat, ihn zu unterstützen.« Er blickte ins Leere und fluchte halblaut.

»Ein Normanne, der sich wegen eines hübschen kleinen Krieges Sorgen macht?«, fragte Lucia ironisch. »Das muss das Alter sein!«

Zu ihrer Überraschung heiterte ihr Spott ihren Gemahl nicht auf. Sie grübelte, was ihm bei dieser Sache wohl am meisten zu schaffen machte. Als sie Hornstöße vernahm, fiel ihr ein, was es sein könnte. Das Signal verkündete nämlich die Rückkehr der beiden jüngsten Söhne, die mit einem Trupp Ritter marodierende Gesetzlose verfolgt hatten. »Aimery«, meinte sie.

Guy nickte. »Keine Ausflüge nach England mehr für ihn.«

Guy hatte drei Söhne und zwei Töchter von seiner ersten Frau, doch mit Lucia war ihm nur ein weiteres Kind vergönnt gewesen. Neben der kriegerischen Ausbildung der Normannen hatte Lucia ihrem Sohn auch die feine englische Art näherbringen wollen, weshalb Aimery de Gaillard von klein auf jedes Jahr einen Teil des Sommers in Mercia verbracht hatte.

»Meine Familie würde es nie zulassen, dass Aimery ein Leid geschähe«, protestierte Lucia. »Edwin ist zwar noch etwas jung, aber Hereward ist ja auch noch da.«

Graf Guy schnaubte. »Meiner Meinung nach ist dein Bruder halb verrückt! Hereward the Wake! Hereward der Wahnsinnige wäre passender. Er hält an uralten Gebräuchen fest. Nur Gott weiß, was in diesen Mann gefahren ist, als er Aimery diese Hautmale zufügte.«

»In der englischen Tradition sind das bedeutende Ehrenzeichen!«, protestierte Lucia.

»Aber bei den Normannen macht man sich darüber lustig. Und was hat es mit dem Ring auf sich, den er ihm gegeben hat?«

»Der Ringfreund eines großen Herrn zu sein ist eine Ehre …« Sie stockte und blickte mit bleichem Gesicht auf ihren Gemahl.

»Aber es ist auch eine Verpflichtung, oder?«

Lucia nickte.

»Und was wird Aimery tun, wenn dieser Kampf um den englischen Thron in einem Waffengang mündet, bei dem die Männer von Merica einschließlich Hereward und Edwin auf der einen und Herzog Wilhelm und die de Gaillards auf der anderen Seite stehen?«

Darauf hatte Lucia keine Antwort. Der Gedanke an die möglichen Folgen ließ sie schaudern.

»Unser Sohn geht nicht mehr nach England, bis diese Angelegenheit geregelt ist!«, beschloss Guy.

Im Burghof wurden Hufschläge, Rufe und Hundegebell laut. Guy trat an das schmale Fenster, von dem aus man einen guten Blick auf das geschäftige Treiben hatte. Pferde und Hunde, Stallburschen und Soldaten tummelten sich auf dem engen Raum. Seine beiden jüngsten Söhne bahnten sich einen Weg durch das Gewühl. Guy hielt unwillkürlich Ausschau nach eventuellen Wunden oder Gebrechen. Aimerys Arm war mit einem blutigen Tuch verbunden, aber so, wie er ihn ausstreckte, um einen Soldaten aus dem Weg zu scheuchen, war die Verletzung offenbar nicht schwer.

Lucia trat zu ihrem Gemahl, schnalzte missbilligend mit der Zunge und eilte hinaus, nach heißem Wasser und ihren Heilkräutern rufend.

Die beiden jungen Männer waren groß und stark, aber ansonsten grundverschieden. Aimery war achtzehn, sein Bruder zwanzig, beide waren also fast erwachsen. Von Kindheit an hatten sie sich im Schwertkampf geübt, was ihnen starke Arme und breite Schultern, muskulöse Beine und große Gelenkigkeit verliehen hatte.

Roger, das letzte Kind von Guys erster Gemahlin, war breit gebaut wie seine älteren Brüder. Selbst ein umstürzender Baum hätte ihm kaum etwas anhaben können. Aimery, Lucias Sohn, war von schlankerem Wuchs. Ihn würde der Baum erschlagen – wenn er ihn träfe. Aber es war klar, dass der Junge flink genug war, ihm auszuweichen.

Beide waren glatt rasiert, doch während Roger sein dunkles Haar wie die meisten Normannen kurz geschnitten trug, fiel Aimerys blonde Mähne ihm bis zu den Schultern. Das eine musste man dem Jungen lassen: Trotz der Hänseleien seiner Brüder war er stolz auf den englischen Stil; aber vielleicht blieb ihm gar nichts anderes übrig, war er doch jetzt auch noch mit Tätowierungen gezeichnet. Selbst aus der Ferne erkannte Guy das blaue Kreuz, das auf seinem linken Oberarm prangte, und das verschnörkelte Fantasiewesen, das seinen rechten Unterarm und den Handrücken zierte.

Lucia sorgte dafür, dass alle Männer der de Gaillards Gewänder aus feinstem Tuch trugen, die so geschnitten und verziert waren, wie es nur eine Angelsächsin zuwege bringen konnte. Wie alle Normannen trugen sie in England gefertigte Schmuckstücke aus Gold und Edelsteinen, und zwar so viele, wie sie sich leisten konnten; denn die englischen Goldschmiede waren die besten in ganz Europa.

Aimery kleidete sich gern in bunte Gewänder, und seine englischen Verwandten hatten ihm besonders hübsche Schmuckstücke geschenkt – heute trug er zwei goldene, mit Granaten verzierte Armreifen, mit denen man ein ansehnliches Stück Land hätte erwerben können. Aber auch sonst hob er sich von den anderen ab, denn sein Äußeres spiegelte fast ausschließlich die mütterliche Seite. Je älter er wurde, desto stärker erinnerte er Lucia an ihren Bruder Hereward in jungen Jahren.

Sein Kleidungsstil führte dazu, dass er in seiner Heimat wie ein Fremder wirkte. Manchmal hatte Guy das Gefühl, dass er seinem jüngsten Sohn außer seinen grünen Augen nichts vererbt hatte.

Guy erhob sich und schenkte Wein in zwei silberne Becher. Dabei ging ihm durch den Sinn, dass sein Leben einfacher gewesen wäre, wenn er Lucia nie getroffen hätte – einfacher, aber keineswegs erstrebenswerter. Lucia war das Licht und die Wärme seines Lebens, und ihr Sohn war trotz des gelegentlichen Verdrusses, den er ihm bereitete, in mancher Hinsicht sein Liebling. Er hoffte, dass sein Jüngster sich dessen nicht bewusst war.

Die beiden jungen Männer stürmten lärmend in den Saal. An ihnen haftete noch der Geruch von frischer Luft, Pferden und Blut.

»... es wäre doch wirklich nicht nötig gewesen, sie alle umzubringen!«, rief Aimery.

»Und warum hätten wir sie hierher schaffen sollen, wo sie doch nur gehängt worden wären?«, fragte Roger verächtlich schnaubend.

»Um der Gerechtigkeit willen!«

»Gerechtigkeit! Angelsächsischer Unsinn! Es waren gesetzlose Mordgesellen!«

»Hat sich das Problem erledigt?«, wollte Guy wissen.

Zwei Stimmen wurden laut, Roger übertönte seinen Bruder. »Ein paar sind uns entwischt, aber acht haben wir getötet.«

»Gut«, meinte der Graf.

Aimery wollte noch etwas sagen, doch ein Blick auf seinen Vater verriet ihm, dass es sinnlos wäre, sich weiter darüber auszulassen. Wortlos nahm er den angebotenen Becher Wein.

»Wie bist du zu deiner Verwundung gekommen?«, fragte Guy.

»Durch einen Pfeil. Es ist nur ein Kratzer.«

»Dennoch wird sich deine Mutter darum kümmern.«

Aimery verzog das Gesicht, als Lucia hereineilte. »Es ist nicht der Rede wert, Mutter.«

»Das hat auch der gesagt, der drei Tage später am Wundfieber starb«, erwiderte Lucia bitter. »Wenn du tapfer genug bist, dir solche Verletzungen zuzuziehen, solltest du auch tapfer genug sein, die Wundversorgung auszuhalten. Setz dich!«

Er ließ sich auf dem Stuhl nieder, auf den sie deutete. Mit sanften Händen entfernte sie den Verband. Guy tat sein Sohn leid, er reichte ihm etwas, um ihn abzulenken – das Schreiben.

Aimery stellte den Becher ab und las das Schriftstück gebannt. »Das …« Er stockte und atmete hörbar ein, als seine Mutter das letzte Stück des Verbands wegriss, um die Wunde wieder zum Bluten zu bringen.

»Sie ist schon sauber!«, protestierte er. »Ich habe sie gesäubert.«

»Das beurteile ich und sonst niemand!«, meinte sie streng. Sie spülte die Wunde und stocherte darin herum.

Aimery zwang sich, sich wieder mit dem Schreiben zu befassen. »Der Eid muss ihm unter Gewalt abgerungen worden sein – Mutter!« Er holte tief Luft, dann fuhr er fort: »Graf Harald hätte nie freiwillig geschworen, den Anspruch des Herzogs auf den Thron zu unterstützen.«

Guy nahm seinem Sohn das Schreiben aus der Hand und reichte ihm stattdessen wieder den Becher Wein. »Dann hätte er eben sterben müssen, statt den Eid zu leisten«, meinte er trocken. »Ein Eid ist ein Eid. Was weißt du über ihn?«

Aimery nahm einen tiefen Schluck. »Graf Harald? Ich kenne ihn nicht …« Ihm stockte der Atem, denn seine Mutter bohrte gerade besonders tief in seiner Wunde. »Er genießt hohes Ansehen und gilt als guter Soldat«, fuhr er fort, als er sich von dem Schmerz erholt hatte. »Seit vielen Jahren regiert er England im Namen des Königs. Er würde mit Sicherheit einen guten Herrscher abgeben.« Trotzig blickte er auf seinen Vater.

»Er wäre ein Eidbrecher«, entgegnete Guy.

Aimery leerte seinen Becher und starrte auf das glänzend polierte Silber. »Was wird Herzog Wilhelm tun, wenn der Witan Harald zum König wählt und dieser die Wahl annimmt?«, fragte er schließlich.

»Er wird seinen Anspruch gewaltsam geltend machen.«

Aimery erbleichte, vielleicht wegen des Puders, das Lucia soeben resolut in seine Wunde rieb, doch das bezweifelte Guy, denn sein Sohn besaß eine rasche Auffassungsgabe.

Aimery de Gaillard richtete den Blick in die unergründliche Ferne. Als er seinen leeren Becher absetzte, klang es wie das Klirren einer Klinge auf einem Schild.

Abbaye des Dames, Caen, Normandie, Februar 1066

Der Besucherraum der Abbaye des Dames in Caen war klein, doch gut geschnitten. Selbst an diesem bitterkalten Tag wirkte er sehr gemütlich, denn die beiden schmalen Fensteröffnungen waren mit kostbarem Glas ausgefüllt, und in dem großen gemauerten Herd brannte ein Feuer. Die Sonnenstrahlen, die durch die kleinen Buntglasscheiben drangen, waren trügerisch golden und funkelten auf den farbenfrohen Wandgemälden und den bestickten Kissen. Im Vergleich dazu wirkten die drei Menschen im Raum düster.

Zwei von ihnen waren Krieger – groß, drahtig und in Rüstungen und Gewänder gekleidet, denen man ansah, dass sie schon lange in Gebrauch waren. Einer der beiden war alt, sein Haar ergraut, die grobknochigen Hände gichtig. Der Jüngere hatte dichtes braunes Haar, und obwohl die beiden viele Jahre trennten, war unschwer zu erkennen, dass es sich um Vater und Sohn handelte, denn er war dem Älteren wie aus dem Gesicht geschnitten.

Die dritte Person war ein Mädchen mit einer noch knabenhaften Figur im schlichten weißen Gewand einer Novizin. Ein dicker kastanienbrauner Zopf, von einem feinen Batistschleier bedeckt, hing ihr auf den Rücken. Ihr Gesicht hatte noch kindlich weiche Züge, doch ihr Mund ließ große Entschlossenheit erahnen, und die großen braunen Augen waren wach und scharf.

Dem Älteren, Gilbert de la Haute Vironge, war in diesem eleganten Raum etwas unbehaglich. Er machte einen Schritt, dann blieb er wieder stehen, als habe er Angst, irgendeinen kostbaren Gegenstand zu zerstören. Marc, sein Sohn, lehnte, in ein Kettenhemd gekleidet, an einer weißen Wand, ohne an die Kratzer zu denken, die er möglicherweise hinterließ. Gilberts Tochter Madeleine saß kerzengerade aufgerichtet und gefasst da, das perfekte Bild einer kleinen Nonne. Sie schien in ihre Umgebung zu passen wie eine Perle in ihre goldene Fassung.

Doch Madeleines Gefasstheit war nur eine Maske, hinter der sich tiefe Verzweiflung verbarg. Als die Äbtissin vor zwei Wochen, an Madeleines fünfzehntem Geburtstag, die Sprache auf ihr Gelübde gebracht hatte, war Madeleine klar geworden, dass sie keine Nonne werden wollte. Aber eigentlich hatte sie keine andere Wahl: Ihre Mutter hatte sie auf dem Sterbebett dem Kloster anvertraut, wo sie für die Seelen aller Angehörigen der Haute Vironges beten sollte. Doch vielleicht bot sich bei dem unerwarteten Besuch des Vaters eine letzte Gelegenheit, ihn zu überreden, das Versprechen zurückzunehmen. Wenn sie doch nur den Mut aufbringen könnte, ihn darum zu bitten!

»Es gärt also überall«, sagte Lord Gilbert verdrossen; bei seinen fahrigen Bewegungen klirrten Rüstung und Waffen. »Nur Gott weiß, wann wir dich wieder besuchen können, meine liebe Tochter. Jetzt, wo Eduard von England tot ist und die Engländer diesen Grafen Harald gekrönt haben, wird es Arbeit für unsere Schwerter geben – es sei denn, sie besinnen sich noch eines Besseren.«

»Ich hoffe, dass sie das nicht tun«, meinte Marc und stocherte in seinen Zähnen. »Wenn es zum Krieg kommt, gibt es Beute. Der Herzog schuldet uns einiges.«

Gilbert funkelte ihn böse an. »Wir dienen unserem Lehnsherrn unserer unsterblichen Seelen willen, nicht wegen materiellen Gewinns!«

»Ein paar irdische Belohnungen wären auch nicht verkehrt. Wir sind dem Herzog seit Jahrzehnten loyal verbunden, und was haben wir davon?«

»Aber warum haben die Engländer nicht Herzog Wilhelm akzeptiert?«, warf Madeleine ein. Sie fragte sich, ob die beiden sich auf jedem Schlachtfeld stritten, auf dem sie sich herumtrieben. »Ihm wurde die Krone doch versprochen, oder?«

Marc schnaubte. »Wenn ich Engländer wäre, würde ich auch keinen fremden Eindringling hinnehmen. Und für uns ist das doch umso besser.«

Gilbert wehrte sich verärgert gegen den Begriff »Eindringling«, und schon hatten sie sich wieder in den Haaren. Madeleine seufzte. Die Freude ihres Bruders am Krieg gefiel ihr ganz und gar nicht, aber sie wusste, dass einer Familie, die unruhige Zeiten an den Rand der Armut gebracht hatten, kaum etwas anderes übrig blieb, als ihr Glück auf dem Schlachtfeld zu machen. Und größerer Wohlstand konnte auch für sie vorteilhaft sein.

Haute Vironge lag im Vexin, dem Gebiet, um das sich Frankreich und die Normandie seit langem stritten. Es hatte im letzten Jahrzehnt schwer gelitten. Gilbert war Herzog Wilhelm ein treuer Gefolgsmann in dessen Kampf um sein Land, und im Gegenzug unterstützte der Herzog die Familie, wann immer er konnte.

Madeleines Aufnahme in die Abtei, die der Herzog und seine Gemahlin gegründet hatten, hatte zu diesen Hilfeleistungen gehört, und falls es in England zu einem Krieg kommen sollte, würde der Herzog bestimmt einiges aus der Kriegsbeute an die Männer von Haute Vironge weitergeben.

Die Klosterglocke läutete zur Non, und Madeleine erhob sich. Die beiden Männer unterbrachen ihren Streit.

»Nun denn«, meinte Lord Gilbert, dem die Erleichterung anzumerken war, »wir müssen jetzt gehen.« Er legte eine Hand auf den Kopf seiner Tochter. »Bete für uns, mein Kind. Bald wirst du eine vollkommene Braut Christi sein.«

Als die beiden Männer sich ihre pelzgefütterten Umhänge holten, nahm Madeleine ihren ganzen Mut zusammen. »Vater?«

Er drehte sich um. »Ja?«

Das Herz schlug ihr bis zum Hals, und ihr Mund wurde trocken. »Vater ... gibt es noch irgendeine Möglichkeit für mich, meine Gelübde nicht abzulegen?«

Er blickte sie stirnrunzelnd an. »Was hast du da gesagt, Kind?«

Madeleine warf ihrem Bruder einen panischen Blick zu, doch Marc musterte sie nur neugierig. »Ich ... ich bin nicht sicher, dass ich dazu bestimmt bin, eine Braut Christi zu werden.«

Lord Gilberts Brauen zogen sich weiter zusammen. »Wie bitte? Wenn du zu Hause geblieben wärst und ich dir einen Mann bestimmt hätte, dann hättest du ihn auf mein Geheiß hin geheiratet. Und so ist es jetzt auch. Deine Mutter hat bestimmt, dass du den Schleier nimmst und für uns betest, und nun bist du hier.«

Madeleine kämpfte mit den Tränen. »Aber ... aber sollte ich denn nicht etwas *spüren,* Vater?«

»Du spürst weiche Gewänder an deinem Leib und gutes Essen in deinem Bauch. Sei dankbar!«, knurrte er, doch dann wurden seine Züge wieder etwas weicher. »Du bist der Abtei versprochen worden, Maddy. Ich bräuchte sehr viel mehr Geld, als mir zur Verfügung steht, um dich herauszukaufen. Aber was soll dann aus dir werden? Die Auswahl an passenden Ehemännern ist nicht allzu groß. Wir sind weder reich noch mächtig. Vielleicht«, fügte er wenig überzeugt hinzu, »wenn es in England zu Kämpfen kommt und Beute gemacht wird ...«

Madeleine warf einen bittenden Blick auf ihren Bruder, der früher einmal ein richtiger Held für sie gewesen war. Doch Marc zuckte nur mit den Schultern. »Ich wäre nur höchst ungern ein Mönch, aber für eine Frau ist es doch etwas ganz anderes. Wenn ich an die Männer denke, die momentan für dich als Gemahl zur Auswahl stünden, dann glaube ich, dass du ohne einen von denen besser dran wärst.«

»Aber ich hätte nichts dagegen, einfach nur zu Hause zu

bleiben und für euch beide zu sorgen«, protestierte Madeleine.

»Zu Hause bleiben?«, meinte Gilbert zweifelnd. »Maddy, in den fünf Jahren, seit du hier im Kloster bist, ist Haute Vironge völlig verfallen. Es liegt inmitten eines Schlachtfelds.«

Der Schmerz in Madeleines Brust drohte sie zu ersticken. »Ich habe kein Zuhause mehr?«, flüsterte sie.

»Du hast hier dein Zuhause«, konterte er. »Und zwar ein schöneres, als du es je hättest erwarten können, wenn der Herzog nicht so großzügig gewesen wäre. Die Äbtissin ist sehr zufrieden mit dir. Du bist sehr gelehrsam, heißt es, und hast alle Voraussetzungen, um eine richtige Heilerin zu werden. Wer weiß, vielleicht wirst du eines Tages sogar Äbtissin?«

Er strengte sich an, die Zukunft in rosigen Farben zu malen, und jedes seiner Worte war wahr. Madeleine brachte ihrem Vater zuliebe ein mühsames Lächeln zustande. Auf seine Weise liebte er sie, und die Vorstellung, dass sie unglücklich wäre, würde auch ihn unglücklich machen.

Er belohnte ihre Anstrengung mit einem Lächeln seinerseits und tätschelte ihr den Kopf. »So ist es recht. Glaub mir, hier bist du am besten aufgehoben, Maddy. Die Welt ist ein grausamer Ort. Gott segne dich, Tochter!«

Madeleine machte einen kleinen Knicks. »Gute Reise!«, flüsterte sie mit einer Stimme, aus der sämtliche Hoffnung gewichen war.

An der Tür wandte sich Marc noch einmal um. »Das Leben dort draußen ist hart, Schwester. Bist du sicher, dass du ein solches Leben führen möchtest?«

Sicher war ein großes Wort, und Madeleine zögerte, doch dann nickte sie.

»Dann sieh zu, dass du deine Gelübde noch ein wenig aufschieben kannst. In England wird es bestimmt bald losgehen, und wenn wir dabei reich werden, kaufe ich dich frei.«

Mit diesem fast beiläufigen Versprechen ging er. Die Tränen, die Madeleine so lange zurückgehalten hatte, begannen zu fließen. Marcs Gerede von Reichtum war sicher nur ein Traum, genau wie ihre Sehnsucht nach der Freiheit, die obendrein noch ein törichter Traum war, wie ihr Vater gemeint hatte.

Sie wischte sich die Tränen aus dem Gesicht. Leider ließen sich Träume nicht so leicht wegwischen. Madeleine starrte auf den Seidengobelin, der zeigte, wie Christus in der Wüste von weltlichen Freuden in Versuchung geführt wurde, so, wie es auch ihr erging.

Sie sehnte sich danach, all die Wunder des Lebens zu erfahren und nicht nur davon zu lesen. Zu gerne wäre sie in das Land des ewigen Eises zu den weißen Bären gereist oder zu den brennend heißen Sandwüsten des Heiligen Landes. Sie wollte tanzen und auf einem Pferd galoppieren. Sie wollte sehen, ob am Himmel über Schottland tatsächlich Drachen flogen, und sie wollte spüren, wie es sich anfühlte, wenn ein Mann eine Frau berührte.

Als sie sich auf den Weg zur Kapelle machte, um das neunte Stundengebet zu singen, klammerte sie sich an den dünnen Hoffnungsfaden, den ihr Bruder ihr zugeworfen hatte. Sie würde um Aufschub für ihre Gelübde bitten und hoffen, dass Marc eines Tages zur Abtei geritten käme, die Taschen voller Münzen, um sie freizukaufen.

Westminster, England, Januar 1067

»Ich bleibe in England!«

Aimery de Gaillard, dessen ganzer Körper angespannt war, starrte seinen Vater trotzig an.

»Du tust, was ich dir sage!«, erwiderte Graf Guy knapp. Sein Kiefer schmerzte von der Anstrengung, die Stimme nicht zu erheben. Fast zwei Monate lang hatten sie sich vor dieser Auseinandersetzung gedrückt, seit der Schlacht bei Hastings, die inzwischen alle Senlac nannten – Blutsee.

Harald Godwinson und die meisten seiner Verwandten waren tot. Ohne auf viel Gegenwehr zu stoßen, waren die siegreichen Normannen nach London weitermarschiert. Dort hatte Wilhelm mit gezücktem Schwert das bekommen, was er haben wollte – die Billigung. Der Witan hatte ihn zum König ernannt, und an Weihnachten war er vom Erzbischof von York in Eduards herrlicher Abtei gekrönt worden.

Nun war es für viele Normannen an der Zeit, die Heimreise anzutreten.

Wilhelm hatte denen, die für ihn gekämpft hatten, Landbesitz und Macht übertragen. Guy hatte ein stattliches Herrenhaus, Rolleston, und Ländereien in der Nähe der walisischen Grenze erhalten. Einige wichtige Lords sollten in England bleiben, um das neue Königreich zu festigen, doch die meisten wollten lieber heute als morgen in die Heimat zurückkehren, bevor Raubritter die Gelegenheit nutzten und sich dort auf ihren Besitz und ihre Gemahlinnen stürzten. Es waren vor allem die ehrgeizigen jüngeren Söhne und die Söldner, die in England bleiben und sich um die Beute streiten wollten – und sich dafür zum Heeresdienst verpflichteten, um dem Land Wilhelms Stempel aufzudrücken.

Das war nicht der rechte Ort für Aimery. Seine Bündnisverpflichtung gegen Wilhelm hatte ihn bereits einiges gekostet. In wenigen Monaten war er so hart geworden, wie es kein Vater bei seinem Kind hätte sehen wollen. Er hatte eine schlimme Verletzung erlitten und war dem Tod nahe gewesen.

»Nein!«

Dieses Wort fiel wie Blei in die angespannte Stille des kleinen Raums. Es war das erste Mal, dass Aimery es so entschlossen gegen seinen Vater benutzte.

Unwillkürlich ballte Guy die Faust. Es wäre so einfach, so tröstlich, sie zum Einsatz zu bringen, doch es stand mehr auf dem Spiel als seine Autorität.

Er überging die Weigerung, als ob er sie gar nicht gehört

hätte. »Morgen brechen wir zur Küste auf«, meinte er schroff. »In der Normandie gibt es viel für uns zu tun, denn Wilhelm wird sich dort kaum noch aufhalten. Ich brauche dich auf der Burg Gaillard, wenn ich der Herzogin bei Staatsgeschäften helfe.«

Aimery war bleich und angespannt. Doch das war er schon seit der Schlacht, bis auf drei bemerkenswerte Ausnahmen: Kurz nach Senlac hatte er schwach, verletzt und verwirrt in den Armen seines Vaters geweint. Und als er sich allmählich erholte, hatte er sich zweimal bis zur Besinnungslosigkeit betrunken. Die körperlichen Wunden waren verheilt, doch seine Seele war noch immer verletzt. Guy wollte ihn so schnell wie möglich zurück in die Normandie und zu Lucia bringen.

»In Gaillard kann Euch Roger helfen«, wandte Aimery ein.

»Roger bleibt hier, um sich um Rolleston zu kümmern.«

Diese Nachricht löste erneut Wut aus. »Roger! Der kann doch kein Schaf von einem Wolf unterscheiden!«

»Wozu braucht er das? Er wird für Ordnung sorgen.«

»Mit seinem Schwert! Er wird das Anwesen ruinieren.«

»Ganz England wird mit dem Schwert regiert«, entgegnete Guy. »Ich brauche dich zu Hause.«

Aimery wandte sich wortlos ab, die Rechte auf die noch immer verbundene linke Schulter gepresst, wo ihn ein wuchtiger Axthieb getroffen hatte. Er hatte Glück gehabt, dass er nicht den Arm oder gar sein Leben verloren hatte. Nun trat er an das schmale Fenster und blickte auf die strohgedeckten Dächer der Londoner Häuser.

Endlich sagte er: »Das hier ist mein Zuhause.«

»Nein, zum Teufel noch mal, das ist es nicht!«, brüllte Guy, der seine Ängste und seinen Zorn nicht mehr beherrschen konnte. Er drückte Aimery an die Wand. »Du bist ein Normanne. Oder willst du etwa deine väterliche Abstammung infrage stellen?«

Aimerys Augen blitzten. »Ich habe auch eine Mutter!« Er versuchte, sich dem Griff des Vaters zu entziehen, doch Guy ließ nicht locker, bis Aimery nach Luft schnappte und aufgab.

»Du bist ein Normanne!«, sagte Guy leise, das Gesicht nur eine Handbreit von dem seines Sohnes entfernt. »Sag es laut und deutlich!«

»Ich bin ein Normanne!«, fauchte Aimery. »Aber ob ich stolz darauf bin, ist eine andere Frage.« Er holte tief Luft. »Der König lässt sich in England nieder, Vater, und er ist ein reinblütiger Normanne – obgleich er natürlich behauptet, in seinen Adern flösse auch englisches Blut.«

In Guy entbrannte die schiere Wut. »Das ist Verrat, du ...« Er stieß seinen Sohn gegen die Wand.

Aimery biss die Zähne zusammen, um nicht laut aufzuschreien.

Guy zwang sich, von seinem Sohn abzulassen, bevor er ihm ernsthaft Schaden zufügte. Er starrte auf die Wand, um die Beherrschung wiederzugewinnen. Wilhelms Anspruch auf England beruhte auf seiner Verwandtschaft mit den Königen Ethelred und Knut. Seine Großmutter hatte erst den einen und nach dessen Tod den anderen geheiratet, ohne einem der beiden einen Erben zu gebären. Sie hatte also kein königliches Blut an ihren Enkel weitergegeben; doch dies durfte öffentlich nicht erwähnt werden, nicht einmal von Aimery, Wilhelms Lieblingspatenkind.

Was würde Lucia sagen, wenn sie erführe, dass Guy das Wiederaufbrechen einer noch nicht verheilten Wunde in Kauf genommen hatte, um seinen Willen durchzusetzen? Viel, und sicher nichts Erfreuliches.

Aber Lucia war zu sanft für die Erziehung normannischer Männer. Man musste endlich aufhören, den Jungen wie eine besorgte Amme zu hätscheln – und schon erstarkte er, schon fing er an zu kämpfen.

»Keiner meiner Söhne wird den Verräter spielen!«

»Ihr setzt nicht sehr viel Vertrauen in mich!«, erwiderte Aimery zornig. »Beim Kreuz, ich habe wie jeder gute normannische Vasall für den König getötet, oder etwa nicht? Die Engländer widersetzten sich den Eindringlingen, doch ich habe sie niedergeritten, ich habe sie mit meiner Lanze durchbohrt, ich habe Arme und Köpfe abgeschlagen …« Er knirschte mit den Zähnen, und sein Atem ging stockend, als käme er direkt vom Schlachtfeld.

»Und das hat dir großen Spaß gemacht, oder etwa nicht?«, fragte Guy boshaft.

»Wie bitte?«

Guy trat wieder neben ihn. »Du bist doch auf den Geschmack gekommen, Bauern zu jagen, oder? Aus welchem anderen Grund solltest du hierbleiben wollen? Es wird oft genug zu einer Bauernjagd kommen, denn Wilhelm muss den Engländern zeigen, wer die Zügel in der Hand hat. Zweifellos werden auch Frauen und Kinder nicht verschont werden …«

Er schaffte es nur mit knapper Not, die gegen ihn erhobene Faust festzuhalten. Aimery war groß und stark. Oh Gott, wie stark! Guy umklammerte das Handgelenk seines Sohnes und musste sich anstrengen, ihn zu beherrschen. Dabei hatte er vor kurzem noch mühelos gewonnen – oder Aimery gewinnen lassen.

Jetzt nahm ihr Kampf eine andere Qualität an: Keiner brachte die andere Hand ins Spiel, denn dadurch hätte Aimery seine verletzte Schulter belasten müssen. Keiner suchte nach einem besseren Hebel. Guys vom Schwertkampf verhornte Hand hielt die des Sohnes knapp oberhalb des Handgelenks und unterhalb eines schweren Armreifs. Doch so kräftig er auch war, er schaffte es nicht, diesen starken Arm zu bezwingen.

Sie waren unfähig, den Kampf zu entscheiden.

Sie waren gleich stark.

Auge in Auge erkannten sie beide diese Tatsache an.

Aimery holte tief Luft, dann entspannte er sich. Seine Miene wirkte sogar etwas belustigt, und seine Wangen hatten ein wenig Farbe bekommen. »Ihr könnt loslassen, Vater«, sagte er gleichmütig. »Ich entschuldige mich.«

Guy ließ ihn vorsichtig los und spürte erleichtert, wie der Schmerz aus seinen verkrampften Fingern wich. Aimery trat einen Schritt zur Seite und rieb sich gedankenverloren das schmerzende Handgelenk. »In Wahrheit will ich nie wieder ein gezücktes Schwert sehen, auch wenn das eines Normannen höchst unwürdig ist«, meinte er leise. »Aber ich kann auch nicht weglaufen. Jetzt bin ich nun mal hier – vielleicht kann ich helfen.«

»Helfen? Wem? Hereward etwa?« Guys größte Sorge war es, dass sich Aimery an die Seite seines Mentors stellen könnte. Hereward von Mercia war nicht in England gewesen, als es zu der Schlacht gekommen war, aber es hieß, dass er inzwischen wieder da sei und geschworen habe, die Normannen zurück ins Meer zu jagen.

Aimery blickte ihn überrascht an. »Nein.«

»Du hast also nicht vor, ihm bei seinem Widerstand gegen Wilhelm zu helfen?«

»Glaubt Ihr wirklich, ich würde jetzt zum Verräter werden – nach allem, was ich durchgemacht habe?« Aimery lachte bitter auf.

»Wem willst du sonst helfen?«, fragte Guy aufrichtig verwirrt. »Wilhelm etwa? Ich habe dir doch gesagt, welche Hilfe er von dir erwarten würde.«

Aimery trat vom Fenster weg und lief ziellos hin und her. »Den Menschen«, sagte er schließlich. »Ich glaube, ich kann den Menschen hier helfen, sich an die neuen Herren zu gewöhnen. In diesem Land gibt es viele gute Dinge. Es wäre eine Sünde, wenn es von Soldaten einfach zertrampelt würde, zumal die Engländer niemals siegen und uns wieder hinauswerfen können. Ich verstehe beide Seiten, und das scheint kein anderer zu tun. Die Engländer halten die Normannen für Barbaren, die Normannen halten die englischen Sitten und Gebräuche für Unsinn.«

»Und wen willst du umstimmen?«, fragte Guy gereizt.

Ein klägliches Lächeln umspielte Aimerys Lippen. »Am besten alle.«

Guy hätte ihn am liebsten erwürgt. »Wahrscheinlich werden die beiden Seiten nur ein einziges gemeinsames Interesse haben, nämlich, dich in Stücke zu reißen.« Aber das Lächeln seines Sohnes stimmte ihn versöhnlicher.

Es war seit zwei Monaten das erste Lächeln, das er zustande gebracht hatte.

»Du kannst Rolleston haben«, sagte er unvermittelt.

Aimery errötete vor Überraschung. »Aber Roger ...«

»Ich habe ihm noch nichts gesagt. Es gibt noch ein Anwesen in der Nähe von Wales, und an der Grenze kann er nach Herzenslust kämpfen – es sei denn, die Waliser ändern sich plötzlich auf wundersame Weise.«

Aimery war völlig verblüfft. »Danke!«

»Rolleston hat Hereward gehört«, erklärte Guy grimmig. »Immerhin kennst du dich dort aus. Du solltest in der Lage sein, das Ganze gewinnbringend zu bewirtschaften. Doch du musst mir dein Wort geben, dass du dich von diesem Verrückten fernhältst!«

Früher wäre das ein Befehl gewesen, doch nun nahm sich Aimery die Zeit, gründlich darüber nachzudenken. Guy wusste, dass er jetzt einen erwachsenen Mann vor sich hatte. Es tat ihm in der Seele weh, dass er sein letztes Kind verloren hatte. Aber das, was aus diesem Kind geworden war, erfüllte ihn auch mit Stolz. Aimery hatte verdammt viel Mut; Mut, der über die Fähigkeit zu töten und getötet zu werden hinausging.

»Ich gebe Euch mein Wort, dass ich nichts gegen den König unternehmen werde«, sagte Aimery schließlich. »Aber wenn ich Hereward überreden kann, mit Wilhelm Frieden zu schließen, werde ich es tun.«

Wieder regte sich Ärger in Guy. Sollte das Ganze etwa von vorne losgehen? »Er ist ein Mann, der Macht über die Menschen hat, Aimery«, warnte er. »Sobald du in seinen Dunstkreis gerätst, könntest du verleitet werden, mehr zu tun, als du ursprünglich vorhattest.«

»Ihr setzt nicht sehr viel Vertrauen in mich, nicht wahr?«, fragte sein Sohn abermals.

»Ich kenne Hereward«, erwiderte Guy einsilbig. »Er ist verrückt, aber sein Wahn ist von einer ganz besonderen Art; er brennt wie eine Fackel in der Finsternis. Wenn er beschließt, sich gegen Wilhelm zu stellen, wird er es tun, und wenn es ihn das Leben kostet. Gott allein weiß, wie viele er in die Hölle mitnehmen wird. Ich will, dass du mir versprichst, ihn nicht aufzusuchen, es sei denn, um ihn zu überreden, mit Wilhelm Frieden zu schließen. Entweder du schwörst mir das, oder du kehrst in Ketten nach Hause zurück.«

Sein Sohn lief wieder unruhig auf und ab.

»Das ist keine leere Drohung, Aimery!«

»Ich weiß«, erklang die ruhige Entgegnung. »Mutter hat oft genug gesagt, dass ich Euch sehr ähnlich bin.«

Guy entkam ein Laut, in dem sich Zorn und Belustigung mischten. Der Drang, seinen Jüngsten windelweich zu prügeln, war schier überwältigend, auch wenn er dafür womöglich ein halbes Dutzend Soldaten hätte herbeirufen müssen.

Als Aimery ihn fest anblickte und erklärte: »Ihr habt mein Wort, Vater«, wurde Guy wieder warm ums Herz.

Aber er wollte kein Risiko eingehen. Er holte eine kleine Elfenbeinschatulle aus dem Beutel an seinem Gürtel und klappte sie auf. Ein Splitter des Kreuzes Christi kam zum Vorschein. »Schwöre mir darauf!«

Aimery wirkte ein wenig spöttisch, doch er legte die Hand auf die Schatulle. »Beim Heiligen Kreuz!«, sagte er, ohne zu zaudern. »Ich schwöre, dass ich mit Hereward nicht in Verbindung treten oder eine Begegnung mit ihm suchen werde, es sei denn, um ihn zu Wilhelm zu bringen, damit dieser ihn begnadigt.«

Guy nickte und verstaute die Schatulle wieder an ihrem Platz. Dann berührte er den schweren goldenen Ring am Mittelfinger von Aimerys rechter Hand. »Am besten gibst du mir diesen Ring.«

Aimery zog die Hand schroff weg. »Nein!« Doch er bemühte sich gleich wieder um einen sanfteren Ton. »Es tut mir leid, Vater, aber diesen Ring kann ich nicht einfach weggeben. Ich bin kein Verbündeter Herewards, wie es ein Ringfreund eigentlich sein sollte, aber ich hoffe, dass ich sowohl ihm als auch dem König von Nutzen sein kann. Wenn der Tag kommt, an dem dies nicht mehr möglich ist, gebe ich Hereward den Ring zurück.«

»Aber nicht persönlich.«

»Gut, nicht persönlich«, willigte Aimery ein.

Guy legte seinem Sohn die Hand auf die Schulter. »Ich glaube ja immer noch, dass es klüger wäre, dich niederzuschlagen und nach Hause zu schleppen.«

Aimery zuckte leicht mit den Achseln. »*Wyrd ben ful araed.*«

»Was heißt das?«, fragte Guy mürrisch. Das Letzte, was er jetzt brauchte, war die Erinnerung daran, dass sein Sohn das Erbe beider Völker in sich trug.

»Das Schicksal kann man nicht ändern«, erklärte Aimery. »Und ich glaube, mein Wyrd liegt in England, Vater.«

Guy ließ ihn los, bevor er der Versuchung erlag, mit der Faust auf Aimerys verbundene Schulter einzudreschen. »Bei allen Höllenhunden, ich wünschte, ich hätte dem albernen Wunsch deiner Mutter, dich in dieses verfluchte Land zu schicken, nie entsprochen!«

»Nun, manchmal geht es mir genauso«, meinte Aimery leichthin. »Aber jetzt lässt sich nichts mehr daran ändern.«

Bevor der Vater etwas erwidern konnte, hatte der Sohn den Raum verlassen.

Abbaye des Dames, Caen, Normandie, März 1068

Madeleine eilte zur Kammer der Äbtissin. Das letzte Stück rannte sie mit gerafften Röcken. Sie war im Kräutergarten und nicht im Skriptorium gewesen, sodass es schwer gewesen war, sie zu finden. Dafür würde sie wahrscheinlich bestraft werden.

Natürlich drohte auch Ärger, weil sie rannte, aber sie hoffte, dass niemand sie dabei ertappte.

Vor der Eichentür blieb sie kurz stehen, bis ihr Atem wieder gleichmäßig ging. Dann richtete sie ihren Schleier und klopfte. Als sie hereingerufen wurde, öffnete sie die Tür, blieb jedoch überrascht auf der Schwelle stehen. Ihr Blick fiel nicht auf die Äbtissin, sondern auf Matilda, die Herzogin der Normandie, und, wie Madeleine einfiel, inzwischen auch die ungekrönte Königin Englands.

»Tritt näher, Schwester Madeleine!«, forderte Matilda sie auf.

Als Erstes befürchtete Madeleine, dass die Äbtissin es vielleicht satthätte, ihr Zucht und Ordnung beizubringen, und deshalb die Herrscherin des Herzogtums herbeigerufen habe, um sie zu züchtigen. Oder, schlimmer noch, um ihr das Gelübde abzunötigen, das Madeleine immer wieder aufschob. Denn in England war es tatsächlich zu Kämpfen gekommen, und ihr Vater und ihr Bruder waren reich belohnt worden – es gab also immer noch Hoffnung.

Aber sicherlich waren solch persönliche Dinge für die Herzogin völlig belanglos.

Madeleine kam der Aufforderung nach, sich auf einen kleinen Stuhl neben die Herzogin zu setzen, und beobachtete dabei verstohlen die Lady. Die Herzogin war die Patronin der Abtei und deshalb keine Unbekannte für Madeleine, doch so nahe war sie ihr noch nie gekommen. Nun fiel ihr auf, wie klein und zart gebaut diese Frau war. Man konnte sich kaum vorstellen, dass sie mit dem furchteinflößenden Herzog Wilhelm verheiratet war und ihm bereits sechs Kinder geboren hatte. Aber ihre Nase und ihr Kinn wiesen auf große Entschlossenheit hin, und sie hatte sehr scharfsichtige dunkle Augen.

»Ich habe traurige Nachrichten für dich, mein Kind«, begann die Herzogin unumwunden. »Du hast ja bereits vernommen, dass dein Vater verwundet wurde, als der Herzog nach England einmarschierte. Die Wunde war ernst, doch man hielt sie nicht für tödlich. Aber unser Heiland hatte anderes vor. Die Wunde heilte nicht wie erwartet, und vor ein paar Monaten kam ein Fieber hinzu – dein Vater ist zu unserem Herrgott heimgekehrt.«

Madeleine war sehr traurig, dass sie ihren Vater nie wiedersehen würde, doch sie fragte sich auch, was dieser Verlust für ihre Träume bedeuten mochte.

»Ich werde für seine Seele beten, Euer Gnaden«, sagte sie, den Blick sittsam auf die Hände im Schoß gerichtet.

»Das ist noch nicht alles«, fuhr die Herzogin fort. Madeleine blickte überrascht hoch. »Dein Bruder Marc ist vor zwei Wochen bei der Überfahrt von England ertrunken.«

Madeleine drohten die Sinne zu schwinden. Marc tot? Ihr Körper wurde taub. Man drückte ihr einen Becher Wein in die Hand, sie nahm einen Schluck und spürte, wie langsam Gefühle in ihr hochstiegen – Kummer und das Ende ihrer Hoffnung.

War Marc unterwegs gewesen, um ihr die Freiheit zu erkaufen?

Welch ein Gedanke! Ihr Leid sollte doch einzig dem jungen Leben ihres Bruders gelten, das in einer siegreichen Zeit viel zu früh zu Ende gegangen war!

Eine Träne lief ihr über die Wange. Sie wischte sie weg. »Ich werde auch für seine Seele beten, Euer Gnaden«, sagte sie leise. Sie nahm noch einen Schluck des starken Weins, dann stellte sie den Becher auf den Tisch.

Erst jetzt kam ihr der Gedanke, wie ungewöhnlich es war, dass die Herzogin der Normandie einer einfachen Novizin diese traurigen Nachrichten überbrachte. Sie blickte die Lady fragend an.

»Dein Vater hat gebeten, dich unter die Vormundschaft meines Lordgemahls zu stellen. Und dieser hat mich angewiesen, mit dir über deine Zukunft zu reden.«

»Meine Zukunft?«

»Weißt du«, fragte die Herzogin, »dass der König nach seiner Krönung deinem Vater als Lohn für seinen langen, treuen Dienst eine englische Baronie übereignet hat?«

Madeleine nickte. Diese Baronie war der Dreh- und Angelpunkt ihrer Träume gewesen. »Baddersley«, sagte sie tonlos.

»Es handelt sich offenbar um ein stattliches Anwesen in der Nähe einer der alten Straßen, die die Römer quer durch England gebaut haben. Der vormalige Besitzer war ein Mann namens Hereward, ein Sohn des alten Grafen von Mercia, glaube ich. Mein Lordgemahl begnadigt diejenigen, die sich gegen ihn erhoben haben, sobald sie ihm die Bündnistreue schwören, aber dieser Hereward ist ein reuloser Rebell, und deshalb hat er alle seine Güter verloren. Die Frage ist nur, wer nun Baddersley leiten soll.«

»Marc ist tot«, murmelte Madeleine.

»Das Anwesen gehört jetzt dir, Madeleine.«

»Mir?«, fragte sie verständnislos. »Soll es an die Abtei fallen?«

Die Herzogin musterte sie eingehend. »Nein«, meinte sie. »Es ist der Wunsch des englischen Königs, dass du in die Welt zurückkehrst und einen Mann heiratest, der dieses Land für dich führt.«

Eine Ehe, dachte Madeleine verwirrt. Das war doch immer ihr Traum gewesen. Das bedeutete Freiheit!

Und dennoch bedeutete es ganz offenkundig auch etwas anderes.

Wenn Marc einen Dispens erwirkt hätte, hätte er sie mit sorgloser Freundlichkeit behandelt und ihr erlaubt, sich selbst einen Gemahl auszusuchen. Dieser Plan aber bedeutete, dass sie und ihr Land einem Mann übergeben würden, ohne ihr ein Mitspracherecht einzuräumen. Mächtige Männer waren oft alt. Die meisten normannischen Adligen, die sie kannte, waren grobe, mit Zahnlücken behaftete, fluchende, schmutzige Männer.

Sie blickte auf. »Muss ich das tun, Euer Gnaden?«

Die Herzogin musterte sie noch immer. »Das ist der Wille deines Herzogs, des Königs von England. Doch wenn du das Gefühl hast, deine Bestimmung läge im Schoß der Kirche ...«

Madeleine stand vor einer wichtigen Entscheidung; einer Entscheidung, auf die sie überhaupt nicht vorbereitet war. Sie stand auf, lief ziellos in dem kleinen schlichten Raum umher und spielte an dem hölzernen Kreuz, das sie an einer Halskette trug, während sie versuchte, sich über die beiden Wege klar zu werden, die ihr nun offenstanden.

Den einen Weg, die Abtei, kannte sie; er war geradlinig und frei von Hindernissen, so weit es absehbar war; ruhig, geordnet, kultiviert – und öde.

Der andere war gewunden und unübersichtlich und führte in eine geheimnisvolle Welt. Was würde sie dort erwarten? Freundlichkeit oder Grausamkeit? Annehmlichkeit oder Mühsal? Abenteuer oder Ödnis?

Madeleine blieb vor dem elfenbeinernen Kruzifix an der Wand stehen und betete um göttliche Weisung. Sie dachte daran, wie oft sie darum gebetet hatte, aus dem geistigen Leben entlassen zu werden. Nicht umsonst hieß es, man solle sich stets gut überlegen, worum man betete, denn es könnte in Erfüllung gehen.

So sei es. Sie war aufrichtig genug, um sich einzugestehen, dass die Abtei ihr Annehmlichkeiten und Sicherheit bot, aber nichts, was sie wirklich berührte. Die Gebete und Riten, bei denen andere oft in spirituelle Ekstase gerieten, waren für sie einfach nur Routine, die ihr mehr oder weniger gut gefiel.

»Nein«, sagte sie schließlich, »ich glaube, ich spüre keine wahre Berufung.«

Die Herzogin nickte. »Das meint auch die Äbtissin, obwohl es ihr leidtut, wenn sie dich verliert. Offenbar fällt dir das Lernen leicht, vor allem, was die Heilkunde angeht.« Sie erhob sich. »Es gibt viele Wege zu dienen, meine Liebe. Die Zeiten sind unruhig, und der König braucht dich.«

Madeleine ließ sich nichts vormachen. Der König brauchte sie, um sie einem Mann als Belohnung vorzuwerfen, so, wie Männer die noch warmen Innereien ihrer Beute den Jagdhunden vorwarfen.

»Wen soll ich heiraten, Euer Gnaden?«

»Das steht noch nicht fest«, erwiderte die Herzogin. »Es besteht keine Eile. Momentan kümmert sich ein Onkel um das Land.« Onkel Paul, dachte Madeleine. Natürlich.

Weder die Familie ihrer Mutter noch die ihres Vaters waren besonders fruchtbar gewesen und hatten auch sonst nicht viel Glück gehabt. Ihre einzige noch lebende Verwandte war die Schwester ihrer Mutter, Celia, die einen verarmten Lord, Paul de Pouissey, geheiratet hatte. Die Ehe blieb kinderlos, doch Odo, Pauls Sohn aus erster Ehe, war immer als Cousin von Marc und Madeleine betrachtet worden.

Paul de Pouissey war durch und durch ein Versager. Wenn es aber darum ging, von etwas zu profitieren, was der Familie seiner Frau an Gutem widerfuhr, war er stets zur Stelle.

»Du hast hier eine weitaus bessere Erziehung genossen als die meisten jungen Frauen«, fuhr die Herzogin fort. »Aber dir fehlen die höfischen Manieren. Du musst dich meinen Hofdamen anschließen. Ich gehe davon aus, dass ich im Frühjahr nach England zu meinem Lord gerufen werde. Es bleibt also noch genügend Zeit, deine Zukunft zu regeln.«

Wenn noch kein Mann bestimmt war, dachte Madeleine, gab es ja vielleicht die Möglichkeit, das Schicksal selbst in die Hand zu nehmen. »Ich möchte Euch noch um einen Gefallen bitten, Euer Gnaden.«

Der Blick der Herzogin wurde etwas kühler. »Worum geht es denn?«

Madeleine wollte schon der Mut verlassen, deshalb äußerte sie ihre Bitte sehr rasch: »Mylady, ich möchte um das Recht bitten, bei der Wahl meines zukünftigen Gemahls mitsprechen zu dürfen.«

Der Blick, mit dem die Herzogin sie nun bedachte, zeigte ihr, dass diese tatsächlich sehr abgekühlt war. »Willst du etwa sagen, der König und ich kümmern uns zu wenig um dein Wohl, Mädchen?«

Madeleine kniete sich hastig hin. »Nein, Euer Gnaden. Verzeiht mir!«

Sie sah, wie die Herzogin mit einem elegant beschuhten Fuß dreimal auf den Boden tappte. Dann meinte Matilda: »Nun, du bist auf höchst ungewöhnliche Weise erzogen worden, das darf man nicht vergessen. Immerhin hast du Mut …« Der Fuß klopfte weiter. Madeleine starrte darauf und überlegte, ob man ihr nun verzeihen oder ob sie zudem noch etwas gewinnen würde. Selbst das geringste Mitspracherecht hätte ihr schon gereicht.

»Ich werde meinen Lordgemahl bitten, deine Wünsche in Betracht zu ziehen«, erklärte die Herzogin schließlich, sehr zu Madeleines Überraschung. »Und ich werde mein Bestes tun, damit deine Vermählung etwas hinausgezögert wird und du ein wenig Zeit hast, dich an dein neues Leben zu gewöhnen.«

Erstaunt über diese Großzügigkeit hob Madeleine den Blick. Die Herzogin lächelte spröde. »Du kannst ruhig wieder aufstehen, Mädchen. Schließlich hast du mit deiner Kriecherei erreicht, was du wolltest.«

Madeleine erhob sich behutsam.

»Traust du mir nicht?«, fragte Matilda. »Das ist sehr klug von dir. Weißt du, wie um mich gefreit wurde?«

»Nein, Euer Gnaden.«

Als die Herzogin in die Vergangenheit blickte, wurde ihr Lächeln breiter. »Wilhelm hielt bei meinem Vater um meine Hand an, aber ich weigerte mich. Schließlich war er unehelich geboren, und sein Land war nicht allzu sicher. Meine Ablehnung war wohl etwas grob geraten. Eines Tages kam Wilhelm mit einem Begleiter nach Blois und begegnete mir auf der Straße. Ich war nur in Begleitung meiner Zofe und eines Wächters. Er packte mich und ließ mich seine Reitgerte spüren.«

Madeleine stockte der Atem, doch das Lächeln der Herzogin war noch immer sehr liebevoll. »Später bat er noch einmal um meine Hand, und ich willigte ein.«

»Nachdem er Euch geschlagen hatte?«

»Weil er mich geschlagen hatte. Aber glaube nicht, dass ich so etwas besonders schätze. Seit jenem Tag hat er nie mehr die Hand gegen mich erhoben. Wenn er es täte, würde sich die Erde auftun angesichts des Streits, der zwischen uns entstünde. Aber ein Mann, der es wagte, sich in die Festung meines Vaters zu begeben und mich dort so zu behandeln, war einer, dessen Schicksal ich gerne teilen wollte.«

Die Herzogin richtete die Falten ihres weichfließenden, rubinroten Gewandes. »Warum ich dir das erzählt habe? Weil ich es billige, wenn eine Frau bereit ist, ihr Schicksal in die Hand zu nehmen, und versucht, es zu steuern. Ich werde dich unterstützen, so gut ich kann. Aber ich weise dich auch darauf hin, dass die Verantwortung, einen Gemahl zu wählen, nicht leicht zu tragen ist. Überlege dir gut, welche Eigenschaften dein Mann haben soll!«

Madeleine nickte.

»Mein Umhang!«, forderte die Herzogin. Madeleine hob das weiche, weiße, mit rotgoldener Stickerei verzierte Kleidungsstück auf, legte es Matilda um die Schultern und zog die Enden durch eine schwere, mit Granaten verzierte Goldbrosche.

Matilda nickte als Zeichen ihrer Zufriedenheit. »Ich ziehe nun weiter nach Saint Lo, wo ich mich um die Verwaltung des Herzogtums kümmern werde. In zwei Wochen komme ich wieder und nehme dich in meinen Hofstaat auf.«

Damit war Madeleine entlassen. Sie zog sich in eine stille Ecke des Klosters zurück und dachte erfüllt von Aufregung und Furcht über ihre seltsam veränderte Zukunft nach: Sie würde sich dem Hof anschließen und nach England gehen. Dort würde sie die bislang verbotene Welt der Männer betreten, und am Ende würde ein Ehebett auf sie warten.

Im Kloster war sie nicht unwissend geblieben, denn auch hier wurde viel über Sünden getuschelt, vor allem die Sünde der Unzucht und der Fleischeslust. Und schließlich hatte sie bis zum Alter von zehn Jahren in der Welt gelebt. Sie glaubte, recht gut zu wissen, was Männer mit Frauen anstellten, auch wenn es ihr schwerfiel, an das zu glauben, was Schwester Adela einmal behauptet hatte: dass manche Frauen vor Lust ähnlich verrückt würden wie Männer. Und Schwester Bridget hatte darauf bestanden, dass Männer eine magische Flüssigkeit aus den Brüsten der Frauen saugten, die dazu führte, dass sich ihr Glied für den Akt versteifte …

Doch all diese Dinge waren eigentlich belanglos. Madeleine hatte die Gelegenheit erhalten, wieder in die Welt zurückzukehren. Das war ihr weitaus wichtiger als ein süßer Geliebter in ihrem Bett.

Sie verstand sehr gut, was die Herzogin ihr mit ihrer Geschichte hatte sagen wollen. Sie würde einen starken Mann brauchen, um ihre Baronie in einem unruhigen Land mit sicherer Hand zu leiten; einen Mann, der in der Kriegskunst ebenso bewandert war wie in der Verwaltung. Die Farbe seiner Augen und die Form seiner Gliedmaßen waren völlig nebensächlich.

Sie würde eine gute Wahl treffen. Dann würde Herzog Wilhelm auch keinen Grund haben, ihr das hart erkämpfte Privileg zu nehmen und ihr einen Mann seiner Wahl aufzudrängen.

1

Baddersley, Mercia, Mai 1068

Madeleine schritt auf einem schmalen Pfad durch den Wald und suchte im Unterholz nach wertvollen Pflanzen. Baddersley hatte schwer gelitten, zuerst unter der Herrschaft ihres kranken Vaters und sorglosen Bruders und nun unter der harten Hand ihres Onkels, Paul de Pouissey.

Sie würde wohl nie begreifen, was in den Männern vorging. Was für einen Sinn hatte es, ein Land zu erobern, wenn die Menschen hungerten oder an Krankheiten starben? In Baddersley gab es kaum Heilmittel, und der Kräutergarten war von Unkraut überwuchert. Sie hatte eine kleine Truhe mit Heil- und Gewürzkräutern mitgebracht, ein Abschiedsgeschenk der Äbtissin, aber hier würde noch sehr viel mehr gebraucht werden.

Die meisten Pflanzen, die hier wuchsen, kannte sie aus ihrer Heimat, aber nicht alle. Sie blieb stehen und sammelte eine Handvoll Fingerkraut ein, ein ausgezeichnetes Mittel gegen Zahnschmerzen. Vielleicht würde sie von den Einheimischen lernen können, wenn sie deren seltsame Sprache ein wenig besser beherrschte.

Doch das war ziemlich unwahrscheinlich, wie sie sich seufzend eingestand. Es war nicht nur die Sprache, die sie von den Engländern trennte, sondern auch die düstere Ablehnung, mit denen diese den normannischen Eroberern begegneten. Und dazu hatten sie allen Grund, dachte Madeleine, zumal bei einem solchen Vertreter der normannischen Herrschaft wie ihrem Onkel Paul de Pouissey. Sie hatte ihn nie besonders gemocht, doch inzwischen hasste sie ihn schon fast.

Die Dinge entwickelten sich überhaupt nicht so, wie sie es sich erhofft hatte.

Nachdem Madeleine zwei Monate an Matildas Hof in Rouen eingewiesen worden war, hatte sie sich als stolze Besitzerin von Truhen voller schöner Kleider, passender Schmuckstücke und einer Zofe dem Tross der Herzogin nach England angeschlossen. Sie hatte Musik- und Tanzunterricht genossen und neue Freundschaften geschlossen, darunter mit der dreizehnjährigen Tochter der Herzogin, Agatha, und ihrer sechzehn Jahre alten Nichte Judith. Die drei jungen Frauen hatten etwas gemeinsam: Alle drei sollten in England einen Gemahl finden.

Agatha und Judith nahmen in Westminster an den Feierlichkeiten zu Matildas Krönung als Königin von England teil. Dort trafen sie bestimmt alle möglichen Männer, die für eine Vermählung infrage kamen. Madeleine hingegen war hier in Mercia, »um sich mit ihrem Land vertraut zu machen«, wie Matilda es formuliert hatte. Außerdem hatte sie gemeint, eine solch reiche Erbin würde sicher nicht gerne am Hofe weilen, denn dort würde man über sie herfallen wie über einen Hasen, der den Hunden vorgeworfen wird.

Ob das der wahre Beweggrund der Herzogin gewesen war?

Madeleine vermutete, dass das Hauptproblem eher ihr Mitspracherecht bei der Wahl ihres Gemahls war. Sicher bedauerten der König und die Königin inzwischen schon, ihr dieses Recht eingeräumt zu haben.

Sie streckte sich und streifte das lose Haar aus dem Nacken. Es war warm, selbst im Schatten war die Hitze noch drückend. Sie trug nur ein Hemd und ein schlichtes blaues Leinengewand mit kurzen Ärmeln, gerafft von einem ledernen Gürtel, an dem zwei Beutel für ihre Heilkräuter und Wurzeln hingen. Aber eigentlich wollte sie erst einmal nur erkunden, was die Natur hier zu bieten hatte, bevor sie sich ans Sammeln machte.

Sie verließ den Pfad, um eine niedrig wachsende Staude zu betrachten. Dabei blieb sie an einem Zweig hängen. Ungeduldig stopfte sie die Röcke unter den Gürtel und brachte dabei die Falten durcheinander, die ihre Zofe Dorothy kunstvoll angeordnet hatte. Nun war ihr Gewand fast so kurz wie das eines Bauernmädchens und nicht wie das einer Lady.

Dorothy würde einen Anfall bekommen, wenn sie sie so sähe, dachte Madeleine grinsend. Doch Dorothy hatte es sich etwas entfernt von ihr unter einer Eiche gemütlich gemacht und nähte. Sie konnte also nicht protestieren.

Wie sie gehofft hatte, war die Staude ein Tollkirschengewächs. Madeleine merkte sich den Standort. Die Früchte waren zwar gefährlich, aber die Blätter halfen Menschen bei großer Erregung oder Schmerz.

Ein Stück weiter entdeckte sie Zaubernuss, Holunder und einige Moosarten auf einer Eiche. Sie sah auch Brombeerbüsche, die eine reiche Ernte versprachen. Wenn Baddersley weiterhin so schlecht geführt wurde wie in der einen Woche, die sie nun hier wohnte, könnten wilde Früchte das Einzige sein, was sie im Winter vor dem Hunger bewahren würde.

Inzwischen wusste sie auch, warum alle Unternehmungen ihres Onkels scheiterten: Er blähte sich auf, brüllte herum und knallte mit seiner Peitsche. Aber er vermochte es nicht, die Menschen zu sinnvoller Arbeit anzuleiten, und er war unfähig, vorauszuplanen und sich und die Seinen gegen Unglück zu wappnen.

Tante Celia war beinahe genauso schlimm. Sie verstand zwar etwas mehr von der Leitung eines großen Anwesens, aber auch sie schimpfte immer nur lautstark über irgendwelche Verfehlungen und glaubte ständig, dass alle versuchten, sie zu betrügen. Nichts von all dem brachte die Menschen dazu, ihr besser zu dienen.

Verärgert brach Madeleine einen toten Ast von einer Ulme ab. Immerhin war es ihr Land, und es wurde schändlich missbraucht. Sobald sie einen passenden Ehemann gefunden hatte, würde sie Paul und Celia vor die Tür setzen. Und das wussten die beiden auch.

Es war ihnen nur recht, wenn sie sich von ihnen fernhielt. Deshalb hatten sie auch nichts gegen ihre Streifzüge, solange sie Dorothy und einen Wächter mitnahm. Dorothy beschwerte sich schon, dass sie überall mitgeschleppt wurde, weshalb Madeleine sie auch im Schatten zurückließ. Pauls Männer waren faul, solange man es ihnen durchgehen ließ, und begnügten sich damit, die Zofe und nicht die Herrin zu bewachen. So konnte Madeleine in aller Ruhe die Gegend erforschen.

Sie wagte sich jedoch nie zu weit weg. Die Menschen hier waren zwar eingeschüchtert, aber nach wie vor sehr unfreundlich. Madeleine hatte ebenso wenig Lust, einem von ihnen in den Wäldern zu begegnen wie einem wütenden Eber. Mit einem Blick zurück vergewisserte sie sich, dass Dorothy und der Wächter noch zu sehen waren.

Vor ihr schimmerte Wasser durch die Bäume. Freudig schritt sie darauf zu, denn im sumpfigen Boden des Flussufers wuchsen viele heilsame und nützliche Pflanzen.

Ein lautes Plantschen ließ sie innehalten. War das nur ein Fisch gewesen? Oder ein großes Tier? Vorsichtig trat sie hinter eine Weide und spähte zum Bach.

Dort schwamm ein Mann.

Sie konnte die glatte Linie seines Rückens erkennen – ein langer, goldener Rücken, auf dem die Wassertropfen perlten. Dann wandte sich der Mann um und schwamm zum Ufer. Sie sah sein Gesicht, konnte seine Miene jedoch kaum deuten. Er war jung, doch das hatte ihr auch schon sein Rücken verraten.

Der Mann stand auf und watete Richtung Ufer. Madeleine seufzte leise, als sie immer mehr von seinem Körper zu sehen bekam.

Er hatte breite, sehnige, starke Schultern und einen muskulösen Brustkorb. Die Muskelstränge trafen sich auf dem

Brustbein in einer perfekten Kuhle, die von einer schmalen, vom Wasser dunkel gefärbten Haarlinie akzentuiert wurde.

In seiner Nacktheit wirkte er inmitten der Natur wie ein perfekt geformtes wildes Lebewesen.

Er blieb stehen, als das Wasser seine Hüften umspielte, und hob die Arme, um das lange Haar zurückzustreifen. Seine Schultern streckten sich, sein Oberkörper nahm wie Madeleine zu Gefallen eine herzförmige Gestalt an. Sie musste einen atemlosen Laut des Entzückens unterdrücken. Er schüttelte den Kopf wie ein Hund, sprühende Wassertropfen funkelten wie Diamanten in der Sonne.

Dann watete er aus dem Wasser und zeigte immer mehr von seinem Körper, mehr und mehr.

Madeleine beobachtete ihn gebannt. Ihre Brust hob und senkte sich mit jedem tiefen Atemzug.

Plötzlich fuhr er, offenbar durch ein Geräusch erschreckt, herum.

Madeleine wandte den Blick ab, erschrocken von ihrer unstillbaren Neugier und der Enttäuschung, die sie auf einmal befallen hatte. Sie wusste doch, wie ein Mann aussah; sie hatte im Kloster schon Leichen aufgebahrt.

Doch dieser Mann war alles andere als eine Leiche. Er war auch anders als die Männer, die sie bislang zu Gesicht bekommen hatte. Sie spähte wieder zu ihm.

Nun stand er da, reglos wie eine Statue, und beobachtete das gegenüberliegende Flussufer. Madeleine folgte seinem Blick und entdeckte drei rotbraune Schmaltiere, die sich vorsichtig einen Weg zum Fluss bahnten. Sie lauschten wachsam auf Gefahren, doch er stand so still da, dass sie sich von ihm nicht gestört fühlten und die Köpfe neigten, um zu trinken.

Madeleine blickte wieder auf den Mann.

Sein Rücken entzückte sie noch mehr als seine Brust. Die glatte Linie von den breiten Schultern zu seinem festen Gesäß war ein perfektes Werk Gottes. Das lange Tal seiner Wirbelsäule hätte auch von Gottes liebevoller Hand gezeichnet sein können. Sie stellte sich vor, wie es wäre, mit dem Finger vom Nacken nach unten zu streichen.

Madeleine schloss die Augen und betete leise. »... und führe uns nicht in Versuchung ...« Aber es hatte keinen Zweck. Sie öffnete die Augen wieder einen Spaltbreit.

Er hatte sich nicht bewegt. Noch immer stand er reglos da wie eine Statue, so, wie Gott ihn geschaffen hatte. Er hatte nichts an sich, was auf Herkunft oder Rang hätte schließen lassen. Nur sein langes Haar ließ darauf schließen, dass er Engländer war. Es wirkte durch das Wasser zwar dunkel, doch wahrscheinlich war es golden wie bei vielen Menschen aus dem Norden; eine Haarfarbe, die hier viel verbreiteter war als in der Normandie.

Aber er war kein Bauer, dazu war er zu groß, zu schön und ebenmäßig gebaut. Es bedurfte guter Ernährung und langer Jahre der Ausbildung in einer Vielzahl von Fertigkeiten, um einen solchen Körper zu formen – biegsam, fähig, ein Schwert oder eine Streitaxt in einer langen Schlacht zu führen, ein Schlachtross zu beherrschen, Mauern hochzuklettern, den Bogen zu spannen.

Aus seinen Haaren tropfte Wasser. Es rann in einem kleinen Bächlein die Furche seiner Wirbelsäule entlang. Madeleine ertappte sich bei der Vorstellung, diese Tropfen mit ihrer Zunge aufzufangen, den Mund über dieses sinnliche Tal hin zur Mulde seines Nackens wandern zu lassen ...

Sie drückte die Hand an den Mund und schloss die Augen. Was gingen ihr da nur für schamlose Gedanken durch den Kopf!

Als sie ein Geräusch hörte, öffnete sie die Augen wieder. Er war weg, es waren nur noch ein paar Kreise auf der Wasseroberfläche zu sehen. Auch die Hirschkühe waren weg. Hatte auch sie das kleine Geräusch alarmiert?

Der Zauber war zerstört. Madeleine zog sich eilig zurück und lehnte sich an einen Baum – schwach, atemlos, beschämt. Wie außergewöhnlich, wie traumartig all dies gewesen war, und wie sündig ihre Gedanken! Sie würde zur Beichte gehen müssen.

Sie würde es nie wagen, so etwas zu beichten.

Wer war das wohl gewesen? Es gab keine adligen Engländer mehr in dieser Gegend. Vielleicht war er ein Wesen aus der Feenwelt? Ein Flussprinz, ein Waldkönig? Hatte sein Körper nicht einige dunkle Zeichen getragen, die bestimmt mit Zauberei zu tun hatten?

Sie wagte es nicht, die Flusspflanzen an diesem Tag näher zu betrachten. Vielleicht war sie verzaubert und würde ins Wasser gezogen werden, um dort als Gefangene des Feenprinzen zu leben.

Doch dieser Gedanke machte ihr keine Angst.

Die Gefangene eines solchen Mannes zu sein …

Leise schlich sie sich vom Fluss fort zu Dorothy und Conrad, dorthin, wo sie sicher sein würde. Sicher vor den Feen und ihrer eigenen wollüstigen Schwäche.

Plötzlich wurde sie gepackt, in einen Umhang gewickelt, von einem starken Arm mit dem Rücken gegen ihren Häscher gedrückt und von einer großen, schwieligen Hand zum Schweigen gebracht.

Ihre Fantasie war zur schrecklichen Wirklichkeit geworden – allerdings war dieser Mann kein Feenprinz. Sie kämpfte, versuchte zu schreien. Er war ein Sachse, er würde ihr die Gurgel durchschneiden!

Er sagte etwas, das sie nicht verstand, aber seine sanfte Stimme beruhigte sie ein wenig, und sie stellte ihren vergeblichen Widerstand ein, auch wenn ihr Herz noch immer heftig pochte und sie am ganzen Leibe zitterte.

Er sprach weiter in der sanften und verschwommenen Sprache auf sie ein, die sie den ganzen Tag über hörte, aber noch kaum verstand, obwohl sie beim Dorfpfarrer Unterricht nahm. So, wie sie aussah, hielt er sie bestimmt für eine Magd der Burg. Sie musste ihn weiter in diesem Glauben lassen. Bestimmt war er ein englischer Gesetzloser. Wenn er merkte, dass sie eine Normannin war, würde er ihr ganz sicher die Kehle durchschneiden.

Allerdings fiel es ihr schwer, ihn für einen Feind zu halten, und seine beruhigende Stimme beschwichtigte ihre Ängste. Die Stimme, der Umhang, sein heißer Körper hinter ihr, sein Arm um sie – all dies versetzte sie in einen traumhaften Zustand; ihr war, als wäre sie in einem Zauber gefangen.

Vielleicht verzauberte er sie ja wirklich?

War er noch immer nackt? Sie stellte sich ihn nackt vor, seinen wundervollen Körper hinter ihr, nur durch zwei Kleiderschichten von ihr getrennt. Das Beben, das nun ihren Körper durchfuhr, hatte nichts mehr mit Angst zu tun.

Er hielt sie so fest, dass sie nichts von ihm sehen konnte, sondern nur den Pfad vor ihr. Sie sah den ausgetretenen Boden, gesäumt von belaubten Bäumen und gelben und weißen Blumen im Unterholz. Sie hörte Vögel zwitschern, Insekten summen und seine hypnotisierende Stimme murmeln.

Er sagte wieder etwas, dann nahm er vorsichtig die Hand von ihren Lippen. Sie vermutete, dass er ihr gesagt hatte, sie solle nicht schreien. Als sie sich die Lippen leckte, schmeckte sie seinen Schweiß. Seine Hand wanderte ihren Nacken hinab, dann wieder hinauf; sanft presste er ihren Kopf an seine Brust. Sie konnte noch immer nichts von ihm sehen, aber an ihren Haaren spürte sie Stoff. Es enttäuschte sie, dass er sich angezogen hatte. Bei diesem Gedanken stieg ihr das Blut in den Kopf.

Er lachte leise und murmelte wieder etwas, während seine Hand, die sich heiß wie eine Fackel anfühlte, ihren nach hinten gebeugten Nacken streichelte. Dann wanderte die Hand weiter und legte sich schließlich glühend auf ihre rechte Brust.

Madeleine atmete heftig. Selbst durch ihr Gewand und den Umhang konnte sie die Hitze spüren, die von seiner Hand ausging; es kam ihr vor, als läge sie direkt auf ihrer nackten Haut. Ihre Brustwarze wurde so hart, dass sie nahezu unerträglich empfindlich wurde. Leise, sacht wie ein Schmetterling bewegte sich seine Hand um sie, als ob er es wüsste. Sie stellte sich vor, dass die tiefe, murmelnde Stimme ihr etwas von der Liebe und von sündigen Wonnen erzählte.

Wie unter einem Zwang, auf seine Berührung zu reagieren, bäumte sie sich ihm entgegen. Sie wollte nach oben greifen und die Hand festhalten, sich umdrehen und ihn küssen. Aber sie steckte in dem Umhang fest. Sie wollte etwas sagen, wagte es aber nicht – aus Angst, ihre normannische Herkunft zu verraten.

Seine Hand bewegte sich fort, und ihre Brust fühlte sich an, als habe man ihr etwas weggenommen. Jetzt folgte die Hand dem Pfad ihres Verlangens, glitt hinunter bis an die Stelle, an der sich ihre Schenkel trafen, drückte und streichelte die Gegend dort. Sie protestierte stumm und wollte sich ihm entziehen, aber sie schaffte es nicht. Und ihr niederträchtiger Körper wollte eigentlich auch gar nicht fliehen.

Sie unterdrückte eine Bitte, mit der sie sich verraten hätte – und gleichzeitig presste sich ihr Körper an seine Hand.

Er lachte und blies ihr sanft auf die heißen Wangen.

Dann fuhr er fort, sie zu verzaubern. Seine Hand glitt wieder hoch, hin zu ihrer linken Brust, zu ihrem Hals, zu ihrem Nacken. Er hob ihr schweres, feuchtes Haar hoch. Sein leises Murmeln verstummte. Als seine Lippen ihren Haaransatz berührten, wanderte ein wonnevolles Beben ihren Rücken hinab, so, wie das Wasser des Flusses seinen Rücken hinabgeperlt war.

Seine Zunge fühlte sich feucht an auf ihrer Haut; erst heiß, dann kalt, als eine kleine Brise über die Spur wehte, die er hinterlassen hatte. Er tat genau das, was sie sich vorhin vorgestellt hatte – er glitt mit der Zunge ihre Wirbelsäule hinab. Freilich fand er dort kein kaltes Flusswasser, sondern heißen Schweiß.

Heiß. So heiß.

Es fröstelte sie wie von einem Fieber. Er lachte leise. Sie

stimmte ein, sein Zauber trieb sie in den Wahnsinn. Sie wollte etwas sagen, sich umdrehen, sich den Kuss holen, nach dem sie sich so sehnte.

Doch dann hörte sie: »Leb wohl!« Das verstand sie.

Er streifte ihr den Umhang über den Kopf, und als sie sich davon befreit hatte, war er verschwunden.

Madeleine sank zu Boden. Dieser Mann musste ein Feenwesen sein, dass er sie so verzaubert hatte. Auch seine Sprache hatte in ihren Ohren wie die Sprache der Feen geklungen, überhaupt nicht wie gewöhnliches Englisch.

Aber der Umhang in ihren Händen sagte ihr, dass er ein Mensch war und dass sein Zauber nichts Feenhaftes hatte – was ihn allerdings umso gefährlicher machte. Das Kleidungsstück war aus feiner grüner Wolle in zwei Schattierungen gewebt und rot gesäumt. Nicht das Kleidungsstück eines Armen und wohl kaum das eines Gesetzlosen, es sei denn, er hätte es gestohlen. Aber ganz bestimmt kein Elfengewand.

Sie hätte den Umhang gern behalten, aber das würde wahrscheinlich zu unangenehmen Fragen führen. Also faltete sie ihn andächtig wie etwas sehr Kostbares und legte ihn auf den Boden. Dann machte sie sich benommen auf den Weg zurück zu ihren Begleitern.

Sie hatte nicht geschrien. In der Bibel hieß es, eine Frau, die nicht schrie, könne nicht behaupten, überfallen worden zu sein. Wie sonderbar. Wie merkwürdig wunderbar.

Wie traurig, dass sie nie einen solchen Mann bekommen würde.

Eigentlich hätte er genauso gut ein Feenprinz sein können. Solche Männer gab es nicht in der wirklichen Welt, in der Welt, in der sie sich einen Gemahl suchen musste.

Aber dennoch konnte sie nicht widerstehen und betete leise, dass ihr Mann sie so berühren möge wie der Feenprinz, wenn sie schließlich im Hafen der Ehe landete – und sie bis zum Ende des Zauberpfades geleiten möge, dessen Anfang ihr soeben gezeigt worden war.

Aimery de Gaillard musste leise kichern. Als er dem heimlichen Beobachter aufgelauert hatte, hatte er nicht mit einer solch köstlichen Beute gerechnet. Wenn er die Sache doch nur hätte weiterverfolgen können, sehr viel weiter! Sie hatte einen wundervollen, sinnlichen Körper, und obendrein einen sehr begeisterungsfähigen.

Zuerst hatte er geglaubt, sie sei eine Einheimische, aber bald hatte er erraten, dass sie Normannin war. Wahrscheinlich gehörte sie zu den Frauen um Dame Celia. Nur wenige Engländerinnen hatten einen solch dunklen Teint. In ihren Adern floss gewiss Blut aus Spanien oder Südfrankreich.

Ziemlich schlau von ihr, den Mund zu halten, um sich nicht zu verraten.

Und sie verstand kein Englisch. Andernfalls hätte sie etwas gesagt, als er ihr all die wunderbaren Dinge beschrieb, die er mit ihrem Körper anstellen wollte. Er musste noch einmal lachen. Wenn sie die Sprache lernen und sich irgendwann an einige der Dinge erinnern würde, die er ihr ins Ohr geflüstert hatte, würde sie ihm mit einem Kastrationsmesser zu Leibe rücken.

Er hatte es nicht einmal geschafft, ihr einen Kuss zu rauben, aus Angst, jemand könnte in der Nähe sein und ihn ertappen. Aimery de Gaillard hatte auf dem Land von Baddersley eigentlich nichts zu suchen, und er wollte es unbedingt vermeiden, dass man eine Verbindung zwischen ihm und einem gewissen Edwald herstellte, einem Gesetzlosen, der den Menschen gegen die normannischen Unterdrücker beistand.

Ein älterer Mann mit einem dichten Bart trat unter den Bäumen hervor. »Du hast dir aber ganz schön viel Zeit gelassen. Warum grinst du so dämlich?«

»Weil das Schwimmen so schön war, Gyrth«, erwiderte Aimery. »Es ist eine wahre Freude, wieder mal richtig sauber zu sein!«

Gyrth gehörte zu Herewards Gefolge; bei Aimerys früheren Besuchen in England war es seine Aufgabe gewesen, auf den Jungen aufzupassen. Er hatte ihm auch englische Fertigkeiten und Manieren beigebracht – die Achtung vor den Gebräuchen, die Bedeutung von Diskussionen, die stoische Hinnahme des Wyrd.

Als Gyrth in Rolleston aufgetaucht war, hatte Aimery gewusst, dass Hereward wieder in England war und den Widerstand organisierte. Eigentlich hätte Aimery Gyrth an Wilhelm ausliefern müssen, doch stattdessen duldete er ihn, ohne weitere Fragen zu stellen. Zweifellos sollte Gyrth ihn bekehren und hinter ihm herspionieren; aber er war auch Aimerys Verbindung zu den Engländern und ihrer Denkungsart. Und diese Verbindung brauchte er, wenn er versuchen wollte, dem einfachen Volk die neuen normannischen Gesetze und Gebräuche zu erklären, damit sie die Invasion überlebten.

So war es auch Gyrths Einfall gewesen, in diesem Teil Englands als heruntergekommene Gesetzlose verkleidet herumzuziehen. Der Plan war gefährlich, hatte sich jedoch schon des Öfteren als sehr nützlich erwiesen. Aimery de Gaillard sah zwar aus wie ein Engländer und beherrschte auch die Sprache, doch die Engländer erkannten gleich, was er in Wahrheit war – ein Normanne, also ihr Feind. Als Edwald der Gesetzlose hingegen wurde er akzeptiert, und die Leute redeten offen mit ihm.

An vielen Orten ging es mit den normannischen Herren ganz gut, aber mancherorts ganz und gar nicht – so auch in Baddersley.

»Und was hast du hier nun vor?«, fragte Gyrth.

»Ich weiß nicht recht, was ich noch tun kann.« Aimery schnallte seinen Gürtel um, dann bückte er sich, um seine Beinlinge zu binden. »Ich habe dem Dorfoberen die Rechte erklärt. Wenn es weiterhin zu Übergriffen kommt, sollte er eine Eingabe beim König machen.«

»Und Pouissey lässt ihn nach Winchester ziehen, um sich zu beschweren?«, fragte Gyrth höhnisch.

»Wilhelm ist ständig unterwegs. Bestimmt kommt er auch einmal hier in die Gegend.«

»Und behandelt diesen Teufel, wie er es verdient?«

»Und ahndet Unrecht«, meinte Aimery entschlossen und stand auf. »Wilhelm ist bestrebt, sein Volk dem Recht gemäß zu regieren. Ständige Unruhen erschweren das nur.«

Gryrth grinste. »Genau das sollen sie ja auch. Der Bastard soll dorthin zurück, woher er gekommen ist.«

»Träume, Gyrth. Wilhelm sitzt jetzt unverrückbar wie eine starke Eiche in England. Lieber würde er das Land verwüsten, als auch nur ein Stück davon aufzugeben. Doch wer ihn akzeptiert, wird gerecht behandelt. Wenn Hereward ihm die Bündnistreue schwört, bekommt er einige seiner Ländereien zurück.«

»Er bekommt sie zurück«, wiederholte Gyrth höhnisch. »Das Land eines Mannes ist und bleibt sein Land! Es liegt nicht am König, zu geben und zu nehmen.«

»Unter normannischem Recht schon. Und das Land eines Mannes, der sich gegen den König auflehnt, wurde immer und überall eingezogen. Wilhelm achtet die Rechte der Männer, die ihm treu ergeben sind.«

»Und was ist mit dem Freiheitsrecht der Menschen? Ich habe gehört, dass ein Lord drüben in Banbury sämtliche Freisassen versklavt, die ihm über den Weg laufen. Er zwingt sie dazu, für ihn zu schuften. Wo bleibt da dein gerechter König?«

Aimery funkelte ihn böse an. »Wilhelm kann schließlich nicht alles wissen.«

»Aber man kann es ihm sagen. Warum nicht du? Mach dich nützlich, wenn du schon auf beiden Seiten leben willst!«

Aimery nahm die Herausforderung an und nickte. »Das könnte ich in der Tat. Wir haben Zeit, einen Abstecher nach Banbury zu machen, bevor wir nach Rolleston zurückkehren. Gleich morgen gehen wir dorthin und finden heraus, was dort vor sich geht.« Reumütig blickte er auf seinen sauberen Körper und seine Kleider. »Allerdings hätte ich mich nicht gewaschen, wenn ich das gewusst hätte.«

Als er die groben Gewänder bündelte, die er als Gesetzloser trug, bemerkte er, dass Gyrth recht zufrieden aussah. »Wir gehen dorthin, um uns die Sache anzuschauen und später darüber zu berichten, und nicht, um selbst etwas zu unternehmen. Du wirst mich nicht dazu bringen, Verrat zu begehen, Gyrth.«

»Wer will das denn?«, fragte Gyrth mit Unschuldsmiene.

Aimery schüttelte nur den Kopf und machte kehrt, zurück zu ihrem Lagerplatz.

»Du hast deinen Umhang vergessen«, meinte Gyrth.

Aimery grinste. »Ja, richtig. Warte.«

Als er den Umhang gefunden hatte, vergrub er die Nase darin und roch den sanften Duft, den auch ihre Haut verströmt hatte: Rosmarin und Eisenkraut, vielleicht.

Gyrth beobachtete ihn und grinste anzüglich. »Deshalb hast du also so lange gebraucht! Du musst ein ziemlich fixer Bursche sein – aber war es das Risiko wert? Ich dachte, du willst, dass dich hier niemand als normannischen Lord Aimery de Gaillard sieht.«

»Sie hat mich nicht gesehen.«

Gyrth klopfte sich auf die Schenkel und johlte. »Beim Wotan, dich würde ich gern mal in Aktion erleben! Aber jetzt sollten wir wohl besser abhauen, bevor ihr Gemahl mit einer Axt auftaucht.«

Aimery hatte sich fest in seinen Umhang gewickelt, denn die Nacht war kalt. Nun lag er schlaflos da und dachte an das junge Mädchen mit dem dunklen Teint. Vergeblich versuchte er, seine Gedanken auf ihr morgiges Vorhaben zu lenken, immer wieder kehrten sie zurück zu der sanften Rundung ihrer Hüften, dem seidigen Haar, dem erregenden Duft ihrer Haut.

Zum Teufel noch mal, so lange war es doch gar nicht her, dass er eine Frau gehabt hatte!

Unruhig wälzte er sich hin und her, dann zog er den Umhang noch fester um sich. Eisenkraut und Rosmarin stiegen ihm in die Nase. Schließlich gab er es auf und ließ seinen Gedanken freien Lauf.

Sie sah gut aus. Leider hatte auch ihm die Lage, in der sie sich befunden hatten, nicht gestattet, ihr Gesicht näher zu betrachten, aber der anmutige Schwung ihrer Wangenknochen hatte sich fest in sein Gedächtnis eingegraben. Und ihren Nacken hatte er in aller Ruhe betrachten können: weiche, von der Sonne zart gebräunte Haut über festem Fleisch, warm und duftend.

Diese Gedanken trugen freilich wenig dazu bei, ihn zur Ruhe kommen zu lassen. Er drehte sich auf den Rücken und starrte auf die Sterne. Vielleicht sollte er sich in Baddersley einfach als Aimery de Gaillard vorstellen und sich die Freuden nehmen, die diese süße Kleine ihm so gerne geschenkt hätte. Aimery hatte alles Recht der Welt, in Baddersley vorbeizuschauen und um Gastfreundschaft zu bitten.

Aber das wäre der reine Wahnsinn. Baddersley war zwar nicht Herewards Hauptsitz gewesen, doch Aimery hatte es so oft besucht, dass er dort bestimmt kein Unbekannter war. Seine Verkleidung funktionierte bislang sehr gut, aber wenn die Menschen in Baddersley innerhalb weniger Tage Edwald den Gesetzlosen und Aimery de Gaillard sahen, würden einige sicher eine Verbindung herstellen und darüber reden.

Wahrscheinlich hatte er doch zu lange keine Frau mehr gehabt, sonst dächte er jetzt nicht daran, sich von einem hübschen kleinen Ding in solche Gefahren locken zu lassen.

Am nächsten Morgen fühlte sich Aimery von seiner Besessenheit geheilt. Zum Frühstück gab es Fisch, Brot und Wasser, dann machten sie sich auf den Weg nach Banbury.

Sie trugen die Kleider armer Bauern: grobgewebte Tuniken, mit einem geflochtenen Lederband gegürtet, und als Umhang schwere Wolltücher, in die ein Loch für den Kopf geschnitten war. Ihre Beine waren nackt, die Füße steckten in ledernen Sandalen.

Sie hatten große Bündel geschultert, damit man sie für fahrende Händler hielt. Wenn ihnen eine normannische Patrouille begegnete, hatten sie einen Grund für ihre Streifzüge, aber auch dafür, dass in ihren Bündeln weitaus bessere Kleider steckten als die, die sie auf dem Leib trugen.

Aimery musste seine Verkleidung noch vervollkommnen: Er schmierte sich Lehm ins Gesicht und Fett in die Haare. Deshalb stand die Sonne schon ziemlich hoch, als sie ihr Lager verließen. Bald zog er sich den Umhang aus und schnürte ihn leise fluchend auf sein Bündel.

»Du bist heute Morgen ja gereizt wie ein hungriger Eber«, meinte Gyrth.

»Ich könnte jetzt sauber sein und auf dem Heimweg nach Rolleston«, klagte Aimery. »Stattdessen befinde ich mich auf einem heißen, staubigen Zweitagesmarsch nach Banbury.«

Gyrth grinste. »Oder wieder unter den Röcken dieses Weibsbilds. Mit deiner Ruhelosigkeit letzte Nacht hast du auch mich um den Schlaf gebracht.«

Aimery lachte nur, aber eigentlich hatte Gyrth recht. Seine schlechte Laune rührte daher, dass es noch etwas zu erledigen gab zwischen ihm und einem bestimmten dunkelhäutigen Mädchen. Wenn er seine Lust hätte stillen können, würde er bestimmt nicht weiter über sie nachdenken. Nun gut, bald würden sie Baddersley hinter sich lassen, und mit zunehmender Entfernung würde die Erinnerung verblassen.

Sie mussten ständig Vorsicht walten lassen, denn es waren schlechte Zeiten, um in England unterwegs zu sein. Als sie sich dem Fluss näherten, sah Aimery plötzlich etwas Weißes aufblitzen. Er blieb stehen und grinste. Da war sie ja wieder, wenn auch ein gutes Stück von der Stelle entfernt, an der er sie gestern getroffen hatte. Gut, dass sie so besonnen war. Er hätte weniger von ihr gehalten, wenn sie wieder dieselbe Stelle aufgesucht hätte.

»Was ist los?«, fragte Gyrth, der schon sein Messer in der Hand hatte.

»Ein Schmaltier, dort unten am Bach.« Aimery nahm sein Bündel von den Schultern.

»Wir haben keine Zeit zu jagen.« Doch dann erkannte auch Gyrth, was Aimery gesehen hatte. »Vor allem nicht so ein Wild!«

»Ich würde ihr gern einmal von Angesicht zu Angesicht begegnen.«

Gyrth packte seinen Gefährten am Arm. »Wenn du ihr einen ausgiebigen Blick gönnst, dann wird sie sich bestimmt an dich erinnern, wenn ihr euch noch einmal begegnet.«

»Das glaube ich nicht. Man sieht das, was man zu sehen erwartet. Außerdem begegnen wir uns bestimmt nicht noch einmal.« Aimery machte sich von seinem Begleiter los. Er achtete jedoch darauf, dass der schmutzige Verband, der seine Tätowierung am rechten Handgelenk verbarg, nicht verrutschte. Dieses verräterische Hautmal wollte er niemanden sehen lassen.

Er schlich die mit Büschen bewachsene Böschung zum Flussufer hinab. Da er in der Waidmannskunst geschult war, schaffte er es, unbemerkt bis auf wenige Schritte an das Mädchen heranzukommen.

Gelenkig und anmutig hüpfte sie über die Steine in dem seichten Fluss und betrachtete das Wasser. Sie hatte ihr Kleid und das Untergewand unter dem Gürtel gerafft, sodass Aimery den Blick auf ihre langen, wohlgeformten Beine genießen konnte. Ihr Haar war heute zu einem dicken Zopf geflochten, der ihr auf den Rücken baumelte. Aimery stellte sich vor, wie es wäre, den Zopf zu lösen und sich in der kastanienbraunen Wolke zu vergraben.

Absichtlich trat er auf einen Zweig.

Sie wirbelte herum, riss die Augen auf und stand kurz davor, laut zu schreien.

»Guten Tag, Lady«, sagte Aimery.

Gyrth hatte recht. Er musste verrückt sein. Wollte er sie etwa zu Boden reißen und mit Gewalt erobern? Sie konnten ja noch nicht einmal miteinander reden, es sei denn, er offenbarte ihr, dass er der französischen Sprache mächtig war. Sie war genauso hübsch, wie er sie sich vorgestellt hatte: ein ebenmäßig geschnittenes, ovales Gesicht, klare dunkle Brauen über wundervollen Augen, ein weicher, anmutig geschwungener Mund.

»Guten Tag«, sagte sie mit einem grauenhaften Akzent.

»Ihr sprecht Englisch«, lobte er.

Dieselbe Stimme, dachte Madeleine erregt, aber auch enttäuscht. In den schlaflosen Stunden der gestrigen Nacht hatte sie sich ihren Feenprinzen etwas glanzvoller vorgestellt, als edlen, kühnen Krieger. Ihre Gedanken waren immer mehr um die aufregende Vorstellung gekreist, dass er ein möglicher Heiratskandidat sein könnte. Schließlich war ihr zu Ohren gekommen, dass mithilfe von Judith und Agatha die Bündnistreue englischer Adliger gewonnen werden sollte.

Aber jetzt stand er vor ihr – ein Bauer in Lumpen.

Sie starrten sich einfältig an.

»Ich spreche kaum Englisch«, sagte sie stockend.

Er trat näher. »Zum Glück spreche ich etwas mehr Französisch.« Er sprach wie ein grober Bauer, dabei aber fließend.

Madeleine fröstelte, als ihr klar wurde, dass sie soeben ihre Herkunft verraten hatte. Dabei war sie noch nicht einmal sicher, ob er überhaupt ihr Feenprinz war. Sein fettiges Haar war ziemlich dunkel, seine Haut schmutzig braun, nicht golden, und sein Lächeln mutete sie fast wölfisch an.

Sie wich zurück.

»Habt keine Angst«, meinte er. »Wie heißt Ihr?«

Madeleine war fluchtbereit, doch etwas hielt sie zurück. Allerdings war ihr klar, dass es gefährlich sein konnte, ihm zu verraten, dass sie Madeleine de la Haute Vironge war. »Dorothy«, erwiderte sie.

»Lauft nicht weg, Dorothy. Ich tue Euch nichts.«

Unter dem Einfluss der ihr bekannten sanften, beruhigenden Stimme entspannte sich Madeleine etwas. Er war es doch. Und es gab noch etwas an ihm, was sie beruhigte. Etwas in seinem Lächeln …

Sie merkte, dass es seine Zähne waren. Sie waren weiß und gleichmäßig, für einen zerlumpten Bauern eher unüblich.

Sie lächelte. Er hatte sich verkleidet. Er war ihr Feenprinz; zweifellos ein englischer Adliger, der sich für seine Reise getarnt hatte. Sobald ihr dieser Gedanke gekommen war, fiel es ihr erstaunlich leicht, durch den Schmutz und die Lumpen das gutgeschnittene Gesicht zu erkennen, den kräftigen Körper, das goldene Haar. Er hatte auffällig grüne Augen, die betörend funkelten, wenn er lachte.

»Ich heiße Edwald«, sagte er. Sie wusste, dass er sie belog, aber sie verstand seine Beweggründe.

»Wie kommt es, dass Ihr die französische Sprache beherrscht?« Sie sprach sehr klar und deutlich, denn sie wusste, wie schwer es war, eine fremde Sprache zu verstehen, wenn man zu schnell redete.

»Ich war schon einmal in Frankreich.«

Dann musste er dem Adel angehören. Vielleicht war er sogar einer von Haralds Söhnen, die versuchten, ihren Vater zu rächen? Aber in dem Fall hätte sein Französisch eleganter klingen müssen.

»Habt Ihr es Euch zur Gewohnheit gemacht, alleine durch die Wälder zu streifen, Dorothy?«, fragte er.

Madeleine blickte flussabwärts. Die richtige Dorothy war gerade noch sichtbar, der Wächter aber aus ihrem Blickfeld verschwunden. »Ich habe Freunde in der Nähe.« Das war nicht nur eine Auskunft, sondern auch eine Warnung.

Er folgte ihrem Blick, dann nahm er sie an der Hand und zog sie vom Fluss weg hinter einen Busch. Madeleine schlug das Herz bis zum Hals. Sie wusste, sie sollte wegrennen, und wenn er versuchte, sie aufzuhalten, sollte sie schreien. Aber sie tat weder das eine noch das andere.

Er legte ihr die Hände auf die Schultern und betrachtete sie lächelnd. Seine Augen waren wirklich äußerst anziehend. »Ich wollte Euch noch einmal richtig sehen«, sagte er.

Der Schmutz auf seiner Haut und in seinen Haaren verbarg sein wahres Aussehen. »Ich hätte Euch auch gern richtig gesehen«, meinte sie.

In seinen Augen flackerte es gefährlich, doch dann lachte er und schüttelte den Kopf. »Wie überlebt Ihr nur in dieser harten Welt, Dorothy? Aber keine Sorge, ich werde Euch nichts zuleide tun, selbst, wenn mein Leben in Euren Händen läge.«

Er nahm ihre Hände und bedeckte sie mit Küssen. Sein warmer Atem kitzelte sie, erregte aber auch noch etwas Heißeres in ihr; etwas Verbotenes, wie ihr rasch klar wurde. Das schlechte Gewissen brachte sie dazu, sich ihm entziehen zu wollen, doch als er sie fester packte, wehrte sie sich nicht.

Seine Hände glitten ihre bloßen Unterarme hoch in die losen Ärmel ihres Gewandes hinein bis zu ihren Schultern; raue, schwielige Hände auf glatter Haut. »Eure Haut ist so zart wie die feinste Seide«, murmelte er. »Doch ich muss Euch sagen, süße Dorothy, dass ich Euch nach dem heutigen Tag nicht wiedersehen kann.«

Noch nie hatte sie jemand so berührt. Madeleine schmolz wie Wachs. »Warum nicht?«, hauchte sie.

»Ich kann es nicht riskieren. Ihr wisst doch sicher, dass ich ein Gesetzloser bin. Ihr würdet mich Eurem König ausliefern.«

»Nein«, erwiderte Madeleine mit fester Stimme. »Das würde ich nie tun!«

Seine Daumen streichelten ihr Schlüsselbein. »Das solltet Ihr aber. Es ist Eure Pflicht.«

Aber Verräter und Rebellen wurden des Augenlichts beraubt oder kastriert, oder man hackte ihnen Hände und Füße ab. Madeleine fröstelte. »Nein, ich werde Euch nie verraten, das verspreche ich Euch!«

Er nahm die Hände von ihren Schultern und zog sie eng an seinen harten Körper. In ihrem Kopf schrillten die Alarmglocken: Das war nicht recht! Sie sollte wegrennen, und zwar sofort.

Aber ein kleines bisschen länger konnte sie wohl noch bleiben. Es war einfach zu schön in seinen Armen.

Sie nahm ihren ganzen Mut zusammen und hob die Hände, um seine breiten Schultern zu streicheln; sie erinnerte sich daran, wie feucht und wundervoll sie in der Sonne ausgesehen hatten. Mit ihrer Rechten spürte sie nackte Haut an seinem Nacken, genüsslich tasteten sie nach dem Ansatz seiner Wirbelsäule.

»Oh, mein hübsches kleines Luder!« Seine Lippen senkten sich auf ihren Mund, so sanft wie bei einem brüderlichen Kuss. Doch dieser Kuss versetzte sie in Aufruhr, ihr Kopf wurde wieder klarer.

Hastig nahm sie die Hände von ihm und schob ihn weg. »Das darf ich nicht.«

Seine Augen funkelten belustigt. »Ach nein?« Er lockerte seinen Griff. »Dann flieg davon, kleiner Vogel, ich halte dich nicht auf!«

Seine Worte beschwichtigten ihre Sorgen; er würde sie nicht gegen ihren Willen festhalten. Und eigentlich wollte sie ja geküsst werden; nichts mehr – nur ein Kuss.

Wieder nahm sie all ihren Mut zusammen und streckte ihm das Gesicht entgegen. Er lachte und bedeckte ihre Nase, ihre Wangen, ihr Kinn mit kleinen Küssen. Madeleine wollte ihm nicht zeigen, wie wenig sie von dieser Sache verstand. Deshalb tat sie es ihm gleich und bedachte auch sein Gesicht mit vielen kleinen Küssen.

Er murmelte etwas Ermutigendes und lenkte ihre Lippen zu den seinen. Doch diesmal hielt er ihren Hinterkopf mit einer Hand fest, sodass sie ihm nicht mehr ausweichen konnte: Seine Zunge spielte mit ihren Lippen.

Madeleine war überrascht, doch sie entschloss sich, es

ihm gleichzutun. Ihre Zunge traf die seine, warm und beweglich. Sein Mund öffnete sich, ihr Mund öffnete sich, seine Zunge drang ein und machte sich daran, diesen Raum zu erkunden.

Madeleine stöhnte leise und hörte auf zu denken. Ihr Körper vibrierte, sie lehnte sich an seine wundervolle Brust, die stark war wie eine Eiche und warm wie ein gemütliches Feuer. Seine Hand auf ihrer Brust ließ ihre Beine butterweich werden. Er wich etwas zurück, setzte sich auf einen Stein und zog sie auf seinen Schoß.

»Ja, Liebste, ja«, murmelte er auf Englisch.

Madeleine kam wieder so weit zur Vernunft, dass sie merkte, dass sie ihren Kuss bekommen hatte. Es war höchste Zeit, dieses Spiel zu beenden!

Sein Mund fand ihre rechte Brust. Madeleine hörte wieder auf zu denken. Seine Hände und sein Mund folterten sie, ihr Körper wollte dem Verstand nicht mehr gehorchen. Ihre Hüften bäumten sich ihm entgegen. Sie schloss die Augen.

Hitze, Begehren! Zwischen ihren Beinen spürte sie ein stechendes Verlangen, auf das sich plötzlich seine Hand legte. Sie stöhnte und rieb sich an ihm. Doch dann wurde ihr klar, dass sich das nicht gehörte. Sie erstarrte.

»Nein!«, schrie sie auf und entzog sich ihm.

Seine Hand legte sich auf ihren Mund. Ein stählerner Arm hielt sie gefangen. Sie wand sich und trat um sich. »Um Himmels willen, so sei doch ruhig!«, fauchte er.

Sie gehorchte, weil sie gegen seine Stärke nichts ausrichten konnte. Ihr war, als hätte sie ein Fieber befallen; sie keuchte und zitterte. Doch ihm erging es kaum anders.

Er nahm die Hand von ihrem Mund. »Lasst mich los!«, flüsterte sie. »Bitte lasst mich gehen!«

Sie spürte, wie sein Körper bebte. »Bei der Heiligen Jungfrau, was ist denn los?«

Auf seiner Haut lag eine dünne Schweißschicht, und seine Augen wirkten fast schwarz. Als er ein wenig rutschte, spürte sie sein hartes Glied an ihren Schenkeln. Sie zuckte verängstigt zusammen, dann stemmte sie sich gegen seine Brust. »Lasst mich aufstehen! Lasst mich gehen! Das ist böse!«

Er starrte sie an und murmelte irgendetwas Zorniges auf Englisch, dann wechselte er ins Französische und fragte mit gepresster Stimme: »Du bist doch nicht etwa noch Jungfrau?«

Madeleine kam sich vor, als hätte man ihr soeben vorgeworfen, die Pest zu haben. Sie nickte stumm.

Langsam ließ er sie los und stand auf. Sein Atem ging tief und abgehackt. »Wie hat es ein kühnes Luder wie du geschafft, in deinem Alter noch Jungfrau zu sein? Wie alt bist du überhaupt? Achtzehn?«

»Siebzehn.« Madeleine zog ihre Röcke nach unten und richtete ihre Bluse. Er hatte sie fast ausgezogen. Sie wagte einen Blick auf ihn. Oh Gott, er wirkte wirklich ziemlich ärgerlich. Er sah aus, als hätte er sie am liebsten dafür verprügelt, dass sie noch Jungfrau war. »Es tut mir leid«, meinte sie, dann kicherte sie nervös, weil ihr alles so sonderbar vorkam.

Er war nicht der Einzige, der wütend war. Auch ihr Körper war wütend, er schimpfte sie förmlich aus, dass sie ihm etwas vorenthalten hatte, was ihm doch schon versprochen worden war. Gekränkt schlang sie die Arme um sich.

Er seufzte und schüttelte den Kopf. »Es war ein harter Tag, an dem ich dich getroffen habe, Dorothy. Geh zurück zu deinen Freunden, und zieh eine Lehre aus dieser Geschichte.«

Sie wollte nicht im Zorn von ihm gehen. »Ich wollte doch nur einen Kuss«, sagte sie wehmütig.

Sein Lachen klang fast echt. »Na, den hast du jedenfalls bekommen. Aber jetzt geh! Geh, bevor ich es mir anders überlege und meinen Anstand vergesse.«

Madeleine ging, doch dann kehrte sie trotz seiner finsteren Miene noch einmal zurück. »Es war ein sehr schöner Kuss«, sagte sie leise, stellte sich auf Zehenspitzen und streifte mit den Lippen seinen Mund. Dann hatte sie immerhin noch so viel Verstand, sich schleunigst aus dem Staub zu machen.

Aimery blickte ihr belustigt nach und rieb sich den Schweiß vom Gesicht. Diese kleine Begegnung hätte ihn eigentlich von dieser Frau befreien und ruhig werden lassen sollen. Doch jetzt fragte er sich, ob er jemals wieder zur Ruhe kommen würde. Sein Körper schmerzte, und in seinem Kopf ging es drunter und drüber.

Wenn sie tatsächlich noch Jungfrau war, dann vergeudete sie ihr Talent. In dem Moment, in dem er sie berührt hatte, hatte er den Kopf verloren. Was für ein Vergnügen es sein würde, einem solch feurigen kleinen Ding all die Wunder ihres köstlichen Körpers zu zeigen! Doch er durfte einfach keine weitere Begegnung riskieren. Da half nur eines: möglichst viele Meilen Abstand. Langsam erklomm er die Uferböschung. Ein Zweitagesmarsch nach Banbury war jetzt genau das Richtige.

Madeleine hielt auf ihrer Flucht noch einmal am Fluss an, um zu Atem zu kommen. Sie blickte zurück, entdeckte ihn jedoch nirgends. Seltsamerweise hätte sie jetzt am liebsten kehrtgemacht … Nein! Sie schüttelte resolut den Kopf. Sie wusste genau, wie viel Glück sie gehabt hatte. Wenn sie bei ihrer Hochzeit keine Jungfrau mehr war, würde sie niemals von ihrem Mann geachtet werden. Sie konnte sogar abgewiesen, geschlagen, ins Gefängnis gesteckt werden …

Sie schauderte. Es war Wahnsinn, aber in diesem Moment hätte sie alles auf sich genommen, nur um noch einmal mit ihm zusammen zu sein.

Sie prüfte ihre Kleidung und tastete ihr Gesicht ab, denn sie war fast sicher, dass man dort ihre Verruchtheit erkennen würde. Ihr Gewand wirkte ordentlich, aber, oh Gott – über ihren Brüsten waren zwei feuchte Kreise, dort, wo sein Mund gewesen war!

Bei der Erinnerung daran überfiel sie eine Hitze, die sie völlig benommen machte. Sie presste die Hände auf die schmerzenden Brustspitzen.

»Lady Madeleine!«

Madeleine sah ihren Beschützer auf sich zukommen. Sie blickte auf ihr verräterisches Gewand, dann lachte sie leise und beugte sich zu dem seichten Fluss hinab.

»Lady Madeleine!« Der Mann eilte zu ihr. »Geht es Euch gut? Ich dachte, ich hätte etwas gehört.«

Madeleine richtete sich wieder auf. Sie war tropfnass. »Es geht mir gut. Ich bin nur gestolpert.«

»Aber vorhin? Ich habe einen Schrei gehört.«

»Ach, das? Ich dachte, da wäre eine Schlange.« Madeleine ließ sich von dem Mann an die andere Uferseite führen. »Aber Ihr seid ziemlich langsam. Das war doch schon vor geraumer Zeit.«

»Nein!«, widersprach der Mann. »Es war erst vor wenigen Augenblicken. Dorothy und ich dachten, wir hätten etwas gehört, und ich ging gleich los, um Euch zu suchen. Ihr solltet Euch nicht so weit von uns entfernen, Mylady!«

Es kam Madeleine vor, als sei sie Stunden und nicht nur wenige Momente aus der realen Welt entschwunden, und sie war sich nicht sicher, ob sie schon zurückgekehrt war oder ob sie überhaupt jemals zurückkehren würde. Als ihr Beschützer sie zu Dorothy zurückbrachte, warf sie noch einen letzten sehnsüchtigen Blick auf die Büsche am Fluss.

2

Nachdem sie den ganzen Tag gelaufen waren, schlief Aimery in jener Nacht tief und fest. Als er am nächsten Morgen aufwachte, kam ihm die Begegnung mit Dorothy wie ein Traum vor. Aber es war gut, dass sie nicht nach Baddersley zurückmussten, denn dieses Weib war gefährlich.

Zehn Meilen vor Banbury hörten Aimery und Gyrth Gerüchte, dass Männer versklavt worden seien, und zwar von Robert d'Oilly. Das überraschte Aimery kaum, denn d'Oilly war ein ungehobelter französischer Söldner, ein bösartiger, wenn auch tüchtiger Kämpfer, der ansonsten zu nichts anderem zu gebrauchen war. Dass Wilhelm solche Männer gebraucht hatte, um England zu erobern, und es jetzt für angemessen erachtete, sie mit Land zu belohnen, war eine Tragödie.

Aimery und Gyrth schlossen sich einer Gruppe von Männern an, die auf dem Weg zum Markt in Banbury waren. Es war nicht schwer, sie zum Reden zu bringen.

»Sie haben den Neffen meiner Schwester geschnappt. Einfach so. Er hatte nichts Unrechtes getan.«

»Ich habe gehört, der Priester drüben in Mathwait wollte sie aufhalten, und da haben sie ihm den Schädel eingeschlagen. Es ist fraglich, ob er durchkommt. Diese ruchlosen Normannen, Bastarde, jeder einzelne.«

»Wer ist der Oberherr?«, fragte Aimery in der rauen Sprache der Dorfbewohner.

Einer spuckte verächtlich auf den Boden. »Sollte der Graf von Wessex sein, aber den haben sie ja in Hastings erschlagen. Jetzt gibt's keinen mehr bis auf den elenden König, und sich bei dem zu beschweren hat wohl nicht sehr viel Zweck.«

»Aber man könnte es doch versuchen«, meinte Aimery. Die anderen starrten ihn an wie einen Schwachsinnigen.

»Ich schlag dir was vor«, erwiderte einer sarkastisch. »Warum hängst du nicht einfach hier rum, bis der Bastard-König das nächste Mal vorbeireitet, und dann kannst du es ihm sagen und dir einen Tritt in den Hintern einhandeln.«

»Ich weiß, wovon ich rede«, erwiderte Aimery, wobei er versuchte, etwas herrischer zu klingen. »Ich bin zwar ein Gesetzloser, aber ich weiß, dass Wilhelm von der Normandie die Sklaverei nicht gutheißt. Wenn ihr ihm davon berichtet, dann wird er den Spuk bestimmt unterbinden.«

»Er würde sich für die Engländer gegen einen Normannen stellen?«, fragte einer der Männer höhnisch.

»Er wird für Recht und Ordnung sorgen.«

»Und was ist mit unseren Frauen?«, rief ein junger Mann aufgebracht. »Diese Bewaffneten nehmen sich, wen sie wollen, und niemand wagt es, sie aufzuhalten. Meine Schwester …« Er wandte sich mit schmerzverzerrter Miene ab.

»Auch Vergewaltigung ist ein Unrecht, das bestraft wird«, stellte Aimery voller Überzeugung fest.

Das Donnern von Hufen verhinderte die Fortsetzung des Gesprächs. Die Dorfbewohner wollten in den Wald fliehen, doch der Reitertrupp war schon herangaloppiert und schnitt ihnen den Weg ab. In Windeseile waren sie umzingelt, keinem gelang die Flucht.

Es waren d'Oillys Männer auf der Jagd nach Zwangsarbeitern. Aimery verfluchte sein Schicksal. Die fünf Reiter wirkten zwar so träge, dass er sie mit Gyrth und der Hilfe der Dorfbewohner bestimmt hätte überwältigen können, aber bei gewaltsamem Widerstand musste das gemeine Volk mit grässlichen Vergeltungsmaßnahmen rechnen. Momentan war es wohl am besten, nicht aufzufallen.

Das war nicht leicht, denn Aimery war einen halben Kopf größer als der größte Dorfbewohner und sehr viel kräftiger. Er zog die Schultern ein und gab Gyrth einen Schubs. Gyrth verstand ihn, und Aimery hoffte, die anderen würden mitspielen. Einer der Soldaten nahm einen Ochsenziemer zur Hand. »Na, hier haben wir doch ein passendes Grüppchen«, sagte er auf Französisch. »Lord d'Oilly braucht Arbeiter. Du, du, du, und du!« Er deutete auf die Jüngsten und Kräftigsten, unter denen Aimery war, aber nicht Gyrth.

Gyrth wandte sofort auf Englisch ein: »Sir, mein Cousin hier ist …« Er tippte sich vielsagend an die Stirn. »Er wird Euch nichts nützen.«

»Er ist stark. Und du kommst auch mit!«

Im Handumdrehen wurden die ausgewählten Männer vom Rest der Gruppe getrennt. Einer wehrte sich. »Das könnt Ihr nicht tun! Ihr habt kein Recht dazu. Ich bin ein Freisasse –« Ein Peitschenhieb quer über sein Gesicht ließ ihn verstummen.

Die fünf Gefangenen wurden zum Fluss getrieben. Dort sollte eine Brücke gebaut werden, um den Zugang zu Robert d'Oillys neuer Burg zu erleichtern. Ein Dutzend Männer plagte sich damit ab, einige wirkten bereits sehr erschöpft. Aimery vermutete, dass unter den Arbeitern, die die hölzerne Burg auf einem Hügel in der Ferne errichteten, weitere Sklaven waren.

Zwei Dorfbewohner wurden zu den Männern geschickt, die Steine am Fuß einer Klippe herausschlugen. Aimery und einem anderen wurde befohlen, sich in die abgekämpfte Schar einzureihen, die die Steine zur Brücke schleppte. Aufgrund seines Alters war Gyrth davon befreit, er sollte mit den Steinen das Brückenfundament bauen.

Den ganzen Tag bekamen die Männer nichts zu essen und durften sich auch nicht ausruhen. Ab und zu schöpften sie ein wenig Wasser aus dem Fluss, um ihren Durst zu stillen. Die fünf Wachen lagerten im Schatten und ließen die Peitschen knallen, wenn sie dachten, dass einer der Sklaven trödelte. Sie ließen einen Weinschlauch kreisen und teilten sich ein paar Fleischpasteten.

Oft schrien sie etwas auf Französisch, was die Bauern beunruhigte; doch es handelte sich stets nur um wüste Beschimpfungen, die eigentlich sinnlos waren, weil sie ja davon ausgehen mussten, dass keines ihrer Opfer sie verstehen konnte.

Doch Aimery verstand sie nur allzu gut, und sein Zorn wuchs. Diese Männer waren Abschaum, Söldner, die mit der Aussicht auf schnellen Reichtum nach England gelockt worden waren. Das Verlangen, sie zu beseitigen, wütete stärker in Aimery als der nagende Hunger. Er sagte sich zwar immer wieder, dass Gewalt ihn daran hindern würde, später wirklich Hilfe leisten zu können, und dass man an den Dorfbewohnern brutale Vergeltung üben würde, doch es fiel ihm zunehmend schwer, auf die Stimme der Vernunft zu hören.

Er hievte einen mit Steinen gefüllten Lederbeutel auf seine schmerzende Schulter und stolperte zum Fluss hinab. Als er an einer der dickbäuchigen Wachen vorbeikam, rief der Mann: »Hey, Großer, ich möchte wetten, du hast einen großen! Und ich möchte wetten, den steckst du auch in deine Mutter!«

Aimery tat, als sei er taub, und versuchte, seine Wut zu zügeln, indem er an die Reaktion des Königs dachte, wenn dieser erfuhr, wie sehr er beleidigt worden war. Aber er konnte das Vergnügen, diesem Kerl die Gurgel aufzuschlitzen, förmlich schmecken.

Auf dem Rückweg den Hügel hinauf stolperte sein Vordermann und brach zusammen. Aimery half ihm auf. Der Söldner, der ihnen am nächsten lagerte, grinste höhnisch, sagte jedoch nichts. Der Arbeiter keuchte, und seine Augen waren glasig.

»Er braucht eine Pause, Lord«, murmelte Aimery.

»Keine Pausen«, entgegnete der Söldner umbarmherzig und hielt sich den Weinschlauch an den Mund.

Aimery half dem Bauern, seinen Lederbeutel mit Steinen zu füllen, und legte möglichst wenige hinein. Zum Glück musste die schwere Fracht nur bergab geschleppt werden, aber er glaubte nicht, dass der Mann noch lange durchhielt. Was würde passieren, wenn er endgültig zusammenbrach? Wenn die Wachen genügend Verstand besäßen, würden sie sich um ihre Lasttiere kümmern, aber diese gemeinen Kerle hatten kein Hirn. Wahrscheinlich dachten sie, der Vorrat an Sklaven sei unerschöpflich.

Sie machten sich wieder auf den Weg nach unten. Der Mann begann zu schwanken. Aimery tat sein Bestes, ihm zu helfen. Er ging vor ihm und führte ihn, aber auf einmal stolperte der Bauer, sank auf alle viere und ließ den Kopf kraftlos hängen wie ein erschöpftes Lasttier, zu dem er ja auch wirklich geworden war.

Der dickbäuchige Soldat rappelte sich auf und knallte mit der Peitsche. »Steh auf, du mieses Schwein! Auf!«

Der Mann zuckte zusammen, schaffte es jedoch nicht, dem Befehl Folge zu leisten.

Als Aimery seinen Beutel absetzte und dem Mann zu Hilfe eilen wollte, knallte die Peitsche erneut, und diesmal traf sie auch. Der Bauer krümmte sich und stieß einen heiseren Schrei aus, aber selbst der Schmerz brachte ihn nicht dazu aufzustehen. Die Peitsche pfiff und traf ihn ein weiteres Mal, bevor Aimery bei ihm war.

»Aus dem Weg, du Tölpel!«, fauchte der Söldner auf Französisch und kam näher. »Sonst bekommst auch du meine Peitsche zu spüren.« Er wechselte ins Englische. »Fort mit dir!«

Aimery drehte sich um und starrte den brutalen Schläger an, dessen fetter Wanst und dessen schlaffes Gesicht deutlich zeigten, wie wenig trainiert er war. »Gnade, Lord«, sagte er auf Französisch.

»Ein ehrerbietiges Wort von einem Wurm wie dir?« Der Söldner machte eine vielsagende Geste. »Du Stück Scheiße!«

Aimery richtete sich langsam auf, als ob er völlig benommen sei. Der Wächter achtete schon nicht mehr auf ihn und schwang genüsslich die Peitsche, um den am Boden Liegenden ein weiteres Mal zu schlagen.

Da stürzte sich Aimery auf ihn, legte ihm einen Arm um den Hals, stemmte ein Knie in seinen Rücken und brach ihm das Genick. Während der Mann zu Boden ging, riss ihm Aimery das Schwert aus der Scheide. Er verzog das Gesicht, als er spürte, wie unhandlich es war, und sah, dass die Klinge mit eingetrocknetem Blut und Rost verschmiert war. Dann räumte er den Leichnam mit einem Tritt aus dem Weg – Abschaum, ganz wie er gedacht hatte – und drehte sich um, denn der erste der vier anderen Soldaten kam bereits auf ihn zugelaufen. Er fuchtelte absichtlich töricht mit der Waffe herum, als habe er keine Ahnung, was er damit anstellen sollte.

Ein Blick aus den Augenwinkeln verriet ihm, dass Gyrth sich bereits einen Gegner vorgeknöpft hatte. Die Bauern standen schreckerstarrt herum und wussten nicht, was sie tun sollten. »Lasst sie nicht entkommen!«, rief er ihnen zu.

»Die werden dir nicht helfen, du Hundsfott!«, fauchte der Söldner, der ihm am nächsten war. Er war zwar etwas dünner, doch sein fetter Bauch zeigte, dass auch ihm das Essen wichtiger war als das Kämpfen. Als er höhnisch grinste, wurden ein paar gelbe und schwarze Zahnstummel sichtbar. »Und ich werde dich nicht schnell töten, oh nein, dafür werde ich mir viel Zeit nehmen.«

Ungeschickt hob Aimery das Schwert. Der Mann lachte. »Wir lassen dich erst mal auf einem Bein tanzen, du Dreckskerl, und dann spielen wir Blinde Kuh mit einem echten Blinden.«

Während er so weiterredete, was eigentlich völlig sinnlos war, da er davon ausging, dass sein Opfer kaum Französisch konnte, überdachte Aimery die Lage. Keiner der Männer durfte überleben, wenn die Dorfbewohner mit dem Leben davonkommen und seine Identität gewahrt werden sollte. Aber die Bauern waren noch immer vor Entsetzen wie gelähmt.

Gyrth hatte den Wächter, den er sich vorgenommen hatte, inzwischen getötet und dessen Schwert an sich genommen.

Die beiden anderen Normannen hatten sich auf ihn gestürzt. Gyrth war kein guter Schwertkämpfer – er brauchte Hilfe.

Wie ein ungeübter Bauer holte Aimery weit aus. Der Söldner bog sich vor Lachen und trat einen Schritt zur Seite, um dem Hieb auszuweichen. Dann setzte er dazu an, Aimerys rechten Arm abzuschlagen, doch der packte sein Schwert fester und parierte den Hieb. Der Söldner war bass erstaunt, sein Arm völlig taub. Aimery sagte in klarem Französisch: »Gott sei deiner Seele gnädig!« und enthauptete den Mann.

Dann eilte er zu Gyrth. Dessen Gegner waren inzwischen etwas abgekämpft, doch Gyrth konnte sie sich kaum noch vom Leibe halten. Aimery musste jetzt nicht mehr so tun, als ob er im Schwertkampf völlig ungeübt sei. Es dauerte auch nicht lange, da gaben die Männer auf und wandten sich zur Flucht.

Aimery erwischte einen von hinten und durchbohrte ihn mit dem Schwert. Der andere drehte sich noch einmal um und hieb auf Gyrth ein. Er erwischte ihn am Bein, und Gyrth ging zu Boden.

»Haltet ihn auf!«, rief Aimery den Bauern zu, die das Geschehen mit offenen Mündern verfolgten.

Einige von ihnen machten Anstalten dazu, doch sobald der Soldat das Schwert schwang, duckten sie sich und wichen zurück. Aimery rannte dem Mann nach, doch dieser war schlank und flink. Mit einem Blick über die Schulter sah er, dass die Bauern wie erschrockene Tiere in den Wald flohen. Gyrth, der noch immer am Boden lag, versuchte indessen, die Blutung an seinem Bein zu stillen.

Fluchend warf Aimery sein Schwert wie einen Speer hinter dem Mann her. Doch ein Schwert ist keine Wurfwaffe, es erwischte den Mann nur an der von der Rüstung geschützten Schulter, was ihn dazu anspornte, noch schneller zu rennen. Aimery machte kehrt und ging zu Gyrth.

»Es geht schon«, keuchte dieser. »Verfolge lieber den Mistkerl!«

»Sei nicht so töricht!«, schalt Aimery. Er riss einem der erschlagenen Wachen ein paar Streifen aus dem Gewand und verband damit die Wunde, auch wenn der Stoff alles andere als sauber war. »Meine Mutter behauptet immer, Wunden, die mit sauberem Stoff verbunden werden, heilen besser«, meinte er. »Hoffen wir, dass sie nicht recht hat.«

»Wunden heilen, oder sie heilen nicht, je nachdem, wie das Schicksal es will.« Gyrth stand mühsam auf. »Wenn ich eine Streitaxt gehabt hätte, hätte der Kerl nicht überlebt.« Er musterte Aimery verdrossen. »Das könnte dein Todesurteil sein.«

»Und deines auch.«

»Das zählt nicht, ich bin ohnehin ein Rebell. Aber jetzt bist du auch einer.«

Aimery schüttelte den Kopf. »Sie haben das Gesetz gebrochen. Wenn bekannt wird, was hier geschehen ist, werde ich sagen, dass ich mich nur aus der Sklaverei befreit habe.«

»Wenn das auffliegt, fliegt alles auf. Aber der Söldner könnte dich auch erkennen, wenn er Aimery de Gaillard über den Weg läuft. Was dann?«

Aimery zuckte mit den Schultern und legte einen Arm um Gyrth, um ihn zu stützen.

»Soll ich etwa demnächst deinen Kopf auf einer Pike bewundern?«, meinte Gyrth zornig. »Sieh zu, dass du wieder einen normalen Normannen aus dir machst, mein Freund. Entweder das, oder du schließt dich Hereward an und wirfst diesen Bastard aus dem Land!«

»Ich war nie ein normaler Normanne«, erwiderte Aimery. »Aber ich werde auch nie Verrat an Wilhelm begehen.«

»Verflucht noch mal, Junge!«, schrie Gyrth völlig entnervt. »Hereward und der Bastard werden noch darum kämpfen, wer sich als Erster auf dich stürzen darf.«

Aimery lächelte. »Du solltest mal meinen Vater kennenlernen. Ihr habt einiges gemeinsam. Aber jetzt sollten wir lieber zusehen, dass wir von hier wegkommen!«

Madeleine versuchte, die Begegnung mit Edwald dem Gesetzlosen zu vergessen. Angesichts des Leids ihrer Leute in Baddersley betrachtete sie es als ihre Pflicht, möglichst rasch zu heiraten und Paul und Celia hinauszuwerfen. Ihr Gesetzloser, ihr Feenprinz, war dabei nur eine Ablenkung.

Aber was für eine! Inmitten eines geschäftigen Tages blieb sie plötzlich müßig stehen, nachts wälzte sie sich schlaflos in ihrem Bett. Auf ihre Träume hatte sie natürlich keinerlei Einfluss und durchlebte Nacht für Nacht seine Berührung auf ihrer bloßen Haut, seinen heißen Mund auf dem ihren. Beim Aufwachen spürte sie ein Sehnen und eine abgrundtiefe Leere.

Es war eine große Erleichterung für sie, als ihr Cousin Odo nach Baddersley kam. Vielleicht würde er sie auf andere Gedanken bringen.

Odo de Pouissey war Pauls Sohn und Celias Stiefsohn, also nicht blutsverwandt mit Madeleine. Als sie noch ein Kind war, hatte er jedoch viel Zeit bei ihrer Familie verbracht, sodass er für sie fast so etwas wie ein Bruder war. Er war groß und stark, hatte dunkles Haar wie sein Vater und eine gesunde rosige Gesichtsfarbe. Wenn er nicht gerade verstimmt war, konnte er ein recht lustiger und angenehmer Begleiter sein. Sein größter Fehler war seine Vorliebe für Ale und Wein, aber momentan konnte sich in Baddersley ohnehin niemand leisten, solchen Lastern exzessiv zu frönen.

Odo suchte Madeleine oft auf und erzählte ihr dann Geschichten über die Eroberung Englands. Sie fand zwar, dass er sich dabei häufig genug allzu heldenhaft darstellte, und glaubte ihm nicht alles, aber trotzdem gefielen ihr die Geschichten. Er beschrieb ihr auch die Krönung der Königin und kehrte seine privilegierte Stellung bei Hofe heraus. Das machte Madeleine ziemlich neidisch, und sie versuchte, ihm Auskünfte über junge Männer zu entlocken, die für eine Ehe infrage kämen.

»Und wer steht in der Gunst des Königs am höchsten?«,

fragte sie eines Tages, während sie draußen in der Sonne saßen und sie ein paar Näharbeiten erledigte.

»Seine alten Gefährten. Mortain, Fitz Osbern, Montgomery.«

»Und was ist mit den jüngeren Männern? Es gibt doch sicher viele, die zurzeit versuchen, ihr Glück in England zu machen, oder?«

Er betrachtete sie misstrauisch. Glaubte er, sie würde ihn verachten, weil es mit seinem Glück nicht besonders weit her war? Sie bemühte sich um eine möglichst ausdruckslose Miene.

»De Varenne genießt hohes Ansehen«, sagte er schließlich verdrossen. »Und de Faix. Beaumont, und natürlich die de Gaillards. Der König hält große Stücke auf sie.«

»Oft ist es reine Glücksache, wem der König seine Aufmerksamkeit schenkt«, tröstete sie ihn.

»Das stimmt natürlich«, pflichtete er ihr bei. »Aber wo bleibt die Gerechtigkeit, wenn er die verdammten Sachsen begünstigt?«

»Am Königshof halten sich Engländer auf?«, fragte Madeleine erstaunt. Sie wusste, dass der König bemüht war, die Engländer mit Ehen versöhnlich zu stimmen; aber sie hatte nicht erwartet, dass sie tatsächlich freundliche Aufnahme am Hofe fänden.

»Dort wimmelt es förmlich von ihnen, sie grinsen und kriechen und buckeln, um ihre Ländereien zurückzubekommen. Ich persönlich traue keinem von ihnen über den Weg.«

»Aber es ist doch gut, wenn sie ihn als König akzeptieren. Dann wird endlich Frieden einkehren.«

»Wie soll ein Mann an Land kommen, wenn Frieden herrscht? Wenn Wilhelm ihnen ihr Land zurückgibt, bleibt ja nichts mehr für getreue Normannen! Pass lieber auf, Mad«, meinte er boshaft, »eines Tages wird dieser Abschaum von Hereward das Knie beugen, und dann wird ihm der König Baddersley zurückgeben.«

Madeleines Hände erstarrten. Baddersley gehörte doch ihr! Odo lachte. »Das ging dir an die Nieren, stimmt's? Aber denk an meine Worte – es könnte durchaus passieren. Er hat Edwin von Mercia einen Großteil seiner Ländereien zurückgegeben. Edwin ist jetzt dein Oberherr, hast du das gewusst? Wie findest du das, einem verdammten Sachsen die Treue schwören zu müssen? Und Wilhelm gibt ihm seine Tochter!«

»Agatha?«

»So heißt es, und es heißt, dass auch Lady Judith einer sächsischen Kanaille gegeben werden soll. Wenn du nicht aufpasst, Mad, dann blüht dir ein ähnliches Schicksal.«

Madeleine nahm den Blick nicht von ihrer Näharbeit. Es gab einen Engländer, den sie durchaus willkommen geheißen hätte. Dann könnten sie das zu Ende bringen, was sie angefangen hatten. Eine ihr inzwischen wohlbekannte Wärme und ein Sehnen regten sich in ihr. »Wie sind denn die englischen Lords so?«, fragte sie.

»Zu hübsch oder zu grob«, antwortete er abfällig. »Sie tragen ihr Haar viel zu lang, und viele von ihnen haben sogar einen Bart, auch wenn manche ihn rasieren, um dem König zu gefallen.« Er brach in schallendes Gelächter aus. »Dann sehen sie aus wie geschorene Lämmer. Sie kleiden sich in hübsche Gewänder wie die Ladys und geben mit ihrem Goldschmuck an, den sie eigentlich den Eroberern hätten ausliefern sollen.«

Madeleine seufzte. Aus Odo war wirklich nichts Nützliches herauszubekommen. »Bestimmt wirst du beizeiten reichen Lohn erhalten«, versicherte sie ihm.

Odo griff nach ihrer Hand. »Wie wär's mit dir, Madeleine? Du bist doch schließlich auch ein Preis.«

Madeleine schnalzte empört mit der Zunge. Sie hatte sich bei Odos Berührung in den Finger gestochen und ihre Näharbeit mit Blut befleckt. »Ich finde es nicht gerade amüsant, für Kriegsbeute gehalten zu werden«, erwiderte sie scharf.

Er grinste. »Das tue ich doch gar nicht. Ich habe dich immer gerngehabt, Mad. Du könntest es sehr viel schlechter treffen, wenn du nicht mich, sondern einen anderen zum Gatten wählst.«

Madeleine seufzte. Sie hatte schon vermutet, dass das der Grund seines Besuches war, aber sie hatte gehofft, eine Auseinandersetzung vermeiden zu können. Sie musterte ihn. Er war jung, gesund und stark. Und kein Unbekannter. Sie könnte es tatsächlich sehr viel schlechter treffen, aber auch sehr viel besser. Jeder, dem Paul und Celia nicht anhafteten wie die Pest, wäre unendlich viel besser. Sie flüchtete sich in eine Ausrede. »Der König wird meinen Gemahl wählen, Odo.«

»Ach ja? Der hat alle Hände voll zu tun mit den Aufständen, die jede Woche neu ausbrechen. Du könntest hier zur alten Jungfer werden.«

»Ich rechne damit, dass mich die Königin sehr bald zu sich rufen lässt«, entgegnete Madeleine, und das stimmte sogar. Matilda wollte, dass sie bei ihrer nächsten Geburt zugegen war. Allerdings sollte das Kind erst im August oder September zur Welt kommen. Würde sie bis dahin hier bleiben?

»Selbst, wenn der König an dich denkt«, meinte Odo schlau, »könnte er dich benutzen, um irgendeine Schuld zu begleichen, Mad. Du könntest die Gemahlin eines zahnlosen Alten oder eines milchgesichtigen Jünglings werden. Oder eines Mannes, der eine Vorliebe für Weiber aus dem Volk hat, oder von einem, dem es Spaß macht, dir wehzutun. Ich fände es schrecklich, wenn du so enden würdest, Mad. Ich wäre dir ein liebevoller Gemahl.«

»Es tut mir leid, Odo, aber ich muss einfach abwarten, was der König beschließt«, entgegnete sie im Versuch, ihm ihre Absage möglichst schonend beizubringen.

Sie ertappte ihn dabei, wie seine Augen wütend funkelten. Das bestärkte sie jedoch nur in ihrem Entschluss. Er erinnerte sie unangenehm an seinen Vater, der oft genug die Hand gegen Celia erhob. Nein, sie wollte Odo wirklich nicht heiraten.

Am übernächsten Tag sollte er wieder abreisen, und an seinem letzten Tag in Baddersley veranstaltete sein Vater zu seiner Unterhaltung und in der Hoffnung, die knappen Vorräte in Baddersley aufzufüllen, eine Jagd. Odo wirkte gut gelaunt, und Madeleine war froh, dass sie ihm wieder eine Art Geschwisterliebe entgegenbringen konnte. Allerdings freute sie sich nun ebenso sehr auf seine Abreise, wie sie sich über seine Ankunft gefreut hatte.

An diesem Tag strahlte die Sonne, und beim Ausreiten bemerkte Madeleine, dass weder Vernachlässigung noch Unruhen die Schönheit der englischen Landschaft geschmälert hatten. Wenn die Menschen sich erst an die neue Herrschaft gewöhnt hatten, würde dieses Land reich und herrlich sein. Und sie würde Teil davon sein, sie und ihre Nachkommen. »Ah, England!«, seufzte sie leise wie zu einem Geliebten.

Reiter, Jäger und Hunde versammelten sich auf einer Wiese, auf der zahlreiche Blumen in allen Regenbogenfarben blühten. Madeleine atmete lächelnd die würzige Luft ein. England roch anders als die Normandie; England war sanft, die Künste florierten, es war voller Gedichte und Legenden. Obwohl sie mit der Sprache noch immer Mühe hatte, liebte sie die Sagen und Geschichten von Liebe und Einsamkeit, Hoffnung und Leid.

Die Normandie war rauer, härter. Oder vielleicht sind es ja auch nur die Menschen, die rauer und härter sind, dachte sie, als sie ihren Onkel, ihren Cousin und deren Gefolge betrachtete. Würde Baddersley zugrunde gerichtet werden, wie Haute Vironge zugrunde gerichtet worden war, jetzt, wo die kriegslüsternen Normannen in dieses Land eingefallen waren? Aber solange sie es verhindern konnte, würde das nicht geschehen. Schließlich gehörte Baddersley jetzt ihr.

Sie pflückte ein Blatt von einem tiefhängenden Ast und zerrieb es zwischen den Fingern. Der Saft färbte ihre Haut, und der Duft stieg ihr wie Parfüm in die Nase. Ihr Baum, ihr Land, ihr Wild, ihre Leute …

Sie brauchte nur noch einen Lord, der fähig war, die Baronie zu beschützen und klug zu bewirtschaften.

Nicht Odo.

Aber ein englischer Lord wäre im Einklang mit diesem Land. Auch wenn Edwald verkündet hatte, dass er nicht mehr zurückkäme, hielt Madeleine unterwegs stets Ausschau nach ihm in der Hoffnung, dass er mit seinen leisen, geschickten Füßen plötzlich vor sie treten würde.

Die Hunde witterten eine Fährte und rannten los. Es wurde ins Horn gestoßen, und die Reiter setzten den Hunden hinterher. Madeleine und Odo ritten nebeneinander und lachten vor Lust an dem munteren Treiben aus vollem Hals.

»Es rennt dort drüben über den Hügel«, rief Odo. »Dort entlang! Wir schneiden ihm den Weg ab.«

Er wendete sein Pferd, und Madeleine folgte ihm, während die anderen der Hundemeute folgten. Auf dem Weg zur anderen Seite des Hügels galoppierten sie in einen Wald, wo sie bald auf einen tiefen, rasch fließenden Bach stießen.

Sie brachten ihre Pferde zum Stehen. Die Bäume wuchsen teilweise bis ans Ufer, am Rand entlang zu reiten schien kaum möglich.

»Glaubst du, dass wir diesen Bach durchqueren können?«, fragte Madeleine. Aus der Ferne waren die schwachen Geräusche der Jagdgesellschaft zu hören.

»Nein, auf keinen Fall«, meinte Odo. Er warf ihr einen merkwürdigen Blick zu. Madeleine fröstelte; es lag wohl an den dichten Bäumen, durch die kaum Licht und Wärme drang. »Na, komm«, sagte sie und drehte ihr Pferd um. »Dann reiten wir eben zurück und sehen zu, dass wir die anderen einholen.«

»Warte kurz, Mastery lahmt«, rief er. Er stieg aus dem Sattel und begutachtete die Hufe. »Mad, kannst du ihn festhalten?«, bat er. Sein Pferd tänzelte unruhig. »Ich glaube, er hat sich einen Dorn eingetreten, aber ich erwische ihn nicht richtig.«

Seufzend stieg Madeleine aus dem Sattel und kam ihm zu Hilfe. Sobald sie Masterys Zügel in die Hand nahm, beruhigte sich das Pferd, was aber auch daran liegen konnte, dass Odo es nicht mehr berührte. Er kam um das Pferd herum auf sie zu.

»Odo, was machst du da?«

Er packte sie.

Seine feuchten Lippen und sein schaler Atem erstickten ihren Schrei. Sie trat nach ihm und wand sich, doch er ließ sich nicht davon beeindrucken. Vor Angst und Atemnot wurde ihr ganz schwindlig, doch ihre Hände konnten sich nur an seinem Umhang festklammern.

Endlich ließ er von ihr ab. Sie atmete tief ein, um zu schreien, doch er stieß sie auf den harten Boden und warf sich sogleich auf sie, sodass ihr nur ein schwaches Wimmern entkam, während sich ein stechender Schmerz von ihrer Wirbelsäule zu den Hüften und Schultern ausbreitete.

Sie konnte es kaum fassen – er grinste einfach nur. »Na komm schon, Mad, du bist doch schon als kleines Mädchen scharf auf mich gewesen.« Mit einer Hand schob er ihr ungeduldig die Röcke hoch. »Ich wette, in deinem kalten kleinen Kloster hattest du heiße Träume von mir. Nun, ich werde diese Träume wahr werden lassen.«

Sie bäumte sich auf. »Odo, nicht!«

Sein Grinsen wurde immer breiter. Madeleine stieg die Galle hoch. Panisch versuchte sie, sich von ihm zu befreien, doch sein schwerer Körper lastete wie ein Stein auf ihr. Mit der Schulter drückte er auf ihr Gesicht, sodass sie kaum atmen und erst recht nicht schreien konnte.

Kaltes Entsetzen schnürte ihr die Kehle zu. Wenn er sie entehrte, müsste er von Rechts wegen entmannt werden – doch das Recht in dieser Gegend verkörperte Odos Vater. Die Alternative wäre eine eilige Hochzeit. Würde der König noch etwas tun, wenn die Ehe bereits geschlossen war? »Heilige Jungfrau Maria, steh mir bei …«

Sein grinsender Mund verzerrte sich verärgert. »Vergiss die Heiligen!«, fauchte er und mühte sich, ihr die Kleider vom Leib zu reißen, ohne ihr die Chance zu geben, sich zu rühren oder zu schreien. »Es wird langsam Zeit, dass du dich mit deinen Pflichten befasst. Halt still, verflucht noch mal! Sieh endlich ein, wozu eine Frau da ist!« Während er sich an ihren Kleidern zu schaffen machte, gelang es ihr, eine Hand frei zu bekommen. »Zum Teufel!«

Sie hatte ihr kleines Messer herausgezerrt und es ihm in den Arm gerammt.

»Du hinterhältiges Biest!« Er hob sie hoch und schmetterte sie wieder zu Boden. Das Messer flog ihr aus der Hand.

Sofort lag er wieder auf ihr, und jetzt waren ihre Röcke hochgeschoben. Sein Gewicht lastete auf ihrer Brust, sie musste um jeden Atemzug kämpfen.

»Beim Gral, dir werd ich's zeigen, Mad!«, schrie er mit zornesrotem Gesicht. »Wenn wir verheiratet sind ...«

Bei diesem Wort überflutete Madeleine erneut eine Welle des Schreckens, auch wenn sie kaum mehr bei Bewusstsein war. Doch sie spürte auch frische Kräfte in sich aufwallen; sie wand sich und schrie. Er schlug sie und fluchte.

Und dann hörte er auf.

Sein Gewicht drohte sie zu erdrücken. Dann wurde der schwere Körper von ihr gewälzt. Madeleine schluchzte und schnappte nach Luft. Sie sah einen Bauern, der lüstern ihren entblößten Körper betrachtete. Er war untersetzt und grauhaarig, und sein Bart zeigte, dass er Engländer war. Madeleine murmelte Gebete zu allen möglichen Heiligen. Mühsam richtete sie sich auf und klaubte ihre erbärmliche kleine Waffe auf. Dann humpelte sie zu einer ausladenden Eiche und lehnte sich an deren tröstlichen dicken Stamm.

»*Allez-vous en!*«, keuchte sie, dann stammelte sie ungelenk auf Englisch: »Geh weg!«

»Hab keine Angst!«

Madeleine erschrak. Sie blickte in die Richtung, aus der

die Stimme gekommen war – ein weiterer Mann kniete neben Odos Körper. Kein Wunder, dass sie ihn übersehen hatte, denn mit seinen erdfarbenen Kleidern hob er sich kaum von dem laubbedeckten Boden ab. Um sein Haupt war ein schmutziges braunes Tuch gewickelt, das ihm ins Gesicht hing.

Jetzt stand er auf und stieß Odo mit dem Fuß an. »Er ist nicht tot«, sagte er in ungeschliffenem Französisch. »Willst du ihn tot?«

Madeleine schnappte nach Luft, als sie den Mann erkannte. Gleich darauf überfielen sie Zweifel, doch dann sah sie seine grünen Augen und war sich sicher. Sie stieß einen leisen Schrei aus und warf sich in seine Arme.

Er hielt sie ganz fest. Sie zitterte am ganzen Körper, bemühte sich jedoch, die Tränen zurückzuhalten. Er war stark, und er bot Wärme und Schutz. Tröstend streichelte er ihr über den Kopf, dann schubste er sie sanft weg. »Soll ich ihn für dich töten?« Er zog einen langen, gefährlich aussehenden Dolch heraus.

Der andere Mann machte mit scharfer Stimme eine Bemerkung. Ihr war klar, dass er so schnell wie möglich von dieser Lichtung fortwollte, was nicht weiter überraschend war, denn sie waren Engländer und hatten einen Normannen angegriffen.

»Nein«, sagte sie rasch. Im Moment wollte sie nur, dass den beiden nichts passierte. »Geht! Bitte!«

Schulterzuckend steckte er den Dolch zurück in die Scheide. »Du solltest auch weg von hier.«

Sie schüttelte den Kopf. »Mir wird schon nichts passieren. Er hat mich nur völlig unvorbereitet erwischt. Geht jetzt bitte! Mein Onkel ist auf der Jagd in dieser Gegend. Wenn er euch begegnet, wird er euch töten oder noch Schlimmeres mit euch anstellen.«

Er schien es nicht eilig zu haben. Zärtlich strich er ihr über den Nacken, und seine Augen blitzten schelmisch. »Ich habe dich doch davor gewarnt, dich ohne Begleitung in der Gegend herumzutreiben.«

»Der da war mein Begleiter«, meinte Madeleine mit einem angewiderten Blick auf Odo.

»Das heißt den Bock zum Gärtner machen.« Er zog sie wieder sanft an sich.

Madeleine war froh über den Trost, aber gleichzeitig wütend. Warum floh er nicht? »Du hast doch gesagt, du würdest nicht mehr zurückkommen. Es ist gefährlich!«

Er fuhr ihre Lippen mit einem Finger nach und zog die Brauen zusammen. »Dein Mund ist geschwollen. Ich sollte den Kerl wirklich töten.« Dann fuhr er fort: »Ich hatte hier zu tun. Du hast doch versprochen, mich nicht zu verraten.«

»Das werde ich auch nicht.«

»Ich weiß. Soll ich seinen Geschmack aus deinem Mund vertreiben?«

Madeleine seufzte. »Ja, bitte!«

Er umfasste behutsam ihr Kinn, hob ihren Kopf und senkte seinen.

Sein Freund sagte etwas. Dann hörte Madeleine es auch. Pferde!

»*Déguerpissez!*«, fauchte sie und schubste ihn fort. »Geh! Um der Heiligen Jungfrau willen, geht endlich!«

Er zögerte noch immer. »Kann dir wirklich nichts mehr passieren?«

Sie schubste ihn heftiger, mit aller Kraft. »Ja! Verschwindet!«

Wie Gespenster verschmolzen sie mit dem Wald, und Madeleine war mit ihrem bewusstlosen Cousin allein. Sie bekam weiche Knie und brach zusammen. An allen möglichen Stellen ihres Körpers spürte sie Blutergüsse.

Odo. Odo hatte versucht, sie zu vergewaltigen. Aber wenn sie ihn beschuldigte, konnte dies sehr wohl zu einer übereilten Hochzeit führen. Sie begann wieder zu zittern, doch hinter all ihren Schmerzen und ihrem Schock spürte sie eine große Freude. Ihr Gesetzloser war zurück. Er hatte sie gerettet, und er war genauso wundervoll wie in ihren Träumen.

»Madeleine! Odo!«

Die Stimme ihres Onkels drang durch ihre Gedanken. Sie rief seinen Namen, um ihn auf sich aufmerksam zu machen, dann kroch sie zu ihrem Cousin. Sie wollte nicht, dass er tot war, denn dann würden sich alle Normannen dieser Gegend an die Fersen seines Mörders heften.

Doch Odo war weit davon entfernt, tot zu sein. Er hatte nur eine große Beule seitlich am Kopf und begann bereits, sich zu regen und zu stöhnen.

Gerade, als sie sich fragte, wie sie ihre missliche Lage wohl erklären könnte, fielen Paul de Pouissey, vier seiner Männer und drei hechelnde Hunde in der Lichtung ein.

»Odo!« Paul sprang vom Pferd und stürzte zu seinem Sohn. »Wer hat das getan?«, fragte er Madeleine. Seine feisten Wangen färbten sich zornesrot.

»Ich nicht«, beeilte sie sich zu sagen. Paul de Pouisseys Zorn entlud sich oft in Tätlichkeiten. »Man hat uns aus dem Hinterhalt überfallen«, erklärte sie instinktiv. »Gesetzlose.« Nein, das kam der Wahrheit zu nahe. »Eine Schar von Wegelagerern. Viele. Vielleicht waren es Dänen.«

Ihr Onkel schnaubte unmutig ob ihres Geplappers und fuhr seine Männer an: »Findet sie! Findet die Schurken, die meinem Sohn das angetan haben! Und«, fügte er leise hinzu, »bringt sie mir lebend, damit ich Rache nehmen kann.«

Im Handumdrehen waren die grölenden Männer und ihre Hunde auf der Jagd nach neuer Beute im Wald verschwunden. Madeleine blickte ihnen entsetzt nach; das hatte sie natürlich nicht gewollt. Aber schließlich war ihr Gesetzloser in den Wäldern zu Hause, tröstete sie sich. Er würde einer solch lärmenden Verfolgungsjagd bestimmt mühelos entkommen.

3

Aimery und Gyrth hetzten durch den Wald. Ihre erdfarbenen Gewänder passten sich in dessen Grün- und Brauntöne ein. Schließlich schwangen sie sich auf weit ausladende Eichen und bewegten sich so sicher von Baum zu Baum wie ein Mann, der auf der Straße seines Dorfes spaziert. Als sie ihren Jägern entkommen waren, machten sie an einem Bach halt. Sie hörten ihre Verfolger ziellos in der Ferne umherirren.

Aimery blieb stumm stehen und wartete darauf, dass sich sein Atem wieder beruhigte.

Gyrth wälzte sich lachend auf dem Boden. »Normannische Schweine«, keuchte er. »Dumme, scheißefressende normannische Schweine!« Allmählich ernüchterte er und schüttelte den Kopf. »Warum bist du ein solches Risiko eingegangen, mein Junge?«

»Ich konnte doch nicht tatenlos bei einer Vergewaltigung zusehen.« Aimery bückte sich, schöpfte Wasser mit den Händen und spritzte es sich auf Gesicht und Kopf. Dann schüttelte er sich wie ein Hund.

Das Mädchen war wirklich so schön, wie er sie in Erinnerung gehabt hatte und wie seine Träume sie ihm gezeigt hatten. Er hätte Odo de Pouissey umbringen sollen. Schon der Gedanke, dass dieser Mistkerl sie berührt hatte …

»Eine normannische Sau, die von einem normannischen Eber vergewaltigt wird?«, meinte Gyrth abwertend. »Das einzig Bedenkliche wären die kleinen Schweinchen gewesen, die dabei hätten entstehen können.«

Aimery hätte am liebsten sein Messer in Gyrth gerammt. »Sie ist eine Frau und verdient es, beschützt zu werden!«

»Sie ist das kleine Ding, mit dem du unten am Fluss geschäkert hast, meinst du wohl.« Doch als er Aimerys finstere Miene bemerkte, wurde Gyrth vorsichtiger. »Du hast also deine noble normannische Pflicht erfüllt. Aber das hätte dich dein Leben kosten können.«

»Ich war nicht in Gefahr.«

»Das kannst du ja dann auch noch sagen, wenn de Pouissey dich erwischt. Das war sein Sohn, den du da umgehauen hast.«

»Ich weiß. Ich kenne Odo de Pouissey.«

Gyrth runzelte die Stirn. »Nette Freunde hast du.«

»Er ist nicht mein Freund«, meinte Aimery. »Er ist ein widerliches Großmaul, und jetzt ist er mein Feind.«

»Aber wer ist denn nun die hübsche Maid?«, fragte Gyrth. »Ich wette, sie ist keine Dienstmagd, so, wie sie angezogen war und das Haar mit goldenen Schleifen geschmückt hatte.«

»Nein.« Aimery hatte bislang noch nicht weiter über ihr Äußeres nachgedacht. Er lachte brüchig. »Sie muss die Erbin von Baddersley sein. Und ich habe sie fast verführt, damals am Fluss. Kein Wunder, dass sie Nein geschrien hat.«

»Na ja«, meinte Gyrth nachdenklich. »Du hättest es weitaus schlimmer erwischen können.«

»Schlimmer?«

»Verführe sie unten am Fluss, nachdem du sie geheiratet hast. Dann wäre Baddersley in guten Händen, bis Hereward es zurückfordert.«

Aimery wunderte sich über das Verlangen, das ihn plötzlich durchströmte. Er könnte sie bekommen und das beenden, was sie angefangen hatten. Und er könnte ihr beibringen, sich zu verteidigen. Ob sie wohl ernsthaft versucht hätte, sie mit dem winzigen Messer abzuwehren? Vermutlich. Sie war kühn, wenn auch ein wenig töricht, seine schöne dunkle Maid.

»So, wie sie dich heute angeschaut hat, glaube ich nicht, dass sie sich groß wehren würde«, meinte Gyrth.

Doch Aimery hatte seine Zweifel. »Warum hast du diesen verführerischen Einfall nicht gehabt, bevor du mich nach Baddersley geschleppt hast, um hier nach dem Rechten zu sehen? Ich bin viel zu oft als Edwald hier gewesen. Wenn ich jetzt als Lord auftauche, wird mich bestimmt jemand erkennen. Außerdem gibt es einen Verräter im Dorf.«

»Den finden wir bald, und dann hat die Sache ein Ende«, behauptete Gyrth. »Die meisten Leute würden eher sterben, als dich zu verraten. Du bist ein Held für sie.«

»Es wäre der reine Wahnsinn«, sagte Aimery, obwohl es wirklich verlockend war. Er schüttelte den Kopf. »Sie würde mich auf jeden Fall erkennen. Es wäre nicht fair, sie in die Lage zu bringen, entweder den König zu hintergehen oder mich zu verraten. Und es wäre ebenso wenig fair, sie an einen Mann zu binden, der sich auf so gefährliche Dinge einlässt wie ich. Mein Untergang wäre auch der ihre.«

Und sein Untergang rückte jeden Tag näher.

Baddersley gefiel ihm ausnehmend gut, und den Menschen hier ging es schlecht. Deshalb war er wider besseren Wissens zurückgekehrt. Aimery war den Bitten der verzweifelten Menschen gefolgt und hatte sich bereit erklärt, ihnen bei der Flucht beizustehen. Sie hatten sich in den nahegelegenen Wäldern versammelt. Aimery wollte sie auf ihrem Weg in den Norden begleiten, wo die Normannen noch nicht so fest im Sattel saßen. Es gab aber auch einige, die sehr kämpferisch waren und wahrscheinlich nach Osten ziehen wollten, um sich Hereward anzuschließen. Er hatte gesehen, wie Gyrth mit einigen jungen Männern gesprochen hatte, die er wohl als Rebellen rekrutieren wollte.

Und dies – den Feinden des Königs Kämpfer zuzuführen – war zweifellos Verrat und lief seinem Ziel zuwider, einen großangelegten Aufstand zu verhindern. Aber die Alternative, die Menschen weiterhin Paul de Pouisseys Tyrannei auszusetzen, war mit Sicherheit noch schlimmer.

Er tötete Normannen; er half fliehenden Bauern; er sah tatenlos zu, wie Männer für Hereward rekrutiert wurden. Eines Tages würde er dafür bezahlen müssen. Doch das hatte er gewusst, als er diesen Weg wählte, damals, nach Senlac. Er bedauerte nur, dass er Leid und Schande über seine Eltern bringen würde. Es war wahrhaftig nicht nötig, nun auch noch die Erbin Baddersleys auf die Liste derjenigen zu setzen, die dann zu leiden hätten.

»Eigentlich dachte ich, du hättest Baddersley noch in spezieller Erinnerung«, meinte Gyrth. »Wie hieß sie gleich? Aldreda?«

Aimery konnte sich ein Grinsen nicht verkneifen. »Ja. Aldreda. Mit dem kastanienbraunen Haar und dem wohlgeformten Körper.«

Gyrth grinste ebenfalls. »Ein Mann vergisst seine erste Frau nie.«

Das mag zutreffen, dachte Aimery.

In Baddersley war er zum Mann geworden. An seinem vierzehnten Geburtstag hatte Hereward beschlossen, dass es an der Zeit sei. Er hatte seine letzte Tätowierung erhalten, den Hirsch auf der rechten Hand, der ihm auch die Kräfte dieses Tieres verleihen sollte. Er hatte seinen Ring erhalten. Und er hatte sich eine Frau ausgesucht und sie dort im Saal geliebt.

Es war eine Ehre, auserkoren zu werden, und weder Aldreda noch ihr Gemahl Hengar hatten sich widersetzt. Nach einem Fest verbrachte die Auserwählte die Nacht mit dem Lord. Wenn dann neun Monate später ein Kind zur Welt kam, galt es als das Kind des Lords und wurde auch so erzogen. Aldreda hatte tatsächlich ein Kind geboren, ein Mädchen namens Frieda. Doch niemand wusste genau, ob er, Hereward oder Hengar der Vater war.

Aimery nahm sich vor, sich in diesen unsicheren Zeiten bald einmal nach Friedas Wohlergehen zu erkundigen, doch ohne Aldreda dabei zu treffen; denn wenn jemand ihn erkennen würde, dann sie.

Er lächelte. Sie war damals sechzehn gewesen, doch ihm war sie wie eine richtige Frau vorgekommen – mit wundervollen Formen, üppigen Hüften und langem kastanienbraunem Haar. Sie war sehr freundlich zu dem nervösen Jungen gewesen, der er damals war, und hatte sich in seinen Armen köstlich angefühlt.

Es gab sogar eine gewisse Ähnlichkeit zwischen Aldreda und der Erbin. Vielleicht hatte er sich deshalb sofort zu ihr hingezogen gefühlt. Doch er schob diesen Gedanken rasch beiseite. Madeleine von Baddersley war nicht für ihn bestimmt. Leider.

Gyrth unterbrach seine Gedanken. »Soll das gefällige Lächeln bedeuten, dass du versuchst, Baddersley an dich zu binden?«

»Nein«, erwiderte Aimery schroff. »Ziehen wir weiter. Inzwischen sind wir sicher.«

Sie stiegen auf der anderen Seite des Hügels hinab und machten sich zu dem Lager auf, das sie für die Dorfbewohner eingerichtet hatten. In den letzten Tagen waren immer wieder Leute herbeigeströmt. Heute wollten sie die Zelte abbrechen.

»Warum willst du Baddersley nicht?«, fing Gyrth wieder an.

»Weil ich gerne noch den Jahreswechsel erleben möchte.«

Als sie sich dem Lager näherten, blieb Aimery stehen. Kein Laut war zu vernehmen, und eigentlich hätte man viel hören müssen, denn unter den Menschen, denen es nach Freiheit gelüstete, waren auch Kinder, sogar sehr kleine. Es roch auch nicht nach Rauch, obwohl sie gemeint hatten, dass man hier tief im Wald ruhig ein Feuer anzünden könnte. Aimery bedeutete Gyrth, stehen zu bleiben, und trat vorsichtig näher.

Das Lager war verlassen. Die zertrampelte Feuerstelle war noch warm. Nur ein umgedrehter Kochtopf und ein vergessenes Bündel ließen erahnen, dass noch vor kurzem Menschen hier gewesen waren. Sie traten langsam näher. Was war von dieser Sache zu halten?

Plötzlich raschelte etwas ganz in der Nähe. Aimery wirbelte herum, den Dolch in der Hand. Ein verängstigter Junge kroch aus dem Unterholz.

»Was ist passiert?«, fragte Aimery, der noch immer sehr wachsam war.

»Männer sind gekommen«, sagte der Knabe mit Tränen in den Augen. »Auf Pferden. Mit Hunden. Sie haben alle zusammengetrieben. Dann ist er gekommen.«

»Wer?«

»Der Teufel.« Der Junge schauderte. »Er hat gemeint, sie hätten seinen Sohn angegriffen. Sie sollen alle zu Tode geprügelt werden. Alle!« Er begann zu heulen. Aimery nahm ihn in die Arme, denn er wusste, dass die Familie des Jungen unter den Gefangenen war.

Einige Weitere kamen, von Entsetzen erfüllt, aus dem dichten Unterholz geschlichen.

»Aber sie haben doch uns verfolgt«, meinte Aimery.

Eine Frau trat vor, ein kleines Kind an der mageren Brust. »Sie waren ebenso überrascht über uns wie wir über sie. Deshalb gelang auch vielen von uns die Flucht. Zum Teufel mit dem Normannenweib!« Sie spuckte in die Asche des Lagerfeuers.

Aimery brauchte eine Weile, um diese Information zu verarbeiten. »Eine Frau war auch dabei?«

»Sie kam am Schluss, zusammen mit dem Teufel, und hat ihn mehr oder weniger angefleht, uns zu foltern. Ich verstehe diese Heidensprache kaum, aber in Baddersley lernt man das Wort ›fouettez‹ sehr schnell. ›Peitsche sie aus, peitsche sie aus!‹, hat sie immer wieder gesagt.«

»Wer war sie denn?« Sicher war es Dame Celia gewesen, ganz bestimmt Dame Celia.

»Es war die Nichte des Teufels, Master.«

Aimery konnte es kaum glauben. »Kastanienbraunes Haar,

braune Augen?«, fragte er und schickte ein Stoßgebet zum Himmel, dass die Frau diese Frage verneinen würde.

Doch sie nickte.

Ihn fröstelte. Was war das für eine Frau, wenn sie so etwas tat? Sie wusste doch, dass diese Menschen unschuldig waren!

Er fragte sich, ob der Übergriff, dessen Zeuge er geworden war, vielleicht ein ganz anderes Vorspiel gehabt hatte. Vielleicht lag es in ihrem Wesen, Männer zu necken, und sie hatte in Odo de Pouissey einen wenig galanten Mann gefunden und fast den gebührenden Preis bezahlen müssen?

Fast tat ihm Odo leid. Aber nur fast.

»Bist du sicher, dass es Lady Madeleine war?«, fragte er noch einmal.

»Ganz sicher«, erwiderte die Frau.

»Und sie bat darum, dass die Leute ausgepeitscht würden?«

»Sie wollte es unbedingt.«

Alle Hoffnung fiel von ihm ab: Sie war falsch, gerissen, verräterisch, grausam. Wie hatte er sich bloß zu einem solchen Menschen hingezogen fühlen können? »Dafür wird sie bezahlen«, versprach er den vor ihm stehenden Menschen.

Die Augen der Frau leuchteten auf. »Gelobt sei der Goldene Hirsch!«

Das war wie eine eiskalte Dusche. »Wie bitte?«

Die Frau berührte seine Rechte und das eintätowierte Muster ehrfürchtig wie eine Reliquie. »So nennen wir Euch, Herr.«

Aimery blickte nach unten. Der Hirsch, der von seinem rechten Unterarm auf seine Hand sprang, war so reich verziert, dass viele ihn kaum als Hirsch erkennen würden, aber offenbar war er doch noch immer deutlich zu sehen. Er wies alle möglichen Schattierungen auf – rot, braun, gelb. Ja, man konnte die Tätowierung auch ›golden‹ nennen. Aber dieser neue Name war verheerend! Wie hatten es die Menschen nur geschafft, seine Tätowierung zu erkennen? Er hatte doch immer sorgfältig darauf geachtet, sie unter einer Schicht Schmutz oder einem Verband zu verstecken. Jetzt aber war sie deutlich sichtbar.

Er erinnerte sich daran, die Hände in den kalten Bach getaucht zu haben. Dabei war der Schmutz wohl abgewaschen worden. Und offenbar war er früher ähnlich sorglos gewesen.

Hatte jemand die Zeichnung gesehen, als er für d'Oilly geschuftet hatte? Oder bei einer anderen Gelegenheit? Wie viele Menschen in Baddersley erinnerten sich an die Tätowierung, mit der Aimery de Gaillard vor vielen Jahren gezeichnet worden war? Bestimmt nur wenige, aber bereits einer war zu viel, wenn er Verrat im Sinn hatte.

Aldreda erinnerte sich bestimmt daran. Er hoffte, dass sie noch immer freundlich und ehrlich war, aber er hatte sein Vertrauen in Frauen verloren.

»Ihr dürft mich nicht so nennen!«, schärfte er den Dorfbewohnern ein. »Sonst werden mich die Normannen bald finden.«

»Ja, Herr«, erwiderten alle gehorsam.

Mit einem Blick auf Gyrth stellte er fest, dass dessen Augen seine eigene Skepsis spiegelten. Die Dorfbewohner würden sich bemühen, Wort zu halten, aber sie brauchten in diesen Zeiten eine Legende, etwas, woran sie sich festhalten konnten, und offenbar erfüllte er dieses Bedürfnis.

Es würde noch schlimmer werden. Jede Geschichte über einen rebellischen Engländer würde man dem Goldenen Hirsch zuschreiben. Die Ermordung von vier normannischen Bewaffneten würde nur die erste sein. Der Goldene Hirsch würde eine riesenhafte Gestalt annehmen und eine flammende Streitaxt schwingen. Er würde Bäume mitsamt den Wurzeln ausreißen und sie auf seine Feinde schleudern. Bald würde sich diese Legende im ganzen Land verbreiten. Und nur ein einziger Normanne brauchte die Tätowierung auf seiner Haut zu sehen, schon würde er die Verbindung herstellen.

Sein Wyrd war wohl ein kurzes Leben und ein gewaltsames Ende; aber in seinen Adern floss genügend englisches Blut, um dieses Schicksal klaglos hinzunehmen. Er wandte sich wieder praktischeren Dingen zu und befahl den wenigen übriggebliebenen Dorfbewohnern, ihre Habseligkeiten zu packen. Sie mussten verschwinden, bevor Paul de Pouissey eine Menschenjagd organisierte, um die restlichen Flüchtlinge zusammenzutreiben.

Doch im letzten Moment sagte er ihnen, sie sollten mit Gyrth vorgehen, er habe noch etwas zu erledigen.

»Was willst du denn jetzt noch tun, Junge?«, fragte Gyrth. »Momentan ist es hier ziemlich brenzlig.«

»Ich muss herausfinden, was mit den Gefangenen passiert.«

Gyrths Miene verdüsterte sich. »Du meinst wohl, du willst sehen, ob dieses kleine Biest wirklich so böse ist, wie hier behauptet wird. Mach doch endlich Schluss mit dieser Geschichte! Diese Frau hat dich ja völlig verhext. Löse dich von ihr, solange du noch kannst.«

»Ich dachte, du wolltest, dass ich sie heirate?«

»Jetzt nicht mehr. Wenn du sie jetzt in die Finger bekommst, wirst du ihr wahrscheinlich den Hals umdrehen.«

Madeleine saß unter den strengen Blicken ihrer Tante mit einer Näharbeit beschäftigt im Gemach im ersten Stock des alten Herrenhauses von Baddersley. Sie versuchte, die Geräusche zu ignorieren, die von draußen hereindrangen – das Knallen der Peitsche, die Schreie, das Wimmern. Es dauerte bereits eine Ewigkeit. Ihr Onkel hatte um die zwanzig Flüchtlinge aufgestöbert und sie zur Burg zurückgetrieben. Und er hatte befohlen, alle auszupeitschen.

Madeleine hatte im Kloster gelernt, mit Nadel und Faden umzugehen, und war viel geschickter als ihre Tante, was diese jedoch nicht davon abhielt, sie ständig zu kritisieren. Doch heute hatte Celia wirklich Grund zur Klage, denn

Madeleines Hände zitterten, und ihre Stiche wirkten unordentlich.

Celia beugte sich zu ihr und zwickte sie boshaft. »Trenn das wieder auf!«, fauchte sie. »Du nutzloses Gör! Du bist genauso nutzlos wie diese elenden Sachsen.«

Tante Celia war klein und dürr; ihre Lippen waren ständig geschürzt, als hätte sie in einen grünen Apfel gebissen. Sie stach so heftig auf das Tuch in ihren Händen ein, als ob sie wünschte, ihre Nadel in einen Sachsen oder in ihre Nichte zu stechen.

Madeleine rückte ein wenig von ihr ab und begann, ihre Arbeit wieder aufzutrennen. Sie wollte ihrem Onkel einen neuen Umhang nähen, doch ihretwegen sollte er ruhig schlecht geraten. Sie konnte es einfach nicht fassen, wie grausam dieser Mann war.

Sie blickte sich um. Eine der Mägde, Aldreda, arbeitete am Webstuhl, eine andere, Emma, saß am Spinnrad. Beide wirkten verbittert. Emmas und Aldredas Töchter saßen bei ihren Müttern und nähten etwas Einfaches. Eine hatte dunkle Haare, die andere war blond wie ein Engel. Tränen strömten ihnen über die Wangen, und ihre Hände zitterten ebenso wie die von Madeleine.

Dame Celia nähte munter vor sich hin, als seien die Geräusche vom Burghof Musik. Ihre normannische Zofe Lise wirkte ebenso unbekümmert wie ihre Herrin. Madeleine verstand nicht, wie ein Mensch bei dem, was sich dort draußen abspielte, so kalt bleiben konnte.

Sie konnte die Vorfälle der letzten Zeit noch immer kaum fassen. Ihr Körper schmerzte von Odos Überfall, und ihr Kopf war benommen von all dem, was später geschehen war. Warum hatte sie diese schicksalhaften Worte geäußert? Warum hatte sie nicht behauptet, Odo habe sich den Kopf an einem Ast angestoßen und sei vom Pferd gefallen?

Irgendetwas in dieser Richtung hätte sie sich wahrlich einfallen lassen können!

Sie hatte ihrem Onkel zwar versichert, dass diese Menschen mit dem Überfall überhaupt nichts zu tun hatten, aber er hatte ihr nicht geglaubt. Und eigentlich war es ihm egal gewesen. Jemand musste für den Angriff auf seinen Sohn büßen, und diese Leute verdienten ohnehin eine Bestrafung, weil sie aus ihrem Dorf geflohen waren.

Madeleine dankte der Heiligen Jungfrau in einem stillen Gebet, dass sie ihren Onkel immerhin hatte überreden können, die Leute nur auszupeitschen. Sie hatte die Männer davor bewahrt, dass man ihnen einen Fuß abschlug, und die Frauen und Kinder davor, dass man ihnen ein Brandmal ins Gesicht drückte.

Anfangs hatte sie danebengestanden und die Auspeitschung beobachtet, verzweifelt bemüht, sich etwas einfallen zu lassen, um die Bestrafung zu verhindern. Aber dann hatte sie gemerkt, dass die Leute sie beobachteten. Der Hass in ihren Augen war so schneidend gewesen wie ein eisiger Wind. Sie war ins Haus geflüchtet. Unter den Gefangenen hatte sie keinen mit grünen Augen bemerkt, keinen mit einem gestählten Körper wie Edwald. Hatte man diese Menschen rein zufällig gefunden? Hatten sie gar keine Verbindung zu ihm? Wenn ja, dann war es umso ungerechter, sie zu bestrafen.

Sobald ihre Tante sie entdeckte – beim Müßiggang, wie sie behauptete –, hatte sie ihr eine Arbeit in die Hand gedrückt. Madeleine hätte nichts gegen das Nähen gehabt, wenn es sie nur abgelenkt hätte; aber an einem so schönen Tag standen die Fensterläden weit offen, sodass die Geräusche ungehindert ins Haus drangen. Bei jedem besonders grässlichen Schrei verkrampften sich ihre Hände um das Tuch in ihrem Schoß. Gottlob arbeitete sie nicht mit feinem Leinen oder Seide; solch kostbare Stoffe wären längst zu nutzlosen Lumpen geworden.

Eine junge Dienerin schlich ängstlich herein und legte einen Stapel Kleider in eine Truhe. Sie beäugte die Normanninnen, als wären sie der Teufel. Das Knallen der Peitschen und die Schreie hörten nicht auf. Madeleine presste die Finger an die Schläfen. »Wird es bald vorüber sein?«, fragte sie das Mädchen in sorgfältig gewähltem Englisch.

Tante Celia schnaubte verächtlich.

Das junge Mädchen blickte kurz hoch und nickte stumm, dann senkte sie den Kopf wieder. Doch Madeleine hatte auch in ihren Augen Hass blitzen sehen. Warum wurde auch sie von den Leuten gehasst? Nur, weil sie eine Normannin war? Aber eigentlich war das Grund genug, wie sie zugeben musste.

Sie erschrak, als das Wimmern erneut lauter und lauter wurde. »Was ist denn jetzt los?«, fragte sie.

»Jetzt werden die Kinder ausgepeitscht, Lady«, murmelte das Mädchen.

Madeleine stand schockiert auf. Ihre Näharbeit fiel auf den Boden. »Er will auch die Kinder auspeitschen?«

Das Mädchen schlich leise davon.

»Was regst du dich jetzt so auf, du törichtes Gör?«, fragte Tante Celia. »Heb deine Arbeit auf, sie wird noch ganz schmutzig!«

Madeleine achtete nicht auf ihre Tante. Sie rannte in den Saal, wo ihr Onkel saß, etwas trank und auf die Rauchspuren an den Wänden starrte. Seine beiden verschlagenen Hunde lagen ihm zu Füßen.

Tante Celia war ihr auf den Fersen. Sie packte Madeleine am Arm. »Was machst du da?«, kreischte sie. Dann senkte sie ihre Stimme zu einem Flüstern. »Stör ihn nicht, du albernes Ding!«

Madeleine riss sich von ihrer Tante los, nahm sich jedoch deren Warnung zu Herzen. Sie schluckte ihren Ärger hinunter und versuchte, so diplomatisch wie möglich zu klingen, auch wenn es ihr sehr schwerfiel. »Das Auspeitschen müsste doch jetzt eigentlich bald vorüber sein, Onkel, oder?«

»Mehr oder weniger«, meinte er desinteressiert. »Was ist los? Stört dich das Geheule? Du hast es so gewollt. Ein paar abgehackte Füße wären eine bessere Lektion gewesen, und es wäre schneller gegangen. Und wenn man sie mit einem Brandmal versieht, kann man immerhin sicher sein, dass sie nicht mehr abhauen können.«

»Wie könnten sie denn mit nur einem Fuß das Land bearbeiten?«, protestierte Madeleine. »Wir haben ohnehin nicht genügend Arbeiter. Und wer soll die Felder jäten, wenn du sie so schlimm bestrafst?«

»Die sind robust wie die Ochsen«, entgegnete er ungerührt. »So eine Bestrafung richtet bei denen keinen bleibenden Schaden an.«

»Und die Kinder?«

»Was soll mit den Kindern sein?«

»Die wirst du ja wohl nicht auch noch auspeitschen lassen?«

»Es ist nie zu früh, ihnen eine Lehre zu erteilen.« Er blickte zu ihr hoch wie ein gereizter Bär, und seine Hände ballten sich zu feisten Fäusten. Auch die Hunde hoben die Köpfe und knurrten. »Geh und kümmere dich um deine eigenen Angelegenheiten, Nichte, und ich kümmere mich um meine.«

Meine, nicht deine. Meine. Doch Madeleine verbiss sich diese Worte. Tränen der Hilflosigkeit traten ihr in die Augen, als die Schreie der Kinder an ihre Ohren drangen. Das Schlimmste, was einem passieren konnte, war, völlig machtlos zu sein.

Doch plötzlich, wie das Aufblitzen eines Sonnenstrahls in der staubigen Luft des Saals, kam Madeleine die rettende Idee. Sie brauchte den Schutz des Königs und einen Gemahl, sonst würde Baddersley zugrunde gehen. Allein konnte sie nichts ausrichten. Sie brauchte einen Ehemann, der ihren Willen durchsetzte. Dieser Mann musste nur gerecht und fähig sein; es war völlig egal, ob er klein oder groß, dünn oder dick, jung oder alt war; all das war unbedeutend – gerecht und fähig musste er sein. Und sie glaubte von ganzem Herzen, dass der König ihr einen solchen Gemahl zur Seite stellen würde.

Wenn Wilhelm sie hierher geschickt hatte, damit sie zu dieser Erkenntnis gelangte, dann wollte sie ihm den Sieg gerne zuerkennen. Aber wie sollte sie weiter vorgehen? Sie hatte ja nicht einmal die Möglichkeit, dem König ohne die Zustimmung ihres Onkels eine Botschaft zu schicken.

Sie spürte den Drang, einfach davonzulaufen. Baddersley zu verlassen, in die Wälder zu fliehen, die große Römerstraße zu finden, die ja ganz in der Nähe verlaufen und bis nach London führen sollte. Wenn sie erst einmal in London war, würde sie sicher etwas über den König und die Königin in Erfahrung bringen.

Aber das wäre Wahnsinn, so würde sich nur ein Kind verhalten. Mutterseelenallein durch unbekanntes Gelände zu streifen, umgeben von feindlich gesinnten Menschen, deren Sprache sie kaum beherrschte? Das käme einem Selbstmord gleich. Nein, sie musste eine Möglichkeit finden, eine Botschaft zu schicken.

»Warum stehst du noch hier herum, Mädchen?«, fragte ihr Onkel. »Hast du nichts zu tun?«

Am liebsten hätte Madeleine ein Schwert durch das schwarze Herz ihres Onkels gejagt. »Sprich mit mir nicht wie mit einer Dienstmagd, Onkel!«, fauchte sie.

In seinen Augen blitzte die Wut. Celia, die hinter Madeleine stand, stöhnte verängstigt auf. Doch Madeleine blieb standhaft. Offenbar hatte sie einen Sieg errungen, denn er tat nichts und sagte auch nichts weiter. Nun, schließlich war sie die eigentliche Herrin von Baddersley. »Die Kinder sollen nicht ausgepeitscht werden«, erklärte sie. »Gebiete diesem Treiben sofort Einhalt!«

Langsam erhob er sich und baute sich mit seinem gedrungenen Körper vor ihr auf. »Ich leite Baddersley, Nichte. Diese Kinder sollen lernen, was es kostet, wenn man sich drückt. Und du wirst es auch lernen, wenn du deinen Ton mir gegenüber nicht änderst!«

Madeleine wich unwillkürlich vor ihm zurück. Die Hunde

waren ebenfalls aufgestanden und fletschten die Zähne. Doch sie erwiderte noch immer standhaft: »Das ist mein Land, Onkel. Das sind meine Leute. Beende die Auspeitschung!«

Er packte sie an ihrer Tunika und zerrte sie zu sich. Sie roch den schalen Geruch seines Körpers, ihr Gesicht war nur eine Handbreit von seinem entfernt. Sein fauliger Atem schlug ihr entgegen, als er knurrte: »Halt jetzt endlich den Mund, sonst bist du die Nächste am Pfosten!«

Er meinte es ernst! Der Mann war verrückt.

Celia schlurfte herbei. »Dummes Gör!«, zischte sie. »So kannst du mit einem Mann doch nicht reden!« Paul de Pouissey brachte seine Frau mit einem wütenden Blick zum Schweigen, dann stieß er Madeleine verächtlich von sich.

Sie versuchte, sich einzureden, dass es jetzt klüger war, den Mund zu halten. Tot konnte sie den Menschen von Baddersley nicht mehr helfen. Aber sie wusste, dass es die nackte Angst war, die sie verstummen ließ. Zum ersten Mal in ihrem Leben erfuhr sie, wie es war, einem grausamen Menschen ausgeliefert zu sein.

Der König musste benachrichtigt werden – an diesen Gedanken klammerte sie sich fest. Das musste ihr oberstes Ziel sein. Der König musste benachrichtigt werden, und sie musste Paul und Celia loswerden. Es musste doch irgendwie möglich sein, eine Nachricht zu schicken, vielleicht mithilfe eines fahrenden Händlers oder eines Dorfbewohners, der sich bereit erklärte, die Reise zu wagen. Doch sie musste auf der Hut sein. Sie ignorierte Celias geflüsterte Tadel und trat an eines der offenen Fenster des Saals, das auf den Hof hinausführte.

Herr im Himmel, sie hatten tatsächlich ein weinendes Kind an den Pfosten gebunden! Der Junge war höchstens acht Jahre alt. Zumindest benutzten sie eine etwas kleinere Peitsche, aber als sie ihn traf, kreischte er laut auf und schrie nach seiner Mutter. Das Mindeste, was sie jetzt tun konnte, war zuzusehen, dachte Madeleine verbittert. Und das tat sie. Sie war zu wütend, um zu weinen, als ein halbes Dutzend immer kleinerer Kinder nacheinander zum Pfosten gezerrt und ausgepeitscht wurde.

Lieber Gott, würden sie auch noch die Kleinsten aus den Armen ihrer Mütter zerren und auspeitschen?

Als das letzte, ein etwa drei Jahre altes Kind, entsetzt kreischend weggeschleppt wurde, war es endlich vorbei. Madeleine hoffte, dass das Kind in die Arme seiner Mutter zurückkehren konnte, falls diese unter ihrer Bestrafung nicht allzu sehr gelitten hatte.

Die Angst fiel von ihr ab; nein, sie verwandelte sich in heiße Wut wie in der Esse gestähltes Eisen. Madeleine fühlte eine Härte und Kälte in sich, schneidend wie ein mächtiges Schwert. Dieser Ungerechtigkeit musste ein Ende gesetzt werden, und sie war es, die dieses Ende herbeiführen musste.

Aimery stand hinter der wütenden, schweigenden Gruppe und betrachtete Madeleine de la Haute Vironge, die reglos vor einem Fenster im Herrenhaus stand. Wie konnte ein Mensch in einer solchen Situation so ruhig bleiben?

Sie hatte heute bestimmt viel Spaß gehabt. Erst hatte sie Odo in die Verzweiflung getrieben und es mehr oder weniger schadlos überstanden, und jetzt genoss sie den Anblick dieser armen Kinder, wie sie hüpften und schrien, während die Peitsche auf sie niedersauste.

Wenn er sie nur zu fassen bekäme – er würde es ihr heimzahlen!

4

Schon wenige Tage später bot sich Madeleine tatsächlich eine Gelegenheit, dem König eine Nachricht zukommen zu lassen.

Ihr Onkel rief sie zu sich. »Ich muss dem König einen Brief schreiben«, meinte er. »In England müssen doch noch irgendwo Arbeitskräfte aufzutreiben sein, auch wenn es hier in der Gegend kaum mehr welche gibt. Der verdammte Priester ist in irgendwelchen Angelegenheiten zum Bischof gereist. Du kannst doch schreiben, oder?«

»Ja, Onkel.« Madeleine fragte sich, ob das eine Falle war.

»Es ist gerade ein Bote eingetroffen, der auf dem Weg zum König ist. Ich gebe ihm ein Schreiben mit und ersuche den König um Hilfe.« Er räusperte sich und spuckte auf die Binsen, mit denen der Boden ausgelegt war. »Ich kann die Felder mit den paar Leuten einfach nicht bestellen. Diese Missgeburten, die wir bestraft haben, sind zu nichts zu gebrauchen, und die Leute werden nach wie vor immer weniger, wie Wasser in einem Sieb. Dieser verdammte Goldene Hirsch!«

»Wer?«

»Irgendein Bauer, der sich Goldener Hirsch nennt«, erwiderte er verärgert. »Er wiegelt die Leute auf und drängt sie, ihren Heimatort zu verlassen, sich den Befehlen ihrer rechtmäßigen Herren zu widersetzen und die Normannen zu töten. Die sächsischen Kanaillen werden immer frecher. Haralds Söhne reißen sich den Süden unter den Nagel, und der verfluchte Hereward streunt im Osten herum und versucht, die Dänen und die Schotten auf seine Seite zu ziehen. Der König springt mit diesem Gesindel viel zu milde um. Es ist zum

Kotzen! Wir müssen dem Pack endlich zeigen, wohin sie ihre Auflehnung bringt – so, wie ich es mit der Horde Ausreißer getan habe.«

»Aber sie fliehen trotzdem, Onkel«, meinte Madeleine.

Er funkelte sie zornig an. »Mit nur einem Fuß und mit einem Brandmal könnten sie nicht davonlaufen. Ich hätte nicht auf dein verweichlichtes Gejammer hören sollen. Du tust dein Bestes, dieses Anwesen zu ruinieren, Nichte. Das werde ich dem König auch mitteilen. Wenn ihr, du und dieser Goldene Hirsch, die Leute weiter aufwiegelt, dann wird von Baddersley bald nichts mehr übrig sein, das irgendjemand besitzen möchte.«

Das war typisch für Paul de Pouissey. Ständig schob er die Schuld an seinem Unglück auf andere. Doch die Geschichte vom Goldenen Hirsch stimmte Madeleine froh. Das war bestimmt ihr Gesetzloser, ganz bestimmt. Ob sie ihn wohl dazu bewegen könnte, ihr zu helfen, Baddersley von Onkel Paul zu befreien?

Ihr Onkel nahm einen kräftigen Schluck Ale. »Elendes Gesöff«, murrte er. »Nicht einmal einen anständigen Wein kann man hier bekommen. Na ja, besorg dir was zum Schreiben, Mädchen.«

Madeleine eilte in die kleine steinerne Kapelle in der Nähe des Herrenhauses. In der Sakristei begann sie zu überlegen. War dies ihre Chance, mit König Wilhelm in Kontakt zu treten? Und wenn ja, sollte sie es dann wagen, sie beim Schopf zu ergreifen?

Sie holte sich einen Bogen Pergament, eine Feder, Tinte und ein Messerchen. Ob ihr Onkel überhaupt lesen konnte? Wenn er sie bei ihrem Unterfangen ertappte, würde sie das teuer zu stehen kommen. Sie wollte nämlich nicht nur ihre Hochzeit in die Hände des Königs legen, sondern ihm auch die Unfähigkeit ihres Vormunds klarmachen.

Aber das ist wahrscheinlich meine einzige Chance, gab sie sich zu bedenken. Sie trat vor den Altar und hielt ein stummes Zwiegespräch mit dem Gekreuzigten. Gestärkt und ermutigt kehrte sie zum Herrenhaus zurück. Während ihr Onkel ihr die üblichen unterwürfigen Schmeicheleien diktierte und dann zu seiner Bitte überging, schrieb Madeleine:

Mein Onkel möchte, dass Ihr ihm Arbeitskräfte für Baddersley *schickt. In Wahrheit aber hat er viele mit seiner Grausamkeit vertrieben und andere umgebracht. Den Rest lässt er schuften, bis sie tot umfallen. Ich brauche* Eure *Hilfe, mein König. Ich brauche jemanden, der mich bei der Leitung dieses Anwesens unterstützt, das meinem Vater großzügig geschenkt wurde. Ich brauche einen fähigen Gemahl und unterwerfe mich bereitwillig Eurer Wahl.*

Madeleine war so vertieft, dass sie beinahe selbst unterschrieben hätte.

»Bring mir den Brief!«, befahl ihr Onkel.

Madeleine schluckte. Einer von Pauls Hunden hob den Kopf, und sie bildete sich ein, in seinen Augen ein grausames Misstrauen zu entdecken. Gehorsam brachte sie ihrem Onkel das Schreiben. Ob er wohl sah, wie ihre Knie schlotterten und ihre Hände zitterten, als sie es ihm entgegenstreckte?

Doch er würdigte es kaum eines Blickes, sondern kritzelte lediglich mit ungelenker Hand »P. de P.« darauf. »Schreib meinen vollen Namen darunter!«, befahl er.

Es kostete sie einige Mühe, nicht vor Erleichterung zusammenzubrechen.

Er grinste. »Ich wette, du hast gedacht, dass ich überhaupt nicht schreiben kann. Aber das ist doch immerhin besser als nur ein Kreuzchen, oder? Lies es mir noch einmal vor! Ich will hören, wie es klingt.«

Madeleine erstarrte.

»Lies, verdammt noch mal! Wenn du mich an der Nase herumgeführt hast und gar nicht schreiben kannst, lasse ich dich auspeitschen!«

Madeleine sank auf einen Stuhl und starrte auf das Blatt. Das Herz schlug ihr bis zum Hals. Krampfhaft versuchte sie, sich an die Worte ihres Onkels zu erinnern, dem sie nur mit halbem Ohr zugehört hatte. »Mein großer, mächtiger Lehnsherr. Ich wage kaum, Euch bei Eurem mächtigen Unterfangen zu stören, dieses barbarische Land zu reformieren und zu zivilisieren ...« Stockend fuhr sie fort. Wenn sie sich nicht mehr genau erinnern konnte, erfand sie einfach etwas dazu, rechnete jedoch jeden Moment mit einem wütenden Aufschrei.

Als sie aufgehört hatte, nickte er. »Ich glaube, gelegentlich hast du etwas verändert, aber es klingt recht gut«, meinte er. »Gib her!« Er versiegelte das Schreiben und ließ den Boten rufen. Eine Stunde später sah Madeleine, wie der langgliedrige Läufer, beschützt von striktesten Gesetzen, ihren Brief an den König wegtrug.

Der Bote war Richtung Winchester unterwegs. Madeleine hatte keine Ahnung, wie weit es bis dorthin war, doch sie wusste, dass der König möglicherweise gar nicht in Winchester weilte. Wilhelm war ständig unterwegs, denn überall traten neue Unruhen auf. Doch der Bote würde ihn finden, und bald, sehr bald, würde der König kommen und ihr einen Gemahl bringen.

Die folgenden Wochen waren für alle in Baddersley hart. Die kargen Vorräte des letzten Jahres hatten kaum gereicht, um über den Winter zu kommen. Viele Menschen, vor allem jüngere und ältere, waren gestorben. Die Überlebenden vegetierten geschwächt und mutlos dahin.

Die ausgelaugten Arbeiter schufteten bis zum Umfallen, denn sie mussten sich gleichzeitig um die Feldfrüchte, die Tiere und den Ausbau der Burg kümmern. Bei jeder noch so kleinen Unbotmäßigkeit wurden sie geschlagen. Wohin Madeleine auch blickte, sie sah nur müde, graue, unterernährte Menschen, und ihr selbst ging es nur wenig besser.

Zwar kaufte ihr Onkel noch Lebensmittel hinzu, doch sie waren vor allem für seinen persönlichen Verzehr bestimmt. Die Mahlzeiten für den Rest der Familie fielen nicht gerade üppig aus.

Madeleine hegte den Verdacht, dass das Geld knapp wurde. Sie wusste, dass Paul seinem Sohn Geld zugesteckt hatte, als er zu seiner Truppe zurückgekehrt war, damit er sich ein neues Schwert und ein paar feinere Gewänder kaufen konnte, in denen er den Pfau spielen konnte. Aber es war ihr Geld. Baddersleys Geld, mit dem für seine Leute gesorgt werden sollte.

Wenn der König kam, würde abgerechnet werden.

Aber bis dahin waren ihr die Hände gebunden. Da Tante Celia keinerlei Interesse an Wohltätigkeit zeigte, übernahm Madeleine die Verteilung der wenigen Reste vom Tisch im Saal. Sie entdeckte, dass die Küchenbediensteten ihre Familien mit vollen Essenskörben versorgten, und unterband es. Das bisschen Essen, das sie erübrigen konnten, sollte nur an die Bedürftigsten gehen.

Sie meldete den Diebstahl jedoch nicht ihrem Onkel, aus Angst vor seiner Rache. Schließlich hatte er einen Armen hängen lassen, nur weil dieser seine Schweine auf die Kornfelder gelassen hatte.

Sie erklärte den Leuten, dass sie sie gerne unterstützen würde, vor allem bei medizinischen Problemen. Aber nur die normannischen Wachen und Bediensteten nahmen dieses Angebot an. Die Engländer blieben zurückhaltend.

Nein, nicht nur zurückhaltend. Sie hassten sie.

Sie hassten auch Paul und Celia, doch dieser Hass glich eher einer dumpfen Abneigung. Ihr jedoch schlug brennender Hass entgegen.

Warum?

Wohin sie auch ging, sie spürte die Blicke, die sie wie Nadeln durchbohrten. Wenn sie den Leuten ins Gesicht sah, wirkten ihre Mienen leer, doch sobald sie den Hof überquerte, kroch ihr das Gefühl über den Rücken, dass sie eine Zielscheibe war.

Eine Zeit lang war sie weiter in den Wald gegangen, um zur Ergänzung ihrer kargen Nahrung essbare Wildpflanzen zu sammeln. Freilich hatte sie dabei auch gehofft, ihren Gesetzlosen wieder zu treffen, den Goldenen Hirsch, um ihn um Hilfe zu bitten. Doch eines Tages hatte sie ein in böser Absicht geworfener Stein getroffen. Sie war zu ihren Begleitern zurückgeflohen, und fortan hatte sie ihre Streifzüge eingestellt.

Eines Abends sprach sie darüber mit Dorothy, die gerade ihr Bett herrichtete. »Bilde ich es mir nur ein, Dorothy, dass mich die Menschen hier hassen?«

Die Zofe kämmte Madeleines langes kastanienbraunes Haar. »Warum sollten sie das tun, Mylady?«

»Ich weiß es nicht. Haben sie mit dir darüber geredet?«

»Nein«, sagte die Frau verärgert. »Haltet endlich still!«

Madeleine wurde klar, dass ihre Zofe wahrscheinlich ebenso gemieden wurde wie sie selbst. Kein Wunder, dass sie verstimmt war.

»Würdest du gerne mit mir zusammen Englisch lernen, Dorothy?«

Die Zofe zerrte besonders grob an ihrem Haar. »Nein danke, Mylady«, fauchte sie. »Mir graut schon bei der Vorstellung! Bringt denen lieber bei, anständig zu reden. Das wäre wesentlich sinnvoller.«

Madeleine seufzte. »Wann der König wohl von sich hören lässt?«

»Der hat zweifellos Besseres zu tun, als sich um Eure Angelegenheiten zu kümmern«, erwiderte Dorothy, die jetzt doch redseliger wurde. »Wenn es im ganzen Land so schlecht aussieht wie hier, wird er von den elenden Kerlen sicher in den Wahnsinn getrieben. Sie weigern sich, ihre Arbeit zu tun, sie beschweren sich wegen jeder Kleinigkeit, sie versuchen, von ihrem Heimatort wegzulaufen, als hätten sie das Recht, sich frei zu bewegen. Heiden, das sind doch alles Heiden, auch wenn sie in einer Christenkirche beten.«

Es stimmte, dass die Menschen weiterhin ausrissen. Paul hatte im Dorf zwar Wachen aufstellen lassen, doch fast täglich fluchte er auf den Goldenen Hirsch, weil schon wieder eine Familie geflohen war. Als der Dorfobere ihm mitteilte, dass der Ochsenknecht und seine Familie entkommen waren, färbte sich Pauls Gesicht erst tiefrot, dann erschreckend weiß.

»Wie bitte?«, brüllte er. »Setz dich auf seine Fährte! Bring ihn zurück!«

Kein Wunder, dass er so zornig war. Auch Madeleine spürte Panik in sich aufsteigen. Der Ochsenknecht war eine der wichtigsten Personen eines Dorfes. Sein Geschick würde zwar erst bei der Ernte voll zum Einsatz kommen, doch wer sollte sich bis dahin um die Tiere kümmern? Und ohne die Ochsen würden sie auf jeden Fall dem Hunger anheimfallen.

»Keiner weiß, wohin er gegangen ist, Lord«, stammelte der arme Mann.

»Such ihn!«, befahl de Pouissey. Er packte den Mann mit seinen feisten Händen am Hals und schüttelte ihn. »Such ihn!«

Der Mann röchelte besorgniserregend.

»Tante!«, schrie Madeleine entsetzt. »Haltet ihn auf!«

Dame Celia wich zurück. »Warum? Er ist nur ein weiterer Unruhestifter. Soll er ihn doch erwürgen.«

Madeleine stürzte sich auf ihren Onkel und packte seinen dicken Arm. »Onkel! Hört auf!«

Endlich ließ er den Mann los, doch er schüttelte Madeleine so ungestüm ab, dass sie hinfiel. »Halt dich von mir fern, du elendes Gör!«, fauchte er. Seine Hunde sprangen auf und stellten sich knurrend über sie, sodass sie zu Füßen ihres Onkels liegen bleiben musste. Sie starrte auf die gefletschten Zähne der Bestien, die es offensichtlich kaum erwarten konnten, sich in ihre Kehle zu verbeißen.

Ihr Onkel blickte auf den Dorfoberen, der auf dem Boden kniete, sich den Hals hielt und mühsam um Atem rang. »Wenn einer der Ochsen stirbt, dann stirbst auch du«, sagte er tonlos. »Und jetzt verschwinde!«

Der Mann kroch auf allen vieren davon.

Paul de Pouissey wandte sich seiner Nichte zu. »Und wenn du dich noch einmal in meine Angelegenheiten einmischst, dann spanne ich dich vor den Pflug!« Er schnippte mit den Fingern und stapfte auf den Hof hinaus, um die Arbeiter mit seiner Peitsche anzutreiben. Die beiden Hunde knurrten noch einmal drohend, bevor sie von Madeleine abließen und ihrem Herrn folgten.

Zitternd stand sie auf. Sie blickte auf ihre Tante, doch von ihr war keine Hilfe zu erwarten.

»Du dummes Ding!«, schalt Celia. »Weißt du denn nicht, dass man sich als Frau nie in die Angelegenheiten von Männern einmischt? Ich weiß nicht, was sie dir in deinem Kloster beigebracht haben, aber du solltest es lieber ganz schnell vergessen, wenn du nicht ständig Ärger haben willst. Kein Mann wird es bei einer wie dir aushalten.«

Ein- oder zweimal sah Madeleine jemanden im Schutz der Dunkelheit heranschleichen und mit ihrem Onkel sprechen – ein Informant aus dem Dorf. Als Normannin hätte sie das freuen müssen, aber sie hasste den Mann, wer immer es auch war. Im Geiste fühlte sie sich den Engländern näher als ihren Verwandten. Sie hatte schreckliche Angst, dass der Verräter etwas über den Goldenen Hirsch ausplaudern würde und sie dann zusehen müsste, wie ihr Gesetzloser vor Onkel Paul gezerrt wurde.

»Wissen wir eigentlich, wer dieser Goldene Hirsch ist?«, fragte sie eines Tages bei Tisch, als sich Paul wieder einmal lang und breit über den Mann ausgelassen hatte. Sie bemühte sich, ein wenig Fleisch von den Gräten eines sehr kleinen Fisches abzubekommen – offenbar das Beste, was der nahegelegene Fluss zu bieten hatte.

»Ein sächsischer Verräter«, schnaubte Paul. »Wenn ich ihn in die Finger bekomme, wird er es büßen. Ich flechte ihn aufs Rad, und zwar ganz langsam. Und dann schneide ich ihm die Eier ab«, fuhr er genüsslich fort. »Und wenn er dann wie eine Schlange, die er ja ist, im Staub rumkriecht, können sich die Dorfbewohner, die ihn so sehr verehren, um ihn kümmern.«

Madeleine erstickte fast an ihrem Bissen Fisch. Ihr Onkel würde genau das tun, was er angekündigt hatte. Schließlich hatte Herzog Wilhelm den Rebellen in Falaise auch Hände und Füße abhacken lassen.

Sie schluckte mühsam. »Aber wissen wir denn, wer er ist?«, fragte sie noch einmal, um einen möglichst beiläufigen Ton bemüht.

Ihr Onkel grunzte verneinend. »Manche behaupten, er sei ein enteigneter sächsischer Lord, vielleicht sogar Graf Edwin von Mercia, obwohl darauf geachtet wird, dass sich dieser junge Taugenichts nicht von Wilhelm fortschleichen kann. Andere sagen, es sei Hereward, oder König Arthur, der gekommen ist, um sie zu retten.« Er lachte höhnisch. »Aber ein Gespenst ist er sicher nicht, und das werden alle erfahren, wenn sie ihn schreien hören. Reich mir die Schüssel rüber, Mädchen!« Lustlos stocherte er in dem Gemüse herum. »Diener!«, knurrte er. Als der verängstigte Mann vortrat, wurde ihm die Schüssel samt Inhalt ins Gesicht geschleudert. »Bring mir etwas Anständiges zu essen, oder ich schneide dir die Eier ab, das schwöre ich dir!«

Madeleine floh vom Tisch.

Sie ging in die Kapelle und betete um die Sicherheit ihres Gesetzlosen. Gleichzeitig flehte sie um Verzeihung für ihren Verrat. »Lieber Heiland, achte auf ihn«, flüsterte sie. »Bewache ihn. Aber lass nicht zu, dass er allen meinen Leuten zur Flucht verhilft, bevor ich die Chance habe, ihn noch einmal zu sehen«, fügte sie trocken hinzu.

Vom König kam keine Nachricht.

Stattdessen wurde es plötzlich sehr heiß, und die Menschen

wurden krank. Viele mussten sich erbrechen, bekamen Fieber und starben. Auf der Burg überstanden die meisten Menschen die Seuche, doch im Dorf wütete sie gnadenlos. Madeleine wusste, dass die schlechte Ernährung die Menschen anfällig machte. Umso mehr verfluchte sie ihren Onkel.

Wohin hatte er sie gebracht! Es gab kaum noch Leute, die kräftig genug waren, um an den Wehranlagen zu arbeiten. Die Arbeit auf den Feldern war nahezu zum Stillstand gekommen. Es kümmerte sich kaum noch jemand um das Vieh, und das Unkraut wucherte und erstickte das Getreide. Im Winter war ihnen eine Hungersnot sicher.

Warum ließ der König so lange auf sich warten?

Die Dorfbewohner hatten sich bislang standhaft gegen Madeleines Versuche gewehrt, ihnen als Heilerin beizustehen, aber jetzt würde sie bestimmt nicht mehr abgewiesen. Sie rief zwei Wachen und ging ins Dorf. Die Menschen starrten sie zwar nach wie vor wütend an, aber da ihr Englisch immer besser wurde, konnte sie sie in ihrer Muttersprache auffordern, mit ihr zu reden. Sie gab ihnen Kräuter und erklärte ihnen, wie sie damit umgehen sollten, um das Erbrechen zu lindern. Einmal ertappte sie eine Frau dabei, wie sie die Medizin fortwarf. Sie hätte schreien können vor Wut und Enttäuschung. Was hatten diese Menschen nur?

Doch sie weigerte sich aufzugeben. Auch wenn die Menschen ihre Vorschläge nicht befolgten, so tat sie doch ihr Bestes. Als sie eines Tages allein im Obergeschoss saß und ihre Kräuter sortierte, schlüpfte ein Mädchen herein. Es war Aldredas blonde Tochter.

»Ja?«, sagte Madeleine.

»Bitte, Lady. Ein Kind ist krank.«

»Dutzende Kinder sind krank.«

»Es ist mein Bruder, Lady.«

Madeleine blickte hoch. War das das langersehnte Zeichen, dass die Ablehnung schwand? Wurde sie endlich akzeptiert? »Wie heißt du denn?« – »Frieda, Lady.«

Madeleine lächelte das Kind freundlich an, doch die Kleine – sie war etwa acht Jahre alt – lächelte nicht zurück.

»Wo ist denn dein Bruder?«, fragte Madeleine.

»In unserem Haus. Es liegt zwischen der Burg und dem Dorf, Lady. Mein Papa arbeitet im Wald. Meine Mama lässt bitten, dass Ihr kommt, aber ohne Eure Wachen. Papa darf nichts erfahren, sonst wirft er die Medizin weg.«

Es konnte eine Falle sein, doch Madeleine glaubte nicht, dass Aldreda vor aller Augen einen Mord an einer normannischen Lady plante. Der ganzen Dorfgemeinschaft würde eine grässliche Strafe drohen. Dass der Vater ihr nicht freundlich gesinnt war, war nicht weiter verwunderlich. Doch dies konnte eine ausgezeichnete Gelegenheit sein, den Menschen zu beweisen, dass sie es gut mit ihnen meinte. Sie steckte ihre Kräuter in einen Beutel und hüllte sich in einen Umhang.

Leise schlichen sie über den Burghof. Der Erdwall war inzwischen aufgeschüttet, und darauf wurde eine hölzerne Palisade errichtet. Doch da es so wenige einsatzfähige Arbeiter gab, ging die Arbeit nur schleppend voran, und es gab viele Lücken. Auf der gegenüberliegenden Seite war der Fluss noch nicht geteilt worden, um den Graben mit Wasser zu füllen. Bislang rollten die mit Holz beladenen Karren nur über ein paar Bretter, die als Brücke über den Graben dienten. Es war beunruhigend, wie einfach es war, ihn unbemerkt zu überqueren. Madeleine hoffte inständig, dass kein Feind Baddersley angreifen würde. Wahrscheinlich hätten nicht einmal ein paar mit Stöcken bewaffnete Kinder abgewehrt werden können.

Bald standen Madeleine und das Mädchen vor einer großen strohgedeckten Hütte am Waldrand. Aldreda trat heraus, eine wohlgeformte Frau mit einem starken, schönen Gesicht. Sie war nicht herzlicher als sonst, aber Madeleine sagte sich, dass sich ihre Laune bestimmt aufhellen würde, wenn es ihrem Kind wieder besser ging.

»Er ist drinnen«, sagte die Frau kühl.

Zögerlich duckte sich Madeleine, um durch die niedrige Tür einzutreten. Drinnen wirkte es so, als ob die Familie recht wohlhabend wäre. Der Raum war zwar nicht sehr groß, doch groß genug, um ihn aufzuteilen; neben dem Zimmer, in dem sie stand, gab es offenbar noch zwei oder drei andere. Die Wände waren mit Lehm verputzt.

Es gab ein kleines Fenster, das jetzt offen stand, um die Sonne hereinzulassen, und es gab auch Fensterläden, um den Wind abzuhalten. Der Bretterboden war sauber gefegt, im Herd knisterte ein Feuer. Der Rauch zog durch ein Loch ab, doch es hing auch ziemlich viel Rauch im Raum, sodass die Sicht getrübt war.

Das Mobiliar bestand aus zwei langen Truhen und einem einfachen Webstuhl. An den Wänden hingen Werkzeuge und Geschirr.

Madeleine blickte sich suchend nach dem kranken Kind um, doch sie sah nur einen Mann. Der Vater? Er stand da und sah sie an, eine verschwommene Gestalt in erdfarbenen Gewändern.

»Wo ist das Kind?«, fragte sie mit leicht zitternder Stimme, wie sie verwundert feststellte.

»Es gibt kein Kind.« Bei der vertrauten Stimme machte ihr Herz einen Sprung. »Ich habe Euch herbringen lassen, um mit Euch zu reden.«

»Seid Ihr krank?«, fragte sie und trat näher.

Er wich vor ihr zurück. Das Feuer und das Licht vom Rauchabzug und vom Fenster fielen auf ihn. Er war schmutzig und zerlumpt wie immer; eine Kapuze verdunkelte sein Gesicht.

»Nein.« Nun endlich drang die Kälte in seiner Stimme zu ihr durch und ließ sie innehalten. Im Raum herrschte eine bedrohliche Atmosphäre, die sich mit dem Rauch vermengte und ihr das Atmen schwer machte. Ihre Vernunft sagte ihr, dass Edwald ihr nichts zuleide tun würde, doch ihr Instinkt war stärker.

»Dann vergeude ich hier meine Zeit«, erklärte sie und wandte sich zum Gehen, doch er hielt sie fest.

»Lasst mich los!« Sie hatte Angst vor ihm und um ihn. »Wenn Ihr mir wehtut, wird der Zorn Gottes über euch alle kommen.« *Oh Gott, auch er hasst mich. Warum nur? Warum?*

»Das ist so Eure Art, Lady, nicht wahr? Bestrafung. Tod.« Er zog sie zu sich. Sie stemmte sich mit den Händen gegen ihn.

»Was wollt Ihr?«, fragte sie verzweifelt.

»Ich will sehen, ob Euch das Böse schon im Gesicht geschrieben steht.«

Madeleines Herz zuckte zusammen. »Was ist nur los?«, klagte sie. »Ich tue mein Bestes. Ich versuche zu heilen, doch die Leute werfen meine Kräuter weg. Ich versuche, freundlich zu sein, doch niemand merkt es.«

»Zu wenig und zu spät«, schnaubte er. »Warum zittert Ihr? Habt Ihr Angst um Eure Haut, Dorothy? Das solltet Ihr auch, Ihr habt viel Schuld auf Euch geladen, für die Ihr büßen solltet.«

Sie gab ihren Widerstand auf und legte die Hände beschwörend auf seine Brust. »Wird mir denn die Verantwortung für alles zugeschrieben, was die Normannen in England treiben?«

Er blickte sie an, und sie hätte schwören können, dass er den Kopf zu ihr herabbeugte, doch dann stieß er sie entschlossen von sich. »Oh nein! Von Euch lasse ich mich nicht noch einmal an der Nase herumführen.« Er hieb mit der Faust auf den dicken Balken ein, der das Dach stützte. Die ganze Hütte erbebte.

Madeleine musste gegen die Tränen kämpfen. Diesen Mann hatte sie in ihren Träumen für ihre Festung gegen Grausamkeit und Leid gehalten.

Jetzt verletzte er sie mit seinen Worten so grausam, als würde er auf sie einprügeln.

Langsam wandte er sich wieder ihr zu. »Versucht Ihr wirklich zu heilen?«

»Natürlich!«, erwiderte sie rasch.

Gleich darauf stieg Empörung in ihr hoch, dass sie noch immer so erpicht darauf war, ihm zu gefallen, obwohl er sich ihr gegenüber so schäbig verhielt. Hatte sie denn gar keinen Stolz? Wer war er überhaupt? Ein zerlumpter Gesetzloser, mehr nicht.

Sie funkelte ihn böse an, doch sie wusste, dass sie mit ihrer Wut nur ihr gebrochenes Herz kitten wollte.

Er hielt ihr eine kleine Tonschüssel mit Wasser entgegen. »Braut Euren Heiltrunk.«

Sie schob die Schüssel beiseite. »Fahrt zur Hölle!«

Wasser war auf seine Hände gespritzt, doch die Schüssel war noch immer halb voll, als er ihr das Wasser ins Gesicht goss. Sie schnappte nach Luft. Abermals hielt er ihr die Schüssel hin, die inzwischen wieder gefüllt worden war. »Braut Euren Heiltrunk!«, wiederholte er ungerührt.

Madeleine nahm die Schüssel.

Sie hatte in ihrem Leben schon weitaus Schlimmeres erlitten, als dass man ihr Wasser ins Gesicht geschüttet hatte, und ihr Mut war ungebrochen geblieben. Doch hier ... hier gab es keine Regeln. Er konnte sie einschüchtern, sie blenden, sie verstümmeln.

Mit zitternden Händen setzte sie die Schüssel neben der Feuerstelle ab. Sie gab eines ihrer Kräuterbüschel in das Wasser, dann holte sie mit einer Zange einen heißen Stein und legte ihn hinein. Zischend wurde das Wasser heiß. Sie rührte um. Ein bitterer Geruch stieg auf. Sie blickte mutlos hoch. Er lehnte mit verschränkten Armen an einem der dicken Pfosten und beobachtete sie.

»Es muss eine Weile ziehen«, sagte sie. In der gereizten Atmosphäre klang ihre Stimme brüchig.

»Ich kann warten.«

Und das tat er auch. Die Stille zerrte an ihren angespannten Nerven. Sie hielt es nicht mehr aus, sie musste unbedingt wissen, was los war. »Warum seid Ihr so anders?«

»Als wir uns zum ersten Mal trafen, habt Ihr mir ein unterhaltsames Schäferstündchen versprochen«, erwiderte er grob. »Ihr habt mich belogen.«

Es war wie ein Stich ins Herz. »Und deshalb habt Ihr Euch gegen mich gewendet? Habt die Menschen dazu gebracht, sich gegen mich zu stellen?«

»Nein, das habt Ihr Euch schon selbst zuzuschreiben.«

Ihr Schmerz verwandelte sich in Wut. Das also war ihr Held – ein übler Geselle, der beleidigt war, weil sie gezögert hatte, ihm ihre Jungfräulichkeit zu opfern!

In der Feuerstelle loderte ein Scheit auf und warf sein Licht auf ihn. An seiner Rechten erkannte sie ein Muster – vielleicht einen Kopf mit Hörnern –, die Tätowierung eines englischen Adligen. Zumindest hatte sie sich nicht in seiner Abstammung geirrt.

»Seid Ihr derjenige, den sie den Goldenen Hirsch nennen?«, fragte sie.

Sie sah, wie er sich anspannte. »Und was wäre, wenn?«, fragte er zurück.

In ihrer Stimme schwang ihre Wut mit. »Mein Onkel plant, Euch zu verstümmeln und zu entmannen.«

»Meine Pläne für Euren Onkel sind recht ähnlich. Habt Ihr deshalb unsere Sprache gelernt? Um die Geschlagenen zu verhöhnen?«

»Ich habe sie gelernt, weil das mein Land ist.«

Er trat drohend auf sie zu. »Dann solltet Ihr Euch auch darum kümmern, und nicht Eure Leute schuften lassen, bis sie tot umfallen.«

»Es sind so wenige!«, protestierte sie. »Ich versuche doch schon die ganze Zeit, ihnen zu helfen.«

»Es sind so wenige«, wiederholte er sarkastisch. »Selbst der grausamste Bauer lernt irgendwann, sich um seine Lasttiere zu kümmern.«

Madeleine gab auf. Sie rührte stumm in ihrem Gebräu. Schließlich meinte sie: »Ich glaube, es ist fertig.«

»Wisst Ihr es denn nicht?«, fragte er höhnisch.

»Es ist fertig«, fauchte sie. Sie nahm einen hölzernen Becher und schöpfte etwas aus der Schüssel, dann gab sie kaltes Wasser aus einem Krug hinzu. »Wo ist der Patient?«

»Trinkt es!«

»Ich? Warum?«

Er sah sie wortlos an. Am liebsten hätte sie ihm den Heiltrunk ins Gesicht geschüttet, doch sie wagte es nicht. Das kam sie fast ebenso bitter an, wie es das Mutterkraut war, das in dem Sud geköchelt hatte. Steif hob sie die Schüssel an die Lippen und trank die übelschmeckende Flüssigkeit bis zur Neige.

»Welch eine Verschwendung!«, meinte sie eisig. »Mein Vorrat an Kräutern ist nicht unbegrenzt.«

Er betrachtete sie noch immer stumm.

»Ich werde nicht gleich tot umkippen, Sachse.«

Einen Moment lang glaubte sie, er würde sie schlagen. Sie hätte sich über den Schmerz gefreut. Vielleicht hätte er einen anderen Schmerz aus ihrem Herzen vertrieben.

»Ich werde den Leuten sagen, dass sie Eurer Medizin trauen können.« Er ging an ihr vorbei zur Tür. *Ich werde den Leuten sagen …* Es waren ihre Leute.

Welches Recht hatte er, herumzustehen und so zu tun, als sei er hier der Herr?

»Wenn ich sie ihnen noch geben will.«

Er wirbelte herum und starrte sie wütend an. »Das werdet Ihr tun, Lady, sonst bekommt Ihr meinen Zorn zu spüren!«

»Wagt es ja nicht, mir zu nahe zu treten. Der König würde Baddersley dem Erdboden gleich machen und alle umbringen, die hier leben.«

Er schnaubte verächtlich. »Es gibt verschiedene Möglichkeiten. Aber ich werde Euch Kräuter besorgen, wenn Ihr mehr braucht. Sagt es Aldreda.«

»Wie wollt Ihr mir Kräuter aus der Türkei und Griechenland besorgen?«

»Sagt es ihr einfach.« Und damit ging er.

Madeleine stand eine Weile da und kämpfte mit den Tränen. Doch sie wollte auf keinen Fall um einen Mann weinen, der es so wenig wert war. Offenbar hatte er nicht gelogen – ihn hatte immer nur ihr Körper interessiert. Die Nonnen hatten sie ja gewarnt, dass es so wäre. Eine bittere Lehre, die sie nun umso gründlicher gelernt hatte. Sie sammelte ihre Kräuter ein und trat in den Sonnenschein hinaus. Dort wartete schon ein Dutzend Leute, die sie feindselig anstarrten, doch die Blicke rasch senkten. Warum, fand sie bald heraus.

»Ich habe eine kranke Tochter«, sagte eine Frau zögernd. »Sie kann weder essen noch trinken.«

Nur weil er die Erlaubnis erteilt hatte … Madeleine war versucht, die Menschen zu beschimpfen und ihnen nicht zu helfen, doch das wäre kleinlich gewesen. Es würde ihre Seele beflecken und ihr das Vertrauen ihrer Leute endgültig rauben.

Doch sie wollte, dass ihr die Menschen vertrauten.

Bei der Milch der Heiligen Jungfrau, sie würde den Platz in ihren Herzen einnehmen, den bislang dieser wertlose Schurke besetzt hielt!

Sie folgte der Frau ins Dorf. Dort besuchte sie vier Hütten, zeigte den Frauen, wie sie den Trank zubereiten sollten und ließ ihnen genügend Kräuter für zwei Tage da.

Die Lage im Dorf war erschreckend. Die Kinder und die Alten waren von der Seuche am stärksten betroffen, und sie fürchtete, dass ihre Hilfe bei einem der Kinder zu spät kam. Sie hoffte nur, dass man ihr nicht die Schuld an seinem Tod geben würde. Die Erwachsenen erholten sich in der Regel rascher, doch auch ihnen gab sie noch ein Stärkungsmittel.

Am dringendsten brauchten diese Menschen allerdings Ruhe und mehr und vor allem bessere Nahrung. Es war Hochsommer, eigentlich sollte jetzt genug zu essen da sein, doch in den Gärten wuchs kaum etwas, da die Leute weder Zeit hatten, Unkraut zu jäten, noch ihre Pflanzen anständig zu bewässern. Und sie hatten auch keine Zeit, in den Wäldern nach Beeren und Wildpflanzen zu suchen.

Madeleine beschloss, ihre Streifzüge wieder aufzunehmen und die nützlichsten Pflanzen zu sammeln, um sie den Dorfbewohnern zu geben. Sie wollte auch zusehen, ob die Arbeit an der Burg nicht erleichtert werden konnte. Die Bewässerung des Hauptgartens in der Nähe des Herrenhauses musste verbessert werden, denn dessen Früchte dienten der Herrschaft und dem Gesinde.

Als sie den Erdwall auf dem Weg in die Burg überquerte, war Madeleine voller neuer Pläne und Ziele. Zum Teufel mit dem Goldenen Hirsch – sie würde ihre Leute alleine retten!

5

Aimery eilte durch den Wald zu seinem Lager zurück. Er hatte schon vor einiger Zeit aufgehört, den Gesetzlosen zu spielen. Zwar hatte er damit seine Ziele erreicht, aber nachdem die Legende vom Goldenen Hirsch entstanden war, war es zu gefährlich geworden. Nur für diesen letzten Besuch hatte er seine Verkleidung noch einmal hervorgeholt. Eine der geflohenen Familien hatte ihm von der Seuche berichtet, die in Baddersley wütete, und von den Heilkräutern der Erbin. Irgendwie fühlte er sich für ihr Verhalten verantwortlich.

Es schien, dass sie versuchte, Gutes zu tun, doch davon ließ er sich nicht erweichen. Baddersley war ruiniert, und die Menschen dort lebten im Elend. Die Fürsorge der Erbin kam viel zu spät. Es wäre wesentlich sinnvoller gewesen, die Leute anständig zu ernähren, statt sie endlos arbeiten zu lassen, und nicht immer gleich zur Peitsche zu greifen; dann würden die Menschen auch nicht so schnell Krankheiten zum Opfer fallen.

Dennoch konnte er nicht umhin, ihren Mut zu bewundern. Ganz auf sich allein gestellt und umringt von Feinden, hatte sie ihn angefaucht wie eine wütende Katze. Am liebsten hätte er sich einfach genommen, was sie zu bieten hatte, und sich dann aus dem Staub gemacht. Er hätte sogar den Kampf genossen …

Fluchend gebot er seinen Gedanken Einhalt. Sie musste eine Hexe sein, dass sie es schaffte, ihn so in Versuchung zu führen. Er hatte doch mit eigenen Augen gesehen, wie grausam sie war. Sie tat nichts, um ihre Verwandten zu zügeln, und kümmerte sich nur in der allergrößten Not um ihre Leute.

Als er im Lager ankam, schärfte Gyrth gerade sorgfältig sein Kurzschwert und beobachtete dabei einen Mann, der ihm gegenübersaß. Alte Feinde, dachte Aimery, als sein Knappe, Geoffrey de Sceine, aufstand und sich verneigte.

»Seid gegrüßt, mein Lord. Der König lässt Euch nach Rockingham rufen.« Geoffrey war ein großer, starker junger Mann und durch und durch Normanne. Sein dunkles Haar war kurz geschnitten, seine Hand ruhte immer auf dem Schwertknauf. Falls ihm die Sympathie seines Herrn für die Engländer zu schaffen machte, sprach er nie darüber, doch er strafte jeden Engländer, den er bei ihm antraf, mit Verachtung.

Aimery wusste nicht, ob Geoffrey ahnte, was er tat, wenn er sich »sächsisch« gab, oder ob er es Wilhelm meldete. Das konnte er nicht kontrollieren.

»Was macht denn der König in Rockingham?«, fragte er auf Französisch. Gyrth runzelte missmutig die Stirn, weil er aus dem Gespräch ausgeschlossen wurde. »Lerne doch einfach Französisch«, riet ihm Aimery auf Englisch, bevor er sich wieder Geoffrey zuwandte. »Ich habe den König erst vor zwei Wochen in Westminster verlassen.«

»Er und die Königin ziehen ständig weiter, Lord. Es heißt, dass er Huntingdonshire seiner Nichte Judith geschenkt hat, und die beiden haben sie dorthin begleitet. Die Frage ist nur, wem sie geschenkt wird«, fügte er anzüglich grinsend hinzu.

»Es wird also bald einen Grafen von Huntingdon geben.« Aimery nahm das Tuch vom Kopf, das er sich umgebunden hatte, statt sein Haar mit Ruß und Fett dunkel zu färben. »Da werden sich die Hunde schon knurrend versammelt haben. Aber warum lässt er mich rufen?« Doch eigentlich beschäftigte ihn die Frage, ob dieser unerwartete Ruf an den Hof das Ende seines Weges bedeutete.

»Sicher für die Festlichkeiten, die der Hochzeit folgen, Lord«, erwiderte Geoffrey mit leuchtenden Augen.

Möglich, dachte Aimery und schmunzelte über die offenkundige Vorfreude des jungen Mannes. »Und du freust dich auf die hübschen Ladies und die Wettkämpfe, bei denen kostbare Preise winken, richtig?«

Geoffrey erwiderte Aimerys Lächeln und wurde rot. »Ja, Lord.« Er war nur vier Jahre jünger als Aimery, aber an Senlac hatte er nicht teilgenommen, und er war ein reinblütiger Normanne. Manchmal kam sich Aimery in seiner Anwesenheit uralt vor. Für Geoffrey war England nur ein Ort, an dem man wunderbare Abenteuer erleben und sein Glück machen konnte.

Aimery nahm das Bündel, das Geoffrey ihm reichte, und ging damit zum nahen Fluss, wo er sich gründlich waschen wollte. Er wurde wieder sehr ernst. Es war nur wenige Wochen her, dass er nach der Krönung der Königin den Hof in Westminster verlassen hatte. Jetzt schon wieder gerufen zu werden bedeutete sicher nichts Gutes. Wilhelm verteilte seine Vasallen gerne über das ganze Land, um seine Autorität spürbar werden zu lassen – bis auf die Männer, die er für gefährlich hielt. Zählte Aimery inzwischen zu ihnen?

Am Hof hatte es Gerüchte gegeben, über die man jedoch nur verächtlich die Stirn gerunzelt hatte; Gerüchte über einen legendären Helden namens Goldener Hirsch. Zum Glück waren die Geschichten so übertrieben, dass niemand sie ernst nahm: Der Goldene Hirsch konnte drei Bewaffnete mit bloßer Hand töten, er konnte sich in Luft auflösen, aus seiner Nase strömte Feuer wie bei einem Drachen …

Dennoch begann Wilhelm, sich für den Goldenen Hirsch zu interessieren, und zwar fast so sehr wie für die reale Gefahr, die von Hereward ausging; denn der Goldene Hirsch verursachte Unruhe in der niedrigsten Gesellschaftsschicht, bei den Bauern. Das war einer der Gründe, warum Aimery seine Verkleidung aufgegeben hatte.

Bis auf diesen letzten Abstecher, den er jetzt bedauerte, auch wenn ihn nur Aldreda gesehen hatte – und natürlich die Erbin.

Er musste sich eingestehen, dass er ihre Heilkräuter auch aus der Ferne hätte prüfen oder einfach darauf hätte vertrauen können, dass sie niemanden vergiften würde. Doch die bittere Wahrheit war, dass er sie hatte wiedersehen wollen, dass er mit eigenen Augen hatte sehen wollen, ob sie tatsächlich so böse war, wie er sie erlebt hatte.

Aber sie wirkte nicht böse. Sie war noch immer wunderschön und erregte ihn auf eine Weise, wie es keine Frau vor ihr getan hatte. Vielleicht war sie doch eine Hexe.

Als er in das kalte Wasser watete, fiel sein Blick auf den sauberen Fleck auf seiner Rechten und die Zeichnung, die dort deutlich zu sehen war. Wann war das passiert? Er hatte in letzter Zeit doch sorgfältig darauf geachtet, seine Tätowierung vor neugierigen Blicken zu verbergen.

Wahrscheinlich war der Schmutz, den er immer daraufschmierte, abgegangen, als sie die Schüssel mit Wasser beiseitegestoßen hatte.

Er fluchte halblaut. Hatte sie in dem verräucherten Raum etwas gesehen? Hoffentlich nicht, denn es könnte verhängnisvoll sein, wenn sie sich jemals in normannischer Gesellschaft trafen. Dann würde sie ihn sicher als Edwald den Gesetzlosen erkennen und erraten, dass er der Goldene Hirsch war, vor allem, wenn sie Gelegenheit gehabt hatte, das Muster auf seiner Hand näher zu betrachten.

Er stellte sich vor, mit welcher Freude sie ihn verraten würde. Umso bessere Gründe hatte er nun, sich von Baddersley und von Madeleine de la Haute Vironge fernzuhalten – trotz des wahnsinnigen Verlangens in seinem Herzen. Nein, nicht in seinem Herzen; es war nur sein Körper, der nach ihr verlangte, sagte er sich.

Zähneknirschend watete er immer tiefer in das immer kälter werdende Wasser. Dann schwamm er wie ein Besessener, nicht nur, um sich den Schmutz vom Körper zu waschen, sondern auch, um die Erinnerung an sie fortzuspülen. Doch als er aus dem Fluss stieg, war zwar sein Körper sauber, aber seine Gedanken rankten sich weiter um die braunäugige Hexe.

Rasch zog er ein weißes Hemd und eine lohfarbene, bis zu den Knöcheln reichende Hose an. Dann streifte er sich eine kurzärmlige Tunika aus blauem Leinen über, die seine Mutter an den Säumen mit reichen Stickereien versehen hatte. Unter dem tiefen Ausschnitt war noch zu sehen, wie fein sein Hemd gearbeitet war. Er schnallte sich einen goldenen Gürtel um, zog die Tunika hoch, bis sie nur noch an die Knie reichte, und befestigte dann das Messer, das er bei Tisch benutzte, und einen Lederbeutel am Gürtel.

Statt der Lumpen, die er um seine zerrissenen Beinlinge gewickelt hatte, flocht er um die lose Hose von den Knöcheln bis zu den Knien wunderschöne blaue, mit einem Goldfaden durchwirkte Bänder, die er mit einem komplizierten Schmuckknoten abschloss. Er schlüpfte in schwarze Stiefel und genoss es, wie bequem sie sich nach den groben, mit Riemen geschnürten Sandalen anfühlten.

Geoffrey reichte ihm seinen ledernen Schwertgurt. Aimery band ihn um die Hüften, sodass Justesse, sein Schwert, immer griffbereit war. Es trug zwar einen französischen Namen, war aber ein englisches Schwert, das ihm Hereward geschenkt hatte. Die Klinge war mit uralten Runen verziert. Als Nächstes gab ihm sein Knappe einen schweren goldenen Armreif, der mit einem üppigen Schleifenmuster verziert und an seinen Arm angepasst worden war. Er zog ihn über sein rechtes Handgelenk, um seine Tätowierung so gut wie möglich zu verbergen.

Geoffreys Miene war ausdruckslos, als sein Lord sich nach englischer Manier anzog. Aimery wusste jedoch, dass es ihm auffiel und dass er es nicht schätzte.

Eigentlich unterschied sich die englische Kleidung gar nicht so sehr von der normannischen, doch die Engländer bevorzugten buntere Farben, schönere Stoffe und üppigere Verzierungen. Größtenteils war das darauf zurückzuführen, dass die Engländer einfach geschickter waren und feinere Stoffe und schönere Stickereien herstellen konnten. Doch die Unterschiede verwischten sich allmählich. Geoffrey trug ein dunkelblaues Gewand, das mit einem schwarz-weißen Zopfmuster verziert war, und keinen Goldschmuck.

»Weißt du«, sagte Aimery boshaft, als er seinen wundervollen Armreif richtete, »jeder Engländer, der dich sieht, wird bestimmt denken, dass du einem ausgesprochen geizigen Lord dienst, der dich nicht mit *Geld* beschenkt.«

Geoffrey wurde steif. »Ich diene Euch nicht, weil ich Schätze von Euch erwarte, Lord Aimery.«

»Keine Schätze, keine Freude. Wenn du dich bei mir nicht wohlfühlst«, meinte Aimery ernst, »dann überlasse ich dich einem anderen Lord.« Wenn seine Zeit gekommen war, dann wollte er Geoffrey nicht mit in sein Unglück reißen.

Der junge Mann errötete. »Ich will nicht ... ich bin sehr zufrieden, Euch zu dienen, Lord Aimery.«

»Wirklich? Den Eindruck habe ich höchst selten.«

Geoffrey bemühte sich um einen förmlicheren Ton. »Ihr seid ein wackerer Kämpfer und ein guter Verwalter. Ihr bildet mich gut aus, und ich bin wirklich sehr zufrieden.« Unvermittelt fügte er hinzu: »Und ich mache mir Sorgen um Euch.« Dann wurde er feuerrot. »Verzeiht mir, Lord!«

Aimery war gerührt. »Du musst dich nicht entschuldigen. Auch ich mache mir manchmal Sorgen um mich.« Er nahm Geoffrey beim Arm. »Ich bin dem König treu, und das werde ich auch immer sein, Geoffrey«, erklärte er ernst. »Aber wenn du der Meinung bist, dass ich etwas Falsches tue, dann musst du zum König gehen und es ihm sagen.«

»Das wäre unehrenhaft, Lord.«

Aimery schüttelte den Kopf. »Nein. Der König ist dein oberster Lehnsherr. Von keinem Knappen wird erwartet, dass er seinem Lord folgt und dabei Unrecht tut. Denk daran!«

Geoffrey nickte verlegen und verwirrt. Aimery zog ein weiteres Schmuckstück aus seinem Beutel – Herewards Ring.

Er zögerte kurz, dann steckte er ihn auf den rechten Mittelfinger. Dieser Ring besagte, dass sein Träger ein Mann Herewards war, mit Leib und Seele und bis zum Tod. Das galt zwar nicht für ihn, aber er wollte ihn dennoch tragen bis zu dem Tag, an dem er gezwungen sein würde, Hereward die Bündnistreue aufzukündigen.

Auf dem Rückweg ins Lager kämmte er das schulterlange Haar mit einem Knochenkamm aus. Gyrth musterte ihn prüfend und nickte.

»Bin ich englisch genug für deinen Geschmack?«, fragte Aimery.

Gyrth lachte. »Ein bisschen mehr Schmuck könntest du schon noch tragen, mein Junge. Welcher Mann hat nur einen Armreif? Welchem Herrn dient er wohl?« Er selbst trug Armreife, Armbänder und eine große bronzene, mit Gold verzierte Gürtelschnalle.

»Mein Herr verteilt Land, kein Gold.«

»Englisches Land.«

»Die Engländer, die den König anerkannt haben, durften ihr Land behalten.«

Gyrth sprang auf. »Elende Taugenichtse. Sie haben zwar ihr Land, unterstehen aber normannischen Baronen, normannischen Grafen und einem normannischen König. Ihr seid doch alle nur Sklaven, ihr Normannen und diejenigen, die sich euch gefügt haben! Der König gibt euch Land, aber es ist immer noch sein Land, nicht eures. Weder Alfred noch Knut oder Eduard haben England besessen. Harald besaß nur das Land, das seiner Familie gehörte. Doch der Bastard behauptet, alles gehöre ihm! Ortschaften, die sich ihm widersetzen, macht er dem Erdboden gleich. Er baut Burgen und setzt seine Ritter darauf. Er zerstört das Land derjenigen, die sich gegen seine Tyrannei stellen. Er beansprucht Wälder, wo es ihm gefällt. Auf dem Land von anderen!«

»So ist es jetzt eben«, erwiderte Aimery gleichgültig. »War es denn früher wirklich besser? Was besitzt denn ein Ringträger außer der Gunst seines Lords? Wenn er sie verliert, ist er völlig auf sich allein gestellt.«

»Wenn er sie verliert, hat er nichts anderes verdient«, erwiderte Gyrth. »Wenn er eine Schlacht überlebt, in der sein Ringfreund stirbt, hat er nichts Besseres verdient, als angespuckt zu werden.« Er verlieh seinen Worten Nachdruck, indem er kräftig auf den Boden spuckte. Plötzlich packte er Aimerys rechtes Handgelenk und hob es hoch. Herewards goldener Ring funkelte im Sonnenlicht, und an Gyrths Hand funkelte ein identischer Ring. Geoffrey wollte schon sein Schwert zücken, doch ein Blick von Aimery hielt ihn zurück. Aber er blieb wachsam.

»Wessen Ring trägst du da?«, fragte Gyrth streng.

»Herewards«, erwiderte Aimery ruhig, obwohl ihn sein Freund noch immer fest gepackt hielt.

»Und wer bist du?«

Die richtige Antwort wäre gewesen: »Herewards Mann.« Doch Aimery sagte: »Ein Normanne. Willst du Hereward den Ring zurückbringen?«

In Gyrths Augen schimmerten Tränen. »Die Zeit wird kommen, wo es ans Kämpfen geht, Junge. Wenn der Bastard dich auffordert, gegen Hereward anzutreten, musst du dich weigern, sonst bist du ein Nichts.«

Aimery entzog sich Gyrths Griff. »Ich habe Wilhelm den Treueeid geschworen. Ich muss für ihn kämpfen, wo und wann er es sagt, sonst fällt meine Seele der Verdammnis anheim.« Er nahm den Ring ab und hielt ihn Gyrth hin. »Willst du ihn Hereward zurückgeben?«, fragte er noch einmal.

Gyrth presste die Lippen zusammen und schüttelte den Kopf. Aimery streifte den Ring wieder über und verließ die Lichtung mit großen Schritten.

Aimerys Eskorte wartete eine Stunde westlich von Baddersley in einem Gasthaus an der Römerstraße. Es ging das Gerücht, dass sich Aimery hie und da aus dem Staub machte, um sich mit einer verheirateten Lady zu treffen, deren Gemahl viel herumreiste. Die Männer grinsten darüber, doch sie sagten nie etwas über seine häufige Abwesenheit.

Als Rockingham in Sicht kam, ließ Aimery anhalten.

Geoffrey seufzte. Aus einem Beutel am Sattel holte Aimery ein paar weitere Schmuckstücke: einen dicken Armreif, geschmückt mit Granaten und Obsidianen, den er über den linken Arm streifte, und zwei schlichtere, mit bronzenen Einlegearbeiten verzierte Armbänder für seine Oberarme. Dann befestigte er noch eine große Schnalle am Gürtel. Geoffrey reichte ihm einen reichverzierten blauen Umhang, den er anzog und an der rechten Schulter mit einer prächtigen, mit Edelsteinen geschmückten Schnalle befestigte. Nun sah er wie ein richtiger englischer Adliger aus. Gyrth wäre bestimmt warm ums Herz geworden, wenn er ihn so gesehen hätte.

In Rockingham gab es seit vielen Generationen eine Festung. Im Gegensatz zu dem unfertigen Burghügel in Baddersley wirkte Rockingham sehr stattlich. Die erste Festung aus Stein war noch recht niedrig gewesen, doch William Peverell hatte weitere Stockwerke daraufgesetzt. Inzwischen thronte eine eindrucksvolle trutzige Burg über den Ufern des Flusses Welland. Die Palisaden waren jedoch noch aus Holz, wie auch die meisten Nebengebäude, die sich im Burghof drängten. Unten am Fluss lag eine wohlhabende Ortschaft, die mit König Wilhelms Anwesenheit problemlos fertig wurde.

Aimery und Geoffrey ließen das Gefolge und die Pferde an den Schuppen zurück, die eilig erbaut worden waren, um die zusätzlichen Reittiere unterzubringen, und gingen zu Fuß über den geschäftigen Burghof zum Wohnturm.

An einem Stand kaufte Aimery noch rasch zwei Schweinepasteten für Geoffrey und sich. Er hatte Hunger, und möglicherweise würden sie noch Stunden warten müssen, bis sie zum König vorgelassen wurden. Am Stand daneben bot eine Frau Ale feil, und sie leerten rasch einen Krug. Geoffrey begann, mit der Tochter der Standbesitzerin zu schäkern, die ganz offensichtlich ein ganz anderes Gewerbe betrieb. Aimery zog ihn fort.

Sie erklommen die Stufen zum Eingang des Wohnturms und wurden von den Wachen eingelassen. Im großen Saal drängte sich Wilhelms Hof, zumindest der männliche Teil; von der Königin und ihren Hofdamen war nichts zu sehen. Einer der ersten Männer, die Aimery in der Menge der Edelleute, Kleriker und Händler erkannte, war sein Cousin Edwin, Graf von Mercia.

Edwin war ein Jahr älter als Aimery. Er war etwas schmaler gebaut und hatte lohfarbenes Haar – eigentlich ein recht ansehnlicher junger Mann. Allerdings wirkte sein Mund ein wenig weich und unentschlossen. Er war seinem Vater als Lord über einen Großteil Ostenglands nachgefolgt, hatte es aber nie geschafft, Einfluss zu gewinnen. Kurz nach Senlac hatte er den Versuch unterstützt, Edgar Etheling auf den Thron zu setzen. Doch daraus war nichts geworden, und er war wie viele andere Lords aufgefordert worden, Wilhelm förmlich anzuerkennen. Wie die meisten war er begnadigt und in seinen Titeln bestätigt worden. Seitdem weilte er am Hofe und schien recht zufrieden, sein Schicksal mit dem von Wilhelm zu verknüpfen.

Er hatte sich auch in seinem Äußeren den Normannen angeglichen. Sein Gesicht war glatt rasiert, das Haar kurz geschnitten, die Kleidung bescheiden. Früher, so erinnerte sich Aimery, hatte auch er gern bunte, reichverzierte Gewänder getragen und war auf sein wallendes Haupthaar und seinen dichten Bart stolz gewesen.

Die Lippen des Grafen kräuselten sich, als er Aimery entdeckte. »Ach, mein Cousin! Wie ich sehe, versuchst du noch immer, beide Welten in dir zu vereinen. Wie geht es Onkel Hereward?«

Aimery wollte sich nicht von Edwin aushorchen lassen. »Woher soll ich das wissen? Wie ist das Leben am Hof?«

»Gar nicht so schlecht«, entgegnete Edwin selbstgefällig. »Der König hat mir seine Tochter Agatha versprochen.«

»Herzlichen Glückwunsch, Edwin. Sie ist wirklich ein süßes Kind, aber doch sicher noch nicht im heiratsfähigen Alter, oder?«

Edwin wirkte leicht verdrossen, als er an den vertrauten Umgang erinnert wurde, den sein Cousin mit Wilhelm und seiner Familie pflegte. »Sie ist dreizehn.«

»Ja, das dachte ich mir. Ich habe sie eine ganze Weile nicht mehr gesehen, es müssen gut drei Jahre her sein. Hat sie denn schon ein paar Rundungen? Früher war sie ein ziemlich dürres kleines Ding.«

Edwins Augen traten hervor. Er zog Aimery in eine ruhige Ecke. »Sag doch nicht immer solche Dinge! Wenn du so weitermachst, wirst du es nie auf die richtige Seite schaffen.«

Aimery schüttelte den Kopf. »Wilhelm beurteilt einen Mann nicht danach, was er von seinen Töchtern hält. Du solltest allmählich mal zeigen, dass du ein ganzer Kerl bist, Edwin!«

Edwin wurde bleich bei diesem Gedanken, doch er brachte ein verächtliches Schnauben zustande. »Ich habe seine Tochter gewonnen, Aimery. Und du? Eigentlich frage ich mich, warum dich Wilhelm rufen ließ. Er will mich in seiner Nähe wissen, weil ich Mercia kontrolliere. Aber du? Hast du am Ende etwas ausgefressen? Du, der Goldene Hirsch und Hereward?«, setzte er spöttisch hinzu.

Noch ehe Aimery etwas erwidern konnte, war Edwin schon verschwunden. Er fluchte leise. Der Hinweis auf den Goldenen Hirsch ließ in ihm die Alarmglocken schrillen. Instinktiv legte er eine Hand auf seine verräterische Zeichnung, doch dann zog er sie wieder weg. *Wyrd ben ful araed.* Außerdem war es noch nie ratsam gewesen, Edwin ernst zu nehmen.

Er hatte seinen Cousin und auch dessen Zwillingsbruder Morcar nie besonders gemocht. Beide waren schwache, hinterhältige Burschen. Als Normanne hätte er eigentlich froh sein müssen, dass die zwei sich so leicht hatten kaufen lassen, aber der Engländer in ihm verachtete sie ob ihrer schändlichen Selbstsucht. Sie umschmeichelten den König wie junge Hündchen, die auf einen Leckerbissen hoffen, aber er wusste, dass sie sich skrupellos gegen Wilhelm stellen würden, wenn sie sich davon einen Vorteil versprachen. Genau solche Menschen ruinierten England: Die normannische Herrschaft verdross sie zwar, aber sie waren zu feige, um sich ihr offen zu widersetzen.

Aimery blickte auf die Steinstufen, die zu den Privatgemächern des Königs führten. Er fragte sich, in welchem Zustand er diese Stufen wieder hinabsteigen würde, dennoch drängte er sich entschlossen durch den überfüllten Saal. Hier und da erwiderte er einen Gruß, widerstand jedoch der Versuchung, länger zu verweilen. Am Fuß der Treppe eilte ein großer, dunkler Mann auf ihn zu und umarmte ihn stürmisch. »Ho, kleiner Bruder! Schön, dich wohlbehalten wiederzusehen!«

Aimery umarmte seinen ältesten Bruder freudig und ließ es über sich ergehen, dass ihm dieser heftig auf den Rücken klopfte. »Leo! Wie lange bist du denn schon hier? Hör auf, mir die Rippen zu brechen, verdammt noch mal. Warum bist du nicht nach Rolleston gekommen?«

»Der König hat nach uns geschickt.«

»Uns?«, fragte Aimery wachsam.

»Vater ist auch da.«

Aimerys Nacken verkrampfte sich. Er hatte sich darauf eingestellt, vor König Wilhelm zu treten, aber er war sich nicht sicher, ob er sich auch seinem Vater würde stellen können, den er seit ihrem Streit im Turm vor gut einem Jahr nicht mehr gesehen hatte. Was würde er wohl sagen, wenn er erführe, was sein Sohn in diesem letzten Jahr getrieben hatte, ja, selbst wenn er nur die Hälfte dessen erführe? In diesem Moment hätte Aimery am liebsten seine englischen Attribute ausgezogen und sich die Haare schneiden lassen.

Leo musterte seinen kleinen Bruder liebevoll. »Womit hast du dich eigentlich in letzter Zeit beschäftigt?«, fragte er neugierig. Doch dann wich die Nachsicht in seiner Miene der Strenge. »Verrat?«

»Nein«, entgegnete Aimery bestimmt. Sein Bruder nickte.

»Wie geht es Janetta und den Kindern?«, fragte Aimery rasch, bevor Leo noch mehr Fragen einfielen.

»Gut. Wir sind mit ziemlich kräftigen kleinen Monstern gesegnet. Im Herbst wurde Burg Vesin von einer Seuche heimgesucht, der fünf Leute erlagen. Alle Kinder wurden krank, aber keines davon richtig schlimm. Wenn das so weitergeht, habe ich bald mein eigenes Heer landhungriger Krieger.«

»Solange du sie nicht nach England schickst ...«

Leo musterte ihn eindringlich. »Das ist jetzt deine neue Heimat, nicht wahr?«

Aimery nickte. »Aber ich bin nach wie vor ein halber Normanne, Bruder.«

»Dann geh am besten gleich zum König. Er hat befohlen, dich zu ihm zu schicken, sobald du hier bist.«

»Warum?«

Zumindest wirkte Leo nicht, als ob er Unheil witterte. »Vielleicht mag er deine hübschen grünen Augen. Nun komm schon!«

Aimery warf Geoffrey seinen Umhang zu und folgte Leo die schmale Treppe hinauf vor die bewachte Eichentür.

»Ist Roger auch hier?«, fragte er, nur, um irgendetwas zu sagen. Er spürte, wie sich sein Herzschlag beschleunigte und sein Körper kampfbereit wurde – er spürte Angst.

»Nein. Er ist glücklich und zufrieden, Waliser zu erschlagen und sich mit Ruhm zu bekleckern. Warum?«

»Ich dachte nur, wir könnten ja ein fröhliches Familientreffen feiern. Ein Wunder, dass Mutter sich dareinfügte, alleine zu Hause zu bleiben.«

Leo lachte. »Nicht ohne heftigen Protest.« Er senkte die

Stimme. »Vater hat ein Machtwort gesprochen. Ich glaube nicht, dass er so gelassen ist wie der König, was die Stabilität der Lage hier betrifft.«

Vielleicht vermutete, ja, wusste er auch, dass etwas Unangenehmes passieren würde. Würde Wilhelm einen alten Freund zu sich rufen, damit dieser der Verstümmelung seines Sohnes beiwohnte? Zuzutrauen wäre es ihm.

Die Wachen gewährten ihnen Eintritt in einen Raum, der zu Ehren des Königs von England mit kostbaren Gobelins und reichverzierten Möbeln geschmückt war. Allerdings war er nicht sehr groß; die sechs Männer, die sich darin aufhielten, füllten ihn schon fast aus. Es handelte sich um zwei Schreiber, die mit irgendwelchen Dokumenten beschäftigt waren, Wilhelms engste Gefolgsleute, William Fitz Osbern und Roger de Mortain, sowie den König und Graf Guy de Gaillard. Solche illustren Persönlichkeiten, wenn es darum ging, einen jüngeren Sohn zu begrüßen? Das konnte nichts Gutes verheißen.

»Ha. Aimery de Gaillard. Endlich!«, sagte der König schroff, wie es seine Art war. »Du hast dir Zeit gelassen, mein Junge.« Wilhelm war untersetzt, sein rötliches Haar kurz geschnitten, die blauen Augen sehr wach. Wie immer, wenn kein förmlicher Anlass es gebot, trug er schlichte Kleider aus robuster brauner Wolle.

Aimery kniete vor ihm nieder und küsste seine Hand. »Niemand, Sire, ist so schnell wie Ihr.«

Der König musterte ihn prüfend. »Du könntest auch ein wenig schneller reisen, wenn du nicht von oben bis unten mit Gold behängt wärst.«

Aimery unterließ eine Erwiderung. Eine Flut der Erleichterung überkam ihn. Diese Begrüßung konnte kaum das Vorspiel für eine gnadenlose Verurteilung sein.

Auf einen Wink des Königs hin trat Graf Guy vor. Aimery, der noch immer kniete, küsste die Hand seines Vaters, der ihn zu sich hochzog und ihn auf die Wange küsste. Er merkte, dass sein Vater sich freute, ihn gesund und munter zu sehen, sich aber auch darüber ärgerte, dass er wie ein Engländer aussah. Doch hier würde er kein Wort darüber verlieren.

»Wie geht es deinem Land?«, fragte der König.

»Gut, Sire«, antwortete Aimery und lächelte entspannt. Er beschloss, sich später darüber den Kopf zu zerbrechen, warum der König ihn wirklich hatte rufen lassen. »Wenn Gott uns gutes Wetter beschert, werden wir reiche Ernte einbringen.«

»Du bist einer der wenigen, die das sagen können«, brummte Wilhelm. »Wahrscheinlich arbeiten deine Leute für dich, weil du Engländer bist.«

»Nur zur Hälfte, mein Lehnsherr«, widersprach Aimery fest. Jemand zischte erschrocken.

In den Augen des Königs blitzte kurz Zorn auf, doch gleich darauf lächelte er wieder. »Unverschämter Bengel! Aber dann sag mir wenigstens, wie du es anstellst, dass deine Leute gut für dich arbeiten.«

»Ich achte ihre Traditionen und Gesetze, Sire.«

»Beim Ruhme Gottes, das tue ich doch auch!«, polterte der König.

Aimery wusste, dass das bis zu einem gewissen Grad stimmte, und versuchte, den ärgerlichen Monarchen zu besänftigen. »Wie Ihr schon sagtet, Sire, ist es wohl darauf zurückzuführen, dass ich ein halber Engländer bin.«

Sobald ihm diese Worte über die Lippen gekommen waren, wusste er, dass es ein Fehler gewesen war. Im Raum wurde es mucksmäuschenstill.

»Knie nieder!«, befahl der König mit beängstigend ruhiger Stimme. Aimery sank unterwürfig auf die Knie.

Bei der Ohrfeige, die ihm der König verpasste, schwirrte ihm der Kopf, doch schwindlig wurde ihm eher vor Erleichterung; denn diese Strafe war eine väterliche und keine königliche.

»Habe ich etwa kein englisches Blut?«, fragte Wilhelm.

»Doch, Sire. Durch Königin Emma.« Es entsprach nicht ganz der Wahrheit. Emma von der Normandie, Wilhelms Großmutter, war die Mutter König Eduards und die Witwe zweier englischer Könige gewesen, bevor sie den Herzog der Normandie geheiratet hatte – doch deshalb floss noch lange kein königliches englisches Blut in Wilhelms Adern. Aber darauf beruhte der Anspruch des Königs auf den englischen Thron, und dieser durfte keinesfalls infrage gestellt werden.

Der König nickte und blickte Aimery forschend in die Augen. In diesem Blick lag mehr als nur der Zorn über ein unvorsichtiges Wort. Die Botschaft war klar: Wenn du die Grenzen missachtest, wirst du bestraft – geliebter Patensohn hin oder her –, bestraft, wie es deinem Vergehen entspricht.

Aimery wurde wieder sehr wachsam. Wie viel wusste Wilhelm? Er ergriff die Hand des Königs, die Hand, die ihn geschlagen hatte, und hob sie an die Lippen, um einen Kuss darauf zu drücken, der seine Treue besiegeln sollte.

»Ach, steh schon auf!«, knurrte der König gereizt, doch dahinter verbarg sich seine Zuneigung. »Du bist ein sehr anstrengender Bengel, und wenn ich genügend Verstand besäße ... Doch eigentlich habe ich dich rufen lassen, weil ich daran dachte, dich zu belohnen. Also beherrsche dich gefälligst! Und jetzt geh. Ich habe für dich und deine Familie einen Raum herrichten lassen. Hast du deine Leier mitgebracht?«

»Nein, Sire.«

»Dummkopf! Sieh zu, dass du eine auftreibst und heute Abend für uns spielst.«

Aimery verbeugte sich und ging in Begleitung seines Vaters und seines Bruders hinaus. Er fragte sich, ob sein Vater, der mit verkniffenen Lippen neben ihm schritt, seinen schmerzenden Kiefer auch noch bearbeiten würde.

6

Als sie in ihrer kleinen Kammer angelangt waren, seufzte sein Vater nur.

»Nimm diesen verdammten Schmuck ab!«

Aimery folgte der Aufforderung, nur den Reif an seinem rechten Handgelenk und den goldenen Ring behielt er an. »Auch Normannen tragen Schmuck, Vater«, wandte er sanft ein.

»Bei dir hat das aber eine ganz besondere Wirkung. De Sceine behauptet, du trägst den Schmuck nur, wenn du an den Hof kommst.«

»Bei der Feldarbeit ist er eher hinderlich …« Aimery verstummte, als er den Blick seines Vaters bemerkte.

»Wenn du willst, kannst du auch von mir gerne noch eine Ohrfeige bekommen.«

Aimery blieb stumm. Er wusste, dass es die Angst um seinen jüngsten Sohn war, die seinen Vater zornig machte.

»Wenn man deinen Berichten aus Rolleston glauben darf, läuft dort ja alles bestens«, sagte Graf Guy. »Aber wie ich gehört habe, verschwindest du ab und zu. Wohin? Zu Hereward?«

»Halten mich denn alle für einen Verräter? Ich habe Euch mein Wort gegeben, und ich habe es gehalten. Ich habe Hereward zum letzten Mal vor Senlac gesehen.« Er merkte, wie sein Vater ruhiger wurde. »Ich bin ein halber Engländer, Vater, und diesen Teil von mir verleugne ich nicht, aber ich bin dem König treu.«

»Das solltest du auch. Wenn du ihn hintergehst, wird er mit dir härter umspringen als mit einem, den er schon immer für seinen Feind gehalten hat.«

»Es tut mir leid, Vater, aber ich bin, was ich bin.« Guy de Gaillard drückte seinen Jüngsten fest an sich. »Pass auf dich auf, mein Sohn!«

Einen Moment fühlte sich Aimery wieder wie ein Kind, geborgen in den Armen seines Vaters, und er genoss es. Doch dann fiel ihm auf, dass er jetzt größer und breiter war als sein Vater. Guy de Gaillard begann zu altern, während Aimery mit zweiundzwanzig auf der Höhe seiner Kraft war. Überrascht und auch ein wenig beunruhigt stellte er fest, dass das Bedürfnis in ihm aufstieg, diesen Mann, dem er früher voller Ehrfurcht begegnet war, zu beschützen. Er verbarg dieses Gefühl, indem er sich abwandte und seinen Schmuck in einer Truhe verstaute.

»Wisst ihr, an welche Belohnung der König für mich denkt?«, fragte er in einem möglichst unbekümmerten Ton.

Leo antwortete. »Vielleicht will er dir eigenes Land geben, nachdem es in Rolleston so gut läuft.«

»Das glaube ich nicht. Er ist umgeben von Gefolgsleuten, denen nach Land gelüstet und die größere Ansprüche haben als ein jüngster Sohn, der zur Hälfte Engländer ist. Solange Vater mir Rolleston überlässt, bin ich vollauf zufrieden.«

»Ha!«, brach es aus Leo heraus. »Warte nur, bis du mal ein Bataillon hungriger Söhne hast. Dann wirst du über jedes noch so kleine Herrenhaus froh sein.«

Aimery grinste. »Mir steht der Sinn nicht nach Heiraten, Leo, und die Normannen kämpfen um die englischen Erbinnen ohnehin wie die Hunde um die Markknochen.«

Graf Guy reichte seinen Söhnen zwei Kelche mit Wein. »Ich glaube nicht, dass dich Wilhelm eine Engländerin heiraten lässt, Aimery. Ihm reicht schon der englische Einfluss, dem du bislang ausgesetzt warst.«

»Da, siehst du«, meinte Aimery zu Leo. »Und ich bin froh darüber. Hast du denn schon mal eine dieser englischen Witwen gesehen?«

Leo war optimistisch wie immer. »Na ja, vielleicht denkt

er auch an eine hübsche französische Erbin. Hey, vielleicht gibt er dir sogar Lady Judith.«

Aimery verschluckte sich fast an seinem Wein. »Nur, wenn er völlig verrückt geworden ist. Mit diesem Leckerbissen wird er bestimmt einen größeren Fang machen wollen. Hast du schon gehört, dass er Edwin Agatha angeboten hat? Das ist einer, der mit einer königlichen Lady verwöhnt werden muss. Damit kauft sich Wilhelm den ganzen Osten Englands.«

Dieses Argument war schlagend. »Aber er sagte, dass er dich belohnen will«, beharrte Leo. »Also streng dich an, und sei nett zu ihm. Komm, wir machen uns auf die Suche nach einer Leier, kleiner Bruder!« Er leerte seinen Kelch und stellte ihn auf die Truhe. »Nun komm schon!«

Guter Dinge streiften sie durch die Burg und den Ort. Unterwegs gesellte sich noch ein gutes Dutzend junger Männer zu ihnen. Ihre Suche führte sie in eine Reihe von Tavernen und in ein Bordell. Als sie am Abend schließlich in die Burg zurückstolperten, stöhnte Aimery: »Und du erwartest allen Ernstes, dass ich jetzt noch singe?«

»Nun hast du doch eine Leier, und ein bisschen geübt hast du auch.«

Aimery erinnerte sich, in der Wachstube Kampflieder gesungen zu haben. In einer Taverne hatte er ein paar zotige Weisen zum Besten gegeben und gleich noch ein paar neue gelernt. Für die Huren hatte er hübsche, romantische Lieder gesungen; diese waren dann auch prompt sentimental geworden und hatten ihn entsprechend belohnt.

»Ich glaube, ich bin völlig erschöpft, Leo«, stöhnte Aimery. Er zog sich eine frische Tunika an – leuchtend rote Seide mit langen, engen Ärmeln und von einer dicken goldenen Bordüre gesäumt. Nach kurzem Zögern streifte er seine Armbänder und noch einen zusätzlichen Reif über.

»Vater wird dir die Ohren lang ziehen«, stellte Leo unbekümmert fest. Alle Söhne der Gaillards hatten oft genug

Kopfnüsse, Ohrfeigen und Hiebe einstecken müssen, doch sie waren sich der Liebe ihres Vaters immer sicher gewesen. Leo schien das die einzig richtige Art zu sein, Knaben zu erziehen, weshalb er mit seinen eigenen Rackern ebenso umsprang. »Beeil dich, sonst finden wir keinen anständigen Sitzplatz mehr!«

Obwohl der Saal ziemlich groß war, reichte er für den Hofstaat kaum aus. Die Leute kämpften um die Sitzplätze. An der Stirnseite saßen der König und die Königin, Fitz Osbern, de Mortain, Peverell, Lady Judith und Lady Agatha. Außer ihnen waren kaum Damen anwesend.

Agatha wirkte noch immer sehr jung und zart für ihr Alter. Nun, mit der Zeit würde sie schon noch reifen. Als sie Aimery sah, kicherte sie und winkte ihm zu. Aimery warf ihr einen Kuss zu.

Lady Judith kannte er nicht, denn sie war die Tochter von Wilhelms Schwester und in Lens aufgewachsen. Diese Dame war offensichtlich gut entwickelt: eine kurvenreiche Schönheit mit langen rotgoldenen Zöpfen und funkelnden Augen. All dies und Huntingdon als Dreingabe, dachte Aimery.

Offenbar merkte Lady Judith, dass sie bewundert wurde. Sie kräuselte interessiert die Lippen und warf ihm einen eindeutigen Blick zu. Aimery winkte ihr. Ihr zukünftiger Gemahl würde mit ihr bestimmt alle Hände voll zu tun haben. Eine köstliche Aufgabe, aber dennoch eine Aufgabe …

Wie Leo vorhergesagt hatte, mussten sie sich irgendwo dazuzwängen, aber Aimery war es egal. Er war umringt von Freunden, man tauschte Erinnerungen aus und berichtete über die jüngsten Ereignisse aus dem Familienleben oder über Kämpfe.

»Wenn ich die köstliche Lady Judith sehe, muss ich an diese Erbin denken, die von Baddersley«, meinte einer der jungen Männer. »Ich hoffe ständig, dass mich mein Weg eines Tages in jene Gegend führt, aber ich weiß nicht einmal, wo Baddersley genau liegt.«

»Es ist gar nicht weit von hier«, meinte Aimery. »Südlich von Huntingdon.«

Diese Information erregte einen kleinen Aufruhr. »Sag bloß nicht, du hast sie uns schon vor der Nase weggeschnappt, de Gaillard!«

»Keine Sorge, aber ich kenne mich in Mercia ganz gut aus.«

»Vielleicht sogar ein wenig zu gut«, fiel jemand höhnisch ein. »Dort leben eine Menge hässlicher sächsischer Verwandter von Euch, oder?«

Aimerys Blick fiel auf das gerötete Gesicht von Odo de Pouissey, der sich gerade auf einen Platz ihm gegenüber zwängte. Aimery hatte ihn nie besonders gemocht, und seine Abneigung war noch gewachsen durch den Vorfall, dessen Zeuge er gewesen war. Das war der Mann, der versucht hatte, Madeleine de la Haute Vironge zu vergewaltigen. Obwohl er diese Frau inzwischen hasste, brachte ihn der Gedanke, dass de Pouissey sie begrapscht hatte, doch dazu, dass er ihm am liebsten den Wanst aufgeschlitzt hätte.

Aimery packte seinen Weinkelch fester. »Dort leben auch eine Menge hässlicher normannischer Verwandter. Die Erbin ist doch Eure Cousine, oder?«

Odos Gesicht wurde noch röter. »Die Stieftochter meines Vaters, mehr nicht. Und was wolltet Ihr damit eigentlich sagen?«

Aimery rang um Gelassenheit. Dem König würde es nicht gefallen, wenn man an seinem Tisch kämpfte, schon gar nicht, wenn es um Sachsen und Normannen ging. Er wandte sich wieder den anderen zu. »Also, wer will jetzt eine Wegbeschreibung nach Baddersley, um sich auf Erbinnenjagd zu machen?«

»Der König wird einen Gemahl für sie bestimmen«, meinte einer, verdrossen vom Weingenuss. »Ich nehme an, es würde keine Rolle spielen, wenn sie mir plötzlich zugeneigt wäre. Also, warum sich ins Zeug legen?«

»Das stimmt.« Boshaft fügte Aimery hinzu: »Und es könnte sein, dass sie dir deine Avancen ganz schön schwer macht. Vielleicht findest du dann heraus, dass sie das Temperament einer Harpyie hat.«

Das schien ihren Reiz jedoch nicht zu mindern.

»Ich würde auch einem Ungeheuer Avancen machen, wenn es um eine hübsche Baronie ginge«, erklärte Stephen de Faix, und alle pflichteten ihm johlend bei. Stephen war ein stattlicher, beliebter junger Mann, der das Leben leichtnahm und es sich nach Kräften gut gehen ließ, was seinen ehrgeizigen Zielen oft im Wege stand. Gegen eine reiche Erbin als Braut hätte er wahrlich nichts einzuwenden. »Nun erzähl uns doch, Odo, wie schlimm ist sie denn wirklich?«, fragte er.

»Madeleine ist ziemlich ungestüm«, erwiderte der Gefragte. »Aber man kann jede Frau gefügig machen. Im Bett muss man ein solches Weib eben knebeln, und den Rest der Zeit ignoriert man sie.«

»Beim Kreuze Christi«, erklärte ein anderer, »ich würde die hässlichste Vettel heiraten, wenn ich nur eigenes Land bekäme. Zum Amüsement findet sich immer irgendein hübsches Weib. Aber jetzt erkläre uns näher, wie schrecklich sie ist.«

Odo war offenbar klar, dass es für ihn nur von Vorteil sein konnte, die Erbin von Baddersley in ein möglichst schlechtes Licht zu rücken, und er schmückte sein Gruselmärchen mit einigen vagen Hinweisen aus.

Am Ende des Mahls waren alle überzeugt, dass Madeleine de la Haute Vironge hässlich und verkrüppelt sei und obendrein noch eine böse Zunge habe, weshalb der König sie auch so versteckt hielt.

Dennoch hätte keiner von ihnen gezögert, sie zu heiraten.

Aimery spürte fast so etwas wie Mitleid mit dem Mädchen. Er erinnerte sich noch gut an wunderschöne, dunkle, feurige Augen und einen wohlgeformten, geschmeidigen

Körper. In seiner Gesellschaft hatte sie ihre Zunge gezügelt, selbst wenn sie zornig gewesen war.

Doch er verscheuchte seine freundlichen Gefühle rasch wieder. Offenbar schaffte es dieses Weib, ihn selbst aus der Ferne zu verhexen. Er wusste doch nur zu gut, wie grausam und habgierig sie war! Wenn einer der Männer hier ihr Gemahl würde, wüsste er immerhin, was ihn erwartete, und ließe sich nicht von einem wohlgeformten Körper und schönen Augen täuschen. Umso besser.

Aimery wurde aus seinen Gedanken gerissen, als der König ihn aufforderte, ein Lied zu singen. Er trat in die Mitte, wohl wissend, dass die lodernden Fackeln sein goldenes Haar und seinen Schmuck beleuchten würden. Beim Vorbeigehen sah er, wie sein Vater das Gesicht verzog. Vielleicht war er deshalb vorsichtiger, als er zunächst beabsichtigt hatte, und trug statt englischer Lieder ausschließlich beliebte normannische Weisen vor.

Die Königin erbat sich ein lustiges Lied über einen Fisch und einen Apfel. Danach beugte sich Lady Judith vor. »Lord Aimery, kennt Ihr das Lied von Lord Tristan und Lady Yseault?«

Aimery sah, wie ihre Augen glänzten, und entgegnete höflich-distanziert: »Jawohl, Lady. Ich werde es für Euch spielen.« Er kannte Frauen wie Lady Judith und wollte sich keinen Ärger damit einhandeln, dass sich eine der Frauen, die vom König als hohe Belohnung gehandelt wurden, für ihn interessierte. Doch es war ein Glück, dass sie offenbar Geschmack am englischen Stil gefunden hatte, denn ihr Schicksal würde zweifellos bei den Engländern liegen.

Während er das Lied vortrug, überschlug er im Stillen die möglichen Kandidaten. Am naheliegendsten wäre eigentlich Edwin gewesen, doch ihm war bereits Agatha versprochen; Edgar Etheling war der einzige männliche Nachkomme der englischen Königsfamilie, doch er war ein schwächlicher junger Mann ohne jede Macht, und wahrscheinlich würde er auch nie welche besitzen; Edwins Zwillingsbruder Morcar konnte Bedeutung erlangen, aber er hatte noch nicht viel erreicht; und Gospatric, Graf von Northumbria, war verheiratet.

Wie stand es um Waltheof?

Waltheof, Sohn des Siward von Northumbria, besaß zwar nur ein paar Herrenhäuser, doch er war einer der bedeutendsten Männer in ganz England, da ihm seine Herkunft einen festen Anspruch auf die Grafschaft Northumbria sicherte. Darüber hinaus besaß er bemerkenswerte persönliche Stärken. Waltheof hatte etwas an sich, das die Menschen magisch anzog. Man erzählte sich, sein Großvater habe eine Frau geheiratet, die halb Fee, halb Bärin war.

Wenn Wilhelm klug war, und das war er zweifelsohne, würde er Waltheof Siwardson an sich binden.

Aimery blickte zu Waltheof, der aufmerksam lauschte, ein leises Lächeln auf dem ovalen gutgeschnittenen Gesicht. Er hatte zwar etwas Elegantes an sich, doch noch nie hatte ihn jemand für einen schwachen Kämpfer gehalten. Seine Kleidung und sein Schmuck waren fast ebenso englisch geprägt wie Aimerys, nur bevorzugte er dunklere Farben. Waltheofs merkwürdige bernsteingelbe Augen schweiften im Saal umher und fielen schließlich auf Judith, die dem Lied völlig hingerissen lauschte.

Waltheof ahnte also etwas. Vielleicht war die Sache sogar schon beschlossen. Meine liebe Lady Judith, Ihr habt ein interessantes Wyrd, dachte Aimery.

Er sang noch immer und ließ den Blick weiter durch den Raum wandern. Plötzlich sah er einen Neuankömmling und sang prompt eine Note falsch: Soeben betraten Robert d'Oilly und ein Bewaffneter den Saal. Aimery fürchtete, dass es sich dabei um den Mann handelte, der den Kampf bei der Flucht aus der Sklaverei überlebt hatte.

Er zwang sich, den Blick abzuwenden, und hoffte, dass er keinen Vers unterschlagen oder doppelt gesungen hatte. Je weniger man auf ihn achtete, desto besser. Doch eigentlich war diese Vorstellung lächerlich, denn er saß hier ganz allein in der Mitte des Saals, in Gold und Scharlachrot gewandet. Er konnte nur hoffen, dass der Gegensatz zwischen ihm und einem zerlumpten, dreckstarrenden Gesetzlosen groß genug war, um ein Wiedererkennen zu verhindern.

Sobald Tristan und Yseault ihr trauriges Ende ereilt hatte, stürmte d'Oilly vor. »Mein Lordkönig!«, rief er laut. »Ich bringe Nachricht von Mord und Totschlag!«

»Ach, noch ein wenig Unterhaltung?«, fragte Wilhelm. »Seid willkommen, Lord Robert. Habt Ihr schon gegessen?«

D'Oilly kam näher, bis er fast neben Aimery stand, der sich über seine Leier beugte und sie stimmte. Er war ein korpulenter Mann in mittleren Jahren, stark, hart und nicht besonders klug.

»Nein, Sire, ich möchte jetzt noch nichts essen«, meinte d'Oilly. »Wir haben einen gefährlichen Unhold in unserer Mitte, Sire.«

Der König blickte sich um. »Dutzende, Lord Robert, Dutzende«, sagte er trocken. »Aber kommt und erzählt uns Eure Geschichte.«

Mit einem Wink gebot d'Oilly seinem Begleiter vorzutreten. »Dieser Mann kann sie besser erzählen, denn er war dabei. Er ist der einzige Überlebende eines furchtbaren Massakers.«

Aimery beschloss, dass seine Position auch ihre Vorteile hatte. Der Mann war offenbar von Ehrfurcht übermannt und hatte nur Augen für den König. Er achtete bestimmt auf niemanden, der so nahe bei ihm stand.

»Sire«, berichtete der Mann nervös, »ich und vier Gefährten wurden von einem Riesen angefallen, der alle bis auf mich niedergemetzelt hat.«

Der König blickte ihn an. »Nun kommt schon, Mann – das klingt zwar faszinierend, aber eine richtige Geschichte ist das nicht. Könnt Ihr nicht ein bisschen ausführlicher erzählen? Was für ein Riese war das denn? Wie viele Köpfe hatte er?«

Die Augen des Mannes wurden groß. »Einen, Sire. Es war nur ein Mann, Sire. Aber ein sehr großer.«

»Aha. Und er hat vier Soldaten getötet. Mit bloßen Händen?«, fragte Wilhelm weiter. »Klingt wieder mal nach diesem verdammten Goldenen Hirsch.«

»Ja, Sire«, sagte der Mann.

Der König musterte ihn ernster. »War es diese Kreatur, die sich Goldener Hirsch nennt?«

Der Mann schüttelte heftig den Kopf. »N-Nein, Sire. Aber es ... er hat mit bloßen Händen getötet. Oder zu-zumindest am Anfang«, stotterte er. Offenbar wünschte er sich sehnlichst, der Boden möge sich auftun und ihn verschlingen. »Anfangs tat er das. Er hat an der Brücke gearbeitet, Sire. Dann hat er Pierre mit bloßen Händen getötet und ihm sein Schwert abgenommen. Als Nächstes hat er Loudin geköpft und Charlot durchbohrt. Gregoire wurde von dem anderen umgebracht.«

»Noch ein Riese?« Der König tat erstaunt, doch Aimery merkte, dass er diesen Auskünften aufmerksam folgte.

»Nein, Sire. Noch ein Sklave. Er hat Gregoire die Kehle aufgeschlitzt.«

Aimery sah, dass sich d'Oillys Gesicht bei dem Wort Sklave zu einer Grimasse verzog.

Er lächelte grimmig. Bestimmt war dem Bewaffneten befohlen worden, kein Wort über die näheren Umstände zu verlieren.

Nun gut, d'Oilly war bekannt dafür, dass er nicht sonderlich klug war, und er zeigte es jetzt auch deutlich.

»Sklave«, wiederholte der König nachdenklich. »Wie seid Ihr an Sklaven gekommen, Lord Robert? Schon seit Jahrzehnten werden die Leute nicht mehr versklavt, wenn sie etwas ausgefressen haben.«

D'Oilly brach in Schweiß aus. »Äh – richtige Sklaven waren es natürlich nicht, Sire, eher Arbeiter. Wir brauchten Leute, um die Burg und die Brücke zu bauen.«

»Es handelte sich also um Tagelöhner?«

»Äh – nein, Sire. Wir brauchten zusätzliche Arbeitskräfte, und deshalb … Aber wir hätten sie natürlich nach Fertigstellung der Arbeiten entlohnt, Sire.«

»Ach so?«, meinte der König skeptisch. »Und dieser Riese war wohl gegen die verspätete Entlohnung, und deshalb hat er vier Wächter getötet.« Er beugte sich vor. Aus seiner Miene war sämtliche Belustigung geschwunden. »Euch ist recht geschehen! Entweder Ihr behandelt meine Untertanen gerecht, oder Ihr bekommt meinen Zorn zu spüren!«

Robert d'Oilly erbleichte, und manch anderer begann unruhig mit den Füßen zu scharren und beschloss, seine Rekrutierungspraktiken zu überdenken.

Nach einer Weile lehnte sich der König wieder zurück. »Aber ich würde wirklich gerne wissen, wie dieser Riese vorgegangen ist. Vielleicht müssen ja Eure Bewaffneten ihre Fähigkeiten wieder ein wenig schulen.«

»Er kämpfte wie ein Teufel!«, protestierte der verängstigte Mann. »Er hat sein Schwert wie ein geübter Krieger geschwungen. Ich schwöre, nur wenige in diesem Raum könnten es mit ihm aufnehmen. Er hat es nach mir geworfen, als ich wegrannte; beinahe hätte er mich damit aufgespießt.«

Der König runzelte die Stirn und dachte nach. Doch schließlich meinte er nur: »Lord Robert, der Verlust Eurer Männer tut mir leid, aber Ihr habt meine Gesetze gebrochen. Mein Volk soll nicht versklavt werden. Ein Lord hat Anspruch auf die ihm zustehenden Arbeiter, aber auf keinen Mann mehr, wenn der nicht einwilligt und nicht ordnungsgemäß bezahlt wird. Damit ist die Sache abgeschlossen. Eine Bestrafung der versklavten Männer kommt nicht infrage, ebenso wenig die Forderung nach Wergeld oder anderen Entschädigungen.«

Nach einem bitteren Moment verneigte sich Robert d'Oilly

zum Zeichen seiner Einwilligung. Als er sich abwandte, um sich einen Sitzplatz zu suchen, fuhr der König fort: »Sagt mir Bescheid, wenn Euch dieser riesige Krieger noch einmal über den Weg läuft, Lord Robert. Ich wäre sehr an seiner Bekanntschaft interessiert. Wissen denn Eure Leute, wer er ist?«

»Nein, Sire, er war nur auf der Durchreise. Manche behaupten sogar, es war ein Schwachsinniger, der von seinem Meister als Lastenträger benutzt wurde. Solche Leute kann man nicht durchschauen.«

»Hm. Ich bezweifle, dass er seiner Sinne nicht mächtig war, denn in diesem Fall hätten Eure Wachen ja wirklich ein trauriger Haufen sein müssen.« Dann lächelte der König auf eine Art, die diejenigen, die ihn besser kannten, besonders wachsam stimmte. »Doch nun kommt, nehmt Platz und lasst es Euch schmecken. Euer Mann kann sich derweilen ja zu mir setzen und mir noch ein wenig von dieser wundersamen Geschichte berichten.«

D'Oilly wurde an einen Tisch geführt und bewirtet. Sein Bewaffneter saß neben dem König und hatte einen ausgezeichneten Blick auf Aimery de Gaillard, der nach wie vor in der Mitte des Saals feststeckte und von allen beachtet wurde. Aimery lächelte und stimmte eine fröhliche Weise an.

Es passierte nichts weiter. Der Bewaffnete wagte kaum, den Blick zu heben, und wurde vom König bald wieder entlassen.

Er wirkte äußerst dankbar, der königlichen Aufmerksamkeit unversehrt entkommen zu sein. Aimery konnte ihn gut verstehen.

Schließlich forderte der König einen anderen auf, für Unterhaltung zu sorgen, und wies Aimery an, sich auf den Schemel zu seinen Füßen zu setzen. Sein Lächeln war ausdruckslos. »Offenbar hast du deine Fertigkeiten nicht verloren, Aimery.«

»Das hoffe ich, Sire, und ich hoffe auch, Euch eine Freude gemacht zu haben.«

»Ja, das hast du. Morgen wird ein Bogenwettkampf stattfinden. Wie geschickt bist du denn in der Bogenkunst?«

»Es geht, Sire. Richtig gut bin ich darin nicht.«

»Und bei den Reiterspielen?«

»Da sollte ich meinem Herrn eigentlich einige Punkte einbringen.«

»Im Schwertkampf?«

Aimerys Blick begegnete dem des Königs. Hatte es mit dieser Frage eine besondere Bewandtnis? »Ich glaube, im Schwertkampf bin ich recht gut, Sire.«

Der König nickte nachdenklich, dann schweifte sein Blick über Aimerys Schmuck. »Wenn meine Schätze einmal zur Neige gehen, stecke ich dich ins Feuer und schmelze dich. Da, nimm, offenbar hast du eine Vorliebe für solche Dinge.« Er streifte einen Ring aus geflochtenem Golddraht ab. Es war eine ungewöhnliche Arbeit, vielleicht von den Sarazenen aus weit entfernten dunklen Ländern, auf alle Fälle nicht aus England. Wilhelm steckte den Ring auf Aimerys linken Mittelfinger. »Eine Belohnung, Aimery. Trage ihn!«

Kannte Wilhelm die Bedeutung eines Rings? Wusste er, dass derjenige, der einen Ring verschenkte, ein großer Lord war, dem der Empfänger bis in den Tod und darüber hinaus verpflichtet war? Aller Wahrscheinlichkeit nach schon.

Aimery verneigte sich. »Ich werde ihn hüten, mein Lehnsherr.«

Der König bedachte ihn mit einem strengen Blick. »Du solltest ihn jedenfalls tragen. Schön und gut«, meinte er, als ob zwischen ihnen etwas geregelt worden sei, »was hältst du von diesem Riesen?«

Aimerys Herzschlag beschleunigte sich. Er bemühte sich, möglichst ruhig zu wirken. »Klingt, als ob sich ein Bauer nicht länger ungerecht behandeln lassen wollte, Sire.«

»Ungewöhnlich, findest du nicht? Und dass er mit dem Schwert umgehen konnte?«

»Mit Verlaub, Sire, aber dieser Wächter musste sich schon

eine gute Geschichte einfallen lassen, um es nicht so aussehen zu lassen, als wären d'Oillys Bewaffnete feige gewesen. Zweifellos waren sie betrunken, und der Bauer hatte einfach nur Glück.«

Wilhelm lächelte. »Das könnte gut sein. Und was hältst du vom Goldenen Hirsch?«

Aimery bemühte sich um einen höflich fragenden Gesichtsausdruck. »Der Goldene Hirsch, Sire? Angeblich ist er ein Rebell aus dem Volk. Ich vermute allerdings eher, dass da eine Legende entsteht und es sich gar nicht um eine reale Person handelt.«

Der König beobachtete ihn mit einem durchdringenden Blick. »Ist das alles, was du darüber weißt?«

Aimery wich seinem Blick aus. »Ich glaube nicht, dass der Goldene Hirsch eine ernsthafte Bedrohung für Euch darstellt, Sire.«

»Das weiß ich«, erwiderte Wilhelm brüsk. »Niemand stellt eine ernsthafte Bedrohung für mich dar.« Wie um diese Behauptung zu bekräftigen, winkte Wilhelm Edwin von Mercia zu. Der Graf sprang sofort auf und eilte herbei. »Graf Edwin, morgen werden wir ein Turnier veranstalten. Es würde mich freuen, wenn man mir einige der englischen Fertigkeiten zeigen würde, vor allem den Umgang mit Speer und Streitaxt. Glaubt Ihr, einige meiner englischen Untertanen könnten das für mich organisieren? Der prahlerische Bastard hier zu meinen Füßen nimmt sicher auch gerne daran teil.«

Edwin verneigte sich eilfertig. »Selbstverständlich, Majestät!«

Aimery hatte sich jahrelang kaum mehr in den englischen Kampfkünsten geübt, und deshalb waren seine Leistungen am nächsten Tag nicht überragend.

Den Speerwurf hatte er auf der Jagd geschult und traf auch zweimal in die Mitte. Mit der Wurfaxt traf er das Ziel sogar jedes Mal, schrieb dies aber eher dem Glück zu. Auch wenn die Wurfaxt nicht so viel wog wie eine Streitaxt, war sie trotzdem noch schwer genug.

Als Leo ein ziemlich vernichtendes Urteil über seine Leistung fällte, meinte Aimery nur: »Sieh mal, eine Axt dient dazu, Menschen in Stücke zu hauen, und dazu braucht man nicht viel Geschick, eher brutale Kraft. Eine Axt zu werfen ist ebenso sinnvoll wie ein Pferd zu werfen – und ungefähr genauso schwer. Wenn du mir nicht glaubst, kannst du es gerne einmal selbst versuchen.«

Also übernahm Leo die Axt. Seiner großen Körperkraft war es zu verdanken, dass er sich gar nicht so schlecht anstellte, doch von drei Versuchen waren nur zwei erfolgreich. Als er zurückkam, fuhr er sich über die Schulter und meinte: »Puh! Ich glaube, ich würde lieber mein Pferd werfen. Und was macht man eigentlich in einer Schlacht, wenn man seine Axt geworfen hat?«

Aimery lachte. »Das wollte ich auch schon immer wissen. Ich glaube, es ist einfach nur eine noble letzte Geste, bevor man nach Walhalla einkehrt.«

»Wenn wir schon von noblen Gesten sprechen – der König hat mir die Aufgabe übertragen, die Schwertkämpfe zu organisieren. Ich habe dich gegen Odo de Pouissey aufgestellt«, verkündete Leo.

»Soll ich mich darüber etwa freuen?«

»Ich finde schon. Zwischen euch herrscht ganz offensichtlich keine Liebe. Der Schwertkampf ist kein Kinderspiel, und man kann damit seine Gefühle ganz gut ausleben.«

»Der Mann ist ein Narr, wenn er betrunken ist, und nüchtern ist er ein Langweiler. Ich habe Besseres zu tun, als mich mit ihm abzugeben.«

Leo blickte ihn vorwurfsvoll an, dann schüttelte er den Kopf. »Manchmal bist du wirklich ein verdammter Sachse!«

»Stimmt. Aber jetzt komm mit zu den Zielscheiben.«

Selbst der König nahm am Bogenwettkampf teil. Er schlug sich wacker, zeigte aber kein Missfallen an denen, die besser waren als er. Dem Gewinner überreichte er einen Silberkelch.

Das Quintanrennen überließ Wilhelm den jüngeren Männern. Er meinte nur, es sei eines Monarchen unwürdig, in einem Spiel bewusstlos geschlagen zu werden.

Obgleich er es als Spiel bezeichnet hatte, war ein Quintanrennen anstrengende Arbeit. Es war die Grundlage der normannischen Kriegsführung zu Pferde, mit der sie in ganz Europa Erfolg gehabt hatten und die ihnen auch den Sieg bei der Schlacht von Senlac eingebracht hatte. Aimery traf mit seiner schweren Lanze sein Ziel jedes Mal. Die Ungeschickteren wurden aus dem Sattel geschleudert. Odo de Pouissey und Stephen de Faix schafften es ebenfalls, auf ihren Rössern zu bleiben, verfehlten ihre Ziele aber knapp. Wilhelm verlieh den Preis – einen schönen Dolch mit einem bernsteinverzierten Knauf – an Aimery.

In der Pause ließen sich die Wettkämpfer Spanferkel und Ale munden. Als Odo neidisch auf den Dolch in seiner vergoldeten Scheide glotzte, wusste Aimery, was ihn beim Schwertkampf erwartete.

Die Waffen waren stumpf, die Kämpfer trugen Kettenhemd und Helm und am linken Arm einen langen Schild. Dennoch war die Sache nicht allzu leichtzunehmen.

Aimery hatte gehofft, dass sich Odos Feindseligkeit ihm gegenüber mittlerweile gelegt hätte, aber dem war wohl nicht so.

»Ihr bildet Euch also ein, dass Ihr so gut wie ein reinblütiger Normanne kämpfen könnt?«, zischte sein Widersacher, sobald sie sich gegenüberstanden.

»Seid kein Narr«, erwiderte Aimery und beobachtete, wie Odo Füße und Schwert bewegte. »Es ist doch alles eine Sache der Ausbildung, und ich habe die normannische Ausbildung vollständig genossen.« Er verlagerte das Gewicht und trat einen Schritt zurück. Odo erwiderte den Zug einen Bruchteil zu spät. War er ungeschickt, oder hatte er wie üblich zu viel getrunken? An und für sich hatte er einen guten Ruf als Kämpfer.

Odo schwang das Schwert, und Aimery fing es mit seinem Schild ab. Jetzt hätte er einen tödlichen Stoß auf Odos ungeschützten Körper ausführen können, doch das war in einem Übungskampf nicht erlaubt; außerdem hätte er Odos Familie Wergeld zahlen müssen. Er hoffte nur, dass Odo das klar war und dieser ihn nicht so sehr hasste, dass er bereit wäre, für seinen Tod eintausendzweihundert Schillinge auszugeben.

Sicher wäre ihm diese Summe keinesfalls zu hoch erschienen, wenn er gewusst hätte, dass es Aimery gewesen war, der seinen Angriff auf die Erbin von Baddersley vereitelt hatte. Als ihm diese niederträchtige Tat wieder einfiel, begann Aimery zu denken, dass es vielleicht doch nicht so schlecht wäre, Wergeld für Odo zu zahlen.

Sie traten beide zurück und ließen ihre Schwerter gegeneinander und dann wieder gegen ihre Schilde klirren. Die Kampfgeräusche und die Konzentration verdrängten alles andere. Einer von Aimerys größten Fehlern, wie seine Lehrer immer behauptet hatten, war es, dass er einen Übungskampf einfach nicht ernst genug nahm. Doch mit diesem Gegner spürte er sehr zu seiner Überraschung den Blutrausch des Kampfes, die Entschlossenheit, die für einen tödlichen Streich notwendig war. Das war bestimmt auf Odos versuchte Vergewaltigung zurückzuführen.

Aimerys Reaktionen wurden schneller, während er Schläge parierte und austeilte. Er landete einen Volltreffer auf Odos gepanzerter Schulter. Odo stolperte rückwärts und starrte ihn wütend an, dann stürmte er wieder vor, um sich zu rächen.

Der Kampf wurde immer verbissener. Aimery schützte sich wie in einer Schlacht, und sein Schwert wie sein Schildarm kribbelten von den Treffern, die er abfangen musste. Die Hand, mit der er das Schwert umklammert hielt, begann zu schmerzen; Schweiß rann ihm in die Augen. Die Begeisterungsrufe über diesen heftigen Kampf drangen kaum an sein Ohr, seine ganze Aufmerksamkeit galt dem Gegner.

Sie verhakten sich, Schild an Schild, Schwert an Schwert, stießen sich voneinander ab, starrten sich an, nutzten den Moment, um kurz Atem zu holen. Aimery wischte sich den Schweiß von der Stirn. Plötzlich erregte etwas hinter Odo seine Aufmerksamkeit.

Eine Person.

D'Oillys Bewaffneter sah dem Kampf zu.

Der Moment der Unaufmerksamkeit war rasch vorüber, doch Odo nutzte seinen Vorteil. Er sprang vor, Aimery wehrte die Klinge seines Gegners mit dem Schwert ab, aber dabei streifte Odos Schild schmerzhaft seinen Oberschenkel. Er geriet ins Stolpern und entkam nur knapp der Schildspitze, die ihm Odo in den Fuß rammen wollte. Die Menge quittierte diesen unfairen Zug mit einem empörten Aufschrei.

Aimery attackierte Odo erneut und immer heftiger. Er wollte den Mann unbedingt schlagen. Wie in einem richtigen Kampf auf Leben und Tod ging der Schmerz vorbei. Er parierte die mächtigen Hiebe seines Gegners und verkeilte seinen Schild mit dem von Odo, als ob seine Kraft endlos wäre. Schließlich traf er Odo wie geplant genau an der Stelle seiner Schulter, die ihm bestimmt noch wehtat. Odo ließ seinen Schild leicht sinken, und Aimery versetzte ihm einen kurzen Schlag auf das Handgelenk, sodass er das Schwert fallen ließ.

Doch sogleich griff Odo wieder danach. Er hätte weiter gekämpft, aber nun erklang das Horn, das das Ende des Kampfes verkündete. Der König beglückwünschte beide Männer, sprach jedoch Aimery den Sieg zu, da es ihm gelungen war, seinen Gegner zu entwaffnen. Odo schnaubte wütend und stolzierte davon. Aimerys Aufmerksamkeit schweifte wieder zu d'Oillys Mann. Dieser sah hoch, als spürte er, dass ihn jemand anschaute, und einen Moment lang trafen sich ihre Blicke.

War seiner Miene etwas zu entnehmen? Nein, beschloss Aimery, nichts weiter. Falls der Mann ihn erkannt hatte und beabsichtigte, ihn beim König zu verraten, konnte Aimery nichts dagegen tun. Er setzte sich zu seinen Freunden und sah zu, wie Leo Stephen de Faix besiegte.

Sein Bruder war ein großer, starker, dabei aber überraschend gewandter Mann, der mit dem Schwert meisterhaft umzugehen verstand. Stephen gab sich große Mühe, doch es war von Anfang an klar, dass er nur darauf hoffen konnte, diesen Schlagabtausch unversehrt zu überstehen.

Aimery musste noch zwei Mal antreten. Er schaffte es, währenddessen nicht an d'Oillys Bewaffneten zu denken, und obgleich sein Körper noch vom ersten Kampf schmerzte, schlug er sich wacker. Wenn er es nicht mit seinem Bruder als letzten Gegner zu tun bekommen hätte, hätte er vielleicht sogar den Gesamtsieg davongetragen.

»Du holst zu oft von der rechten Seite aus«, keuchte Leo, als sie kameradschaftlich nebeneinander auf der Wiese lagen und sich ausruhten.

»Wenn ich gegen dich kämpfe, du großer Ochse, ist es egal, von welcher Seite ich aushole.«

»Stimmt.« Leo schüttelte das schweißnasse Haar. »Aber du solltest nicht so berechenbar sein. Das hätte dir schon längst jemand austreiben sollen.«

»Ich glaube, man hat es versucht.« Aimery winkte Geoffrey zu, der zu ihnen trat und fröhlich einen Eimer Wasser über sie goss. »Aber ich habe mir trotzdem noch nie einen echten Schwerthieb eingefangen.«

»Niemand sieht dir in einer Schlacht zu. In einem Zweikampf würde es ein guter Gegner sofort herausfinden. De Pouissey hätte es merken müssen. Ich hätte dich ein halbes Dutzend Mal töten können.«

Aimery setzte sich auf und streifte das feuchte Haar aus dem Gesicht. Er musterte seinen Bruder ernst. In seiner momentanen Lage war ein Zweikampf auf Leben und Tod gar nicht so unwahrscheinlich. »Wer ist denn der beste Schwertkämpfer in dieser Gegend?«

»Ich«, erwiderte Leo mit einem wölfischen Grinsen. »Ich muss erst in ein paar Wochen wieder nach Hause. Uns sollte also genügend Zeit bleiben, um ein wenig zu arbeiten. Aber wenn du nicht schnell lernst, kleiner Bruder, wirst du grün und blau geprügelt.«

Leo hielt Wort, und es zeigte sich auch, dass er Aimerys Schwachpunkte richtig erkannt hatte. Mit seinem stumpfen Schwert gelang es ihm viel zu oft, einen kräftigen Schlag auszuteilen, und trotz der dickwattierten Lederpanzer, die sie trugen, fühlte sich Aimery an manchen Tagen so zerschlagen, dass er kaum aus dem Bett kriechen konnte. Es fiel ihm auch nicht leichter, wenn der König oder sein Vater zuschauten und ein paar vernichtende Kommentare abgaben. Doch wenigstens war d'Oilly wieder abgezogen und hatte seinen Bewaffneten mitgenommen, ohne dass auf Aimery ein Verdacht gefallen war.

Der König verkündete die bevorstehende Hochzeit von Judith, Gräfin von Huntingdon, und Waltheof, dem zukünftigen Grafen. Auch wenn einige Normannen erbost waren, dass so ein Leckerbissen einem »englischen Schweinehund« vorgeworfen wurde, nahm man die Verlobung doch gerne zum Anlass für festliche Gelage. Gut gelaunt zog der Hof danach zur Ortschaft Huntingdon weiter.

Trotz der täglichen Übungskämpfe mit seinem Bruder genoss Aimery seine Zeit bei Hofe. Falls Wilhelm einen Verdacht gegen ihn hegte, verhielt er sich nicht entsprechend. Eine Zeit lang musste sich Aimery also nicht mit gegensätzlichen Bündnissen und ständigem Unrecht auseinandersetzen. Er begann zu hoffen, dass das Schlimmste überstanden sei. Der englische Adel schien Wilhelm endlich zu akzeptieren, abgesehen von gelegentlichen Aufständen der Schotten und der Waliser zeichnete sich ein Frieden am Horizont ab.

Allerdings war noch immer unklar, wie Hereward sich verhalten würde. Aimery fragte sich, ob es nicht allmählich an der Zeit wäre, eine Begegnung zwischen dem König und seinem Onkel zu arrangieren; doch momentan konnte er nichts in dieser Richtung unternehmen.

Offenbar ahnte niemand, dass er der berüchtigte Goldene Hirsch war. Tatsächlich wirkte sich die Legende sogar zu seinen Gunsten aus, denn während Aimery es sich in Huntingdon gut gehen ließ, brachte der Goldene Hirsch offenbar einen normannischen Ritter in Yorkshire um und setzte sich danach an die Spitze eines kleinen Aufstands in der Nähe von Shrewsbury.

Aimery ging auf die Jagd, feierte, sang und frönte der Liebe; er fühlte sich so sorglos wie nie seit Senlac.

Bis Gyrth auftauchte.

Eines Tages, Aimery kümmerte sich gerade um einen neuen Fuchswallach, den ihm der König geschenkt hatte, schlüpfte sein Gefährte plötzlich in den Stall.

»Nettes Pferd«, meinte Gyrth. »Wie heißt es denn?«

»Ich bin versucht, es Bastard zu nennen«, erwiderte Aimery mürrisch. »Der Gaul und ich müssen uns erst noch anfreunden. Was gibt es Neues?«

»Aus Rolleston nichts, aber aus Baddersley.«

Aimery blickte sich um und trat dann an eine Stelle, an der sie niemand belauschen konnte. »Was ist dort los?«

»Na ja – das kleine Miststück führt inzwischen ein ziemlich erbärmliches Leben.«

»Was ist passiert?«, fragte Aimery schneidend. »Was stellen sie mit ihr an? Wenn sie ihr etwas angetan haben, dann wird sich der König auf sie stürzen wie ein Rudel Wölfe im Winter.«

»Na ja«, meinte Gyrth. »Es geht um die Tante. Sie ist dabei, den Verstand zu verlieren.« Er kratzte sich an der Nase. »Mit ein wenig Hilfe von ...«

Aimery blickte ihn scharf an. »Was hast du getan?«

»Jeder weiß, dass die Tante leichtgläubig ist. Daraufhin

habe ich mit Aldreda einen Plan ausgeheckt. Wenn es so aussähe, als ob das Mädchen das eine oder andere falsch gemacht hätte, würde sie bestraft werden und vielleicht sogar ernsten Schaden nehmen. Dann bekämen de Pouissey und seine Frau den Zorn des Königs zu spüren. Er würde die beiden hängen lassen, und wir hätten sie alle los.«

Aimery wunderte sich, wie wütend er wurde. Aber der Plan war schlau. »Und was ist passiert?«, fragte er.

Gyrth grinste boshaft. »Du würdest dich wundern, was einer jungen Frau so alles einfällt. Na ja, mal sehen: Sie hat Salz in die Sahne gekippt und Sägemehl auf den Fußboden. Sie hat die beste Brosche der Lady ins Feuer geworfen und dem hässlichen kleinen Hund ein Stück Fell abrasiert. Es würde mich wundern, wenn das Mädchen in den letzten Wochen etwas anderes als Wasser und Brot zu essen bekommen hätte. Einmal ist ihr die Tante mit einer Kardierbürste zu Leibe gerückt und hat ihr die Haut vom Arm abgezogen. Das Beste war, als sie die Tunika zerschnitten hat, die die Tante für den lieben kleinen Odo nähen wollte. Da hat Dame Celia ein Holzscheit nach ihr geschleudert und ihr die Rippen gebrochen.«

Aimery wurde flau. Er sagte sich zwar, dass sie all das und noch viel mehr verdient hatte, aber dennoch wäre er am liebsten sofort zu ihr geeilt, um sie zu beschützen. »Bist du verrückt? Sie ist das Mündel des Königs. Hört sofort auf mit diesem Unsinn!«

»Sie hat bekommen, was sie verdient. Und ich weiß nicht, ob ich dem Ganzen noch Einhalt gebieten kann. Die Menschen in Baddersley sind so oft getreten worden, dass sie kaum noch menschlich sind. Jetzt können sie ihren Hass auf jemanden lenken, und das genießen sie in vollen Zügen.«

Aimery ging auf seinen Gefährten los und packte ihn unsanft am Arm. »Wenn das Mädchen stirbt oder ernsthaft verletzt wird, wird sich die Wut des Königs über die ganze Gegend ergießen. Setz diesem bösen Treiben sofort ein Ende!«

Gyrth starrte ihn überrascht an. »Willst du mir den Arm brechen?«, fauchte er. »Warum bist du auf einmal so zartfühlend? Ich dachte, du hättest dieses Mädchen endlich vergessen.« Als er Aimerys Miene bemerkte, wurde er vorsichtiger. »Ich tue, was ich kann. Aber wahrscheinlich wäre es besser, der Goldene Hirsch käme und sagte den Leuten, was sie tun sollen.«

Aimery ließ nicht locker. »Und warum sollte er das tun?«

Gyrth wand sich und versuchte, dem Blick seines Freundes auszuweichen. »Na ja … er ist es, der sie darauf gebracht hat … oder zumindest glauben sie das.«

»Der Goldene Hirsch ist tot«, sagte Aimery. »So tot, wie du es für mich sein wirst, wenn du diesen Namen noch einmal für deine Zwecke missbrauchst.«

Bei dieser Drohung verhärteten sich Gyrths Züge. Aimery ließ von ihm ab. »Zieh los, und bringe diese üble Angelegenheit in Ordnung, die du da ausgeheckt hast. Mich bringen keine zehn Pferde mehr nach Baddersley, und nachdem du die Sache geregelt hast, hältst du dich ebenfalls von diesem Ort fern. Der König scheint in Hochzeitslaune zu sein. Bestimmt organisiert er demnächst auch die Ehe der Erbin, möglicherweise gibt er sie einem Engländer, Morcar vielleicht. Alles Weitere wird man sehen. Aber kümmere dich um Himmels willen darum, dass das Mädchen heil ist, wenn der König nach Baddersley kommt!«

Aimery versuchte, nicht an Madeleine de la Haute Vironge zu denken, doch die Vorstellung, dass sie verfolgt, bestraft und geschlagen wurde, ließ ihm keine Ruhe. War ihr Mut gebrochen? Irrten die schönen dunklen Augen rastlos hin und her?

Sie hat es verdient, sagte er sich immer wieder. Sie hat verdient zu leiden, so, wie sie andere hat leiden lassen. Aber es half alles nichts – am liebsten wäre er sofort nach Baddersley geritten, um sie zu beschützen.

Doch das war unmöglich. Der König behielt alle im Auge und machte Politik. Wilhelm schürte die uralte Fehde zwischen Gospatric von Northumbria und Waltheof, dessen Vater und Großvater Graf gewesen waren. Er schenkte den Boten Gehör, die Nachrichten aus den Königreichen Schottland und Dänemark brachten, und stärkte das Selbstbewusstsein Edwins von Mercia. Interessant war, dass Waltheof inzwischen mit Judith verlobt, Edwins Ehe mit Agatha hingegen noch nicht offiziell beschlossen war.

Im Lager von Mercia wuchs darüber die Wut, nicht zuletzt, weil Edwin und Agatha mittlerweile einander offenbar aufrichtig zugetan waren. Aimery fand es schon fast anstößig, wie die beiden miteinander turtelten.

Die Stimmung am Hof wurde immer gespannter, doch Wilhelm war nach wie vor guter Dinge und versprach allen alles.

Aimerys Belohnung war nicht mehr zur Sprache gekommen, und er dachte schon daran, um Erlaubnis zu bitten, den Hof wieder verlassen zu dürfen, als der König ihn beiseitenahm.

»Ich habe dich beobachtet, Aimery, und das hat mich sehr beruhigt.«

»Sire?«

Der König musterte die Menge in seinem Saal, sah, wer mit wem redete, wer lächelte, wer düster wirkte. »Es sind schwierige Zeiten, mein Junge«, meinte er, »und das ist nicht mir zuzuschreiben. Ich suche bei meinen englischen Untertanen immer nach dem Guten.«

»Das weiß ich, mein Lehnsherr.«

Wilhelm nickte und sah Aimery direkt ins Gesicht. »Du wirst dich immer für mich einsetzen, nicht wahr?«

»Das ist stets mein Bestreben, Sire.«

Wilhelm grinste und nahm Aimery am Arm. »Ich gebe dir die Erbin von Baddersley.«

Aimery erstarrte. Ihm fiel keine passende Erwiderung ein.

Der König nahm die Hand wieder weg. »Soll ich deiner

Reaktion entnehmen, dass du dich nicht darüber freust?«, fragte er eisig.

Allmählich konnte Aimery wieder klarer denken. »Ich bin überwältigt, Sire. Aber ich muss mich doch um Rolleston kümmern.«

»In Rolleston läuft alles bestens, das hast du mir selbst erklärt. Aber wie ich höre, ist es um Baddersley schlecht bestellt. Hast du Angst vor der vielen Arbeit?«

Erleichtert stellte Aimery fest, dass der König nicht verärgert, sondern nur etwas verwundert war. »Du kennst das Anwesen doch, nicht wahr?«, fragte Wilhelm. »Es hat doch dieser Pest von Hereward gehört, wie Rolleston auch. Ist der Besitz nicht erstrebenswert?«

»Die Lage ist gut, Sire, und um das Herrenhaus liegt reiches Land, das gut entwässert worden ist.«

»Dann sag mir doch, warum du als Einziger von all den jungen Männern hier nicht zu geifern anfängst, wenn es um diesen Preis geht.«

Weil das mein Todesurteil wäre. Es gibt im Dorf von Baddersley einen, der mich für ein paar Silberlinge verraten würde; und wenn ich dem entkomme, wird die Erbin mich erkennen und Euch aufklären ...

Aber das konnte er dem König natürlich nicht sagen. Zum Glück fiel ihm eine andere Erklärung ein, in der sogar ein Körnchen Wahrheit steckte. »Gerüchten zufolge ist die Erbin hässlich und verschlagen«, meinte er. »Ich bin in einer glücklichen Familie aufgewachsen, umgeben von Liebe und Schönheit. Selbst für ein stattliches Anwesen möchte ich keine solche Frau heiraten.«

Der König packte Aimery an der Schulter. Aimery entdeckte Tränen in seinen Augen. »Wie recht du hast! Auch ich weiß, was eine gute Frau wert ist. Du bist klüger, als es deine Jahre vermuten lassen.« Doch dann schüttelte er seinen Patensohn kräftig. »Aber was ist, wenn diese Gerüchte falsch sind und das Mädchen in jeder Hinsicht gut ist?«

Nun wirkte der König belustigt. Er schien also zu wissen, dass die Erbin nicht hässlich war. »Dann bin ich ein Narr«, erwiderte Aimery, »und habe mich mutwillig um dieses großzügige Geschenk gebracht.«

Wilhelm ließ ihn los und begann, gedankenverloren auf und ab zu gehen. »Na gut«, sagte er schließlich, »überlassen wir die Sache dem Schicksal. Folge deinem Wyrd, wie es unsere Wikingervorfahren gesagt hätten.«

In der Miene des Königs lag eine Spur von Boshaftigkeit, die Aimery wachsam werden ließ.

»Die Königin wird sich eine Weile hier ausruhen«, erklärte Wilhelm. »Ich hingegen möchte mir einige der neuen Burgen anschauen. Wir werden Baddersley und die Erbin besuchen. Hast du den Gerüchten auch entnommen, dass die Lady ihren Gemahl selbst wählen darf?«

»Nein, Sire.« Rasch überschlug Aimery die Folgen dieser neuen, verheerenden Entwicklung und suchte nach einer Möglichkeit zur Flucht.

»Es stimmt aber, und deshalb werde ich außer dir, Stephen de Faix und Odo de Pouissey nur verheiratete Adlige mitnehmen. De Faix ist ein Mann, der bei Frauen stets gut ankommt, und de Pouissey ist der Demoiselle bekannt. Ich glaube, als Kind mochte sie ihn recht gern. Ihr seid es alle drei wert, sie zur Gemahlin zu bekommen. Die Lady kann sich einen von euch aussuchen.« Er blickte Aimery scharf an. »Bereust du deine Entscheidung jetzt?«

»Nein, Sire. Ich werde mich dem Wunsch Gottes und dem der Demoiselle beugen.« Damit war Aimery entlassen und konnte in Ruhe nachdenken. In welch missliche Lage war er da nur geraten!

Es war bestimmt nur eine Frage der Zeit, bis die Erbin ihn als Edwald erkennen und an den König verraten würde. Von dort zum Goldenen Hirsch und d'Oillys Riesen war es nur ein kleiner Schritt.

Doch selbst, wenn es nicht dazu kommen sollte, hatte er

nicht die geringste Lust, eine Frau zu heiraten, die darum gebeten hatte, unschuldige Menschen auspeitschen zu lassen.

Freilich würde sie sich nach de Pouisseys Angriff niemals für ihren Cousin entscheiden. Es trennte ihn also nur noch de Faix von einem Leben voller Elend. Er dankte Gott, dass de Faix ein Frauenliebling war, auch wenn ihm bei dem Gedanken, sie in den Armen eines anderen zu sehen, die Galle hochstieg.

Verrücktheit. Hexerei.

Dann fiel ihm Gyrths Geschichte wieder ein, die ihn vor ein ganz anderes Problem stellte.

Wenn sie bei ihrer Ankunft in Baddersley die Erbin ganz zerschunden vorfänden, dann würde jemand dafür bezahlen müssen. Er fürchtete, dass es wie immer letztlich das englische Volk treffen würde.

7

Madeleine lag matt im Bett und dachte wehmütig über ihre noblen Vorsätze nach.

Sie hatte alles versucht. Sie hatte alle Lebensmittelreste, deren sie habhaft werden konnte, an die Bedürftigsten verteilt. Sie hatte sie mit Heilkräutern und Ratschlägen versorgt. Sie hatte sogar im Garten des Herrenhauses gearbeitet, Unkraut gejätet und Wasser geschleppt. Und sie hatte die Grausamkeiten ihrer Verwandten zu verhüten versucht, wo immer es ihr möglich gewesen war.

Sie hatte einige gute Taten getan, das wusste sie genau. Dennoch blieben die Menschen unfreundlich, und inzwischen schien die ganze Welt verrückt zu spielen. Die seltsamsten Dinge passierten, ihrer Tante wurden immer wieder üble Streiche gespielt – und immer sah es so aus, als hätte Madeleine sie verursacht.

Tag für Tag hatte sie falsche Beschuldigungen über sich ergehen lassen und Schläge eingesteckt, dabei aber immer ihre innere Stärke bewahrt. Doch als sie die Wahrheit erfuhr, begann die Stärke zu schwinden.

Aldreda war zu ihr getreten. »Habt Ihr Euch eigentlich nie gefragt, warum wir all das tun, Lady Madeleine?«

In diesem Moment war Madeleine klar geworden, dass die Menschen in Baddersley den ganzen Ärger ausgeheckt hatten. Dieses Wissen war schmerzhafter gewesen als jeder Schlag. »Nein«, erwiderte sie dumpf. »Warum?«

»Befehle«, erklärte Aldreda ungerührt. »Vom Goldenen Hirsch. Wenn Euch Eure Tante das nächste Mal schlägt, denkt daran, dass er es angeordnet hat.«

Madeleine zweifelte nicht daran. Er hatte versprochen, sie

zu bestrafen, auch wenn sie nicht wusste, wofür. Und eigentlich spielte es auch gar keine Rolle. Er war grausam und nichtsnutzig. Aber Aldredas Worte raubten ihr den letzten Rest an Stärke und Mut. Sie legte sich ins Bett und fand keine Kraft mehr aufzustehen.

Was Dorothy ihr brachte, versuchte sie zwar zu essen, aber sie bekam kaum einen Bissen hinunter. Sie beobachtete die Schatten, die an den wunderschönen Sommertagen den Weg der Sonne markierten. Wenn der König jemals käme, würde sie ihn bitten, ins Kloster zurückkehren zu dürfen. Bestimmt war die Hölle, die sie hier durchlebte, eine Bestrafung dafür, dass sie das Kloster verlassen hatte, obwohl es der innigste Wunsch ihrer Mutter gewesen war, dass sie dort eintrat. Und auch eine Strafe dafür, dass sie diesen Gesetzlosen begehrt hatte.

Der König hatte zwar von ihr verlangt, das Kloster zu verlassen, aber wenn sie abgelehnt und vorgebracht hätte, dass ihre wahre Bestimmung im Kloster läge, hätte er nichts dagegen tun können. Und zu ihrem lüsternen Verhalten unten am Fluss hatte sie wahrlich niemand gezwungen. Das waren die einzigen Flecken auf ihrem Gewissen, die Gott dazu gebracht haben konnten, sein Antlitz von ihr abzuwenden. Jetzt verstand sie auch, wie es Harald Godwinson ergangen sein musste, als er sah, wie das normannische Heer das päpstliche Banner vor sich hertrug; als er sah, wie der Wind zugunsten der Eroberer umschlug, und merkte, dass Gott ihm zürnte.

Sie beobachtete gerade müßig eine Spinne, die in einer Ecke ihr Netz webte, als ihre Tante hereingestürmt kam. »Was liegst du hier herum, Mädchen? Du bist doch nicht krank! Steh auf, steh auf, geh hinaus in die Sonne! Du bist bleich wie ein Gespenst.«

»Lasst mich in Ruhe.«

Ihre Tante zerrte sie an den Haaren hoch. »Steh sofort auf! Der König kommt!«

Als Madeleine sie fassungslos anstarrte, schüttelte Dame Celia sie kräftig. »Du musst hübsch aussehen. Zweifellos bringt er deinen zukünftigen Gemahl mit, und wenn du findest, dass er nicht so freundlich ist wie unser lieber Odo, dann geschieht es dir ganz recht, du undankbares Gör!«

Madeleine stieß sie weg und rappelte sich hoch. Sie fühlte sich so schrecklich schwach, dass sie kaum stehen konnte. Ihr wurde schwarz vor Augen. »Der König?«

»Kommt her! Baddersley muss schnellstens hergerichtet werden!« Dame Celia fuchtelte mit den Händen in der Luft herum. »Wir haben kaum Decken und nur wenige Betten. Keine frischen Binsen …«

Sie packte Madeleine und schüttelte sie abermals. »Du kannst dich nicht ständig vor der Arbeit drücken, du Faulpelz!«

Madeleine befreite sich. Celia schlurfte zu einer Truhe und zog etwas heraus, was früher einmal ein großes Tuch gewesen sein musste. Es war in kleine Stücke zerschnitten.

»Elende Biester!«, kreischte sie. »Es ist doch wirklich nicht unsere Schuld, dass diese Menschen hier vom Teufel besessen sind. Der Goldene Hirsch ist daran schuld. Der verdammte Goldene Hirsch! Der König wird ihn finden, und dann werden wir schon sehen.« Sie starrte Madeleine wütend an. »Steh nicht so dumm rum! Tu etwas!«

Sie kniff Madeleine in die Wange, wenn auch nicht boshaft, und fuhr ungeschickt mit der Hand durch die wirren Haare des Mädchens. »Er muss sehen, dass wir uns gut um dich gekümmert haben. Das haben wir doch, oder etwa nicht?«

Madeleine begann zu lachen. Sie wurde richtig hysterisch, bis ihr die Tante eine leichte Ohrfeige versetzte. »Da kannst du mal sehen«, zischte sie. »Du bringst mich immer wieder dazu, so zu handeln. Aber Gott ist mein Zeuge – ich habe mein Bestes getan. Wenn du dich beim König über deine Behandlung beschwerst, muss ich ihm leider erzählen, wie es dazu kam – deine elende Undankbarkeit, deine Verrücktheit, deine Lüsternheit …«

»Ich bin unschuldig!«

»Ich kann nichts dafür, wenn dein Gemahl dich verstößt«, plapperte Dame Celia weiter. »Niemand kann mir die Schuld daran geben. Kein Wunder, dass dein Kloster dich rausgeworfen hat.«

»Keiner wird mich verstoßen. Ich bin Jungfrau.«

»Und deine Ausflüge in die Wälder?«, fuhr Celia ungerührt fort. »Ich möchte wetten, da hast du nichts Gutes getrieben. Odo hatte Glück, dass er dir noch mal entkommen ist.«

Madeleine begriff, dass man mit dieser Frau nicht vernünftig reden konnte. »Ja, Tante«, meinte sie beruhigend. »Du hast wahrscheinlich recht. Aber warum ruhst du dich jetzt nicht einfach ein bisschen aus?«

»Ruhen? Ruhen?«, kreischte die Frau und fuchtelte wieder wie wild mit den Armen herum. »Wie kann ich ruhen, wenn gleich der König kommt? Paul sagte, der König reist geschwind wie der Wind. Er könnte jeden Augenblick eintreffen, in wenigen Momenten!« Sie schlurfte hinaus und rief jedem, dem sie begegnete, die widersprüchlichsten Befehle zu.

Madeleine war schwach vor Hunger und Bewegungsmangel, doch sie spürte wieder neue Kräfte. Ihre Befreiung stand kurz bevor. Außerdem gehörte Baddersley ihr, und es sollte den König stolz begrüßen. Sie musste die Dinge in die Hand nehmen, und es sah so aus, als ob ihr das endlich erlaubt wäre. Sie ließ sich von Dorothy die Haare kämmen und zu einem Knoten binden, um besser arbeiten zu können. Dann zog sie sich ein praktisches braunes Leinengewand an – wobei sie zusammenzuckte, als sie dabei an ihre verletzten Rippen kam – und ging daran, das Kommando über ihr Heim zu übernehmen.

Dame Celia hielt sich in ihrer Kammer auf, sie jammerte

und plapperte wirres Zeug. Madeleine braute ihr einen Beruhigungstrank. Mit dessen Hilfe würde sie eine Weile schlafen. Paul de Pouissey war fast ebenso aufgeregt wie seine Frau, doch seine Erregung führte dazu, dass er die Leute noch heftiger dazu antrieb, die Palisade fertigzustellen. Er würde es wohl nicht mehr rechtzeitig schaffen, aber immerhin stand er Madeleine so nicht ständig im Weg.

Sie begutachtete die Nahrungsvorräte und stellte fest, dass sie wohl reichen würden, da es inzwischen auch wieder frische Feldfrüchte gab. Der Besuch des Königs würde später zu einer Knappheit führen, doch momentan konnte sie sich damit nicht befassen.

Es gab genügend Ale und Fleisch, doch nur wenig Wein. Sie versuchte, ihrem Onkel ein paar Münzen abzuschwatzen, um Wein zu kaufen, doch er rückte kein Geld heraus und meinte nur, er habe keines dafür übrig. Zur Fertigstellung der Mauer hatte er inzwischen auch einige Fremde eingestellt, die er entlohnen musste.

Madeleine ließ ein Kalb schlachten, mit dessen zartem Fleisch der Speiseplan bereichert werden konnte. Als Nächstes ließ sie verschiedenste Kuchen und Süßspeisen zubereiten. Dann rief sie Hengar, den Förster, herbei und erkundigte sich nach dem Wildbestand. Offenbar gab es genug Wild, um dem König eine vergnügliche Jagd zu bescheren und den Koch weiter mit Fleisch zu versorgen. Hengar war offenkundig verlegen; ihr fiel ein, dass er mit Aldreda verheiratet war. Wahrscheinlich rechneten die Leute damit, dass sie sich beim König über sie beschweren würde. Das hatte sie jedoch nicht vor, sie wollte ja vor allem ihren Onkel und ihre Tante loswerden, aber sie beschwichtigte die Sorgen der Menschen auch nicht. Sollten sie ruhig ein bisschen ins Schwitzen kommen vor Angst.

Als Nächstes inspizierte sie die Ställe, die sich wie alles in Baddersley in einem desolaten Zustand befanden. Das tat ihr besonders leid, denn sie mochte Pferde und sah nicht ein, warum sie leiden sollten. Deshalb zog sie heimlich ein paar Leute von den Bauarbeiten ab und befahl ihnen, die schlimmsten Mängel an den Ställen zu beseitigen.

Die hölzerne Burg kam ihr wenig gelungen vor, die Fertigstellung der Palisaden lag weit hinter Plan; aber das war nicht ihr Problem, sondern das ihres Onkels.

Es gab nur drei Betten in Baddersley – ein großes im Obergeschoss, das sich Onkel und Tante teilten, und je ein schmales in den beiden Schlafkammern. In einem schlief sie, das andere war für Odo oder für hohe Gäste reserviert. Sie ließ die Matratzen lüften und die Decken waschen. Dann befahl sie, noch ein paar Säcke mit Stroh zu stopfen – sie mussten als Schlafplätze für den Tross des Königs reichen.

In einer Truhe entdeckte sie ein paar Stoffballen, die noch in Ordnung zu sein schienen. Es gab einen feinen braungemusterten Wollstoff, den sie an eine Wand des oberen Gemachs hängen ließ, da dort der König nächtigen sollte. Der Stoff war nicht dick genug, um im Winter Wärme zu spenden, doch immerhin wirkten die nackten Holzwände nicht mehr so trist.

Als die Arbeiter die Reparaturen am Stall beendet hatten, ließ sie sie noch ein paar Bänke und Tafeln für den Saal zimmern. Die Tafeln dienten bei Mahlzeiten als Tische und nachts als Unterlagen für die Strohsäcke. Ihr Onkel beschwerte sich zwar und meinte, er bräuchte die Leute dringend für den Palisadenbau, doch Madeleine brachte ihn mit einem eisigen Blick zum Schweigen.

Sie stellte fest, dass sie zurzeit jeden mit einem Blick zum Schweigen bringen konnte. Sie wusste, dass ihr Onkel und ihre Tante nicht wagten, ihr wehzutun, jetzt, wo jeden Moment mit dem König gerechnet werden musste. Aber warum die Engländer sich ihr gegenüber plötzlich so anders verhielten, wusste sie nicht. Sie waren zwar noch immer nicht besonders freundlich, doch der beißende Hass war verschwunden. Sie hörten sich mit ausdrucksloser Miene Madeleines

Anweisungen an und befolgten sie aufs Genaueste. War es die Angst vor dem König, die auch sie plötzlich antrieb?

Nach nur vier Tagen schwerer, aber sinnvoller Arbeit war Madeleine wieder vollkommen gesund. Ihr Appetit verbesserte sich, und sie schlief hervorragend. Am dritten Tag stand sie im Hof und betrachtete voller Stolz ihr Zuhause und ihr Land. Es war ein guter Ort. Mit der richtigen Pflege konnte es ein hübsches Heim werden; es lag an ihr, Baddersley diese Pflege zukommen zu lassen.

Sie hörte, wie ihr Onkel irgendeinen armen Kerl anbrüllte, um noch mehr Arbeit aus ihm herauszupressen. Im Haus lag Tante Celia in einem schmalen Bett und beschwerte sich, weil das große Bett für den König bereitgehalten wurde. Baddersley musste endlich von den beiden befreit werden, doch das konnte nur gelingen, wenn Madeleine heiratete.

Sie begutachtete noch einmal sorgfältig alle Vorbereitungen. Vieles war nur oberflächlich gemacht worden, aber die Zeit war einfach zu kurz gewesen. Schon heute konnte der König eintreffen.

Die neuen Tafeln waren kürzer als die alten, und auch die alten hätten an manchen Stellen ausgebessert werden müssen. Viele der Bänke waren brüchig, doch Onkel Paul hatte so energisch nach den Schreinern verlangt, dass sie nachgegeben hatte. Auf dem Boden lag nur eine dünne Schicht Binsen, und die Zeit hatte nicht gereicht, um wenigstens ein paar schlichte Wandbehänge anzubringen. Es gab Talglichter, aber nur wenige gute Kerzen. Wenigstens waren die Nächte kurz.

Ganz zuletzt dachte Madeleine schließlich noch an ihr Erscheinungsbild. Es war ihr wichtig, ihrem zukünftigen Gemahl wie eine Lady von Rang und Würde zu begegnen. Die Königin hatte ihr viele herrliche Gewänder geschenkt, doch die meisten davon hatte sie noch nie getragen. Als sie an die verschlossene Truhe trat, in der sie ihre feinen Kleider aufbewahrte, dachte sie daran, wie hoffnungsvoll und frohgemut sie die Normandie verlassen hatte. Eine Spur ihres damaligen Optimismus stellte sich wieder ein.

Sie hängte hübsche Tuniken und Kleider zum Lüften auf und begutachtete Gürtel und Schmuck. Jede Nacht ließ sie sich von Dorothy die Haare gründlich kämmen und wusch sie mit Rosmarin. Jeden Tag, nachdem die schwerste Arbeit erledigt war, zog sie sich feine Sachen an, um für den König und ihren zukünftigen Gemahl bereit zu sein.

Leider war sie, in ihre Arbeitstracht gekleidet, gerade in der Küche beschäftigt, als das Horn des Turmwächters erklang. Das konnte nur bedeuten, dass der König in Sicht war.

»Du meine Güte«, stöhnte Madeleine. Sie hatte vor einigen Tagen drei Schweine schlachten und aufhängen lassen. Heute hatte sie beschlossen, das Fleisch zu kochen, bevor es verdarb. Sie hatte den Köchen erklärt, wie man mithilfe ihrer kostbaren Gewürze einen Eintopf zubereiten konnte, der einige Tage halten würde.

Immerhin konnte sie für die heutige Mahlzeit genügend Essen auf den Tisch bringen.

Sie stürzte in ihre kleine Kammer und rief nach Dorothy. Gemeinsam machten sie sich eilends daran, sie umzukleiden. Das grobe Leinengewand wurde gegen feine Seide getauscht – ein blassgrünes, an den Säumen reich mit blauen und gelben Stickereien verziertes Oberkleid und eine himmelblaue Seidentunika, abgesetzt mit roten und grünen Borten und mit roter Seide gefüttert, die sich an den bis zu den Ellbogen reichenden weiten Ärmeln zeigte. Sie band sich noch einen roten Gürtel um, dann ließ sie Dorothy die Falten richten, während sie sich um ihr Haar kümmerte. Sie hatte sich nicht recht entscheiden können, ob sie den König mit offenem Haar wie ein junges Mädchen oder mit Zöpfen und einem Schleier wie eine richtige Lady begrüßen sollte. Jetzt hatte sie keine Wahl mehr.

Während Dorothy ihr langes Haar kämmte, stand Madeleine am Fenster und hielt Ausschau nach dem König. Gerade, als Dorothy meinte: »Gut, das sollte reichen!«, kam das erste Pferd in Sicht.

Madeleine setzte noch rasch einen geflochtenen Goldreif auf den Kopf, während sie zu ihrem Onkel und ihrer Tante eilte. Sie hoffte nur, dass sie nicht ebenso verzweifelt aussah wie die beiden. Gerade ritt der Trupp des Königs durch das noch unfertige Tor der unfertigen Palisade.

Es waren etwa dreißig Männer, vor allem Soldaten, aber auch einige Schreiber und Kleriker. Wo immer der König weilte, gab es Arbeit mit seinem Königreich. Fünf Hunde und ihre Hundeführer kamen zum Schluss. Die meisten Männer trugen Falken auf dem Handgelenk.

Madeleine biss sich auf die Lippe. In Baddersley wurden keine Falken gehalten, und deshalb gab es auch keine Volieren.

Wenn man Onkel Pauls Bewaffnete dazurechnete, würde es im großen Saal ziemlich eng werden.

Würde das Essen reichen?

Der König ritt vornweg auf einem schönen dunklen Ross. Er trug eine Rüstung, aber keinen Helm. Mit seinem schütteren rotblonden Haar und ohne ein weiteres Zeichen seiner Königswürde außer seinem Banner fand Madeleine, dass er ziemlich gewöhnlich aussah. Aber hatte sie denn erwartet, dass er seine Krone tragen würde?

War ihr zukünftiger Gemahl dabei?

Madeleine musterte die Ankömmlinge, doch die Männer sahen alle gleich aus – große, in Rüstungen steckende Gestalten, konische Helme mit langem Nasenschutz auf den Köpfen. Sie wandte ihre Aufmerksamkeit wieder dem König zu. Sobald sein Pferd vor der Tür des Saals angekommen war, trat Paul de Pouissey vor und kniete nieder. Dame Celia und Madeleine machten einen Knicks.

Wilhelm stieg aus dem Sattel und übergab einem wartenden Edelmann die Zügel. Dann reichte er Paul die Hand zum

Kuss, und schließlich zog er ihn hoch – ohne große Begeisterung, wie Madeleine auffiel. Der König blickte sich gründlich um, seinen klugen Augen entging nichts. Er war alles andere als gewöhnlich, das wurde Madeleine nun klar. Sie spürte die Kraft, mit der er es vom unehelichen Sohn eines unbedeutenden Herzogs zum König von England gebracht hatte.

Er richtete kurz das Wort an Dame Celia, dann wandte er sich an Madeleine. Sie befeuchtete nervös die Lippen und machte einen weiteren Knicks.

»Nun, Demoiselle«, meinte er unumwunden, »ich habe Euch einen Gemahl mitgebracht.«

»Oh.« Madeleine wusste, dass nun ein Dank angebracht gewesen wäre, doch stattdessen blickte sie sich nach dem Auserwählten um.

Der König lachte. »Später. Erst einmal möchte ich das Anwesen begutachten.« Er bot ihr seine Hand und führte sie in den Saal. Onkel und Tante folgten ihnen.

Dame Celia eilte gleich davon und schrie: »Wein! Wein für den König.«

Madeleine schluckte. »Wir haben keinen Wein, Sire.«

»Ale schmeckt nach einer staubigen Reise ohnehin besser«, meinte der König und sah sich um. »Dieser Ort wirkt etwas spartanisch, Demoiselle. Ich könnte mir vorstellen, dass es hier zu Herewards Zeiten besser ausgesehen hat.«

Madeleine winkte einen Bediensteten herbei und befahl ihm, Ale aufzutragen. »Ich fürchte, er hat seine Besitztümer mitgenommen, als er floh, Sire.«

Der König setzte sich auf einen der zwei Stühle im Saal und bedeutete Madeleine, sich auf den anderen zu setzen. Paul wirkte ziemlich erbost, als er mit einer Bank vorliebnehmen musste. Ein Bediensteter brachte einen Krug Ale, den Madeleine dem Ehrengast reichte, wie es ihre Pflicht als Lady des Saals war. Der Diener zog sich bleich vor Angst zurück.

Wilhelm nahm den Krug in Empfang. »Danke, Demoiselle.« Trocken fügte er hinzu: »Ich wünschte, alle Engländer wären so eingeschüchtert, wenn ich auftauche.«

»In der Tat, Sire«, warf Paul ein, der sich eifrig vorgebeugt hatte. »Wir regieren hier mit fester Hand über dieses elende Volk.«

Der König nahm einen großen Schluck. »Ein gutes Gebräu, Demoiselle.« Dann winkte er, und zwei Männer traten vor – ein älterer und ein jüngerer, der sehr groß und sehr dunkel wirkte. War dies ihr zukünftiger Gemahl? Madeleines Herz schlug schneller. Der Mann sah recht angenehm aus.

»Demoiselle, ich möchte Euch Graf Guy de Gaillard und seinen Sohn Lord Leo de Vesin vorstellen. Sie werden Euch Gesellschaft leisten, während ich mit Lord Paul einen kleinen Rundgang mache. Bei seiner festen Hand hat er mir sicher viel Gutes zu zeigen.«

Madeleine sah, wie ihr Onkel schluckte, als er aufstand, um den König ins Obergeschoss zu geleiten.

Als Guy de Gaillard die junge Frau betrachtete, die seinem Sohn angeboten worden war, spürte er wieder einmal das Verlangen, Aimerys Kopf gegen eine steinerne Wand zu donnern.

Sie war ein echter Schatz, keine sagenhafte Schönheit, aber wohlgeformt und hübsch, mit reiner Haut und weißen Zähnen. Und wichtiger noch, in ihren schönen braunen Augen blitzten Humor und Mut. Obwohl äußerlich keine Ähnlichkeit bestand, erinnerte ihn Madeleine de la Haute Vironge an Lucia in jüngeren Jahren.

Er blickte sich suchend nach Aimery um, konnte ihn jedoch nirgends entdecken. Wo steckte denn sein Jüngster? Auch Odo de Pouissey war verschwunden, doch der machte wahrscheinlich Dame Celia seine Aufwartung. Stephen de Faix wirkte hocherfreut; er sah aus, als könne er sein Glück kaum fassen.

»Nun, Lady Madeleine, wie lange seid Ihr denn schon in England?«, fragte Guy.

»Erst acht Wochen, Mylord. Ich bin mit der Herzogin ... der Königin hierhergekommen.«

»Ach ja. Sie hat ein paar Botschaften und Geschenke für Euch geschickt. Sie schätzt Euch sehr. Ich glaube, sie hofft, dass Ihr Euch zu ihren Hofdamen gesellt, bevor ihr Kind zur Welt kommt.«

»Geht es ihr gut, Mylord?«

»Sehr gut, soweit ich das beurteilen kann. Und wie gefällt Euch England?«

»Es ist ein sehr schönes Land«, meinte Madeleine zögernd. »Es könnte ein richtiges Paradies sein, wenn nicht ständig noch gekämpft würde.«

Graf Guy schmunzelte. »Für manche Leute sind Kämpfe das Paradies.« Auf Madeleines verwirrten Blick hin fügte er hinzu: »Die meisten Normannen finden das Leben unerträglich langweilig, wenn sie nicht kämpfen können. Und die Wikinger glaubten, das Paradies sei Walhalla, wo Männer jeden Tag kämpften und stürben, nur, um am nächsten Tag wiederauferstehen und weiterkämpfen zu können. Ihr müsst meinen jüngsten Sohn kennenlernen«, fuhr er fort. »Der kann Euch diese Dinge besser erklären als ich.«

»Ist er ein Gelehrter?«

Der jüngere Mann lachte. »Aimery mag für einen Normannen eine recht gute Bildung genossen haben, aber er ist kein Kleriker. Das werdet Ihr rasch feststellen, wenn Ihr ihn seht.« Auch er blickte sich forschend um. »Ich weiß nicht, wo er steckt. Ich glaube, ich mache mich auf die Suche nach ihm.« Er stand auf.

Dame Celia kam herbeigehuscht und ließ sich auf dem leeren Stuhl neben Madeleine nieder. »Es ist wirklich schön, Odo wieder zu Hause zu haben, findest du nicht auch, Madeleine?«

»Das hier ist nicht sein Zuhause, Tante«, entgegnete Madeleine schroff.

Dame Celia wollte Madeleine zwicken, doch dann zog sie

die Hand zurück. »Das Essen wird nicht reichen«, fauchte sie. »Du warst dafür zuständig. Ich weiß nicht, was du die ganze Zeit getrieben hast, du faules Gör.«

Leo wechselte einen Blick mit seinem Vater, dann ergriff er die Flucht.

Mit der Ausrede, er müsse sich um sein Pferd kümmern, schaffte es Aimery, der Erbin erst einmal aus dem Weg zu gehen. Sollten Stephen und Odo ruhig um sie kämpfen, vielleicht würde sie ihn dann gar nicht mehr näher in Augenschein nehmen. Er hatte kaum Hoffnung, dass sie ihn nicht erkennen würde, sobald sie sich eingehender miteinander beschäftigten.

Ihm fiel wieder ein, wie sie an der Tür gestanden und vor dem König einen Knicks gemacht hatte, strahlend schön in einer blauen, mit Rot und Gold bestickten Tunika, darunter ein grünes Kleid, das ebenso hübsch verziert war. Ihr langes, mit einem goldenen Reif geschmücktes Haar hatte sie offen getragen; es war ihr bis zu den Hüften gefallen und hatte sich dort an die Rundung ihres Pos geschmiegt, als sie sich umdrehte, um mit dem König in den Saal zu gehen.

Offenkundig war Gyrths Geschichte, dass sie schlecht behandelt werde, Unsinn gewesen, und er hatte sich umsonst den Kopf zerbrochen. Sie war noch viel schöner als in seiner Erinnerung. Jetzt musste er sich nur zehn- bis zwanzigmal am Tag daran erinnern, dass sie eine herzlose Hexe war, ja, wahrscheinlich sogar hundertmal.

»Ah, da bist du ja!«, sagte Leo, als er ihn gefunden hatte, und versetzte ihm einen ziemlich derben Hieb auf den Rücken. Aimery hatte seine Rüstung ausgezogen, sodass der Schlag tatsächlich schmerzte. »Jetzt wünschst du dir bestimmt, du hättest sie dir geschnappt, oder? Sie ist ja wirklich ein hübsches kleines Ding.«

»Das Wesen ist das Entscheidende«, entgegnete Aimery kalt. Sein Bruder schüttelte den Kopf.

»Bist du dir sicher, dass du keinen wunden Hintern hast? Deine Laune hat sich mit jeder Meile verschlechtert, die wir uns Baddersley näherten.« Leo blickte sich um. »Dieser heruntergekommene Ort wirkt allerdings, als könnte man mehr aus ihm machen. Ich möchte mir die Burg einmal genauer anschauen.«

Leo rief nach seinem Knappen und zog seine Rüstung ebenfalls aus. Dann streifte er eine reichverzierte Tunika über und begab sich mit Aimery auf einen kleinen Erkundungsgang. Er fand alles Mögliche zu kritisieren. »Das wurde viel zu schnell gebaut«, meinte er und deutete auf das zehn Fuß dicke steinerne Fundament des Wohnturms. »Die Steine sind nicht gut eingepasst worden.«

Bei den Palisaden rüttelte er an einem starken Pfosten, der in den Boden verankert worden war. Der Pfosten gab nach. »He, du da!«, rief er einem Arbeiter zu. »Wann ist das gemacht worden?«

Der Mann blickte erschrocken hoch und plapperte etwas auf Englisch.

»Was hat er gesagt?«, fragte Leo.

Aimery übersetzte. »Er hat natürlich gefragt, was du gesagt hast. Kommt es denn hier keinem in den Sinn, dass er die Sprache lernen könnte?« Dann fiel ihm ein, dass es immerhin einer Person in den Sinn gekommen war.

»Frage ihn, was ich von ihm wissen wollte«, forderte Leo ungeduldig.

Bald stellte sich heraus, dass das ganze Bauwerk innerhalb von nur einer Woche errichtet worden war. Der Mann sagte, er wisse wohl, dass es nicht ordentlich gemacht sei, aber der Lord habe es so befohlen.

»Wenn du hier Lord wirst«, meinte Leo, »wirst du alles niederreißen und noch einmal machen lassen müssen.«

»Und da fragst du dich, warum ich mich nicht darum reiße? Schauen wir uns mal die Ställe an!«, meinte Aimery. »Ich möchte wissen, wie es unseren Pferden geht.«

Die Tiere waren ordentlich untergebracht, doch die Knappen mussten mit zupacken, weil es offenbar nicht genügend Bedienstete gab. An einem Ende der Ställe war mit Ästen eine behelfsmäßige Voliere errichtet worden. Aimery war froh, dass er keinen Vogel dabeihatte.

Leo hatte wieder einige Fragen, die Aimery übersetzen musste. Bald fanden sie heraus, dass sich Lady Madeleine um die Ställe und das Lager gekümmert hatte.

»Das sieht doch alles recht gut aus«, stellte Leo fest. »An deiner Stelle würde ich mich in meine besten Gewänder kleiden und anfangen, um die Lady zu buhlen. Schenk ihr doch ein paar deiner Schmuckstücke, die Vater immer ein Dorn im Auge sind. Mit deinem Schmuck könntest du die Hälfte der Frauen in England kaufen.«

»Willst du damit sagen, dass sie zu dieser Sorte Frauen gehört?«, fragte Aimery trocken und lehnte sich an den Türsturz des Getreidespeichers.

Leo lachte. »Sie gehören alle dazu. Je nachdem, wie viel du für sie ausgibst, beschließen sie, was sie wert sind. Gib ihr doch den Armreif mit den Granaten.«

»Das ist Kriegergeld. Glaubst du denn, sie ist eine Kämpferin?«

Als Leo merkte, wie ablehnend sein Bruder klang, musterte er ihn erstaunt. »Du willst sie also noch immer nicht? Warum nicht? Hast du irgendwo deine wahre Liebe versteckt? Dann heirate sie. Und wenn du das nicht kannst, dann heiratest du eben die Erbin und behältst die andere zur Abwechslung.«

Aimery lachte. »Wenn du zu Hause irgendwo eine kleine Abwechslung versteckt hältst, dann habe ich mich in Janetta getäuscht.«

Leo gab seinem Bruder recht, indem er eine Grimasse schnitt; weitere Kommentare unterband das Horn, das zum Abendessen rief. Eilig schritten sie zum Herrenhaus.

Der große Saal von Baddersley war mit seinen geschnitzten Deckenbalken und der Holzverkleidung an den Wänden recht stattlich. Vielleicht vermisste nur Aimery, der hier schon in besseren Zeiten zu Besuch gewesen war, die hübschen Wandteppiche, die vielen glitzernden Waffen und das geschnitzte, mit Gold verzierte Mobiliar.

Die hohe Tafel war hübsch gedeckt; an der Vorderseite reichte eine buntbestickte Decke bis zum Boden, um die Beine der Speisenden zu verbergen, und auf dem Tisch lagen weiße Tücher. Die beiden großen Stühle standen an der hinteren Tischkante, der König und Madeleine hatten bereits darauf Platz genommen. Zu Madeleines Rechten saß Paul de Pouissey mit einer ziemlich verdrossenen, ja fast schon verängstigten Miene, zur Linken des Königs Dame Celia, die vollkommen aufgelöst wirkte. An ihrer anderen Seite saß Graf Guy, der versuchte, sie in irgendein vernünftiges Gespräch zu verwickeln. Als er seine Söhne hereinkommen sah, warf er ihnen einen reichlich verzweifelten Blick zu.

Der Rest des Saals war vollgestellt mit aufgebockten Tafeln unterschiedlicher Größe und Höhe, sodass es ziemlich schwierig war, sich zu einem Sitzplatz durchzukämpfen. Auf den Tischen lagen vielerlei verschiedene Tücher, manche davon mit ausgefransten Rändern. Offenbar war der Raum sehr hastig vorbereitet worden. Als Aimery und Leo endlich einen Platz gefunden hatten, betrachteten sie die Bank argwöhnisch, denn quer durch die Sitzfläche zog sich ein Riss. Als sie sich vorsichtig darauf niederließen, schwankte und ächzte sie. Zwei Männer setzten sich neben sie.

»Bewegt euch nicht zu hastig, Freunde«, mahnte Leo lautstark. »Dann haben wir die Chance, das Mahl im Sitzen zu Ende zu bringen.«

Aimery bemerkte, dass die Erbin rot anlief und seinem Bruder einen verärgerten Blick zuwarf. Dabei sah sie auch Aimery kurz an und runzelte nachdenklich die Stirn. Doch ein lautes Krachen und ein Schrei lenkten sie ab. Andere Gäste waren entweder weniger sorgsam oder ihre Bank sogar noch baufälliger gewesen: Auf der anderen Seite des Raums verschwand eine ganze Reihe von Sitzenden aus dem Blickfeld.

Einen Moment lang war nur ein heftig herumfuchtelnder Arm zu sehen, dann – unglücklicherweise – ein Bein, das nach dem Tisch trat, der umkippte und auch noch die benachbarte Tafel zu Fall brachte.

Aimery sah, wie Madeleine aufsprang und den König furchtsam musterte. Wilhelm war in schallendes Gelächter ausgebrochen. Plötzlich erklang ein schriller Schrei, woraufhin der König sich der Lady zu seiner Linken zuwandte. Dame Celia deutete kreischend auf Madeleine, Graf Guy versuchte, sie zu beruhigen. Der Schleier war der Lady ins Gesicht gerutscht, sie fummelte daran herum und riss ihn sich schließlich vom Kopf. Wirre graue Haare kamen zum Vorschein.

Madeleine sagte etwas, doch das ging unter im Gelächter und Fluchen der Männer, die zu Boden gegangen waren. Dame Celia wollte ihren Schleier auf sie schleudern, doch er landete mitten im Gesicht des Königs.

Schweigen senkte sich über den Saal.

Der König nahm den Schleier und blickte erstaunt auf die zutiefst erschrockene Lady und ihren Gemahl. Paul wurde erst knallrot, dann kreidebleich. Er sprang auf, stürzte zu seiner Frau und holte zu einem kräftigen Schlag aus. Doch Graf Guy packte ihn mit strenger Miene am Arm und hielt ihn zurück.

Die Zeit schien stillzustehen, alle hielten den Atem an. Schließlich sagte der König mitten in die bleierne Stille: »Ich glaube nicht, dass das etwas helfen würde, Lord Paul. Eure Gemahlin braucht Ruhe. Es ist wohl das Beste, wenn Ihr gleich morgen früh aufbrecht und sie in ihre Heimat zurückbringt. Ich würde vorschlagen, Ihr übergebt sie der Obhut eines Klosters, bis sie sich wieder erholt hat. Dieses Land hier treibt wirklich alle möglichen Menschen in den Wahnsinn.

Am besten bringt Ihr sie jetzt gleich weg und kümmert Euch um sie.«

Steif wand sich Paul aus dem Griff des Grafen und nahm seine Gemahlin am Arm. Als sie hinausgingen, hörte man den König noch sagen: »Geht sachte mit ihr um, Lord Paul!«

Allmählich setzten die Gespräche wieder ein, zunächst nur leise, dann immer lauter. Aimery wandte seine Aufmerksamkeit wieder dem umgestürzten Tisch zu und stellte fest, dass wenig passiert war, um das Chaos zu beseitigen. Die Diener waren entweder zu unbeholfen oder zu störrisch, und die Herren in der Nähe machten sich einen Spaß daraus, die Hingefallenen am Aufstehen zu hindern, indem sie die Bretter auf sie zu legen versuchten.

Gereizt meinte er: »Passt auf die Bank auf, meine Freunde. Ich werde mich jetzt daraufstellen.« Nachdem er das geschafft hatte, sprang er beherzt über den Tisch in die Mitte des Raums und drängte sich zu dem Knäuel von Menschen auf der anderen Seite durch. Mit klaren Anweisungen auf Französisch und Englisch und indem er einen besonders boshaften Ritter entschlossen am Kragen packte und wegzerrte, schaffte er es, dass die Gäste aufstehen konnten und die Tischplatte wieder auf die Böcke gelegt wurde. Er unterhielt sich kurz mit einem Knecht, der daraufhin zwei Truhen als Ersatz für die zusammengebrochenen Bänke herbeischaffte.

»Ihr könnt mir dankbar sein!«, meinte er zu den Männern, als diese sich darauf niederließen. »Wahrscheinlich habt ihr jetzt die stabilsten Sitzplätze im ganzen Saal.«

Dann schickte er sich an, an seinen Platz zurückzukehren, doch davor machte er noch eine tiefe, ironische Verbeugung vor dem König.

»Vielen Dank, Aimery«, meinte Wilhelm. »Aber ich kann dir nicht erlauben, dich noch einmal in Gefahr zu bringen, wenn du wieder über den Tisch springen musst. Hier oben ist ein freier Platz neben der Demoiselle. Komm, setz dich zu uns!«

8

Aimery gehorchte zähneknirschend und verfluchte seinen Hang, immer alles richten zu wollen. Jetzt hatte er es geschafft, dass alle auf ihn blickten, auch die Dorfbewohner, die zur Unterstützung der Bediensteten herbeigerufen worden waren, und natürlich die Erbin. Doch eine Begegnung mit ihr wäre über kurz oder lang ohnehin nicht mehr vermeidbar gewesen.

Als Aimery zu Madeleines Rechten Platz nahm, sagte der König: »Demoiselle, ich möchte Euch Lord Aimery de Gaillard vorstellen, den Sohn des Grafen de Gaillard, den Ihr bereits kennengelernt habt. Wie Ihr gesehen habt, ist er ein recht nützlicher junger Mann.«

Madeleine hörte kaum zu. Sie war wütend, und darüber hinaus fühlte sie sich zutiefst gedemütigt. Für dieses Mahl hatte sie sich so sehr ins Zeug gelegt, doch die monatelange Vernachlässigung und vermutlich auch vorsätzliche Sabotage konnten nicht in wenigen Tagen ungeschehen gemacht werden. Wahrscheinlich sollte sie diesem jungen Mann dankbar sein, der das Chaos immerhin so weit beseitigt hatte, dass jetzt das Essen serviert werden konnte; aber es fiel ihr schwer. Seine ironische Verbeugung war ihr fast wie eine Beleidigung vorgekommen, und zwar keine, die gegen Wilhelm gerichtet war, sondern eine, die ganz persönlich ihr gegolten hatte.

Dennoch konnte sie seine Bemühungen nicht einfach übergehen. »Danke für Euren Beistand, Sir«, sagte sie kühl, ohne den Blick von ihrem Schneidebrett zu heben.

»Ich hatte Hunger«, erwiderte er barsch. »Und dieser unselige Vorfall verzögerte das Essen.«

Sie warf ihm einen raschen Blick zu. Was war seiner Miene

zu entnehmen? Gleichgültigkeit? Abneigung? Welchen Grund hatte er, sie nicht zu mögen? Junge normannische Lords sollten sich doch eigentlich anstrengen, ihr zu gefallen; der, den sie bislang getroffen hatte, hatte sich jedenfalls nach Kräften bemüht. Stephen de Faix sah gut aus und war charmant.

Doch dann merkte sie überrascht, dass der junge Mann neben ihr gar kein Normanne war, denn sein blondes Haar reichte ihm bis zur Schulter. Es war ihr schon früher aufgefallen, und sie hatte sich darüber gewundert. Er begegnete ihrem Blick mit klaren grünen Augen. Ihr Atem stockte. War das möglich?

»Wer seid Ihr?«, flüsterte sie.

»Aimery de Gaillard, Demoiselle.«

»Ihr seid ein Sachse!«

Seine fein geschwungenen Lippen kräuselten sich. »Habt Ihr Angst, in Eurem Bett ermordet zu werden? Ich bin Normanne. Meine Mutter ist Engländerin, sie ist eine Lady von Mercia.«

Diese Worte äußerte er in perfektem normannischem Französisch. Sie schüttelte den Kopf über ihre Dummheit. Er war der jüngste Sohn des Grafen Guy de Gaillard, eines entfernten Verwandten und engen Freundes König Wilhelms, der Sohn, der ihr etwas über Walhalla erzählen konnte. Jetzt verstand sie, was der Graf gemeint hatte. Der junge Mann sah mit seinem langen blonden Haar und seinen goldenen Armreifen zwar wie ein barbarischer Wikinger aus, aber keineswegs wie ein sächsischer Gesetzloser.

Ob er wohl verheiratet war? Das würde immerhin seine Gleichgültigkeit erklären. Inzwischen hatte sie zu ihrer Enttäuschung herausgefunden, dass sein Bruder verheiratet war. Leo de Vesin wirkte freundlich und vertrauenswürdig.

Ein Brett mit Schweinefleisch wurde dem König angeboten, und er wählte ein paar Stücke, bevor er es zu Madeleine weiterwinkte. Sie nahm sich ein Stück und fragte dann: »Darf ich Euch etwas servieren, Lord Aimery?«

Aimery murmelte einen Dank und ließ sie ein paar saftige Fleischstücke aussuchen und auf sein Brot legen. Einen Moment lang hatte er geglaubt, sie habe ihn erkannt, doch offenbar hatte er sich getäuscht. Solange sie keinen Blick auf seine Rechte erhaschte, blieb er womöglich unentdeckt.

Ihre Becher wurden gefüllt. Als Nächstes wurde ein Bohnengericht und dazu feines Weißbrot serviert. Mehr war wohl nicht vorgesehen; er merkte, dass Madeleine besorgt zusah, wie die Schüsseln die Runde machten. Wahrscheinlich würden einige Leute in diesem Saal mehr Bohnen als Fleisch zu essen bekommen.

Das Getränk in seinem Becher stellte sich als Met heraus. Er lehnte sich zu der Erbin hinüber. »Lady Madeleine, ich trage nur ungern zu Euren Sorgen bei, aber der König mag Met nicht. Wenn Ihr keinen Wein habt, solltet Ihr ihm lieber Ale anbieten.«

Sie lief rot an und warf ihm einen Blick zu, in dem gleichzeitig Sorge und Verärgerung lagen, dann winkte sie einen Diener herbei. Bald darauf bekam der König einen neuen Becher mit Ale angeboten. Er nickte zum Dank.

»Habt Ihr noch weitere Vorschläge?«, fragte Madeleine mit unangebracht schroffer Stimme, wie sie selbst bemerkte. Sie konnte sich nicht erklären, warum sie Aimery de Gaillard so feindlich gesinnt war. Schließlich kannte sie ihn nicht und hatte ihn auch kaum angeschaut, seit er sich neben ihr niedergelassen hatte. Dennoch hatte sie das Gefühl, als richteten sich Stachel auf ihrem Rücken auf – vielleicht, weil sie inzwischen eine Abneigung gegen grüne Augen entwickelt hatte?

»Entspannt Euch«, sagte er in dem nachsichtigen Ton, der sie so reizte. »Der König ist kein Vielfraß und hat auch keinen Gefallen an Zeremonien um ihrer selbst willen. Euer Essen ist gut zubereitet und wird für alle reichen. Allerdings ist klar, dass dieses Anwesen nicht besonders gut geleitet wird.«

Sie knirschte mit den Zähnen. »Ich habe erst vor kurzem die Leitung von Baddersley übernommen, Lord Aimery.«

»Dann erkennt Ihr Eure Pflichten vielleicht etwas langsam, Mylady.«

Wütend wandte sie sich ihm direkt zu. »Ich bin erst seit April in diesem Land!«

»Man kann ein Anwesen erstaunlich schnell zugrunde richten, nicht wahr?«, meinte er mit einem unaufrichtigen Lächeln und reichte ihr einen Korb Nüsse. »Darf ich eine Nuss für Euch knacken, Lady Madeleine?«

»Ihr könnt Euren Kopf knacken, Sir!«, fauchte Madeleine. Sie erstarrte, als sie den König kichern hörte.

»Grundgütiger Himmel, Guy – sie streiten schon jetzt wie ein altes Ehepaar!«

Schon jetzt? Madeleine blickte entsetzt vom König zu Aimery. Sollte er etwa ihr zukünftiger Gemahl sein?

Niemals!

»Sire!«, brach es aus ihr heraus. »Ihr habt mir versprochen, dass ich selbst entscheiden kann!«

Die Augen des Königs blitzten verärgert. Madeleine biss sich auf die Lippen. Doch Wilhelm verbarg seine Verdrossenheit rasch hinter einem Lächeln. »Und ich stehe zu meinem Wort, Mademoiselle. Es gibt hier drei junge Männer, die für eine Ehe infrage kommen; alle drei sind ungebunden und in der Lage, Euch hier in Baddersley zu helfen. Ihr könnt Eure Wahl treffen, doch dann werdet Ihr auch den Mann heiraten, den Ihr Euch ausgesucht habt. Leider werde ich Euch Euren Onkel und Eure Tante wegnehmen müssen, und ich kann Euch hier nicht schutzlos zurücklassen.«

Madeleine spürte, wie ihr das Blut aus dem Gesicht wich und ein Schauder über den Rücken lief. In wenigen Tagen sollte sie verheiratet werden? Mit wem?

Als ob er ihre Gedanken gelesen hätte, sagte der König: »Ihr habt die Wahl zwischen Lord Aimery, Lord Stephen de Faix – dem Mann in Blau dort drüben – und Odo de Pouissey, den Ihr ja bereits kennt. Macht Euch mit den anderen beiden bekannt, Demoiselle. Stellt sie auf die Probe, wenn Ihr wollt. In zwei Tagen werdet Ihr den Mann Eurer Wahl heiraten.«

Der König wandte sich wieder Graf Guy zu, und Madeleine merkte, dass ihr jemand ihren Becher in die Hand drückte – der mit den grünen Augen. Sie nahm einen tiefen Schluck Met. Vor nicht allzu langer Zeit hatte sie gedacht, dass sie gerne einen blonden Engländer heiraten würde, doch damals hatte er sie noch nicht so grausam hintergangen.

Zwischen diesen dreien musste sie sich also entscheiden: Odo, den sie früher vielleicht sogar genommen hätte, wenn nicht seine Eltern gewesen wären; der Grünäugige, der sie nicht mochte und der sie allzu stark an einen gemeinen Schuft erinnerte; und der angenehme junge Mann, der schon mit ihr geflirtet hatte.

Sie musterte Stephen de Faix. Er war glatt rasiert und trug sein kastanienbraunes Haar kurz, aber nicht so extrem kurz wie Odo. Madeleine stellte fest, dass sie ihre Freier der Haarlänge nach ordnen konnte: kurz, mittel, lang. Sie biss sich auf die Lippe, um ein Kichern zu unterdrücken, das schon fast an Hysterie grenzte.

Die Wahl fiel ganz offenkundig auf Stephen de Faix. Er würde ihr zukünftiger Gemahl werden.

Aber diese Entscheidung beruhigte sie nicht, sie machte sie vielmehr noch unruhiger. Wahrscheinlich waren es die Strapazen dieses Tages und die Tatsache, dass sie ihre Wahl so rasch treffen musste, sagte sie sich. Mit der Zeit würde sie sich schon an die Vorstellung gewöhnen.

»Stephen ist ein recht angenehmer Bursche«, bestätigte der grünäugige Teufel zu ihrer Linken. »Für einen Normannen ist er bemerkenswert höflich, er ist ein guter Krieger und trinkt nicht allzu viel.«

Sie wandte sich wieder ihm zu. »Und Ihr weist keine dieser Eigenschaften auf?«

»Ich bin zu höflich für einen Normannen«, konterte er. »Ich mag den Krieg nicht, und ich ertränke meine Sorgen.«

Zum Beweis leerte er seinen Becher in einem Zug und rief einen Diener herbei, um ihn erneut zu füllen.

Sie glaubte ihm nicht und konnte seine Worte nur auf eine einzige Weise deuten: Er wollte sie nicht. Und sie wollte ihn auch nicht. Aber trotzdem tat seine Ablehnung weh. »Ihr wollt also, dass ich Lord Stephen heirate?«

»Ich glaube nicht, dass Odo der Richtige für Euch wäre«, meinte er schulterzuckend. »Freilich kenne ich Euch nicht allzu gut.«

Madeleine zwang sich zu einem Lächeln. »Ihr wollt mich nicht heiraten und Baddersley als Dreingabe?«

Schroff schüttelte er den Kopf. »Ich habe mit Rolleston, das ich für meinen Vater verwalte, alle Hände voll zu tun.« Mit einem kräftigen Schlag auf seinen dicken goldenen Armreif knackte er eine Nuss und bot sie ihr an. »Es liegt in East Anglia. Dort ist es nicht gerade friedlich.«

Geistesabwesend griff sie nach der Nuss. »Aber wenn wir heiraten, würde Euch Baddersley persönlich gehören. Ist das kein Anreiz?« Warum sage ich solche Dinge, fragte sich Madeleine; es ist ja fast, als flehte ich ihn an, um mich zu freien.

»Nach englischem Recht gehört die Baronie Euch, Lady Madeleine. Euer Gemahl wird Euch lediglich verteidigen.« Er knackte noch eine Nuss und verzehrte sie selbst. Dabei sah sie seine starken weißen Zähne.

Genau wie die eines anderen Mannes. Madeleine starrte ihn an. Sein Gesicht hatte eine ähnliche Form ... Nein, es war nur ihre törichte Einbildung, die sie dazu brachte, ihn in jedem anderen Mann seines Typs zu sehen.

Aber ihr Tischnachbar benahm sich sehr merkwürdig. Alles an ihm war merkwürdig. Sie hatte noch nie einen Mann in einer solch leuchtend grünen Tunika gesehen, und auch keinen, der so viel Schmuck trug. Er hatte ein Vermögen am Leib und stellte den König diesbezüglich bei weitem in den Schatten.

Vielleicht war es ehrlich gemeint gewesen, dass er keinen

Gefallen am Krieg hatte. Er war nicht sonderlich stark gebaut und wirkte wie jemand, der mehr Zeit in seinen Kleidern als in einer Rüstung verbrachte. Ihr Vater und ihr Bruder hätten nie Geld für kostbare Kleidung verschwendet, wenn sie es für ein Pferd oder ein Schwert hätten ausgeben können. Sie wollte auf keinen Fall einen Mann heiraten, der nicht kämpfen konnte. Andererseits war die Vorstellung, nicht nur dem Namen nach die Lady von Baddersley zu sein, überraschend, aber auch wundervoll.

»Meint Ihr wirklich, Ihr würdet Baddersley als mein Eigentum betrachten, wenn ich Euch heiratete, Lord Aimery? Ich glaube, vielleicht wollt Ihr mich doch heiraten, wenn Ihr mir so etwas Verlockendes in Aussicht stellt.«

»Die Vorstellung, hier die Macht zu haben, ist also verlockend für Euch?«, fragte er, wobei der Hohn in seiner Stimme nicht zu überhören war. Doch das war Madeleine gleichgültig.

»Macht.« Sie ließ sich das Wort auf der Zunge zergehen wie Honigkuchen, es schmeckte köstlich.

Aimery merkte, dass er einen schweren Fehler begangen hatte; nein, nicht nur einen, sondern Dutzende. Wie konnte er sich von diesem Mädchen nur den Kopf verdrehen lassen, wo er doch genau wusste, wie durchtrieben sie war? Wenn sie ihn mit diesen von dichten Wimpern überschatteten dunkelbraunen Augen ansah, schien seine Vernunft hinter einem dichten Nebel zu verschwinden.

Wochenlang hatte er das Bild einer boshaften Harpyie gehegt, doch jetzt verblasste diese Vorstellung immer wieder, und an seine Stelle trat Dorothy, die süße, erregte Dorothy unten am Fluss. Er hatte sie wissen lassen wollen, welche Stellung sie nach englischem Recht innehatte, doch jetzt erkannte er seinen Irrtum. Hier war sie wieder, so, wie sie nun einmal war – sich an der Vorstellung von absoluter Macht ergötzend; sicher freute sie sich schon darauf, eigenhändig die Peitsche auf ihre armen Opfer niedersausen zu lassen.

Doch Aimery hatte keine Zeit, weiter darüber nachzudenken, denn der König forderte ihn auf, ein Lied vorzutragen. Als er sich verbeugte und ging, um seine Leier zu holen, wusste er ganz genau, dass Wilhelm sein Bestes tun würde, das Mädchen dazu zu bringen, sich für ihn zu entscheiden – und diese »Ehre« konnte er kein zweites Mal zurückweisen. Er musste alles in seinen Kräften Stehende tun, um für die Erbin unannehmbar zu werden, ohne den König oder seinen Vater darauf zu bringen, was er im Schilde führte.

Gleichzeitig musste er dafür sorgen, dass Madeleine de la Haute Vironge keine Gelegenheit hatte, seine Tätowierung zu sehen. Offenbar hatte sie seine Stimme nicht wiedererkannt, weil er im Französisch des Adels gesprochen hatte. Aber er konnte sich kaum vorstellen, dass sie nicht doch eines Tages Edwald den Gesetzlosen in ihm sehen würde.

Und es drohte die Gefahr, dass einer der Einheimischen etwas verriet. Aldreda hatte ihm bereits zugeblinzelt.

Alles in allem Ärger genug, um einen Mann auf eine Pilgerreise gehen zu lassen, dachte er seufzend, eine sehr lange Pilgerreise. Als er mit seiner Leier zurückkam, waren die Tische abgebaut, die Männer streiften im Saal umher und leerten ihre Becher, die ständig neu gefüllt wurden. Die Abendsonne fiel durch die offenen Fenster. Madeleine und der König saßen noch immer auf ihren Plätzen. Aimery fiel auf, dass sie die einzige Lady im Saal war. Sie befand sich in einer seltsamen Lage; vermutlich hatte der König dafür gesorgt. Ihr stand zwar ein Mitspracherecht bei der Wahl ihres Gemahls zu, doch diese Wahl war geschickt begrenzt worden.

Wilhelm war entschlossen, das Mädchen Aimery zuzuspielen, und dafür würde er notfalls zu sämtlichen Listen greifen. Wenn Wilhelm von der Normandie etwas beschlossen hatte, standen die Chancen, es zu vermeiden, nicht sehr gut. Andererseits hatte der König dem Mädchen die Wahlfreiheit versprochen, und an dieses Versprechen würde er sich auch halten. Das war Aimerys einzige Hoffnung.

Während er sein Instrument stimmte, überlegte Aimery, welches Lied er spielen sollte. Welches würde der ihm vom König zugedachten Braut am wenigsten gefallen? Er verwarf alle lyrischen Balladen über die Schönheit der Jahreszeiten und auch die, die von romantischer Liebe handelten. Solche Lieder gefielen den Damen immer. Wie würde sie auf eine bewegende Schlachtensage reagieren? Offenkundig hatte sie kein weiches Herz, weshalb ihr vielleicht auch solche Gesänge zusagten.

Dennoch entschied er sich für ein solches Lied, und zwar eines der härtesten, blutrünstigsten – eine alte Wikingersage, die er selbst auf Wilhelms Bitte hin ins Französische übertragen hatte.

Sie handelte von Karldig, der, umgeben von seinen Getreuen, vom Feind in eine Falle gelockt worden war und bis zum Tod kämpfte. Nach dem Ehrenkodex der Wikinger durfte ein tapferer Krieger seinen Herrn, den, der ihm einen Ring gegeben hatte, nicht überleben. Und Karldigs Gefolgsleute folgten diesem Grundsatz beherzt. Die Geschichte wurde aus der Sicht der Feinde erzählt, denn Karldig und all seine Leute fielen auf dem Schlachtfeld. Der Erzähler rühmte die edle Haltung dieser Männer, obwohl er ihr Gegner war. Er lobte jeden Einzelnen, der nach Walhalla geschickt wurde, und berichtete ausführlich von jeder Wunde, jedem abgehackten Körperteil, jedem ausgestochenen Auge.

Es war keines von Aimerys Lieblingsliedern, doch wie er erwartet hatte, gefiel es seinem männlichen Publikum ausgesprochen gut. Bald klopften alle im Takt auf den Boden und die Bänke und brachen an den blutrünstigsten Stellen in lauten Beifall aus. Aimery fuhr automatisch mit seinem Sprechgesang fort, und Herewards alter Saal hallte vom Applaus wider. Plötzlich überkam ihn die Erinnerung an Senlac – die Schlachtrufe, die Schreie, das ohrenbetäubende Klirren der Waffen, der Tod Haralds; seine Mannen und Verwandten, die grimmig weiterkämpften, bis auch sie neben ihm fielen;

der Gestank von Blut und Eingeweiden, die abgehackten Gliedmaßen …

Erst, als er merkte, dass das Lied beendet war und die Dachbalken unter dem Beifall erzitterten, kam er wieder zu sich. Auf die Rufe nach einer Zugabe schüttelte er nur den Kopf und bot sein Instrument Stephen an.

Sein Rivale übernahm es stirnrunzelnd. »Du Teufel! Was kann man nach einem solchen Vortrag noch singen?«

»Du musst der Demoiselle gefallen, nicht diesen blutrünstigen Kerlen. Sing ihr ein hübsches Lied!«

Stephen warf einen zweifelnden Blick auf die Erbin. Aimery folgte seinem Beispiel. Madeleine wirkte nachdenklich, doch sie sah keineswegs angewidert aus.

Aimery schlich davon, hinaus in den friedlichen Abend, bevor er wieder an ihre Seite gerufen werden konnte. Ein Mann sollte froh sein über eine starke, tapfere Gemahlin, aber die Erbin von Baddersley war wahrlich zu blutrünstig für seinen Geschmack. Er hörte, wie Stephen eine melodiöse Ballade anstimmte. Der Mann hatte eine angenehme Stimme, und ihm gefielen französische Lieder mit weniger martialischem Inhalt. Welche Frau würde Stephen ablehnen?

Draußen kehrte Aimery dem neuen Burgberg und dem Wohnturm den Rücken zu. Fast schien es ihm wie zu Herewards Zeiten. Auch damals war im Saal viel gesungen worden. Hereward gefiel die Geschichte von Karldig sehr gut, er schätzte die alten Wikingerweisen; doch bei ihm wäre das Lied natürlich auf Englisch gesungen worden. Aimery blickte auf die Felder, die sich fast bis zum Wald ausdehnten, der jetzt allerdings ein Stück weiter entfernt war, denn für die Burg waren viele Bäume gefällt worden.

Die Illusion löste sich auf. Er wusste, dass die Vergangenheit unwiederbringlich vorüber war. Nicht alle Felder waren bewirtschaftet, und das Vieh wirkte nicht besonders fett. Auch die Menschen hatten sich verändert. Es waren nicht mehr so viele wie früher da, und sie waren bleich und mager.

Viele hatten Furunkel und andere Hautkrankheiten, die auf schlechte Ernährung hinwiesen. Sie schlichen verstohlen herum, den Kopf stets eingezogen. Bei der Arbeit wurde nicht gepfiffen und gelacht, und es waren auch keine spielenden Kinder zu sehen. Selbst die Katzen drückten sich auf der Suche nach Ratten nur im Schatten herum.

Das war das Werk von Paul de Pouissey und seiner Nichte.

Natürlich konnte man es wiedergutmachen. Doch diesen Gedanken tat Aimery rasch ab.

»Zu viel Met?«

Aimery drehte sich um und sah seinen Vater. »Nein. Ich habe mich nur gefragt, wie ein blühendes Anwesen so heruntergewirtschaftet werden konnte.«

Graf Guy setzte sich auf ein paar Holzstämme neben der unfertigen Palisade. »Ich vergesse immer wieder, dass du diesen Ort ja recht gut kennst.«

»So gut auch wieder nicht. Hereward bevorzugte Rolleston. Aber ich bin ein- oder zweimal hier gewesen.«

»Würdest du dich denn nicht über die Gelegenheit freuen, es wieder in Ordnung zu bringen?«

»Ich habe genug zu tun.«

Aimery merkte, dass ein Muskel am Mund seines Vaters irritiert zu zucken begann, und wappnete sich für eine Auseinandersetzung. Doch Graf Guy sagte nur: »Ich würde viel geben, um zu erfahren, was in deinem Kopf vorgeht. Die Geduld des Königs ist nicht grenzenlos.«

»Er wird mich ja wohl nicht dafür bestrafen, dass ich Madeleine de la Haute Vironge nicht heiraten möchte.«

Graf Guy atmete hörbar aus. »Aimery, irgendetwas hat dich völlig durcheinandergebracht. Ich wünschte, es wäre die Liebe; aber selbst wenn, dann verstehe ich dich noch immer nicht. Sag es dem König, wenn du eine andere liebst. Das wird er dir verzeihen, schließlich liebt er seine Königin ja auch von ganzem Herzen. Doch andernfalls solltest du dir sorgfältig überlegen, was du tust. Wilhelm ist dein Patenonkel, und er mag dich sehr. Aber er ist auch ein Herzog und inzwischen König, und diese Dinge sind wichtiger als seine Patenschaft. Wenn du ihm nicht dienst, wirst du seine Gunst verlieren, und eines Tages wirst du sie bestimmt bitter nötig haben.«

»Ich diene ihm.«

»Sieh mich an!«, befahl Graf Guy streng, und Aimery blickte seinem Vater in die Augen. »Du dienst ihm so, wie du es für richtig hältst. Das ist nicht gut genug! Wenn der König dein Land will, gibst du es ihm. Wenn er deine rechte Hand haben will, gibst du sie ihm. Oder dein Leben, oder die Leben deiner Söhne. Wenn er will, dass du Madeleine de la Haute Vironge heiratest, dann heiratest du sie, ohne nach dem Warum zu fragen.«

Vater und Sohn blickten sich stumm in die Augen. Um sie herum zwitscherten die Vögel, in der Ferne muhte eine Kuh.

»Er hat mich nicht dazu aufgefordert«, sagte Aimery schließlich.

»Wenn er es getan hätte, hättest du seiner Aufforderung folgen müssen.«

Aimery wandte sich ab und atmete tief aus. »Vielleicht will sie mich ja gar nicht.«

»Dann ist es auch gut. Aber es liegt nicht an dir, diese Entscheidung zu beeinflussen.«

Aimerys Mund kräuselte sich. »Glaubt Ihr nicht, der König hat das bereits getan? Stephen und Odo –«

»Das ist sein Recht.«

Aimery legte die Faust an den Mund, doch dann löste er sie wieder. »Keiner von euch weiß, um was er mich bittet. Diese Ehe kann einfach nicht gedeihen.«

»Dann sag uns, was los ist.« Graf Guy hielt inne, dann fuhr er fort: »Warum tust du das eigentlich ständig? Juckt es?«

Aimery merkte, dass er die Tätowierung an seiner rechten Hand rieb. »Nein, natürlich nicht.« Er konnte seinem Vater schlecht erklären, dass dieses Mal sein Todesurteil war. Um seinem einfühlsamen Vater zu entkommen, schickte er sich an, zum Saal zurückzugehen. »Wenn ich mich bemühen soll, der Demoiselle den Hof zu machen, sollte ich lieber zurück.«

»Denk daran«, rief Graf Guy ihm nach. »Keine Frau, die ihrer fünf Sinne mächtig ist, würde Stephen oder Odo bevorzugen, wenn sie dich haben könnte. Das wissen der König und ich ganz genau.«

Als Lord Aimery nicht mehr zu ihr zurückkehrte, ließ sich Madeleine vom König in ein Gespräch verwickeln, auch wenn sie mit halbem Ohr dem nächsten ihrer Freier zuhörte, dem, den sie heiraten wollte. Er hatte eine sehr angenehme Stimme und gab ein hübsches Lied über eine Lady und eine Lerche zum Besten.

Aber warum kehrten ihre Gedanken ständig zurück zu dem vorherigen Lied, das nur von Gewalt und Tod berichtet hatte? Etwas an der Miene des Sängers hatte sie zutiefst berührt. Sie hatte sich gefühlt, als stünde sie mitten auf dem Schlachtfeld, sie hatte das Blut förmlich riechen, die Schreie förmlich hören können.

»Ich fürchte, Lord Paul und seine Gemahlin waren nicht die Richtigen, um dieses Anwesen zu verwalten, Demoiselle«, sagte der König.

Jetzt hätte sich Madeleine endlich die Gelegenheit geboten, all ihre Klagen vorzubringen. Doch es kam ihr niederträchtig vor, nachdem Onkel und Tante die Gunst des Königs bereits verloren hatten. »Es ist nicht leicht in solchen Zeiten, und meine Tante ist nicht ganz gesund.«

»Das habe ich gesehen. Aber Ihr habt mir auch geschrieben, Demoiselle«, bemerkte der König, »und Euch über die schlechte Führung beschwert.«

Also hatte er ihren Brief erhalten. »Mein Onkel ist zu streng, Sire«, gab sie zu. »Es führt zu nichts, wenn man die Menschen so behandelt.« Unter dem forschenden Blick des

Königs fügte sie hinzu: »Er hat einen Mann hängen lassen, weil der seine Schweine auf ein Kornfeld gelassen hatte.«

»Das war natürlich nachlässig, aber kein Grund, mit dem Tod dafür zu sühnen.«

Madeleine wusste nicht, was sie darauf erwidern sollte. Sie schaffte es nicht, den Blick von diesen blassen blauen Augen zu wenden. Schließlich fühlte sie sich gezwungen, etwas zu sagen, irgendetwas. »Einmal hat er sogar Kinder auspeitschen lassen, als einige Familien zu fliehen versuchten …« Madeleine fragte sich, warum sie ausgerechnet diesen Vorfall erwähnte.

»Kinder?«, wiederholte der König, und in seine Augen trat etwas, das sie erschauern ließ. Ihr Mund wurde trocken; sie nickte nur.

Wilhelm klopfte mit einem Finger auf den Tisch und fragte: »Ihr meint wohl jüngere Burschen? Zwölf? Dreizehn?«

Madeleine blickte auf den Finger, um dem König nicht in die Augen schauen zu müssen. Sie schüttelte den Kopf und schluckte nervös. Jetzt wurde ihr klar, warum Wilhelm so gefürchtet war. »Ich glaube, das jüngste war drei, Sire«, flüsterte sie.

»Bei allen Heiligen!« Wilhelms Faust donnerte auf den Tisch, dass die Tafel erbebte. Stille legte sich über den Saal. »Leo!«, rief der König. »Ihr seid doch Vater von zweifellos ziemlich umtriebigen Knaben. Aus welchem Grund würdet Ihr einen Dreijährigen auspeitschen?«

Leo blinzelte. »Ihr meint, eine Tracht Prügel verabreichen?«

Der König blickte fragend zu Madeleine. Sie schüttelte den Kopf. »Mit einer Peitsche«, sagte sie tonlos, und mit der Erinnerung kehrte auch ihre hilflose Wut zurück. »An einen Pfahl gefesselt«, fügte sie lauter hinzu.

Im Saal erhob sich ein Murmeln, und Leo de Vesin sagte: »Aus keinem Grund unter dieser Sonne, Sire.«

Der König nickte schweigend. Zögerlich erhoben sich einige Stimmen im Saal, doch die meisten Männer beobachteten den König und fragten sich, ob die Auswirkungen seiner stummen Wut spürbar werden würden.

Madeleine wartete, von Entsetzen erfüllt. Würde man diese Sache etwa ihr in die Schuhe schieben?

»Und Ihr, Demoiselle?«, fragte der König plötzlich, sodass Madeleine erschrocken zusammenfuhr. »Hat er auch Euch auspeitschen lassen?«

»Sire, ich möchte nicht …«

»Antwortet mir!«, knurrte er.

»Nein, Sire.«

»Ich sehe aber einen Bluterguss an Eurem Auge.«

»Das war Tante Celia, Sire. Sie … sie ist krank.«

»Ich glaube, ich muss mich bei Euch entschuldigen, Demoiselle. Ich habe Euch ohne viel darüber nachzudenken nach Baddersley geschickt. Nachdem Euer Vater die Baronie an seine Verwandten übergeben hatte, dachte ich, das ginge schon in Ordnung, bis ich Zeit fände, mich persönlich davon zu überzeugen. Was soll ich jetzt mit Lord Paul anstellen?«

»Anstellen, Sire?«

»Ich hätte jedes Recht, ihn für die schlechte Leitung aufzuhängen.«

»Nein, Sire«, warf Madeleine hastig ein. »Das nicht.«

Der König nickte und nahm einen Schluck Ale. »Auch gut. Seit ich nach England kam, habe ich noch keinen Mann zum Tode verurteilt, und nach Möglichkeit würde ich es gerne weiter so halten. Aber ich kann ihn an seinen Pfahl binden und ihm die Haut vom Rücken peitschen lassen.«

»Nein, Sire.« Bei dem Gedanken daran drehte sich Madeleine der Magen um. Wenn es nach ihr ginge, würde in Baddersley niemand mehr ausgepeitscht werden. »Ich will nur, dass er geht.«

Der König zuckte mit den Schultern. »Ihr seid zu weichherzig, aber das kommt wahrscheinlich daher, dass Ihr in einem Kloster aufgewachsen seid. Ich werde ihn auf das Anwesen Eures Vaters nach Haute Vironge schicken. Das ist inzwischen leider eine Ruine. Dort wird er bestimmt keinen weiteren Schaden anrichten können; wenn er dennoch Ärger macht, verbanne ich ihn.« Er blickte auf Madeleine und lächelte – ein raubtierhaftes Lächeln, fand Madeleine. »Ihr habt es hier wahrscheinlich nicht besonders gut gehabt, aber bald sollte sich alles zum Besseren wenden. Ihr müsst nur den richtigen Gemahl wählen.«

Das Wort ›richtig‹ hatte er besonders betont. »Darf ich tatsächlich wählen, Sire?«, fragte Madeleine verzagt.

»Habe ich das nicht gesagt?«, erwiderte der König mit einem humorvollen Unterton, der sie argwöhnisch werden ließ. »Auch nachdem ich Euer Gesuch erhalten hatte, bin ich fair gewesen. Ich habe Euch drei fähige junge Männer gebracht, unter denen Ihr wählen könnt – alle drei verschieden, doch jeder tüchtig im Kampf und loyal.«

Sie suchte die richtigen Worte. »Aber dieser ... aber Lord Aimery ist ja ein halber Sachse!«

Der König fixierte sie mit einem Blick, unter dem auch ein Mutigerer klein beigegeben hätte. »Das bin ich auch«, entgegnete er schroff. »Die meisten Engländer erkennen mein Recht auf die Krone an, und im Gegenzug lasse ich sie so weit aufsteigen wie die Normannen. Ich habe meine liebe Nichte einem reinblütigen Engländer zur Gemahlin gegeben und auch meine älteste Tochter einem Engländer versprochen. Wollt Ihr Euch über sie stellen?«

Madeleine war zu Tode erschrocken, doch noch ehe sie eine Entschuldigung stammeln konnte, heiterte sich Wilhelms Miene wieder auf. »Aber ich habe Euch bestimmt falsch verstanden. Ihr seht doch gewiss Lord Aimerys Vorzüge. Sein Erbe aus Mercia bedeutet, dass er besser als viele andere mit den Engländern umgehen kann, die ja tatsächlich nicht ganz einfach sind.«

So konnte man das auch ausdrücken. Madeleine beschlich

das dumpfe Gefühl zu wissen, wer Wilhelms Meinung nach der ›richtige Gemahl‹ für sie war. Es würde zwar nicht klappen, aber das wollte sie Wilhelm jetzt noch nicht sagen. »Es fällt mir wirklich sehr schwer, die Menschen hier zu verstehen, Sire«, meinte sie in der Hoffnung, das Thema zu wechseln.

»Redet mit Aimery. Er versteht ihre Art.«

»Lord Stephen wirkt sehr angenehm, Sire«, wandte Madeleine verzweifelt ein. »Kommt er aus einer guten Familie?«

Der schlaue Blick des Königs schien sie zu durchschauen, doch er folgte ihrer Vorgabe. »Jawohl. Und er singt hübsche Lieder. Und Odo erzählt gelegentlich einen amüsanten Witz.« Wilhelms Blick gab klar zu verstehen: Ihr könnt Euch winden, soviel Ihr wollt, Demoiselle, am Ende tut Ihr doch, was ich will.

Und das war, den Sachsen zu heiraten, mit seinem langen Haar, dem üppigen Goldschmuck und den leuchtend grünen Augen, die sie an einen jäh zerstörten Traum erinnerten.

»Was wisst Ihr über einen Mann, der sich der Goldene Hirsch nennt?«, fragte der König unvermittelt.

»Goldener Hirsch?« Kaum hatte sie diese Worte geäußert, versuchte sie sich zu erinnern, in welchem Tonfall und mit welcher Miene sie sie vorgebracht hatte. Doch warum machte sie sich darüber Sorgen? Was ging es sie an, wenn Edwald dem König in die Hände fiel und geblendet oder sonst wie verstümmelt wurde?

»Lord Paul hat mir berichtet, er sei der Fluch dieser Gegend«, fuhr der König fort, ohne sie aus den Augen zu lassen. »Er macht doch nichts als Ärger, oder?«

»Mein Onkel hat mit mir über ihn gesprochen«, erwiderte Madeleine vorsichtig. »Er schob tatsächlich die Schuld an allen möglichen Problemen auf ihn. Die Leute fliehen, und das Volk behauptet, der Goldene Hirsch habe ihnen dabei geholfen. Aber sie fliehen, weil sie hier unter jämmerlichen Bedingungen leben müssen. Manchmal«, fügte sie kühn hinzu,

»glaube ich, der Goldene Hirsch ist einfach nur eine Legende, so wie die Feen.«

Der König beobachtete sie viel zu genau. »Vielleicht urteilt Ihr zu voreilig über die Feen, Lady Madeleine. Ihr müsst Euch einmal mit Waltheof Siwardson darüber unterhalten. Er soll der Enkel einer Bärin aus dem Feenreich sein.«

Bevor sie auf diese höchst ungewöhnliche Bemerkung etwas erwidern konnte, sprach der König bereits weiter: »Aber der Goldene Hirsch gehört bestimmt nicht ins Reich der Legenden. Er hat sich auch in anderen Gegenden bemerkbar gemacht. Ihr pflichtet Eurem Onkel also nicht bei, dass man den Hirsch aus seinem Versteck treiben könnte, wenn man die Wälder nur gründlich genug durchsuchte? Lord Paul hat erzählt, dass Ihr und Odo von dem Mann angegriffen worden seid.«

Madeleine zögerte. Jetzt sollte sie wohl besser sagen, was sie wusste. Doch stattdessen meinte sie nur: »Wir wurden von ein paar Gesetzlosen angegriffen, Sire. Wenn einer von ihnen der Goldene Hirsch war, dann ist er keineswegs so legendär, wie immer behauptet wird.«

Was war nur los mit ihr?

Sie wollte doch, dass er hinter Schloss und Riegel kam, oder etwa nicht?

»Das sind solche Burschen nie«, entgegnete der König trocken und betrachtete sie nachdenklich. »Eines Tages werde ich den Schurken schon zu fassen bekommen und es beweisen.« Er blickte an ihr vorbei. »Ah, Aimery!«

Madeleine bemerkte einen Schatten auf ihrem Schoß. Als sie aufblickte, sah sie, dass Aimery de Gaillard hinter ihr stand.

Der König erhob sich. »Bitte leiste der Demoiselle Gesellschaft, Aimery. Ich habe noch ein Wörtchen mit Lord Paul zu reden, bevor er morgen abreist.«

Madeleine blickte nicht auf ihren neuen Nachbarn, als dieser sich neben sie setzte. Sie suchte krampfhaft nach einer

Entschuldigung, um ihm zu entkommen. Noch einen weiteren Schlagabtausch konnte sie einfach nicht ertragen.

»Ihr wirkt erschöpft«, meinte er nüchtern. Madeleine merkte, dass ihr fast die Augen zugefallen waren. Sie zwang sich, aufrecht zu sitzen. »Es war ein aufregender Tag.«

Sie wagte einen Blick auf ihn. Als er ihr im Saal zum ersten Mal aufgefallen war, hatte sein merkwürdig langes blondes Haar und sein farbenprächtiges Gewand ihre Aufmerksamkeit erregt; jetzt aber schienen alle anderen neben ihm zu verblassen. Warum war sie sich eigentlich so sicher, dass sie nicht Aimery de Gaillard heiraten wollte? Wenn er sich nicht gerade über sie lustig machte oder sie verhöhnte, war er ziemlich attraktiv. Sie sollte sich wirklich nicht durch seine Ähnlichkeit mit einem gewissen lüsternen Schuft beirren lassen.

Edwald war ein gemeiner Gesetzloser, der nur zu seinem Amüsement mit ihr gespielt und dann die Einheimischen gegen sie aufgewiegelt hatte, weil sie seine Lust nicht hatte stillen wollen. Aimery de Gaillard hingegen war ein Normanne, ein ehrenwerter Mann.

»Warum starrt Ihr mich so an?«, fragte er unvermittelt. Sie sah, dass sich seine Rechte zur Faust geballt hatte. Etwas an dieser Hand … Plötzlich stützte er das Kinn darauf, und sie vergaß wieder, was ihren müden Kopf irritiert hatte.

»Habe ich Euch angestarrt?«, fragte sie verwirrt. »Ich bitte um Verzeihung. Meine Gedanken schweifen ziemlich ziellos hin und her.«

»Ich glaube, Ihr solltet Euch schlafen legen«, sagte er fast freundlich. »Morgen wird es noch aufregender«, fügte er hinzu, »und diese Männer ertränken ihren Verstand sehr rasch in Eurem Met und Eurem Ale.«

Sie blickte sich um und wurde rot, als ihr auffiel, dass tatsächlich schon ein Großteil der Anwesenden betrunken war. Der Ton ihrer Gespräche und ihrer Lieder war ziemlich derb. Rasch stand sie auf, und er folgte ihrem Beispiel. »Ich begleite Euch zu Eurer Kammer.«

Sie ging voraus, doch plötzlich bekam sie Angst. Der Vorhang, der ihr Schlafgemach vom Korridor trennte, war ihr immer ausreichend erschienen, doch jetzt fühlte sie sich wegen all der Fremden unsicher.

Als sie vor ihrer Kammer stehen blieb, hielt er ihr den Vorhang auf. »Macht Euch keine Sorgen, Demoiselle. Ich glaube nicht, dass jemand so töricht wäre, Euch zu stören. Aber ich werde einen vertrauenswürdigen Wächter vor Eure Kammer stellen. Schließlich habt Ihr Euren Schlaf bitter nötig. Ihr müsst morgen eine schwerwiegende Entscheidung treffen.«

Die Sonne war untergegangen. Eine Fackel in der Nähe warf einen schwachen roten Schein in den Gang, und durch das kleine Fenster ihrer Kammer fiel abendliches Dämmerlicht. Er hielt ihr den schweren Vorhang auf. Sie blickte auf seinen muskulösen Unterarm, den ein goldener Reif und goldene Haare zierten. Madeleine bebte, jedoch nicht vor Angst. »Warum wollt Ihr mich nicht heiraten?«, flüsterte sie.

»Ich verspüre nicht den Wunsch, irgendjemanden zu heiraten, Lady Madeleine.«

»Habt Ihr Euch zur Keuschheit verpflichtet?« Sie hoffte, dass das dämmrige Licht die Verlegenheit verbarg, die sie bei einer solchen Frage beschlich.

Sie sah seine weißen Zähne, als er grinste. »Nein.«

»Gibt es … gibt es eine Frau, die Ihr liebt, aber nicht heiraten könnt?«

»Nein. Es gibt keine, die ich heiraten will.« Er legte seine freie Hand auf ihren Rücken und schubste sie sanft in die Kammer. »Gute Nacht, Lady.« Dann ließ er den Vorhang fallen.

Die Stelle, auf der seine Hand sie berührt hatte, brannte, als hätte sie sich gegen heiße Steine oder einen Backofen gelehnt. Madeleine legte die Hände auf ihre erhitzten Wangen.

Warum fühlte sie sich zu diesem Mann so hingezogen? Und gleichzeitig so von ihm abgestoßen? Sie konnte sich einfach keinen Reim darauf machen.

Sie wusch sich das Gesicht über einer Schüssel mit Wasser, die Dorothy für sie bereitgestellt hatte, dann zog sie sich bis auf ihr leinenes Untergewand aus und ging zu Bett.

Sie versuchte, an die anderen zu denken, die um ihre Hand und ihren Besitz konkurrierten. Odo kam nicht infrage, obwohl der König das nicht wissen konnte. Doch Lord Stephen schien eine ausgezeichnete Wahl zu sein. Er sah gut aus, er war höflich, er war witzig, er sang vorzüglich von schönen Dingen …

Aber nicht so, wie Aimery de Gaillard sang. Dieser Mann hatte eine ganz besondere Gabe. Seine Stimme war klar und rein. Und sehr ausdrucksstark. Als er von dieser schrecklichen Schlacht gesungen hatte, war sich Madeleine vorgekommen, als wäre sie direkt an diesen Schauplatz versetzt worden. Wie würde es sein, wenn er von der Liebe sang?

Ihr Körper begann, sich unter den Laken zu winden, so, wie er sich unter Edwalds Händen bewegt hatte. Wahnsinn, süßer Wahnsinn …

Mitten in der Nacht wachte sie auf, gepeinigt von einem wirren, heißen Traum über einen blonden Gesetzlosen, ihre Tante und den König. Irgendwie spürte sie, dass etwas äußerst Wichtiges vorgefallen war. Etwas, was sie gesehen oder zumindest halb gesehen hatte. Einen Moment lang war es ganz klar gewesen, aber jetzt war es verschwunden wie ein morgendlicher Sommernebel.

Als sie am nächsten Tag erwachte, weil ihr die Sonne ins Gesicht schien, erinnerte sie sich noch an das drängende Gefühl, hatte jedoch keine Ahnung, was der Grund dafür gewesen war.

Aimery kehrte in den Saal zurück und setzte sich zu seinem Bruder. Gemeinsam leerten sie einige Becher Met. Leo wollte gerne darüber sprechen, was man aus Baddersley machen könnte, wenn es in die richtigen Hände fiele. Doch Aimery war entschlossen, dieses Thema zu vermeiden; er zog es vor, von der Falknerei zu sprechen. Ihn beunruhigte seine Reaktion auf die Erbin. Er musste geradezu darum kämpfen, an seiner Feindseligkeit festzuhalten, ja, er machte sich sogar Sorgen um Madeleines Zukunft.

Man durfte nicht zulassen, dass sie sich für Odo entschied. Selbst, wenn sie gewillt war, die versuchte Vergewaltigung zu vergessen, so war Odo doch ein unfähiger Gemahl und als Lord für Baddersley bestimmt fast genauso schlecht wie sein Vater.

Stephen wäre besser. Er wäre bestimmt nett zu Madeleine, solange sie seine zahlreichen Affären duldete. Doch er würde sich kaum um Baddersley kümmern und aus dem Anwesen herauspressen, was er konnte, um es in die Normandie zu schicken, wo er ein kleines, verarmtes Gut besaß, an dem er sehr hing.

Bei dem Gedanken an Madeleine in Odos oder Stephens Bett bekam Aimery einen bitteren Geschmack im Mund.

»Was ist los?«, fragte Leo. »Hast du doch einen wunden Hintern vom Reiten?«

»Natürlich nicht«, seufzte Aimery. »Ich überlege mir nur, wie ich mir die Erbin vom Hals halten kann, ohne dass es Vater oder der König merken.«

Leo schüttelte den Kopf. »Ich verstehe dich einfach nicht. Du würdest dich jetzt nicht einmal mehr mit dem Onkel und der Tante abgeben müssen. Kaum zu glauben, was die Erbin über die Vorfälle hier hat verlauten lassen. Dreijährige auszupeitschen – wie kann man nur?«

»Wie bitte?«

»Warst du nicht da? Sie hat dem König erzählt, dass Paul de Pouissey Kinder an den Pfahl hat binden und auspeitschen lassen. Wilhelm war äußerst erzürnt. Er bot ihr an, den Mann für sie auspeitschen zu lassen.«

Jetzt erinnerte sich Aimery wieder an all seine bitteren Gefühle für Madeleine de la Haute Vironge. »Das wäre bestimmt recht unterhaltsam.«

»Oh, sie hat es abgelehnt. Er soll nur zurück in die Normandie geschickt werden und dort das Anwesen in Haute Vironge vollends zugrunde richten. Es befindet sich ohnehin in einem fortgeschrittenen Zustand des Verfalls, weil es inmitten eines umkämpften Gebiets liegt.«

»Sie hat es tatsächlich abgelehnt?«, schnaubte Aimery höhnisch. »Das wundert mich!«

»Na ja, vielleicht ist sie einfach nicht rachsüchtig.« Leo warf einen Blick auf seinen Bruder, der wirkte, als ob er am liebsten selbst jemanden ausgepeitscht hätte. Nur Gott wusste, warum. Er seufzte. »Ein erholsamer Schlaf, das ist es, was wir beide brauchen. Ich weiß nur nicht, wo wir ihn bekommen.« Er blickte sich im Saal um. Einige Männer hatten die Strohsäcke hervorgezogen und sich mit ihren Umhängen darauf gebettet, andere lärmten und tranken noch immer. Der König hatte Graf Guy und die beiden Geistlichen eingeladen, das Gemach im Obergeschoss mit ihm zu teilen. Alle anderen mussten zusehen, wo sie blieben.

»Du hast recht«, meinte Aimery und stand auf. »Ich werde draußen schlafen. Hier drinnen ist die Luft nicht allzu gut«, fügte er gereizt hinzu.

Leo zuckte mit den Schultern und folgte seinem normalerweise doch so gleichmütigen Bruder.

Sie fanden eine stille Ecke in der Nähe der Ställe und wickelten sich in ihre Umhänge. Die Nacht war warm und klar. Aimery blickte zu den Sternen auf.

Dieses kleine Miststück! Sie hatte bestimmt ein paar Dinge mit Paul de Pouissey abzurechnen, aber ihr eigenes Verbrechen auf ihn abzuwälzen … Er konnte sich gut vorstellen, wie sie dasaß und dem König alles erzählte. Wahrscheinlich waren ihr bei dieser schrecklichen Grausamkeit Tränen in die großen braunen Augen getreten.

Aber er hatte es ja selbst gesehen. Sie hatte um die Auspeitschungen gebeten und ihnen beigewohnt, bis sie davon gelangweilt war. Als sie hörte, dass die Kinder an der Reihe seien, war sie wieder ans Fenster geeilt, um ja nichts zu verpassen.

Wann würde er es endlich einsehen? Sie war ein boshaftes Weib und umso gefährlicher, weil sie aussah, als könne sie kein Wässerchen trüben. Beim Kreuz, er hoffte, sie würde sich für Odo entscheiden. Genau so einen Kerl hatte sie verdient.

Am nächsten Morgen überlegte sich Madeleine sorgfältig, was sie an ihrem großen Tag anziehen sollte. Sie entschied sich für ein feines Leinengewand in Braun- und Rottönen mit schwarzen Rändern. Da es heiß zu werden versprach, trug sie keine Tunika. Dorothy richtete die Falten des prächtigen Kleides mithilfe eines vergoldeten Gürtels, bis ein Teil des cremefarbenen Untergewands unter dem Saum hervorblitzte.

»Sehr schön, Mylady«, meinte die Zofe. »Passend für einen König, wenn ich das so sagen darf. Jetzt zu Eurem Haar.«

Madeleine ließ sich Zöpfe flechten. Sie war froh, dass sie die Haare gestern offen getragen hatte, aber jetzt war es an der Zeit, züchtig zu erscheinen. »Flechte doch die roten Schleifen mit ein«, wies sie Dorothy an.

Schließlich waren die dicken, schimmernden Zöpfe mit scharlachroten und goldenen Schleifen verziert, die an den Enden zu einem komplizierten Muster zusammengeknotet waren. »Wunderbar«, stellte Dorothy zufrieden fest. Dann überraschte sie Madeleine, indem sie mehr Worte verlor als sonst. »Es heißt, dass Lord Paul und Dame Celia gehen sollen und Ihr Euch einen der anwesenden Männer zum Gemahl küren sollt.«

»Das stimmt.«

»Es ist nicht gut, wenn ein junges Mädchen wie Ihr sich selbst einen Gemahl aussuchen soll.«

»Es stehen nur drei zur Wahl«, bemerkte Madeleine. »Und für alle drei bürgt der König.«

»Ihr werdet einen Fehler machen, das weiß ich ganz sicher.«

Madeleine drehte sich beleidigt um, doch sie sah, dass Dorothy offenbar nicht an ihrem Urteilsvermögen zweifelte, sondern besorgt wirkte.

»Dorothy, hast du wirklich Angst um mich?«

»Aber natürlich«, fauchte die Zofe und knallte den Kamm auf den Tisch. »Ein junges Mädchen wie Ihr! Und das bei all dem, was hier vorgeht. Was für ein Chaos! Und jetzt noch dies!« Unwirsch machte sie sich an Madeleines blauer Tunika zu schaffen. »Ich mag Odo de Pouissey nicht«, knurrte sie.

»Ich auch nicht«, erwiderte Madeleine einigermaßen gerührt über diese unvermutete Seite an der sonst so schweigsamen Frau.

»Gut.« Dorothy legte die zerknüllte Tunika beiseite. »Wollt Ihr einen Schleier, Mylady?«

»Nein, der würde mich nur behindern; ich glaube, ich werde heute viel zu tun haben.« Madeleine stand auf und streifte die Falten noch einmal glatt. »Was hältst du denn von den anderen?«

»Ich weiß nicht.« Dorothy kippte das Waschwasser zum Fenster hinaus. »Der Sachse – die Leute hier mögen ihn.«

»Das mag schon sein, aber sie kennen ihn bestimmt auch nicht besser als ich.«

Dorothy richtete das Bett. »Er war früher schon einmal hier. Unter dem alten Lord, Hereward.«

»Ach ja?« War das etwa sein Problem? Lehnte er sie ab, weil das Anwesen jetzt ihr gehörte? Madeleine blickte die Zofe überrascht an. »Woher weißt du das überhaupt, Dorothy? Haben die Leute hier inzwischen Französisch gelernt?«

»Die doch nicht.« Dorothy schnaubte verächtlich. »Jedenfalls nur gerade so viel, dass sie die einfachsten Befehle befolgen können. Ich habe genug von ihrer Sprache gelernt, um mich mit ihnen zu verständigen. Was blieb mir anderes übrig? Sonst hätte ich hier überhaupt nichts geschafft.«

»Und die Leute bevorzugen Aimery de Gaillard?«

»Sie bevorzugen einen der Ihren.« Dorothy blickte Madeleine finster an. »Nun geht schon! Ihr müsst Eure Wahl treffen – geht los und wählt, aber denkt daran: Wie man sich bettet, so liegt man.«

Das war nicht sehr tröstlich, wenn es ums Ehebett ging. Nachdenklich schritt Madeleine zum Saal.

Also hielt auch Dorothy Aimery de Gaillard für die beste Wahl. Madeleine fiel ein, wie es ihr am Abend zuvor im Halbdunkel ergangen war, als sie neben seinem warmen, starken Körper stand. Sie versuchte, sich vorzustellen, wie es gewesen wäre, wenn er sich nach vorne gebeugt und seine festen Lippen auf die ihren gepresst hätte.

Würde es sein wie mit Edwald? Nur, weil er ihm ein wenig ähnelte, hieß das freilich noch lange nicht, dass er genauso auf sie wirken würde. Aber trotzdem schien es so zu sein ...

Benommen trat sie in den Saal. Aimery de Gaillard unterhielt sich mit seinem Bruder. Er war wirklich ein sehr gutaussehender Mann.

Er blickte sie an. Sie lächelte ihm zu.

Er lächelte zurück, doch sein Lächeln reichte nicht bis in seine Augen; sie blieben kalt. Nein, nicht kalt. Heiß, unangenehm heiß. Nach einem langen Moment, in dem sie das Gefühl hatte, als ob sie beide völlig allein in einer feindlichen, kalten Welt wären, verbeugte er sich.

»Guten Morgen, Lady Madeleine. Ich hoffe, Ihr habt gut geschlafen.«

Es klang wie eine Warnung.

9

Der erste Befehl des Tages lautete, Paul und Celia de Pouissey auf ihren Weg zu schicken. Madeleine wollte sich von ihnen verabschieden, doch der König verbot es und beauftragte Graf Guy, sie noch ein Stück zu begleiten. Madeleine hatte jetzt zwar keine Lady von Stand mehr als Gesellschafterin, doch sie spürte, wie sich ihre Laune hob. Baddersley gehörte ihr, zumindest einen Tag lang.

Doch dann würde sie Stephen de Faix heiraten müssen. Was blieb ihr anderes übrig?

Aimery de Gaillard verströmte inzwischen nichts als Abneigung. Er hatte am Vorabend in aller Deutlichkeit festgestellt, dass er sie nicht heiraten wollte, aber an diesem Tag schienen seine Gefühle noch stärker und unangenehmer zu sein. Ihn konnte sie einfach nicht wählen.

Dennoch wanderte ihr Blick ständig zur anderen Seite des Saals, wo er mit einigen Männern zusammenstand, darunter auch sein großer, dunkel dreinblickender Bruder. Offenbar hatte jemand einen Witz gemacht, denn plötzlich brach er in jungenhaftes, unbekümmertes Lachen aus, seine Augen blitzten schalkhaft, die strahlend weißen Zähne hoben sich gegen seinen goldenen Teint ab.

Madeleine zwang sich, den Blick abzuwenden.

Sie sah, dass Odo allein war und die Gruppe finster musterte. Er hatte sich wohl gerade von seinem Vater und seiner Stiefmutter verabschiedet und befand sich bestimmt in einer ziemlich peinlichen Lage. Er tat Madeleine richtig leid. Doch das reichte natürlich nicht aus, und ebenso wenig seine Versuche, ihr die glücklicheren gemeinsamen Momente in ihrer Jugend in Erinnerung zu rufen – auch Odo konnte sie nicht zum Gemahl wählen. Nach seinem Übergriff konnte sie es kaum ertragen, von ihm berührt zu werden.

Also bleibt nur Stephen, sagte sie sich, und das war schließlich auch gar nicht so schlecht. Wo steckte er eigentlich?

Im selben Moment kam er hereingeschlendert, das rotbraune Haar ein wenig wirr, die Augen warm, ein entspanntes Lächeln auf den Lippen. Er würde bestimmt ein sehr angenehmer Lebenspartner werden. Dennoch hatte er etwas an sich, was sie störte, etwas Katzenhaftes: Er wirkte sehr selbstzufrieden und satt.

Verzweifelt blickte sie von einem zum anderen. Da war der eine, der sie hasste, der andere, den sie hasste, der dritte, den sie wählen musste, auch wenn all ihre Instinkte sie davor warnten.

Ein Diener kam mit einer Frage zu ihr. Madeleine nutzte das als Vorwand, aus dem Saal zu eilen und sich persönlich davon zu überzeugen, dass für den weiteren Aufenthalt des Königs gesorgt war. Alles lief überraschend gut. Zu ihrer großen Erleichterung stellte sie fest, dass die Hausbediensteten recht tüchtig waren, wenn man ihnen klare Befehle erteilte, und nicht, wie sie befürchtet hatte, so eingeschüchtert, dass sie zu nichts zu gebrauchen waren. Die alltäglichen Pflichten im Herrenhaus konnte man ihnen getrost überlassen.

Außerdem blickten die Menschen in Baddersley nicht mehr mit bösen Augen auf sie. Manchmal behandelten sie sie sogar wie ihre Lady und Beschützerin gegen die normannischen Eindringlinge unter der Führung Wilhelms, dieses schrecklichen Bastards. Von manchen hätte man sogar behaupten können, sie bemühten sich verzweifelt darum, alles richtig zu machen. Sogar Aldreda war höflich. Offenbar hatte sie Angst, Madeleine könnte sich für vergangene Boshaftigkeiten an ihr rächen wollen. Sie behandelte ihre Herrin nun mit stillem Respekt und hielt den Blick züchtig gesenkt.

Als Madeleine noch einmal rasch den Saal überprüfte, sah sie Aldreda Tücher auf einen Tisch legen. Auf dem Weg nach draußen machte die Magd einen großen Umweg, um an Aimery de Gaillard vorbeizukommen und ihm etwas zu sagen. Er blickte lächelnd hoch und gab ihr eine Antwort. Aldreda lachte und setzte ihren Weg fort, selbstbewusst die breiten Hüften schwingend.

Madeleine biss sich auf die Lippe. Hatten die beiden ein Verhältnis? Aldreda war zwar etwas älter als er, aber recht ansehnlich. Doch eigentlich ging Madeleine das überhaupt nichts an. Sie begab sich in die Küche, um nach dem Essen zu sehen.

Frisch gebackenes, noch warmes Brot stapelte sich und wartete zusammen mit reifem Käse und starkem Ale darauf, zum Frühstück serviert zu werden. Drei fette Lämmer drehten sich auf Spießen über dem offenen Feuer; für eine spätere Mahlzeit wurden Hühnchen gerupft und Pasteten und Aufläufe gebacken. Das Festmahl des heutigen Abends sollte Baddersley zur Ehre gereichen, das hatte sich Madeleine geschworen.

Sie ermutigte, lobte und gab auch hier und da einen Rat. Gemeinsam mit den Köchen bedauerte sie den Mangel an Gewürzen und holte welche aus ihrem rapide schwindenden Vorrat. Bald würde sie ihn wieder auffüllen müssen. Das größte Problem war der Geldmangel. Falls Baddersley im letzten Jahr irgendeinen Erlös erwirtschaftet hatte, war er verschwunden.

Auf ihrem Weg zurück in den Saal spürte sie, wie wohl sie sich in ihrer neuen Rolle fühlte, und war stolz darauf, dass sie jetzt das Sagen hatte, wenngleich die Last der Verantwortung damit einherging. Sie seufzte. Schlimmstenfalls hatte sie immer noch den Schmuck, den ihr die Königin gegeben hatte. Sie würde ihn verkaufen, wenn sie Baddersley damit erhalten konnte. Ob Stephen de Faix wohl Geld hatte? Sie dachte an Aimery de Gaillards Goldschmuck. Damit hätte man Baddersely eine ganze Weile lang mühelos erhalten können.

Plötzlich sah sie etwas Goldenes aufblitzen und merkte,

dass er vor dem Saal stand. Er unterhielt sich mit einer Frau. Wieder Aldreda!

Madeleine beobachtete die beiden mit zusammengepressten Lippen. Die Frau schmiegte sich an ihn und legte ihm die Hand auf die Brust. Er legte eine Hand auf ihre Hüften, hob ihr Kinn und drückte ihr einen raschen Kuss auf die Lippen. Dann kehrte er in den Saal zurück. Aldreda sah ihm offenbar höchst zufrieden nach.

Na gut, dachte Madeleine verbittert, jetzt ist ja wohl klar, was Aimery de Gaillard letzte Nacht getrieben hat. Kein Wunder, dass ihn die Erbin nicht weiter interessiert hatte. Männer! Sie waren einfach die niedrigste Lebensform, die diese Erde bevölkerte! Als sie in den Saal marschierte, hätte sie am liebsten den ganzen Haufen vergiftet.

Der König war noch mit seinen Beamten und Beratern beschäftigt. In der Nacht waren einige Boten angekommen, und soeben traf ein weiterer ein. Niemand würde sich vor dem König an den Frühstückstisch setzen; deshalb begab sich Madeleine in die Kapelle zur Messe. Heute hatte sie Gottes Weisung wahrlich nötig.

Nur wenige Menschen nahmen am Gottesdienst teil. Die Geistlichen des Königs und die Saalbediensteten waren alle beschäftigt, und die meisten Adligen waren nicht besonders fromm. Stephen kam und kniete sich auf den steinernen Boden neben sie. Das gehörte wohl zu seinen Bemühungen um sie, zeigte aber auch, dass er an ihren Interessen Anteil nahm. Ihre früheren Sorgen legten sich. Wenn ihr Gemahl immerhin so viel für sie empfand, dass er versuchte, ihr zu gefallen, war das nicht zu verachten.

Anschließend gingen sie gemeinsam in den Saal. Er schwätzte über alles mögliche Belanglose, schaffte es jedoch, eine Reihe von Komplimenten einzuflechten – albern zwar, doch es hob Madeleines Laune. Als sie in den Saal traten, schenkte sie ihm ein aufrichtiges, warmes Lächeln. Ihre Zukunft wirkte lange nicht mehr so düster.

Der König kam gerade aus seinem Gemach. Als er sie erblickte, umwölkte sich seine Stirn, doch gleich darauf lächelte er wieder: »Guten Morgen, Demoiselle! Wie ich sehe, gesellt sich die Frömmigkeit zu Euren vielen anderen Tugenden – aber von einem jungen Mädchen, das im Kloster aufgewachsen ist, hätte man ja auch nichts anderes erwartet.«

Madeleine erwiderte seinen Gruß mit einem Knicks, dann setzte sie sich neben ihn, und das Essen wurde serviert. Er verwickelte sie in ein Gespräch über Land und Leute, doch Madeleine spürte, dass ihm eigentlich andere Dinge auf dem Herzen lagen. Hatte einer der Boten eine schlechte Nachricht gebracht?

Als ihr Gespräch zu erliegen drohte, meinte sie: »Es ist eine Schande, dass Euch überall die Arbeit verfolgt, Sire. Jeder Mann verdient einmal eine Pause.«

Er lachte. »Ich habe meinen Weg selbst gewählt. Wem der Sinn nach einem leichten Leben steht, der sollte nicht nach der Krone greifen. Doch einer meiner Boten hat mir eine Nachricht über den Goldenen Hirsch gebracht, die Euch beruhigen sollte: Er hält sich momentan nicht in Eurem Wald versteckt, sondern wiegelt die Bauern in Warwickshire auf.«

Also war es nicht Aimery de Gaillard. Erst in diesem Moment wurde ihr klar, welcher Verdacht in ihr geschlummert hatte. Am liebsten hätte Madeleine über ihre Torheit laut gelacht. Wie hatte sie nur auf etwas so Unsinniges verfallen können – Edwald ein verkleideter normannischer Ritter?

»Wird es wieder zum Kampf kommen, Sire?«, fragte sie.

»Nein, nein«, beruhigte er sie. »Es sind nur kleinere Unruhen, mit denen mein Sheriff sicherlich fertig wird. Hoffentlich bekommen wir den Schuft diesmal zu fassen.«

»Was werdet Ihr mit ihm tun, Sire?«, wollte sie wissen. Trotz allem wollte sie nicht, dass Edwald bestraft würde.

»Je nachdem. Ich vergeude kein Talent, Lady Madeleine. Einem feurigen, widerspenstigen Gaul schneidet man nicht die Kehle durch, sondern man zähmt ihn – falls er sich ein

Halfter überstreifen lässt. Aber wenn sich in Eurem Wald schon kein menschlicher Hirsch tummelt«, fügte er munter hinzu, »könnt Ihr uns ja vielleicht ein paar richtige Hirsche zur Jagd anbieten.«

»Selbstverständlich, Sire. Auch Wildschweine und kleineres Wild. Meine Männer streifen schon seit Tagen im Wald herum auf der Suche nach Fährten und Losungen.« Die Worte ›meine Männer‹ kamen ihr wie von selbst über die Lippen. Mit gewachsenem Stolz blickte sie sich im Saal um.

»Ausgezeichnet!« Der König verkündete seinem Gefolge die bevorstehende Jagd. Alle applaudierten.

Madeleine stieß einen erleichterten Seufzer aus. Wildbret würde zur Versorgung der Männer beitragen, und außerdem konnte sie in aller Ruhe den Saal aufräumen lassen.

Doch der König teilte ihr mit, dass sie ihn begleiten sollte.

»Aber Sire, ich muss hierbleiben und dafür sorgen, Euren Aufenthalt noch angenehmer zu machen.«

»Eure Bediensteten wirken, als kämen sie recht gut allein zurecht, Demoiselle«, entgegnete er hartnäckig. »Und Ihr habt nicht viel Zeit, Eure Möglichkeiten abzuwägen. Ihr solltet keinen Moment mit anderen Dingen vergeuden.«

Jetzt hätte sie dem König natürlich mitteilen können, dass sie ihre Wahl bereits getroffen hatte, doch bei diesem Gedanken verließ sie der Mut. Er wollte, dass sie de Gaillard heiratete, aber schon mutigere Leute als sie hatten sich davor gescheut, Wilhelm von der Normandie etwas zu sagen, was er nicht hören wollte. Vielleicht würde ja etwas passieren, um ihre Entscheidung noch ein wenig aufzuschieben – der Aufstand in Warwickshire, eine Seuche, ein Einfall der Wikinger …

Irgendetwas.

Aber sich der Jagd anzuschließen ließ sich nicht vermeiden.

Grummelnd zog sie los, um sich umzuziehen – Stiefel und eine Hose unter einem blauen Leinengewand. Könige, Königinnen, grünäugige Teufel – sie alle konnten ihr gestohlen bleiben! Sie ließ sich von Dorothy die Haare zu einem langen Zopf flechten, den sie mit einem Schal zusammenband. Dann raffte sie ihr Kleid unter dem Gürtel, bis es fast so kurz war wie die Gewänder der Männer. Schließlich stieg sie auf ihr Pferd, eine Frau unter zwanzig Männern.

Früher hatte sie sich vorgestellt, so etwas sei bestimmt sehr aufregend.

Jeder hoffte auf ein Wildschwein oder einen Hirsch, doch viele hatten auch ihre Falken mitgenommen, um schmackhafte Vögel zu jagen. Die meisten hatten Pfeil und Bogen dabei, um damit kleineres Wild wie Hasen oder Dachse zu erlegen. Madeleine hatte keinen Falken, doch auch sie hatte einen Bogen mitgenommen, auch wenn ihr die Kunst des Bogenschießens im Kloster nicht beigebracht worden war und sie gerade erst anfing, ein wenig geschickter damit umzugehen. Wahrscheinlich würde sie ihn gar nicht einsetzen; denn aus lauter Nervosität würde sie bestimmt nicht treffen und sich nur zum Gespött der Männer machen.

Bei dem Gedanken, von dem grünäugigen Sachsen ausgelacht zu werden, knirschte sie mit den Zähnen. Doch gleich darauf fragte sie sich verzweifelt, warum ihre Gedanken immer wieder um diesen Mann kreisten wie Garn um eine Spindel.

Er machte keine Anstalten, sich ihr zu nähern – der Jungfrau sei Dank –, aber sicherheitshalber ritt Madeleine zwischen Odo und Stephen. Deren Bemühungen, ihr zu gefallen, beruhigten ihre angegriffenen Nerven. Stephens trockener Humor gefiel ihr, und selbst Odo brachte sie mit einer Abenteuergeschichte aus ihrer Kindheit zum Lächeln. Doch dann beugte er sich zu ihr und legte eine behaarte Hand auf ihren Oberschenkel. Sie lenkte ihr Pferd sofort aus seiner Reichweite, woraufhin er sie mit einem hässlichen Blick bedachte. Stephen grinste zufrieden wie eine Katze vor einer Schüssel mit Sahne.

Madeleine fand es extrem unangenehm, als eine Schüssel Sahne betrachtet zu werden.

Doch der Sommertag war wundervoll, und sie beschloss, ihn trotz ihrer misslichen Lage zu genießen. Es war warm, und ein leichtes Lüftchen brachte angenehme Kühlung. Die Bäume waren üppig grün, der Himmel blau und klar, nur hier und da zeigten sich ein paar weiße Wölkchen. Die Jagdgesellschaft durchquerte eine buntblühende Wiese – Butterblumen, Schöllkraut, Margeriten und Mohn –, auf der sich eifrig die Bienen tummelten. Ein Hase war so töricht, sich aus seinem Loch hervorzuwagen, und suchte das Weite. Jemand spannte den Bogen, und gleich darauf hing der Hase an einem Sattelknauf. Sein Fleisch würde in einer schmackhaften Pastete landen, sein Fell zur Verzierung einer Kapuze oder zum Füttern von Stiefeln dienen.

Alle freuten sich über die erste kleine Beute. Stephen stimmte ein Lied an, in dem es um die Jagd auf ein junges Häschen ging, und bald fielen alle ein bis auf Madeleine, die den Text nicht kannte. Es war eine lange, fröhliche Geschichte, doch anfangs verstand sie die Bedeutung nicht so recht, bis ihr klar wurde, dass die Worte doppelsinnig waren. Wenn das köstliche kleine Häschen mit dem weißen Hinterteil ein Mädchen war und kein Hase, ergaben einige unsinnige Zeilen durchaus einen Sinn, besonders die, die davon erzählten, wohin der Pfeil gerichtet war.

Das Blut stieg ihr ins Gesicht. Odo kicherte. Madeleine blickte stirnrunzelnd auf Stephen, doch der zwinkerte ihr nur zu. Der Ausdruck in den Augen ihres Zukünftigen gefiel ihr ganz und gar nicht. Sie hatte den Eindruck, dass er sich nicht nur über das Lied amüsierte, sondern dass er auch ihre Verlegenheit ausgesprochen genoss. Männer!

Aimery de Gaillard ritt hinter ihr. Sie blickte sich nicht um, doch sie konnte sich gut vorstellen, dass auch er über ihre naive Verlegenheit grinste.

Es musste doch weiß Gott einen ehrbaren Mann in England geben, der eine Erbin heiraten wollte und es gut mit ihr meinte! Warum musste sie sich mit diesen dreien herumschlagen? Wütend starrte sie auf den Rücken des englischen Königs, des Mannes, der ihr all diese Probleme beschert hatte.

Stephen wurde zum König gerufen. Madeleine hoffte, er würde gerügt, doch sie bezweifelte es. Alle Männer waren grob und hartherzig. Ein anderer Reiter gesellte sich ihr zur Seite. Sie hielt den Atem an und wandte sich ihm zu. Dann atmete sie erleichtert auf: Es war der andere, der Bruder.

»Ich glaube nicht, dass er Euch in Verlegenheit bringen wollte, Demoiselle«, meinte Leo munter. »Eigentlich gibt es kein Jagdlied, das nicht auch von der anderen großen Leidenschaft der Männer handelt.«

»Es würde den Männern besser zu Gesicht stehen«, meinte sie verkniffen, »wenn sie sich auf ihre eigentlichen Aufgaben konzentrierten und sich um das Wohlergehen ihres Landes und ihrer Leute sorgen würden.«

Odo grunzte. »Dieses Weib hat doch wirklich eine böse Zunge!«

»Aber sie hat recht«, erwiderte Leo mit einem abfälligen Blick auf de Pouissey. »Deshalb sollten die Männer ja auch heiraten, Lady Madeleine. Damit verliert sich ihre zwanghafte Lust an saftigem Wild.«

Verärgert blickte Madeleine ihn an, doch er hob nur die Hand und grinste. »Pax, Lady! Ihr solltet uns nicht böse sein, dass wir wegen Eurer Wahl aufgeregt sind. Das ist der interessanteste Wettkampf seit Senlac.«

»Ich glaube nicht, dass man meine Ehe mit der Eroberung Englands gleichsetzen kann, Mylord. Und ich unterwerfe mich auch nicht dem stärksten Schwert.«

»Wenn Ihr wollt, könnt Ihr durchaus auch auf dieser Basis entscheiden«, meinte Leo liebenswürdig. »Aber ich würde Euch davon abraten; es sei denn, Ihr wollt Aimery heiraten. Abgesehen von mir ist er nämlich der beste Schwertkämpfer hier.«

»Das möchte ich bezweifeln!«, fauchte Odo. – »Ihr habt Euer Glück doch schon in Rockingham versucht. Und seitdem hat er mit mir trainiert.«

Odo verstummte. Madeleine dachte interessiert darüber nach. War Aimery also ein guter Krieger, obwohl er deutlich erklärt hatte, am Krieg keinen Gefallen zu finden, und trotz seiner hübschen Kleider? Sie hätte nie geglaubt, dass er einem solch starken Mann wie seinem Bruder standhalten könnte.

Doch wenn das stimmte, dann hatte er sie angelogen. Nun, das wollte sie genauer wissen. »Vielleicht sollte ich mir doch die Kampfkünste meiner Freier anschauen«, dachte sie laut.

»Vergiss nicht, Mad«, fiel Odo ein, »dass die de Gaillards alles Land brauchen, das ihnen in die Hände fällt, um ihren Schwarm männlicher Nachkommen zu versorgen.«

»Haben die de Pouisseys etwa viel Land?«, fragte Leo trocken. »Männliche Nachkommen habt Ihr jedenfalls nicht besonders viele.« Er wandte sich wieder an Madeleine. »Ich werde dem König sagen, dass Ihr gerne einen Wettkampf mit den Waffen haben wollt.« Und schon war er weg, noch bevor sie es ihm ausreden konnte. Ihr voreiliges Mundwerk hatte wieder einmal alles verkompliziert.

»Wenn du auf die de Gaillards reinfällst, Mad«, meinte Odo wütend, »dann wirst du die Witwe eines Verräters sein, noch bevor du dein erstes Kind bekommst.«

Ihr stockte der Atem. »Wie meinst du das?«

»Du brauchst dir diesen Kerl doch bloß anzuschauen«, sagte er erregt. »Kein echter Normanne würde sich so kleiden wie er. Und ich habe ihn auch dabei ertappt, wie er sich in stillen Ecken mit seinem Cousin, Edwin von Mercia, unterhalten hat. Diesem Mann kann man nicht über den Weg trauen.«

»Er ist der Cousin des Grafen von Mercia?«, fragte Madeleine erstaunt. Sie wusste, dass de Gaillard ein halber Engländer war, doch sie hätte nie vermutet, dass er so eng mit dem englischen Adel verbunden war, und damit auch mit dem berüchtigten Rebellen Hereward. Plötzlich erschien ihr eine Verkleidung als englischer Gesetzloser gar nicht mehr so weit hergeholt.

Doch der Goldene Hirsch war in Warwickshire.

So wollte es jedenfalls das Gerücht.

»Ja, er steckt mit den Sachsen unter einer Decke«, fuhr Odo fort. »Und die warten einfach ab. Sie haben Wilhelm noch längst nicht akzeptiert. Bald werden sie sich gegen ihn erheben, und der Sachse de Gaillard wird bei ihnen sein.«

Du meine Güte, dann war er vielleicht doch der Goldene Hirsch! Sie warf einen verstohlenen Blick auf ihn und suchte nach Zeichen von Edwald und ihrem Feenprinzen. Doch jetzt konnte ihr armer gequälter Verstand nur einen langhaarigen Normannen erkennen.

Odos selbstgefälliger Tonfall riss sie aus ihren Gedanken. »Und was Stephen angeht«, meinte er, »so hoffe ich, dass du nichts dagegen hast, seine Gunst mit anderen zu teilen. Letzte Nacht hat er in den Ställen herumgehurt.«

Madeleine erinnerte sich an Stephens Grinsen, das auf die Befriedigung eines Bedürfnisses hingewiesen hatte, und wusste, dass Odo die Wahrheit sagte. An diesem Morgen war Stephen bestimmt geradewegs von einer Frau gekommen. Allmächtiger, was sollte sie nur tun?

»Mad«, meinte Odo sanft, »ich bin der einzig vernünftige Kandidat. Du kennst mich, und du magst mich doch auch. Ich wusste nicht, wie schlecht dich mein Vater und Dame Celia behandelt haben. Wenn du es mir gesagt hättest, dann hätte ich bestimmt etwas dagegen unternommen.«

»Das wollte ich ja, aber dann hast du versucht, mich zu vergewaltigen«, erwiderte sie verbittert.

»Nein!«, protestierte er. »Das habe ich nicht getan. Ich ließ mich nur von meinen Gefühlen zu dir überwältigen. Und eigentlich warst du doch auch gar nicht so unwillig, du warst nur überrascht. Aber ich habe dir einen Schrecken eingejagt, und das tut mir leid.« Er grinste breit, wobei seine schiefen Zähne zum Vorschein kamen. »Du treibst die Männer eben in den Wahnsinn, Mad.«

Das sollte wahrscheinlich ein Kompliment sein. Doch Madeleine fühlte sich nicht geschmeichelt, auch wenn sich nun Zweifel in ihr regten, ob sie Odo nicht doch in Erwägung ziehen sollte. Immerhin begehrte er sie, und wahrscheinlich kannte sie die guten wie die schlechten Seiten an ihm. Sie wusste so wenig über Männer. Vielleicht hatte sie seinen Übergriff doch falsch gedeutet. Ihr war, als sei es schon sehr lange her. Und wenn sie Odo heiratete, müsste sie sich jetzt auch nicht mehr mit Paul und Celia abfinden, die sich sonst bestimmt an ihn gehängt hätten wie die Kletten …

»Der König wünscht Euch zu sprechen, de Pouissey!«

Madeleine drehte sich so hastig um, dass sie sich fast den Hals verrenkt hätte. Rechts neben ihr ritt Aimery de Gaillard.

Als sie sich wieder Odo zuwandte, sah sie, dass sich seine Miene verfinstert hatte, aber er musste dem Befehl des Königs wohl oder übel folgen.

Madeleine betrachtete den Blonden an ihrer rechten Seite eingehend. Jetzt wirkte er weder wie ein Normanne noch wie ein Sachse, sondern so, wie er eben war – vor allem arrogant.

Er trug nur eine kurzärmlige, knielange Tunika, ein ärmelloses Lederwams und knielange, kreuzweise geschnürte Beinlinge. Dennoch war seine Kleidung nicht schlicht. Sein Wams war mit einem fantastischen Metallmuster verziert, das ineinander verschlungene Schlangen darstellte; es war nicht nur eine Augenweide, sondern würde auch einen Pfeil ablenken. Sein vergoldeter Gürtel wurde von einer goldenen Schnalle gehalten, die mit Amethysten besetzt war. Die Beinlinge waren leuchtend grün und mit Bändern geschnürt, die mit brauner und weißer Stickerei verziert waren.

Und natürlich trug er seine auffälligen Armreife. Unwillkürlich überschlug sie den Wert seines Schmuckes.

»Wollt Ihr einen haben?«, fragte er. Rasch blickte sie in seine kalten grünen Augen.

»Nein«, lehnte sie ab, doch dann fügte sie hinzu: »Würdet Ihr mir denn einen geben, wenn ich Euch darum bäte?«

»Mir ist befohlen worden, um Euch zu freien«, sagte er unverblümt. »Wenn Ihr mein Gold haben wollt, müsst Ihr nur vor Zeugen darum bitten.«

»Ich bräuchte tatsächlich Geld«, räumte sie ein, auch wenn sie sich dabei um einen möglichst gleichgültigen Ton bemühte. »Dieser ganze Schmuck ist eine ziemliche Versuchung.«

Er lachte, doch es lag eine gewisse Schärfe darin. »Ihr besitzt die seltene Tugend der Aufrichtigkeit. Zu schade, dass Ihr Euch so weniger anderer Tugenden rühmen könnt.«

Ihre Wangen begannen vor Zorn zu glühen. »Lord Aimery, warum seid Ihr so abfällig? Meine Lage ist kaum besser als Eure. Ich will keinen meiner Freier heiraten, doch die Freiheit, mich zu weigern, steht mir nicht zu. Auf Euch hingegen lastet keinerlei Zwang. Ich sehe wahrhaftig keinen Grund dafür, dass Ihr so bitter seid.«

Er griff nach ihren Zügeln und brachte ihr Pferd zum Stehen. »Lady Madeleine, keiner von uns kann sich so gut weigern wie Ihr. Ihr könnt Euch einfach von uns abwenden und in Euer Kloster zurückkehren. Doch wenn wir uns weigern, Eure Entscheidung anzunehmen, wird uns der König nie mehr mit seiner Gunst bedenken.«

»Aber Euch mag er doch ganz offenkundig.«

»Das hat damit wenig zu tun.«

Die Reiter hinter ihnen teilten sich und ritten um sie herum. Augenscheinlich hatte niemand etwas gegen dieses private Stelldichein, und auch Madeleine war es recht. Er schien dazu aufgelegt, offen mit ihr zu reden; vielleicht würde ihr das helfen, seine Haltung endlich zu begreifen.

»Warum wollt Ihr mich nicht heiraten?«, fragte sie und suchte in seinem Gesicht nach Spuren von Edwald. Sie war sich einfach nicht sicher. Wenn er Edwald wäre, würde er sich doch bestimmt mit Freuden auf die Gelegenheit stürzen, eine Baronie in die Hand zu bekommen und sämtliche Mittel, die sich damit erwirtschaften ließen, in den Aufstand fließen zu lassen.

»Ich will keine Frau heiraten, gegen die ich eine Abneigung hege.«

Sie schnappte nach Luft. »Warum bin ich Euch so zuwider? Ich bin gewiss kein größerer Sünder als sonst jemand. Und ohne eitel zu sein, kann ich doch sagen, dass ich nicht unansehnlich bin. Warum also?«

Seine Augen waren kalt, ganz anders als Edwalds Augen. »Ich spreche Englisch«, sagte er. »Und ich kenne Baddersley. Ihr seid eine harte, gnadenlose Frau. Das sind zweifellos Eigenschaften, die in bestimmten Umständen von Vorteil sind, aber es sind keine, die ich an meiner zukünftigen Ehefrau sehen möchte.«

»Hart?«, fragte sie entgeistert. »Gnadenlos?«

Er stieg aus dem Sattel und legte die Hand auf ihren Sattelknauf. »Beleidigt Euch diese Beschreibung?«, fragte er. »Ich hätte eher gedacht, Ihr würdet Euch darüber freuen.«

Sie blickte auf ihn hinab und auf die Hand, die auf ihrem Sattel lag. Als sie sich der Nähe dieser Hand zu ihren gespreizten Beinen und des warmen Gewichts seines Arms auf ihren Oberschenkeln bewusst wurde, vernebelten sich ihre Sinne. Benommen blickte sie um sich. Sie waren völlig allein. »Die Jagd ...«

»Wenn Ihr wollt, könnt Ihr ruhig weiterreiten.«

Doch Madeleine machte keine Anstalten, das Pferd anzutreiben. Ihr Blick haftete noch immer auf dieser Hand, ohne etwas zu sehen. Dieser Mann hasste sie, und dennoch reagierte ihr Körper auf ihn wie auf keinen anderen – bis auf Edwald.

»Sagt etwas auf Englisch zu mir!«, forderte sie ihn auf.

Erst war er überrascht, doch dann rezitierte er ein Gedicht.

»Oft findet mich die Morgenstunde
in Einsamkeit und Kummer,
denn niemand lebt mehr,
dem ich die Wahrheit meines Herzens
anvertrauen könnte.«

Das klare, musikalische Englisch ging ihm in einer Schönheit von der Zunge, wie sie es noch nie gehört hatte. Kein Vergleich zu Edwalds rauer Sprache.

Sie seufzte. »Was wollt Ihr von mir?«

»Euer Wort, dass Ihr mich nicht zum Gemahl wählt.«

Das sollte ihr nicht schwerfallen, schließlich hatte sie schon erkannt, dass es der reine Wahnsinn wäre, ihn zu heiraten. Allerdings hatte sie da noch nicht über Stephen Bescheid gewusst. »Ich weiß nicht«, sagte sie deshalb. »Odo kann ich auf keinen Fall heiraten. Warum, kann ich Euch jetzt nicht sagen, aber ich glaube wirklich nicht, dass ich es könnte. Und Stephen will ich auch nicht heiraten …« Sie warf ihm einen schrägen Blick zu. »Odo meint, er hat mit den Mägden getändelt.«

Er lächelte spöttisch. »Und deshalb wendet Ihr Euch von ihm ab? Auch Odo und ich sind keine Heiligen, das wisst Ihr doch.«

»Vermutlich habt auch Ihr Euch auf die Frauen von Baddersley eingelassen«, sagte sie düster und dachte an Aldreda. Er hatte recht, wenn er sich über ihre Naivität lustig machte.

»Gewiss.« Die angenehme Erinnerung, die ihn dabei durchflutete, ließ ihn lächeln. »Eine Begegnung, die ich nie vergessen werde.«

Madeleine biss die Zähne zusammen. Einer Eingebung folgend fragte sie. »Bei Eurem jetzigen Besuch?«

Seine Augen wurden groß. Er packte sie am Arm und zog sie vom Pferd.

»Was – lasst mich los!«

Sein Griff war hart, er umklammerte ihren Nacken, als

wollte er ihn brechen. Ihr Herz hämmerte, doch nicht nur vor Schreck. Odos Angriff fiel ihr wieder ein, und die Abneigung und der Ekel, die sie sofort erfasst hatten. Jetzt hingegen hatte sie zwar Angst, aber sie fühlte sich auch angezogen wie der Nachtfalter von der tödlichen Flamme. »Was habt Ihr vor?«, flüsterte sie.

»Euch zu küssen.«

Sie leckte ihre prickelnden Lippen, uneingestandene Hoffnungen regten sich in ihr. »Ich dachte, Ihr wollt mich nicht heiraten.«

»Es wird Euch nicht gefallen«, versprach er düster. »Der ungeschlachte Odo und der leichtfertige Stephen werden Euch im Vergleich dazu wie ein Schatz vorkommen.«

Ihre Hoffnung zerbarst in tausend Stücke. Sie wollte sich aus seinem Griff befreien, doch der wurde nur noch fester und geriet dabei an eine alte Prellung in ihrem Nacken. Sie schrie auf.

Sofort ließ er locker, offenbar hatte ihn ihr Schmerz erschreckt. Er mochte drohen, soviel er wollte, sie glaubte einfach nicht, dass er ihr wirklich wehtun wollte. Weshalb versuchte er es dann? »Warum?«, fragte sie ihn noch einmal. »Warum?«

Seine Lippen wurden schmal. Er nahm die Hand von ihrem Nacken, packte sie stattdessen an den Handgelenken und zerrte sie von den Pferden weg zu einer mächtigen alten Eiche. Dort baute er sich mit seinem harten Körper vor ihr auf, sodass sie ihm nicht entkommen konnte. »Ich mag Euch nicht, Madeleine de la Haute Vironge! Ich will Baddersley nicht haben! Wenn Ihr mich zwingt, Euch zu heiraten, werde ich Euch das Leben zur Hölle machen.«

Die raue Rinde des Baumes scheuerte an ihrem Rücken und brachte ein paar Prellungen in Erinnerung, doch der Schmerz verging bei dem Geruch von Leder und Schweiß und der harten Wärme seines Körpers. Seine grausamen Worte widersprachen der Botschaft, die ihre Seele durstig aufnahm.

»Ich will Euch ja auch nicht heiraten!« Schon als sie die Worte äußerte, wusste sie, dass sie gelogen waren.

Und er wusste es auch. »Das sollten wir lieber bekräftigen«, meinte er. Mit der einen Hand umfasste er mühelos ihre Handgelenke, mit der anderen packte er sie am Kinn, zwang sie, den Mund zu öffnen, und presste seine Lippen hart auf die ihren. Seine Zunge drang brutal in ihren Mund ein. Madeleine bekam kaum noch Luft. Sie wand sich, aber sie konnte sich kaum bewegen. Ihr Protest endete in jämmerlichen, erstickten Lauten.

Ihr wurde schwarz vor Augen.

Plötzlich ließ er stöhnend von ihr ab und nahm sie in die Arme. Sein Griff war kein Gefängnis mehr, sondern ein sicherer Hafen. Als seine Lippen sich sanft auf ihren Mund senkten, wich ihm Madeleine nicht mehr aus, und als seine Zunge behutsam ihre Zähne streifte, hieß die ihre sie froh willkommen. Madeleine schaute ihm verwundert in die dunklen, verwirrten, besorgten Augen.

Seine Hände spielten auf ihrem Rücken wie auf seiner Leier, linderten alte Schmerzen, ließen Musik in ihren Ohren erklingen, versprachen betörende Wonnen. Als seine verspielten Finger eine Brust fanden, wimmerte sie, jedoch nicht aus Protest. Diese Magie war ihr wohlbekannt, und ihr Körper, der sich nicht täuschen ließ, bäumte sich ihm entgegen.

Das war Edwald, das war der Goldene Hirsch. Sie lächelte.

Auf einmal zog er sich zurück. Er wirkte genauso benommen wie sie, doch auch entsetzt. »Ihr seid mein Tod und mein Verderben. Hexe!«

Die Worte verletzten sie wie ein Messer. »Ich will Euch nichts Böses!«, protestierte sie.

Seine Hand wanderte wieder zu ihrem Nacken, doch diesmal streichelte er sie sehr sanft. »Dann heiratet mich nicht, Madeleine!«

Sie wollte schreien: Warum nicht? Doch eigentlich wusste sie es ganz genau: Die Menschen in Baddersley kannten ihn als den Goldenen Hirsch, und unter ihnen war ein Verräter, der ihn erkennen und an den König ausliefern würde. Doch nein – der Goldene Hirsch war der Verräter. Der Informant handelte nur wie ein getreuer Untertan des Königs. Sie konnte keinen Verräter heiraten – nein, das durfte sie einfach nicht!

Er erriet, was in ihr vorging. Seine Hand hielt inne, seine Züge verhärteten sich. »Ich gebe zu, Ihr habt eine gewisse Macht über mich, Demoiselle, die mich zu Liederlichkeiten bewegt. Dennoch verachte ich Euch. Glaubt nicht, dass Ihr mich heiraten und dann mit Eurer Wollust beherrschen könnt!«

Madeleine schob ihn weg und wandte sich ab; sie musste gegen die Tränen ankämpfen. »Ich habe nicht vor, Euch zu wählen. Ich werde Stephen heiraten.«

Er trat vor sie und betrachtete sie forschend. Dann nickte er. »Gut!«, meinte er grimmig.

Sie standen beide unschlüssig da.

Madeleine sah ihn an und erkannte in ihm ihren Feenprinzen, den sanften Gesetzlosen, den grausamen Verräter.

Aimery betrachtete sie und sah eine betörende junge Frau, ein lüsternes Weib, eine grausame Megäre.

Finster funkelten sie sich an, während ihre Körper sich unwillkürlich aufeinander zu bewegten.

Da räusperte sich jemand.

Erschrocken drehten sie sich um und entdeckten Graf Guy, der sie offenbar schon eine Weile beobachtet hatte. »Habt Ihr Eure Wahl getroffen, Demoiselle?«, fragte er trocken.

Aimery und Madeleine sahen sich an.

Ihre Blicke versenkten sich noch einmal ineinander, dann machte er kehrt und marschierte zu seinem Pferd. »Sie hat mich sehr glücklich gemacht«, meinte er. »Sie wird Stephen heiraten.«

Damit ritt er davon und nahm Madeleines Hoffnungen auf ein gemeinsames Glück mit sich.

Graf Guy stieg ab und trat zu ihr. »Am besten reitet auch Ihr weiter, Lady Madeleine. Es blieb nicht unbemerkt, dass Ihr Euch zusammen mit Aimery abgesondert habt. Weiteres Gerede sollte vermieden werden.«

Er half ihr in den Sattel, und sie ritten los. Graf Guy fragte: »Hat er Euch wehgetan?«

Sie merkte, dass er verärgert war. Jetzt hätte sie sich mühelos rächen können, wenn sie seine Frage bejaht hätte, denn der Graf hätte seinen Sohn bestimmt bestraft.

Doch rächen wofür?

»Ich weiß es nicht«, sagte sie wahrheitsgemäß.

»Demoiselle«, erwiderte der Graf schroff, »augenscheinlich gibt es Dinge, über die ich nicht Bescheid weiß, aber hier geht es um Euer Leben, dessen weiteren Verlauf Ihr bestimmen sollt – um Euer Leben und das meines Sohns. Handelt nicht unüberlegt!«

»Das weiß ich doch!«, rief sie erregt. »Aber was soll ich denn tun?« Sie sah ihn flehentlich an. »Wird mir der König mehr Zeit einräumen? Und mehr Wahlmöglichkeiten?«

Graf Guy schüttelte den Kopf. »Er hat viele andere Sorgen, Lady Madeleine. Diese Sache muss jetzt geregelt werden.«

Bald stießen sie auf den Rest der Jagdgesellschaft, die eine Rast eingelegt hatte. Aimery stand neben seinem Bruder. Als Madeleine aus dem Sattel stieg, wurde sie allseits mit neugierigen Blicken bedacht, doch niemand sagte etwas. Odo und Stephen wirkten verdrossen, aber als sie keine Anstalten machte, sich zu ihrem Rivalen zu gesellen, hellte sich ihre Miene wieder auf.

Stephen trat zu ihr mit seinem Falken auf dem Arm, den er sanft streichelte. Sie lächelte ihn grimmig entschlossen an. Wie Aimery richtig bemerkt hatte – was spielte es schon für eine Rolle, wenn er ein leichtlebiger Gatte war? Das würde nur bedeuten, dass sie nicht so oft das Bett mit ihm teilen musste.

»Das ist eine schöne Gegend«, bemerkte er. Er schaffte es nicht ganz, die Gier in seiner Stimme zu unterdrücken.

»Ja«, stimmte sie ihm zu. »Es ist wunderschön hier.«

»Und zum Glück kein königlicher Wald; der Lord von Baddersley kann tatsächlich sein eigenes Wild jagen.« Genauso gut hätte er sagen können: »Ich werde mein eigenes Wild jagen können.« Doch zum wiederholten Male sagte sich Madeleine, dass er der einzige vernünftige Kandidat war, und zwang sich erneut zu einem Lächeln.

»Das ist in der Tat ein sehr glücklicher Umstand«, pflichtete sie ihm bei. »Leider wurde das Anwesen nicht sehr gut geführt; ich fürchte, wir werden jagen müssen, wenn wir den Winter überstehen wollen. Vielleicht können wir das Wildbret, das wir nicht selbst verbrauchen, verkaufen, um mit dem Erlös Getreide und andere notwendige Dinge zu kaufen.«

Sie merkte, dass ihm das Wort ›wir‹ aufgefallen war. »Dieses Gut wird ja wohl genug erwirtschaften, um die darauf lebenden Menschen zu versorgen«, meinte er lässig, während sein Blick sie vereinnahmte. »Sehr viele sind es wahrlich nicht.«

»Aber wir werden mehr brauchen«, erwiderte sie. Inzwischen war sie unter seinen begehrlichen Blicken einen Schritt zurückgewichen, doch so wollte sie nicht weitermachen. Sie blieb entschlossen stehen. »Die Menschen müssen im Winter versorgt werden.«

Er tat es mit einem Schulterzucken ab. »Die kümmern sich schon um sich selbst. Irgendwie schaffen sie es immer, wie die wilden Tiere.« Er trat wieder auf sie zu, und diesmal zwang sie sich dazu, ihm nicht auszuweichen.

»Macht Euch keine Sorgen, mein Engel«, meinte er, legte eine Hand auf ihren Arm und sah ihr tief in die Augen. »Ich …«

In diesem Moment erhob sich ein Reiher vom nahe gelegenen Flussufer. Mit einem erregten Schrei wirbelte Stephen herum und ließ seinen Falken los. Plötzlich hatte er nur noch Augen für den Vogel und die Jagd. Auch gut, dachte Madeleine ironisch. Schließlich hatte sie nicht um seine Aufmerksamkeit gebeten.

Seine zärtlichen Worte – »mein Engel« – hatten sie zwar berührt, aber sie war auch erleichtert, dass dieser intime Moment vorüber war. Unwillkürlich musste sie daran denken, was passieren würde, wenn sie ihn morgen heiratete. Es würde enden, wie solche Sachen immer endeten: Seine Zunge würde in ihren Mund eindringen, seine Hand ihre Brust berühren. Doch sie konnte sich nicht vorstellen, dass sich jenes magische Gefühl einstellen würde, das sie in den Armen eines anderen empfunden hatte.

Gierig suchte ihr Blick Aimery de Gaillard. Es fiel ihr nicht schwer, ihn in Gedanken auszuziehen, bis er dastand wie ihr Feenprinz.

Streng gab sie sich zu bedenken, dass eine Ehe mehr bedeutete als nur zwei Körper in einem Bett. Stephen würde bestimmt ein guter Ehemann sein. Doch dann fiel ihr wieder ein, wie sorglos er vom Wohl der Menschen in Baddersley gesprochen hatte. Aber immerhin, dachte sie verzweifelt, war er dem König loyal.

Sein Vogel flog zu hoch, der Reiher wurde von einem anderen Falken erbeutet. Als er auf sein Handgelenk zurückkehrte, meinte Stephen nur verächtlich: »Hundefutter!«, und streifte ihm grob die Kappe über den Kopf.

Madeleine biss die Zähne zusammen. Sie musste endlich aufhören, auf Stephens weniger noble Eigenschaften zu achten. Kein Mann war perfekt, dies hatte sie inzwischen immerhin gründlich gelernt.

Sie würde jetzt gleich zum König gehen und ihm ihre Entscheidung verkünden. Dann hätte sie es endlich hinter sich.

10

Entschlossen schritt sie auf den König zu, doch in diesem Moment stieß der Oberjäger in sein Horn. Die Hunde hatten Wild aufgestöbert. Alle rannten zu ihren Pferden und stürmten los. Madeleine spürte Erleichterung in sich aufsteigen.

Die Jäger waren auf der Fährte der besten, aber auch gefährlichsten Beute – Wildschweine. Eine Rotte aus zwei Bachen und zehn schon recht stattlichen Frischlingen war von den knurrenden Hunden in die Enge getrieben worden – ein Festmahl, wenn man sie alle erlegen konnte. Die Reiter drängten die Tiere noch dichter zusammen, die Bediensteten griffen nach den langen Sauspießen. Madeleine hielt sich etwas abseits. Sie hatte keine passende Waffe, und ein wütendes Wildschwein konnte ziemlich gefährlich werden. Seine Hauer waren messerscharf, und es kannte keine Furcht vor dem Menschen.

Die quiekenden Frischlinge waren eine leichte Beute für die Reiter. Die beiden Bachen aber würde man vom Boden aus erlegen müssen, es gab keine andere Möglichkeit, ein ausgewachsenes Wildschwein zu töten. Die Männer eiferten um die Ehre, den Todesstoß ausführen zu dürfen, doch der König befahl Odo und Aimery de Gaillard mit einem wölfischen Grinsen in Richtung Madeleine, die Tiere zu erlegen.

Madeleine sollte dem Geschehen wohl als Teil der Prüfung beiwohnen, doch eigentlich spielte es keine Rolle, welcher der beiden siegreich hervorging – sie würde Stephen heiraten.

Die zwei stiegen von ihren Pferden und ließen sich die Spieße reichen. Madeleine hatte den Eindruck, dass Odo besorgt wirkte, und dazu hatte er auch allen Grund. Bei einem solchen Kampf siegte oft das Wildschwein und tötete den Jäger. Wie um ihm recht zu geben, wagte sich ein Hund zu nahe an die Bachen, Hauer blitzten, Blut spritzte, und der Hund heulte jämmerlich, als er tödlich verwundet beiseitegeschoben wurde.

Rasch schnitt ihm ein Jäger die Gurgel durch.

Madeleine schluckte. Sie hatte nur Augen für Aimery. Er wirkte nicht nervös, doch sie hatte schreckliche Angst um ihn. Er war kleiner als Odo, und auch etwas leichter. Er bewegte sich zwar geschickt, doch Madeleine bezweifelte, ob er dem Angriff eines wütenden Wildschweins widerstehen konnte.

»Was für ein Spaß!« Stephen war neben Madeleine getreten, seine Augen funkelten, seine Wangen waren vor Erregung gerötet. Er hatte einen Frischling aufgespießt und hielt ihn nun wie eine Trophäe hoch. Blut lief ihm über die Hände. »Perfekt getroffen!«, verkündete er.

Welche Fähigkeiten braucht es, um ein kleines Schwein zu erlegen?, fragte sich Madeleine. »Zu schade, dass Ihr nicht die Gelegenheit habt, eine der Bachen zu töten«, meinte sie und wandte sich wieder dem Geschehen vor ihr zu.

Er lachte. »Blutiges Geschäft. Vielleicht töten die Tiere ja einen meiner Rivalen, und ich kann in aller Ruhe hier bei Euch stehen und zuschauen, während die anderen schwitzen.«

Madeleine musterte ihn stirnrunzelnd. Offenbar war Stephen kein großer Freund von schweißtreibender, schwerer Arbeit, doch genau die war in Baddersley erforderlich. Rasch wandte sie den Blick wieder ab, bevor ihm noch mehr einfallen konnte, was sie nur enttäuschen würde.

Die Bachen waren blind vor Wut darüber, dass laut rufende Männer sie umringten und ihren Nachwuchs getötet hatten, doch noch hatten sie sich kein Ziel ausgesucht. Sie liefen in die eine, dann wieder in die andere Richtung, und schließlich rasten sie auf die Pferde zu, die rasch außer Reichweite gebracht wurden, wobei die Reiter darauf achteten, dass für die Beute kein Fluchtweg entstand.

Wütend starrten die Bachen mit ihren kleinen Augen nach links, nach rechts; die langen, gefährlichen Hauer zitterten, Schaum troff von ihren Mäulern.

Aimery rief etwas und fuchtelte mit seinem Spieß, um die Aufmerksamkeit eines der Tiere auf sich zu lenken. Es klappte. Das kleinere fixierte ihn und sein funkelndes Wams.

Die Bache zerwühlte den Waldboden mit ihren scharfen Hufen und ging dann zum Angriff über. Doch eine heftige Bewegung von Odo lenkte das Tier wieder von Aimery ab. Hastig senkte Odo seinen Spieß, stützte ihn am Boden ab und richtete ihn so aus, dass die Spitze das Tier direkt in die Brust treffen würde. Aimery konzentrierte sich unterdessen auf die andere Bache. Er rief wieder, aber sie machte keine Anstalten, ihn anzugreifen. Also trat er näher, seine ganze Konzentration galt seiner Beute.

Madeleine schlug das Herz bis zum Hals. Sie warf einen flüchtigen Blick auf Odo. Die wütende Bache raste auf ihn zu. Er wirkte ruhig, doch im letzten Moment wich er leicht zurück. Der Spieß traf das Wildschwein ins Blatt statt in die Brust. Das verletzte Tier warf sich brüllend hin und her. Odo ließ den Spieß nicht los, wurde aber zur Seite geschleudert und stieß mit Aimery zusammen.

Madeleine schrie zu Tode erschrocken auf, als Aimery zu Boden ging. Die Schlangen auf seinem Wams funkelten wie Flammen, als ein Sonnenstrahl ihn traf. In diesem Moment ging die zweite Bache zum Angriff über.

Die Männer schrien, um sie abzulenken, doch die Hauer waren direkt auf das glitzernde Ziel auf dem Boden gerichtet. Das Tier ließ sich nicht davon abbringen. Während einige Männer der verwundeten Bache mit Schwertern den Todesstoß versetzten, schaffte es Aimery, sich hinzuknien und seinen Spieß auszurichten.

Aber er konnte ihn nicht mehr richtig verankern.

Der Spieß traf das Tier genau in der Brust, und da die Bache so schnell gewesen war, rammte sie ihn sich bis über den

Knebel in den Leib. Blut strömte aus der Wunde und dem Maul. Doch wegen der Wucht des Aufpralls konnte Aimery den Speer nicht festhalten; seine Hände rutschten am Schaft hinauf bis zum Knebel, bis zu dem muskulösen, wild um sich schlagenden Körper des Tieres.

In einem letzten Aufbäumen warf die Bache den Kopf nach hinten, erwischte Aimerys rechten Handrücken mit einem ihrer Hauer und riss ihm in einem blutigen Pyrrhussieg seinen goldenen Armreif ab.

Einen Moment lang war es ganz still, dann stürmten die Männer schreiend zu Aimery.

Madeleine saß wie betäubt auf ihrem Pferd. Wenn er jetzt tot war … nein, er konnte nicht tot sein. So kurz vor dem Tod hatte ein Tier sicher nicht mehr viel Kraft.

»Ich bin heilfroh, dass mir diese Ehre erspart blieb«, meinte de Faix munter. »Sollen wir zum Fluss hinabreiten und weiter nach Vögeln suchen, mein Engel?«

Madeleine starrte ihn entgeistert an. »Vielleicht wird meine Hilfe gebraucht«, sagte sie. Eigentlich war es sogar ihre Pflicht, Hilfe anzubieten. Sie trieb ihre Stute an.

Die Gruppe der Männer teilte sich, und sie sah, dass Aimery de Gaillard schon wieder auf den Beinen war. Seine Wunde war notdürftig mit einem Tuch verbunden worden, durch das bereits Blut sickerte. Er sah blass aus, schien jedoch keinen ernsten Schaden genommen zu haben. Madeleine wurde schwindlig vor Erleichterung.

»Lord Aimery muss nach Baddersley zurück, damit seine Wunde versorgt werden kann«, meinte der König. »Sein Vater und sein Bruder werden ihn begleiten. Wollt Ihr ebenfalls mitreiten, Lady Madeleine? Soviel ich weiß, habt Ihr medizinische Kenntnisse.«

»Selbstverständlich komme ich mit, Sire.« Sie rechnete schon fast damit, dass Aimery de Gaillard Einspruch erheben würde. Vielleicht hasste er sie ja so sehr, dass er sich nicht einmal seine Wunde von ihr behandeln lassen würde?

»Tut Euer Bestes«, meinte der König herzlich. »Ich brauche jede loyale Hand, die ich bekommen kann.« Damit ritt er davon.

Madeleine dachte über seine Abschiedsworte nach: War es ihre Pflicht, den Verräter so zu behandeln, dass er seine Schwerthand verlor? Wann war sie eigentlich sicher gewesen, dass Aimery de Gaillard unter der Verkleidung eines sächsischen Gesetzlosen steckte?

In seinen Armen, als ihre Sinne ihr die Wahrheit kundgetan hatten, eine Wahrheit, der sie sich nicht mehr verschließen konnte.

Leo bemühte sich vorsichtig, seinem Bruder beim Aufsteigen zu helfen.

»Lass es gut sein, Leo«, meinte Aimery seufzend, »du bist ja genauso schlimm wie Mutter.« Er wandte sich an Madeleine. »Es ist keine tiefe Wunde. Ihr braucht auf Euer sportliches Vergnügen nicht zu verzichten.«

Wieder stieg Bitterkeit in ihr hoch. »Es ist kein Verzicht«, entgegnete sie schroff. »Ich freue mich, dass ich einen Vorwand habe, um nach Baddersley zurückzukehren. Aber Eure Hand kann meinetwegen ruhig verrotten.«

Wortlos wendete er sein Pferd und trabte zurück zur Burg. Leo gesellte sich zu ihm, Graf Guy ritt neben Madeleine.

Er musterte sie forschend, dann griff er sich ans Handgelenk. Madeleine bemerkte, dass er Aimerys Armreif übergestreift hatte. Er nahm ihn ab und reichte ihn ihr ohne weitere Erklärung.

Madeleine hatte keine Lust, dieses seltsame Tun zu hinterfragen. Der Reif war noch warm und sehr schwer. Obwohl er etwa daumendick war, hatte der Hauer der Bache eine Delle hinterlassen. Zweifellos hatte der Reif Aimerys Arm gerettet. Graf Guy schien ihn schon etwas gesäubert zu haben, dennoch klebte noch etwas Blut daran – von Aimery oder dem Wildschwein.

»Er sieht alt aus«, meinte sie. »Ein wunderschönes Stück!«

»Er ist alt«, erklärte Graf Guy. »Und sehr wertvoll – aber auch gefährlich. Es ist ein uraltes Schmuckstück aus Mercia. Aimery hat es von Hereward bekommen, der dem König von England nicht die Treue geschworen hat. Hereward gab ihm auch sein Schwert und den Ring, den er an seiner Rechten trägt. Außerdem hat Aimery viel von seiner Denkweise übernommen. Der Ring an seiner Linken stammt von Wilhelm, dem er auf das Heilige Kreuz absolute Treue geschworen hat. Seinen Rang und den Großteil seiner Ausbildung hat er mir zu verdanken. Auf ihm lasten zu viele Treueverpflichtungen, Demoiselle. Ich habe vergeblich versucht, ihm welche auszureden. Eines Tages wird er womöglich daran zugrunde gehen.«

Es war nahezu ein Eingeständnis, dass sein Sohn ein Verräter war. »Warum erzählt Ihr mir das?«, fragte sie. »In schwierigen Zeiten macht ihn das nicht gerade zu einem begehrenswerten Gemahl.«

Seine grünen Augen, denen seines Sohnes so ähnlich, blickten sie sehr direkt an. »Wie ich schon sagte – ich verstehe nicht alles, und ich hoffe, ich bin klug genug, das auch zu erkennen. Ihr solltet nur wissen, worauf Ihr Euch einlasst.«

»Ich werde ihn nicht wählen«, sagte sie und meinte es auch so. Niemals würde sie einen Verräter heiraten.

Er nickte. »Das ist Euer Recht. Und nach dem zu urteilen, was ich gesehen habe, ist es vielleicht auch besser so.«

Als sie in Baddersley ankamen, versuchte Aimery noch einmal, Madeleine davon abzuhalten, sich um seine Hand zu kümmern. »Der Verband hat die Blutung schon gestillt«, beharrte er. »Man sollte die Wunde einfach in Ruhe lassen.«

Er wirkte blass und angespannt, was angesichts des Blutverlustes und seiner Schmerzen nicht verwunderlich war. Sie fragte sich, ob ihn das Wundfieber bereits befallen hatte, denn seine Worte klangen ein wenig wirr. Trotz ihrer früheren Überlegungen konnte sie es nicht zulassen, dass in ihrem Haus ein Mann am Wundfieber starb.

Leo schnaubte. »Er ist schon immer ein schrecklicher Feigling gewesen.«

»Sei kein Narr«, mahnte Graf Guy. »Lass Lady Madeleine die Wunde anschauen. Eine Verletzung, die von einem Tier stammt, kann leicht zu Wundbrand führen.«

Mit einem bösen Blick auf Bruder und Vater fauchte Aimery: »Na gut. Aber ich will keine Zeugen haben, wenn ich schreie. Verschwindet!«

Belustigt zogen sich die beiden zurück.

Sie waren allein. Madeleine warf einen wachsamen Blick auf Aimery, doch der war augenscheinlich nicht in einem Zustand, amouröse Avancen zu machen. Sie rief nach heißem und kaltem Wasser und führte ihn in ihr Zimmer, in dem sie ihre Heilkräuter aufbewahrte.

»Setzt Euch ans Fenster ins Licht«, wies sie ihn spröde an. Dann merkte sie, dass sie noch immer seinen Armreif in der Hand hatte. Sie reichte ihm das Schmuckstück. Er legte es sorglos auf ein Brett, dann setzte er sich auf den zugewiesenen Platz.

»Nehmt bitte den Verband ab.«

Er folgte ihrer Aufforderung und riss auch das letzte Stück, das an der Wunde klebte, ohne Zögern ab. Sie beugte sich über seinen Arm. Obwohl er äußerlich ruhig wirkte, merkte sie, dass er angespannt war, doch das überging sie geflissentlich. Viele noch so tapfere Männer fürchteten die Hand der Heilerin.

Madeleine konzentrierte sich auf ihre Aufgabe. Die Wunde sah schrecklich aus, aber es war nichts Ernstes. Sie war etwa fingerlang und zog sich über seinen Handrücken und seinen Arm, quer über eine Zeichnung auf seiner Haut. Was diese Zeichnung darstellen sollte, war schwer zu sagen, und wahrscheinlich würde sie nie mehr so werden wie früher.

Wie er schon erklärt hatte, ging der Schnitt nicht allzu tief; der Armreif hatte wohl die größte Wucht abgefangen. Die Stelle, an der sich der Reif ins Handgelenk gedrückt hatte, bevor er ihm abgerissen wurde, war geschwollen, aber sie würde von alleine heilen. Ein schwächerer Arm wäre bei einem solchen Kampf wahrscheinlich gebrochen. Als sie ihn näher betrachtete, merkte sie, wie muskulös er war.

»Könnt Ihr ihn frei bewegen?«, fragte sie.

Gehorsam beugte er den Ellbogen und bewegte das Handgelenk. Muskeln ballten sich geschmeidig unter straffer Haut, und die Wunde begann wieder leicht zu bluten.

»Es wird wahrscheinlich gut verheilen, ich muss es nur säubern und nähen.« Sie stand auf, um den Bediensteten, die inzwischen das Wasser gebracht hatten, weitere Anweisungen zu erteilen.

Sobald die Diener hinausgeeilt waren, meinte er: »Näht sie nicht!«

»Ihr würdet eine hässliche Narbe davontragen«, mahnte sie, »und vielleicht würde Euer Handgelenk sogar steif werden. Wenn ich die Wunde nähe, wird sie bestimmt perfekt verheilen.«

»Ich will aber nicht, dass Ihr sie näht.«

Madeleine starrte ihn entnervt an. Der große, edle Krieger hatte Angst! Sie ging rasch hinaus in den Saal. »Graf Guy«, sagte sie, »Euer Sohn weigert sich, seine Wunde nähen zu lassen. Aber das sollte unbedingt geschehen.«

Guy zog die Brauen hoch und begleitete sie zurück in ihr Zimmer. Als Aimery ihn erblickte, verfinsterte sich seine Miene. Er sah aus, als würde er am liebsten jemanden erwürgen – wahrscheinlich sie.

Graf Guy untersuchte die Wunde, dann runzelte er die Stirn. »Diese Verletzung muss zweifellos genäht werden. Hör auf mit diesem Unsinn, Aimery!«

Aimery seufzte. »Na gut, wenn Ihr meint.« Sein Vater nickte und ging.

Verwundert blickte Madeleine ihren Patienten an. Schon bei der ersten Bemerkung seines Vaters hatte er klein beigegeben – seltsam, dieser Mann. Sie schenkte ihm ein wenig

Met ein. Die Schmerzen würde der Met wohl kaum lindern, aber vielleicht würde er den Patienten wenigstens etwas beruhigen.

Sie gab Johanniskraut und Pimpernell in einen Topf mit köchelndem Met und weichte Veilchenwurzel, Bockshornklee und Mondraute in Honig und heißem Wasser ein. Dann tauchte sie ein sauberes Tuch in warmes Wasser und säuberte vorsichtig die Ränder der Wunde. Besorgt wartete sie darauf, dass er zusammenzucken oder vielleicht sogar um sich schlagen würde. Ob sie wohl seinen starken Bruder herbeirufen sollte, damit er ihn festhielt, wenn es ans Nähen ging?

Doch ein Blick auf Aimerys Miene sagte ihr, dass er offenbar mit anderen Dingen beschäftigt war.

Als Nächstes holte sie den Topf mit der Metzubereitung. »Das wird jetzt brennen«, warnte sie. Sie hielt seinen Arm nach unten und ließ ein wenig Flüssigkeit über die Wunde laufen. Er ballte die Faust und hielt den Atem an, wich jedoch nicht aus. Als sie spürte, wie sich seine Muskeln anspannten, wurde ihr klar, dass sie ihn keinesfalls würde halten können.

»Durch Tiere verursachte Verletzungen sind immer gefährlich.« Sie untersuchte die Wunde noch einmal eingehend nach Verunreinigungen. »Aber ich werde sie nicht ausbrennen. Falls es doch Anzeichen von Wundbrand gibt, kann man das später immer noch machen.«

»Es wäre einfacher, es jetzt gleich zu tun«, meinte er gleichgültig. Die meisten Männer verloren den Mut, wenn es ans Ausbrennen ging. Vielleicht hatte er so etwas noch nie mitgemacht?

»Aber es würde eine größere Narbe zurückbleiben, und eigentlich wirkt die Wunde sauber. Das zu beurteilen ist allerdings nicht leicht«, sagte sie mehr zu sich selbst. »Die eine Wunde wirkt schmutzig, heilt jedoch schnell, die andere wirkt sauber und bringt dennoch den Tod.«

»Vielen Dank«, meinte er sarkastisch.

Sie sah ihn schuldbewusst an; vor einem Patienten sollte man solche Dinge natürlich nie laut äußern. Aber er wirkte eher belustigt als verängstigt. Beide lächelten zögernd.

Madeleine musste an ihren letzten Kuss denken. Diese Erinnerung verwirrte sie und raubte ihr die Kraft. Hastig wandte sie den Blick ab, nahm eine Nadel und einen seidenen Faden und mahnte sich zur Ruhe. Die bevorstehende Aufgabe war nicht angenehm, vor allem, wenn der Patient angespannt war, aber es war ratsam, rasch und entschlossen vorzugehen.

Man musste geschickt sein, um eine Wunde so zu nähen, dass sie ohne eine große Narbe heilte, und Madeleine besaß dieses Geschick. Obwohl sie immer mitlitt, achtete sie doch stets darauf, vor dem Patienten ruhig zu wirken. Schon oft hatte man sie gelobt, wenn sie Wunden unbeirrt nähte, auch wenn der Patient bei jedem Stich zuckte und um Gnade flehte. Doch insgeheim hatte auch sie bei jedem Stich gezuckt und um Gnade gefleht.

Und jetzt kam etwas hinzu, was ihre Nervosität verstärkte – die Erinnerung seines Körpers so nah an ihrem, der würzige Geruch von Leder und noch ein Duft, den nur er verströmte, das Gefühl seines starken, geschmeidigen Körpers unter ihren Händen ...

Wieder musste sie sich mit aller Kraft zur Ordnung rufen und daran erinnern, dass sie Stephen de Faix heiraten würde, der bestimmt auch geschmeidige Muskeln hatte.

Sie atmete tief durch, dann presste sie die geschwollenen Wundränder zusammen und stach die Nadel entschlossen durch das Fleisch. Innerlich wappnete sie sich gegen einen Kampf, doch sein Arm zuckte nur ein wenig und war sofort wieder ruhig. Noch einmal drang die Nadel durch Fleisch, dann verknotete sie den Faden, nicht zu fest, nicht zu locker.

Den nächsten Stich setzte sie ein wenig tiefer. Er konnte nichts dagegen tun, dass sein Arm steinhart angespannt war, doch abgesehen davon kam es ihr vor, als würde sie überhaupt nicht an lebendigem Fleisch arbeiten. Wenn er sich so ausgezeichnet im Griff hatte, würde ihr Werk bestimmt gut gelingen.

Also ist er doch kein Feigling, dachte sie, während sie weiterarbeitete und versuchte, so zu tun, als würde sie an einem Stück Rindfleisch arbeiten, so wie das, an dem sie während ihrer Ausbildung in der Abtei geübt hatte. Wie leicht die Heilkunst doch wäre, wenn man die Schmerzen des Patienten einfach ignorieren könnte!

Aber warum dann der Aufstand vorhin, wenn er Schmerzen so gut ertragen konnte? Weil er es hasste, von ihr berührt zu werden? Bei diesem Gedanken stach sie an der falschen Stelle ein, sie musste die Nadel herausziehen und noch einmal ansetzen. Schuldbewusst blickte sie zu ihm hoch. Seine Miene wirkte ausdruckslos.

Du meine Güte, wahrscheinlich würde am Ende noch sie in Tränen ausbrechen!

Sie verknotete den letzten Faden, dann seufzte sie erleichtert auf. Aimery reichte ihr einen Becher. »Ihr seid sehr geschickt«, meinte er.

Sie nahm einen tiefen Schluck. »Ihr seid ein mustergültiger Patient«, erwiderte sie. »Kann ich darauf hoffen, dass Ihr so weitermacht und Euren Arm einen oder zwei Tage schont?«

Sie gab ihm den Becher zurück. Auch er nahm einen Schluck. Sie hatten tatsächlich aus ein und demselben Becher getrunken! Es kam ihr unerträglich intim vor.

»Das hängt davon ab«, meinte er, »ob Ihr weiter darauf besteht, dass um die Gunst der Maid gekämpft wird. Ich glaube nicht, dass man mir erlauben wird, mich herauszuhalten, aber mit der Linken kann ich das Schwert nicht besonders gut führen.«

»Ihr solltet mindestens eine Woche lang erst gar nicht daran denken, ein Schwert in die Hand zu nehmen!«, erklärte sie entsetzt.

Er zog die Brauen hoch. »Ich gehe davon aus, dass Ihr bislang nicht sehr viel Erfahrung mit Kriegern habt sammeln können, Demoiselle. Wenn man mich zum Kampf ruft, kämpfe ich.«

Sie stand auf und packte ihre Sachen zusammen. »Ich werde nicht um einen Schwertkampf bitten.«

Wieder musste sie an die verrückte Szene im Wald denken, und ihr war, als würde sie sie ein weiteres Mal durchleben – sein Zorn, seine Drohungen, sein Kuss, seine Qualen. Blicklos schloss sie eine Truhe, dann wandte sie sich wieder ihm zu, ohne zu wissen, was sie jetzt sagen sollte.

Er musterte sie, auch er war scheinbar um Worte verlegen. »Einige der Leute von Baddersley wurden vor ein paar Monaten ausgepeitscht«, sagte er plötzlich unvermittelt. »Was ist damals eigentlich passiert?«

Sie runzelte die Stirn über diese Frage, doch plötzlich fiel ihr wieder Odos Angriff ein und Edwald, der an jenem Tag so freundlich zu ihr gewesen war – zum letzten Mal. Edwald, der eine Zeichnung auf seinem rechten Handrücken trug. »Dieses Mal auf Eurer Hand«, sagte sie zögernd, »ist so etwas bei den Engländern üblich?«

Offenbar wunderte er sich nicht weiter darüber, dass ihr Gespräch plötzlich eine ganz andere Wendung nahm. »Ja«, meinte er. »Alle englischen Adligen tragen so etwas.«

»An der gleichen Stelle?«

»An der Schwerthand und am Arm.«

Ihre frühere Sicherheit, dass er der Goldene Hirsch war, hatte sie wieder verlassen. Seine Worte legten nahe, dass Edwald und der Goldene Hirsch tatsächlich ein anderer englischer Adliger mit goldenen Haaren, grünen Augen und einem markanten Gesicht sein konnte.

Einer, bei dem ihr die Knie weich wurden, wenn er sie nur berührte?

»Früher wurde oft das Gesicht auf diese Weise gezeichnet«, fügte er hinzu, »aber jetzt nicht mehr, und darüber bin ich sehr froh.« Er wirkte vollkommen gelassen.

Sie hob seine Hand hoch. »Wie macht man so etwas?« – »Mit einer Nadel und mit Farbe«, erklärte er. Seine Hand ruhte ohne Widerstand in der ihren.

»Das tut bestimmt weh.«

»Nicht mehr, als wenn eine Wunde genäht wird, wie jetzt eben.«

»Aber das waren doch bestimmt viel mehr Stiche! Wie alt wart Ihr damals?«

»Vierzehn. Es ist ein Zeichen von Männlichkeit, wenn man nicht zusammenzuckt.«

Seine Hand war geschwollen und verfärbt, weshalb die Zeichnung nur mehr undeutlich zu sehen war. Auf seinem Unterarm war der stilisierte Rumpf eines Tieres zu erkennen, das zu springen schien, doch es hätte alles Mögliche sein können – ein Pferd, ein Hirsch, ein Schaf. Sie hielt seine Hand ins Sonnenlicht, ohne dass er sich dagegen wehrte, und tat so, als wollte sie ihr Werk noch einmal begutachten; in Wahrheit aber wollte sie das mit roter, gelber und brauner Farbe gezeichnete Mal genauer betrachten.

Es hatte keinen Zweck, sie konnte das Tier nicht genau erkennen; doch wenn die Hand gut heilte, würde es in wenigen Tagen wieder deutlich sichtbar sein. Dann allerdings würde sie bereits mit Stephen de Faix verheiratet und Aimery de Gaillard auf immer und ewig aus ihrem Leben verschwunden sein.

Er drehte seine Hand, um die ihre zu fassen. »Was ist los?«

Sie schüttelte den Kopf und entzog sich ihm. Dann stand sie auf, um einen Umschlag und Verbandszeug zu holen – und um die Beherrschung wiederzuerlangen. Als sie sich ihm zuwandte, war sie wieder völlig gefasst.

Er wusste schon, was als Nächstes kommen würde. »Sagt bloß nicht, dass es jetzt gleich brennen wird.«

Ihre Lippen zuckten. »Wenn es nicht wehtut, hilft es wahrscheinlich auch nicht.«

»Ihr erinnert mich an meine Mutter«, sagte er leichthin.

Er war entspannt genug, dass er einen Fluch ausstieß, als sie den warmen Umschlag auf die Wunde presste und rasch mit ein paar Lederriemen befestigte.

»Ich werde es mir morgen noch einmal ansehen«, erklärte sie munter.

»An Eurem Hochzeitstag? So eifrig?«

Sie schloss kurz die Augen. »Es wird wohl kaum ein richtiger Hochzeitstag werden.«

Der Raum füllte sich mit einem schmerzhaften Schweigen.

Schließlich trafen sich ihre Blicke. »Ich werde Stephen heiraten.«

Er stand auf. »Das ist auch besser so.«

Sie dachte schon, er wolle sie noch einmal küssen; zumindest sehnte sie sich danach. Doch er verharrte nur einen Moment lang reglos, dann ging er.

Madeleine schluckte die Tränen hinunter und ließ sich auf den Stuhl fallen, auf dem er gesessen hatte. Benommen starrte sie auf ein paar Blutstropfen, die auf die Strohmatte gefallen waren.

Wieder erinnerte sie sich daran, dass dies der Mann war, der mit ihr gespielt hatte; der Mann, der ihr tiefes Leid zugefügt hatte; der Mann, der seinen König und seinen Ritterschwur verriet. Von einem solchen Mann durfte sie sich das Herz nicht brechen lassen. Nein, nicht von ihm!

Und dennoch war er stets sanft gewesen, selbst in seinem Zorn, selbst heute, als er sie offenkundig hatte verletzen wollen, was er dann aber doch nicht geschafft hatte. Jetzt, wo sie wusste, welche widersprüchlichen Verpflichtungen an ihm zerrten, konnte sie sogar verstehen, dass seine Loyalität geteilt war. Wie hätte sie sich in einer ähnlichen Lage verhalten? Sie konnte es nicht sagen.

Er war ein guter Mann, ein freundlicher, tapferer Mann, ein besserer als Odo oder Stephen. Dennoch würde sie ihn nicht heiraten. Einerseits wäre es töricht, ihr Schicksal an einen solchen Mann zu knüpfen, andererseits – und das war sogar entscheidender – könnte es ihn ins Verderben stürzen, wenn sie ihn hier festhielt. Außerdem hatte sie versprochen, ihn nicht zu heiraten, und dazu würde sie auch stehen.

Ein Sonnenstrahl fiel auf seinen Armreif. Madeleine nahm ihn in die Hand. Jetzt war er kalt, doch noch immer haftete getrocknetes Blut an ihm. Sie streifte ihn sich über, aber an ihrem Handgelenk wirkte er klobig, er war ihr viel zu groß. Sie musste wieder an seinen muskulösen Arm denken und wie er sich angefühlt hatte.

Der Reif war wertvoll, eigentlich hätte sie ihn sofort Aimery aushändigen sollen; doch es schien ihr unerträglich, ihm nahe zu sein, wenn sie ihn nicht haben konnte. Sie nahm den Armreif wieder ab und legte ihn in ihr Schmuckkästchen.

Morgen würde sie Stephen de Faix heiraten, übermorgen würde der Tross weiterziehen und sie nicht länger belästigen. Nur Stephen würde hierbleiben. Er würde für den Rest ihres Lebens bei ihr bleiben.

Madeleine neigte nicht dazu, Trübsal zu blasen, und so stürzte sie sich mit aller Kraft auf die Vorbereitungen ihrer Hochzeit. Sie benachrichtigte die Köche, dass Wildschweine für das Hochzeitsmahl gebraten werden konnten, und ordnete an, zwei Ochsen zu schlachten und auf Spieße zu stecken.

Morgen würde ihr Hochzeitstag sein, und alle aus der ganzen Umgebung sollten ein Festmahl bekommen.

Sie überreichte dem Kämmerer ihre zweitbeste goldene Halskette und schickte ihn zusammen mit drei Wachen nach Hertford, wo er ein paar Fässer Wein besorgen sollte.

Morgen würde ihr Hochzeitstag sein, und alle aus der ganzen Umgebung – und nach Möglichkeit auch sie selbst – sollten zu trinken bekommen, soviel sie wollten.

Auch an getrockneten und eingelegten Früchten sollte kein Mangel herrschen. Was dann übermorgen in Baddersly auf den Tisch kommen sollte, war ihr im Moment völlig gleichgültig. Es kam ihr fast so vor, als würde ihre Welt untergehen.

Das Festmahl für den heutigen Abend war bereits vorbereitet. Der Duft von gebratenem Lamm ließ allen Anwesenden im Saal das Wasser im Munde zusammenlaufen. In der Vorratskammer stapelten sich Pasteten und Süßspeisen. Madeleine wandte sich zornig entschlossen den Tischen zu.

Seit Paul de Pouisseys Abreise war die Arbeit an den Verteidigungsanlagen zum Erliegen gekommen. Deshalb hatte sie jetzt genügend Arbeitskräfte, um die Tafeln und Bänke reparieren zu lassen. Die wenigsten wirkten richtig elegant, doch zumindest waren sie nun alle glatt gehobelt, stabil und fest.

Währen die Männer noch letzte Hand an das Mobiliar legten, holte sich Madeleine zwei Frauen und machte sich mit ihnen an die Tischtücher. Ausgefranste Ränder wurden gesäumt, Löcher gestopft, Flecken nach Möglichkeit entfernt. Auch hier reichte die Zeit nicht, um alles prächtig aussehen zu lassen, doch zumindest würde der Saal an diesem Abend etwas würdevoller sein.

Die ganze Zeit war sie sich bewusst, dass sich Aimery de Gaillard irgendwo im Herrenhaus aufhielt, doch sie bekam ihn nicht zu Gesicht. Vielleicht war er ebenso darauf bedacht, ihr aus dem Weg zu gehen, wie umgekehrt.

Das Wachhorn verkündete die Rückkehr der Jagdgesellschaft. Madeleine sprang von ihrem Stuhl am Fenster auf und warf ihre halb gesäumte Tischdecke einer anderen Frau in den Schoß. Sie hatte noch gar nicht an ihr Äußeres gedacht! Während sie in ihre Kammer eilte, rief sie nach Dorothy. Dort wusch sie sich Gesicht und Hände und löste ihre Zöpfe. Bald war auch Dorothy zur Stelle und kämmte ihr die Haare aus.

»Wollt Ihr sie heute offen tragen oder in Zöpfen, Mylady?«

Es war ihr letzter Abend als unverheiratete Frau. »Offen«,

beschloss sie, auch wenn sie der Gedanke daran, was das bedeutete, erschauern ließ.

Sie wählte ihr schönstes Seidenkleid und darüber eine scharlachrote, mit goldener Stickerei verzierte Tunika. Eigentlich war sie zu warm für das Wetter, aber sie wollte sich für die Verkündung ihrer Wahl besonders festlich herrichten. Um die Taille trug sie einen Gürtel aus Goldfäden, der mit Obsidianen verziert war, und auf dem Kopf einen zarten goldenen Reif. »Wie sehe ich aus?«, fragte sie Dorothy.

»Prachtvoll!«, meinte diese andächtig. »Ich habe Euch noch nie so gesehen. Es ist, als würde heute ein Feuer in Euch lodern, Mylady. Habt Ihr Eure Wahl getroffen?«

»Jawohl«, erwiderte Madeleine einsilbig. Sie schickte sich an, Aimerys Goldreif zu holen, um ihn zurückzugeben, doch dann hielt sie inne. Den heutigen Abend würde sie nur überstehen, wenn sie ihm nach wie vor aus dem Weg ging, ihn vergaß, aus ihrem Gedächtnis tilgte.

Tränen stiegen ihr in die Augen, doch sie hielt sie zurück. Lieber würde sie sich die Kehle durchschneiden, als an diesem Abend ein Zeichen von Schwäche zu zeigen.

Hocherhobenen Hauptes schritt sie in den Saal. Die Gespräche erstarben, erwartungsvolle Blicke richteten sich auf sie, doch dann nahm die Unterhaltung wieder ihren Lauf. Graf Guy trat zu ihr.

»Wenn Ihr nicht vorhabt, meinen Sohn zum Gemahl zu wählen, Demoiselle«, meinte er trocken, »dann habt Ihr Eure Kleidung unglücklich gewählt.«

Als sie sich nach ihm umsah, entdeckte sie ihn sofort. Auch er trug flammend rote, mit Gold verzierte Gewänder und blickte jetzt hoch, als habe ihn jemand gerufen. Einen Moment lang versenkten sich ihre Blicke ineinander, doch dann wandte er sich ab.

Madeleines Herz flatterte, ihr wurde schwindlig. Doch als praktisch denkender Mensch sagte sie sich, wenn sie ihre Wahl erst verkündet hatte, würde es ihr bestimmt gleich besser gehen; sobald sie Stephens Gemahlin war, würde ihr diese seltsame Sehnsucht nach Aimery de Gaillard sicher nur noch wie ein törichter Traum vorkommen. Sie hielt Ausschau nach dem König, weil sie gleich zu ihm gehen und ihm mitteilen wollte, für wen sie sich entschieden hatte. Doch Wilhelm war nicht da.

»Hat der König noch zu tun?«, fragte sie.

Der Graf nickte. »Es sind ein paar weitere Boten angekommen. Bittet ihn nicht um Bedenkzeit, Lady Madeleine«, warnte er. »Er wird andernorts in dringenden Angelegenheiten gebraucht.«

»Der Goldene Hirsch?«, fragte sie, einer momentanen Eingebung folgend.

Er musterte sie eindringlich, dann wurde sein Blick wieder ausdruckslos. »Dieses Fantasiegespinst? Nein. Der Graf von Mercia.«

Seine Reaktion gab Madeleine Zeit zu überlegen. Wenn Aimery de Gaillard das Bild eines Hirschs auf seinem Arm trug, dann würde es einer ganz bestimmt kennen – sein Vater. Sie musste etwas sagen, um ihre Gedanken vor ihm zu verbergen. »Aber ist Graf Edwin nicht …?«

»Mein Neffe und Aimerys Cousin?«, half er ihr. »Ja«, fuhr er einigermaßen aufgebracht fort. »Heute Morgen haben wir erfahren, dass er vom Hof der Königin geflohen ist. Und jetzt heißt es, sein Bruder Morcar habe sich ihm angeschlossen. Offenbar bereiten sie einen Aufstand vor.«

Madeleine fiel ein, dass sie sich sehnlichst gewünscht hatte, es möge etwas passieren, um ihre Hochzeit zu verzögern. Aber doch nicht so etwas! »Wird Aimery … wird sich Euer Sohn den beiden anschließen?«

Die Augen des Grafen funkelten erzürnt. »Lieber würde ich ihn tot sehen! Aimery mag wie ein Engländer aussehen, aber er ist ein normannischer Krieger, der Wilhelm die Treue geschworen hat. Wilhelm, und niemandem sonst.« Er runzelte die Stirn. »Seid Ihr deshalb so zögerlich? Aus Angst, dass er zum Verräter werden könnte? Dazu wird es nie kommen!«

Seine Stimme klang fest, doch sie spürte ein gewisses Unbehagen.

Madeleine wich seiner Frage aus. »Wird der König denn gleich aufbrechen müssen?«, fragte sie hoffnungsvoll.

»Nein. Zuerst wird er Euch verheiraten. Baddersley liegt an einem strategisch wichtigen Punkt, und deshalb will er dieses Anwesen in sicheren Händen wissen.«

»Ich dachte, die Dinge in England seien so weit geklärt«, meinte Madeleine. »Wird der Graf sich wirklich gegen den König erheben?«

»Habt keine Angst, Lady Madeleine«, versuchte Graf Guy sie zu beruhigen. »Edwin ist nicht besonders kriegslüstern; ich glaube nicht, dass er einen offenen Kampf will. Er tut bestimmt nur so, um Wilhelm zu zwingen, seine Eheschließung voranzutreiben.«

»Ihr klingt, als hättet Ihr ein gewisses Mitgefühl mit dem Grafen.«

»Ihm wurde ein Versprechen gegeben, und inzwischen sind sich er und das Mädchen aufrichtig zugetan. Aber ein König muss natürlich noch vieles andere bedenken. Ah, da ist er ja!«

Falls den König ein bevorstehender Aufstand bedrückte, ließ er sich nichts anmerken. Er war gesprächig und jovial und plauderte begeistert von der erfolgreichen Jagd des heutigen Tages. Sobald ihm etwas zu essen serviert worden war, fragte er: »Und de Gaillards Hand? Wie geht es ihr, Demoiselle?«

»Wenn er keinen Wundbrand bekommt, wird sie bestimmt schnell heilen.«

»Dann ist es ja gut.«

»Aber er sollte den Arm eine Weile schonen«, fügte sie rasch hinzu. »Auf keinen Fall sollte er in nächster Zeit kämpfen.«

Der König runzelte die Brauen. »Also sollte ich die Kampfkraft Eurer Freier nicht mehr prüfen?«

»Wenn sich Odo und Lord Stephen beweisen wollen«, entgegnete Madeleine gleichgültig, »habe ich nichts dagegen.«

»Es wäre nicht fair, einen Konkurrenten auszuschließen. Womit könnten sie noch gegeneinander antreten? Mit Musik? Rätseln? Tanz?«

Madeleine nahm allen Mut zusammen. »Es ist sinnlos, sie weitere Fähigkeiten unter Beweis stellen zu lassen, Sire.«

Er fixierte sie mit seinen blassen, berechnenden Augen. »Also habt Ihr Eure Wahl getroffen. Ich frage mich nur, ob es eine kluge Wahl ist, Demoiselle. Ist Euch schon aufgefallen, wie gut Ihr und Aimery de Gaillard heute Abend zusammenpasst?«

Madeleine hätte über diesen allzu offenkundigen Hinweis fast gelacht, doch gerade noch rechtzeitig fiel ihr ein, dass sie es mit dem König von England zu tun hatte. In seinen Händen lag die Macht über Leben und Tod der hier Versammelten. Es war schlimm genug, dass sie seine Pläne durchkreuzen würde; auch noch darüber zu lachen war bestimmt nicht ratsam.

»Ich habe nicht so viel Gold wie er«, erklärte sie stattdessen trocken.

»Er würde Euch sein Gold schenken, wenn Ihr ihn darum bätet.«

»Ich habe keinen Anspruch darauf«, konterte Madeleine und suchte fieberhaft nach einer Möglichkeit, das Gespräch in andere Bahnen zu lenken. »Soviel ich weiß, sind diese englischen Schmuckstücke nur für Krieger bestimmt. Sie werden von einem Anführer an seine Gefolgsleute verteilt. Symbolisieren sie nicht so etwas wie Verbundenheit, wie ein Ehering?«

Wilhelms Augen waren kalt. »Ihr habt Euch also mit den englischen Sitten und Gebräuchen vertraut gemacht, Lady Madeleine? Das ist gut, denn Ihr seid ein Teil meines neuen anglonormannischen Königreichs.« Er nahm sich ein Hühnerbein von einem Brett, das man ihm reichte.

Madeleines Atem ging stockend. Was würde der König tun, wenn sie ihre Wahl unwiderruflich verkündet hatte?

Er wandte sich wieder ihr zu und lächelte sie dabei liebenswürdig an. »Eigentlich stellt nur ein Ring ein solches Symbol dar, Demoiselle. Das *Geld*, wie sie es hier nennen, ist eher eine Sache des Ranges. Die stärksten Anführer verteilen die großzügigsten Geschenke, und die beliebtesten Gefolgsleute erhalten das meiste. Es ist alles ein Überbleibsel unserer gemeinsamen Ahnen, der Wikinger.« Er biss herzhaft in das Hühnerbein, kaute, schluckte. »Doch ich bin kein Mann, der der Vergangenheit verhaftet ist. Ich gebe meinen treuen Gefolgsleuten Land – und Erbinnen.« Sein Blick wurde wieder kühl, fast bedrohlich. »Und ich war so töricht, einer Erbin ein Mitspracherecht einzuräumen.«

Madeleines Kehle schnürte sich zusammen, doch sie zwang sich zu den Worten: »Und ich habe gewählt, Sire.«

Stirnrunzelnd musterte er sie, als suche er nach den Sünden, die auf ihrer Seele lasteten. Sie wartete darauf, dass er sie nach dem Namen des Auserwählten fragte. Doch er entspannte sich und lächelte nur.

»Dann können wir die Sache ruhen lassen, Lady Madeleine. Sollen die hoffnungsvollen Freier ruhig noch eine Nacht schwitzen!«

Er klatschte in die Hände, sodass die Gespräche im Saal verstummten. »Lady Madeleine wird morgen früh ihre Wahl verkünden. Gleich darauf erfolgen die Trauung und der Vollzug der Ehe. Anschließend werden wir nach Norden ziehen, um uns mit dem Grafen von Mercia zu befassen.«

Stimmengewirr erhob sich. Fragende Blicke wurden ausgetauscht, während die Männer versuchten, Madeleines Verhalten zu entnehmen, auf wen ihre Wahl gefallen war.

»Jetzt werden bestimmt Wetten abgeschlossen, Demoiselle«, meinte der König. »Wenn Ihr den Männern einen

Streich spielen wollt, könnt Ihr Gutgläubige in die Irre führen.«

Wieder wurde ihm ein Teller gereicht. Er nahm ein zartes Lammkotelett und legte es Madeleine auf ihr Brett; dann erst suchte er ein saftiges Stück für sich selbst aus. »Lasst es Euch schmecken, Demoiselle!«

Der König war es, der zu Streichen aufgelegt war. Er hatte erraten, dass sie nicht de Gaillard heiraten wollte, und sich nun Zeit verschafft, um sich noch ein paar Listen einfallen zu lassen – auch wenn er sich wohl an sein Versprechen halten und ihr die Wahl lassen würde. Was konnte er noch tun? Madeleine wusste es nicht, und das raubte ihr den Rest an Appetit, den ihr ihre sonstigen Sorgen gelassen hatten.

Sie stocherte nur in ihrem Essen, sprach jedoch dem Met so kräftig zu, bis ihr ganz schwindlig wurde. Odo wirkte verdrossen, er schien sich mit der Tatsache abgefunden zu haben, dass ihre Wahl nicht auf ihn fallen würde. Stephen hingegen war hochgestimmt. Als er ihren Blick erhaschte, warf er ihr unter ermunternden Zurufen seiner Trinkgenossen eine Kusshand zu. Madeleine hätte fast die Hände gehoben, um dieses Zeichen von Zuwendung abzuwehren.

Ihr Blick fiel auf Aimery de Gaillard, der bei seinem Bruder und ein paar anderen Männern saß. Sie sah, wie Leo de Vesin seinen Bruder anstupste. Er wollte ihn wohl veranlassen, Stephens Vorbild zu folgen. Doch Aimery verzog nur das Gesicht; er blickte zwar in ihre Richtung und verbeugte sich auch knapp, dann aber wandte er sich wieder dem Essen zu. Doch auch er schien nicht besonders viel Appetit zu haben.

Sie ertrug es einfach nicht länger. »Darf ich mich zurückziehen, Sire?«, fragte sie. »Ich bin sehr müde, und morgen wird wieder ein anstrengender Tag werden.«

Er betrachtete sie nachdenklich, doch dann meinte er nur belustigt: »Und auch eine anstrengende Nacht. Schlaft gut, Lady Madeleine!«

Sie erhob sich und ging. Morgen Nacht würde sie Stephen

de Faix erlauben müssen, mit ihr zu tun, was er wollte. Sie würde sich ihm anvertrauen müssen, mit Leib und Seele, und sich gegen nichts wehren dürfen, es sei denn, er würde sie misshandeln.

Wie kam sie überhaupt darauf, dass er so etwas tun könnte? Er wirkte doch sehr umgänglich.

Odo war das viel eher zuzutrauen, er konnte boshaft sein wie sein Vater.

In ihrer Kammer nahm sie ihren Schmuck und die schweren Gewänder ab und fühlte sich sofort erleichtert. Während sie die Kleider sorgfältig zusammenlegte und in einer Truhe verstaute, dachte sie an die schimmernde scharlachrote Farbe von Aimery de Gaillards Gewändern. Hatte auch er aus Trotz diese auffällige Farbe gewählt?

Sie setzte sich ans Fenster und schlug eines der kostbaren englischen Bücher auf, die ihr Pater Cedric gegeben hatte. Vielleicht ließen sich ihre Sorgen vertreiben, wenn sie sich darauf konzentrierte. Nach einer Weile stieß sie auf ein Gedicht, aus dem ihr Aimery de Gaillard ein paar Zeilen vorgetragen hatte – *Der Wanderer:*

So spricht der Heimatlose,
bedrängt von der Erinnerung an schreckliche Schlachten
und den Tod seiner Freunde:
»Oft findet mich die Morgenstunde
in Einsamkeit und Kummer,
denn niemand lebt mehr,
dem ich die Wahrheit meines Herzens anvertrauen könnte.«

War er, ohne weiter darüber nachzudenken, auf diese Zeilen gekommen, oder drückten sie seine innersten Gefühle aus? Sie schienen ihre eigenen Gedanken widerzuspiegeln. Sie beide, er und sie, schienen von ihrer Vergangenheit abgeschnitten und sehr allein zu sein, wenn auch aus ganz unterschiedlichen Gründen. Sie las weiter von der traurigen Geschichte eines Mannes, der von seinem angestammten Platz, seinen Lieben und aus seiner Welt gerissen worden war.

Er denkt an den Saal, seine üppigen Schätze,
an die großen Feste seines Ringfreundes
in den Tagen seiner Jugend.
All dieser Glanz ist nun verflossen.
Wo ist das Pferd jetzt? Wo der große Mann?
Wo der Geber der Ringe?
Was ist aus den fröhlichen Festen geworden?
Und den Gesängen?
Oh, trauere um den fließenden Met, die großen Krieger,
die stolzen Fürsten.
Die tödlichen Schatten der Nacht
haben sie alle verschlungen
und nichts hinterlassen für die, die noch da sind.

Dieses Gedicht schien den Untergang der englischen Kultur vorherzusagen.

Madeleine trauerte um dieses verschwundene England, denn mit ihm schien auch ihre Chance auf ein Glück in den Nebeln der Geschichte verschwunden zu sein. Aimery de Gaillards Treue zur Vergangenheit – das war es, was zwischen ihnen stand. Doch das, was der Dichter nahelegte – sich einfach in sein Schicksal zu fügen –, konnte sie nicht tun.

Tränen strömten über ihre Wangen. Eines Tages, wenn sie alt und verschrumpelt war, würde ihr all das wahrscheinlich wie eine kindische Torheit vorkommen. Aber jetzt – oh, jetzt brannte es wie das reinigende Elixier, das sie über Aimery de Gaillards Wunde gegossen hatte.

11

Mitten in der Nacht wurde Madeleine von Dorothy unsanft geweckt. Der halbe Mond warf ein fahles Licht in den Raum. »Was ist los?«, fragte sie.

»Es ist ein Mann da, der sagt, der König will mit Euch sprechen, Mylady.«

Madeleine schlüpfte in ihr Kleid und versuchte, vollends wach zu werden. Welchen Trick würde er nun probieren? »In seinem Gemach?«

»Nein, im Stall.«

Madeleine runzelte die Stirn. »Im Stall? Warum denn im Stall?«

»Woher soll ich das wissen?«, fragte die Frau unwirsch. »Ein Ritter hat mich wach gerüttelt und gesagt, ich soll Euch wecken und in den Stall schicken, weil der König dort mit Euch reden will.«

Die Pferde, dachte Madeleine verwirrt. War eine schlimme Krankheit ausgebrochen? Doch der König wäre nicht im Stall, um sich um so etwas zu kümmern. Gedanken an Odos Überfall kamen ihr wieder in den Sinn. Würde jemand, wer auch immer, einen solchen Streich wagen? »Wer war der Ritter?«, fragte sie argwöhnisch.

»Seinen Namen weiß ich nicht, aber es ist einer von ihnen.« Dorothy bemerkte Madeleines Argwohn. »Ich komme mit Euch, Mylady. Aber gehen wir lieber gleich. Wenn es der König ist, dann könnt Ihr ihn nicht warten lassen.«

Sie schlüpften durch eine Seitentür hinaus, um den bevölkerten Saal zu meiden, und Madeleine fand sich an einem seltsamen Ort. Im grauen Licht der anbrechenden Morgendämmerung kam ihr im Burghof nichts mehr bekannt vor.

Sie stolperte über ein auf dem Boden liegen gelassenes Bündel und fluchte leise. Eine Sekunde später hörte sie, dass es Dorothy nicht anders erging. Als sich ihre Augen an das Licht gewöhnt hatten, meinte sie Gestalten zu erkennen – offenbar schlafende Männer, die es vorgezogen hatten, hier draußen zu übernachten statt im überfüllten Saal.

Vorsichtig bahnte sie sich ihren Weg zu den Ställen. Die einzigen Laute waren die verhaltenen Stimmen der Wachen auf den Erdwällen und der Schrei eines Tiers, das einem anderen zur Beute geworden war.

So plötzlich aus dem Schlaf gerissen, fröstelte sie nun und zitterte am ganzen Körper, obwohl die Nacht warm war. Sie spürte das dieser Stunde eigene Unbehagen, in der Geister ihr Unwesen trieben, und zudem fürchtete sie, es würde etwas geschehen, das ihr nicht zum Vorteil gereichen werde. Es erleichterte sie immens, Dorothy an ihrer Seite zu wissen.

Als sie die langgezogenen Hütten erreichte, in denen die Ställe untergebracht waren, wurden die leisen Bewegungen von Pferden vernehmbar. Dann hörte sie Stimmen, sah den trüben Schein einer Laterne und atmete erleichtert auf. Was auch immer der Grund dafür war, dass man sie aus dem Bett geholt hatte, dies war jedenfalls keine Falle.

»Ich denke, es ist alles in Ordnung«, murmelte sie an Dorothy gewandt, »aber anscheinend will der König mit mir unter vier Augen sprechen. Bleib also hier.«

Die breiten Türen des hölzernen Baus standen offen, und sie ging langsam hinein, damit ihre Augen Zeit hatten, sich an das andere Licht zu gewöhnen. Die Laterne hing in einer weiter entfernten Box; sie konnte nur das reflektierte Licht sehen. Von dort kamen auch die Stimmen. Ein halblautes Murmeln. Sie glaubte, von zwei Personen.

Sie trat näher und wollte soeben ihr Kommen ankündigen, als jemand keuchte: »Oh, Lord Stephen!« Dazu hörte sie Stephens leises, sinnliches Lachen.

Madeleine erstarrte. Jetzt wusste sie, was sich hier ereignete und welchen Trick sich der König erlaubt hatte. Glaubte er wirklich, sie dadurch umstimmen zu können? Sie wandte sich zum Gehen. Wie Aimery de Gaillard gesagt hatte – keiner ihrer Freier war mehr unschuldig.

Welch ein Beginn für einen Hochzeitstag!

Wieder hörte sie Stephens Stimme. »Komm schon. So, ja. Sehr schön …«

Madeleine war vorsichtig zwei Schritte zurückgetreten – das Letzte, was sie wollte, war, an diesem Ort erwischt zu werden –, als ein lauter Schrei ertönte und die Worte: »Nicht! Ich will nicht …« Die Worte erstarben.

Madeleine war fassungslos. Eine Vergewaltigung?

»Es wird dir schon gefallen«, murmelte Stephen. »Beruhige dich. Es tut nicht weh. Komm schon, mein Engel. Kämpfe nicht gegen den großen, starken normannischen Ritter an …«

Mein Engel. Ihr wurde übel. Würde er auch sie im Hochzeitsbett so nennen? Sie wollte weglaufen, doch sie konnte bei einer Vergewaltigung nicht einfach den Blick abwenden. Aber konnte sie es ertragen, einzuschreiten, wenn sie diesen Mann in ein paar Stunden würde heiraten müssen? Sie war unschlüssig.

Die Laute wurden zu Keuchen und Stöhnen. Paarung? Oder ein Kampf?

Sie schluckte und kroch weiter vorwärts, die Röcke angehoben, damit sie nicht im Stroh raschelten. Als sie die Box erreichte, spähte sie vorsichtig über die Bretter, in der Absicht, lediglich einen kurzen Blick zu wagen und dann zu gehen.

Sie konnte nicht fassen, was sie sah.

Zwei halb nackte Körper, aber etwas war falsch. Sie waren, der eine war, falsch herumgedreht. Stephen war … Madeleine blieb der Mund offen stehen. Stephens Partner war ein Mann, besser gesagt ein Junge. Einer der Stallburschen.

Sie zog sich zurück und trat dabei an einen hölzernen Eimer. Erschrocken fuhr sie zusammen, wagte nicht einmal zu atmen. Stephen stieß keuchend einen Schrei aus. Er drehte den Burschen – sein Gesicht war stark gerötet – auf den Rücken und presste den Mund auf …

Madeleine raffte ihre Röcke und floh. Draußen packte sie die verblüffte Dorothy, zog sie hinter den Schweinestall und bedeutete der erstaunten Frau mit hektischen Gesten, nur ja keinen Laut von sich zu geben.

Einige Minuten verstrichen, ohne dass etwas geschah. Vielleicht war es Stephen gleichgültig, wer ihn sah. Vielleicht war er blind und taub, wenn er …

Madeleine versuchte, ihre Gedanken zu ordnen. Sie hatte von solchen Praktiken gehört, es aber nie wirklich geglaubt.

»Lady Madeleine«, flüsterte Dorothy, »was ist denn los, um Gottes willen? War es eine Falle? Seid Ihr verletzt?«

»Eine Falle? Ja, eine Falle. Oh, Dorothy. Was soll ich denn jetzt nur tun?«

»Seid Ihr verletzt?«

Madeleine fühlte sich, als sei sie gefoltert worden, aber sie sagte: »Nein. Nein. Und wir müssen in unser Gemach zurück!« Doch sie klammerte sich an Dorothy und zitterte, als sie über den Burghof schlichen. Bei ihrem Zimmer angekommen, sagte sie: »Bitte, Dorothy, geh in die Küche und bring mir einen Krug Met. Ich brauche etwas zu trinken.«

Die Frau tätschelte besorgt ihre Schulter und eilte fort. Madeleine presste kurz die Hände ans Gesicht, dann schlüpfte sie durch den Vorhang in ihren Raum.

Ein Schatten bewegte sich.

Ihr Schrei wurde von einer harten Hand unterdrückt.

»Seid still!«, sagte Aimery de Gaillard halblaut und ließ sie vorsichtig los.

Madeleine starrte auf die graue, kaum erkennbare Gestalt. »Was tut Ihr hier?«

»Ich konnte nicht schlafen. Ich hörte, wie Ihr über den Burghof gelaufen seid. Was habt Ihr vor?«

Madeleine wünschte sich, er möge sie in die Arme schließen, sie erneut aus einer unerträglichen Situation retten, doch sein Ton war nicht besorgt, sondern voller Argwohn. In ihrer Verzweiflung schlang sie die Arme um sich selbst. »Nichts. Geht. Ich bin in Sicherheit.«

»Offensichtlich. Weshalb seid Ihr da draußen herumgeschlichen?«

»Der König hatte nach mir geschickt. Geht jetzt!«

»Der König war nicht in den Ställen.« – »Nein.«

Er stand stumm da. »War es eine Falle? Zweifellos, um Euch von Stephen abzubringen. Was habt Ihr gesehen? Ihn, mit jemandem im Stroh? Ich habe Euch gesagt, dass keiner von uns ein Heiliger ist.«

Madeleine wandte sich von ihm ab und vergrub das Gesicht in den Händen. »Geht doch. Bitte!«

Sie hörte Schritte. Er drehte sie zu sich und nahm ihre Hände von ihrem Gesicht; sie konnte es nicht verhindern. Sie schwankte und lehnte sich an seine breite Schulter. Er umarmte sie einen kurzen, kostbaren Augenblick lang, dann schob er sie von sich weg. »Stephen ist nicht schlechter als wir anderen.«

Er beendete Madeleines hysterisches Auflachen mit einem blitzschnellen, harten Schlag in ihr Gesicht. Sie hielt sich die brennende Wange, und seine Hand strich reumütig und sanft wie ein Windhauch über die ihre. »Denkt an Euer Versprechen«, sagte er. Im nächsten Moment war er verschwunden.

Dorothy hastete mit einer Kerze und einem Krug ins Zimmer. »Was ist los?«, fragte sie Madeleine erschrocken, eilte zu ihr und blickte ihr entsetzt ins Gesicht. »Wer hat Euch geschlagen? Der König im Stall?«

Madeleine fühlte sich taub, hoffnungslos. »Ich will nicht darüber reden.« Sie ging an ihre Medizintruhe und holte etwas Mohnsaft heraus, von dem sie nicht zu wenig in den Met goss. Es würde sie nicht sehr bekümmern, falls sie nie mehr aufwachte.

Doch sobald Madeleine einen kräftigen Schluck getrunken hatte, nahm Dorothy ihr den Krug aus der Hand und goss den Rest auf den Boden. Dann schob sie Madeleine auf das Bett und deckte sie zu. »Schlaft. Bis zum Morgen wird alles besser sein.«

Madeleine lachte über diese Bemerkung, dann weinte sie sich in den Schlaf.

Als Dorothy sie aufweckte, hatte Madeleine einen sauren Geschmack im Mund und einen Kopf so schwer wie ein Felsblock. Sie brauchte ein paar Minuten, bis ihr die Ursachen ihres Elends wieder gegenwärtig waren. Dann verfluchte sie Dorothy. Sie verfluchte den König. Sie wünschte, sie wäre tot.

»Und das ist eine böse Sünde«, bemerkte Dorothy mit einem leichten Stirnrunzeln. »Kommt, Mylady. Der König erwartet Euch schon. Ihr habt nicht mehr viel Zeit.«

»Ich habe alle Zeit der Welt«, entgegnete Madeleine fatalistisch. »Ich geh da nicht hinaus. Ich heirate niemanden.«

Dorothy erbleichte. »Wegen letzter Nacht?«, fragte sie. »Wegen dieses Schlages? Man sieht nichts mehr. Das kann kein harter Schlag gewesen sein. Zwischen Männern und Frauen gibt es immer Schläge, aber über einen Klaps wie den braucht man sich keine Gedanken zu machen. Also kommt jetzt. Wascht Euch das Gesicht. Ich habe Eure schönsten Kleider schon bereitgelegt.«

Madeleine fühlte eine seltsame Ruhe in sich; sie fand all dieses Theater unnötig. »Ich kann keinen von ihnen heiraten«, erklärte sie. »Das ist absolut unmöglich. Ich denke, ich muss wohl wieder ins Kloster zurück, aber das ist nicht so schlimm.«

Dorothy warf die Arme in die Luft und stürzte aus dem Raum. Augenblicke später kam sie mit Graf Guy de Gaillard zurück, der in seinem langen Gewand aus fein gearbeitetem cremefarbenem Leinen festlich schön aussah. Mit einer Geste bedeutete er Dorothy, ihn mit Madeleine allein zu lassen.

»Was hat das alles zu bedeuten, Demoiselle?«, fragte er freundlich.

Madeleine blickte ihn an. »Euer Sohn hat mich geschlagen.«

Eine seiner Brauen zuckte nach oben, doch er sagte nur: »Dann heiratet Stephen, aber glaubt nicht, dass er seine Hand nicht gegen Euch erheben wird.«

Madeleine schüttelte stumm den Kopf.

»Odo de Pouissey?«, fragte der Graf.

Madeleine schüttelte wieder den Kopf.

»Dann heiratet Ihr also doch Aimery?«, fragte der Graf erstaunt, aber auch erfreut.

»Ich heirate keinen von ihnen«, erklärte Madeleine. »Der König muss mir noch einen anderen schicken, oder ich gehe zurück ins Kloster. Ich glaube, das wäre mir ohnehin am liebsten.«

Graf Guy setzte sich auf ihr Bett. Als sie versuchte, den Blick von ihm abzuwenden, ergriff er ihr Kinn und zwang sie, ihm in die Augen zu sehen. »Das reicht jetzt. Ihr habt das Privileg erhalten, wählen zu dürfen. Und das werdet Ihr tun. Der König möchte nicht, dass Ihr den Schleier nehmt, und er hat keine Zeit für Euer dummes Hin und Her.«

Sie versuchte, sich von seinem Griff zu befreien, und er erhob seine Hand. »Ich bin auch nicht abgeneigt, Euch zu schlagen, Demoiselle.« Madeleine erkannte, dass er es ernst meinte.

»Der König will doch nur, dass ich Euren Sohn heirate!«, fauchte sie.

»Dann solltet Ihr Euch vielleicht überlegen zu tun, was Eurem Herrscher gefällt. Aber er hat Euch eine Wahl gelassen, und er wird dazu stehen. Also nutzt diese Chance.«

»Ich kann nicht!«, flüsterte sie. Ihre Augen begannen sich mit Tränen zu füllen.

Mit einer raschen Bewegung versetzte er ihr einen kräftigen Schlag auf den Hintern. Madeleine schrie auf; entgeistert rieb sie sich den Po und blickte hasserfüllt in das ernste Gesicht des Grafen.

»Ich habe den Befehl, Euch hier herauszuholen, und zwar mit einer Entscheidung und innerhalb einer Stunde, Lady Madeleine. Und *ich* befolge die Befehle meines Monarchen. Das war jetzt ein Vorgeschmack, aber wenn Ihr uns zwingt, Euch mit Schlägen zur Vernunft zu bringen, dann lasse ich eine Rute bringen und schone meine Hand.«

»Aimery will mich nicht heiraten!«, protestierte sie.

»Wenn er sich weigert, dann bringe ich auch ihn mit Schlägen zur Vernunft. Also, soll ich mir nun eine Rute besorgen, oder zieht Ihr Euch an und kommt zu Eurer Vermählung?«

Er war eisern. Sie wusste, dass sie ihn beim Wort nehmen musste und dass er sie auf Geheiß des Königs notfalls auch blutig schlagen würde. Und in einem hatte er recht: Sie hatte dem König gegenüber eine Verpflichtung. »Ihr müsst ein schrecklicher Vater sein«, murrte sie und stand auf.

»Wenn Ihr meine Tochter werdet, könnt Ihr über dieses Thema ausführlich mit meinen anderen Kindern diskutieren.« Er ging zur Tür und rief Dorothy, die ängstlich herbeigeeilt kam.

»Sie ist fertig«, sagte er und wandte sich von Madeleine ab. »Wenn ihr nicht bald im Saal erscheint, komme ich zurück, und zwar bewaffnet.«

Dorothy bekam große Augen.

»Ich komme gleich!«, erklärte Madeleine grimmig. »Vergesst nur nie, dass das Euer Werk war!«

Er sah alles andere als eingeschüchtert aus. Er lächelte, als er ging.

Auf Anordnung des Königs wartete Aimery mit Odo und Stephen. Odo hegte allem Anschein nach wenig Hoffnung; er trank schon den zweiten Kelch von dem feinen Wein, der plötzlich aufgetaucht war. Stephen hingegen verhielt sich schon jetzt wie der bescheidene, wohlwollende Sieger.

Aimery verspürte einen starken Wunsch, Stephen das selbstgefällige Lächeln aus dem Gesicht zu prügeln, doch er sagte sich, dass sich alles so fügte, wie er es sich gewünscht hatte. Madeleine würde Stephen wählen. Die Eheschließung würde stattfinden. Dann würden alle aufbrechen, um Edwin zu bestrafen; doch er würde seiner Verwundung wegen nach Rolleston zurückkehren dürfen und sich in aller Ruhe seinem Elend widmen können.

Er hatte die letzte Nacht nicht geschlafen, sondern die langen Stunden damit zugebracht, ein fast überwältigendes Bedürfnis zu bekämpfen, Madeleine für sich zu beanspruchen. Er wusste – vielleicht schon seit jenem Tag am Fluss –, dass sie für ihn geschaffen war. Und jedes Mal, wenn sie sich trafen, wurde dieses Gefühl stärker. Sein Körper reagierte auf sie wie ein Jagdhund auf die Fährte des Wilds. Es ist nur Lust, sagte er sich. Es würde vorübergehen. Es musste vorübergehen, wenn er nicht verrückt werden wollte.

Schlimmer noch als die Lust war, dass sich Gefühle für sie in ihm regten. Er begann zu denken, dass ihr übler Ruf auf einem Irrtum beruhen musste. Konnte eine Frau, die praktisch geweint hatte, als sie seine Wunde nähte, beim Auspeitschen von Kindern Freude empfinden?

Aber – er erinnerte sich zum hundertsten Mal daran – er hatte sie selbst gesehen, wie sie vom Fenster aus zugeschaut hatte. Was konnte eine Frau veranlassen, so etwas bis zum letzten qualvollen Augenblick mit anzusehen, wenn nicht ein perverses Gefallen an Grausamkeit?

Ihre Macht über ihn war animalisch. Er musste dagegen ankämpfen. Er wünschte sich auf Tod und Teufel, dass sie endlich kommen und Stephen wählen würde, damit die Sache beendet wäre.

Wilhelm war nicht weniger ungeduldig als Aimery. In der Tat begann der König sogar, ärgerlich zu werden; und wenn Wilhelm von der Normandie in Wut geriet, konnte das rasch dazu führen, dass Körperteile verloren gingen.

Mit Edwins Aufstand und all seinen Folgen hatte Wilhelm keine Zeit, Madeleines Launen mit Geduld zu ertragen. Die letzte Nachricht war, dass auch Gospatric, der Graf von Northumbria, den Königshof verlassen hatte und auf seine Ländereien im Norden geflohen war, und zudem gab es auch noch Gerüchte über Aufständische in Wales. Gut möglich, dass sich die englischen Lords – Gott verdamme sie alle – nun doch noch zusammentaten.

Als der König Graf Guy beauftragte, nach dem Rechten zu sehen, konnte sich Aimery gut vorstellen, wie es ablaufen würde. Er hoffte nur, dass Madeleine erkannte, wie nutzlos es sein würde, die Dinge hinauszuzögern, ehe es zu Blutvergießen kam.

Was war der Grund für ihre Verspätung? Sie hatte gesagt, sie werde Stephen heiraten, und in ihrer Stimme hatte kein Zweifel mitgeklungen. Sie konnte nicht so töricht sein, sich umzubesinnen, nur weil Stephen es im Stall mit einer Magd getrieben hatte. Wenn es so einfach war, dann wäre er, Aimery, besser auf Aldredas Angebot eingegangen und hätte Madeleine dabei zuschauen lassen.

Bei diesem Gedanken schmeckte er Galle.

Na komm schon. Bring es hinter dich.

Graf Guy kam zurück und erstattete Wilhelm Bericht. Der König nickte brüsk und nahm einen Schluck Wein zu sich. Bald würde es vorbei sein.

Ein Geräusch ließ Aimery aufblicken. Madeleine betrat den Raum. Sie trug ein cremefarbenes Seidenkleid und eine schwerere, ebenfalls cremefarbene Tunika aus Seide, in die ein gelbes Wellenmuster eingearbeitet war. Ausschnitt und Ärmel waren reich mit Gold, Perlen und Amethysten verziert. Auch in dem schweren goldenen Haarband, mit dem sie ihr langes seidenes Haar zusammengebunden hatte, leuchtete ein Amethyst.

Sie sah aus wie eine Göttin.

Bleich und hoffnungslos sah sie aus, wie eine Frau, die dem

Tod entgegenging. Aber wenn sein Vater sie hatte schlagen müssen, damit sie ihre Entscheidung fällte, dann war er so vorgegangen, dass man ihr nichts ansah. Sie trat vor den König und machte einen tiefen Knicks.

»Guten Morgen, Lady Madeleine«, sagte Wilhelm kalt. »Ihr habt uns warten lassen.«

Aimery sah ihr Entsetzen, als sie bemerkte, wie verärgert der König war. »Ich bitte um Vergebung, Sire. Aber meine Nerven …«

»Lasst Euch das eine Lehre sein, Demoiselle, nicht mehr Verantwortung zu wollen, als Ihr auf Euch nehmen könnt.« Angesichts ihrer Unterwürfigkeit besserte sich die Laune des Königs jedoch. »Nun zu Eurer Wahl. Ich hoffe, Ihr habt Euch überlegt, was für das Wohlergehen Eurer Untertanen hier in Baddersley gut ist, und meine Wünsche ebenfalls in Betracht gezogen.«

Aimery versteifte sich. Es klang fast, als würde Wilhelm Madeleine erneut unter Druck setzen, seinem Wunsch Folge zu leisten. Der Ton in der Stimme des Königs bereitete ihm Unbehagen. Er klang so zuversichtlich. Als sich Madeleine umdrehte und die drei Kandidaten musterte, blieb ihre Miene unbewegt und ernst. Aus dem Augenwinkel sah Aimery, dass Stephen sie freundlich anlächelte.

Sie trat vor wie ein Schlafwandler, ihr Blick schweifte ruhelos von einem zum anderen. Er hatte einmal einen Mann mit einem solchen Blick gesehen. Ein Bandit, der auf frischer Tat ertappt worden war und dem nur noch der Tod bevorstand. In die Enge getrieben, war er vor drei Gegnern dagestanden, verwundet und erschöpft, nicht wissend, welcher ihm den Todesstoß versetzen würde. Aimery war vorgetreten und hatte es rasch gemacht, um dem Mann weitere Qual zu ersparen.

Auch dies hier dauerte zu lange; er musste sich sehr beherrschen, um nicht wieder vorzutreten und der Sache ein Ende zu bereiten.

»Bei unserem lieben Herrgott, entscheidet Euch!«, brüllte der König ungehalten.

Madeleine schloss die Augen und legte ihre Hand auf Aimerys Ärmel.

Es herrschte einen Moment Stille, dann wurden Gelächter und ironische Rufe laut. Männer begannen, Wetten abzuschließen. Der König trat vor. »Na endlich. Das hätten wir schon vor Wochen auch ohne diese Strapaze erreichen können, Demoiselle, wenn Ihr nicht so unklug gewesen wärt.« Er klopfte Aimery kräftig auf die Schulter. »Gratuliere! Kommt und unterzeichnet die Dokumente.«

Aimery blickte mit Ärger und Verwunderung auf Madeleine, doch sie wandte sich von ihm ab; dies war kaum der rechte Ort für eine Erklärung. Schließlich würden sie nun ein Leben lang Zeit haben, diese Sache zu regeln. Er schaute zu Stephen und zuckte mit den Schultern.

Stephens Miene verzog sich zu einem schiefen Grinsen. »Weiber. Man kann sie einfach nicht begreifen. Na ja, wenigstens hat es Wilhelm wieder zu einer besseren Laune verholfen.«

Und das, dachte Aimery, war wahrscheinlich das einzig Positive an der ganzen Sache. Er schritt mit Madeleine zu dem Tisch, auf dem die Trauungsdokumente ausgebreitet lagen. Sein Vater stand über sie gebeugt, und Schreiber trugen gerade die noch fehlenden Details ein.

Er würde Madeleine de la Haute Vironge heiraten müssen; es gab keinen Weg mehr, dies zu verhindern. Als sie ihre Wahl traf, hatte ihn sogar noch eine ärgerliche, eine aufreizende Woge freudiger Lust ergriffen. Aber er würde dagegen ankämpfen, selbst wenn er dazu ein Haarhemd würde tragen müssen.

Aber wie sollte er gegen die andere Gefahr ankämpfen – die, dass man ihn als den Goldenen Hirsch erkannte? Wer würde die Wahrheit offenbaren? Vielleicht Madeleine selbst. Wollte sie möglichst bald Witwe werden? Das konnte ihr kaum etwas Gutes einbringen, denn sie würde dann sofort wieder heiraten müssen. Oder wollte sie ihr Wissen einem drohenden Damoklesschwert gleich über ihm schweben lassen? Lieber wollte er sich zuerst Wilhelm anvertrauen.

Denn selbst, wenn Madeleine den Mund hielt, gab es noch den bislang unentdeckten Verräter vor Ort. Und wenn dieser Verräter die Wahrheit nicht erkannte, bestand immer noch die Gefahr, dass sie durch die Einheimischen, die Bescheid wussten, ans Licht kam. Ein einziges unvorsichtiges – oder böswilliges – Wort würde genügen. Aldreda zum Beispiel wurde allmählich ungehalten, weil er sich weigerte, ihr seine ausgereiften Bettmanieren zu demonstrieren.

Einer der Schreiber begann, den Ehevertrag vorzulesen, aber Aimery hörte kaum hin. Er bekam allerdings mit, dass die Dokumente im normannischen Stil ausgefertigt waren, was ihm die Herrschaft über seine Gemahlin und ihr Land zusicherte. So sollte es also sein. Falls sie wegen dem, was er über das englische Recht und die Eigentumsrechte der Frauen gesagt hatte, unklug gewählt hatte, würde sie ihren Fehler schon bald erkennen.

Doch als er den nächsten Teil des Dokuments hörte, blickte er überrascht auf seinen Vater. Graf Guy hatte ihm Rolleston übergeben, und Aimery gab es nun offenbar als Witwenbesitz an Madeleine weiter.

»Nein«, sagte er unwillkürlich, und alle Augen wandten sich auf ihn. Er konnte es nicht ertragen, Rolleston ihrer grausamen Hand zu überschreiben, aber er versuchte, taktvoll zu bleiben. »Das macht keinen rechten Sinn. Dies hier ist Lady Madeleines Zuhause, hier kennt und weiß sie alles. Baddersley sollte ihr Witwenbesitz sein.«

Der König zuckte die Achseln. »Wie du willst. Die anderen Besitztümer, die mit der Baronie einhergehen, werden der Familienbesitz sein.« In anderen Worten, sein Besitz. Aimery warf einen Blick auf Madeleine, um ihre Reaktion zu sehen. Es war keine Änderung zu ihren Gunsten, denn Baddersley war ausgezehrt und in Chaos versunken; Rolleston hingegen gedieh. Sie schien jedoch gleichgültig.

Der Schreiber verlas weiter die Eigentumsrechte beider Parteien und die Vorkehrungen, die für jeweilige Todes- und Erbschaftsfälle getroffen wurden …

Auch Madeleine hörte ihm kaum zu. Eigentumsrechte interessierten sie nicht. Schließlich heiratete sie einen Mann, der sie hasste.

Plötzlich redete er, unterbrach das Vorlesen mit einem Einwand. Madeleine bemerkte, dass er ihr Baddersley als ihren Witwenbesitz zurückgab. Sie blickte ihn verwirrt an; Freundlichkeit hatte sie nicht erwartet. Er erwiderte ihren Blick jedoch nicht.

Dann war es Zeit, die Unterschriften zu leisten. Es fiel Madeleine schwer, doch sie ergriff die Feder und setzte ihren Namen auf das Pergament. Er folgte ihrem Beispiel.

Als Nächstes unterschrieben alle Zeugen; beginnend mit dem König leistete jeder der Anwesenden, der wollte, seine Unterschrift. Es waren also mehr als genug Menschen, die bezeugten, dass alles entsprechend Recht und Gesetz vonstattengegangen war.

Schließlich ergriff der König mit einem breiten Lächeln Madeleines Hand und legte sie in Aimerys. Bei ihrer Berührung spürte sie seinen Widerwillen. »Jetzt noch zur Kirche«, sagte der König, »und dann können wir endlich essen. Mein Magen knurrt wie eine ganze Hundemeute. Ihr braucht einen Ring«, fuhr er an Aimery gewandt fort. »Ihr habt noch einen übrig.«

Madeleine spürte die Spannung, die Aimery befiel, und schaute auf die beiden Ringe, den aus gewundenem Draht an seiner linken Hand und den massiven an der rechten. *Gold*? Nein. Diese Ringe waren Symbole für Verbindungen, die ebenso fest waren wie eine Ehe. Welcher sollte entbehrlich sein? Warum war diese Sache so wichtig?

Sie spürte die Gefahr, die in der Luft lag, selbst als Graf

Guy vortrat und einen Ring von seinem kleinen Finger zog. »Das ist der Ring, mit dem ich meine erste Frau geehelicht habe. Es wäre mir eine Ehre, wenn er jetzt Verwendung fände.«

Aimery de Gaillard nahm ihn mit einem Seufzer der Erleichterung an sich. »Vielen Dank, Vater.« Es klang wie das Aufrichtigste, was er an diesem Tag bisher gesagt hatte.

Pater Cedric wartete bereits an der Kirchentür. Sein Lächeln verwandelte sich zu einem breiten Strahlen, als er sah, welche Wahl Madeleine getroffen hatte, und er erhob die Hände, um sie beide zu segnen. »*In nomine patris, et filiis, et spiritu sancti …*«

Das gesamte Gefolge des Königs war bei der Trauung anwesend, und auch viele Bewohner der Burg versammelten sich. Pater Cedric blätterte rasch durch ihre Absichts- und Einigkeitserklärungen und zeigte sich zufrieden damit, dass die Verbindung ehrbar war.

Der König legte noch einmal Madeleines Hand in Aimerys und damit auch die vollständige Macht über sie. Aimery steckte den Ring seines Vaters auf den dritten Finger ihrer linken Hand. »Mit diesem Ring nehme ich dich zur Frau«, sprach er feierlich, »mit diesem Gold ehre ich dich, und diese Gabe vermache ich dir.«

»Dann seid ihr vor den Augen Gottes Mann und Frau«, verkündete Pater Cedric frohgemut, »und werdet euch seiner zahllosen Segnungen erfreuen. Aimery, seid auf immer freundlich zu Eurer Gemahlin und helft ihr in all ihrem Bemühen. Madeleine, seid auf immer freundlich zu Eurem Gemahl und helft ihm in all seinem Bemühen.«

Auch bei Verrat?, dachte Madeleine. *Das werde ich sicher nicht tun.* Sie formulierte ein eigenes Versprechen für sich: *Aimery de Gaillard wird seine Arbeit für die Engländer einstellen, oder ich werde ihn dem König preisgeben.*

Pater Cedric segnete sie noch einmal im Namen der Dreifaltigkeit, der Heiligen Jungfrau und aller Heiligen.

Dann schickte sich der Priester an, sie in die Kapelle zu geleiten, doch der König unterbrach ihn. »Kniet vor Eurem Gemahl nieder, Lady Madeleine«, befahl er, »wie der Brauch es fordert. Ihr habt eine Neigung zum Übermut. Kniet nieder und küsst Lord Aimerys Hand, die Hand, die Euch strafen wird, wenn Ihr fehlgeht.« Er war ganz offenbar noch immer zornig auf sie.

Wenn Ihr nur wüsstet, Sire, dachte Madeleine, *dass Ihr mir befehlt, einem Verräter Ehre zu bezeugen.* Doch sie gehorchte und küsste kniend die Finger der rechten Hand ihres Gemahls – mehr ragte aus dem Verband, den er trug, nicht hervor.

Während der ganzen Messe betete sie um die Kraft, ihre Ehe zu etwas Gutem zu wenden und ihren Gemahl von seinem Verrat abzubringen.

Danach begab sich die gesamte Prozession unter Freudenrufen zurück in den Saal. Madeleine versuchte zu lächeln, doch es wollte ihr nicht recht gelingen. Aimery versuchte es gar nicht erst.

Oh Gott, fragte sie sich hilflos, was würde heute Nacht geschehen, wenn sie beide allein waren? Hatte er nicht versprochen, ihr das Leben zur Qual zu machen, wenn sie ihn wählte?

Doch dann erinnerte sie sich daran, dass sie eine Waffe hatte. Sie hielt sein Leben in ihren Händen.

Wenigstens das Essen war hervorragend – ein Festmahl, kein Frühstück. Sie hatte sich seit dem gestrigen Nachmittag nicht mehr darum gekümmert, doch die Bediensteten von Baddersley zeigten, was sie konnten, und servierten zartes Fleisch und leckere süße Gerichte, und von allem mehr als genug. Draußen auf dem Burghof briet ein Ochse am Spieß für die Einheimischen.

Aimery und Madeleine saßen auf den Ehrenplätzen, sogar der König hatte einen niedrigeren Sitzplatz eingenommen. Doch sie schwiegen. Graf Guy beugte sich zu seinem Sohn.

»Sprich mit ihr, Aimery«, sagte er. »Dir wird ja wohl noch etwas einfallen, worüber du mit ihr reden kannst.«

»Ich habe genug zu reden. Aber das muss warten bis später.«

Madeleine verging ihr ohnehin spärlicher Appetit vollends.

Als sich das Mahl dem Ende näherte, wandte sich der König ihr zu. »Vielleicht versteht Ihr die Situation nicht, Lady Madeleine. Ich muss mit meinem Gefolge bald aufbrechen, aber wir möchten die Ehe vollzogen wissen. Ich glaube, eines der oberen Gemächer ist für Euch vorbereitet worden.«

Madeleine erschrak. »Jetzt?«

»Jetzt«, beharrte er. »Geht. Es wird nicht lange dauern, und wir werden Eurem Wort Glauben schenken.«

Madeleine stand benommen da, und der König fügte noch hinzu: »Und vergesst nicht, Euch um seine Hand zu kümmern.«

Angesichts dieser sehr profanen Bemerkung musste sie lachen, doch es klang selbst in ihren Ohren verzweifelt.

Der König seufzte. »Ich weiß nicht, warum um diese Sache immer so ein Gehabe gemacht wird. Aimery, nimm sie, um Gottes willen, und vollzieht die Ehe. Ich muss mich auf den Weg machen. Ich lasse dich hier, damit du dich um diesen Ort kümmerst, also werdet ihr für Geschäker und Liebelei noch alle Zeit der Welt haben. Den Worten deiner Gemahlin nach bist du als Kämpfer ohnehin für eine Woche nicht zu gebrauchen.«

Aimery bot Madeleine seinen Arm an. Anstatt sich zum Ehebett schleifen zu lassen, erlaubte sie ihm lieber, sie in das besagte Gemach zu geleiten.

12

Das Zimmer sah sehr kahl aus. Das Eigentum des Königs war bereits hinausgeschafft worden, und dazu alles, was Paul und Celia als ihr Hab und Gut betrachtet hatten. Es enthielt nur mehr zwei Truhen, ein Pult und das Bett, dessen Tücher sauber zurückgeschlagen waren.

Sie hörte die Tür ins Schloss fallen und spürte seinen harten Griff an ihrem Handgelenk. »*Ich habe nicht vor, Euch zu wählen. Ich werde Stephen heiraten*«, zitierte er sie verbittert. »Könnt Ihr Euch daran erinnern, Madeleine de la Haute Vironge?«

»Ich kann mich an vieles bestens erinnern!«, fuhr sie ihn an und versuchte, sich zu befreien. »Lasst mich los!«

»Seid Ihr nicht die süße, pflichtbewusste Gemahlin?«, höhnte er und verstärkte seinen Griff. Madeleine hämmerte mit der geballten Faust auf seine Wunde ein. Er zuckte zusammen, ließ sie jedoch nicht los. »Das haben schon andere vor Euch versucht.« Er zerrte sie quer durch das Zimmer und warf sie auf das Bett.

Madeleine kletterte auf der anderen Seite wieder hinaus. »Rührt mich nicht an!«

Er lehnte sich an einen Bettpfosten. »Was genau habt Ihr eigentlich erwartet, als Ihr einen Gemahl gewählt habt? Den frommen König Eduard? Es gibt nicht viele Männer, die bereit sind, in der Ehe keusch zu leben. Aber vor allem haben wir einen ungeduldigen und reizbaren König, der auf die Nachricht wartet, dass Ihr Eure Jungfräulichkeit verloren habt.«

»Wir können ihm einfach sagen, dass es geschehen ist«, sagte sie verzweifelt.

»Lügen?«, fragte er. »Das ist so Eure Art, nicht wahr? Meine aber nicht. Legt Euch ins Bett, oder wir machen es auf dem Boden!«

Madeleine atmete tief durch. »Berührt mich, Aimery de Gaillard, und ich sage dem König, dass Ihr der Goldene Hirsch seid!«

Sie bemerkte, dass sie ihn damit getroffen hatte, doch er erholte sich rasch. »Eine solche Verrücktheit muss bei Euch in der Familie liegen. Der Goldene Hirsch ist im Augenblick in Warwickshire.«

»Schlau«, räumte sie ein, während sie ihn genau beobachtete. »Ist es Glück, dass andere Euren Namen borgen, oder habt Ihr Leute ausgeschickt, um solch eine Täuschung zu inszenieren?«

Er schien entspannt, doch sie spürte die Anspannung in ihm. »Wie kommt Ihr darauf, dass ich ein sächsischer Aufständischer bin? Ich bin ein normannischer Ritter.«

»Der Goldene Hirsch spricht Französisch.«

»Das können viele Engländer. Und«, fügte er mit einem unerfreulichen Lächeln hinzu, »woher wisst Ihr, wie der Goldene Hirsch spricht?«

»Ihr wisst doch so gut wie ich, dass wir uns schon begegnet sind! Und nach dem letzten Mal wurde meine Tante komplett verrückt und machte mir das Leben zur Hölle. Und Ihr habt sie dazu aufgehetzt!«

»Wie ich Euch kenne, brauchte sie dazu bestimmt keine Ermutigung. Aber den König dürfte es interessieren, zu hören, dass Ihr Euch im Wald mit einem Rebellen getroffen habt!«

»Ich habe Euch getroffen!«, fauchte Madeleine.

»Habe ich es damals mit Euch getrieben?«, fragte er mit hämischer Neugier.

»Ich bin Jungfrau!«, gab sie zähneknirschend zurück.

Sein falsches Lächeln war augenblicklich verschwunden. »Dann ändern wir das besser gleich, bevor der König hereinkommt und uns zusammenhält wie widerspenstiges Vieh.«

Madeleine erkannte erschrocken, dass sie ihre schärfste Waffe geworfen und nichts dadurch gewonnen hatte. »Ich meine es ernst«, sagte sie verzweifelt. »Ich sage es dem König.«

»Ich würde gern seine Reaktion darauf sehen.« Blitzschnell warf er sich auf das Bett, wälzte sich einmal herum und wieder zurück. Madeleine fand sich unter ihm eingeklemmt. Sie kämpfte, doch ohne jede Aussicht auf Erfolg.

Er hatte sie vor Odo gerettet, doch nun gab es niemanden, der sie vor ihm gerettet hätte. Selbst wenn sie schrie, würden die Männer im Saal nur schallend lachen. Sie sah die Wut in seinen Augen; Entsetzen und Elend ergriffen sie. »Bitte tut es nicht«, flüsterte sie. »Vergewaltigt mich nicht.«

»Ein Mann kann seine Gemahlin nicht vergewaltigen, Lady Madeleine.« Nach einer Pause seufzte er. »Ich hätte wohl Lust, Euch zu verprügeln, aber ich finde keinen Gefallen an einer Vergewaltigung. Können wir das Ganze nicht nett und freundlich angehen?«

Sie schluckte niedergeschlagen und nickte.

»Gut.« Vorsichtig rollte er sich von ihr herunter. »Zieht Euer Kleid aus.«

Madeleine setzte sich auf und gehorchte mit zitternden Händen. Ihre Zähne klapperten vor Angst, sie wagte nicht, ihn anzusehen. Sie zog ihre Tunika aus, dann ihr Kleid, sodass nur ihr feines Unterkleid aus Leinen sie noch bedeckte. »Soll ich d-das auch ausziehen?«

»Wahrscheinlich geht es Euch besser, wenn Ihr am hellen Tag etwas anbehaltet«, meinte er prosaisch.

Bei diesem ruhigen Ton wagte sie einen Blick. Er schien jetzt nicht mehr zornig zu sein, aber er war auch nicht so ruhig, wie er klang. In seinen Augen lag etwas Dunkles, das sie an Edwald erinnerte, daran, wie er sie an dem Bach angesehen hatte. Und er *war* Edwald. Ihr Körper erinnerte sich sofort daran, wie sie sich an jenem Tag mit Edwald gefühlt hatte, und ein Funken Hoffnung flammte in ihr auf.

»Legt Euch wieder hin.« Seine Stimme war etwas rau. Madeleine gehorchte, und er setzte sich neben sie. Er legte eine Hand auf ihre Hüfte und strich aufwärts, bis seine Hand auf ihrer Brust zu liegen kam. Sie hielt den Atem an. Er begann, durch den Stoff hindurch ihre Brustwarze zu reiben. Es war ein mechanischer Akt, aber es ähnelte dem, was er damals tat, als er sie begehrt hatte.

Sie blickte ihn überrascht an. »Was tut Ihr?«

»Es ist leichter für Euch, wenn Ihr vorbereitet seid. Bleibt ruhig.«

Was sich schwierig gestaltete, sobald er ihr Hemd etwas nach unten geschoben und den Mund auf ihre andere Brust gelegt hatte. Sie dachte an Schwester Bridget. Und daran, dass sie alle über sie gelacht hatten.

Saugte er Milch, und wurde er dadurch ganz wild? Mit ihr stellte es jedenfalls ganz seltsame Dinge an. Sie atmete hoch und schnell, und ihr Körper spürte aus keinem ersichtlichen Grund ein Bedürfnis, sich zu bewegen.

Während er an ihrer Brust saugte, glitt seine linke Hand unter ihr Unterkleid und streichelte ihren Schenkel. Es war eine so zärtliche Berührung, dass ihre Angst und ihre Vorsicht dahinschmolzen. Doch als die Hand zwischen ihre Beine wanderte, spannte sie sich an. Nicht einmal sie selbst sollte sich dort berühren, außer beim Waschen. Doch dann fiel ihr ein, dass ein Ehemann sich Freiheiten herausnehmen durfte. Ein Ehemann durfte alles. Als er ihre Schenkel öffnete, schluckte sie, leistete jedoch keinen Widerstand. Sie lag nur da und blickte auf das Holz an der Decke, das Gesicht flammend heiß, und wartete darauf, dass der Zauber kam und ihre Gedanken auslöschte.

Ein Finger schlüpfte an eine besondere Stelle, und es schmerzte auf eine Art und Weise, an die sie sich erinnerte. Sie hielt erneut den Atem an. »Wie seltsam«, meinte sie mit einem Kichern, »dass das, was einmal Sünde war, jetzt Pflicht ist.«

Er antwortete nichts. Er ging nicht auf ihren versuchten Scherz ein.

Madeleine schloss die Augen und versuchte, nicht an das zu denken, was er tat. Sie dachte bewusst an bessere Zeiten. Der Tag mit dem Feenprinzen – seine leise murmelnde Stimme, die Hand, die sie zärtlich streichelte, die Berührung warmer Lippen in ihrem Nacken. Derselbe goldene Pfad hellen Entzückens öffnete sich vor ihr.

Die Zeit mit Edwald. Seine begierigen Hände, sein suchender Mund. Das brennende Verlangen, das schmerzlich ungestillt geblieben war. Ihr Körper bäumte sich seiner forschenden Hand entgegen.

»Gut«, kommentierte er tonlos. »Ihr seid nass. Ihr sprecht sehr gut darauf an. Wenn ich nach all dem feststelle, dass Ihr keine Jungfrau seid, verprügle ich Euch, aus allen möglichen Gründen.«

Sein brüsker Ton zerstörte den Zauber. Madeleine öffnete die Augen, und sie verspannte sich abwehrend, gerade als er sich auf sie legte. Er schnaubte wütend und legte wieder den Mund um ihre Brustwarze, rollte etwas seitwärts und berührte sie erneut sanft reibend zwischen den Beinen.

Sie spürte, dass seine Berührung etwas in ihr auslöste, doch der Zauber war dahin. Es war alles Manipulation, wie das Ziehen an den Sehnen eines abgetrennten Hühnerbeins. Zieh an dieser Sehne, und eine Kralle schließt sich. Zieh an der nächsten und der nächsten …

Doch ihr Atem flatterte trotzdem, ihre Beine zitterten und öffneten sich wie von selbst. Er rollte sich wieder auf sie, und sie spürte sein Glied hart an ihrem Unterleib. Es glitt in sie hinein, hart und lang, machte Orte ausfindig, von denen sie nie etwas gewusst hatte und die sich doch schmerzlich nach ihm sehnten.

Ein bebendes Stöhnen entstieg ihrer Kehle; doch sie hielt es eher für Kummer.

Aber sie war für einen Mann geschaffen, für diesen Mann,

und ihr Körper wusste es. Ihre Arme umschlangen ihn, ihre Schenkel spannten sich an, um ihn festzuhalten. Der Schmerz ließ sie starr werden.

»Ruhig«, murmelte er. »Wenigstens heute brauche ich Euch nicht zu schlagen.«

Sie lachte nervös auf, dachte daran, wie geduldig er gewesen war, als sie seine Wunde nähte, und akzeptierte, dass der brennende Schmerz sich sogar noch ausbreitete. Dann ließ er nach, und Aimery drang tief in sie ein und atmete lange und langsam aus.

Er stützte sein Gewicht auf die Arme, seine linke Hand strich eine Strähne ihres Haars aus ihrem Gesicht – eine zärtliche Geste, die sie ihm so nahe brachte, wie sie noch nie jemandem nahe gewesen war. Sein Gesicht war nur Zentimeter von ihrem entfernt, sein Körper lag auf ihr wie eine Decke, und ein Teil von ihm war tief in ihr, aber das war es nicht. Es war eine ganz andere Art von Intimität, eine, die von seinen dunklen Augen kam.

»Was ist jetzt?«, flüsterte sie. »Hören wir jetzt auf?«

»Und versäumen den schönen Teil?«, fragte er sie lächelnd. Er begann, sich zu bewegen, glitt fast heraus und wieder tief in sie hinein, langsam, fast zärtlich, wieder und wieder und wieder …

Der Rhythmus bemächtigte sich ihres Verstandes und ihrer Seele, er pulsierte in ihren Adern und brachte sie zurück in ihre Traumwelt. Sie erkannte den Pfad des märchenhaften Entzückens und hieß ihn willkommen, schloss die Augen und ließ ihn sie mitnehmen, war glücklich, ihn in ihren Armen und zwischen ihren Schenkeln zu fühlen.

Selbst durch seine Kleidung spürte sie die glatten Muskeln, die ebenmäßigen Knochen, die sie an jenem Tag nackt bewundert hatte. Diese Schönheit und Kraft gehörten nun ihr, während tief in ihrem Inneren ihr Körper seinen Gegenpart gefunden hatte.

Sie schrie auf, als der Pfad in eine tiefe, dunkle, wirbelnde

Grube abfiel, in der er sie fand und sie Mund an Mund, Hüfte an Hüfte zusammenkamen.

Vereint.

Langsam tauchten sie wieder auf, zurück in die Wirklichkeit, verwirrt und zitternd. Madeleine öffnete die Augen, lächelte ihn an, doch sein Kopf war auf ihre Schulter gesenkt, sie sah nur sein goldenes schweißverfärbtes Haar. Er war wirklich ihr Gemahl.

Wie höchst merkwürdig.

Er atmete tief, rollte sich auf die Füße und rückte seine Kleidung zurecht. »Zieht Euch an«, sagte er knapp.

Madeleine starrte auf seinen Rücken.

Er drehte sich um. »Zieht Euch an, wenn Ihr nicht so in den Saal zurückgehen wollt.«

Zitternd vor eisigem Entsetzen suchte Madeleine nach ihren Kleidern. Sie fand sie auf dem Boden, zog sie rasch über, begab sich eilends in ihren Schutz. Wie konnte er von diesem Ort zurückkommen und so kalt, so distanziert sein?

Er fuhr sich durch das Haar, musterte Madeleine und ordnete die Falten ihrer Tunika. »Da drüben ist Wasser und ein Tuch. Vielleicht wollt Ihr Euch waschen.«

Während sie seinen Vorschlag befolgte, blickte er zum Fenster hinaus. Natürlich wurde das Tuch blutrot. Sie blickte auf das Betttuch, auch darauf war Blut. Sie fühlte sich so verwundet, wie es das Blut zeigte, und doch waren ihre Wunden nicht physischer Art.

Sie schluckte die Tränen weg. »Ich bin fertig«, sagte sie nur.

Er nahm das Betttuch an sich, ergriff rüde ihre Hand und zog sie in den überfüllten Saal. Die Tische waren bereits weggeräumt; der König diktierte einem Schreiber und las gleichzeitig ein Dokument. Die meisten Männer waren schon bewaffnet und bereit zum Aufbruch, doch als Aimery und Madeleine den Raum betraten, wandten sie sich ihnen zu.

Als Aimery laut verkündete »Es ist vollzogen!« und dazu

das blutige Betttuch schwenkte, wurden erneut Freudenrufe laut.

Als wäre eine Burg erstürmt worden, dachte Madeleine. Ihr Gesicht brannte, und sie wusste nicht, wohin sie schauen sollte. Graf Guy kam zu ihr, befreite sie aus Aimerys eisernem Griff und küsste sie zart. »Willkommen, Tochter.«

Sie machte einen Knicks, vergaß dabei aber nicht, dass es die Skrupellosigkeit des Grafen gewesen war, die sie bis an diesen Punkt gebracht hatte.

Leo gab ihr einen herzlichen Kuss. »Willkommen in der Familie.« Er war so groß und warm und *normal*, dass Madeleine an seiner breiten Brust fast in Tränen ausgebrochen wäre. »Aimery sollte dich bald herüberbringen, damit du alle kennenlernen kannst. Eigentlich wollte Mutter kommen, sie wird einiges dazu zu sagen haben, dass ihr Sohn ohne ihr Beisein geheiratet hat.«

Graf Guy verzog das Gesicht. »Erinnere mich nicht daran. Aber ich dachte, es ist nicht sicher, und jetzt fürchte ich, dass ich recht haben werde.«

»Düsternis und Untergang?«, fragte der König, als er sich zu der Gruppe gesellte. Auch er zog Madeleine an sich und küsste sie. »Da Ihr meinen Patensohn geheiratet habt, Lady Madeleine, haben wir nun eine geistige Verwandtschaft. Solange Ihr meinen Willen befolgt, könnt Ihr von mir väterliches Wohlwollen erwarten.«

Madeleine verlieh ihrer Dankbarkeit mit einem Knicks Ausdruck, obwohl sie dachte, sie könne gut und gern ohne ein Wohlwollen wie das Wilhelms auskommen. Wäre er nicht gewesen, dann wäre sie schließlich noch immer im sicheren Kloster.

Der König umarmte Aimery freundschaftlich. »Ich habe dich reich belohnt, also diene mir gut.«

Seine Zuneigung war so aufrichtig, dass Madeleine nicht wusste, wie Aimery dem König in die Augen schauen konnte. Sie wusste, dass sie es nicht konnte, denn nun war sie selbst in Verrat verwickelt, schuldig durch ihre Vereinigung mit Aimery und ihr Schweigen.

»Ich werde im Spätsommer wieder in Baddersley vorbeischauen«, sagte der König herzlich, »und ich hoffe, es dann in einem besseren Zustand und Euch in anderen Umständen zu sehen, Lady Madeleine.« Er blickte auf den Verband. »Der ist nicht gewechselt worden, Lady Madeleine. Ihr vernachlässigt Eure Pflichten.«

»Wir hatten nicht genug Zeit, Sire«, warf Aimery zur Erklärung ein.

»Wie lange dauert es denn?«, fragte der König. »Ach, ihr jungen Leute …« Damit machte er kehrt, widmete sich wieder seinen Dokumenten und gab einen kurzen Befehl zum Aufbruch. Die meisten der Männer strömten auf den Burghof hinaus, und bald darauf packten auch die Schreiber ihre Pergamente ein und schlossen sich den Bewaffneten an. Nur einige mit Aufräumen beschäftigte Bedienstete blieben im Saal zurück.

Madeleine und Aimery liefen hinter den Männern her und sahen ihnen beim Aufsitzen zu. Beladene Packpferde wurden in Reih und Glied aufgestellt, Hunde an die Leine genommen. Dann ritt der Tross durch die Lücke in der Palisade, in der ein Tor sein sollte, und machte sich auf den Weg nach Warwick.

Madeleine blickte ihren Gemahl von der Seite an. Nun war sie mit ihm allein, mit Aimery de Gaillard, dem Goldenen Hirsch, dem Verräter. »Ihr solltet mich nach Eurer Hand sehen lassen«, sagte sie.

Er bereitete ihr keine Schwierigkeiten. Sobald der Verband abgenommen war, konnte man erkennen, dass die Wunde gut heilte. Das Hautmal war eindeutig ein springender Hirsch, aber keiner von ihnen ging darauf ein.

Madeleine legte eine saubere Abdeckung auf die Wunde und verband sie mit einem langen Stück Leinen. »Versucht, die Hand so wenig wie möglich zu benutzen.«

»Ich bezweifle, dass Edwin Baddersley angreift, also kann ich einen Schwertkampf wohl vermeiden. Aber was die Arbeit anbetrifft, wird es wohl nicht so leicht gehen. Wir müssen dem König gehorchen und Baddersley in Ordnung bringen. Geht und macht eine Aufstellung sämtlicher Haushaltsgüter und Vorräte, ich sehe mir die Liste dann später an.«

Damit ging er einfach weg.

Es war ein kurzer Befehl gewesen, vom Herrn an die Dienerin, der klarmachte, wie die Dinge für sie lagen. Madeleine dachte daran, wie sie zusammen im Bett gewesen waren, an dieses mystische Gefühl, vereint, eins zu sein. Offenbar hatte er es überhaupt nicht so erlebt. Das war beunruhigend, doch bei dem Gedanken, dass sie diese Erfahrung heute Nacht und jede Nacht wiederholen würden, konnte sie einen kleinen Hoffnungsschimmer nicht unterdrücken. Diese Hoffnung konnte sie der Gefühlskälte, die er jetzt am Tage zeigte, entgegensetzen.

Später jedoch, als sie ihn mit den vorbereiteten Listen aufsuchte, machte sie sich Sorgen. Es stand um Baddersley noch wesentlich schlechter, als sie gedacht hatte. In den wenigen hektischen Tagen, seit Tante Celia im Bett gelegen war, hatte Madeleine keine Zeit gehabt, die Vorräte sorgfältig zu überprüfen. Jetzt stellte sie fest, dass sie gefährlich geschrumpft waren, und zudem war kein Geld vorhanden. Falls Silber im Haus gewesen war, war es mit Paul de Pouissey verschwunden.

Sie fand ihren Gemahl im Dachzimmer am Pult, mit Zahlen und Skizzen zu den Verteidigungsanlagen beschäftigt. Nachdem sie ihm ihre Listen übergeben hatte, ließ er sie dastehen wie eine Magd, während er die Unterlagen studierte. Schließlich blickte er auf. »Es sieht so aus, als würden wir den Gürtel enger schnallen müssen.«

Sie formulierte es direkter. »Wir werden den Winter nicht überstehen. Selbst wenn die ausgesäten Früchte zur Ernte kommen, werden die Vorräte sehr dürftig sein.«

»Jemand sollte für diese Misswirtschaft bezahlen.«

Madeleine schluckte. »Mein Onkel und meine Tante haben Baddersley geführt, wie Ihr wohl wisst. Und«, fügte sie zornig hinzu, »die besten Leute wurden ermutigt, zu anderen Herren wegzulaufen!«

»Sprecht leise, Gemahlin«, erwiderte er, »oder ich sehe mich gezwungen, Euch Manieren beizubringen.« Sie verstand seine ruhig vorgetragene Botschaft: Erwähne niemals den Goldenen Hirsch.

Madeleine zügelte ihren Ärger. »Was sollen wir tun, *Gemahl?*«

Er warf einen erneuten Blick auf die deprimierenden Listen. »Ich werde Vorräte kaufen, damit wir über den Winter kommen, und alles Nötige, um die Verteidigungsanlagen zu vervollständigen. Ihr allerdings werdet von nun an für eine bessere Führung des Hauses verantwortlich sein. Ich glaube, ich weiß«, setzte er hinzu, »wo ich einige Leute finden und hierher bringen kann.«

Madeleine biss die Zähne zusammen. Zweifellos würde er einige der Leute »finden«, die er zur Flucht verleitet hatte. Aber immerhin gab er sich einigermaßen großzügig und kümmerte sich um das künftige Wohlergehen ihres Besitzes, deshalb wäre es unklug gewesen, zu widersprechen.

Sie wusste, dass er zudem klarstellen wollte, wie seiner Meinung nach ihre Ehe auszusehen hatte, und dass er alle Macht in seinen Händen hielt.

Als Madeleine gegangen war, lehnte sich Aimery entspannt zurück und seufzte. Welche Sünden hatten ihn so weit gebracht? Wenn dies Wilhelms Vorstellung von einer reichen Belohnung war, dann gnade Gott jenen, die er zu bestrafen gedachte.

Baddersley war in einem Zustand, der eine Instandsetzung schwer vorstellbar machte – miserable Bauweise, ausgezehrte Arbeiter, leere Speicher. Und zu alledem musste er mit einer Frau fertig werden, die ihn mit einem Blick aus ihren von dichten Wimpern überschatteten braunen Augen völlig aus dem Konzept bringen konnte.

Er dachte daran, wie diese Augen beim Wunder sinnlichen Genusses geglüht hatten und wie sie ihn in die Tiefen der Leidenschaft getrieben hatten. Aimery verfluchte seine Schwäche.

Er konnte sich ihrer Ungebärdigkeit nicht ausliefern. Sie hatte bereits versucht, ihn sich gefügig zu machen mit der Drohung, ihn zu verraten; Gott möge ihm beistehen, wenn sie je erkannte, welche Macht sie über ihn hatte. Er musste sie in ihre Schranken weisen und sich daran erinnern, dass sie ränkesüchtig und grausam war und dass man ihr nie, niemals vertrauen durfte.

Tag für Tag. Woche für Woche. Bis zum Ende ihres – oder seines – Lebens.

Gestern, als er ihrer unbestreitbar effektiven Heilkunst ausgeliefert gewesen war, hatte er angefangen, schwach zu werden, doch nun rief er sich wieder ihre wahre Natur in Erinnerung. Sie hatte ihm geschworen, ihn nicht zu wählen, und ihr Wort dann gebrochen. Zudem hatte sie vorgehabt, bezüglich des Ehevollzugs zu einer Lüge zu greifen.

Madeleine war so zweigesichtig wie Janus, doch sie besaß die Macht Evas. Als er sie das erste Mal berührte, hatte er das gewusst, nicht jedoch, dass das Schicksal ihn in ihre Fänge treiben würde.

Mit zusammengepressten Lippen beugte er sich noch einmal über die Pläne zur Verteidigung Baddersleys. Wenn er das Anwesen irgendwie in Ordnung brachte, konnte er aufbrechen – selbst wenn seine einzige Entschuldigung war, sich Wilhelm gegen Edwin anzuschließen. Sogar der Kampf gegen seinen Cousin und Hereward war besser als ein Leben Tag für Tag an der Seite von Madeleine de la Haute Vironge.

Das Essen an jenem Abend war eine nüchterne Angelegenheit. Der Saal war leer bis auf zwei Wachen außer Dienst, ein paar höhere Bedienstete und Aimery und Madeleine. Sein Knappe war zwar auch noch da, doch Geoffrey de Sceine war ein stiller, angespannter junger Mann, der die Atmosphäre nicht aufzuheitern vermochte.

Als die Tische abgebaut wurden, dachte Madeleine daran, um ein Lied oder ein Schachspiel zu bitten. Doch nach einem Blick auf ihren ernsten Gemahl unterließ sie es und zog sich nach einer Weile zur Nachtruhe zurück. Je früher er kam und sie wieder an diesen besonderen Ort entführte, desto früher würde ihre Welt wieder in Ordnung sein.

Sie fragte sich, warum er wohl so zornig war. Nun gut, sie hatte gesagt, sie würde Stephen heiraten, und war gezwungen worden, ihre Meinung zu ändern. Aber dadurch hatte sie schließlich den Willen des Königs befolgt – und welch ein schreckliches Schicksal hatte Aimery de Gaillard dadurch schon befallen? Er war mit einer Erbin verheiratet, noch dazu einer, die ihm, wie es schien, ab und zu gefallen hatte. Vielleicht sollte sie ihm von Stephen erzählen, doch sie war sich nicht sicher, ob sie sich dazu bringen konnte, von solchen Dingen zu sprechen.

Madeleine schlief ein, bevor ihr Gemahl kam, und als sie beim Sonnenaufgang aufwachte, rollte er sich aus dem Bett und verschwand.

Er hatte sie nicht berührt.

Wahrscheinlich würde er es nie mehr tun.

Jetzt wusste Madeleine wirklich, was Verzweiflung war.

Oft findet mich die Morgenstunde
in Einsamkeit und Kummer,
denn niemand lebt mehr,
dem ich die Wahrheit meines Herzens
anvertrauen könnte.

Der Barde, der diese Zeilen gedichtet hatte, wusste, was menschliches Leid bedeutete. Für Madeleine war das Leben mit Aimery de Gaillard an diesem kalten, öden Ort, den er geschaffen hatte – immer zusammen, doch nie vereint –, der Baum der Verzweiflung, der nur die bittersten Früchte tragen konnte.

Mit dieser kalten Höflichkeit konnte sie nicht leben. Sie wollte, dass sich seine Hand wieder zärtlich nach ihr ausstreckte. Sie wollte aufschauen und seinen liebevollen Blick auf ihr ruhen sehen. Sie wollte mit ihm entspannen und einen Scherz mit ihm teilen, ihn vor Lachen leuchten sehen, wie dieses eine Mal …

Sie wollte, dass er sie an sich presste und süßen Zauber murmelte, während seine Hand sie erforschte und ihr Lust und Freude bereitete. Sie wollte seinen Kuss. Sie wollte ihn …

Madeleine sprang aus einem Bett, das nichts als Folter bedeutete. Die Pest sollte alle Männer holen!

Sie ging hinaus und nahm ihre Arbeit als Herrin von Baddersley und Gemahlin von Aimery de Gaillard auf. Arbeit konnte Trost spenden; Madeleine stürzte sich mit aller Energie darauf.

Da die Vorräte knapp waren, war es wichtig, sie gut und sicher aufzubewahren. Sie organisierte die Reinigung der Vorratsräume und beauftragte Knaben damit, Ratten zu fangen. Dann überprüfte sie den Zustand der Gebäude – bei den meisten ließ er sehr zu wünschen übrig. Sie würde sich wieder mit ihrem Gemahl darüber auseinandersetzen müssen, wie dringlich die Reparatur der Verteidigungsanlagen im Vergleich zu den Belangen der Gebäude war. Doch sie konnte ihn nicht finden. Wenn sie ihn konfrontierte, würde sie wieder diese Kälte aushalten müssen, akzeptieren müssen, dass er sie hasste. Vielleicht würde seine Stimmung in ein, zwei Tagen ja besser sein.

Wenn es so war, dann zeigte es sich nicht. Er war peinlich korrekt und höflich, aber kalt. Madeleine bemühte sich, seine Kälte mit gleicher Münze zu erwidern, doch während sie ihrer Arbeit nachging, war sie sich seiner brennend bewusst – auf dem Erdwall, im Wohnturm, wenn er die Männer auf dem Übungsplatz trainierte. Sie bemerkte alles, was er tat, auch, dass er eines Tages einen Boten fortschickte. Zu wem?

Auf einmal wurde ihr wieder schlagartig bewusst, dass er der Goldene Hirsch war. Hatte er sie verzaubert, dass sie es vergessen hatte? Lieber würde sie ihre Seele dem Satan geben, bevor sie zuließ, dass er sein verräterisches Treiben von Baddersley aus weiterführte. Aber was sollte sie dagegen tun? Selbst jetzt konnte sie sich nicht vorstellen, ihn der Justiz des Königs zu übergeben.

Sie wollte beobachten und abwarten. Wenn sie einen Beweis seines fortgesetzten bösen Tuns fand, versprach sie sich zitternd, dann würde sie den König informieren. Sie suchte die Kapelle auf, um die Mutter Gottes zu bitten, Aimery vom Verrat abzubringen, damit sie nicht gezwungen sein würde, es zu tun.

Nun hatte sie sogar noch mehr Grund, jede seiner Bewegungen zu beobachten.

Sie bemerkte, wie oft er auf ein oder zwei Worte bei den Dorfbewohnern verweilte und wie oft die Person aus dem Dorf Aldreda war. Madeleines Reaktion war eine unangenehme Mischung aus echter Furcht und blinder Eifersucht. Es war Aldreda gewesen, durch die er sie damals zu der Hütte bestellt hatte. War sie nun wieder ein Verbindungsglied zum Goldenen Hirsch? Oder war ihre Unterhaltung mit Aimery eher persönlicher Art? Und was war schlimmer?

Bildete sie sich Aldredas verächtliches Grinsen nur ein, als sie die Arbeit ihrer Näherinnen überprüfte? Madeleine musste zugeben, dass Aldreda, seit es mehr zu essen gab, rundlicher und noch attraktiver geworden war. Sie war sicher nur wenig älter als Aimery. Die Nonnen hatten Madeleine gewarnt, dass der sexuelle Appetit der Männer unersättlich sei. Da Aimery ihn nicht im Ehebett stillte, konnte es gut sein, dass er es anderswo tat.

Madeleine entwickelte einen sündhaften Hass auf Aldreda, und sie betete viel, um ihn zu überwinden.

Fünf Tage nach der Hochzeit blies der Wächter auf seinem Horn einen Warnruf. Madeleine eilte aus dem Saal und sah zwei Karren und eine Reihe Packpferde auf das Tor zukommen. Im ersten Augenblick dachte sie, es sei wieder der König, doch das königliche Banner war nicht zu sehen.

Aimery war mit den Wachen auf dem Übungsplatz. Flink kletterte er auf die halb fertige Brustwehr, die um die Palisade herumführte, und signalisierte dem Tross, dass er willkommen war.

Dies mussten Aimerys Besitztümer sein, erkannte Madeleine.

Er trug seine Rüstung und schwitzte in der Hitze, doch sein Schritt war leicht, und in seinem Gesicht stand ein breites Lächeln, als er die Hand erhob, um einen der soeben absitzenden Reiter zu begrüßen. »Willkommen, Hugh, du wirst hier dringend gebraucht.«

Im ersten Wagen zerrten zwei Hunde an ihren Leinen und scharwenzelten freudig erregt um ihren Herrn herum, sobald sie losgelassen wurden. Auch zwei Falken kamen mit angereist; Madeleine stellte sich vor, dass sie die mit Hauben bedeckten Köpfe drehten, um die Stimme ihres Meisters auszumachen.

Der Reiter schob seine Kapuze zurück und zeigte braunes, von Silbersträhnen durchzogenes Haar und ein breites, zerfurchtes Gesicht. »Das sehe ich«, meinte er amüsiert. »Du schwitzt? Nach so einem bisschen Arbeit mit dem Schwert?«

Aimery lachte und gab dem Mann einen Faustschlag, der die meisten anderen umgehauen hätte, diesen aber lediglich schwanken ließ. »Wir haben zehn faule Kerle, die auf Zack gebracht werden müssen, und dieser Ort hier muss irgendwie in Ordnung gebracht und verteidigungsfähig gemacht werden. Es sind zu wenig Leute zum Anpacken da, und die Verpflegung ist eintönig und nicht ausreichend. Du wirst auch bald schwitzen. Aus!«, befahl er den Hunden schroff, und sie gehorchten aufs Wort. Doch Madeleine sah ihnen an, wie gern sie noch um ihren Herrn herumgespielt hätten. Ihre leuchtenden Augen beobachteten ihn voller Bewunderung.

Hughs Blick fiel auf Madeleine, und Aimery führte ihn zu ihr. »Madeleine, ich stelle Euch Hugh de Fer vor, meinen Waffenmeister aus Rolleston. Er ist gekommen, um dieselbe Position hier in Baddersley zu übernehmen. Mit Eurem Einverständnis natürlich.«

Ein bisschen spät, dachte Madeleine, doch sie lächelte Hugh zu, der einen fähigen und zuverlässigen Eindruck machte. »Willkommen, Lord Hugh.« Sie konnte nicht widerstehen, hinzuzufügen: »Hier wird es allmählich besser, und mit Gottes Hilfe geht es weiter aufwärts. Wir hoffen, nicht hungern zu müssen.«

»Mit Gottes Hilfe und meinem Geld«, bemerkte Aimery trocken. Dann fragte er Hugh: »Hast du Paul de Pouissey gesehen?«

Hugh verzog das Gesicht. »Ja.«

»Dann bedarf es keiner weiteren Erklärungen. Komm, ich zeige dir Baddersley.« Aimery wandte sich Madeleine zu. »Kümmert Euch um das Entladen. Es sind Kleider und Bücher, aber es sollten auch Lebensmittel, Wein und Gewürze dabei sein, mit denen Ihr verfahren könnt, wie Ihr wollt.«

Madeleine fühlte Dankbarkeit, doch sein Ton war so knapp, dass sie erst einmal keine Worte fand. Bevor sie etwas sagen konnte, ging er bereits weg; auf ein Schnalzen seiner Finger hin folgten ihm seine Hunde bei Fuß.

Wenn er für sie die Finger schnalzte, würde sie ihm sicher auch folgen. Sie wünschte sich, ihn hassen zu können, aber abgesehen von seiner Kälte trug sein Verhalten ganz dazu bei, seine Tugenden hervorzukehren. Er war immer fair und freundlich, und er arbeitete schwer und effektiv. Seine Herrschaft war nach der von Paul de Pouissey wie Sonnenschein nach einem Sturm. Nein, sie konnte ihn nicht hassen …

Seufzend ging Madeleine daran, seinem Befehl Folge zu leisten. Sie rief Bedienstete herbei und beaufsichtigte das Entladen der Karren.

Als sie sah, was er hatte bringen lassen, wurde ihr leicht ums Herz. Ein Fass Wein wurde in den kühlen Steinkeller gerollt; in der Vorratskammer wurden fünf weißgekalkte Schinken aufgehängt, Säcke mit Gerste, Weizen und Hafer in ihrem frisch gesäuberten Kornspeicher verstaut. Sogar ein ganzer Korb voll lebender Aale war dabei.

Sie spürte, wie sich Dankbarkeit in ihr regte. Später würde sie ihm ihren Dank aussprechen; eigentlich hätte sie es gleich tun sollen. Die Dankbarkeit wurde zu Hoffnung; ein Mann, der so großzügig war, konnte einfach nicht immer so kalt bleiben.

Sie ließ die mit Stricken gesicherten Truhen ins Dachgeschoss bringen, wo sie sie mit Dorothy begutachtete.

»Sollen wir sie aufmachen, was meinst du?«, fragte Madeleine.

»Wie sollen wir die Sachen sonst aufräumen?«, war Dorothys praktische Erwiderung.

Zwei Kästchen waren abgesperrt; Madeleine vermutete, dass sie die kostbaren Gewürze und Aimerys persönliche Schätze enthielten. Ansonsten fanden sich in den Truhen Kleidung, Waffen und zwei Kisten mit zehn Büchern.

Madeleine stellte die beiden Kisten auf den Tisch; sie konnte der Versuchung, die Bücher näher zu betrachten, nicht widerstehen. Die meisten waren in Englisch verfasst, einige aber in Latein und Französisch. Eines war eine Biografie des großen englischen Königs Alfred, ein anderes handelte von Karl dem Großen, eines berichtete von einer Pilgerreise nach Jerusalem – von diesem Buch hatte auch die Abtei eine Kopie besessen –, und eines von den Reisen eines Händlers nach Russland. Auch eine in Englisch verfasste Kräuterkunde war dabei, die sie unbedingt studieren wollte. Sie musste sich zwingen, die Kisten wieder zu verschließen.

Wenn die Arbeit getan war, und wenn Aimery es ihr erlaubte, würde noch genug Zeit zum Lesen sein.

Als er ins Haus kam, waren die meisten seiner Sachen sorgfältig in den größeren Truhen verstaut und mit Kräutern gegen Motten bedeckt.

Er hatte seine Rüstung abgenommen – Geoffrey folgte ihm mit der Rüstung am Aufhänger – und wusch sich am Brunnen. Sein Haar war noch nass, und sein Leinenhemd und die unter der Rüstung getragene Hose klebten an ihm; Schwert und Gürtel legte er in einer Ecke ab.

»Habt Ihr die Gewürze gefunden?«, fragte er Madeleine.

Sie zeigte auf das Kästchen. »Es ist verschlossen.«

Er holte einen Schlüssel aus seinem Beutel und öffnete das größere Kästchen, in dem sie seine persönlichen Dinge vermutete. Daraus entnahm er einen zweiten Schlüssel, den er ihr reichte.

»Danke.«

Er drehte sich wieder zu dem größeren Kästchen um und holte einen großen Beutel heraus. »Ich habe Euch noch keine Morgengabe überreicht«, sagte er und gab ihr den Beutel.

Sein Ton war unpersönlich, aber es war ein Geschenk.

»Ihr habt mir Baddersley gegeben«, sagte Madeleine.

»Das hat Euch ja schon gehört.«

Sie betrachtete ihn nachdenklich. »Wie Ihr bereits sagtet, tragt Ihr mit Geld zu seiner Erhaltung bei.«

Er lächelte ein wenig. »Das gärt in Euch, nicht wahr? Ihr könnt es mir zurückzahlen, wenn das Anwesen gedeiht.«

Das war nicht ganz, was Madeleine beabsichtigt hatte.

Sie öffnete den Beutel; er enthielt ein Paar Armreifen, die den seinen ähnelten, aber auf die Größe einer Frau gearbeitet waren.

Beide waren mit einem fantasievollen Vogel aus Gold und kostbaren Steinen verziert.

Gold? Ein solches Geschenk, das sie beide in gewisser Weise vereinte, konnte von großer Bedeutung sein; dennoch war sich Madeleine nicht sicher, ob es überhaupt etwas zu bedeuten hatte.

»Sie sind wunderschön«, sagte sie. »Ich habe noch nie solch erlesene Stücke gesehen.«

»Sie gehörten meiner Großmutter, Godgifu von Mercia.«

»Vielen Dank.«

Sie standen betreten voreinander. In einer normalen Ehe wäre ein Kuss jetzt angebracht gewesen, nicht jedoch in dieser.

Madeleine legte die Armreifen in ihr persönliches Schatzkästchen. Dann öffnete sie jenes mit den Gewürzen und begutachtete den Inhalt. Einen Teil davon gab sie in ihre Medizintruhe, den Rest ließ sie darin bis auf eine kleine Menge, die sie der Köchin gab.

Aimery war in der Zwischenzeit gegangen.

13

Mit Hughs Eintreffen verbesserte sich die Situation. Waren die Abendmahlzeiten bisher sehr einsilbig gewesen, weil Aimery und Madeleine wenig sprachen und Geoffrey von Natur aus schweigsam war, so erwies sich Hugh de Fer als ein genialer Plauderer, der, wenn es sein musste, auch allein eine Unterhaltung bestreiten konnte. Doch da es bei seinen Geschichten immer ums Kämpfen ging, brachten sich die beiden anderen Männer gerne mit ein.

Madeleine fand dieses Thema nicht interessant, aber wenigstens war sie von dem schwer lastenden Schweigen befreit, und durch das Zuhören verstand sie ihren Gemahl allmählich besser.

Er fand Gefallen an Diskussionen über Theorien und Taktiken, doch bei Heldentaten wurde er schnell zynisch, und wenn es um das Zählen von Toten ging, verstummte er. Hugh hatte Freude am Kampf; wenn er davon sprach, leuchteten seine Augen, als würde er von einer Geliebten reden. Aimery hingegen fand solche Worte ernüchternd.

Wie traurig, dachte Madeleine, dass die Welt für einen Mann von Aimerys Stand keine andere Möglichkeit bot als die Kirche oder den Krieg. Sie bezweifelte, dass ein religiöses Leben zu ihm passte, und in der Schlacht war er verwundet worden. Noch mehr als zuvor betete sie, dass Frieden in England einkehren möge, damit sie und ihr Gemahl zur Ruhe kommen und sich um ihr Land und ihre Untertanen kümmern konnten. Sie hoffte sehr, dass er nie wieder würde kämpfen müssen.

Doch als sie die Nachrichten vom Vorgehen des Königs gegen die Aufständischen erreichten – von Belagerung, Überfällen und Plünderungen –, wusste sie, dass dies ein Traum war, so unerfüllbar wie ihr Wunsch, er möge eines Nachts zu ihr kommen und ihr Worte der Liebe ins Ohr flüstern.

Madeleine und Aimery mieden sich, so gut es ging. Doch eines Tages war es so weit, dass Madeleine das Problem fehlender Arbeitskräfte für die Vorratsgebäude nicht mehr hinausschieben konnte.

Sie fand Aimery auf dem östlichen Erdwall, wo er mit einem Dutzend Männern am Schaufeln war. Sein Haar war glatt vom Schweiß, und er trug nur eine knielange Hose und Schuhe. Seinen Goldschmuck hatte er abgenommen, und seine Hand war nur von dem verschmutzten Leinenverband bedeckt.

Die Hose hing ihm tief an den Hüften, und so wurde ihr einmal mehr sein schöner Oberkörper präsentiert, der diesmal vom Schweiß glänzte und nicht etwa vom Wasser aus dem Fluss, doch es war der gleiche Körper – das blaue Zeichen an seinem linken Arm war der Beweis dafür.

Würde sie jemals, so fragte sie sich, mit ihrer Zunge seine Wirbelsäule entlangfahren dürfen?

Jemand machte ihn auf sie aufmerksam; er legte die Schaufel weg und sprang zu ihr hinunter. »Ja?«, fragte er.

Madeleine betrachtete die Narben an seiner linken Schulter. Sie beeinträchtigten die Schönheit seines Körpers, aber vor allen Dingen erinnerten sie daran, wie nah er dem Tod bereits gewesen war.

»Was in aller Welt habt Ihr da bloß gemacht?«, fragte sie ihn.

Er rieb die Stelle. »Wie ich schon sagte, Ihr habt keine Erfahrung mit Soldaten. Eine Axt bei Senlac. Aber Ihr habt mich ja wohl nicht unterbrochen, um meine Narben anzusehen?«

Seine Zurechtweisung ließ Madeleine steif werden. »Ihr solltet diese Hand nicht so stark beanspruchen, und ich brauche ein paar Männer zum Reparieren der Vorratshütten.«

»Meiner Hand geht es gut, und wenn die Verteidigungsanlagen fertig werden sollen, dann werden alle Männer hier gebraucht. Später vielleicht.« Er wandte sich ab.

»Später ist vielleicht zu spät. Was macht es für einen Sinn«, fragte sie ärgerlich, »Baddersley verteidigungsfähig zu machen, wenn wir alle verhungern?«

Er drehte sich wieder um. »Hütet Eure Zunge.« Kurz darauf fügte er jedoch hinzu: »Ich schicke Euch zwei Männer.«

Damit ging er wieder an seine Arbeit. Sie beobachtete ihn eine Weile und machte sich Gedanken über seine Schulter und seine Hand, bevor sie sich zwang, wegzugehen. Seine Hand war geheilt; sie wusste, dass er den Verband nur daranließ, um zu vermeiden, dass er bei dieser schweren Arbeit einen Armreif tragen musste.

Die Schulterverletzung hatte er nun schon seit zwei Jahren; er musste eigentlich wissen, was er damit tun konnte und was nicht.

Sich um seine Gesundheit zu sorgen erinnerte sie nur an ihre Entfremdung; es konnte ihr nichts einbringen außer Kummer.

Und sie hatte ihre Arbeiter.

Und ihre Macht. Aimery bestand zwar auf einer gewissen förmlichen Unterwürfigkeit ihm gegenüber, doch er überließ ihr die Führung des Hauses und unterstützte ihre Autorität, wenn es notwendig war.

Sie machte es sich zur Gewohnheit, oft und unangemeldet in der Küche zu erscheinen, um Unehrlichkeiten oder Vergeudung auf die Schliche zu kommen, und kümmerte sich persönlich um das Einsammeln von Resten und ihre Verteilung an die Bedürftigsten. Die verächtlichen Blicke und das Murren des Küchenpersonals ignorierte sie.

Tatsächlich fand sie Letzteres sogar auf eine gewisse Art tröstlich. Denn dies war nicht mehr der beißende Hass von früher; diese Blicke enthielten ein Element widerwilligen Respekts.

Dieselbe Haltung stellte sie auch bei den Haushaltshilfen fest – bei Aldreda, der Weberin, Emma, der Näherin, und Hilda, der Wäscherin. Alle drei murrten über Madeleines Forderung, mehr und besser zu arbeiten, aber sie gehorchten.

Doch wenn sie mit ihnen zusammen war, etwa um feine Arbeiten wie Stopfen oder die letzten Handgriffe an Gewändern für sich und Aimery zu erledigen, sehnte sie sich nach einer unbeschwerteren Atmosphäre. Im Kloster war ein Teil der Zeit zum Nähen Freizeit gewesen, in der man hatte sprechen dürfen. An Matildas Hof waren die fingerfertigen Frauen immer unbeschwerte Klatschbasen gewesen. Hier hingegen erstarb jedes Geplauder, sobald sie den Raum betrat. Sie war einsam. *Niemand lebt mehr, dem ich die Wahrheit meines Herzens anvertrauen könnte.*

Eines Tages ließ sie einen der Köche auspeitschen. Sie erinnerte sich schmerzlich an ihren Vorsatz, in Baddersley niemals eine Peitsche zu benutzen, doch der Mann hatte Hühner gestohlen, um sie zu verkaufen, während sie hier schufteten, um zu überleben, und zwar alle zusammen. Für Gefühl war in dieser Situation kein Platz. Das Küchenpersonal war besonders schwierig, weil es sich an alle möglichen Privilegien gewöhnt hatte. Sie hatte es schon immer widerwärtig gefunden, wie dick all diese Leute samt ihren Familien waren, während andere hungerten.

Dennoch ließ sie bei dem Einsatz der Peitsche Milde walten; es sollte nicht mehr sein als eine Demonstration ihres Willens. Sie zwang sich selbst, zuzusehen, als Hugh die zehn Hiebe austeilte. Danach gab sie der Frau des Mannes eine Salbe für seinen Rücken und hoffte, dieses Beispiel werde anderen Missetätern eine Lehre sein.

Aimery gesellte sich während der Bestrafung zu ihr. Er mischte sich nicht ein, doch am Ende fragte er: »Was hat er verbrochen?« Als sie es ihm erklärte, nickte er nur und entfernte sich dann, allerdings mit gerunzelter Stirn. War er dagegen, dass sie derlei Strafen verhängte? Am Abend fragte sie ihn.

Alles, was er dazu sagte, war: »Die Bediensteten des Haushalts obliegen Eurer Verantwortung, solange Ihr sie nicht zu hart diszipliniert.«

Erschöpft fragte sie sich, weshalb sie ihn eigentlich zu verstehen versuchte, da doch der Ablauf ihrer Tage – und Nächte – eindeutig geregelt war.

Dennoch, die Dinge verbesserten sich Tag um Tag. Die Palisade wurde fertig, und sie war stabil, das Tor war an Ort und Stelle, und die Männer arbeiteten inzwischen am Wohnturm. Aimery hatte sich dagegen ausgesprochen, zu viel daran zu verbessern, da es besser sei, später einmal einen steinernen Turm zu bauen. Die Vorratsräume waren dicht und trocken und begannen sich zu füllen.

Wenn sich Madeleine in den Arbeitsräumen der Burg umsah oder übers Feld ging, hörte sie gelegentlich jemanden singen. Im Dorf waren Kinder am Arbeiten, aber es gab auch welche, die spielten und herumtollten. Auch das war gut. Sie hatte früher nicht gemerkt, wie unnatürlich still die Kinder von Baddersley gewesen waren.

Doch all diese Verbesserungen würden nichts wert sein, wenn sie nicht für den Winter Vorsorge traf. Zu dieser Jahreszeit warfen sogar die dürftig bestellten Felder und Gärten von Baddersley nahrhafte Früchte ab, aber wenn der Winter kam, dann konnten sie alle nur durch Madeleines weise Voraussicht überleben. Natürlich hätte sie den Weg des geringsten Widerstands wählen und es ihrem Gemahl überlassen können, Baddersley zu versorgen, doch sein Reichtum war nicht unbegrenzt, und außerdem war sie entschlossen, sich zu beweisen. Er hatte ihr dieses Anwesen gegeben und ließ ihr freie Hand bei seiner Verwaltung. Bei der Milch der Heiligen Jungfrau – sie würde es schaffen.

Sie ordnete an, den Großteil der Bohnen zu trocknen, und überlegte, welche anderen Früchte ebenfalls für den Winter getrocknet werden konnten. Sie hatte mit dieser Methode keine große Erfahrung, wusste jedoch, dass sie möglichst viel beiseiteschaffen mussten. Eine begrenzte Auswahl an Nahrungsmitteln in den dunkelsten Monaten des Jahres konnte zu Krankheiten führen, zum Verlust von Zähnen und Augenlicht. Andererseits musste sie daran denken, die Menschen vor dem Winter noch gut zu ernähren, damit sie am Beginn der harten Zeit des Jahres so stark wie möglich waren.

Madeleine sehnte sich sehr nach Hilfe und Rat, aber selbst wenn Aimery über derlei Dinge Bescheid wusste, konnte sie ihm nicht noch mehr Verantwortung aufbürden.

Sie gönnte sich gerade eine kurze Pause auf einer Bank bei der Kapelle, als eine Wache auf der Palisade ihr zurief, dass sich Reisende näherten. Wenn der Hornbläser sie nicht ankündigte, dann konnte es sich nur um einfaches Volk handeln. Madeleine setzte sich in Bewegung, um die Gastfreundschaft ihres Hauses anzubieten.

Zwei staubige Gestalten marschierten energisch den Pfad herauf. Als sie näher kamen, wurde erkennbar, dass die beiden kräftig gebauten jungen Frauen Nonnen waren. Wie es schien, kamen sie von weit her, aber dennoch marschierten sie leichten Schritts. Als Madeleine ihnen zur Begrüßung gegenübertrat, bemerkte sie ihre leuchtenden, frohen Augen. Und sie sah, dass die beiden Zwillinge waren.

»Willkommen, Schwestern. Können wir Euch etwas anbieten?«

Sie verbeugten sich beide. »Unterkunft und Verpflegung«, sagte die eine mit einem breiten Lächeln.

Die andere erklärte: »Die Äbtissin Wilfreda schickt uns, um Euch zu helfen.«

Madeleine blinzelte. Die erste Nonne zog ein Pergament hervor und reichte es ihr. »Ich bin Schwester Gertrude.«

»Und ich bin Schwester Winifred«, fügte die andere hinzu.

Madeleine konnte nichts anderes sagen, als dass sie willkommen waren, und in der Tat konnte man solch fröhliche Menschen nur willkommen heißen. Sie veranlasste, dass die beiden einen Nebenraum bekamen und mit Nahrung und

Wasser versorgt wurden, und dann las sie den Brief von Äbtissin Wilfreda.

Wie sich zeigte, waren es mehrere Briefe – einer, in dem die Äbtissin die beiden Nonnen vorstellte, und ein längeres Schreiben:

Liebe Tochter,

ich kann nicht ausdrücken, wie sehr es mich freut, zu hören, dass Aimery verheiratet ist, und wie wütend ich bin, zu diesem Anlass hier in der Normandie sein zu müssen. Ich bin sicher, Graf Guys verzögerte Heimkehr hat weniger damit zu tun, dass der König seine Dienste benötigt, als mit seiner Abneigung, mir gegenübertreten zu wollen.

Ich lege ein Schreiben für meinen Sohn bei mit der dringenden Aufforderung, dich nach Gaillard zu bringen, damit wir uns kennenlernen.

Doch wenn ich zwischen den Zeilen des Briefes meines Gemahls lese, und nachdem ich die arme Lady Celia de Pouissey *aufgesucht habe, bekomme ich den Eindruck, dass du in diesem Jahr schwer an eurem Anwesen arbeiten musst. Außerdem kommt es mir vor, als hätten dich diese unbedachten Männer ohne Gesellschaft und ohne Hilfe allein gelassen.*

Deshalb habe ich meiner Schwester Wilfreda, der Äbtissin von Withington, *geschrieben und sie gebeten, dir zwei Nonnen als Hilfen für deine Arbeit zu schicken. Falls du sie nicht brauchst oder sie als Eindringlinge empfindest, kannst du sie jederzeit wieder ins Kloster zurückbeordern.*

Du sollst wissen, dass du in unserer Familie willkommen bist, Madeleine, und du wirst merken, dass es eine sehr liebevolle Familie ist. Nur ein Wort von dir, und wir werden dich in all deinen Bemühungen unterstützen. Dieses Versprechen gilt auch für meine englische Familie. Auch dort wirst du finden, dass die Erwähnung meines Namens dir alles zu-

kommen lässt, was du benötigst, wenngleich ich weiß, dass es dir in diesen unruhigen Zeiten vielleicht schwerfällt, um solche Hilfe zu bitten.

Passe für mich gut auf Aimery auf. Seit er uns verlassen hat, ist er zweimal verwundet worden, und ich mache mir Sorgen, wie es nur eine Mutter kann. Mich tröstet, dass du eine ausgebildete Heilerin bist, aber wenn du ihn überreden kannst, auch nur für kurze Zeit zu mir nach Hause zu kommen, dann hast du etwas Großes erreicht.

Deine Mutter vor Gott,
Lucia von Mercia und Gaillard

Madeleine kämpfte gegen die Tränen an. Vielleicht war es die direkte Freundlichkeit des ersten Teils oder die offenkundige Sehnsucht des zweiten, was sie berührte. Vielleicht war es auch ihre herzliche Aufnahme in die Familie, die aus diesen Zeilen sprach. Sie nahm das beigelegte Schreiben und begab sich auf die Suche nach ihrem Gemahl. Er war im Stall und beratschlagte sich mit einem der Burschen über die Pflege eines Pferdes. Als er sie sah, kam er zu ihr.

»Wir haben Besuch«, erklärte Madeleine. »Zwei Nonnen aus dem Kloster Withington, dem offensichtlich eine Tante von Euch vorsteht. Und Ihr habt einen Brief von Eurer Mutter.«

Er las ihn rasch durch. Ein Lächeln huschte über sein Gesicht, das Madeleine vieles über die Beziehung zu seiner Mutter sagte. »Sie möchte Euch kennenlernen.«

»Das schrieb sie auch in ihrem Brief an mich.«

Er musterte sie. »Wenn Ihr wollt, könnt Ihr zur Burg Gaillard reisen.«

»Allein?«

»Ich würde Euch eine Eskorte mitgeben.«

»Aber sie will auch Euch sehen«, wandte Madeleine ein.

»Ich kann jetzt noch nicht verreisen.«

»Dann bleibe ich auch hier.« Sie befürchtete, wenn sie verreiste, würde er am Ende wieder Kontakt zu den Aufständischen aufnehmen und womöglich in Ketten enden.

Er klopfte auf das Pergament in seiner Hand. »Wozu die Nonnen?«

»Sie sollen mir bei der Leitung des Anwesens zur Hand gehen.«

Er nickte. »Gute Idee. Aber wenn sie hier sind, seid Ihr entbehrlich. Ich hätte gedacht, Ihr wärt froh, einmal fortzukommen.«

Jetzt war Madeleine mit ihrer Geduld am Ende. »Baddersley ist kein Gefängnis, Mylord, sondern mein Zuhause!« Damit machte sie kehrt und ließ ihn stehen.

»Madeleine.«

Sie blieb stehen, ging jedoch nicht zurück, sondern wartete mit halber Hoffnung auf seine Erwiderung.

»Wenn Ihr Eure Meinung über eine Reise in die Normandie ändert, lasst es mich wissen«, sagte er. Er hielt sie nicht auf, als sie wegging.

Die Versuchung, in die Normandie zu entfliehen und als neue Tochter verwöhnt zu werden, war groß, doch Madeleine konnte ihr nur nachgeben, wenn Aimery sicher an ihrer Seite war.

Mit Schwester Gertrude und Schwester Winifred kamen die Arbeiten in Baddersley rascher voran. Schwester Gertrude war eine hervorragende Bäuerin; sie hatte das Anwesen bald bestens in Schuss gebracht und entwickelte sogar schon Pläne, wie die Ernten im nächsten Jahr noch besser werden könnten.

»Es gibt keinen Grund«, erklärte sie fröhlich, »warum dieses Anwesen nicht schon bei der nächsten Ernte einen Gewinn abwerfen sollte.«

Ihre ersten Projekte waren der Küchengarten unweit des Saals und das Feld unten beim Dorf, das dessen Bewohner für ihre Herrschaft bewirtschaften sollten. Der Zustand dieser beiden Anbauflächen hatte Madeleine verärgert, denn selbst mit einem Mangel an guten Arbeitern hätte man im Frühjahr mehr tun können, um im Sommer einigermaßen gute Ernten einzufahren. Jetzt hatten sie nicht mehr als eine spärliche Zahl von Pflanzen, die ums Überleben kämpften, und für die meisten Feldfrüchte war es bereits zu spät, um sie noch auszubringen. Madeleine hatte es mit etwas Kohl versucht. Wenn er nur über die Sommerhitze aushielt und wenn der Winter nicht zu früh kam und zu hart war, könnten sie um Weihnachten Grünzeug zu essen haben.

Schwester Gertrude befürwortete diesen Schritt und pflanzte noch weitere Früchte an, wobei sie einigen der kleineren Kinder die Verantwortung übertrug, den Pflanzen Wasser vom Bach zu bringen. Sie erklärte ihnen, dass von diesen Pflanzen ihr Überleben abhängen könnte, machte aber auch ein Spiel daraus, das Wasser in den Furchen zwischen den Reihen der Setzlinge hinunterlaufen zu lassen, sodass die Kinder lachten und die Arbeit als Spiel empfanden.

Schwester Winifred war sehr gut bewandert in der Haushaltsführung und der Konservierung von Lebensmitteln. Sie lobte Madeleines Arbeit, übertraf sie aber noch und ermutigte Madeleine, sich auf das Sammeln von Wildpflanzen zu konzentrieren. »Fast alles kann getrocknet und dann verwendet werden, Lady Madeleine«, sagte sie mit dem strahlenden Lächeln, das typisch für sie war. »Gott ist wirklich freigebig.«

Schwester Winifred ordnete an, die Hälfte der fetten Sommermilch zu Hartkäse zu verarbeiten. Der Käse wurde sorgfältig eingewickelt und kühl gelagert. Nach reiflicher Überlegung entschieden sie und Madeleine, dass der beste Ort dafür die Kapelle sei, neben der Waffenkammer das einzige Steingebäude. Sie war kühl und sicher.

Pater Cedric erklärte sich bereitwillig einverstanden, die Kapelle als Lagerraum herzunehmen. »In Kana hat Christus den Wein zur Verfügung gestellt, Lady Madeleine. Er wird sich freuen, im Januar Käse zur Verfügung zu stellen.«

Madeleine beauftragte zwei Männer damit, die Käselaibe umzudrehen und sie vor jeder Gefahr zu beschützen, denn sie wusste, dass man mit Käse gut leben konnte, selbst wenn es kein Fleisch gab.

Was Letzteres anbelangte, so trocknete Winifred Fleisch ebenso wie Pflanzen. Sie erklärte, es werde nicht so schmackhaft sein wie geräuchertes und eingesalzenes Fleisch, dafür aber noch länger halten. Es konnte auch zu einem Pulver zerstoßen und gekochten Körnern und Kräutern zugefügt werden, was einen nahrhaften Brei ergab.

Madeleine fühlte eine große Belastung von sich abfallen. Mit dem Kommen der Schwestern schien der Hunger gegangen zu sein. Zudem waren sie immer fröhlich und voller Energie. Probleme, die Madeleine beinahe überwältigt hätten, schienen für sie aufregende Herausforderungen zu sein. Sie steckten die Menschen in der Burg mit ihrer Begeisterung an, und alle arbeiteten wie nie zuvor.

Nicht zuletzt trugen die beiden Nonnen auch dazu bei, dass die Atmosphäre in Baddersley wesentlich erträglicher wurde. Sie nahmen sich Zeit für ihren Gottesdienst, und oft sangen sie ihre Gebete auch während der Arbeit, doch bei den Abendmahlzeiten waren sie heiter und erzählten auch gern lustige Geschichten – und ihre Geschichten handelten nicht wie die Hughs vom Krieg.

Bildete Madeleine es sich nur ein, oder übten die beiden sogar auf Aimery einen beruhigenden Einfluss aus? Als sie ihn eines Abends sogar überredeten, ein Lied vorzutragen, war sie sich dessen sicher. Obwohl Geoffrey und Hugh ihn ab und zu darum gebeten hatten, hatte er seine Leier seit der Hochzeit nicht mehr gespielt. Madeleine musste die Tränen zurückhalten, als sie seiner wunderbaren Stimme lauschte. Er sang zwar nicht eigens für sie, aber er sang, und das war etwas Besonderes.

Danach schien er entspannter zu sein. Er und Madeleine saßen noch immer an der hohen Tafel, doch die Schwestern hatten sich an ein Fenster gesetzt, um beim letzten Licht des Tages noch etwas zu nähen. Hugh und Geoffrey waren mit den Männern im Saal und verglichen Methoden zum Schärfen von Klingen.

Wahrscheinlich würde Aimery so wie an den vergangenen Abenden auch heute bald einen Grund finden, sie zu verlassen. Aber irgendwie meinte Madeleine zu spüren, dass er im Augenblick vielleicht bereit war, sich ein wenig von seiner liebenswürdigen Seite zu zeigen, ja vielleicht sogar etwas Nähe zuzulassen.

»Wie kommt die Arbeit am Wohnturm voran?«, fragte sie ihn.

»Sie ist fast beendet. Er wird keiner Armee standhalten, aber das gilt für alle Gebäude hier.«

»Und was ist an den Verteidigungsanlagen noch zu tun?« In Wirklichkeit war ihr das gar nicht wichtig, aber ein anderes Thema wollte ihr gerade nicht einfallen.

»Wir können noch bei der Befestigung der Mauern weitermachen, aber ansonsten bleibt nur noch der Graben. Es kommt darauf an, ob Ihr den Bach teilen wollt.«

»Ich weiß es nicht.«

Er warf ihr einen Blick zu, der eindeutig besagte, dass er es in diesem Falle als Zeitverschwendung betrachtete, weiter mit ihr zu sprechen.

»Was ich meine, ist ...«, sagte sie schnell, »ich weiß nicht, welche Auswirkungen das für das Dorf hat. Wird es die Be- oder Entwässerung der Felder beeinträchtigen?«

Sie hatte seine Aufmerksamkeit wieder auf sich gelenkt, und etwas Respekt noch dazu. »Das muss man gut überlegen. Ich denke, die meisten Normannen kümmern sich nicht darum – sie überlassen es den Leuten einfach selbst, wie sie zurechtkommen.«

Ihre Worte waren nicht durchdacht gewesen, doch jetzt

sah sie, dass sie von Bedeutung waren und dass er sie dafür bewunderte. Sie fasste Mut. »Ich glaube, wir sollten die Leute bei einem ihrer Treffen fragen. Die Dorfversammlung, nennen sie es nicht so?«

»Ja.« Er nahm einen Schluck aus seinem Kelch und musterte sie. »Habt Ihr nicht Angst, ein bisschen zu englisch zu werden, wenn Ihr die Bauern nach ihrer Meinung fragt?«

»Ich bin Engländerin«, erklärte sie mit fester Stimme. »Normannische Engländerin, aber trotzdem Engländerin. Dies ist mein Zuhause.«

»So ist es.«

Er nahm noch einen Schluck. Madeleine tat es ihm nach und suchte dabei verzweifelt nach einem neuen Gesprächsthema. »Wie geht es Eurer Hand?«, fragte sie.

Sobald sich nach den ersten Tagen gezeigt hatte, dass die Wunde gut heilen würde, hatte er das Verbinden selbst übernommen. Doch heute trug er zum ersten Mal seinen Armreif. Auf seinem Handrücken war deutlich das Hautmal zu sehen. Es war zwar noch von den Narben entstellt, aber ihre Arbeit war dennoch gut geworden. Wenn man es erkannte, sah man es eindeutig als einen Hirsch mit schönem, ausladendem Geweih.

Sie hielt den Atem an. Ihre gute Arbeit konnte seinen Tod bedeuten. Kein Wunder, dass er sich nicht hatte nähen lassen wollen.

»Es verheilt gut«, bemerkte er.

»Tut Euch der Armreif nicht weh?«

»Nein.«

Madeleine atmete tief durch. »Wenn ich es nicht genäht hätte, wäre dieses Hautmal zerstört worden.«

Er blickte ihr in die Augen. »So ist es.«

Madeleine fuhr sich mit der Zunge über die Lippen. »Was man getan hat«, sagte sie mit aller Vorsicht, »kann man auch wieder rückgängig machen.«

Er gab nicht vor, sie nicht zu verstehen. »Ich könnte es mit einem Messer aufschlitzen, oder mich leichtsinnig in der Schmiede an ein glühendes Eisen lehnen. Aber ich werde mein Wyrd nicht herausfordern.«

»Und was soll das bedeuten?«, fragte sie irritiert. Solch ein Unfall wäre eine winzige Verletzung im Vergleich zu seiner Bestrafung, wenn er erwischt würde.

»Die Engländer glauben an die nordische Vorstellung des Schicksals, Madeleine. Unser Wyrd lässt sich nicht verändern. Wir haben nur die Wahl, ihm, wenn es kommt, mit Ehre und Mut ins Gesicht zu sehen oder durch Flucht Schande auf uns zu bringen.«

»Aber Ihr seid ein normannischer Engländer«, sagte sie herausfordernd.

Er wandte den Blick von seinem Kelch ab und drehte diesen langsam. »Bin ich das?«

Bei diesem Schuldeingeständnis schoss ein eisiger Schauer durch ihren Körper. »Zumindest solltet Ihr einer sein.«

Seine Augen blitzten. »Es wäre unklug, mich zu bedrohen, Madeleine.«

»Wäre es das? Haltet Ihr es nicht für möglich, dass auch ich so etwas wie Ehrgefühl habe? Und dazu genügend Mut, um so zu handeln, wie ich es für richtig halte?«

Er schwieg. »Und, habt Ihr das?«

»Ich bete zu Gott, dass es so ist.«

Er nahm einen tiefen Atemzug. »Ich ebenfalls.«

»Was?«, fragte Madeleine verwirrt.

»Was ich von einer Gemahlin vor allem anderen erwarte«, sagte er ernst, »ist, dass sie über Mut und Ehre verfügt.«

Madeleine stockte der Atem. Er sprach mit ihr, er setzte sich wirklich mit ihr auseinander, und er kam sogar dem Thema nahe, das sie mit ihm ansprechen wollte – ihren Gefühlen füreinander. »Selbst wenn es Euren Tod bedeutet?«, fragte sie.

Er lächelte ein wenig. »Selbst dann.«

Madeleine spürte, wie sich ihr Herzschlag beschleunigte

und wie es in ihren Händen kribbelte. Plötzlich war es nicht mehr leicht, klar zu denken, und dennoch war es gerade jetzt so wichtig. »Zweifelt Ihr an meinem Mut?«, fragte sie.

Er überlegte. »Nein, ich glaube, Ihr seid tapfer.«

»Zweifelt Ihr dann an meinem Ehrgefühl?«

Er erwiderte nichts, was aber auch eine Antwort war.

Madeleine suchte nach einer Erklärung. An jenem Tag in der Hütte war er zornig gewesen über die Grausamkeit, die den Leuten angetan wurde. »Es war Onkel Paul, der das Leid hier verursacht hat. Ich tat, was ich konnte, aber ich war so machtlos wie alle anderen. Einmal, als ich versuchte, ihm zu widersprechen, drohte er, mich auszupeitschen.«

»Euch waren also die Hände gebunden.«

»Was dann?« Sie dachte angestrengt nach, um auf den Fehler zu kommen. »Ich war Jungfrau, als ich Euch heiratete. Das wisst Ihr.«

Er kniff belustigt die Augen zusammen, doch es war ein grausamer Humor. »Aber nur so gerade eben.«

Madeleine sprang auf. »Ist es das, wogegen Ihr etwas habt?«, fragte sie. »Dieser Tag am Bach?« Sie merkte, dass sie die Aufmerksamkeit der anderen im Saal auf sich zog, und senkte ihre Stimme wieder. »Also das nenne ich einen Fall, wo ein Esel den anderen Langohr schilt, wie ich ihn noch selten gehört habe!«

Er packte sie am Arm. »Es gibt einen Unterschied zwischen Männern und Frauen, das wisst Ihr ja wohl.«

»Ja!«, rief sie und versuchte sich aus seinem Griff zu befreien. »Die Männer kennen keine Ehre, selbst wenn sie ihnen ins Gesicht schlägt!«

Ein drückendes Schweigen breitete sich aus. Madeleine sah sich um und bemerkte die zornigen Mienen der normannischen Männer. Oh Gott.

Im nächsten Augenblick fand sie sich wie einen Sack über Aimerys Schulter geworfen und auf dem Weg ins Obergeschoss. Dort angekommen, stieß er sie auf das Bett. Sie kletterte wieder hinaus – nach einem kurzen Zögern, falls er amouröse Absichten hegte.

Doch so war es nicht. Er nahm vielmehr seinen Gürtel ab.

»Ihr Engel und Heiligen, steht mir bei!«, flüsterte sie und suchte nach einer Fluchtmöglichkeit. Sie konnte aus dem Fenster springen, aber er würde sie in kürzester Zeit erwischen. Sie trat zurück. »Nicht. Es tut mir leid. Ich hätte das nicht sagen sollen.«

Er machte einen Schritt auf sie zu, schwang den Gürtel mit voller Kraft und schlug damit auf das Bett. »Schreit!«, befahl er ihr. Madeleine starrte ihn an und biss sich dann auf die Lippe, um nicht zu lachen. Erst beim dritten Schlag ließ sie einen schwachen Schrei vernehmen.

»Ist das alles, was Ihr zustande bringt?«, fragte er. Wieder ein Schlag. »Seid Ihr noch nie geschlagen worden?« Seine Lippen kämpften gegen ein Lächeln an.

Der nächste Schlag.

»Au!«, kreischte Madeleine; allmählich fand sie Geschmack an dem Spiel. »Halt! Hört bitte auf! Gnade!«

Er lächelte. Sie liebte es, ihn so zu sehen.

Noch ein Schlag.

»Neeeiiinnn!«, jammerte sie und stieß eine schwere hölzerne Schüssel zu Boden. »Gnade!«

»Das habt Ihr bereits gesagt«, erklärte er. Seine Augen leuchteten vor Vergnügen.

»Na und?«, zischte sie.

Wieder ein Schlag. »Also, seid kreativer!«

»Wenn ich solche Schmerzen habe«, murmelte sie, »fällt es mir schwer, kreativ zu sein.« Sie riss die Arme auseinander und brüllte: »Aauu!! Ihr bringt mich um!«

Schlag.

»Verschont mich, Herr meines Herzens!«

Schlag.

»Ich werde Euch bis ans Ende meiner Tage auf Knien huldigen!«

Er hörte mit den Schlägen auf und lehnte sich, Tränen lachend, an die Wand. Es war ansteckend. Sie musste mitlachen, doch sie war sich sicher, dass es unten im Saal klang wie herzzerreißendes Schluchzen.

Als sie sich nach einer Weile erholt hatte – nur ihr Bauch schmerzte noch etwas –, stand er noch immer an die Wand gelehnt da, doch nun war er ruhig und hatte die Arme verschränkt. Seine Belustigung war ihm jedoch nach wie vor anzusehen.

Sie musste noch einmal kichern. »Ihr schafft Euch einen schrecklichen Ruf.«

»Genau das ist die Idee dahinter.« Er wurde ernst. »Ich kann diese Männer nicht befehligen, wenn sie glauben, dass meine Gemahlin mich, und sie, beleidigen kann.«

Sie nickte. »Ich werde meine Zunge hüten.«

»Das wird auch besser sein. Wenn Ihr mich in eine Lage bringt, in der ich Euch schlagen muss, Madeleine, dann werde ich es tun.«

Das gestand sie ein, konnte aber ein neckisches Lächeln nicht zurückhalten. »Aber nicht so fest, bitte, Herr meines Herzens.«

Er band sich lachend wieder seinen Gürtel um. »Ihr verdient noch viel Schlimmeres. Am besten, Ihr bleibt heute Nacht in Eurem Gemach und tut morgen so, als wärt Ihr angemessen gedemütigt worden.« An der Tür drehte er sich, noch immer lächelnd, um. »Ich freue mich darauf, Euch zu sehen, wie Ihr mir auf Knien huldigt.«

14

Aimery musste sich Mühe geben, um streng auszusehen, als er den Saal wieder betrat. Einige der Männer stießen Freudenrufe aus, hielten jedoch abrupt inne, als er sie fixierte. Hugh runzelte die Stirn, und Geoffrey war weiß wie ein Laken.

Aimery erkannte, dass er ein Problem hatte. Zweifellos erwarteten alle, dass Madeleine morgen aussah wie ein armes, geschundenes Wesen. Die Bewaffneten kümmerten ihn nicht weiter; ihre Fehlinterpretation würde vielleicht sogar die gesunde Furcht vergrößern, die er in ihnen aufbaute. Aber er wollte nicht, dass Geoffrey dachte, dies sei die Art und Weise, mit einer Ehefrau zu verfahren.

Er setzte sich zwischen Hugh und Geoffrey, der etwas zusammenzuckte. »Manche Frauen schreien schon wegen jeder kleinsten Kleinigkeit«, begann er.

»Ja, Herr.« Geoffrey wich seinem Blick aus.

»Morgen früh sieht sie wieder aus wie aus dem Ei gepellt.«

Geoffrey blickte ihn ungläubig, aber voller Hoffnung an.

»Mein Wort darauf.« Aimery schenkte dem jungen Mann Met ein. »Du würdest erstaunt sein, wie wenige von diesen Schlägen treffen. Vielleicht sollte ich üben.« Er erhaschte einen Blick von Hugh, und die Lippen des älteren Mannes zuckten.

Am nächsten Tag schlich Madeleine im Saal umher wie eine ordentlich gezüchtigte Ehefrau. Beim Gedanken an den Abend zuvor zuckte sie leicht zusammen. Einige der Reaktionen auf ihr Verhalten amüsierten sie, manche bewegten sie gar. Geoffrey de Sceine verhielt sich in ihrer Umgebung ängstlich besorgt, die Schwestern Winifred und Gertrude sprachen geringschätzig über Männer, und die meisten der im Saal beschäftigten Frauen zeigten Mitleid und Sympathie für sie, was einer Anerkennung näher kam als alles andere, was sie hier bislang erlebt hatte.

Vielleicht war es dieses Gefühl des Dazugehörens, was ihr den Eindruck vermittelte, dass die Sonne heller schien und die Luft voller Wohlgeruch und Vogelgesang war. Vielleicht war es das, warum sie am liebsten getanzt und gesungen hätte.

Aber das war es nicht. Nein, es war die Erinnerung an die Verrücktheit und das Lachen, das sie und Aimery geteilt hatten.

Sie war verliebt. Zuerst hatte sie ihn nur zum Spaß »Herr meines Herzens« genannt, aber es war nur allzu wahr.

Es war bittersüß. Er hatte sich nicht verändert. Er war mit der üblichen Kälte ins Bett gekommen und hatte am Morgen nur kurz gefrühstückt. Die Barriere hatte einen Riss bekommen, der aber wieder geflickt worden war, und sie wusste noch immer nicht, was das Problem war.

Doch sie war in ihren Gemahl verliebt, und das war ja nicht gerade schlecht. Und hinter seiner eisernen, kalten Schale waren Lachen und ein Feuer, die nur darauf warteten, ausbrechen zu können.

Sie würde diese Schale knacken, und wenn es das Letzte sein würde, was sie tat.

Doch bis dahin gab es noch viel zu tun, und Arbeit schien ein hervorragender Weg, ihn von ihrem Ehrgefühl zu überzeugen. Den ganzen Tag über wartete sie nur auf das Abendessen, das womöglich eine Gelegenheit bot, seinen Widerstand ein Stück zu brechen.

An diesem Abend zeigten die Nonnen Aimery ihr Missfallen, indem sie sich beim Essen still abseits setzten, und so verlief es wie früher mit Gesprächen über Krieg, Waffen und die Jagd. Madeleine hörte zu und wartete ab. Als die Tische weggeräumt waren, begannen Geoffrey und Hugh ein Würfelspiel. Aimery war abweisend, doch er machte keine Anstalten, die hohe Tafel sofort zu verlassen. Er schenkte Madeleine und sich Wein nach. »Es wäre von Vorteil für Euch, bei Gesprächen über Kriegführung besser zuzuhören«, meinte er.

»Weshalb?«

»Ein Kloster ist offenbar kein geeigneter Ort, um eine Burgherrin zu erziehen«, bemerkte er. »Wenn ich weg bin, habt Ihr das Kommando über die Burg, und auch wenn Hugh eventuelle Kämpfe organisieren würde, sollte er Eurem Befehl unterstehen.«

»Werdet Ihr mich unterweisen?«, fragte sie interessiert. Eigentlich ging es ihr weniger um das Wissen als vielmehr darum, Zeit mit ihm zu verbringen. Vielleicht merkte er das und zögerte deshalb. Doch dann stand er auf. »Ja«, antwortete er. »Kommt mit nach draußen.«

Sie verließen den Saal durch den großen Eingang und traten in den von der Abendsonne in rotes Licht getauchten Burghof. Die meiste Arbeit des Tages war getan, die Bewohner der Burg ruhten aus, plauderten oder spielten miteinander. Die Dorfbewohner gingen nach Hause; ein Mann pfiff ein Liedchen.

Es ist noch immer ein weiter Weg, dachte Madeleine, aber vieles ist schon besser geworden. Die Menschen haben wieder Hoffnung.

»Sie scheinen viel glücklicher zu sein«, bemerkte sie.

»Das sollten sie auch. Wir geben ein Vermögen dafür aus, sie zu ernähren.« Er blickte sie an, und seine Miene zeigte beinahe ein Lächeln.

Doch dann wurde er abrupt wieder ernst und schritt auf die Palisade zu. Madeleine musste sich beeilen, um mit ihm Schritt zu halten.

»Die Palisade und der Graben sind Euer wichtigster Schutz«, erklärte er kurz angebunden. »Beide sind veraltet und können eine nennenswerte Streitmacht nicht aufhalten. In einem solchen Fall solltet Ihr um Bedingungen bitten.«

»Welche Bedingungen?«

»So viele Leben, wie Ihr retten könnt. Eures an erster Stelle.« Er sagte es ohne eine Spur von Gefühl.

»Das erscheint mir selbstsüchtig.«

»Es ist praktisch. Das Schicksal der einfachen Leute wird sich durch Euer Gehen oder Bleiben nicht verändern. Wenn Ihr Euch durchsetzt, könnt Ihr womöglich eine Streitmacht aufstellen und die Burg zurückerobern und werdet nicht als Geisel enden.«

Aimery stieg die steile Treppe zum Laufgang auf der Palisade hinauf, drehte sich dann um und reichte ihr eine Hand. Madeleine ergriff sie, nur um ihn zu berühren, auch wenn es noch so kurz war.

Er stand dicht hinter ihr auf dem Wehrgang, der gerade breit genug war, dass zwei Menschen nebeneinander passieren konnten. Der Wehrgang hatte kein Geländer, das einen Sturz in den Burghof verhindert hätte. Ein leichter Wind blies ihr offenes Haar in sein Gesicht. Seinen Körper warm und hart hinter ihr zu fühlen, erinnerte sie an den Feenprinzen, seine Stimme, seine Berührung …

Sehnsucht erfasste Madeleine; sie schloss die Augen und war froh, dass er ihre Schwäche wenigstens nicht sehen konnte.

Er räusperte sich. »Es ist unwahrscheinlich, dass Ihr von einer größeren Streitmacht angegriffen werdet«, meinte er ziemlich schroff, »und Räubern sollten diese Anlagen standhalten. Das Wichtigste ist, den Graben frei zu halten und dafür zu sorgen, dass davor nichts wächst, damit niemand Gebüsch oder Ähnliches als Deckung nutzen kann. Die Wachen sollten in der Lage sein, Angreifer mit ihren Pfeilen fernzuhalten, sodass sie sich ein leichteres Ziel suchen.«

»Wie zum Beispiel das Dorf«, meinte Madeleine missbilligend.

»Das werden sie so oder so plündern. Wenn die Bewohner gewarnt werden können, werden sie in den Wald fliehen oder hierherkommen, um Schutz zu suchen. Deshalb müsst Ihr sicherstellen, dass der Hornbläser aufpasst. Bei der Jagd hattet Ihr einen Bogen. Wie gut seid Ihr damit?«

Madeleine drehte sich zu ihm um. »Grässlich.«

Die Andeutung eines Lachens huschte über sein Gesicht. »Dann werdet besser.«

»Soll ich Eindringlinge etwa auf eigene Faust abwehren?«

»Es könnte so weit kommen. Aber ich dachte eigentlich eher, dass wir eine Menge Hasen für den Kochtopf brauchen werden.«

Er ging ihr voraus die Treppe hinunter. Madeleine sprühte innerlich vor Optimismus. Der Riss war nicht vollständig verheilt, und das innere Feuer glühte im Abendlicht.

Er führte sie zu der kleinen Waffenkammer und schloss die Tür auf. Dann nahm er einen Bogen, bespannte ihn, griff sich eine Handvoll Pfeile und ging hinaus.

»Ich hoffe, der ist für Euch, nicht für mich«, sagte sie.

»Natürlich nicht. Er ist wahrscheinlich etwas stärker als das, was Ihr gewohnt seid, aber versucht es trotzdem.«

Madeleine nahm die Waffe widerstrebend in die Hand. »Wir haben fast kein Licht mehr. Wie könnt Ihr da von mir erwarten, ein Ziel zu treffen?«

»Wenn Ihr so schlecht seid, wie Ihr es sagt, erwarte ich es nicht.«

Sie starrte ihn an. »Wenn ich jemanden töte, zahlt Ihr das *Wergeld*.«

»Ich zahle hier ohnehin alles«, erwiderte er leichthin und zeigte auf die Seite der Ställe. »Zielt darauf.«

Madeleine schnaufte angewidert, spannte die Sehne und ließ den Pfeil los. Er bohrte sich in die Holzwand, knapp unterhalb des Daches.

»Na ja, Ihr habt sie getroffen«, meinte er. »Gerade eben.«

»Ja, habe ich«, konterte sie. »Gerade da, wo ich es wollte.«

»Wirklich? Dann versucht, die gleiche Stelle noch einmal zu treffen.«

Wollte er sie drankriegen? Madeleine legte vor Anstrengung die Stirn in Falten, als sie es noch einmal versuchte. Dieses Mal traf der Pfeil ins Dach.

Aimery schüttelte den Kopf. »Wenn Ihr die Sehne loslasst, dürft Ihr nicht auch den linken Arm entspannen.« Er stellte sich hinter sie und legte seine Hände auf die ihren. »Für einen kurzen Schuss haltet Ihr die linke auf das Ziel. Sie darf sich nicht bewegen.« Er zog die Sehne zurück und ließ sie los, ohne Madeleine mitmachen zu lassen.

Madeleine versuchte es, aber von seinen Armen umschlossen zu sein machte sie schwindlig. Die geballte Kraft seiner Schenkel hinter den ihren, die angespannten Muskeln seiner Arme vor ihren Augen ließen ihre Knie weich werden.

Er trat beiseite und gab ihr noch einen Pfeil. Beim Einlegen stellte sie sich ungeschickt an, doch dann riss sie sich zusammen. Mit grimmiger Entschlossenheit hielt sie die linke Hand auf ihren ersten Pfeil und versteifte den Arm, bis sie fürchtete, er werde brechen. Dann ließ sie den Pfeil fliegen; er landete nur ein paar Fuß von ihrem Ziel entfernt im Holz. »Bei den heiligen Engeln!«, rief sie aufgeregt.

»Das ist schon besser. Aber wenn das ein Mann gewesen wäre, von einem kleinen Tier ganz zu schweigen, wäre er jetzt auch nicht schlechter dran, nicht wahr? Ich möchte, dass Ihr jeden Tag übt.«

Ein sehr brüsker Befehl, den Madeleine am liebsten mit einer frechen Entgegnung quittiert hätte, doch sie sagte sich, dass sie ihr Ehrgefühl durch perfektes Benehmen unter Beweis stellen musste. »Jawohl.«

»Außerdem solltet Ihr in der Lage sein, Euch selbst zu verteidigen«, fügte er hinzu. »Morgen nach dem Abendessen zeige ich Euch ein paar Tricks.«

Er entspannte den Bogen und brachte ihn zurück. Madeleine erkannte, dass sie für den Moment entlassen war, doch sie kehrte voller Optimismus in den Saal zurück. Die Asche war zweifellos am Glühen, und morgen würden sie diese Spiele wiederholen.

Aimery brauchte wesentlich länger, als nötig gewesen wäre, um den Bogen wegzuräumen. Ja, er schlich sogar wie ein Feigling in der kleinen steinernen Hütte herum.

Sein Panzer bekam Risse. Es fiel ihm Tag für Tag schwerer, sich daran zu erinnern, weshalb er Madeleine von sich fernhalten musste. Er tat alles dafür, dass er nachts schlafen konnte und morgens schnell aus dem Bett kam, bevor ihn die Versuchung überwältigte.

Heute Abend die Arme um sie zu legen, war eindeutig keine gute Idee gewesen, und gestern …

Er lachte, als er daran dachte, wie sie geschrien hatte. Als er sie sah, die Wangen vor Lachen gerötet, hatte er sie mit mehr als nur Lust begehrt. Sie war eine Hexe …

Aber wenn sie das war, dann war sie die klügste Hexe in der gesamten Christenheit. Er hatte sie beobachtet wie ein Falke. Sie war geschickt, fleißig, geduldig, freundlich. Sie fand Nahrung im Wald und gab sie den Armen. Was war die Wahrheit? Die grausame, hinterlistige Hexe oder die entschlossene und liebenswürdige Burgherrin? Sein Herz sagte ihm Letzteres, doch sein Verstand mahnte ihn zur Vorsicht. Sie war zweifellos sehr klug, und es würde sie nicht überfordern, die Tugendhafte herauszukehren und dabei zu versuchen, ihn zu versklaven.

Am nächsten Morgen nahm Madeleine ihren eigenen Bogen zu den Zielscheiben mit, um zu üben. Sie hörte das unterdrückte Kichern von Leuten irgendwo in der Nähe, aber sie traf das Ziel einmal, und in Baddersley Lachen zu hören, war gut, aus welchem Grund auch immer.

Den ganzen Tag lang dachte sie wieder und wieder an die Lektion, die sie am Abend erhalten sollte. Sie konnte sich nicht vorstellen, was Aimery ihr beibringen wollte. Den Umgang mit einem Schwert? Sie würde ihr Bestes tun, doch sie bezweifelte, dass sie ein Schwert richtig halten konnte, ganz zu schweigen davon, es richtig benutzen zu können.

Doch nach dem Essen führte er sie nicht in den Burghof, sondern unter das Dach. Madeleine sah verwirrt um sich. Es war das größte Privatzimmer, das sie hatten, aber selbst hier war alles eng und mit lauter Kriegsgerät verstellt.

Er nahm seinen Gürtel ab. Einen entsetzlichen Augenblick lang glaubte sie, er werde sie schlagen, doch er nahm nur sein Messer samt der Scheide ab und gab es ihr. Der Griff war sehr schön mit Bronze- und Silberdraht umwickelt, der Knauf aus fein gearbeitetem Bernstein. Sie nahm das Messer aus der Scheide; die Klinge funkelte gefährlich scharf.

»Was soll ich damit tun?«, fragte sie.

»Töten, wenn es notwendig wird.«

Madeleine sah ihn an und schüttelte den Kopf. »Ich bin eine Heilerin, keine Mörderin. Aber ich könnte es verwenden, um damit Dinge aus Wunden herauszuholen.«

»Benutzt es auch dazu, wenn Ihr wollt, aber seid darauf vorbereitet, damit zu töten, falls es notwendig wird.«

»Ich kann mir nicht vorstellen, jemanden töten zu wollen.«

»Wirklich nicht? Was wäre, wenn Euer Leben bedroht würde, oder das eines Kindes?« Er blickte ihr in die Augen. »Was wäre, wenn ein Mann versuchte, Euch zu vergewaltigen?«

Madeleine dachte an Odo und räumte ein, dass Gewalt manchmal unumgänglich war. Sie zuckte die Achseln. »Also gut, bringt mir bei, was Ihr könnt, aber ob ich jemandem etwas antun kann, werden wir erst dann wissen, wenn es sich nicht umgehen lässt.«

»Ich zweifle nicht daran. Ihr seid eine Heilerin. Ihr seid bereits jetzt in der Lage, jemandem Schmerz zuzufügen, wenn es notwendig ist.«

»Das ist etwas anderes.«

»Ihr werdet sehen, dass es nichts anderes ist. Haltet das Messer so, dass es gut in der Hand liegt. Der Griff ist für Euch sicher zu dick. Ich werde bei der nächsten Gelegenheit einen kleineren für Euch anbringen lassen. Euer Griff sollte fest, aber nicht starr sein …«

Er arbeitete eine Stunde lang mit ihr, wobei er ihr hauptsächlich die effektivsten Stellen zeigte, die man treffen konnte.

»Tut so, als würde ich Euch angreifen«, sagte er schließlich. »Ich bin unbewaffnet, und Ihr habt ein Messer.«

Madeleine betrachtete die gefährliche Waffe. »Ich habe Angst, Euch zu verletzen.«

Er lachte laut auf und griff sie an. Madeleine hielt das Messer vor sich, um ihn abzuwehren – ein kleines Täuschungsmanöver, und schon hatte er es ihr abgenommen.

»Ihr dürft den Arm nie so ausstrecken. In dieser Position hat man keine Kraft mehr, um zuzustoßen.« Er gab ihr die Waffe zurück und attackierte sie erneut.

Dieses Mal hielt Madeleine den Arm gebeugt und näher am Körper und wartete auf eine Chance zuzustechen, doch sie hatte immer noch große Angst, ihn zu verletzen.

»Ich bin zu vertrauensselig.« Er schlenderte auf sie zu. »Ich kann mir eine Frau nicht als gefährlich vorstellen. Das könnt Ihr gegen mich verwenden. Ich schaue die ganze Zeit nur auf Euren Körper anstatt auf die Waffe.«

Auch ihr kam es so vor, und das erschwerte ihr, sich auf das zu konzentrieren, was sie tun sollte. Himmel, wenn er ihren Körper wollte, dann war ihr das mehr als recht. Sie spielte mit, streckte ihre Brüste vor und wiegte einladend die Hüften. Sie hörte, wie sein Atem stockte, und lächelte in sich hinein.

Vielleicht verfügte sie ja über Waffen, von denen sie bisher nichts gewusst hatte.

Doch sie konzentrierte sich weiter auf ihren Unterricht, und als er wie zufällig plötzlich nach dem Messer griff, reagierte sie sofort, indem sie in die Knie ging und in Richtung auf sein Bein zustieß.

Im nächsten Augenblick lag sie auf dem Boden und hielt sich ihr schmerzendes Handgelenk. Das Messer war in eine Ecke geschlittert.

Er kniete neben ihr nieder und legte ihre Hand in seine. »Tut mir leid. Jetzt habe ich Euch tatsächlich unterschätzt. Ist das Gelenk gebrochen?«

Sie bewegte es, schüttelte den Kopf und versuchte nachzuvollziehen, was geschehen war. Es war zu schnell gewesen. Er musste ihre Hand weggeschlagen haben. »Wie habt Ihr das gemacht?«

Er half ihr auf die Beine und behielt eine Hand unter ihrem Arm, bis er sicher war, dass sie stehen konnte. »Lebenslanges Training. Aber wenn ich so überzeugt von mir wäre, wie ich vorgegeben habe, hättet Ihr Erfolg gehabt. Wenn Ihr die richtige Stelle getroffen hättet, wäre ich verblutet.«

Madeleine schauderte. »Dann muss ich das jetzt nicht mehr tun?«

»Oh doch, natürlich. Ich kann Euch noch wesentlich mehr zeigen, und je stärker Ihr seid, desto weniger Belastung seid Ihr für mich.«

Das verlieh der ganzen Sache etwas Trostloses. Hatte sie sich Macht über ihn so vorgestellt?

Er schenkte ihr etwas Wein ein. Madeleine machte sich darauf gefasst, ihren Körper noch einmal vor ihm zur Schau zu stellen; ihr Mund war trocken vor Nervosität und Sehnsucht.

Er reichte ihr den Kelch. »Wahrscheinlich solltet Ihr das Handgelenk verbinden«, meinte er. »Ich schicke Euch Eure Dienerin.«

Und damit, der Teufel sollte ihn holen, war er auch schon verschwunden.

Aimery hatte das Zimmer kaum verlassen, als er mit einem tiefen Beben ausatmete. Es würde klüger sein, wieder so mit ihr umzugehen wie am Anfang, Distanz zu wahren, nur kurz und nur über praktische Dinge mit ihr zu sprechen. Er konnte es nicht mehr aushalten.

Er suchte Gründe, um mit ihr allein zu sein. Er war sich den ganzen Tag lang ihrer bewusst.

Trotz großer Müdigkeit hatte er in der letzten Nacht kaum ein Auge zugetan, so sehr hatte sein Körper nach dem ihren verlangt, während sein Kopf auf Kontrolle und Beherrschung beharrte. Er war sich nicht sicher, was heute Nacht geschehen würde.

Wenn er sich einmal in Madeleine verliebte, dann würde er ihr für immer verfallen sein. Guter Gott, die Schnelligkeit und der Mut dieser Frau. Ihre Klugheit, ihre Schönheit, ihre Kraft …

Erst als er fort war, merkte Madeleine, wie sehr ihr Handgelenk schmerzte. Sie wickelte ein feuchtes Tuch darum und hielt die Hand ruhig. Dann sah sie das Messer auf dem Boden.

Es war ein Geschenk von Aimery, und deshalb schätzte sie es; sie hob es auf und steckte es in die harte Lederscheide. Sie war vergoldet und mit Schaffell ausgefüttert, um die Klinge scharf und gleitfähig zu erhalten. Es war eine wertvolle Waffe.

Sie legte den Dolch erst einmal beiseite, aber da Aimery es wollte, würde sie ihn künftig am Gürtel tragen. Bisher, dachte sie wehmütig, hatte sie von ihrem Gemahl Armreife und ein Messer erhalten. Er schien im Begriff zu sein, sie zu einer Kriegerin machen zu wollen, und wenn es das wirklich war, was er wollte, dann würde sie ihr Bestes tun, um ihm zu gefallen.

Dorothy kam herein, schimpfte und murrte über Scheusale und Tyrannen. Die Magd hielt zurzeit nicht gerade viel von Aimery, doch Madeleine hatte entschieden, ihr über die Schläge nicht die Wahrheit zu erzählen. Wenn diese Geschichte bekannt wurde, würde sie wahrscheinlich seinen Ruf bei den Frauen verbessern, seinen Stand bei den Männern aber sicher verschlechtern. Jetzt dachte Dorothy, er habe sie erneut misshandelt.

Nach Anweisung ihrer Herrin bereitete die Magd eine lindernde Kompresse zu und steckte Madeleine dann ins Bett. Das Handgelenk schmerzte noch immer, vor allem, wenn sie es bewegte. Nach einiger Zeit wusste Madeleine, dass sie heute Nacht nicht würde schlafen können.

»Ich glaube, ich nehme am besten etwas von dem Mohnsaft ein, Dorothy.«

Madeleine trank das Gebräu und fiel in einen tiefen Schlaf, sodass Aimery in dieser Nacht nicht mehr viel tun konnte. Sein Verstand sagte ihm, dass es so gut sei. Doch sein Körper widersprach dem leidenschaftlich.

Am nächsten Tag schmerzte Madeleines Handgelenk immer noch, sodass sie es verbinden musste. Die dadurch entstandene Behinderung verdross sie, und der Mohnsaft und der nagende Schmerz machten sie launisch und unbeherrscht. Beim Frühstück schnauzte sie Aimery an. Er zahlte es ihr mit gleicher Münze heim und ließ sie einfach im Saal sitzen.

Madeleine ließ ihren Frust an einer ungeschickten Magd aus und bedauerte es anschließend. Auch ihr Kopf schmerzte, und so beschloss sie, dass sie einen Ruhetag verdiente. Da sie nicht einmal richtig nähen konnte, las sie. Mittags kam Aimery zurück; er wirkte sehr besorgt. Sie versicherte ihm, dass ihr Handgelenk nicht schlimm verletzt sei.

Um es ihm zu beweisen, ging sie hinaus und inspizierte die Arbeiten am Haus. Dabei merkte sie, dass ihr die frische Luft guttat. Ihr Kopfschmerz war verschwunden, und auch das Handgelenk tat nicht mehr weh, solange sie nicht versuchte, schwere Arbeit zu verrichten. Zudem fiel ihr auf, dass sie von den Frauen noch mehr mitfühlende Blicke bekam als bisher, und nutzte dies, um deren Vertrauen zu gewinnen.

Bis zum Abendessen war Madeleine wieder guter Dinge. Sie nahm den Verband ab, um Aimery nicht mehr daran zu erinnern. Was würde der Abend wohl noch bringen?

Sie hörte ungeduldig einer langweiligen Diskussion über Kampfformationen zu. Dann war das Abendessen beendet und sie mit Aimery allein. Sie lächelte ihm zu. »Ich glaube, alle halten mein verletztes Handgelenk für einen Beweis weiterer Böswilligkeit. Darf ich ihnen die Wahrheit sagen?«

»Dass ich Euch beigebracht habe, mit dem Messer zu kämpfen? Lieber nicht. Die meisten Männer würden mich für verrückt halten.«

»Für den Fall, dass ich versuchen würde, die Waffe gegen Euch zu verwenden?«

Er blieb gleichgültig. »Ihr habt ja gesehen, was die Konsequenz wäre.«

Konsequenz hin oder her, hätte sie es gekonnt, sie hätte sein abstoßendes Wesen mit einer Klinge durchstoßen. Es war, als wären die letzten paar Tage nie gewesen. »Nun«, begann sie entschlossen, »was lerne ich heute Abend?«

»Ich denke, Ihr solltet Eurem Handgelenk Zeit zum Heilen geben«, erwiderte er und ging ohne ein weiteres Wort zu Hugh und Geoffrey.

Seufzend setzte sich Madeleine zu den Schwestern, bis es Zeit war, zu Bett zu gehen. Sie hegte noch eine leise Hoffnung, dass dort noch etwas passieren könnte, spielte sogar Möglichkeiten durch, wie sie ihn verführen könnte, doch auf dem Weg ins Schlafgemach kam er ihr nach. »Eine der Stuten bekommt ein Fohlen. Ich werde die Nacht heute im Stall verbringen.«

Madeleine stellte fest, dass sie ohne ihn an ihrer Seite gar nicht gut schlief.

Am nächsten Tag nutzte sie ihre neugewonnene Sympathie bei den Frauen und ging mit einer Gruppe in den Wald, um wilde Kräuter und Früchte zu sammeln. Es war ein heißer Tag, und sie trugen alle nur Unterröcke und Kleider. Da sich

Madeleine zur Arbeit immer schlicht kleidete, sah sie aus wie eine von ihnen, mit der Ausnahme, dass ihr Haar unbedeckt war. Niemand – auch Aimery nicht – wandte dagegen etwas ein, und normalerweise fand sie einen Schleier oder Ähnliches hinderlich, doch jetzt wünschte sie sich, sie hätte eine Kopfbedeckung, denn sie hatte das Gefühl, nicht dazuzugehören.

Die Frauen waren alle verheiratet und trugen ihr Haar bedeckt. Sie aber trug ihren dicken Zopf unbedeckt wie ein junges Mädchen.

Außerdem hatten die anderen alle mindestens ein Kind mit dabei, das entweder neben seiner Mutter herlief oder von ihr in einem Tuch auf dem Rücken getragen wurde. Madeleines Schoß aber war leer. Sie hatte seit ihrer Hochzeit jeden Monat ihre Regel gehabt.

Und sie alle hatten Männer, die häufig mit ihnen schliefen, manchmal – zu Madeleines Überraschung – sogar öfter, als ihnen lieb war. Während sie dem anzüglichen Geplauder der Frauen zuhörte, sehnte sich Madeleine danach, auch eine wirkliche Ehefrau zu sein. Nichts wäre ihr lieber gewesen, als nach einem harten Arbeitstag von ihrem Gemahl bedrängt zu werden.

Wie gewöhnlich ertränkte sie ihren Schmerz in Arbeit. Sie belehrte die Frauen über Pflanzen, die sie noch nicht kannten, und hörte aufmerksam zu, wenn sie ihr ihre Traditionen erklärten.

Als sie mit ihrem Korb voller Kräuter zur Burg zurückkehrte, sah sie Aimery, der in der Nähe der Getreidefelder mit einem der Bauern sprach. Sie konnte nicht widerstehen, schickte die Frauen voraus und ging zu ihm. Sein Gesprächspartner bemerkte sie zuerst; er sagte etwas zu Aimery, und dieser schickte ihn weg, doch nicht, bevor Madeleine ihn erkannte: Es war der andere Sachse, den sie an jenem Tag, als Odo sie vergewaltigen wollte, gesehen hatte.

Ihr Mund wurde trocken, und ein kalter Schauer erfasste

sie, als ob Wolken die Sonne verdunkelt hätten. Sie hatte geglaubt, er habe sein verräterisches Treiben eingestellt, aber vielleicht stimmte das gar nicht.

Unsicher, was sie tun oder sagen sollte, blieb sie stehen.

Aimery kam zu ihr. Wie sie zog auch er zur Arbeit schlichte Kleidung vor. Heute trug er eine gelbbraune Tunika aus Leinen und dazu einen einfachen Ledergürtel. Seine einzige Waffe war ein langes Scramasax, ein einschneidiges Kurzschwert. Als Adliger war er nur durch seine beiden Ringe und den Armreif an der rechten Hand zu erkennen.

»Wir brauchen hier mehr Arbeiter, wenn sich irgendetwas verbessern soll«, sagte er in einem geschäftsmäßigen Ton. »Nachdem die Verteidigungsanlagen jetzt einigermaßen in Schuss sind, werde ich unsere anderen Besitztümer und Rolleston aufsuchen. Ich treibe noch ein paar Kleinbauern auf und kümmere mich um mehr Vorräte.«

»Und ich soll allein hierbleiben?«, fragte sie.

»Ihr seid bei Hugh und den beiden Schwestern sicher.«

Das Anwesen würde eine leere Hülse sein, wenn nicht das Wissen, dass er hier war, sie trösten konnte; zudem würde sie mit der Furcht leben müssen, dass er sich wieder auf Dinge einließ, die ihn vernichten konnten. »Ich denke, ich sollte mit Euch reisen«, erklärte sie. »Ich habe die anderen Anwesen der Baronie noch nie gesehen. Und auch Rolleston würde ich gerne einmal besuchen.«

Für einen kurzen Augenblick blitzte Zorn in seiner Miene auf. »Weib, falls es dir nicht entgangen ist, das halbe Land steht unter Waffen. Wilhelm hat womöglich Warwick erobert und den Aufstand dort beendet, aber Gospatric hat in Northumbria Aufruhr angezettelt, Edwin und Morcar sorgen noch immer hier in der Nähe für Unruhe, und die Waliser und die Schotten sind in Bewegung. Dies ist also kaum die Zeit für eine Vergnügungsreise.«

»Aber warum verreist Ihr dann?«, fragte sie und erwartete schon fast einen Tadel für ihre Ungebührlichkeit.

»Ich habe dir gesagt, warum«, erwiderte er kurz angebunden und ging weg.

Angst und Wut erfassten sie. »Ich bleibe nicht allein hier zurück!«, rief sie ihm nach.

Er machte kehrt und kam auf sie zu. »Du wirst tun, was ich dir sage, wie es einer guten Ehefrau ziemt.«

»Ehefrau!«, schrie sie aufgebracht. »Ich bin dir kaum eine Ehefrau, Aimery de Gaillard!«

Er packte sie an ihrem dicken Zopf. »Du vermisst das Bett, ja? Zumindest vermute ich das. Du hast das Gewerbe ja rasch genug erlernt.« Ein Bein hinter ihren Knien und ein heftiger Ruck an ihren Haaren, schon lag sie flach auf dem Rücken im hohen Gras, und er auf ihr.

15

Madeleine blieb die Luft weg, doch sie beklagte sich nicht. Jetzt war seine Schale richtig aufgebrochen, und das Feuer loderte hoch. Ihr Körper freute sich auf das, was kommen würde – von dem sie hoffte, dass es kommen würde …

»Du musst mich nicht jedes Mal gleich umwerfen«, wagte sie ihn zu necken.

Für einen kurzen Moment blitzte Belustigung in seinen Augen auf, doch er verbarg diese Regung sofort wieder. Dadurch ermutigt, hob Madeleine vorsichtig eine Hand und strich ihm das feuchte Haar von seiner Wange. Ihr Körper kribbelte vor köstlicher Erwartung.

Er schüttelte ihre Hand ab. »Ein Mann muss von Zeit zu Zeit seinen Samen loswerden. Dafür ist eine Ehefrau da.« Aber seine Augen verrieten ihn. In diesem Moment war er voller Begehren, und er begehrte sie.

»Ich bin damit einverstanden, dafür benutzt zu werden«, sagte sie leise. »Ich möchte ein Kind. Ich hatte seit dem letzten Mal meine Periode.« Sie bemerkte, wie er innerlich kämpfte, wusste jedoch nicht, wie die Schlacht ausgehen würde; sie fürchtete sich vor Grausamkeit und sehnte sich nach Zärtlichkeit.

Aimery blickte auf Madeleine, die unter ihm lag, und ein unglaublich wildes Verlangen brandete in ihm. Sie war braun wie eine Nuss von der Sommersonne, und ihre weichen Lippen waren tiefrot und öffneten sich ihm mit einem Lächeln. Ihre warmen braunen Augen waren voller Begehren, ihr Körper fest und drall und willig. Er stellte ihn sich noch runder vor, gerundet von seinem Kind. Er rutschte zur Seite und ließ eine Hand über ihren flachen Bauch gleiten.

Sie erbebte unter seiner Berührung, und auch seine Hand zitterte. Sein Verlangen nach ihr war eine Schwäche, eine Schwäche, die er zu bekämpfen beschlossen hatte, aber er wusste schon jetzt, dass er die Schlacht verloren hatte.

Es fiel ihm schwer, sich daran zu erinnern, wozu die Schlacht eigentlich gut sein sollte.

Er hatte sich keine andere Frau genommen, denn im Haus seiner Gemahlin wollte er das nicht tun, und sein Verlangen nach ihr war zeitweise zu unerträglicher Qual geworden. Und nun lag sie unter ihm, schwächte ihn mit ihren sanften Augen und ihren weichen Lippen, mit den vorsichtigen Bewegungen ihrer Hüften.

Sie war willig – er würde sich sein Vergnügen gönnen, jedoch ohne an ihres zu denken.

Er schob ihren Rock hoch. Ihre Beine öffneten sich bei der ersten Berührung. Er rückte ihren Körper zurecht und drang in sie ein, rasch und glatt. Das erste Mal war so wunderbar, dass er in seiner Bewegung innehielt, um es mit einem Stöhnen voll auszukosten. Wie nass sie war, wie willig und bereit. Er blickte sie an und sah keinen Groll darüber, wie er sie behandelte, nur ihre von wollüstiger Verzückung geröteten Wangen.

Es brachte sein Blut zum Kochen.

Sie keuchte, und ihr Körper schauderte und schloss sich um ihn, zog ihn höher. Als er sich zurückzog, spürte er ihre Enge, ein Gefühl, das ihn vor quälender Wonne halb verrückt machte.

Er konnte nicht mehr widerstehen, er gab sich ihr vollständig hin.

Als er erneut in sie glitt, hart wie Eisen, stöhnte Madeleine vor Erleichterung auf. Endlich hatte sie ihn da, wo er hingehörte. Ein neuerlicher Schauer erfasste ihren ganzen Körper; sie spürte, wie sich ihre Muskeln anspannten, hörte, wie er stöhnte.

Madeleine blickte zu ihm auf. Vor der hohen, brennenden

Sonne wirkte er wie vergoldet – helles, goldenes Haar, seine Haut ein dunklerer Goldton, sein Leinenhemd goldbraun. Auch er schauderte, als er sich langsam aus ihr zurückzog und dann wieder eindrang. Er hielt die Augen geschlossen, doch sie blickte ihn dieses Mal an, um zu beobachten, was sie alles mit ihm tun konnte.

Sie sah, wie sich seine Wangen röteten und Schweiß auf seine Stirn trat. Sie konnte die keuchenden Atemzüge fast sehen, die er hervorstieß. Keuchender Atem im Rhythmus mit ihrem eigenen, Hitze und Schweiß, die sicher auch sie verströmte, und seine Bewegungen …

Die Sonne brannte unbarmherzig. Der Himmel über ihnen war unendlich, ein vollkommenes Blau. Irgendwo trillerte eine Lerche, als erfreue sie sich an der überschwänglichen Leidenschaft der Liebenden.

Glühende Asche wurde zu lodernder Flamme.

Er warf den Kopf zurück und unterdrückte einen Schrei, als die fieberhafte Spannung von seinem Körper auf sie übersprang.

Madeleine stöhnte, als sie spürte, wie sich sein Samen in sie ergoss. Sie umschloss ihn mit Armen und Beinen; Schauder schüttelten sie beide.

Er öffnete die Augen, sie waren jetzt mehr dunkel als grün. Heiß und gierig senkte sich sein Mund auf ihre Lippen, verschlang sie, weil sie es so wollte. Sie verloren sich in ihrer neuen Einheit.

Sein Mund wanderte zu ihrem Ohr. Ihre Hand liebkoste seinen Nacken, seine schweißnasse, narbige Schulter unter dünnem, feuchtem Stoff. Ihre Finger fanden die Senke seiner Wirbelsäule und wanderten abwärts bis zu seinem harten Po.

Sie wünschte sich, er wäre nackt.

Seine Lippen glitten zärtlich ihren Hals entlang, sammelten ihren Schweiß auf, ließen sie erbeben. Dann wanderte sein Mund weiter zu ihren Brüsten und liebkoste ihre empfindlichen Spitzen durch das Tuch. Bei der ersten Berührung stöhnte sie auf; als sich seine Zähne zärtlich darum schlossen, spannte sie sich erneut an.

Er war noch immer in ihr, noch immer hart.

»Guter Gott!«, japste sie, ohne zu wissen, ob es aus Angst oder aus Beklommenheit war. »Noch einmal?«

»Noch einmal«, sagte er und blickte sie aus zusammengekniffenen Augen an. »Keuschheit macht mit einem Mann seltsame Dinge.«

Madeleine verlor ihre Zweifel. Lust, dies konnte nur Lust sein. Wieder schlang sie besitzergreifend die Beine um ihn. »Sie macht auch mit einer Frau seltsame Dinge.«

»Welche denn?«, fragte er träge und ließ seine Hand ihren Körper auf und ab gleiten, während er mit den Hüften kleine, herrlich quälende Stöße ausführte.

»Ach, Dinge eben«, wich Madeleine schüchtern aus.

»Sag es mir, Madeleine«, schmeichelte er. »Ein Mann möchte wissen, was eine Frau fühlt. Manchmal«, fügte er dann trocken hinzu.

Ihr war schwindlig, ihr Körper schmerzte. »Es fühlt sich wunderbar an. Ich mag es.« Nach einer kleinen Pause gab sie zu: »Ich dachte, wir würden das jede Nacht tun.«

Er unterdrückte ein Lachen. »Vielleicht werden wir das. Jedenfalls kommt es mir vor wie eine schlimme Schande, es nicht zu tun. Wer weiß, wie lange wir dazu Gelegenheit haben?«

Ein kalter Schauer nahm ihr etwas von ihrer Erregung. Seine Worte gaben nur zu deutlich ihre eigene Befürchtung wieder. Madeleine spannte ihre Beine schützend um ihn herum an. »Wie meinst du das?«

Er schaute auf. »Das Leben ist bestenfalls eine riskante Sache, das ist alles. Es kann jederzeit geschehen, dass ich zum Kampf gerufen werde.« Er küsste ihr Kinn, dann senkte sich sein Mund langsam wieder auf ihre Brust.

Seine Worte bedeuteten mehr als nur das. Madeleine packte ihn an den Haaren und zog ihn hoch. Aimery leistete mit zusammengebissenen Zähnen Widerstand. Sie streckte sich, bis es anfing, wehzutun, stieß einen leisen Schrei aus und gab nach. Lachend blickte er auf. »Was wolltest du denn jetzt?«

Wie seltsam, dass ein kleiner Schmerz das Fieber so stark wieder zurückbringen konnte. Natürlich wollte Madeleine etwas.

Sie drängte mit den Hüften an ihn, ermutigte ihn, ihre Lust zu stillen, doch er hörte auf, sich zu bewegen, blieb regungslos in ihr.

»Was wolltest du?«, wiederholte er beharrlich.

»Später. Ich kann jetzt nicht denken!«

»Doch, das kannst du«, sagte er. Seine Finger begannen erneut, ihre Brustwarzen zu erregen, sodass sie leise wimmerte. Er grinste. »Ich werde dir kein Vergnügen mehr bereiten, bis du es mir sagst.«

Was glaubte er denn, dass er tat?

Aber sie wusste, was er meinte.

Sie versuchte, trotz ihres heftigen Atmens und der Schauder, die durch ihren Körper liefen, ihre wirren Gedanken zu ordnen. »Wer?«, fragte sie schließlich keuchend. »Wer ruft dich zum Kampf? Die Rebellen?«

Seine Finger drückten schmerzlich auf sie und ließen dann von ihr ab. Er zog sich zurück, befreite sich aus der Umklammerung ihrer Beine.

»Nicht!«, jammerte sie und wälzte sich auf die Knie, um nach ihm zu greifen. Wie konnte ihr an so einem heißen Sommertag so eisig kalt sein?

Er kniete vor ihr nieder. »Du glaubst, ich sei ein Verräter? Dann willst du dich sicher nicht einem wie mir hingeben!«

Madeleine spürte einen Schmerz und ein Sehnen, das sie sich nie hatte vorstellen können. Es ließ keinen Platz für Würde. »Bitte!«, flehte sie ihn an.

Sie sah, dass auch er von Leidenschaft überwältigt war, aber er hatte sich dennoch weit mehr im Griff als sie. Er packte sie am Handgelenk. »Bin ich ein Verräter?«, fragte er sie wütend.

Madeleine wollte Nein sagen, doch sie konnte ihre Ehrlichkeit nicht einfach wegstoßen. »Das ist mir gleich«, flüsterte sie, und Tränen rannen ihr über die heißen Wangen. Nachdem er weiter unversöhnlich schwieg, fügte sie hinzu: »Ich weiß es nicht.«

Mit einem tiefen Seufzer ließ er sie los. »Ich auch nicht«, sagte er. »Aber ich werde nicht für die Rebellen kämpfen. Darauf gebe ich dir mein Wort.«

Sanft schob er sie wieder nach unten und legte sich über sie, sein Gewicht auf die starken Arme gestützt. Madeleines Unterleib fühlte sich an wie ein begieriger Mund, der ihn zu verschlingen begehrte, doch er drang nicht in sie ein. Sie spürte ihn und hob die Hüften an, aber er wich zurück.

»Bitte«, flehte sie. »Ich brauche dich.«

»Denk an mich«, sagte er leise, und dann versenkte er sich in sie, füllte ihre quälende Leere aus. Madeleine erschauderte vor Erleichterung und schloss die Augen. Nichts existierte für sie auf der Welt außer ihm und ihr. Sie ging leidenschaftlich auf ihn ein, begegnete jedem seiner Stöße mit den Hüften, bis sie die fiebernde Qual ausgelöscht hatte und nur mehr unglaubliches, jegliche Angst vertreibendes Entzücken spürte.

Danach lag sie reglos und erschöpft da, spürte, wie er sie verließ, wie er ihren Rock zurechtrückte, wie die Sonne auf sie niederbrannte. Durch ihre geschlossenen Lider sah sie endloses Rot.

Eine Fliege landete auf ihrer Nase. Sie vertrieb sie, doch sie kam wieder zurück. Madeleine öffnete die Augen und sah, dass er mit gekreuzten Beinen neben ihr saß und sie mit einer roten Mohnblüte kitzelte. »Du verbrennst hier«, sagte er träge. »Außerdem haben wir viel zu tun.«

Nichts war zu spüren von der kalten Gleichgültigkeit, die er nach ihrem letzten Beisammensein gezeigt hatte. Sie fühlte sich eins mit ihm wie nie zuvor. Und er hatte ihr ein Versprechen gegeben. Er würde nicht für die Aufständischen kämpfen. Sie küsste seine Hand.

Aimery erwiderte ihr Lächeln. Es war nicht voll und offen, aber wesentlich besser als kalte Gleichgültigkeit.

Sie dachte an den Augenblick, als alles bedroht gewesen war, doch dann lächelte sie wieder. Er hatte ihr ein Versprechen gegeben. Er würde nicht für die Aufständischen kämpfen.

Behände stand er auf, half ihr auf die Füße und las kleine Grashalme von ihrem Rock und aus ihrem Haar. Dann legte er einen Finger unter ihr Kinn. »Fühlst du dich jetzt mehr als eine Ehefrau?«

Sie legte den Kopf schief. »Ich dachte, Ehefrauen seien fürs Bett. Wie fühlt sich eine Hure an?«

Er grinste. »Sie sind alle unterschiedlich. Die einen hart, die anderen weich ...«

Sie schlug spielerisch seine Hand zur Seite, hob ihren Korb auf und stellte etwas verärgert fest, dass alle ihre Kräuter auf dem Boden verstreut lagen. Er half ihr, sie aufzusammeln. »Brauchst du noch mehr? Wir könnten in Lincoln oder in London noch Kräuter kaufen.«

»Können wir uns das leisten?«

»Nein, aber zweifellos brauchen wir noch welche.«

Sie schlenderten auf die Burg zu, ihr Zusammensein genießend.

Madeleine wollte dieses Gefühl eigentlich nicht stören, doch sie musste die Zweifel, die zwischen ihnen bestanden, loswerden. »Was wollte er?«, fragte sie.

»Wer?«

»Der Freund des Goldenen Hirschs.«

Er blickte sie nachdenklich an. »Das war nur eine Nachricht. Nichts, was dich beunruhigen sollte.«

Er schloss sie in seine Arme. »Ich habe mit dem Goldenen Hirsch vor einiger Zeit aufgehört. Wenn die Sache herauskommt, könnte es Schwierigkeiten geben, aber das ist jetzt unwahrscheinlich. Schließlich«, sagte er lächelnd, »war es immer am wahrscheinlichsten, dass du mich verraten würdest.«

Ihre Antwort war ein Lächeln, das sich zu einem breiten Grinsen ausweitete. »Mhm«, murmelte sie und musterte ihn. »Übrigens – ich würde dich gern wieder nackt sehen.«

»Ich habe dich noch nie nackt gesehen«, konterte er. »Stellst du dich nur mit der Pracht deines Haars angetan vor mich in die Sonne und lässt dich von mir vergöttern?«

Madeleine errötete. »Wenn du es willst«, sagte sie schüchtern.

Er grinste. »Wenn du damals im Wald schon Englisch gekonnt hättest, hättest du verstanden, was ich will.«

»Und, was hast du damals gesagt?«

Er drehte sie um, sodass sie mit dem Rücken zu ihm stand, und hielt sie fest, so wie damals. Dieses Mal hatte Madeleine keinen Umhang, der sie behinderte, doch sie musste etwas auf ihre Kräuter achten.

»Ich habe dir gesagt, wie wunderbar sich deine Rundungen anfühlen«, sagte er auf Englisch und ließ seine Hände über ihren Körper gleiten. »Wie herrlich deine Brüste sind. Wie sehr ich sie gern mit der Zunge liebkost und mit den Fingern deine Brustwarzen geneckt hätte, bis sie dir wehtun, um dann an ihnen zu saugen, bis du ganz wild auf mich wirst.«

Madeleine machte einen kleinen Freudensprung in seiner Umarmung. »Das hast du damals nicht gemacht«, sagte er. »Daran erkannte ich, dass du mich nicht verstanden hast.«

»Mein Körper hat das damals nicht verstanden«, erklärte sie.

»Ich gestehe, dass ich dachte, du würdest die Sprache der Liebe kennen.«

»Was hast du damals noch gesagt?«, fragte sie atemlos.

Lachend ließ er die Hände ihre Schenkel hinabgleiten. »Ich sagte dir, wie warm und feucht du bist und dass du nur auf mich warten würdest. Und ich versprach dir, langsam zu sein, wenn wir uns lieben, dich zärtlich zu streicheln und dich erst dann, wenn du es nicht mehr aushältst, hart und kräftig zu nehmen.«

Madeleine presste den Rücken an ihn. »Ich kann es nicht mehr hören …«

Er lachte, küsste sie in den Nacken. »Wollüstiges Frauenzimmer. Hab Mitleid mit dem armen Mann.«

Sie spürte die Ausbuchtung in seiner Hose und presste ihren Leib dagegen, hörte, wie sein Atem aussetzte. Langsam drehte er sie um. Madeleine hörte, wie ihre Kräuter zu Boden fielen, doch es kümmerte sie nicht.

Ein Ruf unterbrach ihren leidenschaftlichen Kuss. Einer der Wachsoldaten der Burg kam auf sie zugelaufen.

Madeleine errötete vor Verlegenheit darüber, in so einer Situation gesehen worden zu sein. Doch dann fiel ihr ein, dass sie sich soeben an einem Wegesrand verzweifelt und voller Leidenschaft geliebt hatten, an einer Stelle, wo jedermann sie hätte sehen können.

Aimery sah ihr gerötetes Gesicht und lachte. »Falls uns jemand gesehen hat, ist er oder sie sicher nur neidisch. Ich sehe besser mal nach, was los ist, und du nimmst dir die Zeit, deine Fassung wiederzufinden.« Sein Blick war warm und liebevoll; er berührte zärtlich ihre Wange. »Später«, versprach er.

Madeleine schaute ihm nach. Sie war froh um die Chance, sich an diese wunderbare Einheit zu gewöhnen, die über ihre Körper hinausging und ihre Herzen und Seelen mit einschloss. Es widerstrebte ihr, zur Burg zurückzugehen und diese Idylle mit alltäglichen Belangen zu zerstören. Sie klaubte ihre Kräuter auf und sammelte noch ein paar Pflanzen, aber vor allem träumte sie von einer goldenen Zukunft.

Als Madeleine viel später den Burghof von Baddersley betrat, fragte sie die Wache nach Aimery.

»Er ist ausgeritten, Lady«, antwortete der Mann. Sie starrte ihn ungläubig an. »Ausgeritten? Wohin?«

»Weiß ich nicht, Lady. Er hat sich mit drei Männern auf den Weg gemacht.«

Eine eisige Vorahnung befiel sie. Aber nein. Das wollte sie nicht von ihm denken.

»Nur mit drei Männern?«, fragte sie den Wachmann. »Er hat Lord Geoffrey nicht mitgenommen?«

»So ist es, Lady.«

»Er muss eine Nachricht hinterlassen haben«, meinte sie fassungslos.

»Sicherlich bei Lord Hugh, Lady.«

Aufgeregt eilte Madeleine zum Übungsplatz. »Hugh, welche Nachricht hat mein Gemahl für mich hinterlassen?«

Er runzelte die schweißnasse Stirn. »Bei mir keine, Lady Madeleine.«

Sie rief sich Aimerys zärtlichen Abschied bewusst in Erinnerung – wie einen Schutz gegen das Böse. »Wisst Ihr, wohin er geritten ist?«

»Nein. Er sagte, er werde wahrscheinlich eine Woche weg sein, vielleicht auch länger. Vielleicht hat er bei Geoffrey etwas hinterlassen.«

»Eine Woche?«, wiederholte Madeleine entsetzt.

Sie suchte den Knappen auf. »Geoffrey«, begann sie, »wohin ist Aimery geritten?«

Der junge Mann wurde bleich. »Er … er hat es nicht gesagt, Lady.«

»Kommt dir das nicht eigenartig vor?«

Sie sah, wie er schluckte. »Früher sagte er, er denke daran, die anderen Herrenhäuser aufzusuchen …«

»Ohne dich? Nur mit drei Männern?«

Er biss sich auf die Lippe und meinte dann voller Hoffnung: »Es hat sicher etwas mit dem Boten zu tun, Lady Madeleine.«

Madeleines Befürchtungen ließen nach. Endlich, eine Erklärung. Sie schenkte sich einen Becher Ale ein. »Was für ein Bote?«

»Ein Bote kam vorbei, unterwegs von der Königin zum König. Er hat mit Lord Aimery gesprochen.«

Der Becher erreichte Madeleines Lippen nicht. »Der Bote brachte keine schriftliche Nachricht nach Baddersley?«

»Nein, Lady Madeleine.«

Madeleine stellte den Becher ab und ging ins Dachgeschoss hinauf. Nun endlich fiel ihr auf, dass er nicht seine Loyalität bekräftigt hatte, als sie eingeräumt hatte, nicht zu wissen, ob er ein Verräter sei, sondern lediglich sagte: »Ich auch nicht.«

Die ganze goldene Pracht zerfiel zu einem neuen Bild der Trostlosigkeit. Sobald sie etwas unternommen hatte, um seinen Plan, sich den Rebellen anzuschließen, zu durchkreuzen, hatte er nett und freundlich getan und ihr mit Liebe und süßen Worten den Kopf verdreht. Für wie dumm er sie halten musste!

Wie gut für ihn, dass gerade zu dieser Zeit ein Bote des Königs vorbeigekommen war, der sicher nur nach einer Erfrischung verlangt hatte, nichts weiter. Wie würde die Botschaft Aimery zufolge wohl lauten? Eine Aufforderung zu einem nicht genau umrissenen, geringfügigen Dienst, der seinen Ritt zu Hereward und Edwin bemänteln würde? Für wie dumm er sie doch halten musste. Keine königliche Botschaft wurde mündlich übermittelt, und ohne Geoffrey würde er auch keinen legitimen Geschäften nachgehen.

Tränen des Verrats traten ihr in die Augen, und sie warf ihren vielbeanspruchten Korb an die Wand, gerade als Dorothy hereinkam. Die Magd beeilte sich, die verstreuten Kräuter wieder aufzusammeln.

»Den nehme ich mir vor!«, knurrte Madeleine. »Ich werde ihm Disteln in die Hose stecken, dass er von hier bis nach London hüpft!« Sie riss sich Kleid und Unterrock vom Leib. »Er wird sich nicht darum bemühen müssen, dass ihn der König kastriert, denn das besorge ich selbst!«

»Wer? Was?« Die Magd starrte sie verständnislos an. Madeleine bemerkte, dass sie splitternackt dastand, holte sich frische Kleider aus einer Truhe und zog sich wieder an. »Aimery de Gaillard, dieser hinterhältige Schurke!« Sie rieb sich die Tränen aus dem Gesicht. »Er hat mit mir gespielt wie mit einer Leier – ein schönes Lied noch dazu –, und sich dann davongemacht …«

»Lord Aimery ist in Rüstung mit drei Männern und zwei Packpferden aufgebrochen, Lady.«

Madeleine drehte sich abrupt zu ihr um. »Und was hat das zu bedeuten? Er sagte, er würde nicht verreisen!«

Dorothy rollte die Augen und schenkte ihrer Herrin einen Kelch Wein ein. »Trinkt das, Lady. Ihr wart zu lange in der Sonne.«

Madeleine nahm einen großen Schluck. Sie fühlte sich schmerzlich ausgenutzt. Dann kam ihr noch ein schlimmerer Gedanke. Sein ganzes Tauwetter der letzten Tage ging zurück auf die Zeit, als sie gedroht hatte, ihn an den König zu verraten. War das alles gewesen – ein Weg, sie liebestrunken zu machen und ihrer Ehre zu berauben? Sie spürte ihr Elend schneidend scharf.

Es klopfte an der Tür. Dorothy öffnete, und Geoffrey trat zögernd ein.

»Ja?«, fragte Madeleine kurz angebunden.

»Lord Aimery hat doch eine Nachricht hinterlassen, Lady Madeleine.«

Hoffnung blühte in ihr auf. »Was?«, fragte sie schroff. »Wie konntest du das vergessen?«

»Sie hat nichts mit seiner Reise zu tun«, erklärte Geoffrey. »Und auch nicht damit, wohin er geritten ist …«

Madeleine hätte am liebsten geschrien. »Wie lautet sie denn?«

Wie ein Schuljunge, der eine Lektion wiederholt, sagte Geoffrey: »Er sagte, es täte ihm leid. Und er würde nach seiner Rückkehr da weitermachen, wo er aufgehört hat.« Der

Knappe blickte sie unschuldig an und fügte vorsichtig hinzu: »Er ist in großer Eile aufgebrochen, Lady.«

Auch Geoffrey suchte mit großer Eile das Weite, denn ein fliegender Kelch hätte ihn um Haaresbreite getroffen.

»Ach ja, wird er das?«, murrte Madeleine. »Nur über meine Leiche …«

»Lady Madeleine!«, stöhnte Dorothy händeringend.

»Das tut er mir gewiss nicht mehr an!«, fauchte Madeleine wütend. »Und wenn mein Körper noch so sehr nach ihm verlangt, ich werde mich nicht mehr so benutzen lassen!« Sie nahm das geschnitzte Kruzifix von der Wand. »Du bist meine Zeugin, Dorothy. Ich verspreche – nein, ich gelobe –, mich nie mehr mit Aimery de Gaillard zu betten, bis er mir beweist, dass er sowohl dem König als auch mir treu ist!«

Dorothy erbleichte und bekreuzigte sich. »Oh Lady, nehmt das zurück. Ihr könnt Euren Gemahl nicht von Euch weisen.«

Madeleine hängte das Kruzifix wieder auf. »Es ist getan. Gut, lass uns jetzt zu unserer Arbeit zurückkehren.«

Während sie die Küche und die Geflügelställe überprüfte, sehnte sie ihren Tod herbei, doch sie dachte nur an Aimery. In gut einer Woche würde er nach Baddersley zurückkommen, und dann würde sie ihm sagen, was sie von ihm hielt.

Er würde nach Baddersley zurückkommen mit einer perfekten Erklärung für seine Abwesenheit, und sie würde ihn glücklich um Vergebung für ihre bösen Gedanken bitten.

Er würde tot nach Baddersley zurückgebracht werden …

Bei dem Gedanken, dass er blind, ohne Hände oder entmannt zurückkommen könnte, wurde ihr übel. Sie schickte inbrünstige Gebete zum Himmel. »Bring ihn nur wohlbehalten zu mir zurück«, flüsterte sie, »und ich garantiere, dass er nicht wieder wegläuft.«

Wie sie das erreichen wollte, wusste sie allerdings nicht.

Jemand räusperte sich. Madeleine blickte um sich und sah einen Soldaten. »Lord Hugh schickt mich, Euch zu sagen, dass Odo de Pouissey mit vier Personen Gefolge kommt. Sollen wir ihn einlassen?«

Odo? Welchen Schrecken konnte der Tag noch bringen? Sie hätte ihn lieber nicht gesehen, doch sie konnte ihm nicht einfach die Gastfreundschaft verweigern. »Natürlich. Ich komme, um ihn zu begrüßen.«

Der Soldat entfernte sich. Um würdevoller auftreten zu können, ging Madeleine nach oben und legte sich einen Schleier um Kopf und Schultern. Als sie die Tür zum Saal erreichte, stieg Odo im Burghof gerade von seinem Pferd. Er trat auf sie zu, küsste sie ungeniert auf die Wange und sah sich dann um. »Wie ich sehe, habt ihr hier in Baddersley kräftig gearbeitet, aber viel macht es noch immer nicht her. Eine richtige Burg aus Stein und Mauern, das ist es, was ein Mann heutzutage braucht.«

Auf dem Weg in den Saal erzählte er von dem ruhmreichen Feldzug, der die englischen Rebellen ein für alle Mal niederschmettern werde, und davon, dass Burgen gebaut würden, um sie in Schach zu halten. »Der König hat angeordnet, eine in Warwick zu bauen, und er übergibt sie an Henry de Beaumont. Ich habe keinen Zweifel, dass auch ich bald mit einer solchen Ehre rechnen darf.«

Madeleine ließ für ihn und seine Männer Essen und Ale auftragen und ordnete an, die Pferde zu versorgen. Was Odo gesagt hatte, hielt sie für nichts als Wunschdenken, aber sie wollte ihm trotzdem nichts Schlechtes. Wenn er zu Ruhm und Ehren oder gar zu einer Burg kam, dann hatte sie nichts dagegen, solange die Burg irgendwo anders stand.

Ein Teil seines Monologs interessierte sie aber doch. »Der Aufstand ist also vorüber?«, fragte sie. Wenn das stimmte, dann war Aimery nicht in Gefahr.

Odo riss mit den Zähnen ein großes Stück Schweinefleisch von dem Knochen in seinen Händen und spülte es halb zerkaut mit Ale hinunter. Dann wischte er sich den Mund ab und rülpste. »So gut wie«, antwortete er. »Wilhelm muss nur vor einer Stadt auftauchen, und schon öffnet sie ihre Tore und bittet um Gnade. Wenn ich an seiner Stelle wäre, würde ich ein paar Köpfe abhacken und auf Piken spießen, dann wäre die Sache ein für alle Mal erledigt.«

Aimerys Kopf auf einer Pike ... »Und was ist mit diesem Hereward?«, fragte Madeleine und füllte seinen Deckelkrug erneut. »Ich habe gehört, er soll sich den Grafen Edwin und Gospatric angeschlossen haben.«

Er wandte sich mit überraschendem Interesse ihr zu. »Wo hast du das gehört?«

»Gerüchte, nichts weiter«, erwiderte Madeleine vorsichtig und hoffte, er würde verraten, was er dachte.

Sie hätte sich diesbezüglich keine Gedanken zu machen brauchen. Odo war unfähig, über irgendetwas, das zu seiner Selbstbeweihräucherung beitragen konnte, Stillschweigen zu bewahren. Er grinste. »Ich habe auch Gerüchte gehört, als ich nach Süden ritt. Mehr als Gerüchte. Ich habe aus sicherer Quelle gehört, dass Hereward nicht mehr in den Niederungen in East Anglia ist. Er hält sich mit einer großen Streitmacht in Halver Wood versteckt, etwas nördlich von hier. Zu viele, um sie mit meinen Männern anzugreifen, aber ich habe dem König eine Nachricht zukommen lassen. Er schickt ein Heer, das diesem Wiesel den Garaus machen wird.«

Madeleine kämpfte gegen ihre Angst an. Hereward hatte East Anglia verlassen und seinen Neffen kommen lassen. »Willst du bis dahin hier warten und dann am Kampf teilnehmen?« Sie hörte, wie dünn ihre Stimme klang, und verfluchte sich selbst.

Er grinste affektiert, unaufmerksam wie immer. »Du bist einsam, nicht wahr? Wo ist er denn, dein feiner Gemahl?«

»Im Osten«, antwortete Madeleine rasch. »Er besucht sein Anwesen in Rolleston.«

Odo zuckte die Achseln. »Es war ja von Anfang an klar, dass er dich nicht mag, also kannst du dich nicht beklagen, wenn er dich vernachlässigt.« Er blickte prüfend auf ihr schlichtes Kleid. »Und nicht einmal von seinem Gold, mit dem er dich so geblendet hat, hast du ihm etwas abgeschwatzt. Wahrscheinlich hat er in Rolleston ein dralles sächsisches Eheweib nach dänischem Recht, dem er seine ganzen Juwelen umhängt.«

Madeleine verzog das Gesicht zu einem schwachen, unbekümmerten Lächeln, doch innerlich quälte sie eine bittere Eifersucht.

War das möglich? Eine Ehe nach dem alten dänischen Recht stand einer christlichen nicht im Wege.

König Harald war zwanzig Jahre lang nach dänischem Recht mit Edith Swannehals verheiratet gewesen und hatte an der Kirchentür Eadgyth von Mercia zur Frau genommen, um sich Unterstützung für seinen Anspruch auf den Thron zu sichern.

Aber was machte das schon, wenn ihr Gemahl ohnehin in den Tod ritt?

»Aimery und ich kommen sehr gut miteinander zurecht«, log sie. »Willst du hierbleiben, Odo?«

Er schüttelte den Kopf. »Obwohl auch das Essen besser geworden ist. Ich habe Befehl, nach Süden zur Königin zu reiten«, sagte er wichtigtuerisch, »denn ich werde der Captain der Vorhut sein, die sie nach Norden bringt.«

»Nach Norden bringt?«, fragte Madeleine überrascht. »Mitten in eine Rebellion hinein? Sie ist doch im achten Monat schwanger!«

Odo zuckte die Achseln. »Die Rebellion ist so gut wie vorbei, und der König will, dass sie bei der Geburt des Kindes bei ihm ist.«

Madeleine dachte vage an die Rücksichtslosigkeit der Männer, doch hauptsächlich waren ihre Gedanken bei Aimery.

Odo hatte dem König eine Botschaft bezüglich Herewards geschickt. Wilhelm würde sicher eine Armee senden oder gar selbst mit einer kommen, um endlich diesen Dorn in seinem

Fleisch zu entfernen – und dann feststellen, dass er den Goldenen Hirsch ebenfalls in der Gewalt hatte.

Bestimmt hatte Aimery etwas von diesen Dingen mitbekommen. Sie dachte daran, wie er zu ihr gesagt hatte »*Denk an mich*«, selbst als er mit ihr schlief. Als ob er gewusst hätte, dass er schon bald in Vergessenheit geraten würde …

Sie schluckte, um nicht weinen zu müssen. Was sollte sie tun?

Lass ihn in seinem eigenen Saft schmoren, sagte eine bittere Stimme in ihr, doch sie war nur sehr leise.

Sie wandte sich Odo zu. »Reitest du dann sofort weiter?«

Er nickte. »Dachte nur mal, vorbeizuschauen, weil wir so nah waren und etwas Besseres zu essen zu finden hofften als unsere Marschverpflegung. Und ein extra Pferd, wenn ihr eins habt. Eines von unseren hat ein lahmes Bein.«

Madeleine ließ ihm ein frisches Pferd bringen und war froh, ihn schon bald wieder auf dem Weg zu sehen. Dann ging sie in den Stall unter dem Vorwand, nach dem lahmen Pferd zu sehen.

»Nur eine leichte Zerrung, Lady«, sagte der Stallbursche. »Das wird bald verheilt sein.«

»Gut.« Madeleine lehnte sich an einen Pfosten und fragte wie nebenbei: »Weißt du, wo Halver Wood ist, John?«

»Ja, Lady«, antwortete der Bursche bereitwillig und ohne jeden Argwohn. »Das ist nördlich von hier, einen halben Morgenritt. Ein wenig abseits der alten Straße in Richtung Gormanby.«

Madeleine ging zurück, ausgestattet mit Informationen, die für die Menschen dieser Gegend zweifellos klar waren, für sie aber rätselhaft. Ein halber Morgenritt. Aimery war also schon dort. Aber selbst wenn sie ihn nicht aufhalten konnte, musste ihn jemand vor der Gefahr warnen. Wie?

Nervös die Hände ringend ging sie nach oben. Sie hatte geschworen, Aimery zu verraten, wenn sie einen Beweis für seinen Verrat hatte – und nun versuchte sie, ihm zu helfen.

Wenn der König Hereward und den Goldenen Hirsch dingfest machen konnte, diese beiden magischen Symbolfiguren, dann würde er den englischen Widerstand gegen die normannische Herrschaft endgültig brechen. Es war ihre Pflicht, dies auf jede ihr mögliche Art und Weise zu unterstützen.

Aber sie konnte nicht zulassen, dass Aimery gefangen genommen wurde. Konnte sie Geoffrey schicken, um ihn zu warnen? Konnte sie Geoffrey vertrauen? Er war ein netter junger Mann, aber ganz und gar Normanne und sicher nicht so dumm, dass er sich über Unehre Gedanken machte, wie sie es tat.

Dumm. Ein Teil von ihr erhob Einspruch gegen dieses Wort, doch sie tat solchen Unsinn mit einem Achselzucken ab. Sie war verrückt nach Aimery, auch wenn er ein Verräter war. Also musste sie ihn retten.

Würde ihr einer der Einheimischen helfen? Sicher waren die meisten von ihnen auf der Seite von Hereward und dem Goldenen Hirsch, doch einige waren bereit, für einen persönlichen Vorteil ihre eigenen Leute zu verraten. Aber sie war sich nicht sicher, wer zu welcher Seite tendierte. Und – würden sie ihr, einer Normannin, in einer solchen Angelegenheit Glauben schenken?

Ihre einzige Möglichkeit, so erkannte sie rasch, war, sich allein auf den Weg zu machen. Doch dieser Gedanke versetzte sie in Todesangst.

16

Seit ihrer Reise nach Baddersley, bei der eine Eskorte sie bewacht hatte, war Madeleine nie mehr über die Pfade in den nahe gelegenen Wäldern hinausgekommen, und sie hatte die Burg niemals allein verlassen.

Nun plante sie, einen Ritt durch fremdes und feindseliges Land zu unternehmen und einen schwer auffindbaren Ort aufzusuchen, an dem es von Verrätern, die die Normannen hassten, nur so wimmelte.

Sie holte Aimerys Landkarten der Baronie hervor. Aha. Mit der alten Straße musste John die Römerstraße namens Ermine Street nicht weit nördlich von Baddersley gemeint haben. Doch sie fand weder Halver Wood noch Gormanby. Nun gut, aber man konnte bestimmt erst einmal ein paar Stunden reiten und dann noch einmal nach dem Weg fragen.

Allein? Engländer um Hilfe zu bitten, um Hereward zu finden? Es kam ihr unmöglich vor, doch sie musste etwas unternehmen, und zwar rasch.

Sie schob die späteren Probleme beiseite und überlegte, wie sie ihr erstes lösen konnte – mit einem Pferd und ohne Wachen aus Baddersley herauszukommen. Eine Reihe ziemlich ausgefallener Ideen verwarf sie nach einer Weile; stattdessen befahl sie John einfach, ihr Pferd samt Satteltaschen herzurichten. Sie sagte ihm, sie wolle spezielle Wurzeln für ihre Medizintruhe sammeln.

Als sie über den Burghof ritt, kam Geoffrey herangeeilt. »Braucht Ihr eine Eskorte, Mylady?«

»Nein, danke«, winkte sie ab, froh darüber, dass er es war und nicht Hugh, der von ihrem Vorhaben unterrichtet worden war. »Ich reite nur zur anderen Seite des Dorfes, Geoffrey, und auf dem Rückweg wird das Pferd meine Last für mich tragen.«

Madeleine erkannte, dass er damit nicht zufrieden war, dass ihm jedoch das Selbstvertrauen fehlte, um hartnäckig zu bleiben. Sie ritt im Trab rasch aus der Burg, bevor er es am Ende selbst noch merkte.

Jenseits des Dorfes ritt sie auf dem Pfad nach Norden, der der Karte zufolge zur Ermine Street führte. Schon bald war sie von Baddersley aus nicht mehr zu sehen und in einem lichten Wald ganz allein. Sie musste verrückt sein!

Es war noch gar nicht so lange her, dachte Madeleine, dass ihr die Menschen dieser Gegend übelwollten. Seit dem Besuch des Königs und ihrer Heirat war das Vergangenheit, aber hatten sie sich wirklich verändert? Sie zuckte die Achseln. Sie hatte sich entschlossen, diesen Ritt zu unternehmen, und sie würde jetzt nicht wieder umkehren. Mit einem Griff an Aimerys Messer trieb Madeleine ihr Pferd an, doch bei jedem Rascheln im Unterholz fuhr sie zusammen.

Bald hatte sie die Straße erreicht und seufzte erleichtert auf, denn nun befand sie sich auf einem öffentlichen Weg, auf dem sie nicht mehr allein war. Die schweren alten Pflastersteine waren immer noch vorhanden; gelegentlich schimmerten sie durch den Schmutz und das Unkraut hindurch. Sie waren bei jedem Wetter ein solides Fundament – ein Wunder für alle, denn niemand wusste mehr, wie man eine solche Straße anlegte.

Zahlreiche Ochsenkarren, Reiter und Fußgänger waren unterwegs. Einige der Reisenden waren Soldaten, die meisten aber irgendwelche Händler, was vermuten ließ, dass in der Gegend derzeit keine kriegerischen Auseinandersetzungen stattfanden. Madeleine hoffte, mit ihren großen Satteltaschen selbst für eine Händlerin gehalten zu werden.

Sie ritt in straffem Tempo nach Norden und versuchte zu schätzen, was nach Johns Meinung »ein halber Morgenritt« war. Am liebsten hätte sie einen der Fahrer der langsam vorwärtskommenden Ochsenkarren gefragt, ob er Aimery und seine Männer gesehen hatte, aber je weniger Aufmerksamkeit sie auf sich selbst und ihn lenkte, desto besser. Nach einiger Zeit allerdings fragte sie einen Mann, ob er einen Ort namens Gormanby kenne. Er schüttelte den Kopf und schaute sie fragend an.

Madeleine ritt weiter. Sie verfluchte ihr südländisches Aussehen, das sie von ihrer Mutter geerbt hatte. Ihre dunklere Haut und ihre braunen Augen hoben sie von diesen hellhäutigen Menschen ab; außerdem war sie sicher, dass ihr Englisch einen ausländischen Akzent hatte, auch wenn sie sich noch so viel Mühe gab.

Doch sie musste die Chance ergreifen und noch einmal um Hilfe bitten, oder sie würde die Ermine Street den ganzen Weg bis nach Lincoln reiten. Als sie an ein kleines Kloster kam, das als Gasthaus für Reisende diente, lehnte sie das ihr angebotene Essen dankend ab und fragte nach Gormanby.

»Ja, mein Kind«, sagte der Mönch freundlich. »Aber Ihr habt die Abzweigung verpasst. Reitet ein Stückchen zurück bis zu einigen Kirschbäumen und einer Eiche, dort seht Ihr einen Pfad, der nach Westen führt. Es ist nicht weit.«

Madeleine saß wieder auf und ritt erleichtert zurück. Sie war bereits müde, auch ihr Pferd, aber das Ende war in Sicht.

Nach kurzer Zeit hatte sie die Eiche und die Kirschbäume gefunden, und auch den Pfad dazu. Sie bog rasch darauf ein und merkte bald, dass der Wald hier dichter war als um Baddersley. Es war schwieriger, zwischen den Bäumen etwas zu erkennen, und das bedeutete, dass es auch gefährlicher war. Die hohen Bäume reichten nahe an den Pfad heran, der gerade breit genug war, dass ein Karren darauf fahren konnte; die Spuren solcher Fahrzeuge hatten sich tief in die Erde eingegraben. Oben bildeten die Äste ein undurchdringliches grünes Dach, das die Sonne aussperrte und dafür sorgte, dass es hier dunkel und kühl war.

Ein Unbehagen befiel Madeleine; sie hätte gerne jede Entschuldigung akzeptiert, um umkehren zu können, doch sie zwang sich vorwärts. Nun plagte sie auch noch eine weitere Sorge: Selbst, wenn ihr hier keine Gefahr für Leib und Leben drohte, wie sollte sie in diesem Wald irgendjemanden finden? Womöglich musste sie warten, bis Hereward sie fand.

Plötzlich kam ein Mann aus dem Wald gerannt und zog sie mit einer einzigen geschickten Bewegung vom Pferd. Sie erschrak zwar halb zu Tode, war aber dennoch nicht allzu bestürzt. Allerdings hatte sie nicht damit gerechnet, im nächsten Augenblick eine scharfe Klinge an ihrem Hals zu spüren.

»Nun, Lady Madeleine. Geschäftlich hier unterwegs, wie?«

Madeleine schnappte nach Luft. Es war der Sachse, mit dem sich Aimery getroffen hatte! Er grinste, doch sein Blick war stahlhart. Sie wusste, wenn ihm danach war, würde er ihr ohne Zögern die Kehle durchschneiden.

»Ich muss Aimery sehen«, flüsterte sie.

»Aimery? Aber Lady«, erwiderte er mit einem lüsternen Seitenblick, »ich dachte, er hätte für einen Tag genug Kontakt mit Euch gehabt.«

Der Mann hatte sie beobachtet! Madeleines Gesicht wurde flammend rot, trotz seines Messers blickte sie ihn wutentbrannt an. »Ich möchte mit ihm *sprechen*. Oder mit Hereward.«

Das Grinsen des Mannes verschwand, er ritzte ihr die Haut auf. Madeleine schrie auf und versuchte, sich zu befreien, doch sein Griff war eisern. Sie spürte, wie Blut ihren Hals hinunterrann.

»Was weißt du von Hereward, normannische Hure?«

»Er ist hier«, würgte sie heraus. »Jeder weiß es. Auch der König hat es schon erfahren.«

»Und du kommst, um ihn zu warnen? Eine sehr glaubwürdige Geschichte!«

»Ich bin gekommen, um Aimery zu warnen.«

»Na ja, das ist schon wahrscheinlicher. Du möchtest wohl

nicht, dass er die Teile verliert, die du an ihm am liebsten magst, oder?« Er zog sie in den Wald hinein. Sie versuchte zu kämpfen, doch er fuchtelte mit seinem Messer vor ihrem Gesicht herum, und so fügte sie sich. Er führte sie zu seinem Pferd.

Dort angekommen, holte er ein Seil aus seinem Gepäck und machte eine Schlinge, die er ihr um den Hals legte. Wollte er sie strangulieren?

Doch er saß auf und ließ sie zu Fuß gehen. Als sie zu ihrem Pferd kamen, befahl er ihr aufzusteigen.

»Ich bringe dich zu Hereward«, erklärte er. »Er weiß, was er mit dir zu tun hat. Versuch zu fliehen, und du erwürgst dich selbst.«

Mit dem schweren, rauen Seil auf ihren Schultern, das ihr die Haut aufscheuerte, brauchte Madeleine keine weitere Warnung. Sie ritten eine Weile den Pfad weiter und bogen dann ab in den dunklen Wald hinein. Wenn ihr dieser Mann eine solche Behandlung angedeihen ließ, was konnte sie dann von seinem Herrn erwarten?

Sie sagte sich, dass Hereward Aimerys Onkel war, ein englischer Edelmann, doch das beruhigte sie nicht. Er war ein gesetzloser Rebell und hasste sicherlich alle Normannen. Es würde ihm ganz gelegen kommen, ihr einfach die Kehle durchzuschneiden. Und dann würde Baddersley Aimery gehören, ohne die Bürde ihrer Anwesenheit oder die Bedrohung, dass sie jemandem etwas über den Goldenen Hirsch erzählen könnte.

Aber trotz alledem konnte sie nicht glauben, dass Aimery ihren Tod einfach hinnehmen würde.

Sie betete, dass er bei Hereward sein möge. Auch wenn das seinen Verrat bestätigen und er wütend auf sie sein würde, weil sie ihm gefolgt war und seine Schandtat entdeckt hatte, er würde sie beschützen.

Sie bogen von einem gut ausgetretenen Pfad auf Wege ab, die kaum mehr als solche erkennbar waren. Der dichte Wald schien friedvoll und bis auf Vögel und Insekten unbevölkert zu sein. Doch dann stand plötzlich ein Mann vor ihnen. Er sagte nichts, sondern betrachtete nur ihren Begleiter von oben bis unten und nickte, bevor er wieder im Unterholz verschwand.

Etwas später hob der Mann, der sie gefangen genommen hatte, eine Hand. Sie blickte um sich und dann nach oben und entdeckte in einer Baumkrone einen weiteren Posten.

Alles war bestens bewacht. Hereward war kein Dummkopf.

Schließlich betraten sie das Lager von Hereward the Wake. Es befand sich nicht auf einer Lichtung, sondern bestand lediglich aus einer Versammlung inmitten großer, alter Bäume. Odo mochte die Größe der Streitmacht zwar überschätzt haben, doch als klein konnte man sie nicht gerade bezeichnen. Zwei Zelte waren aufgebaut, Madeleine schätzte mindestens dreißig verwegen wirkende Bewaffnete und eine Anzahl anderer Männer, offenbar Diener.

Es waren keine Frauen da.

Und auch von Aimery war nichts zu sehen.

Madeleines Mund wurde trocken, als sie sich im Zentrum der Aufmerksamkeit harter Blicke aus bärtigen, wettergegerbten Gesichtern fand.

Eine normannische Frau allein unter Männern, die die Normannen hassten. Welcher Wahnsinn hatte sie hierher gebracht?

Einige trugen metallene Rüstungen, die meisten jedoch nur solche aus Leder; aber alle hatten Waffen in der Hand – Speer, Pfeil und Bogen, Schwert, Streitaxt. Und alle hatten Goldschmuck. Nicht so viel und nicht so schönen wie Aimery, aber immerhin Gold – Zeichen eines mächtigen Ringfreundes.

Ein Mann trat aus der Gruppe hervor. Er trug keine Rüstung, sondern eine fein gearbeitete Tunika und eine Hose. An seinem Gürtel hing ein Schwert mit einer prächtigen mit

Gold und Juwelen besetzten Scheide, und seine Armreife und -bänder waren die schönsten, die sie je gesehen hatte.

Madeleine wusste, dass sie Hereward von Mercia gegenüberstand.

Er war Aimery unverkennbar ähnlich. Er trug einen Bart, das lange, blonde Haar war an den Schläfen bereits silbergrau. Die Augen waren von klarem Blau. Doch die Knochen seines Gesichts und sein Körperbau zeigten ihr, wie Aimery in zwanzig Jahren aussehen würde. Dieser Mann hatte Macht und Kraft. Seine Bewegungen waren schnell und leicht, und er strahlte Energie aus wie ein Leuchtfeuer.

»Gyrth«, sagte er mit dem Blick auf den Mann, der sie hierher gebracht hatte, »hast du eine unwillige Braut gefunden?«

Gyrth schwang sich von seinem Pferd und kniete nieder. »Nein, Lord, aber Aimerys Braut.« Mit einem Grinsen fügte er hinzu: »Und er ist der Unwillige, wenn man dem Geschwätz von Baddersley glauben darf.«

»Und du bringst sie hierher an einem Strick?« Herewards Faust traf das Kinn des Mannes und streckte ihn flach zu Boden. Er ignorierte Gyrth und half Madeleine vom Pferd, dann nahm er ihr vorsichtig das Seil ab.

»Ich bitte vielmals um Verzeihung, Lady Madeleine, Nichte. Ihr sollt hier ausschließlich mit Ehrerbietung behandelt werden.« Er geleitete sie zu einer Eiche, vor der ein Umhang auf dem Boden lag, und bedeutete ihr, darauf Platz zu nehmen. Dann wandte er sich an seine Männer.

»Dies ist Lady Madeleine, die Gemahlin meines geliebten Neffen Aimery. Behandelt sie wie meine Nichte, oder gebt eure Ringe zurück.« Die Männer gingen wortlos wieder ihren Beschäftigungen nach.

Er setzte sich neben sie. »Kann ich Euch etwas bringen lassen? Met? Wasser? Etwas zu essen?«

Madeleine schüttelte verwirrt den Kopf. »Ich brauche nichts. Ich … ich dachte, Aimery ist hier.«

Seine blauen Augen fixierten sie fragend. Plötzlich erinnerte er sie an Wilhelm von der Normandie; auch er hatte einen solch durchdringenden Blick. Was würden die beiden für ein Paar abgeben, wenn sie sich einmal träfen! »Und weshalb sollte er hier sein, Madeleine? Er ist nicht mehr in meine Nähe gekommen, seit Wilhelm England erobert hat.«

Madeleine zwang sich zu klaren Gedanken und begegnete seinem Blick. »Ich dachte, er wäre hier, weil Ihr nach ihm geschickt habt.«

Seine Augen funkelten. »Ich lasse regelmäßig nach ihm schicken, aber obwohl er meinen Ring trägt, kommt er nicht.«

Sie bemühte sich, eine plötzliche heftige Unsicherheit zu verbergen. Der Aussage dieses Mannes zufolge war Aimery loyal. Konnte es sein, dass er trotz der Nachricht von Gyrth seinen ganz normalen Geschäften nachging – dass sie also ohne jeden Grund in dieses Nest von Gesetzlosen gekommen war? Schließlich war er Stunden vor ihr losgeritten und nicht hier. Eine erschreckende Aussicht, aber dennoch freute sie sich darüber.

»Selbst, wenn Ihr dachtet, dass Aimery zu mir wollte«, sagte Hereward freundlich, »woher wusstet Ihr, *wohin* Ihr zu reiten hattet?«

Von seinem übermächtigen Blick geradezu gebannt, musste sich Madeleine zwingen, ihn nicht vor der Gefahr eines Angriffs zu warnen. Wenn Aimery nicht hier war, dann *musste* sie sich für den König einsetzen, selbst wenn sie damit ihr eigenes Leben in Gefahr brachte. Aber Hereward von Mercia etwas zu verweigern war schwer. Kein Wunder, dass ihn die Normannen fürchteten wie niemanden sonst.

»Habt Ihr Wilhelm schon einmal getroffen?«, fragte sie.

Er drängte sie nicht zu einer Antwort auf seine Frage, sondern lächelte lediglich. »Im Jahre 1051, als er Eduard besuchte.« Seine Miene verriet, dass ihm die Erinnerung daran angenehm war. »Wir waren beide kühne junge Männer und hatten Freude an unserer Begegnung. Obwohl wir wussten, dass dieser Tag kommen würde.«

»Das konntet Ihr nicht wissen.«

»Nein? Eduard würde keine Kinder haben, und es war klar, dass er Wilhelm die Krone versprochen hatte.«

»Dann hat er das Recht darauf«, behauptete Madeleine selbstbewusst. »Wieso bekämpft Ihr ihn dann?«

Hereward schüttelte den Kopf. »Er hat kein Recht darauf, Madeleine. Ein englischer König wird durch den Witan vom Volk gewählt, und es wählte zuerst Harald, dann Edgar Etheling, der deshalb der rechtmäßige König ist. Aber wir wussten auf eine andere Art und Weise, was geschehen würde – Wilhelm wusste, was er wollte, und ich sehe die Zukunft.«

Er sprach es so gelassen aus, dass Madeleine etwas Zeit brauchte, um die Bedeutung seiner Worte zu erfassen. »Niemand außer Gott kann die Zukunft sehen. Das ist Gotteslästerung!«

Er lächelte unbeeindruckt. »Für meinen Gott nicht.«

Madeleine bekreuzigte sich entsetzt. »Ihr seid ein Heide. Was werdet Ihr mit mir tun?«

Er lachte und zeigte dabei seine noch immer weißen und gesunden Zähne. »Euch auf einem Altar unserer bestialischen Gottheit opfern? Das würde ich meinem Neffen nicht antun.« Auf ein Zeichen von ihm kam Gyrth. Zu Madeleines Erstaunen setzte er sich bereitwillig mit auf den Umhang, ohne ein Zeichen von Groll gegen Hereward wegen des Kinnhakens, den er bekommen hatte. Nur Madeleine warf er einen kurzen ärgerlichen Blick zu.

»Wie hat sie hierher gefunden?«, fragte Hereward ihn.

»Ich weiß es nicht. Ich sah sie auf der alten Straße nach Norden reiten und folgte ihr. Zweimal fragte sie nach dem Weg nach Gormanby und fand ihn auch. Dann habe ich sie aufgegriffen. Sie sagt, der Bastard weiß, dass wir hier sind.«

Madeleine verfluchte sich dafür, diese Information preisgegeben zu haben. Hereward zog erstaunt eine Augenbraue hoch. »Das hat aber ein wenig gedauert, bis ich das erfahre, nicht wahr?«

»Es hat ein wenig gedauert, bis ich wieder zur Vernunft kam«, erklärte Gyrth sarkastisch.

Hereward wandte sich wieder Madeleine zu. »Wilhelm kommt also«, sagte er nachdenklich. »Weshalb sagt Ihr das?«

Madeleine weigerte sich, ihm zu antworten.

»Was meinst du, Gyrth?«, fragte Hereward. »Sollen wir ihr die Fingernägel herausreißen? Oder ein heißes Eisen an die Füße halten? Oder ist sie zart genug, dass sie unter einer ordentlichen Tracht Prügel weich wird?«

Madeleine betete mit geschlossenen Augen, sie möge stark genug sein, nicht zu einer noch größeren Verräterin zu werden, als sie es ohnehin schon war.

»Ah«, sagte Hereward, »und hier ist unser Mann für diese Aufgabe.«

Madeleine sagte sich, dass sie Prügel bestimmt aushalten würde, sogar eine ordentliche Tracht. Aber ein glühendes Eisen? Sie hatte miterlebt, wie tapfere Männer unter dieser Folter gebrüllt hatten. *Heilige Mutter Maria, hilf mir in meiner Stunde der Not!*

»Bei allen Heiligen, was tust du denn hier?«

Madeleine riss verstört die Augen auf und sah ihren so erstaunten wie zornigen Gemahl. Sie sprang auf und warf sich in seine Arme.

»Was habt Ihr mit ihr gemacht?«, hörte sie ihn fragen und wunderte sich, dass es jemand wagte, in diesem Ton mit Hereward zu sprechen.

»Ein bisschen gefoppt, weiter nichts. Aber die Sache ist eigentlich kein Spaß. Sie sagt, Wilhelm weiß, dass wir hier sind, und plant, uns anzugreifen, aber sie will uns keine Einzelheiten nennen.«

Aimery schob Madeleine auf den Umhang zurück, zwang sie, sich zu setzen und baute sich vor ihr auf. »Die ganze Geschichte!«, befahl er knapp.

Sie versteifte sich im Gedanken an den Groll, den sie gegen ihn gehegt hatte *und* wegen der Tatsache, dass sein Hiersein ihn nun eindeutig als Verräter entlarvte. »Es ist nicht nötig, mich zu foltern«, begehrte sie auf. »Ich wollte dich retten, aber ich weiß eigentlich nicht mehr, wieso, wenn ich daran denke, wie du …«

Seine Hand legte sich fest um ihren Arm. »Hör auf damit, und erzähle deine Geschichte!«

Sie atmete tief durch, um sich etwas zu beruhigen. Er hatte recht. Später würden sie noch genug Zeit haben, um sich gegenseitig Vorwürfe zu machen. »Odo kam in Baddersley vorbei«, erklärte sie. »Er hatte ein Gerücht gehört, dass Hereward hier sei, und dem König eine Nachricht geschickt.«

Aimery blickte zu Hereward. »Odo de Pouissey. Er hat eigentlich keinen Grund zu lügen.«

Hereward nickte. »Dann haben wir in Gormanby einen Verräter, den wir aufspüren müssen.« Auf sein Zeichen hin machten sich zwei Männer unverzüglich auf den Weg. Madeleine erschauderte. »Und wir brechen am besten sofort auf. Wenn ich Wilhelm gegenübertrete, dann zu meinen Bedingungen.«

»Ihr schließt Euch nicht Edwin und Gospatric an?«, fragte Aimery.

»Ihr Aufstand ist bereits niedergeschlagen. Ich warte auf den richtigen Augenblick, wenn ganz England zusammenkommt.«

Aimery schüttelte den Kopf. »Das wird nie geschehen. England hat seine Chance schon in den ersten Tagen verspielt. Damals hättet Ihr uns noch zurückwerfen können, jetzt nicht mehr.«

»Und das hätte ich auch getan, wenn ich nur hier gewesen wäre«, erwiderte Hereward mit bitterer Gewissheit. »Es war ein verfluchtes Wyrd, das mich in jenem Jahr nach Byzanz führte.«

»Aber es war Euer Wyrd«, meinte Aimery. »Man kann das

Schicksal nicht ändern, das habt Ihr selbst mir eingebläut. Ich folge diesem Pfad. Und Ihr?«

Hereward blickte seinen Neffen eisig an. »Ich kenne die Zukunft. Ich weiß, was kommen wird. Ich habe gesehen, wie Harald starb, aber nicht, wann. Ich habe Wilhelm als König gesehen, aber nicht, für wie lange. Ich sehe eine Zukunft, in der Englisch, nicht normannisches Französisch, wieder die Sprache dieses Landes sein wird, und zwar für den Adel wie für das Volk. Dieser Tag wird kommen, und ich werde ihn bringen.«

Aimery nickte. »Wenn Ihr es gesehen habt, dann wird es so sein. Aber es wird zu seiner Zeit geschehen, nicht deshalb, weil Ihr es gewaltsam herbeiführen wollt.«

Hereward schüttelte das stolze Haupt. »Wir werden obsiegen!«

»Wie?«, fragte Aimery. »Mit Leuten wie Edwin und Gospatric? Edwin, der sich für nichts interessiert als hübsche Kleider und eine königliche Braut, und Gospatric, der besessen ist von dem Gedanken, Waltheof von Northumbria fernzuhalten. Ich wette, er nimmt nur deshalb an diesem Aufstand teil, weil er wütend darüber ist, dass Waltheof Judith von Huntingdon zur Gemahlin bekommen hat. Und diese Männer sollen die Regierung wieder in englische Hände legen?«

Hereward blickte über seinen Neffen und über den Wald hinweg; ja, es schien fast, als würde er über den Rand der Welt blicken. Seine Miene jagte Madeleine einen Schauer über den Rücken. »Wilhelms Linie wird in England nicht einmal bis zu den Söhnen seiner Söhne reichen«, erklärte er. Dann wandte er sich wieder ihnen zu. »Der König von Dänemark wird uns helfen.«

»Dänisches Gesetz statt normannischem?«, fragte Aimery aufgebracht, jedoch ohne Spott über diese Prophezeiung. Madeleine hingegen erbebte bei diesem Gedanken. Wilhelm hatte drei gesunde Söhne, und ein Vierter war womöglich unterwegs. Im Laufe der Zeit würde er Enkel bekommen – der englische Thron würde also zweifellos in normannischer Hand bleiben.

»Knut war Däne«, erklärte Hereward. »Er kam hierher und hielt sich an das englische Gesetz – anders als der Normanne, der uns seine Gesetze aufzwingen will. Sag deinem königlichen Patenonkel, Hereward wird das Knie beugen, wenn Wilhelm, der Bastard, die englischen Gesetze anerkennt und diese französischen Banditen hinauswirft, die er mitgebracht hat, um unser Land zu stehlen!«

»Diese französischen Banditen haben England für ihn erobert und müssen dafür bezahlt werden.« Aimery stand auf und klopfte sich die Kleider aus. »Habt Ihr mich mit einer Lüge hierher gelockt, oder braucht Ihr mich?«

Auch Hereward erhob sich. Die beiden Männer waren gleich groß, und wiewohl Hereward gedrungener war, ließ sich die Ähnlichkeit zwischen ihnen nicht verkennen. Und dass beide denselben sturen Willen hatten, war ebenso klar erkennbar.

»Keine Lüge«, sagte Hereward. »Wirst du helfen?«

»Natürlich.« Aimery blickte zu Madeleine und zog seinen Onkel ein Stück von ihr weg, bevor er das Gespräch fortsetzte. Sie sprang wütend auf und wollte ihnen folgen, doch ihr Gemahl warf ihr einen vernichtenden Blick zu. »Wenn dir deine Haut etwas wert ist, dann bleib sitzen und behalte für dich, was du hier zu sehen und hören bekommst!«

Sie gehorchte, froh darüber, ihren müden Beinen Ruhe gönnen zu können. Bei der lieben Jungfrau Maria, sie wusste ohnehin bereits, dass es stimmte. Aimery schien seinen Onkel zwar nicht aus vollem Herzen unterstützen zu wollen, aber er hatte ihm dennoch Hilfe zugesichert. Es musste an seinem Ringversprechen liegen. Sie verstand ihn – schließlich war sie selbst hierher gekommen, um als treue Gemahlin Verrat zu begehen. Aber die Folgen, die Folgen, wenn sein Tun entdeckt würde …

Gyrth saß neben ihr wie ein Bewacher und schärfte sorgfältig mit einem Schleifstein sein Messer. Madeleine sah sich um und bemerkte, dass viele der Männer sie beobachteten wie einen saftigen Happen für den Kochtopf. Doch sobald sie ihre Blicke traf, wandten sie sich ab.

Unter dem Schutz von Hereward und Aimery war sie wohl sicher. Was natürlich die Frage offenließ, wie sicher sie vor Aimery allein war, auch wenn sie nur versucht hatte, seine Haut zu retten. Doch sie hatte genug Erfahrung mit Männern, um zu wissen, dass sie es hassten, im Unrecht zu sein.

Die Besprechung der beiden endete; Aimery kam zurück. »Komm, sehen wir zu, dass wir dich von hier fortbringen.«

Sie stand auf. »Und was ist mit dir?«

»Das ist nicht deine Sache.« Er ging ohne ein weiteres Wort zu den Pferden; ihr blieb nichts übrig, als ihm zu folgen. Doch Hereward hielt sie auf.

»Es freut mich außerordentlich, Euch kennengelernt zu haben«, sagte er in perfektem normannischem Französisch. »Ich hoffe, wir sehen uns in glücklicheren Zeiten wieder.«

»Unter englischem Gesetz?«, fragte sie. »Ich bezweifle, dass ich dann willkommen wäre.«

»Aimerys Gemahlin wird immer willkommen sein, allerdings fürchte ich, dass ich Euch dann Baddersley abnehmen müsste.«

»Nur über meine Leiche!«, entgegnete Madeleine, ohne zu überlegen.

Er grinste. »Nötigenfalls. Aber vielleicht würde ich ja Euch und Aimery erlauben, es für mich zu verwalten.« Er lachte dröhnend. »Wie Eure Augen blitzen! Ihr gefallt mir, meine Liebe. Ich glaube, Ihr seid meines Neffen wirklich würdig.« Er küsste sie leicht auf die Wangen. »Möge Euer Wyrd Euch Glück bescheren.«

Damit entließ er sie, und Madeleine beeilte sich, Aimery zu folgen. Er sah gedankenverloren und verärgert aus, aber offenbar hatte das weniger mit ihr zu tun. »Lass dich von

Hereward nicht betören«, sagte er unverblümt, während er ihr in den Sattel half.

Sie schnaubte. »Wie käme ich dazu? Er ist doch ohnehin vom selben Schlag wie du, abgesehen davon, dass er älter ist.«

Er funkelte sie an und stieg auf. Bei ihrem Ritt aus dem Lager bemerkten sie, dass die Männer es bereits auflösten, um sich wieder in den Sümpfen der Fens zu verbergen.

Madeleine und Aimery folgten den Pfaden, auf denen sie mit Gyrth gekommen war. Wusste er, dass dieser Kerl ihr eine Schlinge um den Hals gelegt hatte? Kümmerte es ihn überhaupt? Hätte *er* Gyrth für seine Beleidigung mit einem Kinnhaken niedergestreckt?

»Wo sind deine Männer?«, fragte sie ihn.

»Ich habe sie nördlich von hier zurückgelassen. Deshalb habe ich so lange gebraucht. Ich habe mir nicht den Luxus geleistet, geradewegs hierher zu reiten und mein Ziel die ganze Straße nach Norden entlang zu verkünden!«

»Rede nicht so grob mit mir!«, gab sie zurück. »Schließlich bin ich nur gekommen, um dein elendes Leben zu retten!«

»Die Leute des Königs könnten monatelang in diesem Wald umherirren, ohne Hereward zu finden, wenn er es nicht will. Du bist mir gefolgt, weil du es dir in den Kopf gesetzt hast und weil ich es dir verboten habe.«

»Und was für einen ausgefallenen Weg du gefunden hast, um mich davon abzuhalten!«, zischte sie.

»Das nächste Mal sperre ich dich einfach ein, das kannst du mir glauben.«

»Wenn dein Vorhaben hier so arglos wäre, gäbe es keinen Grund, mich zu Hause sitzen zu lassen!«

Er zügelte sein Pferd und blickte ihr in die Augen. »Dich in ein Versteck von Gesetzlosen zu bringen? Und du, eine standhafte Normannin …«

»Soll das heißen, dass du kein standhafter Normanne bist?«

Seine blitzschnelle Hand packte ihre Tunika; im selben Augenblick war sein Gesicht nur eine Handbreit vor ihrem. Madeleine schrie vor Schreck auf. »Hütet Eure böse Zunge, Mylady!«

»Lass mich los!«, erwiderte sie. »Du hast kein Recht, mich so zu drangsalieren.«

»Ich habe dazu jedes Recht der Welt, Mylady, falls Ihr mich dazu zwingt.« Er ließ sie los und trieb sein Pferd wieder vorwärts. »Wir können noch vor Einbruch der Dunkelheit in Baddersley sein, wenn du schnell reitest. Mit welchem Vorwand hast du dich eigentlich von dort fortgestohlen?«

Nach allem, was sie an diesem Tag durchgestanden hatte, war Madeleine todmüde, doch sie beklagte sich nicht. »Ich sagte, ich würde Wurzeln sammeln gehen.«

»Dann gib vor, du hättest dich verirrt.«

»Was ist mit deinen Männern? Sollen wir sie nicht mitnehmen?«

»Sie werden warten. Je weniger Menschen wissen, dass ich oder du hier waren, desto besser. Deshalb werden wir noch eine Weile durch den Wald streifen.«

Schweigend ritten sie auf Wildwechseln und schmalen Pfaden dahin und änderten immer wieder die Richtung, hielten sich jedoch im Großen und Ganzen südwärts. Schließlich erreichten sie die große Straße und galoppierten. Die Sonne ging bereits unter, und nun waren nicht mehr viele Menschen unterwegs, sodass sie rasch vorankamen. Madeleines ganzer Körper schmerzte, und sie war völlig erschöpft, aber auch zu stolz, um Aimery zu bitten, eine Rast einzulegen. Sie hoffte einfach, ihr Pferd werde ihm bis nach Hause folgen.

Endlich bogen sie auf die schmälere Straße nach Baddersley ein. Nur der Gedanke, dass die Strapaze bald vorüber sein würde, ließ Madeleine noch durchhalten.

Kurz bevor die Burg in Sicht kam, zügelte Aimery sein Pferd. »Jetzt dürfte dir nichts mehr passieren.«

»Du kommst nicht mit nach Hause?«, fragte sie überrascht.

»Ich muss mich um Dinge kümmern, die du mit deiner Dummheit hinausgezögert hast.«

»Meiner *Dummheit!*« Wäre sie nicht so erschöpft gewesen, sie hätte ihn geschlagen. »Ich verspreche dir, Aimery de Gaillard, das war das letzte Mal, dass ich versucht habe, dir zu helfen!«

»Wenn ich mehr Vertrauen in deine Versprechungen hätte, würde ich das durchaus begrüßen.« Er wendete ärgerlich sein Pferd.

»Davon bin ich überzeugt!«, fauchte sie. »Jedenfalls wirst du mich mit deinem falschen Liebesgeplänkel nicht mehr täuschen. Jetzt kenne ich alle deine Tricks!«

»Glaubst du?« Sie sah seine weißen Zähne blitzen, konnte im Halbdunkel jedoch nicht erkennen, ob er lächelte oder zornig war. »Dann dürfte unsere nächste Begegnung interessant werden, Gemahlin.«

Damit galoppierte er davon in die Dunkelheit.

17

Aimery kehrte nicht zurück. Madeleine musste der Tatsache ins Auge sehen, dass er nun Hereward diente.

Hereward hatte ihn gefragt: »Wirst du helfen?«, und Aimery hatte ohne zu zögern geantwortet: »Natürlich.«

Madeleine verbrachte schlaflose Nächte und Tage voller Ärger, auf Nachrichten von seiner Gefangennahme wartend. Sie fürchtete seine Rückkehr, bei der er ihre Herausforderung annehmen würde, und gleichzeitig sehnte sie sich nach ihm.

Als drei Tage nach ihrem verrückten Ausritt die erwartete Aufforderung eintraf, zur Königin zu kommen, war sie erleichtert. Beim Packen der Truhen mit ihren Habseligkeiten und medizinischen Vorräten sagte sie sich, Aimery de Gaillard würde recht geschehen, wenn er endlich zu seiner Gemahlin nach Hause kam – mit oder ohne seine Geheimnisse – und feststellen musste, dass sie fort war.

Schließlich hatte sie ein Gelübde abgelegt, dass sie ihn nicht belügen würde, bis sie seiner Loyalität sicher war. Und sie hatte ihm gesagt, sie werde sich nicht mehr durch sein Liebesgeplänkel täuschen lassen. Beide Versprechen würden wesentlich leichter zu halten sein, wenn halb England zwischen ihnen stand.

Matilda hatte ihr eine Eskorte geschickt. Madeleine musste sich nur mit Geoffrey, Hugh und den Nonnen besprechen, um sicherzustellen, dass die Arbeit am Haus fortgesetzt würde, sowie genügend Packpferde besorgen, um all ihr Gepäck unterzubringen. Dann konnte sie mit Dorothy eine ruhige Tagesreise ohne Strapazen nach Hertford antreten, wo sie die Königin treffen würden, die sich dort vor ihrem Weg nach Norden zu ihrem Gemahl eine Rast gönnte.

Sechs Tage nach ihrem Abschied von Aimery traf Madeleine in Hertford ein. Das Gefolge der Königin war über den ganzen Ort verteilt, sie selbst wohnte im stattlichen Haus des Sheriffs.

Matilda begrüßte sie herzlich. »Jetzt bist du eine verheiratete Lady, die Gemahlin von Aimery de Gaillard, den ich sehr schätze. Ich bin sicher, er trägt dich auf Händen. Er hat die Frauen schon immer gut behandelt.«

Madeleine biss die Zähne zusammen, lächelte und stimmte höflich zu. »Und Ihr, Eure Majestät, wie geht es Euch?«

»So gut es einer Frau in meinen Umständen eben gehen kann«, antwortete die Königin etwas sarkastisch. »Ich habe im Allgemeinen keine Probleme mit Schwangerschaften, aber in diesem Stadium ist es für jede Frau schwierig.«

Madeleine witterte eine Chance, gegen die bevorstehende Reise zu protestieren. »Ich kann mir nicht vorstellen, dass eine Reise unter diesen Umständen ratsam ist, Eure Majestät.«

Doch Matilda winkte ab. »Wenn ich mich durch das Kinderkriegen von etwas hätte abbringen lassen, hätte ich es nicht weit gebracht. Ich reise in kleinen, leicht zu bewältigenden Etappen und ruhe mich aus, wenn es mir notwendig erscheint. Wilhelm will, dass das Kind in York zur Welt kommt, und so wird es sein.«

York, dachte Madeleine, erkannte jedoch, dass Matilda ebenso entschlossen war wie ihr Gemahl. Aber York. Das lag nicht nur weit im Norden, dieser Teil des Landes war bislang noch kaum unter der Kontrolle des Königs. Doch die Königin wandte sich energisch anderen Dingen zu und ließ Madeleine mit ihrer Tochter und Nichte allein.

Madeleine freute sich, Judith und Agatha wiederzusehen, wenngleich die Letztere mürrisch und grüblerisch schien.

Judith hingegen war umso lebhafter und fröhlicher. »Du hast also Aimery de Gaillard geheiratet«, begann sie. »Du Glückliche! Ich gestehe, er hat auch mein Blut ganz schön in

Wallung gebracht. Ich würde dich beneiden, wenn ich es nicht ebenso gut oder sogar besser getroffen hätte.«

»Dein Verlobter gefällt dir also?«

Judith seufzte vor Glück. »Ich wünschte nur, wir wären schon verheiratet.« Sie zog Madeleine ein Stück von Agatha weg. »Es wird eine große Erleichterung für mich sein, dass du hier bist«, flüsterte sie ihr ins Ohr. »Die arme Agatha ist so bedrückt, weil der König ihr keine Zustimmung zur Heirat gibt. Und jetzt, nachdem der Graf von Mercia geflohen ist, um einen Aufstand anzuzetteln, fürchtet sie, er könnte hingerichtet werden. Ich hätte ja nicht gedacht, dass Edwin für meinen Onkel eine solche Gefahr werden könnte, aber die Menschen können einen überraschen. Sieh dir nur Agatha an. Sie hat sogar schon einmal davon gesprochen, wegzulaufen, sich dem Grafen anzuschließen und in wilder Ehe mit ihm zu leben!«

»Dann würde sich das ganze Land erheben.« Madeleine blickte überrascht auf das Mädchen, das immer so ruhig und schüchtern gewesen war. »Und es könnte Edwin wahrlich teuer zu stehen kommen, wenn der König sie dann nicht heiraten ließe.«

»Es könnte ihn seine Männlichkeit kosten, meinst du wohl«, erklärte Judith frei heraus, und Madeleine lief puterrot an. »Ach du lieber Gott«, fügte Judith hinzu. »Schon mehr als einen Monat verheiratet, und sie wird immer noch rot. Ich hatte gehofft, du könntest meine Kenntnisse bereichern, aber du kommst mir immer noch vor wie eine kleine Nonne.«

Madeleine dachte an eine Liebesszene am Rand eines Getreidefeldes und wünschte, man könne das Erröten nach Belieben unterdrücken. »Ich denke, deine Kenntnisse werden noch früh genug bereichert«, konterte sie. »Wann findet die Heirat statt?«

Judith seufzte. »Später. Nach der Geburt meines neuen Cousins. Ich hoffe, noch vor Weihnachten.« Sie senkte ihre

Stimme. »Ich verzehre mich nach ihm, Mad. Weißt du, was ich meine?«

Madeleine nickte. Gewiss wusste sie es. Und nun, selbst wenn sie sich zufällig treffen sollten, stand ein heiliges Versprechen zwischen ihr und Aimery, das sie wahrscheinlich für immer trennen würde. Sie konnte dieses Versprechen nicht wirklich bedauern, denn es war richtig. Gegen Verrat musste sie hart sein, und er konnte ihre Lust nur allzu leicht gegen sie verwenden.

Aber auch sie verzehrte sich.

»Vielleicht geht es Agatha ebenso«, sagte sie zu Judith. »Du solltest Mitgefühl haben.«

Judith verzog das Gesicht. »Ich finde, sie und Edwin sind so unwahrscheinlich tragische Liebende, und es ist nicht so, als würde sie ihren Plan wirklich ausführen. Gerade haben Bauchschmerzen ihre Leidenschaft gedämpft. Sie ist erst vor einer Weile wieder aus ihrem Zimmer aufgetaucht ...« Judith brach ab und schnitt eine Grimasse. »Was bin ich bloß für ein Biest. Sie war wirklich krank, fast eine Woche lang war nichts von ihr zu sehen, und Tante Matilda eilte hager vor Sorge ständig ins Krankenzimmer, und dann dieses dauernde Stöhnen. Ich wollte helfen, doch sie befürchteten, es könnte ansteckend sein. Aber nun hat sie sich erholt und ihren Plan aufgegeben. Wenn sie versuchen würden, mich von Waltheof zu trennen, würde ich zu ihm gehen, auch wenn ich noch so schwach wäre.«

»Dann reist ihr also beide nach Norden?«, fragte Madeleine, neugierig auf diesen Waltheof, denn sie hatte geglaubt, Judith sei sich ihrer Reize zu sehr bewusst, um von einem Mann so hingerissen zu sein.

»Nein. Das ist Waltheofs Erbland, auch wenn er den Titel nicht trägt. Ich glaube nicht, dass der König ihm dort vertraut, denn er ist sehr beliebt. Wir reisen unter starker Aufsicht und Bewachung nach Winchester. Agatha ebenfalls.« Sie seufzte. »Ich fühle zwar mit ihr, aber du siehst ja, dass man mit ihr zur Zeit kaum über Liebe und Küsse plaudern kann. Ich freue mich auf die Zeit, die wir beide, du und ich, miteinander verbringen können.«

Madeleine dachte, auch sie werde in dieser Hinsicht wohl eine Enttäuschung sein, aber sie hörte sich pflichtschuldig Judiths begeisterte Beschreibung von Waltheof an – seine erstaunliche Kraft, seine Klugheit, seine Gelehrtheit, seine Fähigkeit, jemanden in Wallung zu bringen.

Madeleine stellte sich einen gigantischen Heiligen vor und war entsprechend verwirrt, als er ihr schließlich vorgestellt wurde. Er war etwas untersetzter als Aimery, doch seine Stärke war legendär. Wenn er gelehrt war, so zeigte er es nicht. Aber dass er das Blut in Wallung zu bringen vermochte, das konnte sie nachvollziehen.

Er sah gut aus und bewegte sich mit bemerkenswerter Eleganz, doch in seinen tiefliegenden, bernsteinfarbenen Augen war etwas, das Madeleine beunruhigte. Sie bemerkte, dass Judith kurz davor war, in Ohnmacht zu fallen. Es blieb nur zu hoffen, dass sich das bessern würde, sobald sie ihrer Leidenschaft freien Lauf lassen konnte – andernfalls würde Judith für den Rest ihres Lebens für niemanden mehr nützlich sein.

Waltheof setzte sich zu seiner Verlobten und ergriff ihre Hand, als sei dies für einen Mann die natürlichste Sache der Welt. Aimery hatte das nie getan. »Ich freue mich, endlich die Erbin von Baddersley kennenzulernen«, sagte er in exzellentem Französisch zu Madeleine.

Vielleicht war es der Umstand, dass er so nahe bei Judith saß, wie er ihre Hand hielt oder wie er sie anlächelte, was Madeleine übellaunisch werden ließ. »Und ich freue mich, den Mann kennenzulernen, der von einer Bärin abstammen soll«, spöttelte sie.

Er nahm ihr diese Bemerkung nicht übel, sondern lächelte lediglich geheimnisvoll. »Bei Vollmond wächst mir ein Pelz, Lady Madeleine.« Er küsste eine Fingerspitze seiner Verlobten und betrachtete sie mit goldenen Augen. »Ich bin sicher, meine Gemahlin wird das amüsant finden. Sie kann ihn dann kämmen.« Madeleine konnte fast sehen, wie Judith dahinschmolz. »Aber vergesst nicht«, fuhr er leichthin fort und wandte sich wieder Madeleine zu, »meine Großmutter war keine echte Bärin, sondern ein Märchenwesen. Das macht einen Unterschied.«

Madeleine warf einen verblüfften Blick auf Judith, die diese Geschichte kritiklos zu schlucken schien, soweit sie in ihrer Wollust überhaupt noch zu einem vernünftigen Gedanken in der Lage war. Madeleine hatte erwartet, dieser gebildete junge Mann würde seine mythische Herkunft als fantasiereichen Unsinn betrachten, doch dem war nicht so. Glaubte er tatsächlich an Märchen?

»Ihr solltet dafür Verständnis aufbringen, Lady Madeleine«, sagte er. »Auch Ihr wart vor noch nicht so langer Zeit eine Legendengestalt. Wir haben uns häufig mit Spekulationen über Euer Schicksal beschäftigt.«

»Habt Ihr dabei gewonnen oder verloren?«, fragte Madeleine säuerlich.

Er lachte. »Ich bin kein Spieler. Aber ich würde sagen, dass Aimery de Gaillard gewonnen hat.«

Das war ein nettes Kompliment, deshalb versagte sich Madeleine eine scharfe Retourkutsche. Es beunruhigte sie jedoch, wie leicht es war, angesichts der Einmütigkeit von Waltheof und Judith verbissen zu werden. Sie begann, Mitgefühl für Agatha zu hegen, und fragte sich, ob der Fluchtgedanke des Mädchens nicht ebenso sehr von dem Wunsch inspiriert worden war, diesen beiden zu entkommen, als von jenem, sich Edwin von Mercia anzuschließen. Auf jeden Fall verspürte Madeleine selbst ein Bedürfnis zu fliehen – sogar eine Woche lang Bauchschmerzen zu haben erschien ihr erträglicher als diese Szene. Sie entschuldigte sich und ging.

Sie hatte jedoch bemerkt, dass auch Waltheof ein Hautmal an der rechten Hand trug – Aimery hatte ja gesagt, sie würden alle eines tragen. Madeleine meinte, einen Bären erkannt zu haben. Es erinnerte sie an die stets gegenwärtige Gefahr, dass jemand die Zeichnung Aimerys sah und ihn so als Goldenen Hirsch entlarvte. Doch wenn Aimery bei Hereward war, schien zumindest diese Gefahr gebannt.

Ihr kam der Gedanke, dass sie die Liebenden allein gelassen hatte, und sie fragte sich, ob sie die Rolle der Anstandsdame hätte übernehmen sollen. Doch dann entschied sie, dass Judith und Waltheof sich entweder selbst im Zaum hielten oder dass sie ohnehin nichts zurückhalten konnte. Oder besser gesagt, ihn. Madeleine dachte, wenn jemand Herr der Lage war, dann Waltheof.

Auf der Suche nach dem Kammerherrn der Königin und ihren Gemächern fragte sie sich, ob Waltheofs so offen gezeigte Liebe echt war. Solange sie mit ihm und Judith zusammen gewesen war, hatte sie keinen Zweifel daran gehabt, und was Judith anbetraf, war sie dessen vollkommen sicher. Aber bei ihm?

Sie wusste, dass Männer recht nett sein konnten, wenn es ihnen gelegen kam, und einem Engländer wie Waltheof musste es gefallen, so eng mit der normannischen Königsfamilie verbunden zu sein. Vielleicht sollte sie Judiths Kenntnisse dahin gehend erweitern, dass sie ihr erklärte, wie hinterlistig Männer sein konnten und wie leicht es für einen geschickten Mann war, eine Frau zu hintergehen.

Bei diesem Gedanken sagte sie sich, dass es ein Glück für sie war, nun von Aimery befreit zu sein. Sie würde mindestens drei Monate lang dem Gefolge der Königin angehören. Bis sie ihren Gemahl wieder traf, sollte ihre Sehnsucht nach ihm verblasst sein.

Sie fand Gilbert, den Kammerherrn, und fragte ihn, wohin ihr Gepäck gebracht werden sollte. »Ihr habt eine eigene Kammer, Lady Madeleine«, erklärte er und rief einen Bediensteten, um sie dorthin zu führen.

Diese Ehre überraschte und erfreute Madeleine. Ein eigenes Zimmer, wenn es auch noch so klein war, war in einem derart überfüllten Ort eine Bevorzugung. Sie folgte dem Diener eine steile Holztreppe ins Obergeschoss hinauf. Dabei kamen sie an zwei Räumen vorbei, in denen Betten mit Vorhängen und Baldachinen standen – eines war womöglich belegt, da die Vorhänge geschlossen waren. Neben den Betten befanden sich in den Räumen zahlreiche Truhen, Teile von Rüstungen und Kleidungsstücke sowie Strohlager. Hertford war wirklich sehr bevölkert. Sie musste Gilbert missverstanden haben. Sicher brachte er sie zu einem Zimmer, das sie mit einem halben Dutzend anderer Frauen teilen sollte.

Doch dann öffnete der Diener die Tür zu einem Eckzimmer, das ihr viel kostbare Privatsphäre bieten würde, da es am Ende des Gebäudes lag. Es enthielt merklich weniger als die anderen Zimmer – lediglich zwei Truhen und ein paar andere Gegenstände.

Männliche Gegenstände.

Ein achtlos auf einem Schmuckkästchen liegen gelassenes goldenes Armband fiel ihr auf, weil es in der Sonne glänzte. Sie kannte diesen zähnefletschenden Drachen mit seinen Smaragdaugen. Und sie kannte dieses Kästchen.

Madeleine drehte sich überrascht zu dem Diener um. »Lord Aimery ...?«

»Ist aus, Mylady. Aber er wird zum Abendessen zurück sein. Ich werde Euch Euer Gepäck und Eure Leute schicken.«

Madeleine blickte sich benommen um.

Aber er war doch bei Hereward, um ihm seinem Versprechen gemäß zu ›dienen‹! Wie konnte er also hier sein? An Waltheof zurückdenkend, stellte sie sich plötzlich Märchenwesen vor, die an zwei Orten gleichzeitig sein konnten. Doch dann wurden diese drolligen Vorstellungen von anderen, unangenehmeren Gedanken verdrängt: Bestand sein Dienst für Hereward am Ende in der niederträchtigsten Form von Verrat – Spionage?

Sie schritt im Zimmer umher, zwischen seinen ihr vertrauten Habseligkeiten, und roch seinen ihr vertrauten Geruch, von dem sie bisher gar nicht gemerkt hatte, dass sie ihn vermisste. Ihr törichter Körper erfreute sich an der Berührung seiner roten Tunika, während ihr Verstand sich fragte, wie sie ihr Gelübde halten und ihn vom Verrat abbringen sollte.

Sie konnte nicht aufhören, seine Sachen in die Hand zu nehmen. Seinen Knochenkamm, in dem noch blonde Haare hingen. Einen wollenen Umhang, den er achtlos über eine Stuhllehne geworfen hatte. Das schwere Goldarmband auf seinem Schmuckkästchen. Innerlich rügte sie sogar seine Nachlässigkeit. Das Kästchen war, wie sie vermutet hatte, verschlossen, also nahm sie das kostbare Armband an sich.

Was sollte sie damit machen, bis ihr eigenes Kästchen gebracht wurde? Madeleine versuchte, es anzulegen, doch es war ihr viel zu groß. Nach einer kleinen Weile dehnte sie es noch etwas mehr und befestigte es mit einem schelmischen Lächeln gleich über dem Knie. Dort fühlte es sich an wie seine Hand. Noch nie hatte er seine Hand liebevoll auf ihren Schenkel gelegt. Als sie darüber nachdachte, merkte sie, dass Aimery de Gaillard sie noch nie zärtlich berührt hatte, außer wenn es seinen verschlagenen Plänen genützt hatte.

Nein, das eine Mal, als er dachte, er habe ihr den Arm gebrochen – in diesem Moment war er zärtlich gewesen.

Sie wusste, dass es klüger wäre, den Armreif abzunehmen, aber es erfüllte sie mit lustvoller Freude, ihn am Bein zu tragen. Dorothy kam herein, kommandierte Diener herum und ließ Truhen anschleppen. Nein, das war nicht der Zeitpunkt, um die Röcke hochzuheben.

Es dauerte einige Zeit, bis die Truhen alle aus dem Weg geräumt und die Dinge, die gebraucht würden, aus ihnen herausgenommen waren. Gewänder mussten aufgehängt werden, damit die Falten aushingen. Einige von Aimerys Sachen mussten beiseitegestellt werden. Madeleine suchte nach einem Lager für Dorothy, fand aber keines.

»Du musst dir etwas zum Schlafen suchen«, sagte sie ihrer Zofe, während sie ihre Reisegewänder und den schweren Leinenschleier ablegte. Sie dachte an das Goldarmband an ihrem Bein, konnte sich Dorothys Miene jedoch nur zu gut vorstellen, wenn sie es vor ihren Augen abnahm. So zog sie hastig ein blaues Seidenkleid an, das für den Hof schön genug war, und darüber eine dunkelblaue Seidentunika. Sie war reich mit dunkelroten und silbernen Stickereien verziert und um den Hals und die Ärmelenden mit blauen Glasplättchen in Form von Fischen besetzt. Nur ihre Hochzeitstunika war noch reicher geschmückt, doch diese hatte sie seit den Tagen am Hof der Königin in Rouen nicht mehr getragen.

Wenn sie Aimery gegenübertreten musste, dann würde sie es mit Stolz tun.

Dorothy begann, Madeleines Haar auszukämmen. »Unten gibt es ein Zimmer für Bedienstete, Lady, dort werde ich schlafen.«

Sie würde also mit Aimery hier allein sein? »Ich glaube, ich habe dich lieber mehr in der Nähe für den Fall, dass ich etwas brauche.« Schutz zum Beispiel.

»Was würdet Ihr mitten in der Nacht denn schon brauchen, Lady? Ich habe seit Eurer Heirat nicht mehr in Eurem Zimmer geschlafen.«

»Hier wirst du es gemütlicher haben als dort unten mit all den anderen Dienerinnen«, protestierte Madeleine.

»Denkt lieber an Eure eigene Bequemlichkeit und die Eures Gemahls«, entgegnete Dorothy und begann, Madeleines Haar zu zwei dicken Zöpfen zu flechten. »Die Königin hat sich offenbar einige Mühe gemacht, Frischverheiratete zusammen unterzubringen. Dagegen könnt Ihr Euch nicht stellen.«

Madeleine fühlte Streitlust in sich aufsteigen. »Weiß Lord Aimery, dass ich hier bin?«, fragte sie.

»Das weiß ich nicht, Lady, aber ich bezweifle es. Ich habe mit Maria gesprochen, der Wäscherin der Königin, und sie sagte, es soll eine Überraschung für ihn werden.«

»Wie wunderbar«, kommentierte Madeleine trocken. Bis die Glocke zum Abendessen läutete, war von Aimery noch kein Lebenszeichen zu sehen gewesen, abgesehen davon, dass ein schlaksiger junger Mann mit Sommersprossen ins Zimmer geschossen kam, abrupt stehen blieb, sich entschuldigte, wieder gehen wollte und schließlich bemerkte, dass er doch im richtigen Zimmer war.

Er verbeugte sich zögernd. »Mylady?«

Madeleine unterdrückte ein Grinsen. »Du gehörst wohl zum Gefolge von Lord Aimery«, bemerkte sie taktvoll, ohne zu wissen, ob er ein Diener oder ein Knappe war. »Ich bin Lady Madeleine, seine Gemahlin.«

Der junge Mann errötete und verbeugte sich erneut. »Entschuldigt, Lady. Wir haben Euch nicht erwartet, soweit ich weiß.«

»Und wer bist du?«, fragte Madeleine.

»Thierry de Pontrouge, Lady.« Er verneigte sich ein drittes Mal. »Lord Aimerys Knappe.« Seinem verschämten Stolz nach zu urteilen, war er wohl erst vor kurzem dazu ernannt worden. Was allerdings nicht überraschte, denn Geoffrey war alt genug, um sein eigener Herr zu sein.

»Ich grüße dich, Thierry. Ich hoffe, du wirst mir ab und an einen kleinen Dienst erweisen, sofern die Pflichten deinem Herrn gegenüber es erlauben.«

Er lächelte breit. »Oh ja, Lady.«

»Nun gut«, sagte Madeleine mit gespielter Leichtigkeit, »weißt du, wo mein Gemahl ist?«

»Er ist losgegangen, um noch ein paar Pferde für den Gepäcktross aufzutreiben, Lady. Er wird jeden Moment zurück sein.«

Doch als die Glocke zum zweiten Mal zum Abendessen rief, war Aimery noch immer nicht da. Madeleine ging nach unten.

Sie würden sich also in der Öffentlichkeit wiedersehen. War das gut oder eher nicht?

Sie war schon halb die Treppe hinuntergegangen, als sie das Goldarmband an ihrem Bein spürte. Oh Gott! Sie wollte zurückeilen und es in ihr Schmuckkästchen einschließen, doch in diesem Augenblick läutete es zum dritten Mal, und deshalb ging sie weiter, um sich nicht zu verspäten. Matilda hasste es, wenn man zu spät zum Essen kam.

Obwohl ihr der Armreif so wenig aufgefallen war, dass sie ihn vergessen hatte, schien er ihr nun auf der Haut zu brennen, und sie stellte sich vor, jeder im Saal könne ihn sehen, sein Gewicht spüren, das leichte Reiben des Goldes an ihrem Unterkleid hören.

Was würde Aimery denken, falls er das herausfinden sollte? Eigentlich gab es dafür keinen Grund ... aber vielleicht vermisste er seinen Schmuck ... Vielleicht glaubte er, er sei gestohlen worden ...

Madeleine dachte ernsthaft daran, sich zu entschuldigen und noch einmal nach oben zu gehen, doch in diesem Augenblick wurde sie an einen Platz an der hohen Tafel neben Agatha geleitet. Von Aimery war nichts zu sehen, doch an ihrer Seite blieb ein Stuhl frei – vielleicht für ihn. Sie stellte sich vor, dass ihn seine Niedertracht womöglich schon eingeholt hatte, dass er am Ende schon in Ketten lag.

Während des Mahls sorgte ein Trio mit Flöte, Horn und Trommel für Unterhaltung. Die Musik sollte Ordnung und Ruhe fördern. Matilda leitete ihren Hof mit fester Hand. Madeleine bemerkte überrascht eine wehmütige Erinnerung an die Gastmahle während des Aufenthalts des Königs in Baddersley in sich aufsteigen – das viele Trinken, die lauten Stimmen und die begeisterten Lieder über Krieg und Lust.

Sie unterhielt sich mit Agatha oberflächlich über Mode und Krankheiten. Der Umgang mit Agatha war zurzeit wirklich nicht leicht, aber wenigstens verging so die Zeit. Madeleines Besorgnis wegen Aimery wuchs.

Als er endlich kam, bemerkte sie ihn sofort. Es war, als würden Glocken läuten und Fackeln aufflackern. Er hatte sich nicht damit aufgehalten, sich frisch zu machen, und war windzerzaust und schmutzig, aber er war gesund und munter. Sie spürte etwas Ärger in sich aufsteigen, vor allem aber eine Woge der Erleichterung.

Er verbeugte sich vor Matilda, ging dann jedoch ans jenseitige Ende des Saals zu den Bewaffneten. Madeleine fragte sich, ob er sie mied, aber wahrscheinlich hatte er sie noch gar nicht gesehen. Sicher wählte er diesen Platz nur deshalb, weil er schmutzig war und sich verspätet hatte. Sie beobachtete ihn.

Er war gelöster, als sie ihn je erlebt hatte – rechtschaffen müde und hungrig und entspannt im Kreis der Männer. Und er schien beliebt zu sein. In seiner Ecke herrschten Hochstimmung und Lachen.

Madeleine blickte beunruhigt zu Matilda, doch die Königin schien Nachsicht walten zu lassen. Wieder fragte sich Madeleine, wie Aimery es aushalten konnte, gegen zwei Menschen zu intrigieren, die ihn so sehr liebten und ihn mit Gefälligkeiten überhäuften.

Sie wartete darauf, dass er sich ihrer bewusst wurde, so, wie sie ihn sofort bemerkt hatte. Lange wartete sie vergebens. Doch dann – vielleicht als Folge ihres starren Blicks – schaute er endlich doch auf und bemerkte sie.

Verfiel der Raum wirklich in Schweigen, verstummte die Musik? Hallte ihr Herzschlag in der Stille wider?

Sein Lächeln erstarrte vorübergehend, bis er sich wieder entspannte. Er neigte den Kopf zur Seite, steckte ein Stück Fleisch in den Mund und redete weiter mit dem Mann zu seiner Rechten.

Madeleine bemerkte, dass im Saal alles weiter seinen Lauf genommen hatte, doch sie fühlte sich, als sei sie in einen Wirbelwind geraten.

Im restlichen Verlauf des Mahls schaute sie immer wieder zu Aimery, der ihren Blick jedoch nicht erwiderte.

Nach dem Essen wurde er zur Königin gerufen. Madeleine

hoffte, sie würde ihn für sein Zuspätkommen und seine Unordentlichkeit tadeln, doch Matilda lachte mit ihm, bevor sie Madeleine an seine Seite rief.

»Madeleine«, sagte die Königin, »es ist nicht die Überraschung geworden, die ich geplant hatte, weil Aimery gezwungen war, bei deiner Ankunft weg zu sein, aber ich hoffe, mit deinem Gemahl an deiner Seite wirst du es nicht so anstrengend finden, mich zu begleiten.«

»Euch zu begleiten kann niemals anstrengend sein, Eure Majestät«, erwiderte Madeleine. Guter Gott, bedeutete das, er würde den ganzen Weg bis nach York zur Eskorte der Königin gehören?

»Und du, Aimery? Ich weiß, dass du Pflichten dem Hof gegenüber oft ermüdend findest, aber ich war mir sicher, du würdest lieber das ertragen, als wochenlang von deiner Gemahlin getrennt zu sein.«

»Wir danken Euch für Eure Fürsorge, Eure Majestät.« Er drückte Madeleines Hand – ähnlich wie Waltheof es bei Judith getan hatte –, doch Aimery drückte damit eine Drohung aus: Benimm dich, oder ...

Madeleine zwang sich zu einem Lächeln. »Ja, in der Tat, Eure Majestät.« Sie wandte sich Aimery zu. »Wir haben so wenig ... Zeit für uns gehabt.« Sie wollte die Hand aus seinem Griff lösen, doch er drückte sie so fest, dass sie es aufgab.

Sein Lächeln wurde breiter. »Seit wir verheiratet sind, fliegt die Zeit nur so dahin, nicht wahr, meine Liebe? Bis auf die letzte Woche, als wir voneinander getrennt waren. Waren für dich die Tage auch so endlos lang und die Nächte so trostlos?«

»Ich habe kaum geschlafen«, gab sie zu in der Hoffnung, dass er verstand, was sie ihm sagen wollte. »Ich lag wach und fragte mich, wo du bist ...«

»Nur ein Aufruf zum Dienst konnte mich von dir trennen.«

Angesichts seiner Kühnheit konnte Madeleine einen lauten Atemzug nicht unterdrücken. Sie schob trotzig das Kinn vor. »Keine aufrichtige Frau würde dem Monarchen den *loyalen* Dienst ihres Mannes missgönnen.«

»Und keine aufrichtige Monarchin«, fiel die Königin amüsiert ein, »würde ihrem Vasallen den *Dienst* seines Gemahls oder seiner Gemahlin missgönnen. Ihr habt meine Erlaubnis, euch zurückzuziehen, um einen Ort zu finden, der für eine ... private Unterhaltung geeigneter ist.«

Protest war zwecklos. Unterwürfig verließ Madeleine an Aimerys Seite den Saal und folgte ihm nach oben. Doch sobald sie außer Sichtweite der Königin waren, zischte sie ihn an: »Würde es dir etwas ausmachen, aufzuhören, mir die Finger zu brechen?«

18

Er ließ sie los, doch es war klar, dass er nur ein Ziel duldete. Erhobenen Hauptes stolzierte Madeleine ihm voraus zu ihrem Zimmer. Die Absicht der Königin war absolut klar gewesen.

Würde er wieder versuchen, sich mithilfe ihres Körpers Erleichterung zu verschaffen?

Sobald Aimery die Tür hinter sich geschlossen hatte, stellte er sich mit verschränkten Armen davor und fragte Madeleine: »Was ist los?«

»Was los ist?«

Er musterte sie mit einem argwöhnischen Blick. »Ich war überrascht, dich hier zu sehen. Du kannst nicht ebenso überrascht gewesen sein, mich zu sehen. Warum also fletschst du dort unten die Zähne gegen mich?«

Sie wandte sich ab. »Ich kann mich nur darüber wundern, dass du eine Position am Königshof angenommen hast, ohne mir je ein Wort davon zu sagen. Welche Position ist es eigentlich genau?«

»Die des Marschalls. Aber mein Bote muss deiner Reisegesellschaft doch begegnet sein.«

Er stand dicht hinter ihr. Seine Hände lagen auf ihren Schultern, noch ehe sie es erwartete, und jagten eine Woge von Gefühlen durch sie, die sie nicht verbergen konnte. Und diese Woge war kombiniert mit einem zweiten Schock: Aimery war der Marschall? Ihm oblag also die Verantwortung für die Reise der Königin nach Norden? Das konnte sie unter keinen Umständen zulassen – nicht, wenn sie wusste, dass er gegen den König Ränke schmiedete. Sie widerstand seinen Händen, doch er drehte sie zu sich um und runzelte die Stirn, als er ihre Miene sah. Doch dann lächelte er. »Könnte es sein, dass du eifersüchtig bist?«

Madeleine riss weit die Augen auf. »Habe ich denn einen Grund dazu?« Verdammt, er wollte sich ihr annähern! Doch sie wollte das ja auch – nur dass sie ein Gelübde abgelegt hatte, das sie nun sogar noch stärker band. Was sollte sie nur tun?

»Das musst du schon selbst herausfinden«, neckte er sie. »Meine Gemahlin mit dabeizuhaben, wird meine Aktivitäten zweifelsohne einschränken. Ich weiß es nicht, ich habe es noch nie probiert.« Seine Hände legten sich zärtlich über ihre Schlüsselbeine, seine Finger spielten klug an ihrem Nacken. Madeleine spürte, wie ihr begehrlicher Körper gegen die Beschränkungen ankämpfte, die sie ihm auferlegte.

Ihren Atem konnte sie nicht kontrollieren, ihren Teint ebenso wenig. Sie sah, wie sich seine Augen dunkel färbten, wie sich seine Wangen vor Verlangen röteten …

Sie löste sich von ihm und schritt durch den Raum. »Lass dich durch meine Gegenwart nicht zu sehr einengen«, bemerkte sie unwirsch. »Ich habe eine Aufgabe zu erfüllen, und du ebenfalls. Ich bezweifle, dass wir uns allzu viel sehen werden.«

Es war, als hätte sie eine Waffe gegen ihn gezogen. Sein Blick wurde eisig, und plötzlich bewegte er sich wie ein Mann mit einem Schwert in der Hand.

»Ach ja?«, fragte er und kam auf sie zu. »Aber du bist bereits mit einem Hofstaat gereist und weißt, wie es ist. Besonders mit einer hochschwangeren Frau: langsam, erhaben, jede Menge Zeit für … Vergnügungen.«

Er war kaum eine Armlänge von ihr entfernt, und sie stand vor der Wand, ohne eine Chance, noch weiter zurückzuweichen. Er hatte sie davor gewarnt. Sie versuchte, ihn mit Worten abzuhalten. »Ich werde dir nicht gestatten, meinen Körper zu benutzen.«

Er hielt inne. »Gestatten?«

Madeleine schluckte, erwiderte jedoch nichts. Sie atmete tief, als würde sie um ihr Leben kämpfen.

Die Gefahr verging, Aimery entkrampfte sich und sah sie nur mehr von Neugier erfüllt an. »Ist das wegen des letzten Mals und dem, was ich sagte? Ich gestehe, ich wollte nicht zugeben, wie sehr ich dich an jenem Tag begehrte. Aber eigentlich dachte ich, ich hätte das wiedergutgemacht. Wenn nicht, dann werde ich es jetzt tun.« Er trat lässig einen Schritt vor.

Madeleine zog blitzschnell ihr Messer. Sein Messer. Sein Geschenk. »Ich habe gelobt, mich nicht mit dir zu betten.«

Er erstarrte. »Wenn du nicht vorhast, mich zu töten«, sagte er gefasst, »dann leg das weg.«

Madeleine wusste nicht, wie ihr geschah. Er war jetzt so zornig, wie sie ihn noch nie gesehen hatte. Eiskalter Zorn. Alle ihre Sinne auf die Entwaffnung gerichtet, die – sie wusste es – sie nicht würde vermeiden können, sagte sie: »Du hast mir beigebracht, mich gegen eine Vergewaltigung zur Wehr zu setzen.«

Er war absolut reglos. »Ein Mann kann seine Frau nicht vergewaltigen.«

»Nenne es, wie du willst. Mein Körper wird dadurch nicht anders fühlen.«

Sie sah, wie sich seine Brust mit jedem Atemzug hob und senkte. »Ich gebe dir mein Wort, Madeleine, dass ich dich nicht zwingen werde. Aber leg das Messer weg.«

»Du hast mir dein Wort gegeben, nicht für die Rebellen zu kämpfen!«, schrie sie, die Stimme entstellt vor Schmerz über seinen Verrat.

Doch im Augenblick des Zorns ließ ihre Konzentration nach. Sein Fuß brachte sie zu Fall, seine Hand entwand ihr die Klinge, die im nächsten Augenblick mit einem dumpfen Geräusch zitternd in der hölzernen Wand stecken blieb.

Madeleine lag flach auf dem Rücken, zu seinen Füßen. Sie schloss die Augen. Was nun? Vergewaltigung? Die Peitsche? Oder beides?

Irgendwann konnte sie das Warten nicht mehr aushalten. Sie blickte zögernd an ihm auf, sah sein düsteres, bedrücktes Gesicht. »Tu das nie wieder«, sagte er nur. Dann verließ er den Raum.

Madeleine rollte zur Seite und verbarg das Gesicht in den Händen. Sie wollte weinen, doch ihr Kummer lastete auf ihrer Brust wie ein kalter, harter Stein.

Schließlich rappelte sie sich auf. Sie sah das Messer in der Wand und versuchte, es wieder an sich zu nehmen. Doch sie musste mit beiden Händen eine ganze Weile ziehen, um es herauszubekommen, so tief hatte sein unglaublicher Zorn es in das Eichenholz getrieben.

Er hatte sie nicht berührt. Vielleicht hatte er es nicht gewagt.

Und sie würde die Schlacht nächstes Mal wieder schlagen müssen.

Madeleine wusste nicht, wohin Aimery gegangen war, aber sie wusste, dass er irgendwann zurückkommen musste. Und sie fürchtete diesen Augenblick.

Sie versuchte, ein Buch zu lesen, und danach zu nähen, doch sie brachte nichts zustande. Wieder und wieder ging ihr der Streit im Kopf herum. Sie hätte das Messer nicht ziehen sollen, doch sie hatte sich mit ihrer Ehre verpflichtet, ihr Versprechen zu halten bis zum Tod. Wenn er versuchte, seine ehelichen Rechte einzufordern, würde sie sich wieder so verhalten müssen. Dieser Gedanke ließ sie erschaudern.

Er hatte versprochen, ihr keine Gewalt anzutun. Aber auch, dass er nicht für die Aufständischen kämpfen würde, dabei hatte sie doch selbst gehört, wie er sagte, er werde Hereward unterstützen …

Er *kämpfte* ja auch nicht wirklich für die Rebellen, aber er hatte nie versprochen, nicht für sie zu *arbeiten*, ihnen zu helfen, für sie zu spionieren.

Das bedeutete, sie konnte vielleicht seinem Wort glauben

schenken, doch in anderer Hinsicht entsetzte es sie. Welchen Dienst leistete Aimery de Gaillard für Hereward the Wake als Marschall des Hofstaats der Königin?

Das Licht des Tages verblasste, als Dorothy klopfte, schüchtern eintrat und dann abrupt stehen blieb, erstaunt, Madeleine allein vorzufinden. Sie hatte einen Krug heißes Wasser sowie etwas zu essen und Wein gebracht.

»Lord Aimery ist kurz weggegangen«, erklärte Madeleine und bemerkte daraufhin sofort, wie Dorothy das nach wie vor frische Bett und die unberührten Kleider betrachtete. Nach zwei Stunden in ihrem Zimmer, wahrscheinlich zusammen mit ihrem Gemahl, trug Madeleine noch immer ihr feines Gewand. Dafür gab es keine Erklärung, und so versuchte Madeleine es gar nicht erst, sondern ließ sich wortlos von Dorothy entkleiden.

Als sie im Unterkleid dastand, erinnerte sich Madeleine plötzlich wieder an Aimerys Armreif. Sie forderte die Zofe rasch auf, ihr die Haare auszubürsten. Sie musste den Armreif ablegen. Es würde zwar unendlich leichter sein, ihre Dummheit Dorothy einzugestehen als Aimery, doch sie hoffte, beides zu vermeiden. Aber wie lange sollte sie sich vernünftigerweise das Haar ausbürsten lassen, bis sie der Zofe befehlen konnte zu gehen?

Sie wollte es Dorothy gerade sagen, als Aimery die Tür öffnete. Er blieb kurz stehen, doch dann kam er näher. »Dorothy, ich hoffe, du bist hier zu deiner Zufriedenheit untergebracht.«

»Jawohl, Mylord.«

»Gut. Du kannst dann zu Bett gehen.«

Madeleine dachte daran zu widersprechen, doch das würde die Konfrontation nur verzögern.

Aimery blieb stumm, sobald sich die Tür hinter Dorothy geschlossen hatte. Er ignorierte Madeleine, legte seine noch immer schmutzigen Kleider ab und warf sie in einer Ecke auf den Boden. Bisher hatte er sich noch nie vor ihr ausgezogen.

Sie hatte sich danach gesehnt, seinen nackten Körper zu sehen, doch nun war das eine Beleidigung. Er nahm einen Schlüssel aus seinem Beutel am Gürtel und legte seinen Schmuck in das dafür vorgesehene Kästchen.

Dann blickte er mit gerunzelter Stirn um sich.

Madeleine konnte es nicht mehr hinauszögern. Sie versuchte, ihr Unterkleid möglichst langsam und unauffällig hochzuschieben und den Armreif abzunehmen, schaffte es aber nur mit beiden Händen.

Er beobachtete sie erstaunt, während sie seinem Blick mit hilflosem Schweigen standhielt.

Dann nahm er seinen Armreif an sich und betrachtete gedankenvoll ihr nacktes Bein.

Sie schob ihren Rock nach unten und schlüpfte unter die Bettdecke. Aimery legte den Armreif in sein Schmuckkästchen, verschloss es und kam dann ebenfalls ins Bett, berührte sie jedoch nicht.

»Du glaubst daran, dass ich dich nicht vergewaltige«, sagte er mit ausdrucksloser Stimme.

Seine Gegenwart hatte etwas Beunruhigendes, doch sie vertraute auf sein Wort. »Ja.«

»Das ist immerhin etwas.« Er wandte sich von ihr ab, um zu schlafen.

Am nächsten Morgen wurden alle von einer Glocke geweckt.

Madeleine war überrascht, dass sie geschlafen hatte, doch die lange Reise und die darauffolgenden Anspannungen hatten letztlich ihren Tribut gefordert. Aimery war offenbar sofort eingeschlafen; wenn es so war, dann hatte er viel Ruhe gebraucht, denn als die Glocke erklang, war er noch immer sehr schläfrig.

Er streckte sich, berührte sie, zuckte zurück.

Ihre argwöhnischen Blicke trafen sich kurz, dann schaute er zum Baldachin hinauf. »Was ist das für ein Gelübde, das du abgelegt hast?«

Auch Madeleine blickte nach oben. »Nicht bei dir zu liegen, bis ich sicher bin, dass du loyal bist.«

»Du hast die ganze Nacht bei mir gelegen«, erklärte er.

»Du weißt schon, was ich meine.«

»Ich habe mich gefragt, wie wörtlich du es nehmen wolltest.« In seiner Stimme schwang eine Spur Humor mit. Sie witterte, dass er es auf die sanfte Tour versuchen würde, und wappnete sich dagegen.

»Es ist ein Gelübde, und ich werde es halten«, sagte sie voller Überzeugung. »Du musst dem König treu sein.«

»Ich habe versprochen, dich nicht zu vergewaltigen, und du hast dich mit mir in ein Bett gelegt. Wenn ich dir mein Wort gebe, dass ich Wilhelm gegenüber absolut loyal bin, wirst du mir glauben, oder nicht?«

Madeleine schloss die Augen. »Wie könnte ich das?«, fragte sie erschöpft. »Ich habe schließlich selbst gehört, wie du Hereward Hilfe versprochen hast.«

Sie spürte, wie sich das Bett bewegte, schaute auf und sah ihn vor sich stehen, nackt und schön.

Und kalt.

»Du brauchst dir um dein Gelübde keine Sorgen zu machen«, sagte er. »Ich werde mich nicht zu einer Frau legen, die mein Wort nicht anerkennt.«

Er wandte sich ab, holte einige Kleidungsstücke aus einer Truhe und zog sich an. Während er seinen Gürtel umschnallte, redete er in derselben ruhigen, distanzierten Weise weiter, die ihr in den schrecklichen Wochen in Baddersley so vertraut geworden war. »Aber die Königin sieht uns als Verliebte. Es wäre grausam, sie dieser Vorstellung zu berauben, vor allem auch deshalb, weil sie hochschwanger ist. Soviel ich weiß, neigen in dieser Zeit alle Frauen, auch Königinnen, dazu, sehr gefühlsbetont zu sein. Falls ich diese Rolle in der Öffentlichkeit spielen kann, kann ich dann von dir erwarten, dass du mitspielst?«

Sie würden sich Stunde für Stunde wiedersehen, Tag für

Tag, und nachts zusammen in einem Bett liegen. »Ja«, sagte sie gequält.

Ohne ein weiteres Wort verließ er den Raum.

Madeleine stürzte sich in die Arbeit bei Hofe und blieb in der Nähe der Königin und ihrer Damen. Sie arbeitete mit ihnen an Altardecken, las Matilda in Ruhepausen vor, spielte mit Judith und Agatha und half Dame Adele, der Hebamme, alles zu organisieren, was für die Geburt und zur Versorgung des Kindes notwendig war.

Die stattliche Dame hielt sich mit ihrem Urteil nicht zurück. »Zu so einer Zeit im ganzen Land herumzuspazieren! Das kann nichts Gutes werden, glaubt mir. Und wem wird man die Schuld zuschieben? Uns natürlich.«

Madeleine fürchtete, die Frau könnte recht bekommen, und sie hatte den schockierenden Gedanken, die am leichtesten zu bewerkstelligende Niedertracht auf dieser Reise würde sein, den Tod der Königin und ihres Kindes herbeizuführen. Würde Aimery derart tief sinken?

Er schien hart dafür zu arbeiten, dass Matilda es bequem hatte, schaffte Vorräte an, kümmerte sich um Wagen, Packpferde und Leute. In den ersten Tagen trafen er und Madeleine sich nur bei den Mahlzeiten, und er zeigte keinerlei Anzeichen eines schlechten Gewissens. Sie sprachen freundlich miteinander, doch es war leicht, Intimitäten zu vermeiden. Tatsächlich machte Matilda Madeleine sogar ein Kompliment für ihr diskretes Benehmen und stellte es gegenüber Juditho Verhalten heraus.

Odo sah Madeleine öfter als Aimery. Er leitete die Vorhut, schien sich jedoch nicht weiter um Vorbereitungen zu kümmern. Eines Tages sprach Madeleine ihn auf diesen Punkt an.

»Gute Mannschaft«, erklärte Odo selbstzufrieden. »Sind an solche Sachen gewöhnt. Wir sind bereit zum Aufbruch, wenn dein Gemahl aufhört, sich wie eine nervöse Nonne aufzuführen.«

Madeleine richtete sich auf. »Ich kann dir aus eigener Erfahrung sagen, Odo, dass Nonnen keine nervösen Menschen sind, denn sie haben einen starken Glauben an Gott. Aber ohne entsprechende Vorbereitung in die Wildnis im Norden aufzubrechen, das wäre einfach töricht.«

»Spielst du wieder die pflichtbewusste Ehefrau?«, höhnte er. »Ich habe nicht vergessen, wie widerspenstig du warst. Es heißt, er hat dich dazu prügeln müssen.«

Sie errötete. »Gerüchte lügen, wie immer.«

Er musterte sie. Madeleine wusste, selbst wenn er vorgab, sie oder Baddersley nicht mehr zu begehren, saß die Zurückweisung immer noch tief. Zudem stand er unter Aimerys Kommando, was ihm ebenfalls zuwider sein musste. Wenn er konnte, würde er ihm bestimmt etwas antun. Zum Glück würde er dazu aber keine Chance haben – es sei denn, er entdeckte Aimerys Verrat. Sie spürte seine Erwartung, seinen Plan, Hereward gefangen zu nehmen, anzusprechen. »Übrigens«, sagte sie scheinbar beiläufig, »Was ist in dieser Angelegenheit mit den Rebellen geschehen?«

»Welcher Angelegenheit?«, fragte er finster.

»Als du in Baddersley vorbeikamst, sagtest du doch, du hättest dem König eine Nachricht geschickt, dass Rebellen in der Nähe seien, eventuell sogar Hereward? Wurden sie gefangen? Hast du eine Belohnung bekommen?«

Er lief rot an. »Wenn Hereward gefangen genommen worden wäre, wüsste das ganz England. Und sehe ich vielleicht aus, als sei ich großzügig belohnt worden?«

Sie versuchte, so zu tun, als sei sie geistig mit anderen Dingen beschäftigt. »Dann war das also falsch? Das ist ja wirklich schade, aber du hast sicher dein Bestes getan.«

Er betrachtete sie, als versuchte er, eine Schicht nach der anderen von ihr abzulösen. »Vielleicht wurden sie ja auch gewarnt. Aber von wem?«

Es wäre wohl klüger gewesen, dieses Thema nicht anzuschneiden, doch sie begegnete seinem Blick mit Gleichgültigkeit. »Ein guter Teil Englands sympathisiert mit Hereward und seinesgleichen, Odo. Ich bezweifle, dass Wilhelms Armee unbemerkt vorrücken konnte.«

»Als Wilhelms Armee anrückte, waren sie längst weg. Es heißt, sie seien, einen Tag nachdem ich durch die Gegend kam, verschwunden – genau an dem Tag, an dem ich mit dir darüber sprach.«

Sie zuckte mit den Achseln. »Vielleicht hatten sie ihr Vorhaben erledigt.«

»Vielleicht wurden sie aber auch gewarnt«, wiederholte er. »Von einem Freund des Goldenen Hirschs.« Er ließ an seinem Argwohn keinen Zweifel. »Der Mann, von dem ich die Information bekam, wurde mit ausgestreckten Armen und Beinen gefunden.«

Madeleine schluckte. »Was bedeutet das?«

Er lachte schneidend. »Frag deinen sächsischen Gemahl, den du so verteidigst!«

Madeleine blieb zitternd zurück. Sie hatte Odo nicht für so schlau gehalten, dass er alle Zusammenhänge erkennen würde, doch damit hatte sie ihn unterschätzt. Abgesehen von seinem Groll und seinem Neid hatte er keine Anhaltspunkte, aber er war argwöhnisch. Wenn Aimery irgendetwas versuchte, was mit Verrat zu tun hatte, und Odo in der Nähe war, würde sie es womöglich nicht schaffen, ihn vor Entdeckung zu schützen.

Vor allem, weil es ihre erste Pflicht sein musste, die Königin und ihr Kind zu beschützen.

An diesem Tag war sie nach dem Abendessen für eine Weile mit Aimery allein. Sie standen lächelnd zusammen, er hielt ihre Hand, und so spielten sie ihre Rollen für die Königin.

»Odo vermutet etwas über diese Geschichte in Halver Wood«, sagte sie mit einem neckisch-verschämten Blick auf ihn.

»Er wäre ein Idiot, wenn er das nicht täte, und so dumm

ist er nun auch wieder nicht.« Er küsste ihren Handrücken, und sie wurde fast schon wieder weich, obwohl sie wusste, dass es nur Theater war.

»Du solltest ihn nicht töten«, fuhr sie fort und blickte ihm geradewegs in die Augen – diese Augen, die zornig blitzten, trotz seines Lächelns.

»Ich habe noch nie jemanden getötet, um mein Tun zu verheimlichen, und das werde ich auch nie tun.«

»Sehr edel, wenn du andere hast, die das Töten für dich erledigen«, gab sie zurück. »Der Informant in Gormanby wurde mit ausgestreckten Armen und Beinen gefunden. Was bedeutet das?«

Er erbleichte und blickte in den bevölkerten Saal. »Das ist ein alter Wikingerbrauch. Man öffnet das Brustbein, sodass die Rippen aufspringen. Das Opfer erstickt.«

Madeleine verging das Lächeln. »Das ist ja entsetzlich!«

»Auch nicht schlimmer als das Blenden mit heißen Eisen oder das Abschlagen von Händen oder Füßen.«

»Aber es wurde deinetwegen getan!«

Er wandte sich wieder Madeleine zu. »Es wurde von Hereward getan, für seine Sache. Eine klare Botschaft an alle, dass selbst geringfügige Treuebrüche nicht das Silber wert sind, das sie einbringen mögen. Er hätte dasselbe mit dir oder mir getan, wenn er sich einen Vorteil davon versprochen hätte.«

»Das glaube ich nicht!«

Aimery lächelte wieder, doch seine Miene war gequält. »Er hat dich drangekriegt, nicht wahr? Lass dir das eine Warnung sein. Hereward ist edel und freundlich, er versteht es, mit einem Wort Herz und Verstand zu umgarnen. Aber wenn er ein Ziel verfolgt, kann er auch skrupellos und grausam sein. Er würde sich selbst verachten, wenn er anders wäre. Hereward denkt mehr wie ein Nordländer als ein Engländer, und er glaubt fest daran, dass das Leben nichts ist – die Erfahrung eines Vogels, der durch ein Fenster hereinfliegt und kurz darauf durch ein anderes wieder hinaus. Die einzige Bedeutung des Todes ist die, dass ein Mensch ihm mit edler Gesinnung begegnet und Iof gewinnt, den Ruhm, der ihn überdauert.«

Madeleine fragte sich, inwieweit Aimery diese Anschauung teilte. »Und trotzdem dienst du ihm«, sagte sie bitter.

»Ich bin sein Ringfreund, durch einen Eid an ihn gebunden.«

»Du hast andere Eide, die dich binden.«

»Und ich achte sie. Lächle, Gemahlin, sonst glauben die Leute nicht, dass wir ein glückliches Paar sind.«

Madeleine lächelte, obwohl es schmerzte. »Du kannst nicht zwei Herren dienen, die sich gegenseitig bekriegen!«

Er zog sie an sich. Madeleine versteifte sich, doch hier im Saal konnte sie sich nicht wehren. »Ich achte meine Eide – und zwar alle –, so gut ich kann.«

Sie wollte etwas erwidern, doch seine Lippen ließen sie verstummen. Madeleine versuchte, passiv zu sein, aber der Geschmack seines Mundes, die Wärme seines Körpers, brachte sie in Wallung wie ein Liebestrank. Ein quälendes Begehren erfasste sie; sie wölbte sich in seinen Armen wie ein Bogen, und er drückte sie fest an sich.

Plötzlich schob er sie abrupt von sich und ging. Madeleine kehrte zitternd in die Sicherheit an der Seite der Königin zurück und fragte sich, was geschehen würde, wenn die Zeit kam, sich zurückzuziehen. Sie ließ sich einfach zu leicht überwältigen.

Um schwierige Situationen zu vermeiden, hatten sie es sich zur Gewohnheit gemacht, dass Madeleine abends immer als Erste das Zimmer aufsuchte, sobald die Königin zu Bett ging. Aimery kam später, und sie gab dann vor zu schlafen. Morgens verließ er das Bett, sobald die Glocke läutete, und sie blieb so lange liegen, bis er den Raum verlassen hatte.

An diesem Abend lag sie nervös da und erwartete sein Kommen. Sie machte sich auf einen Kampf gefasst, doch ihr

Körper sehnte sich nach Liebe. Dann hörte sie, wie sich die Tür öffnete, wie Aimery seine Kleider ablegte. Sie spürte, wie sich das Bett bewegte, als er sich hinlegte, und wusste durch die vorsichtige Distanz und sein Schweigen, dass diese Nacht nicht anders werden würde als die letzten. Tränen drängten sich zwischen ihre Wimpern.

Später wachte sie aus einem wunderschönen Traum auf und stellte fest, dass er Wirklichkeit war. Ihr Leib war an seinen geschmiegt, ihr Rücken an seinem warmen Oberkörper, sein Arm umschlang sie, seine Hand strich mit jedem Atemzug von ihr über ihre Brustwarzen. Sein Kopf lag an ihrer Schulter, und sein schlafender Atem kräuselte ihre Haare.

Sie wusste, sie sollte von ihm abrücken, doch stattdessen legte sie seinen Arm noch enger um sich. Wie war das passiert? Wie konnte sie für sie beide einen Ausweg aus dieser Lage finden?

Nur, indem sie ihn vom Verrat abbrachte.

Als sie am Morgen aufwachte, war er bereits gegangen, und sie wusste weder, ob sie die ganze Nacht so verbracht hatten, noch, ob er es mitbekommen hatte.

Am nächsten Tag bestellte Matilda Aimery in ihr Gemach. Sie bat ihn, ihr etwas vorzuspielen. Die Königin hatte Rückenschmerzen; Madeleine massierte sie, und Aimery setzte sich und begann, seine Leier zu stimmen.

»Na, na«, meinte die Königin, »Aimery, du kannst deine Gemahlin ruhig mit einem Kuss begrüßen. Ihr braucht meinetwegen nicht so auf Form bedacht sein.«

Er trat zu Madeleine und gab ihr einen weichen, warmen Kuss auf die Lippen. Sie akzeptierte ihn, wie es sich für eine gute Ehefrau gehörte, und lächelte ihm sittsam zu. Die Königin nickte und ließ sich dann von der Massage und der Musik verwöhnen.

Schließlich bedeutete sie Madeleine aufzuhören und rief eine ihrer Hofdamen, um weiter Musik zu spielen. Aimery wies sie an, genau die Reisepläne mit ihr durchzusprechen.

»Es ist also alles in bester Ordnung«, stellte Matilda schließlich fest. – »Jawohl, Eure Majestät.«

»Dann brechen wir am besten möglichst bald auf. Ich fürchte, dieses Kind hat es eilig, auf die Welt zu kommen, aber das soll es doch erst, wenn wir in York sind.«

Madeleine und Aimery tauschten einen Blick aus. Glaubte Matilda allen Ernstes, sie könne das Kind mit schierer Willenskraft im Leib behalten?

»Wie viele Meilen werden wir pro Tag schaffen?«, fragte sie Aimery.

»Ich hoffe, etwa zwanzig, solange wir auf den alten Straßen sind und das Wetter es gut mit uns meint.«

Matilda verzog das Gesicht. »Es wäre wesentlich einfacher, wenn ich reiten könnte.« Sie warf einen humorvollen Blick auf ihre Hofdamen. »Ich warne euch, ihr müsst abwechselnd zu mir in die Sänfte kommen, mir vorlesen und Schach mit mir spielen.«

Es war klar, dass einige der Damen von dieser Pflicht überaus angetan sein würden, doch Madeleine fühlte mit der Königin. Der Gedanke an ein träges Vorwärtskommen, noch dazu in einem zugehängten Kasten, war ihr zuwider.

»Hinter Lincoln könntet Ihr bis York auf dem Wasser weiterreisen, wenn Ihr wollt«, riet Aimery der Königin.

Diesen Vorschlag nahm Matilda mit großem Interesse auf. »Das wäre um vieles angenehmer. Ist diese Möglichkeit wirklich gut?«

»Aber ja. Von Lincoln bis zum Trent verläuft ein römischer Kanal, der bei Airmyn in den Ouse mündet. Dieser Fluss bringt uns bis nach York. Wir könnten allerdings nicht die gesamte Eskorte auf dem Wasser transportieren, nur Eure Damen und eine Leibwache.«

Die Königin überlegte. »Aber die restlichen Männer könnten sicher mit uns Schritt halten und auch in der Nähe bleiben.«

»Jawohl.«

Matilda nickte. »Dann trefft die nötigen Vorbereitungen, und lasst uns aufbrechen. Je eher wir in York sind, desto besser.«

Am nächsten Tag verließ der Tross der Königin endlich Hertford.

Odo ritt mit seinen Männern voraus; sie hatten sicherzustellen, dass die Straße befahrbar und sicher war.

Der Haupttross bestand aus zehn Wagen mit Vorräten, Nachtlagern, Tieren und den älteren Bediensteten. In seiner Mitte befand sich die vergoldete Sänfte der Königin. Sie war mit feinen Seidenvorhängen ausgestattet, durch die sie hinaussehen konnte und trotzdem vom Staub der Straße verschont blieb. Für ihre Privatsphäre sorgten schwere blaue Damastvorhänge, die Matilda auf Wunsch zuziehen lassen konnte. Vor und hinter der Sänfte ritten die Hofdamen und Geistlichen, die es vorzogen, nicht in Wagen zu reisen.

Diese zentrale Gruppe wurde von der Leibwache der Königin unter dem Kommando des zähen, erfahrenen Fulk d'Aix bewacht.

Ihr folgten einige Diener zu Pferd und eine Nachhut, die von Allan de Ferrers befehligt wurde, einem jungen, etwas verschlossenen Neffen der Königin.

Madeleine wusste, dass es auch Männer zu Fuß gab, von denen ein Teil schon vor einigen Tagen aufgebrochen war, um die Gegend entlang der Route der Königin nach versteckten Rebellen und Gesetzlosen abzusuchen. Es würde eine kleine Armee erfordern, diese Entourage zu überfallen.

Madeleine war froh zu reiten, anstatt in einem Wagen sitzen zu müssen, der einem sämtliche Knochen durcheinanderschüttelte, oder in einer Sänfte eingesperrt zu sein. Als sie das Gefolge betrachtete, mit seinen im Wind flatternden Bannern und den in der Sonne funkelnden Speeren und Rüstungen, war sie stolz auf Aimerys Werk. Man musste zugeben, dass er hervorragende Arbeit geleistet hatte.

Sie beobachtete ihn sorgfältig. Denn wenn er Übles im

Schilde führte, brauchte er schließlich nur schlechte Arbeit zu tun; dadurch konnte er die Königin zu einer leichten Beute für Hereward machen.

Aber ganz so einfach wäre es auch wieder nicht. Odo hegte seinen Argwohn, und Fulk würde sicher jegliche Mängel bezüglich des Schutzes der Königin bemerken und unverzüglich dagegen einschreiten. Ebenso wenig konnte Aimery bei einem Angriff falsche Befehle erteilen, denn obgleich er das Oberkommando führte, war seine Rolle viel mehr eine administrative als eine militärische. Auf Bedrohungen zu reagieren war die Aufgabe der Hauptleute der Wache. Aimery hatte dafür zu sorgen, Gefahren im Vorfeld abzuwenden und die schwerfällige Reisegesellschaft vor der Geburt des Kindes nach York zu bringen.

Madeleine blickte nach vorn, wo Aimery neben einem Wagen herritt und mit dessen Führer sprach. Es war ein Wunder, dass ihm bei der großen Verantwortung keine grauen Haare wuchsen.

Und bequem konnte er es auch nicht haben. Wie alle Kämpfer war er in vollem Harnisch – ein bis an die Knie reichendes Kettenhemd, mit Metallplatten verstärkte Lederstiefel und ein konischer Helm mit Nasenschutz. Unter seiner Rüstung trug er Kleidung aus Leder und Wolle; in der Augusthitze musste er sicher fürchterlich schwitzen. Neben ihm ritt stolz Thierry, den Schild seines Herrn am Sattel befestigt; als er Madeleines Blick erhaschte, winkte er ihr fröhlich zu.

Die erste Nacht verbrachten sie in Royston, nicht sehr weit von Baddersley. An Privatsphäre war hier nicht zu denken. Madeleine schlief bei den Hofdamen, ohne zu wissen, wo Aimery die Nacht verbrachte.

Sie vermisste ihn und warf sich die ganze Nacht lang unruhig hin und her.

Am nächsten Tag, auf dem Weg nach Huntingdon, war sie gereizt und müde.

»Na komm schon«, neckte Matilda sie während der Mittagsrast. »So missgelaunt, Madeleine, nach nur einer Nacht, die du nicht in den Armen deines Gemahls verbracht hast? Du solltest uns arme Frauen bemitleiden, die ihre Männer schon einen ganzen Monat oder länger nicht gesehen haben!«

Madeleine spürte, wie ihr Gesicht heiß wurde. »Das ist es nicht, Eure Majestät«, murrte sie. »Ich habe einfach nur schlecht geschlafen.«

»Mag sein«, erwiderte Matilda. »Aber in Huntingdon haben wir viel Platz. Wir müssen dafür sorgen, dass ihr heute Nacht ein Zimmer bekommt.«

Madeleine schaute sich um, sah nichts als grinsende Gesichter und wurde vor Verlegenheit puterrot. Zu protestieren hatte keinen Sinn; es hätte die Königin nur verärgert.

Diese Einmischung in Liebesdinge war nicht typisch für Matilda, doch Adele, die Hebamme, hatte Madeleine bereits erzählt, dass so etwas öfter vorkam. In den letzten Wochen der Schwangerschaft wurden die Frauen langsamer, und aktive Frauen neigten dazu, sich zu langweilen oder für kleinliche Belange zu interessieren. Matildas Interesse schien Madeleines Ehe zu sein.

Und deshalb bekamen Madeleine und Aimery in Huntingdon ein eigenes Zimmer zugewiesen.

19

Während sich Dorothy um die wenigen Dinge kümmerte, die sie für eine Nacht benötigten, begutachtete Madeleine das Bett. Es war um einiges kleiner als das in Hertford. Sie zweifelte, ob zwei Personen darin Platz finden würden, ohne sich zu berühren. Ein Kribbeln überkam sie. Sie würde sich gerne wieder an ihn kuscheln, selbst wenn das alles war, was sie miteinander teilen konnten. Aber sie sehnte sich nach mehr. Sie sehnte sich nach Leichtigkeit und Lachen, nach Liebe und Zusammensein. Doch das würde erst möglich sein, wenn sie ihm ihr Vertrauen schenken konnte.

Sie versuchte, sich ins Gewissen zu reden. Konnte sie nicht sagen, dass er sich als ehrbar erwiesen hatte? Schließlich beschützte er die Königin, wie es von einem treuen Ritter erwartet wurde …

Doch sie verwarf solche Sophisterei. Sie hatte bereits entschieden, dass er bislang noch keine Gelegenheit gehabt hatte, Unheil anzurichten. Wenn sie es ohne Zwischenfälle bis nach York schafften, konnte sie es vielleicht akzeptieren.

Aber wie sollte sie sich in diesem Fall dann für ihre Fehleinschätzung bei ihm entschuldigen?

Aimery kam herein, ohne Rüstung und noch feucht vom Waschen. Er betrachtete eingehend das Bett, doch seine Miene blieb ausdruckslos. Er zog sich eine Tunika in den Farben Grün und Gold über und legte etwas Schmuck an.

Madeleine stand bei ihm und wählte ihrerseits, was sie zum Abendessen tragen wollte. Wenn sie allein waren, ignorierte er sie so vollkommen, dass sie aufgehört hatte, wachsam zu sein; stattdessen sehnte sie sich selbst nach kleinsten Anzeichen von Nähe. Während sie in ihrem Schmuckkästchen herumsuchte, sog sie den Geruch seines Körpers ein, genoss jeden noch so flüchtigen Augenblick des Kontakts …

Sie spürte etwas und blickte zu ihm hoch. Er starrte auf sie. Plötzlich packte er sie und drängte sie an die Wand. Sein Mund legte sich mit gewaltsamem Begehren auf ihre Lippen, sein harter, warmer Körper lehnte sich schwer gegen sie.

Nach dem ersten Schock fügte sich Madeleine. Sobald er diese Reaktion bemerkte, wurden seine Lippen weich. Seine Hand, die ihre Zöpfe gepackt hatte, wurde zärtlich; sie erschauderte unter seiner Berührung.

Er rieb seinen Körper an ihrem, bis sie beide vor Erregung zu beben begannen. Der Kuss wollte nicht mehr aufhören, er unterband jeglichen Protest, vertrieb ihre letzten Reste von Widerstand.

Madeleines Knie gaben nach, doch Aimery hielt sie, er umfasste ihren Po und drückte sie an sich, presste ihren brennenden Schmerz an seinen.

Endlich ließen ihre Münder voneinander ab, sie atmeten beide hastig ein. Madeleine verlor fast die Besinnung vor Leidenschaft und Mangel an Atemluft. Er rollte sich zusammen mit ihr auf das Bett; seine Hand zwischen ihren Schenkeln stieß sie noch tiefer in einen schwindelnden Abgrund.

Doch ein eisiger Gewissensdolch durchbohrte sie.

»Nein«, jammerte sie.

Seine Berührung wurde sanfter.

»Nein!« Sie drückte mit aller Kraft, wand sich von ihm weg und sprang auf.

Er starrte sie mit weit aufgerissenen Augen an.

»Nein«, wiederholte sie erneut, wie eine Beschwörung gegen das Böse, und schwankte rückwärts an die Wand. »Nein. Nein. Nein. Nein …«

Er vergrub das Gesicht in den Händen, sein Atem ging schwer und flatternd.

Madeleine stürzte aus dem Zimmer, Tränen strömten über ihr Gesicht. Sie hielt an, um sie wegzuwischen. Zuflucht. Sie brauchte eine Zuflucht, doch in der übervölkerten Burg gab es keinen privaten Ort. Sie lief Flure entlang und durch Gemächer hindurch, lächelte grimmig, betete um eine ruhige Ecke, in die sie sich verkriechen konnte. Sie endete in den Ställen.

Hier hielten sich nur mehr wenige Männer auf, denn die Tiere waren bereits versorgt. Sie schlüpfte in die Box ihrer Stute und lehnte sich an den warmen Körper des Pferdes. Das müde Tier schnupperte nur und vergrub sich in sein Heu.

»Oh, lieber Gott«, betete sie. »Gib mir Kraft!«

Etwas war durch diesen wilden Ansturm aufgestoßen worden, und der Schlüssel dazu war Aimerys Begierde gewesen. Sie konnte es nicht ertragen, wie sehr er sie brauchte. Es entfachte ein Feuer des Verlangens in ihr. Selbst jetzt waren ihre Knie schwach, und ein entsetzliches Begehren quälte sie. Wie sollte sie es aushalten, ihn wiederzusehen, das nächste Mal mit ihm allein zu sein?

Das Horn blies zum Abendessen. Es rief sie auf, vor dem ganzen Hofstaat mit ihm zusammen zu sein. Wie sollte sie das durchstehen, wenn eine derart erregende Lust sie durchströmte? Sie musste sich zusammenreißen, mit aller Macht. Die Pflicht, die verdammte Pflicht, verlangte es von ihr.

Als sie aus dem Stall trat, rief eine leise Stimme: »Lady Madeleine!«

Sie blickte sich um.

Ein Mann kam um die Ecke geschlichen. Ein Mann von niederer Herkunft. Und Engländer.

»Was willst du?« Sie legte die Hand an das Messer an ihrem Gürtel und hielt Abstand.

»Eure Hilfe, Lady Madeleine. Ich bin Hengar, der Förster.«

Aldredas Gemahl. Madeleine wurde etwas ruhiger. »Gibt es in Baddersley Schwierigkeiten?«, fragte sie.

»Wenn es in Baddersley Schwierigkeiten gibt, dann nur wegen des Goldenen Hirschs«, murrte Hengar. Er war klein und drahtig, mit einem Blick, der zumindest im Moment verschlagen war. Madeleine fragte sich, was er im Schilde führte.

»Der Goldene Hirsch ist eine Legende«, sagte sie.

»Nein, es gibt ihn wirklich. Ich schätze, die Königin würde seinen Namen mit Silber aufwiegen, Lady.«

Madeleines Mund wurde trocken. Hengar musste der Verräter von Baddersley sein! Was in Gottes Namen sollte sie nun tun?

»Also, wer ist es?«, fragte sie so gelassen, wie es ihr möglich war.

Er fuhr sich mit der Zunge über die Lippen. »Mein Wort ist nur für die Königin – und nur gegen Silber.«

»Ich kann dich nicht zur Königin bringen«, erklärte Madeleine, »aber ich kann es ihr sagen.«

»Nein!«, wehrte er ab. »Ich sage es nur der Königin.«

Ein böswilliges Vergnügen blitzte in seinen Augen. Offenbar dachte er, dass sie über Aimerys Alter Ego nicht Bescheid wusste, und freute sich darüber, sie dazu benutzen zu können, ihn zugrunde zu richten. Die unverhüllte Heimtücke dieses Plans entsetzte sie. »Warum tust du das?«

»Ich bin dem König treu ergeben«, erwiderte er mit einem unaufrichtigen Grinsen. »Er ist schließlich der Gesalbte des Herrn, nicht wahr? Es ist unsere heilige Pflicht, ihm gegenüber loyal zu sein.«

»Was soll dann das Silber?«, bohrte sie nach.

»Na ja, man muss schließlich leben.«

Madeleine warf einen eisigen Blick auf ihn. »Wenn du willst, dass ich dir helfe, Hengar, dann musst du mir den wahren Grund sagen, weshalb du das tust.«

Seine Miene verfinsterte sich. »Dieser Goldene Hirsch«, murmelte er dann. »Er stiehlt mir meine Frau.«

Madeleines Herz zog sich zusammen, doch sie gab vor, unbeeindruckt zu sein. »Warum sagst du das?«

»Weil es so ist!«, knurrte er. »Seit er zurück ist, ist sie hinter ihm her wie eine läufige Hündin, um es mit ihm zu treiben. Das erste Mal war schon schlimm genug, aber jetzt muss ich das nicht mehr mitmachen!«

»Nicht mehr mitmachen?«, fragte Madeleine mit zitternder Stimme und trat einen Schritt zurück.

Er spuckte ins Stroh. »Mein Mädchen, das einzige Kind, das mir Aldreda in all den Jahren geboren hat. Es ist nicht von mir. Es ist das Kind des Lords.«

»Frieda?« Madeleine erinnerte sich an das grazile blonde Mädchen. Ein eisiger Schauer lief ihr über den Rücken.

»Ja, Frieda. Und jetzt sagt Aldreda, sie bringt das Kind weg, damit es seine Tochter wird. Ich hasse das kleine Ferkel, aber er soll sie nicht bekommen! Ich werde sagen, wer er ist und wo er zu finden ist. Bis Aldreda ihn einholt, wird der König dafür gesorgt haben, dass kein Weib mehr etwas mit ihm anfangen kann!«

Madeleine schreckte vor seiner Bösartigkeit zurück und trat wieder in den Stall, doch er folgte ihr. Sie hörte erneut leise das Horn, hörte die Stallburschen, die sich fröhlich zum Mahl aufmachten. Sie hätte um Hilfe rufen können, doch dadurch hätte Hengar das Publikum bekommen, das er wollte.

»Ihr nehmt mich mit hinein, zur Königin, Lady«, sagte er. »Wenn nicht, sorge ich dafür, dass Ihr auch erledigt werdet.«

Madeleine blieb stehen und legte die Hand auf ihren Dolch. »Drohe mir nicht!«

»Ihr glaubt, dass Ihr sicher seid?«, höhnte er. »Das werdet Ihr ja sehen!«

Madeleine brauchte Zeit. Zeit, um zu überlegen. Zeit, um Aimery zu warnen. »Hengar«, sagte sie mit fester Stimme, »du musst nach Baddersley zurück und mit diesem Unsinn aufhören. Ich werde mit Aldreda reden.«

Er lachte. »Glaubt Ihr vielleicht, sie hört auf Euch? Nein, wenn Ihr mir nicht helft, dann frage ich jemand anderen. Irgendjemand hier wird einem treuen Untertan ja wohl helfen!« Er wandte sich ab. Sie konnte ihn nicht einfach gehen lassen.

»Hengar! Warte.« Er zögerte. »Ich gebe dir etwas Silber, wenn du nach Hause gehst und den Mund hältst.«

Er drehte sich zu ihr um. »Ihr wisst also Bescheid, wie? Verratet Eure eigenen Leute, genau wie er!«

»Spiel hier nicht den großen Heiligen!«, fuhr Madeleine ihn an. Sie nahm ihr goldenes Stirnband ab. »Hier. Nimm das und verschwinde!«

Er schüttelte den Kopf. »Was soll ich damit? Keiner würde mir glauben, dass ich das ehrlich erworben habe. Ich will Silber für das, was ich weiß, und ich will Aimery de Gaillard erledigt sehen!«

Jetzt endlich fiel Madeleine etwas ein, das sie gegen ihn verwenden konnte. »Du wirst es nicht wagen, ihn zu verraten, Hengar, denn dann werde ich überall bekannt machen, dass du es warst. Was glaubst du, wie lange du dich dann noch an deiner Frau und dem Silber freuen könntest? In Gormanby haben sie einem Informanten Arme und Beine ausgestreckt!«

Er wurde zuerst kreidebleich, dann ging er mit einem Schrei auf sie los. Madeleine zog instinktiv ihren Dolch, spürte, wie er durch einen Knochen stieß, als sie den Mann traf, hörte einen erstickten Schrei. Außer sich vor Entsetzen drückte sie seinen zuckenden Körper von sich weg und wankte zurück.

Er krümmte sich, umklammerte das Messer in seiner Brust, Blut quoll zwischen den Fingern hervor. Seine Beine scharrten, als wolle er fliehen, doch dann hörte jede Bewegung auf. Er war tot.

Madeleine blickte betäubt auf ihr Werk, auf das Blut an ihren Händen. Sie hatte einen Mann ermordet. Sie war verdammt.

Sie blickte auf ihre Kleidung und stellte fest, dass sie nicht mit Blut besudelt war. Bis es aus der Wunde austrat, war etwas Zeit verstrichen. Jetzt sah sie überall rot – Hengars Kleidung war bereits eingefärbt, und auf dem Boden bildete sich eine Blutlache. Was sollte sie tun?

Das Messer. Sie musste das Messer an sich nehmen, damit es sie nicht verriet.

Madeleine blickte sich um; alles lag verlassen da. Sie wusch die Hände in einem Eimer Wasser und steckte ihre Rocksäume in den Gürtel hoch. Dann ging sie vorsichtig zu der Leiche zurück, um zu verhindern, dass die Blutlache noch größer wurde. Sie versuchte, das Messer herauszuziehen, doch es ließ sich nicht bewegen. Es saß im Knochen fest, so, wie es an jenem Tag im Holz feststeckte, als Aimery es ihr abgenommen hatte. Woher hatte sie die Kraft gehabt, es ihm gleichzutun? Es war die Wucht von Hengars Attacke gewesen, die das Messer in seinen Körper getrieben hatte.

Aber sie musste es herausbekommen. Es würde sie so sicher zur Mörderin abstempeln, als hätte sie ihre Unterschrift abgegeben.

Sie biss die Zähne zusammen und zog mit beiden Händen. Sie hob die Leiche vom Boden ab, doch die Klinge saß zu fest. Und plötzlich hörte sie Stimmen.

Wimmernd vor Panik packte sie eines von Hengars Beinen und schleifte ihn in eine leere Box, erleichtert darüber, dass der Mann nicht sehr groß und stark war. Sie streute Stroh über die Leiche, rannte hinaus und streute noch etwas über das Blut am Boden. Doch für ihren schuldbewussten Blick sah die Situation eindeutig aus.

Ihr Herz schlug so heftig und so schnell, dass sie fürchtete, es werde gleich zerspringen. Die Stimmen wurden lauter; sie drückte sich in eine Ecke. Zwei Stallburschen liefen vorbei und gingen dann in den nächsten Schuppen.

Madeleine wäre vor Erleichterung beinahe ohnmächtig geworden. Aber was sollte sie jetzt tun? Beim Abendessen wurde sie sicher schon vermisst, noch dazu hatte sie keine Entschuldigung. Wenn man die Leiche fand, war klar, dass sie den Mann getötet hatte. Vielleicht würde dann der Grund für ihre Tat bekannt, und das würde auch für Aimery das Ende bedeuten …

Sie musste die Leiche besser verstecken, doch sie wusste nicht, wo. Ihre Zähne klapperten vor Angst, ihr Kopf fühlte sich an wie Wolle.

Aimery. Aimery würde ihr helfen. Sie warf noch mehr Stroh auf das Blut am Boden, strich ihre Röcke glatt und stahl sich aus dem Stall. Ein Stück vom Ort ihres Verbrechens entfernt hielt sie in einer stillen Ecke des Burghofs inne, um zur Ruhe zu kommen.

Sie begann nachzudenken. Sie hätte noch einmal versuchen sollen, das Messer aus der Leiche zu bekommen. Vielleicht sollte sie noch einmal zurückgehen.

Ihre Zähne begannen wieder zu klappern. Sie konnte nicht zurückgehen.

»Fehlt dir etwas?«

Madeleine fuhr zusammen und drehte sich um. Nicht weit von ihr stand Aimery. Ihre Kehle schnürte sich zu; sie konnte ihm nicht sagen, dass sie eine Mörderin war.

Er kam nicht näher. »Du siehst kränklich aus. Ist es wegen dem, was vorhin geschehen ist?«

Madeleine schüttelte den Kopf. Seine Attacke schien ewig her zu sein.

»Ich glaube aber schon. Es tut mir leid, aber diese Situation macht mich wahnsinnig. Wenn ich die Königin bitte, dich aus ihrem Dienst zu entlassen, gehst du dann?«

Wohin sollte sie denn gehen? Sie schüttelte wieder den Kopf, denn sie brauchte seinen Trost. Als er keine Anstalten machte, sich ihr zu nähern, warf sie sich in seine Arme. Er hielt den Atem an, dann drückte er sie an sich, doch sie wollte es noch enger, noch enger, um jeden Gedanken zu verjagen. Sie klammerte sich an ihn, am ganzen Leib zitternd.

»Was ist los? Madeleine, hat dir jemand etwas angetan?«

»Nein«, keuchte sie. »Küss mich!«

Als er zögerte, packte sie seinen Kopf und küsste ihn mit verzweifelter, schmerzlicher Gewalt. Er war verblüfft und zauderte zuerst, doch dann ließ er sich darauf ein.

Madeleine presste sich noch fester an ihn. Er hob sie hoch, und sie schlang die Beine um seine Hüften, als könne sie ihn trotz der Tatsache, dass sie angezogen waren, in sich aufnehmen.

Aimery unterbrach ihren Kuss und blickte Madeleine verwirrt an.

»Ja«, sagte sie. Ihr Gelübde war mit Blut weggewaschen worden, nun war sie die Komplizin seines Verrats, und sie brauchte ihn.

»Ich werde mich nicht beherrschen können«, warnte er sie.

»Das sollst du auch gar nicht.« Sie presste die Schenkel zusammen und drängte sich an ihn. »Bitte …«

»Unser Zimmer …«, meinte er unsicher.

»Nein!«, rief sie so verzweifelt wie zuvor, wehrte sich nun jedoch gegen jede Verzögerung.

Aimery schauderte, blickte hilflos um sich und trug sie dann – sie hatte noch immer die Beine um ihn geschlungen – in eine mit Fässern gefüllte Kammer. Dort setzte er sie auf ein Fass und zwang sie, von ihm abzulassen.

Madeleine ließ sich an die raue, kalte Wand zurücksinken und schloss die Augen, doch sie sah nur Blut, nichts als Blut. Sie öffnete die Augen wieder und erkannte sein Gesicht, gerötet vor Begehren und von Sorge gezeichnet. Mit zitternden Händen schob er ihre Röcke nach oben, ließ die Finger ihre Schenkel hinaufgleiten.

»Bist du dir wirklich sicher?«, fragte er.

Madeleine bebte wie in einem Fieber. Sie wusste nicht, ob es Lust oder Schuld war, doch sie brauchte ihn, um es zu vertreiben. »Ja, ja. Erfülle mich, jetzt gleich!«

Seine Hände ließen von ihr ab, um seine Kleidung zu öffnen, und dann war er in ihr. Sie stöhnten gemeinsam. Madeleine klammerte sich an ihn, spürte die Schauer, die auch durch seinen Körper jagten. Sie mussten die Mauern der Burg ins Wanken bringen.

»Schling die Beine wieder um mich, mein Liebes. Halt mich fest, ganz fest.«

Sie gehorchte, forderte mit dem starken Zugriff ihrer Schenkel eine Steigerung. Es war noch immer nicht genug; sie sah noch immer Blut. »Nimm mich!«, keuchte sie. »Fester!«

»Mad …«

»Fester!«, schrie sie. »Fester!«

Er erstickte ihre verzweifelten Schreie an seiner Brust. »Leise, Liebes, leise.« Doch er reagierte auf ihr Drängen und stieß zu, härter und fester.

Endlich kam sie, die Erlösung, die sie suchte. Er raubte ihr die Sprache, jeglichen Gedanken, trieb sie in einen Abgrund hitziger Leidenschaft.

Als die Wirklichkeit wiederkam, wiegte er sie in seinem Schoß, sie lag sicher in seinen starken Armen. Er streichelte ihr Haar und sang ein zärtliches, leichtes Liedchen. Noch nie war er so liebevoll zu ihr gewesen, und sie hatte sich so sehr danach gesehnt. Nun schoss ein Schmerz durch ihr Herz wie ein Pfeil.

»Was ist das für ein Lied?«, fragte sie flüsternd.

»Das eines Schäfers an ein verlorenes Lamm, das er wiedergefunden hat.«

Madeleine stöhnte. »Ich … ich wollte immer, dass du nur für mich singst …« Sie brach in bittere Tränen aus.

Er hielt sie fest, streichelte sie und murmelte ihr tröstende Worte ins Ohr, bis sie zu weinen aufhörte. Noch nie in ihrem Leben hatte sich Madeleine so umsorgt gefühlt, doch dies konnte nicht von Dauer sein. Noch immer an seine Brust geschmiegt, flüsterte sie: »Aimery, ich bin verdammt.«

Seine Hand hielt inne. »Beim Heiligen Kreuz, Madeleine«, bemerkte er mit vorsichtiger Geduld. »Ist das alles wegen dieses dummen Gelübdes?«

»Es war nicht dumm«, protestierte sie hoffnungslos, »aber das spielt jetzt keine Rolle mehr.«

Er streichelte sie wieder. »Also gut, wodurch bist du dann verdammt?«, fragte er vorsichtig.

Sie sah ihm in die Augen. »Ich … ich habe jemanden umgebracht.«

Er blickte einfach nur verwirrt. »Wie meinst du das?«

Plötzlich wurde Madeleine bewusst, dass die Zeit nicht angehalten hatte. Sie befreite sich aus seiner Umarmung. »Heilige Maria. Wir müssen etwas tun! Ich habe dein Messer in ihm zurückgelassen!«

Sein Blick wurde besorgt. »Was? Was hast du getan?«

»Hengar, der Förster. Er wollte der Königin sagen, dass du der Goldene Hirsch bist. Ich habe ihn getötet!«

»Mit meinem Messer?«, fragte er alarmiert. »Bist du sicher?«

»Ich weiß es, wenn jemand tot ist!«, fuhr sie ihn an.

Er schüttelte sie. »Dann müssen wir jetzt sehr vorsichtig sein. Wir können nicht einfach dort hinunterlaufen. Zum einen«, sagte er mit einem leichten Lächeln, »haben wir gerade das Abendessen versäumt.«

Madeleine schaute sich um und merkte, dass Menschen aus dem Saal kamen. »Oh Gott.«

»Aber ich denke, das ist jetzt unser geringstes Problem. Unsere Entschuldigung ist, dass du dich nicht wohlfühltest. Ich bringe dich auf unser Zimmer, und dann kümmere ich mich um die Leiche.«

»Ich komme mit dir.«

»Nein.«

Nach einem Blick in seine Augen willigte sie ein und ließ sich auf ihr Zimmer bringen. Leuten, die ihnen begegneten, erklärte Aimery, Madeleine würde sich nicht wohlfühlen.

Sie kam sich seltsam von allem abgetrennt vor und so, als bestünde sie nur aus Nebel. Es hätte sie nicht überrascht, in diesem Zustand unsichtbar zu sein. Sie blickte auf ihre Hand und wunderte sich, dass sie noch immer fest und kräftig war.

Aimery setzte Madeleine auf das Bett, schenkte ihr Wein

ein und drängte sie zu trinken. Sie fand zurück in die Wirklichkeit, und in ihr Elend.

»Man wird mich verbrennen«, sagte sie.

»Nicht, wenn du nicht mit ihm verheiratet bist«, erwiderte er, fast so, als würde er die Situation amüsant finden. »Sag mir genau, wo du die Leiche gelassen hast.«

Sie beschrieb es ihm. »Was willst du denn tun?«

»Das Messer holen. Sobald das weg ist, gibt es nichts, was dich mit ihm in Verbindung bringen könnte.« Er küsste sie zärtlich und schüttelte dann den Kopf. »Eines Tages möchte ich dich langsam und wunderschön in einem Bett lieben, Madeleine.«

»Ich bin eine Mörderin!«, protestierte sie.

Er grinste. »Ich beginne mich mit dem Gedanken anzufreunden, dass du für mich getötet hast, Liebes.« Er stand auf. »Ich komme so bald wie möglich wieder.« Dann hielt er plötzlich inne, drehte sich wieder zu ihr um und hob ihr Kinn an. »Während ich weg bin, darfst du deine Sünde unter keinen Umständen beichten. Hast du mich verstanden?«

Sie dachte daran, zu widersprechen. Sie musste der Welt ihre Schlechtigkeit kundtun, bestraft und von ihrer Schuld losgesprochen werden. Aber sie nickte.

Sobald er gegangen war, legte sie sich auf das Bett. Sosehr sie auch dagegen ankämpfte, die Erinnerung an Hengars Todeskampf verfolgte sie. Er war ein schrecklicher Mensch gewesen, doch das gab ihr kein Recht, ihn zu töten, nicht einmal, um ihren Gemahl zu retten.

Dann dachte sie an ihren wilden Liebesakt. Sie presste die Hände auf das Gesicht. Als sei sie von Teufeln besessen gewesen. Und er hatte es abstoßend gefunden. Er wollte, dass sie sich ganz normal liebten, und sie hatte ihn zu diesem Exzess gezwungen.

Die Königin kam, um nach ihr zu sehen. Matilda war über ihr Fehlen beim Abendessen nicht verärgert; sie erlaubte sich jedoch eine schalkhafte Bemerkung: »Ich schicke deinen Gemahl, um dich zu holen, und verliere euch gleich beide! Wollt ihr in Zukunft nur noch von Luft und Liebe leben?«

Madeleine wusste, dass ihr glühendes Gesicht alles verriet. »Ich bitte um Vergebung, Eure Majestät.«

Matilda kicherte. »Na ja, so ist das eben, wenn man jung und kräftig ist. Ich lasse euch etwas zu essen aufs Zimmer bringen. Offenbar brauchst du alle deine Kräfte. Wo ist denn Aimery?«

Madeleine schluckte. »Er muss sich um eines der Pferde kümmern.«

»Ich bin sicher, er kommt wieder, sobald er kann, also lasse ich dich jetzt in Frieden.«

Das Essen wurde gebracht, doch Madeleine konnte es nicht anrühren, außer dem Wein brachte sie nichts hinunter. Dorothy und Thierry fragten nach, ob ihre Dienste benötigt würden; sie schickte sie weg.

Endlich kam Aimery zurück. »Wir haben ein Problem.«

Madeleine setzte sich auf. »Hat jemand die Leiche gefunden?«

Er nickte. »Und das Messer war schon weg.«

20

Madeleine starrte ihn entsetzt an. »Aber es steckte im Knochen fest!«

»Ein Stallbursche hat die Leiche gefunden, und er schwört, dass keine Waffe dabei war. Ich wüsste nicht, weshalb er lügen sollte.«

»Was passiert jetzt?«

»Der Sheriff befasst sich mit der Sache. Ich habe Hengar identifiziert – es wäre verdächtig, wenn ich es nicht getan hätte –, aber ich sagte, er habe hier nichts verloren gehabt. Hat dich bei den Ställen irgendjemand gesehen?«

Sie schüttelte den Kopf. »Nein ... ich glaube nicht ... ich habe nicht versucht, mich zu verstecken ...« Ihre Zähne klapperten.

Er setzte sich zu ihr auf das Bett und nahm ihre Hände. »Bis auf mich. Mach dir keine Sorgen, Madeleine. Wenn sie alles auf dich zurückverfolgen, musst du einfach sagen, dass er dich angegriffen hat.«

Sie entzog ihm ihre Hände, weil sie daran dachte, dass dies letztlich alles seine Schuld war. Sein Verrat. Sein Ehebruch mit Hengars Frau. »Eine Lüge? Du magst doch keine Lügen!«

»Das stimmt zwar, aber ist es denn eine Lüge?«

Madeleine schauderte. »Er hat mich angegriffen, aber nur, weil ich sagte, ich würde sein Vorhaben in ganz Baddersley bekannt machen. Und was er vorhatte, war ein loyaler Akt!«

»Was er vorhatte, war eine miese, kleine Gehässigkeit«, erklärte Aimery gelassen. »Hengar mag die Normannen nicht.«

Madeleine blickte ihn entsetzt an. »*Mochte*. Du weißt eine Menge über ihn, nicht wahr? Wenn er gehässig war, dann deshalb, weil du die Finger nicht von Aldreda lassen kannst! Und dafür hast du mich in deinen Verrat mit hineingezogen.«

Er stand abrupt auf. »Ich habe dich nirgends mit hineingezogen, Weib! Als Nächstes wirst du noch behaupten, ich hätte dich heute Abend vergewaltigt, obwohl es eher umgekehrt war!«

Madeleine verbarg das Gesicht in den Händen. »Sag so etwas nicht. Ich kann den Gedanken nicht ertragen!«

Warum, dachte sie, warum stritten sie hier herum, wo sie nun doch endlich aneinander gebunden waren, wenn auch nur im Bösen? Sie hörte die Tür ins Schloss fallen; als sie aufschaute, war er verschwunden. Madeleine schauderte, als habe sie ein eisiger Wind erfasst.

Was sollte aus ihnen werden? Was aus ihrem Gelübde? Sie ging davon aus, dass es noch immer gültig war, doch in der gegenwärtigen Situation war es bedeutungslos. Er musste sie nicht dazu verführen, zu ihm zu stehen, denn er wusste jetzt, dass sie ihm gegenüber bis in den Tod und darüber hinaus loyal sein würde.

Er hatte gesagt, wenn sie ihm nicht vertraue, werde er sich nicht zu ihr legen, doch das Verlangen hatte ihn überwältigt. Ihr erging es nicht anders. Sie musste sich mehr denn je mit ihm einlassen, denn er war der einzige feste Punkt in einer Welt aus Treibsand – aber welche Liebe, so fragte sie sich, würde aus einem derart vergifteten Boden sprießen? Dieses von heftigen, überbordenden Reaktionen gekennzeichnete körperliche Zusammensein? Vorhin hatte sie das gebraucht, doch nun schreckte sie bei der Erinnerung an ihr Verhalten zurück. Er sagte, es sei wie eine Vergewaltigung gewesen, und er hatte recht. Möge Gott verhüten, dass sie auf diese Art und Weise ein Kind empfangen hatte!

Sie beschloss, das Badehaus der Burg aufzusuchen. Eine Frau füllte für sie einen mit einem Vorhang versehenen Zuber mit warmem Wasser, und Madeleine schrubbte sich heftig, rieb die Erinnerung an Blut und den Geruch von Sex von sich ab, bis ihre Haut rot war und Tränen über ihre Wangen strömten.

»Lady Madeleine.« Es war die Stimme der Badefrau.

»Ja?«

»Die Königin verlangt nach Euch.«

Madeleine erstarrte. War schon jetzt alles herausgekommen? Sie kämpfte gegen das plötzliche Zittern ihrer Hände an. So sei es also. Sie musste ihr Bestes versuchen, Aimery herauszuhalten, denn er war es, der wirklich in Gefahr schwebte. Sie konnte einfach sagen, Hengar habe sie angegriffen, und alles würde gut sein, solange niemand zu genau die Motive des Försters betrachtete. Am verfänglichsten war, dass sie den Angriff nicht gemeldet hatte.

Sie verließ den Zuber und ließ sich ein Trockentuch reichen. Leichter wäre es, wenn sie Wilhelm Rede und Antwort stehen müsste; ihm gegenüber könnte sie vorgeben, man habe ihr, einem zarten Mädchen, Gewalt angetan. Doch Matilda würde eine solche Erklärung vermutlich nicht akzeptieren.

Die Königin lag im Bett, als Madeleine in ihr Gemach kam, wo sich auch Aimery bereits eingefunden hatte. Er lächelte seiner Gemahlin zu, doch Madeleine erkannte nicht, ob es eine aufgesetzte Geste war oder ein Versuch, sie zu beruhigen.

»Madeleine«, begann die Königin. »Hast du schon von dieser gemeinen Tat gehört?«

Sie musste rasch überlegen, wie sie reagieren sollte. Oh Gott, solche Spielchen beherrschte sie einfach nicht. »Ja, Eure Majestät. Ich habe allerdings keine Ahnung, was der Mann hier wollte.«

»Das weiß niemand«, sagte Matilda. Madeleine bemerkte, dass die Königin müde und ungeduldig war. »Aber es wäre eher angebracht gewesen, dich um deinen Förster zu kümmern, statt dich im Badehaus zu vergnügen!«

Madeleine errötete. »Verzeiht, Eure Majestät. Ich dachte, es gäbe nichts, was ich tun könnte.«

»Ich verbot es ihr«, erklärte Aimery ruhig. »Sie fühlte sich nicht gut. Wir glauben, dass sie womöglich schwanger ist.«

Madeleine warf ihm einen verblüfften Blick zu und verbarg dann ihre Überraschung. Welch eine geschickte Bemerkung – sie lenkte Matilda ab und weckte gleichzeitig ihre Sympathien.

»Eine gute Nachricht«, erklärte die Königin, doch dann zuckte sie plötzlich zusammen. »Aber ob du in sieben Monaten noch immer so denkst, werden wir ja sehen.« Sie rieb sich ihre Seite. »Dieses Kind zertrampelt mir noch meine Rippen.« Sie nickte nachdenklich und runzelte die Stirn. »Dann müssen wir die Sache dem Sheriff überlassen. Ich hoffe nur, dass dieser Mord nichts mit unserem Tross zu tun hat. Nimm sie mit, Aimery, und kümmere dich um sie. Vielleicht sollte sie nicht reiten.«

»Aber ich fühle mich besser, wenn ich reite, Eure Majestät«, warf Madeleine rasch ein.

Matilda schnaubte. »Du magst Sänften also auch nicht. Das verstehe ich sehr gut.«

Madeleine und Aimery sprachen nicht, bis sie die Sicherheit ihres Gemachs erreicht hatten.

»Das war sehr klug«, sagte sie dann.

Er zuckte mit den Schultern. »Es könnte wahr sein. Und wenn nicht – dabei kann man sich leicht irren.«

Madeleine war todmüde. Sie rieb sich die Arme, obwohl die Nacht warm war. »Wird das gut gehen? Was ist, wenn mich doch jemand dort gesehen hat?«

Er zog sie an sich. »Es wird gut gehen. Falls bekannt wird, dass du es warst, sagen wir, er hat dich angegriffen. Und falls das jemand bestreiten sollte, fordere ich ihn zum Duell heraus.«

»Nein! Du kannst für mich nicht dein Leben aufs Spiel setzen.«

»Das ist meine Pflicht als dein Gemahl.« Er grinste verschmitzt. »Ich würde ohnehin gewinnen.«

»Aber deine Sache wäre ungerecht. Die Hand Gottes wäre gegen dich.«

Diese Bemerkung ernüchterte ihn, doch er tat sie mit einem Achselzucken ab. »Dann wäre das eben mein Wyrd.«

»Du mit deinem dummen Wyrd!« Madeleine schob ihn weg. »Wenn ich nur nicht in den Stall gegangen wäre!«

»Wenn ich nur nicht versucht hätte, dich zu zwingen. Aber wenn du nach Gottes Hand in dieser Sache suchen willst, dann hör mir zu: Wenn du nicht in den Stall gegangen wärst, hätte Hengar mit Sicherheit ein geneigteres Ohr gefunden, und dann würde ich vielleicht schon jetzt in Ketten Wilhelms Urteil erwarten.«

Madeleine musterte ihn. »Ich weiß. Ich wollte ihn ja nicht töten, aber ich glaube, ich hätte mit voller Absicht zugestochen, wenn das die einzige Möglichkeit gewesen wäre, ihn aufzuhalten.«

»Ich weiß. Deshalb verpflichte ich mich mit meinem Leben, deine Ehre zu retten.«

»Aber ich bin verdammt. Ich habe eine schreckliche Sünde begangen und kann keine Buße tun!«

Er schüttelte den Kopf. »Nein, Madeleine. Jeder Mensch tötet, wenn er es muss. Er war dein Feind – so sicher, als wäre er dir bewaffnet auf einem Schlachtfeld gegenübergetreten, und du hast ihn niedergestreckt. Wenn das eine Todsünde ist, dann ist der Himmel dünn bevölkert. Geh zu Bett, sonst brichst du noch zusammen.«

Sie gehorchte erschöpft. »Aber was ist mit dem Messer?«

»Das ist die eigentlich interessante Frage, nicht wahr?«, meinte er, während er sich zu ihr legte. »Vielleicht hat ein kleiner Gauner es einfach gestohlen. Es war ja immerhin einigermaßen wertvoll.«

»Vielleicht«, sagte Madeleine, »aber es kommt mir eher vor wie das Schwert des Damokles.«

Er ergriff ihre Hand. »Ich werde es nicht auf dich fallen lassen. Vertrau mir, Madeleine.«

Vertrauen, ah, Vertrauen. »Ich versuche es«, erwiderte sie und ließ sich vom Schlaf übermannen.

Sie wachte spät auf und war noch immer müde, denn ihr Schlaf war von quälenden Träumen zerrissen worden. Manchmal hatte sie das Messer in Hengar gerammt, dann wieder in Aimery. Und mindestens einmal hatte sie es auf das eigene Herz gerichtet. Dorothys Stimme weckte sie abrupt auf, und Madeleine schaute sofort auf ihre Hände in der Erwartung, sie blutbefleckt zu sehen.

»Geht es Euch gut, Mylady?«, fragte Dorothy besorgt.

»Ja, ja«, antwortete Madeleine und setzte sich auf. »Ich habe nur unruhig geschlafen. Wie spät ist es?«

»Acht Uhr, Lady. Lord Aimery sagte, Ihr solltet noch schlafen, aber jetzt ist nicht mehr viel Zeit. Ich habe Euch etwas zu essen gebracht.«

Als Madeleine den kalten Fisch und das Ale sah, rebellierte ihr Magen. »Ich hätte lieber nur etwas Brot und Met. Hol mir das, Dorothy. Anziehen kann ich mich selbst.«

Der Blick, den die Zofe ihr zuwarf, sagte Madeleine, dass das Gerücht von ihrer Schwangerschaft bereits die Runde im Saal machte und nun bestätigt worden war. Nun ja, wie Aimery sagte, es konnte ja tatsächlich so sein.

Als Dorothy wiederkam, war Madeleine bereits angezogen. Sie zwang sich, etwas von dem Brot und Met zu sich zu nehmen, dann wies sie die Zofe an zu packen und sich darum zu kümmern, dass ihre Habseligkeiten in die Wagen verladen wurden. Was sie zu tun hatte, wusste sie: Sie suchte den Sheriff auf.

Er war ein beleibter Engländer, und sie spürte sofort, dass seine hohe Meinung von den Normannen nur oberflächlich war. Doch ein kurzes Gespräch mit ihm stellte klar, dass er hinter Hengars Tod keine verwickelten Ursachen sah.

»Vielleicht ging es um eine persönliche Fehde, Lady Madeleine. Vielleicht sogar Diebstahl, denn er hatte keine Börse bei sich. Ich werde heute noch mit der Leiche nach Baddersley hinüberreiten, der Witwe die Nachricht überbringen und zusehen, ob ich dort noch etwas in Erfahrung bringen kann.« Er zwinkerte ihr zu. »Meiner Erfahrung nach haben solche Sachen häufig mit Ehezwistigkeiten zu tun.«

Madeleine spürte, wie sie zusammenzuckte. Würden in Baddersley bald Geschichten von Aimery und Aldreda kursieren? Sie betrachtete den Mann entsetzt und fragte sich, ob sie sich soeben verraten hatte.

Er wurde rot im Gesicht. »Verzeiht, Lady«, sagte er hastig, »ich hätte so etwas nicht sagen sollen, nachdem Ihr noch so jung und im Kloster erzogen worden seid.«

»Schon gut«, erwiderte sie. »Bitte tut Euer Bestes, den Täter zu finden, aber sagt auch Hengars Gemahlin, dass sie die Försterhütte nicht räumen muss, und wenn die Angelegenheit nicht bald geregelt ist, zahle ich das Wergeld.«

Der Sheriff verbeugte sich. »Ihr seid gnädig und großzügig, Lady. Ich werde es ihr sagen.«

Madeleine zitterte nach diesem Gespräch, doch sie wusste, es war wichtig gewesen. Es würde Argwohn erregen, wenn sie einem Mord in ihrem eigenen Haus nicht nachgehen würde. Kurze Zeit später verließ sie Huntingdon in der Hoffnung, den ganzen Vorfall hinter sich lassen zu können.

Während dieses Tagesritts kam Aimery häufig zu ihr, um ihr seine Hilfe anzubieten. Doch Madeleine fand, dass dies ihr Bemühen, Hengars Tod aus ihren Gedanken zu vertreiben, letztlich erschwerte.

Schließlich sagte sie ihm unverblümt, er solle sie einfach allein lassen.

Doch das Problem war, wenn sie Hengar aus ihren Gedanken verbannte, schuf sie damit nur Platz für Aimery und Aldreda. Sie wurde gequält von Erinnerungen daran, wie er in vertrauter Nähe bei dieser Frau stand. Sie hätte Aimery gern darauf angesprochen, doch sie ritt mit einer Gruppe Frauen, und für ein Gespräch unter vier Augen bot sich keine Gelegenheit. Außerdem, mutmaßte sie, wäre es wohl auch unklug, dieses Thema jetzt anzuschneiden.

Doch sie konnte es nicht aus ihren Gedanken verbannen.

Dann war da noch die Frage mit Frieda. Hengar hatte zwar absolut überzeugt geklungen, doch das Mädchen musste mindestens zehn Jahre alt sein. Aimery wäre damals also selbst erst vierzehn gewesen. War Hengar vielleicht verrückt gewesen? Andererseits hatte Madeleine schon immer etwas zwischen Aimery und Aldreda gewittert. Sie dachte an sein Verlangen nach ihr vom Vortag und sein Verlangen an jenem Tag neben dem Getreidefeld. War es wahrscheinlich, dass er seine körperlichen Bedürfnisse so lange mit Aldredas »Hilfe« unterdrückt hatte? Und was würde er nun tun, da sie Witwe und wieder zu haben war?

Eine zunehmende Wachsamkeit, die ihr bei den Männern auffiel, holte Madeleine aus ihren Gedanken zurück. In der Hitze waren die meisten von ihnen bisher ohne Helm geritten, doch nun setzten sie ihre Kopfbedeckungen auf, und auch die Schilde wurden griffbereit gemacht.

Aimery kam vorbei. »Was ist los?«, fragte Madeleine.

Er ritt an ihre Seite. »Nichts, was dich beunruhigen muss.« Er deutete nach Osten. »Es sind nur die Fens.«

Madeleines Blick folgte seiner Hand. Das Land zu ihrer Rechten war im Verlauf ihrer Reise flacher geworden; nun sah sie, dass es das satte Grün eines Feuchtgebiets angenommen hatte. Es war leer und weit; das einzige Lebenszeichen schienen die geisterhaften Rufe von Sumpfvögeln zu sein.

»Hereward?«, fragte sie nervös.

Aimery zeigte weder Schuld noch Furcht. »Er ist irgendwo da draußen und sicher über jeden Schritt von uns unterrichtet. Aber er wird uns nicht angreifen. Wir sind zu stark.«

Sie musste es unbedingt wissen. »Was würdest du tun, wenn er uns angriffe?«

Er warf ihr einen kalten Blick zu. »Die Königin verteidigen!« Dann war er verschwunden.

Sie versuchte verzweifelt, ihm zu vertrauen, doch die Erinnerung an sein Versprechen an Hereward, die Erinnerung an die Macht dieses Mannes, die sie selbst gespürt hatte, hinterließ einen nagenden Zweifel.

Doch sie erreichten ohne Zwischenfälle Peterborough und quartierten sich in der mächtigen Abtei ein, die den Heiligen Peter, Paul und Andrew geweiht war.

Madeleine ging zur Königin, die gerade aus ihrer Sänfte stieg und sich den schmerzenden Rücken rieb. »Wenn diese Reise vorüber ist«, sagte Matilda gereizt, »dann will ich, dass dieses Ding zerschlagen und verbrannt wird, und ich werde um das Feuer herumtanzen.«

Madeleine kicherte. Matilda warf ihr einen grimmigen Blick zu, doch ihre Lippen zuckten. »In sieben Monaten oder so werde ich dich auf eine Pilgerreise schicken, Mädchen!«

»Verzeiht mir, Eure Majestät.« Madeleine betrachtete die Königin, und das Lachen verging ihr. Matildas Gesicht wurde immer mehr aufgedunsen, und sie wirkte erschöpft. »Wollt Ihr nicht lieber überlegen, hierzubleiben, Majestät? Wir sind doch schon ziemlich weit im Norden, und in diesem Kloster sind Leute, die in Medizin bewandert sind.«

Matilda richtete sich auf und vertrieb jegliches Zeichen von Müdigkeit mit einer Willensanstrengung. »*Ich* habe Leute, die in Medizin bewandert sind, und dieser Prinz kommt in York auf die Welt.« Mit einer Hand auf dem gewölbten Bauch ging sie voran, um den Abt zu begrüßen.

Madeleine und Adele zuckten die Achseln. »Sie lässt sich nicht bremsen, Lady Madeleine. Aber macht Euch keine Sorgen. Ich war bei allen ihren Geburten dabei, und bislang hat es nie ein Problem gegeben.«

»Aber ihr aufgedunsenes Gesicht gefällt mir gar nicht«, meinte Madeleine leise. »Ich habe einmal gesehen, dass eine Frau, die das gegen Ende ihrer Schwangerschaft bekam, starb.«

»Ja, aber ich glaube, das kommt eher daher, dass sie den

ganzen Tag nur liegt. Seht zu, dass Ihr heute Abend im Kloster einen Spaziergang mit ihr machen könnt.«

Also verbrachte Madeleine den Abend mit einem Spaziergang. Sie begleitete Matilda und versuchte, die ungeduldige Königin bei Laune zu halten. Die Hofdamen musizierten und machten Spiele, und als es dunkel wurde, kam Aimery und sang. Er trug eine lange Ballade über getrennte Liebende vor, die endlich ihr Glück fanden. Madeleine nahm sein Lied in sich auf, als würde er nur für sie singen, und als sie seinen Blick erhaschte, dachte sie, dass es vielleicht sogar so war.

Doch als sich die Königin zurückzog, war Madeleine erschöpft und froh darüber, dass Männer und Frauen getrennt wurden. Für Eheprobleme hatte sie jetzt einfach keine Energie.

Am nächsten Tag regnete es. Der königliche Tross schleppte sich mühsam von Peterborough nach Bourne, und trotz des festen Untergrunds der Römerstraße blieben die Karren häufig im Morast stecken. Madeleine hüllte sich wie alle anderen in ihren Umhang ein und hielt durch.

In Bourne gab es nur ein Dorf und ein wenig befestigtes Herrenhaus. Madeleine entdeckte, dass auch dieses einmal Hereward gehört hatte. Nun wurde es von Ivo Taillebois geführt, der jedoch nicht hier lebte. Die Damen drängten sich im kahlen Saal zusammen, während die Männer draußen campierten und einen schützenden Kreis um das Haus bildeten. Als sie sich am nächsten Morgen versammelten, regnete es noch immer, und nur wenige machten sich die Mühe, trockene Kleidung anzuziehen – sie würde ohnehin schon bald wieder durchgeweicht sein.

Es war kein kalter Regen, doch Madeleine war nass bis auf die Haut. In diesem Wetter hatten es die Männer mit ihren Rüstungen besser als die Damen, denn Kettenhemd und Leder boten einen besseren Schutz.

Während sie die Aufstellung des Trosses verfolgte, kam Aimery an ihre Seite und bot ihr einen Weinschlauch an. »Wenn wir an einem sicheren Ort wären, würde ich erwägen anzuhalten«, sagte er, »aber nicht in Herewards Haus am Rand der Fens.«

Madeleine trank und wünschte, sie hätten Zeit füreinander und könnten allein sein. »Du denkst also schon, dass wir hier in Gefahr sind?«

»Sagen wir, ich möchte meinen verehrten Onkel nicht mit einer allzu leichten Beute in Versuchung führen. Die Leute hier sind ihm treu bis in den Tod. Jedenfalls, ich habe mit der Königin kurz darüber gesprochen, und sie weigert sich, an eine Verzögerung auch nur zu denken.« Er musterte Madeleine. »Glaubst du, die Geburt steht schon bald bevor?«

»Adele ist erfahrener als ich, und sie war bei der Geburt der anderen Kinder der Königin dabei. Sie macht sich Sorgen.«

Er klopfte unruhig auf den Sattelknauf. »Wenn die Königin während der Reise Wehen bekommt, wie wird das gehen?«

»Das liegt in Gottes Hand. Sie tut sich mit dem Gebären zum Glück relativ leicht. Es sollte also schon gehen. Aber bitte, lieber Gott, nicht im Regen.«

»Darauf ein Amen. Ich hoffe, wir kommen heute bis Sleaford; dort ist es ist zwar nur unwesentlich besser als hier, aber dahinter sind die Fens zu Ende, und dann kommt Lincoln. Dort können wir gefahrlos anhalten.«

Madeleine erkannte die schwere Verantwortung, die auf ihm lastete, und berührte seine Hand. »Es wird schon gut gehen.«

Er lächelte dankbar. »Und du? Wie geht es dir?«

Am liebsten hätte sie sich in seine tröstende Umarmung geflüchtet, doch sie zog nur ihren feuchten Umhang fester um sich. »Ich bin zu müde und nass, um mir über irgendetwas Persönliches Gedanken zu machen.«

Er lachte kurz und wurde dann wieder ernst. »Ich möchte deinen Sorgen nichts hinzufügen, aber es gibt etwas, das du wissen solltest.«

»Über wen? Hengar?«, fragte sie alarmiert. – »Nein, über den Goldenen Hirsch.«

Sie blickte ihn unverwandt an. War er bereit, seinen Plan offenzulegen?

»Im Frühjahr geriet ich mit einigen von Robert d'Oillys Männern in ein Gefecht, aber einer überlebte. Der König interessierte sich für ihn und nahm ihn in die Burgwache von Huntingdon auf. Ich habe ihn gerade in Odos Truppe gesehen.«

Hundert Gedanken drängten sich in Madeleines Kopf, doch sie fragte nur: »Wird er dich erkennen?«

»Er hat mich schon gesehen, ohne mich wiederzuerkennen, aber wenn Odo ihn eingestellt hat, muss es dafür einen Grund geben. Wenn Odo ihn auf mich aufmerksam macht, könnte der Kerl darauf kommen.«

»Was wirst du tun?«

»Nichts.«

»Wie kannst du tatenlos zusehen, wenn sie planen, dich zu vernichten?« Da er darauf nichts erwiderte, griff sie den anderen Gedanken auf, der ihr im Kopf herumschwirrte: »Wie viele hast du getötet?«

Die Frage überraschte ihn. »Drei. Einen hat Gyrth erledigt.«

»Du hast gesagt, du hättest noch nie getötet, um dein Tun zu verbergen.«

»Habe ich auch nicht. Ich tötete, um das Leben eines Mannes zu retten und seine Kameraden vor dem Ruin zu bewahren, der aus der Ermordung von Normannen resultiert.« Er seufzte und streichelte ihre Wange. »Schau nicht so besorgt. Ich bezweifle, dass irgendetwas geschieht, bevor wir beim König in York eintreffen, und ich hoffe, auch unmittelbar danach wird noch nichts passieren. Ich habe Pläne für York«, sagte er leise. »Ich möchte dich lange und zärtlich lieben, in einem Bett, meine Gemahlin. Wirst du mich dazu willkommen heißen?«

Wie sollte sie ihn abweisen, wenn der Tod über ihm schwebte wie ein Damoklesschwert? »Ja«, flüsterte sie.

Seine Augen blitzten. »Dann werden wir sicher bis nach York kommen. Der Rest liegt in den Händen der Götter.«

Sleaford war, wie Aimery gesagt hatte, wie Bourne, aber als sie den Ort erreichten, ging der Regen in ein Nieseln über. Und als sie am nächsten Morgen aufbrachen, schien wieder die Sommersonne, und die Straße war fest.

In trockenen Kleidern und in der warmen Sonne kehrten die Lebensgeister wieder zurück. Aimery stimmte ein Lied an, und alle sangen fröhlich mit. Ihr Ziel für heute war Lincoln, wo eine trutzige Burg sie erwartete und alles, was eine alte und zivilisierte Stadt bieten konnte.

Adele ritt mit Matilda, und Madeleine hielt sich in ihrer Nähe, denn wiewohl die Königin behauptete, keine Anzeichen der Niederkunft zu bemerken, rieb sie ab und zu ihren Unterleib und tat sich schwer, eine bequeme Liegeposition zu finden. Adele hatte Madeleine gesagt, sie erwarte die Geburt in den nächsten Tagen.

Wenn Madeleine nicht Matilda im Auge hatte, beobachtete sie nervös die Landschaft östlich der Straße und fragte sich, ob Hereward sich dort aufhielt und was er vorhatte. Gelegentlich sah sie kleine Fischerboote und sogar Reisende, die zu Fuß unterwegs waren und mithilfe von Stangen über die vielen Wasserläufe sprangen. Aber Anzeichen für Bewaffnete entdeckte sie nicht. Einige der Reisegesellschaft begannen über Hereward zu reden, als sei er ein Hirngespinst, doch Madeleine wusste nur zu gut, dass er das nicht war. Gegen Ende des Tages veränderte sich die Landschaft. Madeleine fiel ein Stein vom Herzen, als sie bemerkte, dass sie die gefährlichen Fens hinter sich hatten.

Lincoln, das hoch und stolz auf einem Hügel über dem Fluss Witham thronte, war ein willkommener Anblick. Die neue Burg dominierte schon jetzt die Stadt. Wilhelm von

Percy, dem die Burg übergeben worden war, ritt ihnen entgegen, um die Königin willkommen zu heißen – ein streng aussehender Mann mit einer furchterregenden Narbe im Gesicht, aber eine vertrauenerweckende Persönlichkeit. Madeleine dachte, sogar Aimery würde froh sein, die Verantwortung für eine Weile einem anderen zu überlassen.

Die Burg war eilends gebaut worden als Teil von Wilhelms derzeitiger Kampagne, den Norden zu unterwerfen, und dementsprechend nüchtern, doch im Schutz ihrer Mauern stand eine Reihe hübscher Häuser, in denen sich der königliche Tross ausruhen konnte.

Aimery kam geradewegs zu Matilda, um sie zu überreden, ein paar Tage in Lincoln zu bleiben.

»Unsinn!«, gab sie zurück. »Der schwierigste Teil der Reise ist geschafft. Auf dem Wasser wird es keine Probleme geben.«

»Wenn das Wetter hält«, warnte Aimery.

»Das wird es«, erwiderte Matilda.

Als Aimery ging, rieb sich Matilda wieder den Bauch.

»Eure Majestät«, sagte Madeleine verzweifelt, »eine Geburt auf dem Fluss wäre nicht klug.«

»Das habe ich auch nicht vor«, entgegnete die Königin, als habe sie diese Angelegenheit vollständig im Griff. »Ich kenne diese Schmerzen. Sie kommen Wochen vor der Geburt.«

Adele schaltete sich ein. »Aber es sind Schmerzen, Lady?«

»Natürlich sind es Schmerzen!«, schnauzte Matilda sie an. »Mir tut alles weh! Aber so würde es jedem gehen, der eine Woche lang in dieser verdammten Kiste liegen muss. Das Baby ist noch nicht unterwegs.«

Madeleine und Adele tauschten seufzend Blicke aus.

»Ich werde heute Nacht hier bei Euch schlafen, Eure Majestät«, erbot sich Madeleine.

»Nein, das wirst du nicht tun. Ich habe genügend Leute, die auf mich aufpassen, aber Aimery hat nur eine Gemahlin. Hör auf, mich zu bemuttern, Mädchen; tu das lieber mit deinem Gemahl. Er wird sich dafür wesentlich erkenntlicher zeigen als ich.«

Wenn Matilda in dieser Stimmung war, hatte es keinen Zweck, mit ihr zu reden, also machte sich Madeleine auf die Suche nach ihrem Quartier. Sie und Aimery hatten wieder ein kleines Zimmer zusammen. Hatte er bei seinem Versprechen, sie in York zu lieben, die Möglichkeiten vergessen, die sich in Lincoln bieten würden?

An diesem Abend gab Wilhelm von Percy für die Königin und ihren Tross ein glanzvolles Fest. Madeleine dachte, für Matilda würde es schwer werden, doch das schien sich nicht zu bewahrheiten. Vielmehr war sie anmutig und fröhlich, interessierte sich besonders für die Bürger der Stadt und machte sich bei ihnen für die Sache ihres Gemahls stark.

Auch Madeleine und Aimery saßen mit lokalen Würdenträgern zusammen und taten ihr Bestes, um einen guten Eindruck zu erwecken. Dass sie beide Englisch sprachen, wurde mit Genugtuung aufgenommen. Doch wer sich umhörte, bemerkte, wie gequält viele der Gespräche waren. Offenbar dachten nur wenige Normannen daran, die Landessprache zu erlernen. Stattdessen schienen sie von den Einheimischen zu erwarten, das Französische zu beherrschen.

Madeleine dachte an Herewards Prophezeiung, dass man hier in der Zukunft Englisch sprechen würde. Das schien ihr jedoch eher unwahrscheinlich.

Sie blickte nervös zur anderen Seite der Tafel, wo Odo saß. Wer der Mann war, der den Goldenen Hirsch erkennen konnte, wusste sie natürlich nicht, und es schaute auch niemand argwöhnisch zu ihnen herüber. Eigentlich sollte sie diese Sache wie Aimery aus ihren Gedanken verbannen, um sich nicht verrückt zu machen, doch sie war einfach nicht so fatalistisch wie er.

An der Tür entstand eine Unruhe, die ihre Sorgen vertrieb. Eine Gruppe betrat den Saal, angeführt von einer beeindruckenden blonden Frau mittleren Alters. Sie war nicht übermäßig schön, doch sie strahlte Humor und Charakter aus, und sie hatte blitzende blaue Augen. Aber Madeleines Aufmerksamkeit galt einer anderen Gestalt, die hinter dieser Frau und ihren Wachen eintrat.

Was machte Aldreda hier? Kam sie zu Aimery?

Aimery stand plötzlich auf. Madeleine starrte ihm erstaunt nach, als er mit strahlender Miene auf die Gruppe zuging. Sie spürte einen stechenden Schmerz. Würde er sie so vor der versammelten Gesellschaft bloßstellen?

Er nahm die blonde Frau in seine Arme. »Mutter!«

Madeleine stand langsam auf, von einer Mischung aus Erleichterung und Schuld übermannt. Als sie noch einmal zu Aldreda schaute, traf sie ein bohrender Blick, und die Miene der Frau wurde stahlhart. Warum starrte Aldreda sie an, als sei sie ein Hühnchen für den Kochtopf?

Doch für Spekulationen war jetzt keine Zeit. Aimery rief sie, die Königin versammelte sie alle um sich, Lady Lucia und ihre Begleitung bekamen Plätze angewiesen, Essen wurde für sie aufgetragen.

Madeleine versank in einer warmen, weichen Umarmung. »Meine allerliebste Tochter! Du bist so hübsch. Wie hat es dieser nichtswürdige Kerl bloß geschafft, so eine schöne Braut für sich zu gewinnen?« Als sie zur Königin gingen, erklärte Lucia: »Ich wusste schon, wie es ablaufen würde. Ich hätte in der Normandie sitzen können, bis ich versteinert wäre, ehe mein Gemahl oder mein Sohn einen Gedanken an mich verschwendet hätten. Und deshalb bin ich einfach gekommen.«

Lucia begrüßte die Königin ehrerbietig mit einem Knicks, doch als sie sich erhob, sagte sie: »Matilda, du musst verrückt sein.«

Die Königin lachte. »Das höre ich schon mein ganzes Leben lang. Guter Heiland, es ist schön, dich hierzuhaben, Lucia. Setz dich zu mir und erzähle mir sämtliche Neuigkeiten.

Mit deinem Sohn kannst du dich später zusammentun.« Sie wies Madeleine und Aimery mit einer Handbewegung ab, doch die beiden hörten noch, wie sie sagte: »Er macht sich übrigens sehr gut, du kannst stolz auf ihn sein.«

»Das bin ich immer«, erwiderte Lucia. »Hast du denn schon Wehen, oder willst du warten, bis du platzt wie eine Erbsenschote?«

Madeleine und Aimery grinsten sich an und setzten sich wieder auf ihre Plätze. »Sie ist wunderbar«, sagte Madeleine.

»Ja, aber lass dich nicht täuschen. Sogar Vater schlottert in den Stiefeln, wenn sie etwas zur Sprache bringt. Jetzt können wir jedoch darauf hoffen, dass die Königin Vernunft annimmt.«

»Ich bete dafür.« Madeleine spielte mit einer Süßigkeit. »Hast du Aldreda gesehen?«

Er blickte auf. »Wo?«

Seine Reaktion erleichterte Madeleine. Sie zeigte auf die Frau. »Sie kam mit deiner Mutter an.«

»Dann muss Mutter in Baddersley gewesen sein«, bemerkte er einigermaßen desinteressiert. »Aber weshalb bringt sie Aldreda mit?«

»Und weshalb«, fragte Madeleine ostentativ, »will Aldreda mitkommen?«

21

Die Königin zog sich früh zurück, begleitet von all ihren Hofdamen und Lady Lucia de Gaillard. Sobald Matilda versorgt war, bestellten Madeleine und Aimerys Mutter den Kammerherrn zu sich, um Lucia ein Quartier zuzuweisen.

Der Mann war zermürbt. »Ich habe nichts Passendes, Lady Madeleine. Die Gemächer der Damen sind bereits überfüllt.«

»Das ist nicht so schlimm«, sagte Lucia. »Ich bin nicht so empfindlich, als dass ich nicht auch im Saal oder in den Ställen schlafen könnte.«

»Oh Gott!«, stöhnte der Mann, »das ist nicht recht!« Doch plötzlich erhellte sich seine Miene. »Vielleicht könntet Ihr Euer Gemach mit der Lady teilen, Lady Madeleine.«

Madeleine dachte an ihr Gemach und wusste, dass der Mann recht hatte. Denn es war nicht nur gut, wenn Lucia es etwas bequemer hatte, sondern auch, weil Aimery und sie dadurch noch nicht in Versuchung kamen. Es ging jetzt nicht mehr so sehr um das Gelübde, sondern vor allem darum, dass sie zwischen sich wirklich alles regeln mussten, wenn sie glücklich werden wollten. »Eine hervorragende Idee«, sagte sie. »Kommt mit mir, Mylady.«

Im Zimmer blickte Lucia sich um und stellte dann fest: »Aber das ist ja das Gemach von dir und Aimery.«

»Ja«, erwiderte Madeleine, »aber es stört uns nicht, wenn Ihr hier schlaft, dessen könnt Ihr sicher sein.«

»Das«, meinte Lucia, »klingt sehr unnatürlich.«

Madeleine errötete. »Wir sind in letzter Zeit immer sehr müde.«

»Ich kann nicht sagen, dass Guy und ich uns durch einen

Reisetag hätten abhalten lassen. Oder uns jetzt abhalten ließen, wenn er hier wäre.«

Madeleine wusste nicht, was sie auf eine derart offene, unzweideutige Bemerkung erwidern sollte. Sie holte stattdessen zwei silberne Kelche aus einer Truhe hervor.

»Ich weiß, eure Heirat wurde auf eine eigenartige Weise arrangiert«, bemerkte Lucia. »Habt ihr schon gelernt, miteinander zurechtzukommen?«

Madeleine schenkte geschäftig Wein ein. »Mehr oder weniger«, antwortete sie und reichte ihrer Schwiegermutter einen Kelch.

Lucia lachte. »Ich sollte mich wohl besser um meine eigenen Angelegenheiten kümmern. Verzeih mir, meine Liebe. Es ist schwer, nur ein Küken zu haben. Er sieht gut aus, aber auch müde.«

Madeleine seufzte. »Glaubt mir, Matilda nach York zu bekommen ist genug, um uns alle grau werden zu lassen.«

»Das kann man wohl sagen«, erklärte Aimery, der in diesem Augenblick eintrat und das Ende von Madeleines Bemerkung mitbekam. »Habt Ihr sie überreden können, Mutter?«

»Nein, und ich bezweifle, ob ich es schaffe. Sie ist sich der Probleme ebenso sehr bewusst wie ihr, aber sie hat ihr Schicksal ein Leben lang mit ihrer Willenskraft beeinflusst und glaubt, dass sie das immer kann.« Lucia zuckte die Achseln. »So, wie ich Matilda kenne, würde ich sagen, die Chancen stehen recht gut, dass das Kind in York zur Welt kommt, so, wie sie es will.«

Aimery trank den Kelch aus, den Madeleine ihm reichte. »Also gut. Morgen sollten wir es bis Gainsborough schaffen, dann kommt noch Airmyn und dann York. Nur noch drei Tage, und nur auf dem Wasser. Und jetzt«, sagte er und warf sich auf eine Bank neben seine Mutter, »erzählt mir Eure Abenteuer und alle Neuigkeiten von zu Hause.«

Madeleine gab vor, noch etwas für die Königin erledigen

zu müssen, und ließ die beiden eine Weile allein. Als sie zurückkam, empfing Lucia sie mit einem dankbaren Lächeln. Etwas später ging Aimery, um die abendliche Inspektion seiner Truppe vorzunehmen, und überließ die beiden Frauen sich selbst.

»Er ist so erwachsen geworden«, begann Lucia halb stolz, halb traurig.

»Ich kenne ihn nicht anders.«

Lucia faltete liebevoll den Umhang, den Aimery auf eine Truhe gelegt hatte. »Es kommt mir vor, als sei es noch gar nicht lange her, seit er ein Baby an meiner Brust war, und kaum mehr als ein Augenblick, als er fast nur aus Armen und Beinen bestand, mit einer Stimme, die ihm überschnappte …« Sie seufzte tief. »Du musst einer dummen Mutter vergeben …«

Madeleine umarmte sie. »Ich vergebe Euch alles, denn Ihr habt mir Aimery gegeben.«

Lucia blickte ihr in die Augen. »Ist es so?« Sie lächelte. »Dann bin ich zufrieden. Bei dir ist er gut aufgehoben. Ich mache mir Sorgen, weil er in England ist, und ich weiß, dass auch Guy nicht wohl dabei ist. Selbst ich finde die Situation hier schwierig, und ich muss nicht kämpfen.«

Madeleine fragte sich, was sie wohl tun musste, damit Aimery bei ihr ›gut aufgehoben‹ war. Dann fiel ihr plötzlich Hengar ein, und ein Schauer lief ihr über den Rücken.

»Hereward ist Euer Bruder, nicht wahr?«

Lucia schnalzte mit der Zunge. »Ja, und wenn ich die Gelegenheit bekomme, werde ich ihm gründlich die Meinung sagen. Männer! Man kann die Zeit nun einmal nicht zurückdrehen. Er sollte sich in das Unvermeidliche fügen.«

Während sie sich auszogen, wagte es Madeleine, das Thema Aldreda anzusprechen. »Ich habe in Eurer Reisegesellschaft eine Frau aus Baddersley gesehen. Weshalb ist sie hier?«

»Die Weberin? Als ich dort Station machte, um nach dir

zu sehen, bat sie mich, mitkommen zu dürfen. Sie hat vor kurzem ihren Mann verloren und muss einen Bruder in York besuchen. Gibt es da ein Problem?«

Madeleine schüttelte den Kopf. »Nur, dass ihr Mann in Huntingdon ermordet wurde, während wir dort waren. Der Täter wurde bislang nicht gefunden. Aber vielleicht hat sie ja wirklich Verwandte in York.« Madeleine zweifelte jedoch daran. Sie hatte nie von solchen Verwandten gehört. Und wo genau war Aimery jetzt?

Sie musste gegen einen Drang ankämpfen, ihn zu suchen, nachzusehen, ob er bei Aldreda war.

Madeleine und Lucia teilten sich das Bett. Sobald sie es sich darin gemütlich gemacht hatten, sagte Lucia: »Arme Frau. Noch dazu erwartet sie ein Kind.«

Madeleine erstarrte. »Sie ist schwanger? Das sieht man ihr gar nicht an.«

»Nein, aber sie sagte, sie sei schwanger.«

Aimery kam mit einer Strohmatratze zurück und machte es sich in einer Ecke bequem. Madeleine blickte zu den angestrichenen Dachbalken hinauf. Aldreda hatte nur ein Kind, das, wie es hieß, von Aimery war. Und nun war sie also wieder schwanger.

Am nächsten Tag hatte Madeleine keine Gelegenheit, mit Aimery darüber zu reden, doch als sie sich alle am Foss-Dyke-Kanal versammelten, kam Aldreda zu ihr.

»Lady Madeleine«, begann sie unterwürfig, »ich hoffe, Ihr habt nichts dagegen, dass ich mit der Mutter Eures Lords gekommen bin.«

Madeleine musterte sie wachsam. »Natürlich nicht«, log sie. »Ich hörte, du willst Verwandte in York besuchen.«

Aldreda wich ihrem Blick aus und gab damit preis, dass sie gelogen hatte. »Es ist schwer für eine Frau, ihren Mann zu verlieren, Lady.«

»Das glaube ich wohl. Ich arrangiere gern eine neue Ehe

für dich. Hat dir eigentlich der Sheriff gesagt, dass ich das Wergeld zahlen werde? Zwanzig Schillinge, glaube ich.«

»Ja«, antwortete Aldreda und fügte kühn hinzu: »Und ich frage mich, warum Ihr das tun wollt.«

»Ich bin deine Herrin in Baddersley«, erklärte Madeleine gefasst. »Dein Wohlergehen ist mir wichtig, und ich fürchte, der Mörder deines Mannes wird nie gefunden.«

»Ach, wirklich?«, bemerkte Aldreda mit leichtem Spott. »Wir werden sehen. Aber ich danke Euch für das Wergeld, Lady. Ich kann es gut gebrauchen, schließlich habe ich eine Tochter durchzubringen.«

Madeleine konnte sich nicht zurückhalten. »Und ein zweites Kind ist unterwegs, wie ich höre. Wann ist es denn so weit?«

»Nächste Ostern etwa, Lady.« Aldreda lächelte verschlagen. »Ich bin erst seit kurzem schwanger.«

»Ein Segen«, sagte Madeleine verkniffen, »nach so vielen unfruchtbaren Jahren wieder ein Kind unter dem Herzen zu tragen. Hast du besondere Gebete gesprochen?«

Aldreda grinste schief. »Sicher habe ich etwas Besonderes getan, Lady«, bemerkte sie, verbeugte sich und verschwand.

Als Madeleine sie das nächste Mal sah, sprach Aldreda ausgerechnet mit Odo. Madeleine bekam ein mulmiges Gefühl. Zuerst d'Oillys Bewaffneter, jetzt die Weberin. Odos Ehrgeiz war zwar inzwischen nicht mehr auf Madeleine gerichtet, doch sie wusste, wenn er könnte, dann würde er ihr und Aimery etwas Böses antun. Und ihr Instinkt sagte ihr, dass Aldreda das Böse in Person war.

Madeleine stellte fest, dass sie kaum Zeit hatte, sich über Odos Pläne oder Aldredas Verbindung mit Aimery Gedanken zu machen, denn Matilda hielt sie sowie Adele und alle anderen Hofdamen ständig auf Trab. Die Königin stritt weiterhin jegliche Wehen ab, was wohl auch der Wahrheit entsprach, aber sie war ruhelos und reizbar.

Auf dem Foss-Dyke-Kanal reisten sie mit zwei Staffeln kleiner Flusskähne, und im Hafen von Torksey wechselten sie für die Fahrt den Trent hinauf auf größere Boote. Während des Aufenthalts in Torksey konnten die Frauen die Königin gut beschäftigen, aber wieder auf dem Wasser, war sie dazu verdammt, still zu sitzen.

Die Sänfte war zwar eine große Belastung für sie gewesen, doch auf der Straße hatte sie immer wieder anhalten lassen und sich etwas bewegen können. Obwohl die Boote breit waren, boten sie wegen der großen Zahl an Passagieren und Ruderern kaum Bewegungsfreiheit. Matilda fühlte sich unwohl und ließ es alle spüren.

Ohne die ständigen Beschwerden der Königin hätte Madeleine das friedvolle Gleiten durch die grüne Landschaft genießen können; so aber war sie unendlich erleichtert, als sie endlich Gainsborough erreichten. Sie betete, dass die Wehen der Königin hier kommen und sie alle von ihrem Elend erlöst würden.

Aber trotz aller Anzeichen und der stummen Gebete ihrer Begleiterinnen bekam die Königin in Gainsborough keine Wehen. Madeleine und Adele erwogen sogar, Kräuter einzusetzen, um sie zu fördern, doch ein solches Vorgehen barg oft mehr Risiken als Vorteile.

Allerdings nicht immer. Madeleine machte sich Sorgen, dass die Königin ihr Kind weitab von einer Ortschaft zur Welt bringen würde, wo sie nur von ihrer Leibwache beschützt werden konnten.

Je weiter sie nach Norden gelangten, desto mehr fühlte sich Madeleine von der Zivilisation abgeschnitten. Dieser Teil Englands war eindeutig noch wenig unter normannischer Kontrolle, und die Menschen sahen eher wie Nordmänner denn Sachsen aus. Gainsborough wirkte zwar wohlhabend und friedlich, doch die Bewohner der Stadt betrachteten die Eindringlinge mit Misstrauen und bedachten sie mit leisen Flüchen. Wenn es mit den Leuten zu Problemen kommen sollte, würden sich hier sicher zahlreiche Mittäter finden.

Während Madeleine darauf wartete, ihr Boot besteigen zu können, trat Aimery zu ihr. »Du siehst besorgt aus.«

Sie schnaubte aufgebracht. »Geht es dir denn anders?«

Er lachte. »Ab einem gewissen Punkt wird es sinnlos, sich Sorgen zu machen. Odo hat keine Ahnung von Geografie und ist zu arrogant, um auf die zu hören, die ihm etwas beibringen könnten. Er hat sich auf dem Weg hierher verirrt und traf erst nach der Nachhut ein. Allan de Ferrers ist so nervös, weil er im bösen Norden ist, dass er vorausgaloppiert und glaubt, hinter jedem Busch könnte ein zweiköpfiges Ungeheuer hervorspringen. Man kann von ihnen offensichtlich nicht erwarten, mit den Booten Schritt zu halten. Ich frage mich schon, welche Strafe darauf steht, eine schwangere Königin an einen Pfosten zu fesseln und sie hier festzuhalten.«

Madeleine konnte seinen Humor nicht teilen. »Diese Reise ist ein verrücktes Unterfangen, findest du nicht? Vielleicht hatte Hereward recht, und dieses Königsgeschlecht wird aussterben. Vielleicht ist dies der Anfang vom Ende.«

Sie merkte, wie er ernst wurde. »Hereward hatte recht«, sagte er nur. »Hereward hat immer recht.«

»Wirklich?«, fragte Madeleine mit angsterfüllter Stimme. »Aber warum bist du dann hier bei uns und nicht bei ihm?«

»Weil es meine Pflicht ist, die Königin sicher nach York zu bringen.« Seine Stimme war nicht weniger schneidend als ihre, als er dies sagte, doch dann zügelte er sich wieder. »Madeleine, ich diene Hereward nicht. Wir hätten das schon längst klarstellen sollen.«

»Du vergisst etwas. Ich habe gehört, dass du ihm etwas versprochen hast.«

Sie merkte, dass sie seine Geduld strapazierte. »Ja, aber nicht, was. Ich bin an Geheimhaltung gebunden, aber mein Dienst war nicht illoyal, und er ist längst vorbei. Glaube mir.«

Nichts hätte sie lieber getan. »Du willst also der Königin oder ihrem Kind nichts Böses?«

Er war schockiert. »Ist es das, was du glaubst?«

Sie biss sich auf die Lippe. »Etwas anderes konnte ich mir nicht vorstellen. Es tut mir leid.«

Er wandte sich ab, und es war, als würde sich eine Wand zwischen ihnen aufrichten. »Bin ich ein Narr, dass ich dein Vertrauen haben möchte? Soll ich meine Ehrbarkeit jeden Tag meines Lebens und immer wieder aufs Neue beweisen müssen?«

»Ich hatte Gründe, an dir zu zweifeln«, protestierte Madeleine. »Das kannst du nicht abstreiten.«

»Du hattest mein Wort, dass ich loyal bin.« Er blickte zu ihr zurück, und sie dachte, alles sei in Ordnung. Doch dann sagte er nur: »Geh an Bord«, und ließ sie einfach stehen.

Madeleine betete, dass sie bald in York sein würden; vielleicht konnten sie dort alles noch einmal besprechen. Und vielleicht würde sie sich dann endlich seiner Loyalität sicher sein. Und er würde sie dann lange und langsam lieben, in einem Bett.

Wenn er nicht in Ketten lag.

Die Königin war jetzt nicht mehr so ruhelos, aber immer noch griesgrämig wie ein Bär. Adele erwartete die Geburt mit jeder Minute und wich nicht mehr von ihrer Seite, doch für Madeleine gab es nicht viel zu tun. Wenn Matilda Gesellschaft wollte, verlangte sie nach Lucia.

Auch Aimery hatte nun nicht mehr viel Arbeit; er konnte nur versuchen, Probleme schon im Vorhinein abzuwenden. Es bot sich zwar keine Gelegenheit, mit ihm über kritische Dinge zu sprechen – dazu waren sie zu wenig unter sich –, doch Madeleine sah die Chance, wenigstens einige Missverständnisse auszuräumen. Sie gesellte sich zu ihm, und er ergriff ihre Hand, als sei es das Natürlichste auf der Welt. Madeleine spürte, wie ihr Herz bebte.

»Ich wollte dir etwas über Stephen erzählen«, begann sie zögerlich. – »Stephen?«

»Warum ich ihn nicht geheiratet habe.«

Seine Lippen zuckten. »Es war also nicht nur eine Frage des guten Geschmacks?«

Sie runzelte die Stirn. »Du warst damals wütend. Mit Recht. Du warst zornig, weil ich mein Wort gebrochen hatte.«

Sein Daumen rieb ihre Hand. »Stimmt. Also, warum hast du de Faix nicht geheiratet?«

Es fiel ihr noch immer schwer, darüber zu sprechen. »In jener Nacht ... Als der König mich zu sich rief ... Ich ging zu den Ställen, doch der König war nicht dort. Sondern Stephen.«

»So viel hatte ich auch mitbekommen, aber es überrascht mich, dass dich das so vehement gegen ihn aufbrachte.«

Madeleine blickte über den Fluss. »Er war nicht mit einer Frau zusammen.«

»Nicht?« Aimery wartete eindeutig auf mehr.

Madeleine blickte sich um, dann beugte sie sich zu ihm und flüsterte in sein Ohr: »Er war mit einem Mann zusammen!«

Aimery brach in schallendes Gelächter aus. »Beim heiligen Petrus! Dieser gerissene Schuft!«

»Stephen?«

Aimery schüttelte den Kopf. »Wilhelm. Ich bin sicher, er wusste über Stephens Neigung Bescheid, als er ihn zu einem deiner Freier erklärte. Wir hatten also nie eine echte Chance, nicht wahr?«

Madeleine musterte ihn ängstlich. »Tut es dir immer noch leid?«

Er drückte zärtlich ihre Hand. »Ganz und gar nicht. Ehrlich gesagt, damals kam mir die Galle hoch, wenn ich mir dich in Stephens Armen vorstellte.« Er küsste sie auf die Fingerknöchel und sagte dann etwas zögernd: »Ich glaube, wenn wir unsere Probleme ganz direkt angehen wollen, dann sollten wir von der Zeit reden, als die Leute in Baddersley ausgepeitscht wurden.«

»Wieso?«, fragte Madeleine verwundert.

Er spielte einen Moment mit ihren Fingern. »Weil es heißt, dass du die Auspeitschungen wolltest.«

»Was …!«, wollte Madeleine lospoltern, doch dann zögerte sie. »In gewisser Weise wollte ich es vermutlich wirklich – aber doch nur, um ihnen zu ersparen, verstümmelt zu werden! Mein Onkel konnte vor Wut nicht mehr an sich halten.«

»Ach so.« Aimery seufzte. »Die Leute hörten zwar, wie du ihn batst, sie auszupeitschen, aber sie konnten nicht genügend Französisch, um zu verstehen, weshalb. Ich denke, ich sollte dich dafür um Verzeihung bitten, dass ich das von dir geglaubt habe.«

»Ich muss gestehen, dass ich verletzt bin. Sah es denn danach aus, als ob ich mich so verhalten würde?«

»Nicht, bis ich bemerkte, wie du das Auspeitschen beobachtet hast.«

Madeleine schaute ihn fragend an, und so fuhr er fort: »Ich kam zur Burg, als es stattfand. Und sah, wie du das Auspeitschen der Kinder beobachtet hast.«

Madeleine erschauderte bei dieser Erinnerung. »Ich fühlte mich so hilflos«, sagte sie. »Ich wäre nie auf den Gedanken gekommen, dass er sogar die Kinder auspeitschen würde. Ich versuchte, ihn davon abzuhalten, aber es war zwecklos. Ich dachte, das Mindeste, was ich tun könnte, wäre, ihrem Leid beizuwohnen …«

Aimery wischte zärtlich eine Träne von ihrer Wange. »Du lieber Gott, in welchen Kalamitäten wir da waren!«

»Und, sind sie jetzt vorbei?« Doch dann fielen ihr Aldreda, Odo und d'Oillys Begleiter ein. Und ihr noch immer vorhandenes Unbehagen wegen seines Versprechens, Hereward zu helfen. Sollte sie ihn jetzt danach fragen?

»Zumindest ist es gut, dass wir uns endlich zugetan sind.«

Er berührte ihre Lippen mit dem Finger, und sie wusste, dass auch er sich danach sehnte, ihr neugewonnenes Einvernehmen mit einem Kuss zu besiegeln. Dies war jedoch nicht der rechte Ort, und gleich darauf wurde er auch schon geholt, um etwas mit dem Bootsführer zu besprechen.

Aber bald würden sie in York sein. Madeleine fasste neue Hoffnung und beobachtete zufrieden die an ihnen vorüberziehende Landschaft.

Sie befanden sich in einem fruchtbaren Tal, und am Fluss entlang reihte sich Dorf an Dorf wie Perlen an einer Kette. Die Gegend sah üppig und wohlhabend aus, allerdings waren auch Spuren des Krieges bemerkbar. Von einem Weiler standen nur noch nackte Mauerreste. Er konnte sowohl vom König als auch von Aufständischen zerstört worden sein, doch das spielte kaum eine Rolle. Häuser waren ausgebrannt, Ernten vernichtet, und zweifelsohne waren Menschen zu Tode gekommen. Sie hasste den Krieg.

Matilda bestand darauf, mittags zum Essen und für einen kleinen Spaziergang an Land zu gehen. Aimery machte dieser Gedanke gar nicht froh; er wies für Fulks Wache volle Alarmbereitschaft an. Alle vertraten sich ein wenig die Beine und aßen dabei. Madeleine sah Aldreda und ging spontan zu ihr.

»Wie geht es dir, Aldreda?«

Die Frau warf ihr einen deutlich unfreundlichen Blick zu. »Es geht schon.«

»Was ist eigentlich mit deiner Tochter? Wer kümmert sich um sie?«

»Hengars Mutter. Friedas Großmutter.« Mit einem süffisanten Grinsen fügte sie hinzu: »Mehr oder weniger.«

Madeleine beschloss, etwas zu riskieren. »Ich habe gehört, Frieda ist nicht Hengars Kind.«

»Wessen Kind sollte sie denn sonst sein, Lady?«

Madeleine wollte Aimery nicht beim Namen nennen, deshalb sagte sie auf gut Glück: »Herewards?«

Aldreda wurde bleich. »Der taugt nichts«, sagte sie, »er ist schließlich ein Gesetzloser.«

Madeleine witterte Blut. »Aber stimmt es?«

Aldreda reckte das Kinn hoch. »Frieda ist das Kind des Lords, das weiß doch jeder.«

Das hatte auch Hengar gesagt. »Wie meinst du das, das Kind des Lords?«

»Ich weiß, was ich meine«, erwiderte Aldreda listig, »und jeder andere, den es etwas angeht, weiß es auch. Das Kind eines Lords muss man vornehm erziehen und gut verheiraten. Und das geschieht mit Frieda.« Sie verrutschte etwas ihren Schal. Madeleine stockte der Atem, als sie den bernsteinverzierten Knauf ihres Dolches sah – die Mordwaffe.

»Was ist das?«, fragte sie, doch sie wusste sofort, dass sie sich verraten hatte.

»Ihr wisst es, Lady«, antwortete Aldreda. »Ihr wisst genau, was das ist und was es tat. Wenn Frieda nicht bekommt, was ihr zusteht, dann werde ich der Welt sagen, wer meinen Mann getötet hat, und weshalb.«

Die Fleischpastete, die Madeleine eben gegessen hatte, rebellierte in ihrem Magen. »Du hast keinen Beweis.«

Aldreda biss genüsslich in ihre Pastete. »Der Beweis befindet sich auf der Hand, die den Dolch führte, und ich weiß vom Sheriff, dass Aimery seltsamerweise vermisst wurde, als mein Hengar starb.«

Mit dieser neuen Wendung des Geschehens musste Madeleine erst fertig werden. Aldreda dachte also, Aimery habe Hengar ermordet, doch sie drohte weniger, ihn deshalb anzuklagen, sondern vielmehr, ihn als den Goldenen Hirsch zu entlarven, mit seiner Tätowierung als letztendlichem Beweis.

Madeleine betrachtete die Frau und konnte sie nur hassen. »Wie kannst du das jemandem antun, der einmal dein Geliebter war?«

Aldreda zuckte mit den Achseln. »So einen jungen Burschen würde ich nicht unbedingt einen Geliebten nennen. Das war in einer Minute vorbei. Aber er hat eine Pflicht, mir und Frieda gegenüber. Er hat mir meinen Mann gestohlen, und ich will wieder einen.«

»Ich werde eine Ehe für dich arrangieren«, sagte Madeleine rasch, »und beizeiten auch für Frieda.«

»Nein, Lady. Ich weiß, was ich wert bin. Frieda muss als Lady erzogen werden, wie es ihr zusteht, und sie muss gut verheiratet werden. Und ich will Aimery.«

Madeleine starrte sie entsetzt an. »Du willst ihn in dein Bett zwingen?«

»Das würde mir nichts ausmachen, auch wenn es noch andere gibt. Nein. Ich will eine Ehe nach dänischem Recht, bei der Frieda als sein Kind anerkannt wird.«

Wurde die Frau verrückt? »Diese Zeiten sind vorüber, Aldreda, und außerdem ist Aimery Normanne. Er hält sich nicht an solche Dinge. Und du hast zugegeben, dass das Kind ja auch von Hereward sein könnte.«

Aldreda musterte sie herablassend. »Ihr versteht das nicht. Wie auch? Aber Aimery versteht es. Ich bekomme, was mir zusteht, oder es geht ihm schlecht.«

»Hast du denn keine Angst um deine Sicherheit?«, fragte Madeleine kalt. »Was macht nach einem Tod schon ein weiterer?«

Aldreda wich zurück, doch ihre Erwiderung war kühn. »Mein Gemahl war ein Dummkopf. Ich nehme an, er ging geradewegs zu Aimery und wollte Silber für sein Schweigen. Und bekam stattdessen Stahl. Ich habe jemand anderen eingeweiht. Mich einfach zu töten hätte keinen Zweck.«

Madeleine wurde übel. »Wen hast du eingeweiht?«

Aldreda lächelte. »Das werde ich ausgerechnet Euch erzählen, meint Ihr? Sagt Ihr Eurem Gemahl einfach nur, er soll vernünftiger sein und so für mich und Frieda sorgen, wie es uns zusteht, und auch das neue Baby anerkennen. Meine Kinder werden beide den Euren gleichgestellt sein.«

Madeleine wunderte sich, dass sie nicht losschrie. »Hast du schon mit Aimery gesprochen?«

Aldreda nickte. »Dieser hochmütige Kerl! Er mag es nicht, dass ich die Oberhand habe, aber er wird sich daran gewöhnen müssen – oder sich ins Verderben stürzen. Wir Frauen sind einfach praktischer, nicht wahr?«

»Und was ist mit deinem Komplizen?«

»Mit dem werde ich schon fertig, keine Angst.«

Die Selbstgefälligkeit und Boshaftigkeit der Frau machte Madeleine wütend, und sie fragte sich, ob es Aimery ebenso ergangen war. Wenn sie nachgaben, würden sie sie ihr Leben lang nicht mehr loswerden. Doch sie zwang sich, würdevoll zu bleiben. »Aldreda, du wärst gut beraten zu nehmen, was wir gewillt sind, dir zu geben, und dann zu verschwinden. Wir wären großzügig.«

»Vielleicht, Lady, aber ich bekomme alles, was mir zusteht.«

Madeleine ließ sie stehen und ging. Was in Gottes Namen sollten sie nun tun? War Odo Aldredas Komplize? Das wäre mit Sicherheit eine Katastrophe. Sie schaute nach Aimery, doch er war mit dem Beladen der Boote beschäftigt; eine Aussprache unter vier Augen erschien momentan unmöglich. Sie hätte schreien können, doch sie drängte ihre Angst zurück. Noch würde aller Wahrscheinlichkeit nach nichts Dramatisches passieren – bis auf den Umstand, dass die Königin ihr Kind bekam. Sie gesellte sich wieder zu Matilda.

Lucia streckte sich und verzog das Gesicht. »Ich muss gestehen, dass ich vom Reisen genug habe. Ich bleibe in York, selbst wenn Guy nicht dort ist. Dann kann zur Abwechslung er einmal hinter mir herjagen. Aber nur, falls Northumbria sicher ist. Ich verstehe ehrlich gesagt nicht, wie sich Wilhelm unter so vielen Feinden halten kann.«

»Aimery sagt, es ist deshalb, weil die Feinde selbst uneins sind.«

Lucia seufzte. »Das glaube ich gern. Mercia kämpft gegen

Wessex. Northumbria kämpft gegen sich selbst. Wilhelm hätte niemals Fuß fassen können, wenn Tostig nicht seinen Bruder Harald verraten hätte. Harald war ein feiner Mensch«, sagte sie traurig. »Wir sollten heiraten, aber dann traf ich Guy.«

Madeleine versuchte, sie abzulenken. »Wart Ihr schon einmal in York?«

»Was? Eine Lady aus Mercia sollte sich in das Land der Kobolde und der haarigen Männer wagen? Gott behüte!«

Madeleine grinste. »Ich nehme an, Ihr habt Waltheof Siwardson noch nicht kennengelernt.«

Lucia zog die Brauen nach oben. »Nein, aber ich kannte seinen Vater und kann ihn mir vorstellen. Das ist das Feenerbe.«

Sie schien absolut ernst zu sein, deshalb fragte Madeleine: »Gibt es in Mercia auch Feenerbe?«

»Natürlich nicht«, antwortete Lucia und warf ihr dann einen schelmischen Seitenblick zu. »Enttäuscht?«

Madeleine lachte. »Ein bisschen. Aber wirklich nur ein bisschen.«

Doch als sie wieder sah, wie Aldreda sie beobachtete, dachte Madeleine, Aimery könnte etwas Feenerbe brauchen, um dem aufziehenden Sturm zu entkommen.

An diesem Nachmittag erreichten die Boote die große Mündung des Humbers und steuerten diesen hinauf bis nach Airmyn, wo der Fluss Aire einmündete. Dort stiegen alle mit steifen Gliedern aus, froh darüber, dass nur noch eine Tagesreise sie von York trennte. Madeleine konnte es kaum fassen, doch es schien, als würde Matilda ihr Ziel erreichen.

Sie selbst hingegen war sich nicht mehr sicher, ob sie wirklich nach York wollte. Einerseits würden sie dort zwar Zeit für sich haben, andererseits aber drohte Aimery als der Goldene Hirsch enttarnt zu werden. Denn wenn Odo vor dem ganzen Hof seine Zeugen vorbrachte, dann musste Wilhelm handeln. Und dann würde Aimery zumindest entehrt und verbannt werden.

Sie dachte gerade darüber nach, als ihr Odo begegnete. Madeleine hatte das beunruhigende Gefühl, dass er ihren Weg nicht zufällig gekreuzt hatte. »Entschuldige mich, Odo. Die Königin braucht mich.«

»Natürlich«, erwiderte er, ohne zur Seite zu treten. »Wie geht es Ihrer Majestät?«

»Den Umständen entsprechend gut. Bitte, lass mich vorbei.«

»Und dir? Es heißt, du bist auch schwanger.«

Sie zwang sich, ihm in die Augen zu sehen. »Wir hoffen es. Odo, was willst du?«

»Nur meine liebe Cousine begrüßen«, sagte er und ließ sie endlich weitergehen.

Madeleine eilte weiter, auch wenn ihr Herz donnerte. Odo war wie ein Fuchs gewesen, der mit einem Küken spielte. Er wusste alles.

Während sie sich mit der so erschöpften wie unruhigen Königin befasste, musste sie ihre Besorgnis beiseiteschieben. Wieder versuchten sie alle, Matilda zum Bleiben zu bewegen und sie davon zu überzeugen, den König holen zu lassen. Er konnte in weniger als einem Tag in Airmyn sein, doch Matilda wollte davon nichts wissen.

Sobald die Königin versorgt war, stürmten Madeleines Befürchtungen erneut auf sie ein. Sie drängte Aimery zu einem kurzen Gespräch und kam sofort zum Thema. »Ich habe mit Aldreda gesprochen.«

Er saß an einem Tisch und studierte eine Karte der Gegend. »Hör nicht auf sie, sie wird schon vernünftig werden.«

»Ich glaube, du täuschst dich. Sie ist wie eine Füchsin mit einem Jungen. Oder vielleicht auch zweien«, fügte sie geheimnisvoll hinzu.

Er blickte auf. »Und was soll das heißen?«

»Ist es dein Kind?«

Seine Miene wurde entschlossen. »Nein, es ist nicht meines. Ich habe Aldreda nicht berührt, seit ich vierzehn war.«

»Ich glaube dir!«, sagte Madeleine rasch. Und es stimmte. Warum hatte sie es überhaupt angesprochen?

»Nett von dir. Es ist sicher Odos Kind. Sie hat in Baddersley vor der Hochzeit die Hure für ihn gespielt.«

Madeleine dachte an ihre drei Freier zurück und schauderte bei dem Gedanken an den Fehler, den sie hätte begehen können.

Unruhig schritt sie im Raum auf und ab. »Weshalb behauptet sie dann, dass es deines ist?«

Aimery legte seufzend die Karte beiseite. »Aus Gier«, antwortete er. »Alles geht letztlich auf Gier zurück, die scheußlichste aller Sünden. Ich habe ihr versprochen, für Frieda zu tun, was ich kann, aber sie will mehr.«

»Ich weiß. Ist das annehmbar?«

»Eine Heirat nach dänischem Recht? Nein, selbst wenn es heute noch Gültigkeit hätte.«

»Aber wenn du nicht darauf eingehst, verrät sie dich dem König.«

Er zuckte die Achseln. »Wenn das mein Wyrd ist …«

Madeleine trommelte mit den Fäusten auf seine Schulter ein – was in etwa so viel Eindruck machte, als hätte sie sich an einem Eichenstamm ausgelassen, aber zumindest schenkte er ihr Beachtung.

»Was soll ich denn tun?«, fragte er sie.

Madeleine schüttelte den Kopf. »Ich weiß nicht. Aber wenigstens könntest du dir Sorgen machen! Odo leckt sich schon die Lippen!«

Er zuckte mit den Schultern. »Ich mache mir Sorgen. In unserer Nähe sind Männer.«

»Rebellen?«, fragte Madeleine schneidend. Sofort trat die Bedeutung von Odo und Aldreda weit zurück.

»Keine Normannen. Vielleicht wollen sie gar nichts von uns.«

»Aber wir würden eine Streitmacht zum Angriff verlocken, wenn sie groß genug wäre.«

»Stimmt. Ich muss nur die ganze Nacht über Odo und Allan die Route für morgen einbläuen und dann hoffen, dass sie auf Position und in unserer Nähe bleiben.« Er stand auf und lächelte. »Morgen sind wir in York.«

Trotz aller Befürchtungen verursachte diese bloße Bemerkung schon ein warmes Gefühl in ihrem Bauch. Dennoch meinte sie verzagt: »Was wird uns das schon Gutes bringen, wenn du in Ketten liegst.«

Er grinste. »Dann müssen wir uns eben etwas einfallen lassen.«

Sie lächelte ihn mit Tränen in den Augen an und ließ sich in seine Arme sinken. »Ich habe schreckliche Angst, Aimery.«

Er massierte ihren Rücken. »Hab keine Angst. Ich beschütze dich. Alles wird gut.«

»Wie willst du denn das wissen?«, fragte sie aufgebracht.

»Vielleicht habe auch ich die Gabe des Sehens.«

Sie blickte zu ihm hoch. »Ist das wahr?«

Er küsste sie. »Ich weiß es nicht. Aber ich weiß, dass mich nur der Tod von dir trennen kann.«

Madeleine erschauderte und küsste ihn leidenschaftlich.

22

In dieser Nacht schlief Madeleine unruhig auf dem Boden neben dem Bett der Königin in der Erwartung, jeden Augenblick zur Geburt gerufen zu werden. Der Morgen kam, doch keine Wehen. Adele war fast die ganze Nacht aufgeblieben; sie schüttelte den Kopf. »Seit dem Morgengrauen habe ich schon die Hand auf ihrem Bauch liegen. Die Kontraktionen kommen unregelmäßig – es ist einfach immer noch nicht so weit.«

Die Königin war gereizt. »Hör auf, über mich zu reden wie über ein Kind. Ich sage es dir schon, wenn die Wehen einsetzen. Wer sollte das schließlich besser wissen als ich?«

Madeleine und Adele wussten beide, dass die Königin auch einmal log, wenn es ihr genehm erschien. Sie wollte es unbedingt bis nach York schaffen, das nur mehr zwanzig Meilen entfernt war.

Aimery sprach mit der Königin und nahm danach Madeleine zur Seite. »Kann sie reisen? Wenn du meinst, wir sollten es lieber lassen, weigere ich mich, die Fahrt fortzusetzen. Das Wetter ist ohnehin nicht das beste.«

Madeleine blickte auf; der Himmel war von tiefen, grauen Wolken verhangen. »Du müsstest sie festbinden«, sagte sie nur.

»Und sie hat noch immer keine Wehen?«

»Adele ist sich sicher.«

»Wenn die Wehen einsetzen, wie lange dauert es dann noch?«

»Manchmal viele Stunden. Aber wenn eine Frau schon mehrere Kinder gehabt hat, kann man es nicht wissen. Dann kann es auch schnell gehen. Aber schnell bedeutet gewöhnlich auch gut.«

»Die Leute hier meinen, auf dieses Wetter sollte man nicht allzu viel geben, aber ich bin mir nicht sicher, ob sie die Wahrheit sagen. Sie betrachten sich weder als Wilhelms noch als Gospatrics Untertanen; sie erkennen nur Waltheof als ihren Lord an. Ich wünschte, er wäre bei uns, aber ich bin mir auch nicht sicher, auf welcher Seite er eigentlich steht ...« Er schüttelte den Kopf. »York geht mir aus mehr als einem Grund im Kopf herum, als sei es das Gelobte Land. Brechen wir auf.«

Matilda überraschte alle, indem sie leichten Schrittes zum Boot ging. Ihre Augen strahlten, und sie lächelte. »Siehst du«, sagte sie zu Lucia, »ich habe dir gesagt, dass ich es bis nach York schaffen würde. Ein gutes Omen. Ein gutes Omen.«

Lucia schnitt eine Grimasse, als sie der Königin folgte, doch sie blinzelte Madeleine zu und meinte: »Man soll die Stärke weiblicher Entschlusskraft nie unterschätzen.«

Die Luft war kühl und voller winziger Tröpfchen, die Umhänge und Rüstungen grau färbten. Während der Fahrt wurde der Nebel noch dicker, bis sie die Ufer kaum mehr sehen konnten. Der Dunst erstickte zudem jedes Geräusch. Man konnte kaum mehr glauben, dass es auch noch anderswo auf der Welt Menschen gab und andere Farben als grau.

Trotz der Tatsache, dass sie auf dem Fluss waren und sich gar nicht verirren konnten, fand sich Madeleine Gebete murmeln, sie möchten doch bitte endlich ankommen, egal wo ...

Sie fragte sich, wie weit sich der Nebel ausbreitete und was mit Odo und Allan war. Man konnte nur noch daran glauben, dass sie existierten, denn es fiel zunehmend schwerer, sich vorzustellen, dass die Reisegesellschaft aus mehr bestand als den beiden Booten. Madeleine bebte bei dem Gedanken, dass dies ein Land der Mythen und des Zaubers war. Dies war die Heimat von Waltheof, der über die Vorstellung, dass seine Großmutter eine Bärin gewesen sei, nicht lachte.

Rückschauend schien der Schrei der Königin unvermeidbar. Madeleine kämpfte sich durch die Damen hindurch an ihre Seite und hörte sie fluchen. Jetzt erst merkte sie, dass es kein Schmerzensschrei gewesen war, sondern einer aus Wut.

»Was ist los?«, fragte sie.

Adele schaute auf. »Ihre Fruchtblase ist geplatzt.«

Matilda lag auf dem Rücken und murrte. »Nur noch ein paar Stunden. Das ist alles. Nur noch ein paar Stunden.«

»Ihr habt keine paar Stunden mehr, und das wisst Ihr auch!«, erklärte Adele nicht gerade freundlich. »Ihr habt mich den ganzen Tag lang angelogen!«

Matilda lächelte. »War denn irgendwo eine geeignete Stelle zum Anhalten?« Dann hielt sie den Atem an und packte Adeles Hand.

Madeleine sah, wie sich ihr Bauch anspannte. Die Wehen waren schon weit fortgeschritten. »Wir müssen anhalten.«

Sie arbeitete sich nach vorn zu Aimery durch, der zusammen mit Fulk versuchte, im Nebel etwas zu erkennen, und brachte ihm die Nachricht. »Guter Gott«, stieß er hervor und ging, um sich mit einem der Bootsführer zu besprechen.

Danach kam er wieder zu Madeleine. »Soweit wir es in diesem Nebel sagen können, sind wir in der Nähe eines Weilers namens Selby. Es sollte möglich sein, dort Unterkunft zu bekommen. Schaffen wir es bis dahin?«

Madeleine zuckte die Achseln. »Wenn nicht, dann kommt das Baby eben auf dem Boot zur Welt.« Sie lächelte ihm wehmütig zu. »Glaube mir, in solchen Dingen kennen die Frauen die Bedeutung des Wortes Wyrd genau.« Sie ging zurück und ließ die Hofdamen nach den für die Geburt bereits vorbereiteten Kissen und Tüchern suchen. Durch das Platzen der Fruchtblase hatten sich die Wehen beschleunigt; keine Macht der Welt konnte verhindern, dass das Kind in den nächsten Stunden geboren würde.

Wie jede Geburt war auch diese jetzt eine Angelegenheit zwischen Matilda und Gott.

Die Boote hielten auf das westliche Ufer zu. Der plötzliche

Anblick von Gebäuden war eine unglaubliche Erleichterung, eine Bestätigung, dass die Zivilisation noch immer existierte. Doch dann, als sie an einem kleinen Kai anlegten, verflog dieses Gefühl: Der Ort war verlassen, die Gebäude zerstört und niedergebrannt.

Sie gingen an Land. Die Männer standen mit gezogenen Schwertern Wache, doch die Gefahr war offenbar schnell über Selby hereingebrochen und hatte sich ebenso schnell wieder verzogen.

»Wer war das?«, fragte Madeleine ihren Gemahl.

»Es ist noch nicht lange her, aber es könnten sowohl die Rebellen als auch der König gewesen sein. Wer immer es war, sie haben nicht viel stehen gelassen, was uns als Unterschlupf dienen könnte.«

Plötzlich kam eine Stimme aus dem Nebel, und eine dunkle Gestalt wurde sichtbar.

Aimery trat vor. »Wer seid Ihr?«

Jetzt erkannte Madeleine einen Mann – einen seltsamen Mann mit langem Haar und Bart, in grobes Tuch eingehüllt. War das der Stil, in dem man sich in Northumbria kleidete?

Der Mann zeigte keine Furcht. »Ich bin Benedikt von Auxerre, ein demütiger Einsiedler«, erklärte er in gepflegtem Französisch. »Wie kann ich Euch helfen?«

»Wo sind die Menschen von Selby?«, fragte Aimery.

»Geflohen wie die Schafe vor den Wölfen.«

»Und Ihr?«

»Ich bin ein heiliger Eremit und deshalb vor den Wölfen sicher.«

Aimery zögerte, dann sagte er: »Wir haben eine Frau, die gerade ein Kind bekommt, und brauchen Unterkunft.«

Der Eremit lächelte. »Wie schade, dass nicht gerade Weihnachten ist. Kommt mit. Meine Hütte ist ein einfacher Ort, aber sie bietet Schutz vor dem Wetter, und ich habe ein Feuer brennen.«

»Wie weit?«, fragte Aimery.

»Gleich hinter den Häusern, am Rand des Dorfs.« – Fulk schickte seine Männer voraus, um die Sicherheit des Weilers zu überprüfen, und Aimery trug Matilda zu der Hütte. Er wartete noch einen Augenblick, bis eine weitere Wehe vorüber war, und nahm sie dann auf die Arme.

»Eine schöne Geschichte«, sagte Matilda jämmerlich, während sie sich an ihn klammerte.

Aimery blickte alarmiert zu Madeleine. »Wenn du wartest, bis die Wehen vorüber sind«, sagte sie, »dann wartest du, bis das Baby da ist. Geh!«

Er ging los, Adele begleitete ihn. Madeleine suchte alles zur Entbindung Notwendige zusammen und wies die Frauen an, saubere Tücher zu besorgen, um die Königin nach der Geburt darauf zu betten. Sie sah sich um. Es war schwierig, in diesem grauen Nebel etwas auszumachen, doch es musste später Nachmittag sein. Der Nebel hatte sie Zeit gekostet. Sie fragte sich, wie weit es noch bis York war. Selbst, wenn die Königin nach der Geburt gleich wieder reisen konnte, würden sie die Stadt noch vor Einbruch der Dunkelheit erreichen? Bei dem Gedanken, in diesen Ruinen die Nacht verbringen zu müssen, bekam sie eine Gänsehaut.

Doch sobald sie in der Hütte des Einsiedlers war, fühlte sie sich besser. Es war ein kleines, einfaches Steinhaus mit einem Boden aus gestampfter Erde, doch in dem Herd in der Mitte brannte ein Feuer, und es wirkte irgendwie gemütlich. Jetzt allerdings liefen ständig Leute mit allen möglichen Dingen bepackt aus und ein. Die Königin saß auf der einfachen Strohmatte des Eremiten, die nun mit feinen Leintüchern bedeckt war. Zwischen den Kontraktionen nippte sie Wein aus einem silbernen Kelch. Ein Mann zündete eine Reihe von Kerzen an. Weder Aimery noch der Eremit waren zu sehen.

Bald war das Haus hergerichtet, so gut es ging, und alle wurden hinausgeschickt und mussten sich nun um sich selbst kümmern – bis auf Adele, Madeleine, Lucia und Bertha, Matildas liebste Hofdame. Der Raum war vollgestopft.

Auf Matildas Bitte hin lasen Bertha und Lucia abwechselnd aus einem Geschichtsbuch über Karl den Großen vor. Madeleine massierte den Rücken der Königin, und Adele verfolgte den Fortgang der Geburt.

Matilda stöhnte, murrte und fluchte gelegentlich auch, doch sie schrie nicht laut und wild, wie Madeleine es schon einige Male miterlebt hatte. Sie fragte sich, wie sie selbst sich bei ihrer ersten Entbindung verhalten würde.

Die Königin ging in die Knie und stemmte sich mit den Händen auf der Matte ab. »Drück fester, Mädchen!«, fuhr sie Madeleine an. »Fester!«

Madeleine kniete hinter ihr und drückte mit aller Kraft auf ihren Rücken. »Besser«, schnaufte Matilda.

Adele nickte. »So ist es gut. Sie braucht es immer im Rücken.« Sie streichelte der Königin den Bauch. »Nicht mehr lange, Schatz«, summte sie.

Madeleine drückte und drückte und dachte dabei, dass es in dieser Situation – wie in den meisten wichtigen Lebensumständen – keine Rolle spielte, ob man Königin oder Bäuerin war. Das war schlichtweg einerlei.

Plötzlich stieß Matilda einen schrillen Schrei aus und sank auf die Seite. »Endlich«, keuchte sie.

»Ja, endlich«, pflichtete Adele ihr bei. Sie schob die befleckten und durchnässten Röcke der Königin zurück. »Hierher, Lady Madeleine, kommt und haltet ihr Bein hoch.«

Madeleine gehorchte. Sie konnte bereits die Wölbung sehen, die der Schädel des Babys verursachte.

»Wunderbar, wunderbar«, sagte Adele. »Was für ein schöner Anblick. Alles ist bestens, alles ist bestens …«

Madeleine blickte auf das schweißnasse Gesicht der Königin. Matildas Mund war schlaff, ihr Atem ging schnell und flach, und ihre Augen waren halb geschlossen. Hörte sie das beruhigende Gemurmel der Hebamme? Madeleine war sich dessen sicher. Dann stöhnte und ächzte Matilda. Die Rundung zwischen ihren Beinen wurde größer.

Wieder ertönte ein Schrei, doch dieser kam nicht von der Königin, sondern von draußen. Kampfgeschrei. Und das Klirren von Waffen.

Madeleine blickte alarmiert zu Adele, die jedoch nichts zu hören schien. Bertha war kreidebleich geworden, las jedoch einfach weiter. Lucia blickte Madeleine ruhig in die Augen. »Da können wir nichts tun. Vertraue auf Aimery.«

Vertraue auf Aimery. Madeleine sah die ersten Haare des Babys und versuchte es.

Matilda gab einen kehligen Laut von sich. Adele rieb die sich wölbende Haut, und langsam erschien der Kopf des Babys mit einem zerknitterten Gesichtchen. »Wunderbar, wunderbar!«, frohlockte Adele und wischte das Gesicht mit einem weichen Tuch ab. »Was für ein hübsches Engelchen! Nur noch einmal fest pressen, Schatz, dann hast du dein Baby! Los, kräftig pressen …«

Die Königin stöhnte und presste. Die Schultern kamen zum Vorschein, erst eine, dann die zweite, und dann glitt rasch das ganze Baby heraus. Ein Junge. Er schrie sofort.

»Der Fürst!«, sagte Lucia feierlich.

Der Gefechtslärm war jetzt unmittelbar draußen vor der Hütte; Kampfgeschrei wie das Geheul von Wölfen an der Tür, Rufe in Englisch und Französisch, das Klirren von Waffe an Waffe. Zischend flog ein Pfeil durch das Fenster und landete, ohne Unheil anzurichten, auf dem Boden. Madeleine hörte Aimery einen Befehl rufen. Ihr Herz machte einen Sprung, doch dann kam es ins Schlingern bei dem Gedanken, dass er da draußen kämpfte. Gegen wen? Hereward?

Mit zittrigen Händen half sie der Königin, sich auf den Rücken zu legen. Adele wickelte das Baby in Tücher ein, legte es der Mutter in die Arme und wartete dann auf die Nachgeburt. Matilda, die wie alle Mütter unmittelbar nach der Geburt plötzlich wieder bei klarem Bewusstsein war, starrte auf ihr Kind, dann öffnete sie ihr Gewand, legte es gekonnt an die Brust und schaute auf. »Wer ist da draußen?«

»Wir wissen es nicht«, antwortete Madeleine. »Es sind Engländer.«

Matilda wand sich, zog ein Messer aus ihrem Gürtel und legte es griffbereit auf das Lager. »Schaut nach.«

Lucia und Bertha bewachten den Eingang. Bertha hielt einen Hocker vor sich, doch ihr Gesicht war sehr blass. Lucia hatte den kräftigen Wanderstab des Eremiten in den Händen; sie wirkte entschlossen und kampfbereit.

Madeleine zog ihr Tischmesser heraus und wünschte, sie hätte ihren Dolch, der noch immer in Aldredas Besitz war. Dann öffnete sie die Tür einen Spalt, doch die Sicht war durch Fulks breiten Rücken und zwei weitere Wachen neben ihm eingeschränkt.

Sie hatten vor der Hütte ein Feuer angezündet, das die in Nebel getauchte Schlachtszene in ein dumpfes Rot hüllte. Madeleine sah nur Umrisse von Menschen; die Geräusche hingegen waren deutlicher. Schwerter krachten gegen Äxte und Schilde. Gelegentlich zischte ein Pfeil oder ein Speer durch die Luft. Schlachtrufe und Schmerzensschreie waren zu hören.

»Heilige Mutter Gottes«, hauchte Madeleine. Ihr Blick suchte Aimery. »Wer ist das?«

»Rebellen«, brummte Fulk. »Wie geht es der Königin?«

»Gut; sie hat einen Prinzen geboren.«

Fulk nickte. »Keine Angst. Wir werden sie beschützen.«

Madeleine wusste, er würde eher sterben, als einen Eindringling über die Schwelle treten zu lassen, doch so weit konnte es ja immer noch kommen. Wie zahlreich waren die Angreifer? Wo waren Odo und Allan? Waren sie nichtsahnend bereits nach York unterwegs? Wo war Aimery?

Lucia erschien hinter ihr. »Ist das Hereward da draußen?«, fragte sie.

»Wir wissen nicht, wessen Leute es sind, Lady«, antwortete Fulk.

»Wenn Ihr könnt, dann macht bekannt, dass Lucia von

Mercia hier ist, und wenn mein niederträchtiger Bruder für dies verantwortlich ist, dann werde ich ihn mit seinem eigenen Messer kastrieren!«

Fulk lachte. »Gott sei Dank seid Ihr auf unserer Seite, Lady, aber mit denen zu reden hat keinen Sinn. Die sind nur auf Tod und Verwüstung aus.«

Er hatte es kaum gesagt, als ein Speer auf ihn zukam. Fulk parierte mit seinem Schild einen Augenblick zu spät. Die Waffe traf ihn genau in die Kehle; röchelnd sank er auf die Erde. Madeleine kniete rasch bei ihm nieder, doch jede Hilfe kam zu spät. Fulk war innerhalb von Sekunden tot.

Sie musste etwas tun. Sie musste Aimery finden. Noch ehe die beiden schockierten Wachen die Tür blockieren konnten, war Madeleine in der Nebelhölle verschwunden.

Sie lief an dem Feuer vorbei, kauerte sich hinter einen Mauerrest und hielt nach Aimery Ausschau. Außerdem musste sie herausfinden, wer die Angreifer waren. Wenn es Hereward war, konnte sie sich vielleicht an ihn wenden. Sie glaubte zwar kaum, dass sie Erfolg haben könnte, aber sie musste es zumindest versuchen.

Dann sah sie plötzlich Aimery, der mit dem Schwert gegen einen starken, mit einer Axt bewaffneten Mann kämpfte. Sie schlich näher. Die gute Rüstung wies seinen Gegner als einen Adligen aus, und das lange Haar und der Bart ließen ihn klar als Engländer erkennen. Aber es war nicht Hereward.

»Halte treu zu deinem englischen Blut!«, hörte sie den Rebellen rufen, als er einen mächtigen Schlag mit seinem Schild abwehrte. »Willst du, dass sich der Bastard hier ungehemmt vermehrt?«

Aimery bedrängte den Mann. »Ich bin Normanne, Gospatric, und wenn du nicht fliehst, werde ich dich hier töten!«

Der Mann lachte. »Ein Krieger aus Northumbria flieht niemals!« Er schwang seine große Axt. Madeleine schauderte, als Aimery den Schlag mit dem Schild parierte. »Du bist derjenige, der hier sterben wird, de Gaillard, zusammen mit der Hündin des Bastards und ihrem Welpen. Ihr seid in der Minderzahl, und niemand kommt euch zu Hilfe!« Gospatric trat zurück und grinste. »Wir haben deine Boten abgefangen, Normanne. Deine Vorhut ist schon unterwegs nach York. Und deine Nachhut lagert weit hinter euch. Ergib dich, oder stirb!«

»Dann heiße ich den Tod willkommen!«, schrie Aimery und stürmte auf den Mann ein.

Von Entsetzen erfüllt beobachtete Madeleine den Kampf; Tränen strömten über ihr Gesicht. Jetzt, wo sie endlich den absoluten Beweis für Aimerys Treue hatte, würden sie alle hier sterben ...

Mit einem Mal veränderte sich der Kampfeslärm. Zuerst begriff sie nicht, was vor sich ging. Es klang, als hätten sich noch mehr Männer dem Angriff angeschlossen.

Doch dann begann Gospatrics Aufmerksamkeit zu wanken, und das Kampfgeschehen schien sich insgesamt zu verändern.

Aimery landete einen Schlag auf der von einem Kettenpanzer geschützten Schulter seines Gegners, der aufheulte und sich zurückzog. »Wer?«, schrie Gospatric über das Schlachtgetümmel hinweg. »Wer kommt?«

Die Antwort erscholl aus dem Nebel. »Hereward von Mercia!«

Und schon im nächsten Augenblick war er da, dieses Mal in seiner Rüstung, der kämpferische Blick siegessicher. »Geht, Gospatric. Überlasst dieses Feld mir!«

Madeleine kauerte sich nieder; sie wusste nicht, ob dies die Rettung bedeutete oder ob hier Wölfe um eine Beute rauften. Auch Aimery beobachtete, was nun vor sich ging.

»Seid Ihr nicht auf unserer Seite?«, fragte Gospatric.

Auch Hereward war mit einer Axt bewaffnet. Er schwang sie träge. »Die Interessen Northumbrias liegen mir durchaus am Herzen. Wilhelm lässt Euch vor sich im Staub knien, mein Freund, aber wenn Ihr nett genug zu ihm seid, wird er

Euch begnadigen. Allerdings nicht, wenn Ihr seine Königin tötet.«

Sobald die beiden Führer miteinander sprachen, endete das Kampfgeschehen. Nur das Stöhnen der Verwundeten war noch zu hören.

»Und was ist, wenn sie einen Sohn geboren hat?«

»Das ist nicht mehr Eure Angelegenheit. Meine Männer sind Euren zahlenmäßig überlegen. Allan de Ferrers ist bereits hierher unterwegs, und auch in York sollte schon Hilfe aufgebrochen sein, von der Vorhut auf den Weg gebracht. Verschwindet, solange Ihr es noch könnt. Eines Tages werden wir vielleicht zusammen die Normannen aus dem Land jagen, aber nicht heute.«

Es stand auf Messers Schneide.

Madeleine spürte, dass es ebenso sehr Herewards kraftstrotzende Persönlichkeit war wie die Vernunft, was Gospatric zum Umdenken brachte.

Er fluchte kräftig, teilte einige Befehle aus und war verschwunden.

Madeleine hatte das Gefühl, als würde sie seit Stunden zum ersten Mal atmen. Dann bemerkte sie, dass Aimery noch immer wachsam war.

»Kein Dank, Neffe?«, fragte Hereward ihn.

»Alles zu seiner Zeit«, erwiderte Aimery, das Schwert griffbereit.

Hereward lachte. »Ich würde ja gern behaupten können, dass das mein Werk war, aber es war dein verdammter Vater. Es sind tatsächlich Verstärkungen auf dem Weg hierher.«

»Gut. Dann könnt Ihr uns ja zweifellos verlassen, damit wir uns hier um alles kümmern können.«

Nun, da Gospatric und seine Rebellen aus Northumbria abgerückt waren, sah Madeleine die große Zahl von Herewards Männern, die die erschöpften Normannen umgaben. Lieber Gott, würde der Kampf noch einmal von vorn beginnen? Was wollte Hereward?

»Und wie geht es der Herzogin der Normandie?«, fragte er lauernd. – »Der Königin geht es gut.«

»Hat sie ihr Kind bekommen?«

»Ich war zu beschäftigt, um nachzufragen.«

»Ich würde es gerne wissen.«

Madeleine trat aus ihrem Versteck hervor. »Die Königin hat einen gesunden Sohn geboren, und Lucia lässt ausrichten, sie wird Euch mit Eurem eigenen Messer kastrieren, wenn Ihr Unfrieden stiftet.«

Hereward lachte. »Meine Schwester ist hier? Wotan sei mir gnädig!« Er wurde wieder ernst. »Eine Schande, dass es ein Junge ist, denn ich werde ihn mitnehmen müssen.«

Madeleine trat vor, das Messer in der Hand. »Ihr könnt einer Mutter nicht ihr Neugeborenes wegnehmen!«

»Ich habe schon eine Amme. Es wird ihm nichts geschehen, er soll nur nicht als Fürst aufwachsen.«

Aimery meldete sich zu Wort. »Ihr habt wenig Vertrauen in Eure eigene Prophezeiung, wie es scheint.«

»Wer weiß denn schon, wie man ihr Genüge tut?«

»Dann werde ich ihr Genüge tun«, erklärte Aimery gelassen. Er zog seinen Ring vom Finger und warf ihn ins Feuer, dann stellte er sich zwischen Hereward und die Hütte.

Sie musterten sich gegenseitig, während der Ring eine Flamme aus der Glut aufflackern ließ.

»Und ich ebenfalls.« Lucia erschien an der Seite ihres Sohnes, mit beiden Händen Fulks Schwert haltend. Es war klar, dass sie es kaum hochheben konnte, doch ihre Kampfansage war absolut ernst.

Auch Madeleine stellte sich neben Aimery. »Und ich ebenfalls.«

Hereward musterte die drei gedankenvoll. »Ist es so? Ist das die Zukunft, dass Engländer, Normannen und normannische Engländer zusammenstehen?«

Niemand antwortete.

»Dann sei es so.« Auf eine Geste hin trat Gyrth vor und

nahm Herewards Axt in Empfang. Madeleine seufzte auf; zum ersten Mal hoffte sie auf das Leben, auf eine Zukunft.

Doch als Hereward ein Messer aus seinem Gürtel zog, stockte ihr erneut der Atem. Ein Messer mit einem bernsteinverzierten Griff. »Diesen Dolch habe ich einer Frau abgenommen, die versuchte, unsere Traditionen zu ihrem persönlichen Vorteil auszunützen und meinem Geschlecht einen normannischen Bastard unterzuschieben. Sie wird euch keine Probleme mehr bereiten.«

Aimery senkte sein Schwert. »Ihr habt sie getötet?«

»Wie es mein Recht war. Aus Sorge um meine Tochter.«

»Ihr beansprucht Frieda für Euch?«

»Sie ist das Kind eines Lords, und deshalb gehört sie mir. Wenn ich wieder zu meinem Land komme, werde ich sie als mein Kind anerkennen, wie es sich gehört.«

»Du bist blind, Hereward«, sagte Lucia wütend. »Dein Land ist an einen anderen übergegangen.«

Hereward machte eine Geste, die mehr umfasste als die erbärmliche Szenerie. »Sieh dich um, Lucia, aber nicht nur mit den bloßen Augen. Wenigstens dir liegt es im Blut, das zu können. Das Land gehört niemandem. Es wartet einfach nur auf den, der es verdient.«

Mit dem Dolch holte er den glühenden Ring aus dem Feuer und trat damit auf Aimery zu. »Ich habe dir damals eine Frau, dein Hautmal und diesen Ring gegeben. Sagst du dich nun von mir los?«

»Ich muss.«

»Dann sollst du nichts von all dem haben!« Blitzschnell drückte er den Ring auf Aimerys Hand und presste mit dem Messer darauf.

Bis Aimery ihn wegschlagen und sein Schwert erheben konnte, war Hereward bereits zurückgetreten und hatte wieder seine Axt zur Hand genommen. »Grüße Matilda von mir!«, rief er, »aber sage ihr, auch wenn sie noch so viele Söhne hat, wird keiner dieser Söhne England regieren!«

Wie durch Zauberhand hatte ihn der Nebel im nächsten Moment samt seinen Männern verschluckt. Aimery ächzte, und Madeleine betrachtete besorgt seine Hand. Ein derber Kreis war über das Hautmal eingebrannt. Aimery hielt sich krampfhaft die Hand, doch was ihm ins Gesicht geschrieben stand, war weniger auf die Brandwunde zurückzuführen, es war vielmehr der Schmerz über einen beendeten Abschnitt seines Lebens.

Es war kein Gänsefett auffindbar, deshalb wickelte Madeleine ein nasses Tuch um seine Hand. »Kannst du mit der linken Hand kämpfen?«, fragte sie.

»Schlecht und recht.«

»Ich würde an deiner Stelle üben«, meinte sie, »denn wenn das so weitergeht, wirst du deine rechte eines Tages überhaupt nicht mehr gebrauchen können.«

Er lachte und umarmte sie. »Wir leben! Eine Weile hatte ich ernsthafte Zweifel.«

»Ich hatte entsetzliche Angst«, sagte sie und blickte zu ihm auf, »aber ich vertraute dir.«

Er zog sie noch näher an sich. »Ich habe einfach gebetet. Falls du es wissen willst – zu dem Gott am Kreuz.«

Hufgetrappel wurde hörbar. Madeleine starrte von neuer Angst ergriffen in den Nebel. »Bitte, heilige Maria. Nicht mehr.«

»Ich glaube, ich hoffe, das ist die Verstärkung aus York.«

Diese Vermutung erwies sich als richtig, und der Anführer der Truppe war Wilhelm persönlich. Er sah sich mit einem raschen Blick um und fragte dann nach der Königin.

»Sie ist wohlauf«, antwortete Madeleine, »und sie hat einen Sohn geboren.«

Wilhelm grinste. »Gute Nachricht! Ein Fürst. Jetzt ist alles sicher. Aber wer hat euch hier angegriffen?«

»Gospatric«, erwiderte Aimery. »Irrtümlich. Als Hereward es ihm erklärte, zog er sich zurück.«

Madeleine musste sich beherrschen, um nicht einen Laut

des Erstaunens von sich zu geben, doch sie wusste, dass Aimery für diese Schilderung seine Gründe haben musste.

»Hereward war hier? Wie lange ist das her?« In Gedanken schien Wilhelm bereits eine Verfolgungsjagd zu organisieren.

»Nicht lange, Sire. Ihm ist es zu verdanken, dass der Königin nichts zugestoßen ist.«

Wilhelm betrachtete seinen Patensohn und runzelte die Stirn. »Du bist ja mehr als begeistert von diesem Mann. Was ist mit deiner Hand passiert?«

»Eine Verbrennung.«

»Du trägst seinen Ring nicht mehr.«

»Nein, Sire.«

Wilhelm nickte. »Dann lassen wir Hereward in Ruhe. Der Tag, an dem wir uns treffen, wird kommen, und ich werde obsiegen. Jetzt möchte ich erst einmal Matilda und meinen Sohn sehen.« Er ging in die Hütte hinein.

»Warum hast du das gesagt?«, fragte Madeleine.

Aimery seufzte. »Wenn ich Wilhelm Gospatrics Ziele verraten hätte, würde er ihn zu Tode hetzen, und Northumbria würde zu einer blutgetränkten Wüste. Aber wenn ich es recht sehe, wird der Graf von Northumbria binnen eines Monats vor Wilhelm niederknien und ihn um Vergebung bitten, und das dürfte das Ende dieser Geschichte sein.«

»Und Edwin auch?«

»Natürlich, vor allem, wenn der König ihm Agatha gibt. Dadurch wird Hereward isoliert und so letztendlich auch um Gnade bitten müssen. Und dann hat England vielleicht Frieden.«

Madeleine schüttelte den Kopf. »Du bist genauso verrückt wie dein Onkel.«

»In der Tat!«, meldete sich jetzt Graf Guy zu Wort, den Arm fest um Lucia gelegt. »So verrückt wie Hereward, aber auch ein ebenso feiner Kerl.« Er ergriff die Hand seines Sohnes. »Du hast dich heute wacker geschlagen, Aimery. Ich muss dir allerdings sagen, dass Odo, Lady Madeleines Cousin, eine seltsame Geschichte verbreitet. Er behauptet, du seist dieser englische Gesetzlose, der Goldene Hirsch.«

Aimery blickte zu Madeleine. »Warum sollte er das tun?«

»Wegen der Belohnung natürlich, obwohl er sich irrt, wenn er meint, irgendjemand könne einen Gewinn daraus schlagen, wenn er Wilhelm zwingt, dich zu vernichten.« Guy blickte seinem Sohn in die Augen. »Ist es wahr?«

Aimery schien absolut gelassen. »Dass ich der Goldene Hirsch bin? Was denkt Wilhelm?«

»Weiß man jemals, was Wilhelm denkt? Odo de Pouissey behauptet, er habe auf dem Weg nach York die Nachricht erhalten, dass du plantest, die Königin an Hereward auszuliefern. Er befürchtete, nicht über genügend Autorität zu verfügen, um deine Pläne zu durchkreuzen ...«

Nun, da es herausgekommen war, stellte Madeleine fest, dass sie keine Angst hatte, sondern vielmehr entschlossen war. Sie fühlte sich kampfbereit, und das brachte sie auf einen Gedanken, als sie das bernsteinverzierte Messer auf dem Boden erblickte.

Mit einem warnenden Druck auf Aimerys Arm löste sie sich still aus der Gruppe, hob den Dolch auf und ging zu den Booten. Glücklicherweise war ihre Truhe leicht auffindbar; sie brauchte nur einen Moment, um die vergoldete Scheide zu entdecken, das Messer hineinzustecken und sie an ihrem Gürtel zu befestigen.

Gerade als sie an Aimerys Seite zurückkehrte, überbrachte ein Mann Wilhelms Befehl, zu ihm in die Hütte zu kommen.

Der Raum war überfüllt. Der König saß mit seinem Sohn in den Armen bei seiner Gemahlin. Guy, Lucia, Madeleine und Aimery suchten sich einen Platz, wo sie stehen konnten. Dann kam Odo herein. Er sah sich nervös um; vielleicht spürte sogar er, dass niemand hier ihm wohlgesonnen war.

»Ah, Odo«, sagte Wilhelm. »Ihr könnt mir zu meinem prachtvollen Sohn gratulieren.«

Odo verbeugte sich. »Von ganzem Herzen, Sire.«

»Eure Information war offensichtlich falsch, denn Lord Aimery hat die Königin treu und standhaft verteidigt.«

Odo errötete und blickte um sich. »Dennoch hat er Hereward, diesen Hund, entkommen lassen.«

Wilhelm warf einen fragenden Blick auf Aimery.

»Wir waren in der Minderzahl, Sire. Und da Hereward uns offenbar keinen Schaden zufügen wollte, hielt ich es für besser, ihn gehen zu lassen.«

»Eine kluge Entscheidung, würdet Ihr nicht auch sagen, de Pouissey?«

»Eine verhaltene«, meinte Odo höhnisch. »Ich finde es seltsam, dass Aimery de Gaillard kühn gegen Gospatric kämpfte und gegen Hereward nicht einen einzigen Schlag führte. Man sagt, die beiden hätten sich gut verstanden und sich sogar zum Abschied die Hände geschüttelt.«

Wilhelm wurde neugierig. »Wollt Ihr damit sagen, das Ganze war inszeniert, und Hereward und Aimery wollten als Retter dastehen, um meine Gunst zu erringen?«

Dieser Gedanke war Odo offenbar gar nicht in den Sinn gekommen, doch er griff ihn begierig auf. »Jawohl, Sire.«

»Wie überaus klug Ihr seid. Aber Aimery erfreut sich meiner Gunst bereits in vollem Maße, und Hereward braucht lediglich das Knie zu beugen, um sie zu erhalten.«

Odo schluckte. »Aber was ist mit dem Mord in Huntingdon?«, fragte er deprimiert. »Wo ist die Frau, Aldreda, die das Messer hat, das in der Leiche steckte? Es ist de Gaillards Dolch, mit dem Ihr ihn belohnt habt!«

»Was ist das für eine Frau?«, fragte Wilhelm.

»Aldreda ist eine Weberin aus Baddersley«, erklärte Aimery. »Ihr Gemahl wurde tot in Huntingdon aufgefunden. Wenn man Hereward glauben darf, ist auch sie tot.«

»Tot!«, rief Odo. «Hinterhältig ermordet – von Euch!«

»Von Hereward«, entgegnete Aimery. »Aus persönlichen Gründen. Ich habe seit vielen Stunden keine Gelegenheit gehabt, jemanden aus persönlichen Gründen zu töten.«

Odo war rot vor Zorn und sah seinem Vater mit jeder Sekunde ähnlicher. Zudem war er töricht, denn der König war eindeutig darauf bedacht, über alles hinwegzusehen, wenn man ihn nur gewähren ließ. »Sie müsste das Messer bei sich haben!«, polterte Odo. »Das ist der Beweis!«

Jetzt meldete sich Madeleine zu Wort. »Ich weiß nicht, wie das irgendetwas beweisen sollte, denn ich meine, dass ich das Messer trage, mit dem der König Aimery belohnte.« Sie zeigte auf den Dolch an ihrem Gürtel.

Odo starrte sie an. »Wo hast du das her?«

»Das hat mir Aimery schon vor Wochen gegeben.«

»Lasst mich sehen.« Der König betrachtete die Waffe genau und nickte. »Das ist es.« Er blickte mit einem warnenden Stirnrunzeln auf Odo. »De Pouissey, ich glaube, Eure Absichten sind loyal, aber Ihr seid falsch informiert. Welchen Grund sollte Aimery haben, einen Bauern zu ermorden?«

Odo blickte wutentbrannt zu Aimery. »Dieser Bauer hätte ihn als den Goldenen Hirsch entlarvt, genauso wie die Weberin, deshalb hat er sie beide getötet. Aber es gibt noch einen anderen, der das bezeugen kann, Sire. Lasst Bertrand bringen, einen von Robert d'Oillys Männern. Er ist in meiner Truppe, und er hatte eine Begegnung mit dem Goldenen Hirsch, wie Ihr wisst. Er wird alles sagen!«

Mit abweisend-unergründlicher Miene befahl der König, den Mann kommen zu lassen. Guy und Lucia erbleichten, Aimery hingegen wirkte gelassen.

Der Mann trat in die Hütte und fiel sofort auf die Knie; sein Blick war nervös und unstet, doch er hatte scharfe Augen.

»Nun, Bertrand«, begann der König. »Lord Odo scheint zu glauben, du könntest hier in jemandem den Riesen wiedererkennen, der dich in Banbury angegriffen hat.«

Der Mann sah sich um, und für einen Moment ruhte sein Blick auf Aimery. Doch dann sagte er: »Nein, Sire. Niemand hier ist groß genug.«

»Du lügst!«, schrie Odo ihn an. »Vor zwei Tagen hast du mir gesagt, Lord Aimery hätte es gewesen sein können!«

»Ich sagte, er hätte es sein können, Lord. Viele andere hätten es ebenso sein können. Aber Lord Aimery ist ein getreuer normannischer Ritter, das hat er heute bewiesen. Der Mann, gegen den ich kämpfte, war von niederer Herkunft.«

»Aber er war ein guter Schwertkämpfer«, hielt Odo dagegen.

Diese Bemerkung missfiel Bertrand ganz offensichtlich. »Ich bin auch ein guter Schwertkämpfer«, erklärte er, »und von niederer Herkunft.«

Odo wollte den Schlagabtausch fortsetzen, doch Wilhelm schritt ein. »Das ist zwecklos.« Er drückte dem Mann ein paar Münzen in die Hand. »Du kannst gehen, Bertrand, vielen Dank.«

Der König musterte Odo mit eisiger Miene. »Wenn das noch lange weitergeht, de Pouissey, könnte ich auf den Gedanken kommen, dass Ihr einen Groll gegen Aimery hegt, weil er die hübsche Lady Madeleine bekommen hat.«

Odo blickte mit funkelnden Augen um sich, zu wütend, um die Warnung in der Stimme des Königs wahrzunehmen. »Ich hege nur einen Groll gegen Verräter, Sire. Er hat zwei Zeugen getötet und einen dritten bestochen, aber es gibt einen, den er nicht zum Schweigen bringen kann. Aimery de Gaillard trägt ein Zeichen an seiner Hand, das seine Schuld absolut eindeutig beweist.« Sein Blick schwenkte wieder zu Aimery. »Ich sehe, Ihr verbergt es unter einem Stück Stoff. Zeigt uns Euer heidnisches Zeichen, wenn Ihr es wagt!«

Aimery wickelte wortlos den Stoff auf und nahm seinen Armreif ab. Die Wunde, die das Wildschwein ihm zugefügt hatte, verlief von seinem Handrücken bis zum Unterarm, und nun wurde sie von einem feuerroten Kreis überlagert. Seine Tätowierung war nur mehr ein Gewirr von Linien.

»Nun«, meinte der König. »Wer kann schon sagen, was das sein soll?«

Es war unklar, ob es eine Frage war oder nicht, doch Lucia gab eine Antwort. »Das war ein Pferd, Sire. Jetzt ist es nur mehr ein Unding mit vier Beinen. Aber ich weiß nicht, wie Aimery der Goldene Hirsch sein könnte, selbst wenn er so töricht wäre, denn während meiner Reise hörte ich, dass dieser Gesetzlose Fracht zerstörte, die nach Frankreich verschifft werden sollte.«

»Und mir«, sagte der König, »wurde mitgeteilt, dass er vor zwei Tagen mit einem Haufen Schotten Lancaster geplündert hat.« Er musterte Odo. »Ich fürchte, das Land hier im Norden tut Eurem Kopf nicht gut, de Pouissey. Ich glaube, Ihr geht besser nach Wales und kämpft mit Lord William Fitz Osbern gegen die Rebellen dort. Diese Gegend ist wohl besser für Euch, und vielleicht könnt Ihr Euch dort erstreiten, wonach Ihr ganz offenkundig so heftig trachtet.«

Odo gab einen Laut von sich, der einem Knurren gefährlich nahekam, und verließ mit einer Verbeugung die Hütte. Alle atmeten erleichtert auf.

Wilhelm gab sein Kind an Matilda zurück und blickte Aimery in die Augen. »Und nun, Goldener Hirsch …«

23

Aimery kniete mit einem leichten Grinsen nieder. »Ich bin nur ein kleiner Teil des Ganzen, Sire, und habe Euch nie schlecht gedient.«

Die Augen des Königs waren kalt. »Du hast ein Ungeheuer in die Welt gesetzt, das mir Sorge bereitet.«

Aimery begegnete seinem Ärger gelassen. »Es hat sich selbst in die Welt gesetzt, Sire.«

Der König lächelte bitter. »Wenn ich dich wirklich bestrafen wollte, würde ich dich in die Normandie ins Exil schicken. Würdest du gehen?«

Aimery erbleichte. Nach einem Moment des Zögerns antwortete er: »Nein, Sire.«

Lucia stockte der Atem.

»Würdest du dich Hereward anschließen?«

»Nein, Sire. Ich vermute, ich würde in aller Aufrichtigkeit wieder Edwald der Gesetzlose werden.«

Der König explodierte. »Du würdest was?«

»Den Leuten helfen.«

Wilhelm schüttelte den Kopf. »Du stellst meine Geduld auf eine harte Probe, Aimery.« Verwundert musterte er den jungen Mann. Madeleine hatte den Eindruck, als würde jeder im Raum den Atem anhalten. Zumindest sie tat es – das Baby allerdings nicht; es gab plötzlich einen kleinen Laut von sich, und dieser löste die gespannte Atmosphäre im Raum.

Der König wurde gelassen. »Aber heute hast du mir gut gedient.« Er hielt Aimery die Hand entgegen. »Also, dann helfe den Leuten. Hilf *meinem* Volk, aber tu es als Aimery de Gaillard.«

Aimery küsste die Hand des Monarchen und erhob sich.

»Geht jetzt«, sagte der König. »Die Königin und ich werden hier übernachten. Ihr müsst für euch selbst sorgen.«

Guy stöhnte, als sie die Hütte verließen. »Lucia, hast du auch graue Haare?«

»Ich habe Angst, nachzusehen.«

Guy wandte sich seinem Sohn zu. »Ich könnte dir bei lebendigem Leib die Haut abziehen! Ist es jetzt vorbei?«

Aimery zuckte die Achseln. »Den Goldenen Hirsch werde ich nicht mehr spielen. Der Rest ist Wyrd, nehme ich an.«

Guy grummelte etwas vor sich hin und führte Lucia fort.

Madeleine schmiegte sich in Aimerys Arme. »Sind wir sicher?«

Er küsste sie. »So sicher, wie es eben geht. Das heißt, nicht allzu sehr. Aber ich hoffe, wir schaffen es wenigstens bis nach York.«

Sie errötete. »Denkst du denn nie an etwas anderes?«

Er legte die Hände auf ihre Schultern. »Während ich die Königin beschütze, um mein Leben kämpfe und Wilhelm meine Sünden beichte? Nein, ich glaube nicht. Ich trage mich mehr und mehr mit dem Gedanken, nach Hause zu gehen und mich um Baddersley und Rolleston zu kümmern. Zuzusehen, wie du unser erstes Kind auf die Welt bringst. Einen Weg zu finden, wie England gedeihen kann ... Vertraust du mir?«

»Vollständig. Es tut mir leid.«

»Ich habe dir nie erzählt, welchen Dienst ich Hereward geleistet habe.«

»Das ist mir gleichgültig.«

»Ich habe schon seit Tagen die Erlaubnis, es dir zu sagen, tat es aber bisher nicht. Ich wollte, dass du mir blind vertraust, und das war eine Schwäche meinerseits.«

Madeleine konnte nicht anders, als ehrlich zu sein. »Ich war mir nicht ganz sicher, bis ich dich gegen Gospatric kämpfen sah und hörte, wie du dich gegen Hereward stelltest.«

Er küsste sie noch einmal. »Ich weiß. Aber das macht nichts. Ich halte blinden Gehorsam nicht für erstrebenswert. Ich will eine Frau, die ihren Verstand benutzt. Ich habe etwas überbracht.«

»Etwas überbracht?«

»Lady Agatha, um es genau zu sagen.«

Madeleine sah ihn fragend an. »Wovon redest du eigentlich?«

Er legte einen Arm um sie, und sie spazierten umher und suchten sich eine geschützte Ecke, in der sie nächtigen konnten. »Die dumme kleine Agatha hatte es sich in den Kopf gesetzt, sich Edwin anzuschließen, wie die Heldin aus einer Ballade. Mit ein paar beschränkten Wachmännern – sie mussten einfach Schwachköpfe sein, um sich auf so etwas einzulassen – ritt sie die Straße nach Norden hinauf und fragte nach ihm. Die Männer, die sie gefangen nahmen, versuchten, Lösegeld zu erpressen, aber Hereward hörte davon und kümmerte sich um sie. Und da er keine Möglichkeit hatte, sie ohne Risiko für seine eigene Person an den Hof zurückzubringen, holte er mich.«

»Das war Gyrth. Warum hast du mir das nicht erzählt?«

»Das war Gyrth, aber ich hatte nicht vor zu gehen. Ich hatte Herewards Aufforderungen, zu ihm zu kommen, schon seit Senlac nicht befolgt; deshalb dachte ich, das sei ein Trick. Dann kam der Bote der Königin auf seinem Weg nach York vorbei mit der geheimen dringenden Aufforderung, ich solle meine Kontakte nutzen, um Agatha zu finden.«

»Und dann bist du gegangen. Aber du hättest mir etwas sagen können.«

Er lachte. »Ich hinterließ dir eine so vage wie beruhigende Nachricht. Aber ich glaube, bis sie dich erreichte, hatte sie schon einiges an Bedeutung verloren.«

»In der Tat. Arme Agatha. In Schande gewaltsam nach Hause zurückgebracht. Kein Wunder, dass sie so mürrisch und grüblerisch war, als ich sie sah.«

»Ja.« Sie fanden eine feuchte Ecke in einer Hütte, bei der wenigstens noch ein Teil des Daches intakt war, und legten sich auf ein Lager aus Stroh. Aimery nahm Madeleine in die Arme. »Und die arme Aldreda. Und Frieda. Das sind harte Zeiten.«

»Ja«, pflichtete sie bei. »Aber es gibt ja immer noch York.«

Doch wie sich zeigte, war auch York nicht gerade einfach. Der König zog am nächsten Tag mit großem Staat in die alte Stadt ein. Matilda reiste vom Fluss bis zur Burg in einer Sänfte, Wilhelm ritt mit dem Baby auf dem Arm neben ihr.

Viel Volk drängte sich auf der Straße, doch Madeleine konnte die Stimmung der Menschen nicht einschätzen. Es gab lächelnde Gesichter und sogar Freudenrufe, als Münzen geworfen wurden, doch sie vertraute nicht darauf, dass die gute Stimmung anhalten würde. Gelegentlich hörte man jemanden »Der Fürst!« rufen, und einige andere antworteten darauf mit Freudengeschrei, aber nicht alle stimmten ein, und sie vermutete, dass die, die dieses bedeutungsvolle Wort riefen, von Wilhelms Männern bezahlt wurden.

Sie schaute zu Aimery, und er lächelte. Bei seinem Blick wurde ihr siedend heiß; sie merkte, dass ihr die Befriedung von Northumbria fast gleichgültig war, solange die bevorstehende Nacht dadurch nicht gestört wurde.

Der König nahm im Bischofspalast Quartier, und Madeleine war damit beschäftigt, die Königin und das Baby dort mit unterzubringen. Doch schließlich wurde Matilda auf sie aufmerksam. »Guter Gott, Kind, hast du denn nichts Besseres zu tun? Kümmere dich doch um euer eigenes Quartier. Du verdienst eine Belohnung.«

Madeleine errötete und ging mit einem Lächeln auf den Lippen.

Es brauchte Zeit und mehrere Nachfragen, bis sie das Zimmerchen gefunden hatte, das ihr und Aimery zur Verfügung gestellt wurde. Mit ihren Truhen darin blieb kaum noch

Raum, um sich zu bewegen. Aber es war privat. Sie hatten ein Bett für sich. Und niemand konnte auf die Idee kommen, bei dieser Enge noch eine dritte Person mit einzuquartieren. Es war perfekt.

Madeleine wünschte, sie könnte hier bleiben, bis Aimery kam, doch sie mussten zum Abendessen erscheinen. Dorothy suchte ein schönes Kleid und eine Tunika für sie aus und flocht ihr das Haar zu Zöpfen, die sie mit einem bestickten, vorne gekreuzten und hinten bis zur Taille reichenden Tuch bedeckte. Madeleine legte ein goldenes Halsband und die Armreife an, die Aimery ihr als Morgengabe geschenkt hatte; dann schickte sie die Zofe weg und wies sie an, nicht mehr zurückzukommen.

Sie wartete darauf, dass Aimery zum Umziehen kam, denn sie hatten seit dem Morgen keinen Augenblick für sich gehabt. Beim zweiten Signal des Horns verließ sie dann aber doch den Raum; schließlich würden sie ja später noch Zeit für sich haben.

Auf dem Weg den langen, schmalen Korridor entlang wurde sie jedoch plötzlich von hinten in einen Umhang gehüllt – einen Umhang, den sie kannte. Ihr Herz machte einen Sprung, und ihr ganzer Körper begann vor freudiger Erwartung zu kribbeln. »Das Abendessen?«, fragte sie.

»Wir sind entschuldigt«, flüsterte er ihr auf Englisch ins Ohr.

Sie lehnte sich an ihn. »Du bist doch unter dem Umhang nicht etwa nackt, oder?«

Er unterdrückte ein Lachen. »Das wäre etwas unbesonnen, hier auf dem Korridor, meinst du nicht?«

»Aber ein herrlicher Gedanke …«

Seine Lippen liebkosten ihren Nacken durch die Seide ihres Tuchs. »Ich habe Hunderte herrlicher Gedanken, meine dunkle Lady. Gedanken an deine Brüste, die schwer in meinen Händen liegen, an deine sanfte Haut unter meinen Fingern. Ich werde deine Brüste liebkosen, bis sie für mich singen wie Musik, und sie küssen, bis sie sich mir entgegenrecken.«

Er tat nichts, doch schon jetzt ging ihr Atem stoßweise, und ihr wurde unter dem Umhang heiß. »Du hast mir ein Bett versprochen«, sagte sie.

»Alles zu seiner Zeit.« Jetzt endlich bewegte sich seine Hand, legte sich auf eine sehnende Brust und brachte noch mehr Qual denn Erleichterung. »Ich fürchte, ich habe dir Ungeduld beigebracht, meine Liebe. Zeit, eine neue Lektion zu lernen.«

»Was für eine Lektion?« Das dritte Hornsignal erklang; alle hatten sich jetzt im Großen Saal eingefunden. Sie waren also wirklich allein.

»Der Genuss, den Genuss aufzuschieben. Weißt du noch, was ich am Fluss zu dir sagte?«

Sie bewegte sich unter seiner Hand. »Ich weiß noch, wie du mir später sagtest, was du angeblich gesagt hättest.«

»Ich sagte, ich necke deine Brustwarzen, bis sie dich schmerzen, ich sauge an ihnen, bis sie zuerst weich und dann hart werden, bis du ganz wild auf mich bist.« Wieder bewegte sich ihr Körper ohne ihr Zutun, bittend um das, was ihm versprochen wurde.

Madeleine konnte die Hände nicht rühren, doch sie presste sich an ihn, rieb sich an seinem Körper, hörte, wie sein Atem stockte.

»Ich sagte dir, wie heiß und feucht du für mich bist«, fuhr er heiser fort. »Wie sich das noch steigert, wenn ich dich dort berühre. Wie ich das Verlangen in dir entflamme und es in Feuer verwandle. Ich werde dich langsam lieben, meine Gemahlin, sehr, sehr langsam, und wenn du es nicht mehr aushältst, hart und schnell nehmen.«

Ihr Körper verzehrte sich nach ihm. Ihr Verlangen schmerzte schon jetzt. »Ich kann es nicht mehr aushalten«, flüsterte sie.

Er lachte leise. »Du musst noch viel lernen.«

Er trug sie in ihr Zimmerchen, nahm den Umhang ab und setzte sie auf das Bett. Madeleine beobachtete ihn wie entrückt, während er sich auszog. Endlich stand er nackt vor ihr, golden und in vollem Verlangen. Goldene Haut, goldenes Haar, goldene Bänder an den starken Armen. Ihr wunderschöner Flussgott. Ihr Feenprinz.

Er trug Armbänder und einen Reif am linken Arm, aber keinen am rechten. War es wegen der Wunde, oder war es nicht mehr notwendig?

Sie berührte zärtlich den in seine rechte Hand eingebrannten Ring, auf dem sich Blasen gebildet hatten. »Damit hat dich Hereward gerettet.«

»Und das wusste er zweifellos.«

Madeleine dachte an die Magie, die dieses Land durchzog. War die Magie, die sie im Augenblick durchströmte, ein Teil davon? Sie ließ eine Hand seinen muskulösen Arm hinaufgleiten, über seine Brust wandern und am anderen Arm wieder hinab. Es war, als würde sein Fleisch unter ihren Fingern singen. War es das, was sie für ihn fühlte?

Sie begann, sich zu entkleiden, doch er presste sie erneut mit dem Rücken an sich. »Jetzt bin ich nackt«, sagte er leise. Sie wusste es. Seine Erektion drückte hart gegen ihren Rücken. Ihr Herz pochte wild, die Beine zitterten. Wie lange sollte, konnte sie es noch aushalten?

Er rieb ihre Brüste so zärtlich, dass sie es durch ihre drei Schichten Kleidung kaum fühlen konnte. Aber es war, als würde Feuer durch ihre Adern jagen. »Das ist paradiesisch!«, hauchte sie.

»Ja, in der Tat«, flüsterte er, während er eine Hand nach unten wandern ließ. Madeleine wimmerte. Er schob ihre Röcke hoch, bis die Hand zwischen ihre Schenkel gleiten konnte. Sie warf den Kopf nach hinten, dann wieder vor. Ein Schauder ergriff sie; nur sein starker Arm hielt sie aufrecht.

Langsam drehte er sie um, legte ihre Hände auf seine Schultern, öffnete ihren Gürtel. Madeleine fasste sich wieder etwas und half ihm, als er sie auszog, bis auch sie nur noch ihren Schmuck trug – das schwere Goldhalsband und ihre beiden Armreifen.

In wortloser Bewunderung wanderte sein Blick langsam über ihren Körper. Madeleine verstand diese Botschaft; sie breitete die Arme aus und drehte sich langsam vor ihm, ein triumphierendes Lächeln auf den Lippen. Er lachte und umarmte sie, senkte die Lippen erst über eine, dann die andere Brust, bis ein Schauder der Erregung ihren ganzen Körper erfasste. Doch das war alles.

Er begann, ihre Zöpfe aufzuflechten.

In gespielter Verzweiflung griff sie nach seinem erigierten Glied. Er lachte, wich ihr aus – und hatte ihr im nächsten Augenblick mit ihrem Seidentuch die Hände gefesselt. »Aimery!«

»Nur, um dich für einen Moment vor Unglück zu bewahren«, sagte er und arbeitete weiter an ihrem Haar, bis es sie wie ein dichter Vorhang umhüllte. Er rieb eine Strähne an einer Brustwarze und lächelte. »Ich nehme die dir Fessel ab, aber wenn du mich berührst, vergieße ich meinen Samen. Dann musst du noch länger warten.«

»Dann bleibe ich gefesselt«, sagte sie, drängte jedoch an ihn. »Aber tu es. Ich bin wild auf dich, wirklich!«

»Glaubst du? Ich habe dir doch versprochen, dich lange und langsam in einem Bett zu lieben. Wir haben es aber noch gar nicht bis zum Bett geschafft.«

Madeleine stöhnte, als er sie darauf zuführte. Er schlug die Decken zurück und legte sie auf die kühlen Leintücher. Dann begannen seine Hände, über sie zu wandern, eine Vielzahl köstlicher Stellen zu erregen und wieder zu verlassen.

»Komm zu mir!«, keuchte sie. »Ist das Liebe oder Folter?«

Er grinste. »Wie fühlt es sich denn an?«

»Ich weiß es nicht!«

Er nahm das Seidentuch von ihren Handgelenken und rollte sich auf den Rücken. »Dann bist du jetzt dran.«

Madeleine betrachtete ihn. Seine Männlichkeit war hart und voll und schön. Sie warf einen Blick auf das Seidentuch in ihrer Hand, schwenkte es sanft über ihm und bemerkte, wie er zitterte. Mit einem schelmischen Grinsen fesselte sie seine Hände. Sie verknotete das Tuch nicht einmal, denn sie wusste, er konnte es jederzeit lösen, wenn er wollte, aber sie wusste auch, dass es ihn zu ihrem Gefangenen machen würde.

Irgendetwas sagte ihr, sich vorzulehnen, bis ihr Haar in seiner ganzen Fülle auf ihn fiel. Sie schwenkte den Kopf, sodass die Spitzen über seine Brust und seine Schenkel strichen, hörte, wie sein Atem stockte, und blickte auf. »Liebe oder Folter?«, fragte sie leise.

»Ich weiß es nicht.«

Sie berührte die glänzende Spitze seines Glieds mit den Lippen. Es zuckte. Er stöhnte. Sie sah, wie sich seine Hände zu Fäusten ballten.

Madeleine sehnte sich danach, ihn in sich zu spüren, doch sie wollte auch dies. Diese Macht. Sie berührte ihn mit der Zunge, beobachtete ihn. Es schien ihn so sehr zu quälen, dass sie es fast bereute. Sie lockerte das Tuch und kitzelte ihn wieder damit.

»Erstaunlich, was man in einem Kloster alles lernt«, murmelte er und nahm ihr das Tuch aus der Hand.

Madeleine kicherte. »Das muss ein Instinkt sein. Aber«, fügte sie hinzu, »sag mir, ob das wahr ist: Saugen die Männer Flüssigkeit aus den Brüsten der Frauen, um sich steif zu machen?«

Er lachte schallend. »Glaub mir, ich war steif wie ein Feuerhaken, schon bevor ich deine Brüste berührte. Aber gehen wir doch auf Nummer sicher.«

Sein Mund umschloss heiß eine Brustwarze, seine Zunge spielte damit und neckte sie, bis Madeleine stöhnte. Dann saugte er fest daran, wie er es versprochen hatte, so fest, dass sie aufschrie und sich ihm entgegenwölbte.

Und dann, wieder, wie er es versprochen hatte, nahm er sie hart und fest und fixierte sie mit dunklen, glühenden Augen. Auch Madeleine versuchte, ihn zu beobachten, seine Ekstase zu verfolgen, doch mit steigender Lust schwand für sie die Wirklichkeit um sie herum. Sie nahm nur mehr seine Erregung und seine Kraft wahr, und wie sie selbst sich in himmlisches Wohlgefallen auflöste.

Als sie ihre Sinne wiederfand, leckte sie salzigen Schweiß von seiner Schulter. »Meinst du, davon könnte ich leben?«

Er lachte. »Nein.«

»Machen wir es jetzt gleich noch einmal?«

»Nein.«

»Liebst du mich?«

»Nein.«

Madeleine riss die Augen auf. Er lächelte träge. »Du hast es so gewollt. Liebe ist ein zu mildes Wort. Du bist für mich, was mein Herz für mich ist.«

»Ich denke nicht, dass Liebe ein zu mildes Wort ist, Aimery. Es ist wie die Ozeane und die Stürme und wie die Hitze der Sonne. Es ist die Kraft eines Blatts, das sich von der Erde loslöst, und die Kraft des Flusses, die das Korn mahlt. Es ist die Vereinigung zweier Liebender und das Zeugen von Kindern. Mit Liebe können wir alles erreichen.«

Er entwirrte ihr Haar und schloss sie in die Arme. »Dann lass uns unsere Liebe dazu verwenden, alles wachsen zu lassen, mein süßes Herz. Unser Getreide wie unsere Kinder. Und ein friedliches England für ihre Zukunft. So Gott und Wyrd es wollen.«

Madeleine kuschelte sich an ihn. »So Gott und Wyrd es wollen, lieber Herr meines Herzens.«

Anmerkung der Autorin

Die Rückschau ins elfte Jahrhundert ist für mich wie der Blick in einen Nebel. Die Sicht ist im Allgemeinen getrübt, doch es gibt Punkte, an denen präzise Details aufscheinen, die in mir den quälenden Wunsch erwecken, mehr zu wissen. Die angelsächsische Poesie ist ein solcher Punkt. Wir kennen so wenig davon, aber was wir kennen, ist wunderschön und gibt uns einen Hinweis auf die Tiefe und Feinheit dieser Kultur.

Ich habe in diesem Buch keine Fakten wissentlich verdreht oder solchen zuwidergehandelt, doch ich musste zahlreiche Details erfinden. Wilhelm, Matilda, Judith, Agatha, Edwin, Gospatric, Waltheof und Hereward sind historische Persönlichkeiten, die uns allerdings nur aus Fragmenten bekannt sind. Ich entschuldige mich bei ihren Seelen für die Freiheiten, die ich mir bei ihrer Ausgestaltung herausgenommen habe.

Es gibt keine Belege dafür, dass Agatha versuchte, sich ihrem rebellischen Grafen anzuschließen, dafür aber umso mehr, dass Matilda den künftigen Heinrich I. in der Hütte eines Eremiten in Selby, Yorkshire, zur Welt brachte.

Meine einzigen reinen Erfindungen sind die Tätowierungen an den Händen der Engländer und Herewards Initiationszeremonie. Was Erstere anbelangt, gibt es zwar Anhaltspunkte dafür, dass eine entsprechende angelsächsische Tradition existierte. Jedoch habe ich keine Details gefunden, die darauf hinweisen würden, wie solche Hautmale aussahen oder wo sie angebracht wurden.

Trotz unterschiedlicher Meinungen hinsichtlich der normannischen Eroberung entschied ich mich für die Ansicht, dass es sich dabei um eine kriegsähnliche Invasion von Semibarbaren handelte, die eine friedlichere und weitaus kultiviertere Nation überrannten. So wird heute etwa allgemein die Ansicht vertreten, dass der Teppich von Bayeux – diese wundervolle visuelle Darstellung der Eroberung – keine normannische, sondern eine englische Arbeit ist, weil die Normannen zu so etwas schlichtweg nicht in der Lage waren.

Bei meinen Forschungen zu dieser Periode fiel mir auf, dass wir heutigen Engländer, mich selbst eingeschlossen, sehr dazu tendieren, uns auf die Seite der Angelsachsen und somit gegen die Normannen zu stellen, als hätten sich die beiden Nationen letztlich nicht vermischt. So wird die Eroberung bis heute lebhaft als die letzte erfolgreiche bewaffnete Invasion Englands erinnert und Hereward als der letzte edle Führer des Widerstands. Die Tatsache, dass er am Ende dabei ganz gut abgeschnitten haben könnte, verleiht seiner Geschichte sogar noch einen besonderen Reiz.

Deutsche Erstausgabe 2007
Weltbild Buchverlag –Originalausgaben–

3. Auflage 2007

This edition published by arrangement with NAL Signet,
a member of Penguin Group (USA) Inc.

Projektleitung: Almut Seikel
Redaktion: Dr. Thomas Rosky
Übersetzung: Angela Schumitz und Heinz Tophinke
Umschlag: Hauptmann & Kompanie Werbeagentur GmbH, München
Umschlagabbildung: © Renato Aime via Agentur Schlück GmbH
Satz: avak Publikationsdesign, München
Druck und Bindung: GGP Media GmbH, Pößneck

Gedruckt auf chlorfrei gebleichtem Papier

Printed in Germany

ISBN 978-3-89897-416-5